FOLIO POLICIER

Chan Ho-kei

Hong Kong Noir

*Traduit du chinois
par Alexis Brossollet*

Denoël

Titre original :
13.67

Éditeur original :
Crown.
© 陈浩基, *2014.*
© *Éditions Denoël, 2016, pour la traduction française.*

Né à Hong Kong, Chan Ho-kei est développeur, scénariste, concepteur de jeux vidéo et éditeur. Son premier roman a remporté le Soji Shimada Mystery Award, récompensant le meilleur polar chinois de l'année.

« En tant qu'officier de police et en vertu de la loi, je jure de servir correctement et fidèlement Sa Majesté et Ses Héritiers et Successeurs. Je respecterai et ferai respecter les lois de la Colonie de Hong Kong, je mettrai en œuvre les pouvoirs et me conformerai aux devoirs de ma charge avec honnêteté et fidélité, avec diligence et sans crainte, sans partialité ni animosité envers quiconque, et j'obéirai sans discussion à tous les ordres légaux de mes supérieurs. »

> Serment prêté par les nouvelles recrues à leur entrée dans la police de Hong Kong avant 1980.

I

LA VÉRITÉ ENTRE LE NOIR
ET LE BLANC

1

L'inspecteur Lok n'avait rien à reprocher aux hôpitaux, sauf leur odeur. Ces relents de désinfectant qui le suffoquaient. Qui lui rappelaient trop la morgue. Vingt-sept années à faire le flic, à compter les cadavres, et il n'y était toujours pas habitué — et à vrai dire, qui donc pouvait apprécier la compagnie des morts, à part quelques tarés nécrophiles ?

Lok soupira. Non pas que cela le soulageât le moins du monde. Il lui pesait plus encore d'être ici que d'assister à une autopsie. Lugubre dans un strict costume bleu, il contemplait le malade allongé sur l'unique lit de la chambre. Cheveux de neige, sourcils encore poivre et sel. Peau livide et sillonnée de rides, yeux clos sous le respirateur. Un tube très fin fiché dans le bras tacheté de brun était relié à un bloc d'instruments de surveillance médicale. Au-dessus du lit pendait un écran plat de dix-sept pouces, sur lequel quelques lignes heurtées avançaient lentement de la droite vers la gauche, affichant le pouls, la pression artérielle et le taux d'oxygène sanguin du malade. Sans ces tracés, on eût pu croire que le vieillard était mort, qu'il n'y avait plus, couché sur ce lit, qu'un cadavre momifié.

C'était l'homme dont Lok avait appris, il y a tant d'années, toutes les subtilités de l'enquête policière. Et, plus important encore, l'art de penser en dehors des clous. C'était son mentor. Son maître, dont il se rappelait le mantra : « Siu-ming, mon petit Siu-ming, pour faire avancer une affaire tu ne peux te contenter de suivre les sentiers battus. Dans la police il y en a déjà beaucoup trop qui traitent leur boulot par-dessous la jambe et ne font qu'appliquer des principes périmés. Je sais bien que la discipline, les ordres, c'est sacré, mais souviens-toi : notre vraie mission, c'est de protéger la population. Si le système nuit aux innocents ou empêche la vérité d'éclater, eh bien, il faut aller contre lui. »

L'inspecteur Lok ne put retenir un rire amer. Lok Siu-ming. C'était son nom, mais cela faisait quatorze ans que plus personne ne l'appelait ainsi — on l'appelait « Inspecteur » depuis qu'il avait été promu à ce grade à titre probatoire. Il n'y avait plus que son maître pour l'appeler Siu-ming, « Petite Clarté ».

Car après tout, aux yeux du superintendant en chef Kwan Chun-dok, l'inspecteur Lok était comme un fils.

Au moment de prendre sa retraite en 1997, Kwan était responsable de la section B du bureau du renseignement criminel — le CIB — à la division des opérations. Si le CIB était le cerveau de la police, alors la section B en était le lobe frontal, responsable de l'analyse et du recoupement des données, et des conclusions à en tirer. Elle voyait la vérité dans les indices que d'autres ne pouvaient comprendre. À sa tête depuis huit ans, Kwan Chun-dok était donc l'âme qui animait le CIB. Et avant qu'il ne quitte la section B, il y avait fait venir Lok Siu-ming, alors simple détective de vingt-deux ans son cadet; son ultime disciple. Il n'avait officiellement été le supérieur de Lok qu'un seul semestre, mais après son départ à la retraite il était resté conseiller de la police et avait eu nombre d'occasions de lui transmettre ses recettes.

« Siu-ming, la lutte contre le crime c'est du poker. Tu dois faire en sorte que l'adversaire se trompe sur ton jeu — si on te distribue une paire d'as, tu dois lui faire croire que tu n'as que deux ou trois cartes inutiles. Si tu n'as aucun jeu, tu dois relancer comme si de rien n'était, pour qu'il pense que tu as en main tout ce qu'il te faut. C'est la seule façon d'amener un criminel à se dévoiler. La guerre psychologique. »

Ainsi parlait Kwan Chun-dok. Lok Siu-ming avait fini par le connaître par cœur. Les collègues du superintendant l'avaient affublé d'innombrables surnoms — « Robocop », « Œil-de-faucon », « le Divin Détective », mais celui que Lok trouvait le plus approprié venait de la propre femme de Kwan, qui n'était plus de ce monde : « Lui ? avec les oursins qu'il a dans les poches ? Appelle-le donc "Onc' Picsou", ça lui ira très bien. »

Lok sourit de nouveau à cette évocation. Intelligent, expérimenté, individualiste à l'extrême, radin comme pas deux... Le superintendant Kwan était un excentrique, qui avait vécu les émeutes gauchistes des années soixante, était passé au travers de la grande vague de nettoyage de la police dans les années soixante-dix, avait affronté l'ennemi public des années quatre-vingt et été témoin de la rétrocession de 1997 comme des changements sociétaux des années 2000. Il avait résolu à lui seul plus d'une centaine d'affaires, contribuant à la glorieuse réputation de la Police de Hong Kong.

Mais aujourd'hui, en 2013, ce personnage avait un pied dans la tombe et la couronne de la police avait depuis longtemps perdu de son éclat.

À l'époque coloniale, celle-ci avait reçu le titre flatteur de «Police royale» grâce à sa loyauté sans faille; la campagne d'éradication de la corruption de la fin des années soixante-dix avait fait d'elle une force sans égale au monde. Désintéressée, équitable, honnête et fiable, elle avait gagné le soutien de toutes les couches de la société. Il arrivait bien de temps à autre qu'un mouton noir abuse encore de son statut de policier, mais la grande majorité des citoyens savaient faire le tri et ces cas exceptionnels n'affectaient guère leur opinion du reste de la force.

Ce qui avait en revanche eu de graves répercussions sur l'image de la police, c'était l'environnement politique après la rétrocession. Les questions idéologiques avaient pris de plus en plus d'importance. Les divergences d'opinion avaient peu à peu abouti à de véritables contradictions au sein de la société. Les mouvements civiques avaient gagné en virulence. Leurs responsables avaient droit à un traitement de faveur, subissant enquêtes à charge et arrestations arbitraires. L'ambiance des manifestations s'était tendue ces dernières années, d'autant plus que les autorités avaient bien trop souvent eu recours à la méthode forte pour s'y opposer; les policiers, en première ligne, en étaient les premiers affectés. Une grande vague de méfiance s'était levée — pour finalement atteindre jusqu'aux citoyens lambda, pourtant longtemps restés indifférents à ces problèmes.

Et plus encore, la réputation de la police avait

été abîmée par les soupçons d'application du deux poids, deux mesures par les policiers en service. Confrontés à des affaires impliquant des proches du pouvoir, ils avaient apparemment subi des pressions... leur taux d'élucidation très élevé de jadis en avait souffert. On prétendait même avec aplomb qu'à Hong Kong la force primait désormais sur le droit et que les policiers étaient devenus les chiens de garde du pouvoir...

Jadis, Lok s'opposait d'emblée à ce genre de critiques. Mais désormais il doutait de ses propres dires, et ne pouvait plus affirmer que la police était impartiale, ni qu'elle était du côté du peuple. De plus en plus de ses collègues s'étaient réfugiés dans une mentalité de bureaucrates et en avaient oublié l'essence même de leur profession ; ils se contentaient d'appliquer les ordres sans discuter, comme des employés ordinaires qui ne travaillent que pour toucher leur salaire.

Lok entendait fréquemment dire autour de lui : « Qui ne risque rien... ne risque rien. » Quand en 1985 il avait réussi le concours d'entrée dans la police, il était entraîné par une vocation sacrée. Mais pour la plupart des jeunes qui s'engageaient aujourd'hui, être policier, c'était juste un job ; la protection des innocents et la punition des coupables n'étaient plus que de jolies phrases creuses sur un bout de papier. Ils ne voulaient plus faire du bon travail, mais simplement finir leur boulot, être bien notés et promus au plus vite, attendre tranquillement l'âge de la retraite et empocher de grasses primes de départ en sus de leur pension.

Il était donc peu surprenant que la police ait d'année en année perdu son statut spécial aux yeux des masses. Peu surprenant que les derniers mots que Kwan Chun-dok ait encore réussi à cracher sur son lit d'hôpital, dans un souffle agité, en agrippant la main de l'inspecteur Lok, aient été : « Siu-ming... le peuple nous déteste... les huiles veulent nous faire aller contre nos convictions... mais peu importe que tu sois entre le marteau et l'enclume... n'oublie jamais notre raison d'être et notre devoir... prends la bonne décision... »

L'inspecteur Lok comprenait très bien ce que signifiaient « raison d'être » et « devoir » dans la bouche de son maître. Il était désormais chef de la section des crimes sérieux du district de Kowloon Est, et il savait que sa mission n'avait jamais varié. Il devait faire éclater la vérité au grand jour ; il était la dernière ligne de défense de la justice.

Il allait se reposer sur le dernier souffle de vie de son maître pour la remplir, cette mission. Et aussi sur la jeune femme dans le coin de la pièce.

Le soleil éclatant de l'après-midi illuminait les eaux bleues du golfe et pénétrait dans la chambre par une large baie vitrée. Le son sec de doigts frappant un clavier se mêlait au bruit des instruments de surveillance médicale prouvant que le malade était encore en vie.

« Apple, c'est bientôt fini ? Ils ne vont plus tarder.

— Presque... Grand frère Ming, si tu m'avais dit un peu plus tôt qu'il fallait modifier les instruments... Pour l'interface, pas de soucis, mais le reste prend un peu de temps.

— Oui, pardon. »

L'inspecteur Lok ne comprenait rien à l'informatique mais il faisait confiance aux compétences techniques d'Apple.

Celle-ci avait répondu sans même lever la tête du clavier. Ses cheveux bruns ébouriffés étaient couverts d'une casquette de baseball noire presque en lambeaux, qu'accompagnaient de grosses lunettes à monture noire, un T-shirt de la même couleur, une vieille salopette en jean et des sandales. Pas une trace de maquillage sur le visage, mais du vernis noir soigneusement appliqué sur ses dix ongles de pied. Tout en elle hurlait «geek». De même que les trois ordinateurs portables ouverts, posés sur la table basse devant elle. Sur le sol, des câbles innombrables s'entremêlaient.

Toc toc.

«Ils sont arrivés.»

Aussitôt, Lok adopta un nouveau regard. Un regard d'oiseau de proie, longuement exercé — un regard de flic.

2

« Chef, tout le monde est là. »

Ah Sing ouvrit la porte en hochant la tête vers son supérieur. Il s'écarta pour laisser entrer les visiteurs à la queue leu leu dans la chambre du malade. Une expression de doute se peignait sur leur visage.

« Monsieur Yue, merci d'avoir pris le temps de venir… »

L'inspecteur Lok s'éloigna du bord du lit et se rapprocha de la porte.

« Vous êtes ici tous les cinq, c'est bien. Si l'un d'entre vous n'avait pas pu se déplacer, l'enquête aurait encore pris deux ou trois jours de retard. Merci à tous. »

Personne ne fut abusé par sa politesse : il ne s'agissait que de faire passer la pilule de leur convocation dans une affaire de meurtre.

« Pardonnez-moi, inspecteur, je ne comprends pas la raison de notre présence en ce lieu… »

Celui auquel s'était d'abord adressé Lok lui répondait en premier. D'habitude, pour leurs dépositions, témoins et suspects se rendaient au poste de police, ou sur les lieux du crime. Yue Wing-yi était fort surpris d'être ainsi convoqué au cinquième étage de la clinique de la Charité à Tseung Kwan O. D'autant plus surpris que l'établissement privé dépendait de la société Fung Hoi, appartenant à la famille Yue elle-même.

« Ne vous formalisez pas, c'est un pur hasard… Si j'ai pris l'initiative de vous faire venir dans votre propre clinique, c'est que le superintendant Kwan, conseiller spécial de la police, y a été récemment admis. La Charité est l'une des meilleures cliniques de Hong Kong. En y repensant, il faut donc admettre que ce n'est pas tout à fait un hasard…

— Ah, c'est pour ça… »

Yue Wing-yi s'arrêta là, malgré ses doutes qui persistaient. À trente-deux ans, en dépit de son costume gris et de ses lunettes sans monture, son visage rappelait encore l'enfant tourmenté qu'il avait été. Mais depuis la mort de sa mère pour cause de cancer, et l'assassinat de son père, il était désormais le chef de la famille Yue ; il se devait de faire bonne figure. Les Yue étaient l'une des familles les plus en vue de la ville et Fung Hoi était cotée en bourse. Second des enfants Yue, Wing-yi savait depuis longtemps qu'il allait devoir prendre un jour la tête de la société familiale. Il ne pensait toutefois ni devoir endosser une telle responsabilité, ni devenir le doyen de la famille, aussi soudainement.

Depuis qu'il avait lui-même retrouvé le cadavre de son père baignant dans une mare de sang la semaine passée, il ne pouvait s'empêcher de songer à son frère aîné, mort accidentellement plus de vingt ans auparavant.

Si Wing-lai était encore en vie, il saurait quoi faire…, se disait Wing-yi. Même si c'était son père qui venait de mourir, c'était le visage de Yue

Wing-lai qui lui venait à l'esprit. Et chaque fois sa gorge se nouait. La mort de son frère avait enveloppé toute sa jeunesse d'un voile sombre dont il n'avait émergé qu'au bout de longues années, quand il avait enfin été capable de maîtriser la nausée qui le prenait chaque fois que remontait le souvenir du drame.

Le retour de ces frayeurs longtemps refoulées avait convaincu Yue Wing-yi qu'il ne pourrait jamais oublier les circonstances de la mort de Wing-lai et qu'il devait en supporter les conséquences en silence — dont la responsabilité des affaires de la famille Yue.

Comme de devoir mener les discussions avec la police.

Wing-yi appréhendait toujours de faire face à l'inspecteur Lok, quoique le cadre familier de la clinique de la Charité le stressât beaucoup moins que l'atmosphère sinistre du poste de police. Sans être docteur, il se retrouvait aisément dans les couloirs de la Charité ; non pas parce que la clinique appartenait à la société dont il était désormais le directeur, mais parce qu'il y était venu tous les deux ou trois jours visiter sa mère hospitalisée pendant l'année écoulée. Avant cela, il ne s'y présentait qu'au plus une fois par an pour une inspection. Outre la Charité, Fung Hoi possédait de nombreux ensembles immobiliers et des entreprises de logistique et de commerce ; loin d'être la plus rentable des filiales, la clinique en était toutefois la plus renommée. Elle avait été la première à Hong Kong à importer de l'étranger les équipements et les techniques les plus avancées en matière de microchirurgie, de tests ADN pour la détection des maladies génétiques et de radiothérapie contre le cancer. Mais, comme dans une mauvaise pièce de boulevard, les instruments de pointe et les meilleurs docteurs de sa propre clinique n'avaient pas suffi à soigner Mme Yue. Elle y avait rendu l'âme un peu avant ses soixante ans.

« Lok, vos collègues et vous nous avez déjà assez cassé les pieds ces derniers jours. Si vous n'êtes pas capables d'attraper le coupable et n'avez rien trouvé de mieux que cette idée ridicule, il serait peut-être temps de refiler l'enquête à l'étage du dessus ? »

Derrière Wing-yi se tenait le benjamin de la famille, Yue Wing-lim. De huit ans plus jeune que son frère, il ne lui ressemblait en rien. Habillé de vêtements de marque, il avait les cheveux teints en rouge et son ton provocant voulait prouver à l'inspecteur qu'il se foutait du tiers comme du quart. C'était lui qui venait de parler.

Wing-yi se retourna pour lui faire les gros yeux et lui intimer l'ordre de se taire, mais il n'en pensait pas moins : la police avait bâclé le travail. Et cet avis était partagé par les trois autres personnes présentes : Tsoy Ting, la femme de Wing-yi, Wu Mah, « Maman Wu », la vieille domestique des Yue, et Oncle Tong, le secrétaire privé de la famille. Chacun d'entre eux, au cours de la semaine écoulée, avait dû se rendre au poste pour une déposition détaillée. Aucun ne comprenait ce qu'un interrogatoire supplémentaire pouvait apporter de plus à l'enquête.

« Justement, répondit Lok sans se départir de son calme, mes supérieurs ont parfaitement conscience de votre réputation et de l'importance de l'entreprise familiale. Et les médias aussi… pour éviter que l'affaire ne fasse trop de vagues et puisse être résolue rapidement, il a été décidé en haut lieu de demander l'assistance de mon maître... le conseiller spécial de l'état-major de la police. Nous vous serions reconnaissants de bien vouloir prendre un peu de votre temps pour lui exposer les détails de l'affaire.

— Et qu'est-ce qu'il a de si spécial, votre "maître"?

— Il s'appelle Kwan Chun-dok. Il a commandé la section des crimes sérieux de l'île de Hong Kong, ainsi que la section B du bureau du renseignement criminel. Le taux d'élucidation des enquêtes auxquelles il a pris part est à ce jour de... cent pour cent, dit Lok avec un léger sourire.

— Cent pour cent?

— Oui.

— N'importe quoi! C'est impossible, dit le jeune homme, d'un ton cependant moins assuré.

— Où donc est le superintendant Kwan, je vous prie?» s'interposa Oncle Tong, le secrétaire aux cheveux blancs.

Il regardait vers le coin de la pièce, mais ni lui ni les autres ne pouvaient croire que cette jeune femme d'à peine trente ans puisse être le fameux conseiller.

L'inspecteur Lok baissa la tête vers le lit. Les visiteurs restèrent d'abord sans réaction, puis réalisèrent peu à peu que la direction de son regard était bien la réponse à la question.

«Ce... ce vieux monsieur est Kwan Chun-dok? demanda Wing-yi stupéfait.

— Oui.

— De quoi est-il malade?»

Wing-yi regretta aussitôt d'avoir posé la question. Les détails d'une maladie étaient de ceux qu'on préférait en général cacher, et il ne souhaitait surtout pas s'attirer le courroux du policier.

«Cancer du foie. Au stade terminal», dit Lok.

Aucun ne perçut la tristesse dans sa voix.

« Et vous comptez sur ce vieux gâ… sur ce vieillard pour identifier le meurtrier de papa ? »

Wing-lim avait retrouvé toute sa morgue, mais il avait au moins ravalé le « gâteux ».

« Wing-lim, un peu de respect. »

Ce n'était pas son grand frère, mais le vieux secrétaire, qui l'avait ainsi rabroué. Le jeune homme tordit les lèvres et se tut.

« Inspecteur, vous nous avez fait venir à la clinique pour que nous parlions devant le… le superintendant Kwan ? » demanda Tsoy Ting timidement, comme si elle n'était pas encore habituée à son nouveau rôle de « première dame » de la famille.

Lok hocha la tête.

« Tout à fait. Mon maître ne pouvait pas se rendre à la résidence des Yue pour recueillir vos témoignages individuels, c'était la seule solution…

— Mais… peut-il encore s'exprimer ? » dit-elle en se rapprochant du lit.

Tsoy Ting était médecin et avait pratiqué un court moment avant d'entrer dans la famille Yue. Elle examina le respirateur et les tubes qui reliaient le malade aux instruments. L'idée même qu'il puisse parler lui semblait absurde.

« Non. Il ne peut ni parler ni bouger… Cela fait deux fois qu'il retombe dans le coma.

— Comment ? Dans le coma ? dit Wing-lim.

— Alors nous sommes arrivés trop tard ? dit son frère.

— Quel degré de coma ? demanda Tsoy Ting.

— Degré trois. »

Sur l'échelle de Glasgow, allant de trois à quinze, le degré trois correspondait au coma le plus profond.

Le patient ne pouvait ni remuer les yeux, ni parler, ni bouger, et ne présentait aucune réaction à quelque stimulus que ce soit. Tsoy Ting savait comment le cancer du foie empêche l'organe atteint d'assurer sa fonction de régulation du taux d'ammoniac dans le sang, aboutissant ainsi à une encéphalopathie hépatique qui peut entraîner l'altération progressive de l'état de conscience du malade, puis le coma.

« Inspecteur Lok, vous plaisantez, n'est-ce pas ? dit le secrétaire. Comment, dans ces conditions, le superintendant Kwan pourrait-il vous aider ?

— Il peut encore entendre ; par ailleurs le traitement a permis de ramener son taux d'ammoniac sanguin à un niveau satisfaisant. Il peut réfléchir.

— Qu'il entende est une chose, mais comment comptez-vous qu'il nous communique ses conclusions ? » dit Tsoy Ting.

Seule personne du groupe à avoir une expérience médicale, elle savait qu'il était de son devoir de se mettre en avant dans ces circonstances.

« Il entend, ça suffit », répondit Lok en désignant l'étrange jeune femme en salopette dans le coin de la chambre. « Le reste, c'est son boulot à elle. »

Apple ne daigna pas répondre et continua à pianoter sur son clavier, indifférente aux six paires d'yeux fixés sur elle.

« Apple est notre spécialiste informatique. »

Wing-yi estimait la précision superflue, vu les trois ordinateurs de tailles différentes, décorés de personnages de mangas, et le fatras de câbles multicolores derrière lesquels était assise Apple. Il se souvint que le département IT de sa société abritait également un certain nombre d'employés dont le style contrastait quelque peu avec celui des autres étages.

Wing-lim prit le relais de sa belle-sœur :

« Et elle va faire quoi votre spécialiste informatique ? Retirer le cerveau de votre superintendant et le brancher sur ses bécanes ?

— Oui, c'est à peu près ça. »

Une telle réponse prononcée sur le ton le plus sérieux du monde valut à Lok Siu-ming quelques regards ébahis.

« C'est un peu difficile à expliquer comme ça... Ça sera beaucoup plus simple à comprendre si l'un d'entre vous essaye lui-même le système. Ça va juste demander un peu de temps pour l'étalonnage. Ça marche maintenant ? continua-t-il en se tournant vers Apple.

— Ça y est... c'est bon. »

Elle releva enfin la tête et lui tendit un bandeau semi-circulaire en plastique noir qui ressemblait à un serre-tête d'environ deux centimètres de large, auquel était fixée l'extrémité d'un long câble gris qui le reliait à l'ordinateur bleu à sa gauche.

« Voilà l'outil qui va nous permettre de "retirer le cerveau" du superintendant Kwan, reprit Lok. Euh... Monsieur Wong, si je peux me permettre ? »

C'était au secrétaire, Oncle Tong, dont le nom complet était Wong Koon-tong, qu'il s'adressait. Il le fit asseoir sur un canapé le long d'un mur et, plutôt que de lui poser le serre-tête sur les quelques cheveux qui lui restaient, il lui en ceignit le front à l'horizontale, comme l'anneau de constriction du Roi des Singes dans le grand roman classique *Le Voyage vers l'Ouest*. Sur la face intérieure du bandeau, de petites protubérances étaient pressées contre ses tempes et son cuir chevelu. Lok ajustait l'instrument par petites touches.

«Comme ça! s'écria Apple, les yeux rivés sur ses écrans.

— Peut-être avez-vous entendu parler de l'EEG? s'enquit alors Lok.

— L'électroencéphalographie? répondit Tsoy Ting.

— C'est ça. Le cerveau humain est constitué de neurones, qui émettent de minuscules courants électriques quand ils sont sollicités. Cette activité électrique du cerveau peut être captée grâce à l'EEG. Les scientifiques ont identifié plusieurs types d'ondes cérébrales.

— Ce serre-tête peut convertir les ondes cérébrales en paroles? dit Wing-yi.

— Non, c'est impossible avec le niveau actuel de nos connaissances. Mais la science a quand même effectué de grandes percées ces dernières années. Grâce aux progrès techniques on peut désormais mesurer certaines conditions cérébrales avec des instruments assez simples, comme celui-ci.

— Toute la difficulté de la mesure des ondes cérébrales consiste d'abord dans leur identification, dit Apple. Regardez cette chambre, elle est pleine d'instruments médicaux qui causent d'importantes perturbations électriques. Avant, il fallait donc se trouver dans un environnement particulier pour pratiquer l'EEG. Maintenant, l'informatique nous permet d'éliminer facilement ce "brouillage". J'ai écrit moi-même le programme pour cet instrument, les algorithmes de réduction du bruit viennent de la bibliothèque logicielle d'un centre de recherche de l'université de Berkeley aux États-Unis, l'interface…

— En clair, cet instrument nous permet de capter les pensées les plus basiques d'un individu, à condition qu'il se concentre très fort sur quelque chose de très simple. »

L'inspecteur Lok pointa du doigt l'un des écrans, monté sur un pied qui pouvait pivoter à cent quatre-vingts degrés. Apple le tourna vers les visiteurs. Il était divisé horizontalement en deux parties, une blanche et une noire. Dans la partie supérieure blanche était écrit en gros un OUI noir, auquel répondait un NON en blanc dans la moitié inférieure noire. Au milieu de l'écran, sur la ligne de démarcation entre les deux couleurs, se trouvait une petite croix bleue.

« Monsieur Wong, essayez de vous concentrer sur cette croix, pour la déplacer vers le haut. »

Oncle Tong avait l'air un peu sceptique mais obéit.

« Ça bouge, ça bouge ! » cria Wing-lim en montrant l'écran.

La croix bleue sur l'image grimpait lentement. Quand elle arriva au niveau du OUI, l'ordinateur émit un BIP bruyant.

« Les ondes émises quand le cerveau fait un effort sont assez faciles à distinguer des autres, dit Lok. Quand M. Wong se concentre, son cerveau produit des... euh... des...

— ... des ondes *bêta* supérieures, de fréquences comprises entre vingt et trente hertz, dit Apple en sortant la tête de derrière ses écrans. Mais quand l'esprit se relâche, le cerveau produit des ondes *thêta*, entre huit et douze hertz.

— C'est ça, des ondes bêta, sourit Lok Siu-ming qui pensa qu'il n'avait décidément pas l'étoffe d'un chercheur. Monsieur Wong, essayez de vous détendre, par exemple en regardant la mer par la fenêtre. L'indicateur va redescendre... voilà. Vous pouvez contrôler le mouvement de cette croix bleue en vous concentrant ou en vous relâchant.»

Les autres, les yeux sautant de la figure du secrétaire à l'écran, voyaient la croix bouger lentement, parfois vers le haut, parfois vers le bas. La mine de plus en plus abasourdie d'Oncle Tong leur démontrait amplement que rien de tout cela n'était factice.

«Si quelqu'un d'autre veut essayer...», dit Lok en lui retirant enfin l'instrument.

En temps normal, Yue Wing-yi se serait immédiatement proposé; il était passionné par les nouvelles technologies. Mais dans la situation présente — et devant ce policier impassible — il ne voulait surtout pas être l'objet de l'attention de tous.

«Attendez... Mademoiselle a dit qu'elle avait écrit le programme. Mais l'instrument lui-même? Ce bandeau de plastique n'a pas l'air d'être fait maison, dit le secrétaire.

— Je l'ai acheté.

— Où peut-on bien acheter un engin pareil?

— Chez Toys "R" Us.»

Apple récupéra une boîte en carton rangée derrière elle.

«Le détecteur d'ondes cérébrales y est vendu depuis longtemps, il est même déjà passé de mode! J'ai pris un truc qu'on trouve dans le commerce, et je l'ai simplement bidouillé un peu... Ce n'est rien du tout : j'ai un jour modifié la lentille d'une caméra en trois dimensions pour m'en servir de manette de réalité virtuelle!

— Attendez, reprit Tsoy Ting, vous voulez faire porter cet instrument au superintendant Kwan, qui est dans le coma, et lui présenter l'affaire pour qu'il nous livre ses conclusions?

— Absolument.

— Mais ça ne lui permettra que de dire "oui" ou "non"!»

Lok parcourut l'assemblée d'un regard empreint de franchise.

«Même s'il ne peut dire que "oui" et "non", il est en mesure de nous aider beaucoup pour l'enquête.»

Il fit une pause, le coin de sa bouche se souleva légèrement, et il reprit :

«De plus, il maîtrise l'instrument bien mieux que nous.»

Lok se leva du canapé, passa entre Apple et ses ordinateurs et le lit, leva avec précaution les pieds pour éviter de se les prendre dans les câbles, s'assit sur une chaise à la tête du lit et ajusta le détecteur sur le front du vieillard, jusqu'à ce qu'Apple lui dise : «OK!»

«Maître, vous m'entendez?»

Biiiiiiip! fit l'ordinateur. La croix bleue avait littéralement bondi jusqu'au OUI. La note aiguë se prolongeait.

«Qu'est-ce qui se passe? C'est bloqué?» demanda Wing-lim.

Tut tut. Ils virent la croix se déplacer sur le NON dans la partie basse de l'écran et la machine se mit à émettre un son plus grave et répété.

«Comme je le disais à l'instant, il sait vraiment contrôler cet appareil. Voilà plus d'un mois qu'il est dans le coma et qu'il ne peut plus communiquer avec nous que de cette façon. L'ordinateur a amassé une quantité considérable de données et Apple a eu tout le temps de calibrer le système pour repérer les fréquences spécifiques de ses ondes cérébrales. Le taux d'erreur est proche de zéro.

— C'est possible de modifier aussi rapidement son propre niveau de concentration?» demanda Tsoy Ting, dont le regard incrédule allait du vieillard à l'écran.

Bip.

L'indicateur avait heurté le OUI et s'était repositionné tout aussi vite juste en dessous. Lok croisa les mains et les plaça sur sa cuisse.

« Les aveugles peuvent estimer la distance rien qu'avec le bruit, les sourds peuvent lire sur les lèvres... C'est dans les conditions extrêmes que le potentiel humain se révèle. C'est son seul moyen de communication, il n'a pas eu d'autre choix que de s'entraîner.»

La croix redescendit tout doucement jusqu'au centre de l'écran, comme si son contrôleur voulait leur signifier qu'elle était désormais partie intégrante de son propre corps et qu'il ne permettait à personne de douter de sa précision. Lok reprit :

«Je vous ai invité tous les cinq pour permettre au superintendant Kwan de comprendre l'affaire dans son ensemble comme dans ses détails. Je comptais attendre qu'il soit sorti du coma, mais l'insistance de nos autorités pour faire avancer cette enquête m'a obligé à recourir à ce procédé assez... inhabituel pour "faire parler" mon maître. Bien entendu, c'est moi qui poserai les questions, et le superintendant devra réagir au moment opportun pour nous guider dans la recherche de la vérité.»

Bip. OUI.

«Mais pourquoi nous faire tous venir comme au tribunal? N'est-il pas prouvé que le meurtrier est un voleur? demanda Wing-lim.

— Je vais tout vous expliquer, ce qui me permettra

également de présenter l'affaire au superintendant Kwan, dit Lok sans lui répondre directement. Je vous en prie, prenez donc place, le canapé n'est pas très grand mais il y a une chaise en plus. »

Oncle Tong était déjà installé sur le canapé à droite de l'entrée. Les frères Yue et Tsoy Ting s'y assirent également. La vieille domestique Wu Mah, muette comme une carpe, resta debout un moment avant de se décider à s'asseoir sur la chaise en bois, de l'autre côté de la porte. Ils faisaient tous face au pied du grand lit, et leur vue était gênée par une table amovible placée sur les draps. Ils apercevaient cependant la tête du malade et leur attention était de toute façon encore davantage fixée sur le coin de la pièce proche de la grande baie vitrée, c'est-à-dire sur Apple et ses écrans. Ou, plus exactement, sur l'écran blanc et noir de dix-sept pouces qui allait parler pour le superintendant Kwan.

3

« Ah Sing, commence l'enregistrement », ordonna Lok.

Ah Sing se tenait à côté d'Apple avec une petite caméra digitale montée sur trépied. Il s'assura que le champ de l'objectif englobait tous les intervenants et fit signe à Lok de la tête.

« Maître, je commence à décrire l'affaire. »

Lok tira de sa poche un petit carnet de notes, en tourna quelques pages et déclara en articulant :

« Dans la nuit du samedi 7 au dimanche 8 septembre 2013, un meurtre a été commis dans la villa privée Fung Ying, sise au 163 de la rue Chuk Yeung à Sai Kung, Kowloon Est. La villa Fung Ying était la résidence du président du groupe Fung Hoi, Yuen Man-bun, et de sa famille. La victime est le propriétaire, M. Yuen lui-même. »

Au nom de son père, Wing-yi sentit sa tristesse revenir.

« La victime, âgée de soixante-sept ans, était l'époux de l'héritière de la famille Yue... M. Yuen était devenu en 1986 le président de Fung Hoi, un an avant la mort du fondateur du groupe, son beau-père Yue Fung. Son fils aîné, Yue Wing-lai, est mort dans un accident de voiture en 1990. Ses deux autres enfants, Wing-yi et Wing-lim, habitent à la même adresse. Yue Wing-yi n'a pas déménagé après s'être marié l'année dernière avec Mme Tsoy Ting. La femme du décédé, Yue Tsin-yau, est morte de maladie en mai de cette année.

« En plus des personnes déjà citées, résidaient à la villa Fung Ying M. Wong Koon-tong, secrétaire privé de la famille, et Mme Wu Kam-mui, employée domestique.

« À la villa Fung Ying, le soir du meurtre, n'étaient donc présents que la victime, ses deux fils, sa belle-fille, le secrétaire familial et la domestique : six personnes en tout. Est-il nécessaire de répéter ? »

Tut tut. C'était un NON très clair.

« Je continue donc par la description des lieux et des circonstances du crime. »

Lok toussota pour s'éclaircir la gorge et continua sans plus se presser.

« La villa Feng Ying est sur trois niveaux ; elle occupe un terrain d'environ deux mille mètres carrés, en bordure du parc naturel de Ma On Shan. Quelques autres villas privées se trouvent à proximité. Feng Ying est la résidence principale de la famille Yue depuis près d'un demi-siècle. »

Lok vit du coin de l'œil Wu Mah hocher la tête, comme si elle approuvait ses paroles et se remémorait l'excitante époque de la fondation de Feng Hoi par son ancien patron Yue Fung, au tournant des années soixante et soixante-dix.

« Le 8 septembre à sept heures et demie du matin, Yue Wing-yi s'est inquiété de ne pas voir comme d'ordinaire son père lire le journal au salon. Il s'est alors rendu au bureau situé au premier étage et a découvert le cadavre. »

Plus l'inspecteur parlait, plus Yue Wing-yi sentait son cœur se serrer.

« La fenêtre du bureau avait été brisée et la pièce avait visiblement été fouillée. »

Lok posa son carnet et tourna le regard vers le visage du vieux policier. Il avait tellement cogité là-dessus que sa mémoire lui suffisait pour décrire en détail la scène du crime.

« La fenêtre surplombe le jardin, où poussent des flamboyants. Rien de plus aisé que de traverser le jardin sans être vu et de grimper jusqu'à la fenêtre. Sur la face extérieure de ce qui restait de la vitre… étaient collées plusieurs couches d'un ruban adhésif plastique de cinq centimètres de large. Il apparaît que le coupable est un cambrioleur expérimenté, auquel la méthode consistant à coller de l'adhésif sur la vitre avant de la briser, pour éviter que les morceaux de verre fassent du bruit en tombant, est familière. Il suffit ensuite de retirer l'adhésif avec le verre pour glisser la main à l'intérieur et actionner la poignée de la fenêtre. Nous avons retrouvé, sur le sol de la pièce, un rouleau d'adhésif étanche. Le laboratoire a prouvé qu'il s'agissait du même. »

La croix bleue sur l'écran ne bougeait pas d'un millimètre, n'interrompant pas la description, comme un policier écoutant attentivement une déposition.

« Le bureau fait quarante mètres carrés. S'y trouvent deux bibliothèques, une table à tiroirs servant de bureau, deux sofas, deux tables basses et quatre fauteuils à roulettes, ainsi qu'un coffre-fort et, ce qui est moins courant, une armoire en acier de deux mètres de haut sur un de large et autant de profondeur. Elle contient des fusils à sandows, c'est-à-dire des sortes d'arbalètes destinées à la chasse sous-marine — dont Yuen Man-bun était un passionné. Il avait obtenu la licence lui permettant de conserver ses armes chez lui. À côté du coffre-fort se trouvait une grosse caisse en polystyrène remplie de vieux journaux et magazines. D'après un témoin, cette caisse servait de cible à la victime pour s'entraîner de temps à autre à la chasse à l'arbalète.

— Non, inspecteur, dit Wing-yi. Ça ne servait pas à ça.

— Non ? Pourtant M. Wong m'a dit que…

— Je n'ai pas dit que c'était pour l'entraînement, le coupa Oncle Tong. J'ai dit qu'il s'en servait de cible, mais pas pour s'entraîner à la chasse sous-marine. Le patron avait eu une attaque il y a déjà quelques années, et sa jambe gauche était très affaiblie. Il ne plongeait plus depuis longtemps. Comme il ne pouvait plus aller chasser, il m'avait demandé de lui faire installer une cible pour pouvoir s'amuser avec ses armes, ça lui rappelait le bon temps. Mais les gens qui pratiquent ce sport savent que tirer hors de l'eau est très différent des conditions réelles, et que c'est en plus très dangereux…

— Ah, je me suis trompé, Maître », dit Lok.

Bip. « Continue », semblait dire l'ordinateur.

« Oui… La pièce avait été fouillée, il y avait des traces de tentatives d'effraction tant sur le coffre-fort que sur l'armoire d'acier, mais le voleur n'a pas réussi à ouvrir le coffre, contrairement à l'armoire aux arbalètes. Le sol était recouvert de livres et de dossiers, l'écran de l'ordinateur sur le bureau était fracassé, les tiroirs avaient été sortis et leur contenu répandu par terre. Les vérifications ont permis d'établir que deux cent mille dollars de Hong Kong en espèces ont été dérobés, mais ni l'alliance du décédé, ni sa montre de collection en or, d'une valeur de trois cent mille dollars, ni l'ouvre-lettres au manche incrusté de pierres précieuses n'ont été emportés. Le voleur n'a pris que le cash. »

Dans son coin, Ah Sing se rappelait le premier jour de l'enquête, quand il avait découvert que la victime conservait deux cent mille dollars de « menue monnaie » chez lui, sans alarme et sans même les mettre au coffre, et s'était dit que les couches supérieures de la société vivaient sur une autre planète.

« Les enquêteurs n'ont trouvé dans la pièce aucune trace de chaussure, ni aucune empreinte digitale inconnue. Le voleur devait porter des gants, reprit Lok en rouvrant son carnet. Ce qui précède était donc la description de la scène du crime, je vais maintenant parler de la victime elle-même. »

Bip.

« Yuen Man-bun a été retrouvé mort par son fils à 7 h 40 ; le légiste a établi que la mort avait eu lieu entre deux et quatre heures du matin. Le corps était allongé devant l'une des deux bibliothèques et portait à l'arrière du crâne deux traces de coups. Mais la mort est due à la perte de sang consécutive à une blessure à l'abdomen, causée par un harpon tiré par l'une des arbalètes sous-marines. »

Wing-yi ferma les yeux. Sous ses paupières flottait l'image de la longue et mince flèche de métal plantée dans le ventre de son père.

« Je vais décrire l'arme du crime, dit Lok en tournant quelques pages. Il s'agit d'un harpon en acier de cent quinze centimètres, avec des petits crochets saillants à trois centimètres de la pointe. Le harpon a traversé le foie de la victime, d'où l'importante perte de sang. Au sol, au centre de la pièce, se trouvait une arbalète sous-marine en carbone, de la marque sud-africaine Rob Allen, modèle RGSH115. On n'a retrouvé dessus que les empreintes de la victime. Des câbles de caoutchouc de trente centimètres sont attachés à la «tête fermée» de l'arbalète, dont le fût est long de cent quinze centimètres.»

Au début de l'enquête, Lok Siu-ming avait passé beaucoup trop de temps à son goût à comprendre comment fonctionnaient ces armes, dont le principe de base est pourtant simple puisqu'il est le même que celui d'un lance-pierres en Y. On charge l'arme en posant la flèche sur l'encoche en V sur le dessus du fût de l'arbalète. Le mécanisme de la détente, au niveau de la crosse, est enclenché à ce moment et retient la flèche. Le plongeur peut alors armer en tirant les câbles, ou sandows, vers l'arrière, pour en fixer le crochet en métal ou en textile, appelé curieusement «obus», sur l'un des ergots de la flèche. À l'appui sur la détente, le mécanisme libère la flèche qui est propulsée vers l'avant par la force de traction variable selon la taille, le diamètre et la matière des sandows. La «tête fermée» désigne un modèle d'arbalète pour lequel la flèche passe sous une sorte de pontet à l'extrémité du fusil, au chargement comme au tir ; l'avantage par rapport aux modèles «tête ouverte», pour lesquels la flèche est placée directement sur l'encoche du fût, est une meilleure précision. Certains chasseurs préfèrent toutefois les «têtes ouvertes» qui simplifient la visée.

«Nous avons confirmé que cette arbalète appartenait bien à la victime. Dans l'armoire il y a trois emplacements pour suspendre des armes, dont l'un était vide et les autres occupés par une autre Rob Allen extra-longue, modèle RGZL60 "Zulu", et une arbalète en aluminium de marque Rabitech de soixante-quinze centimètres. Il y avait également deux autres armes démontées et rangées dans des caisses, ainsi que plusieurs autres flèches en acier d'une longueur allant de cent quinze à cent soixante centimètres.

— Cette Zulu n'a jamais servi, dit Wing-yi. Père disait l'avoir achetée pour la chasse au requin, mais il ne l'a pas utilisée une seule fois avant son attaque… »

Sans lui répondre, Lok continua :

« Il y avait encore dans l'armoire divers ustensiles pour la plongée sous-marine, comme des masques, des bouteilles de plongée, un outil de contrôle de bouteilles, des gants, des bobines de fil, des tournevis, des couteaux multifonctions, deux poignards de plongée de vingt-cinq centimètres, etc. Les premières constatations ont établi que le meurtrier a forcé la porte de l'armoire pour en sortir l'arme et tirer sur la victime. »

Depuis deux ans qu'il était sous les ordres de Lok, Ah Sing était loin d'en être à sa première scène de crime, mais il avait encore la chair de poule en se rappelant la façon dont la longue flèche-harpon avait littéralement réduit en bouillie le foie du cadavre.

« Par ailleurs, comme je l'ai dit, le corps portait deux blessures à l'arrière du crâne en plus de celle sur le torse. C'est là que ça devient étrange… D'après le rapport du médecin légiste, l'analyse des traces de sang et l'état des plaies montrent que les deux blessures ont été infligées à environ une demi-heure d'intervalle. Nous n'avons pas encore déterminé pourquoi, en revanche nous avons retrouvé ce qui a servi à assener les coups : il s'agit d'un vase métallique posé sur une étagère, dont la forme correspond exactement aux blessures constatées. Le vase avait été soigneusement nettoyé de toute trace. »

Lok leva les yeux de son carnet et parcourut de nouveau l'assistance du regard, pour finir par le malade sur le lit. Il fronça les sourcils et déclara :

« Il y a autre chose qui me perturbe. Le corps de la victime était allongé devant l'une des bibliothèques. À côté se trouvait un petit album de photos de famille, dans lequel le labo a trouvé des empreintes digitales sanglantes. La victime a eu la force de le feuilleter avant de mourir. D'après les traces de sang au sol, nous savons qu'après avoir été mortellement blessé, il a rampé sur environ cinq mètres, du bureau à la bibliothèque, pour regarder les photos. Le légiste estime qu'il s'est écoulé au moins vingt minutes entre la blessure et la mort.

« Je croyais d'abord que la victime avait cherché à laisser un indice quelconque, mais l'examen minutieux des traces de sang sur l'album montre qu'elles ne répondent à aucune logique. C'est comme s'il avait tout simplement eu envie de voir quelques vieilles photos. Enfin, on a retrouvé des traces d'adhésif sur ses poignets et ses chevilles, ainsi qu'autour de sa bouche, ce qui tend à prouver qu'il aurait été entravé et bâillonné, mais les liens avaient disparu quand on a découvert le cadavre. »

Quelques jours auparavant, Ah Sing avait émis une hypothèse pour tenter d'expliquer cela : la victime n'avait pas été forcément ligotée et bâillonnée la nuit du meurtre. Peut-être Yuen Man-bun avait-il quelques perversions cachées, et ces traces dateraient alors de sa dernière séance de «divertissement». Cette sortie avait valu à Ah Sing un regard dégoûté de la part de ses collègues féminines, comme si c'était lui le dégénéré. L'inspecteur Lok, quant à lui, l'avait taquiné : «Est-ce que ce serait par hasard ta conscience de classe qui t'amène à soupçonner tous les riches de débauches honteuses et de pratiques inavouables?»

«En écartant ces détails que nous ne nous expliquions pas, continuait Lok dans la chambre d'hôpital, nous étions arrivés aux conclusions suivantes dans la première phase de l'enquête : le coupable est un cambrioleur qui s'est introduit en pleine nuit dans le bureau de la villa en brisant la vitre et a été surpris par la victime pendant sa fouille. Il l'a donc assommée avec la première chose qui lui tombait sous la main — le vase —, puis entravée et bâillonnée pour pouvoir poursuivre sa tâche. Il a découvert le coffre-fort mais n'a pas réussi à l'ouvrir. Alors il a menacé avec l'arbalète la victime, qui s'était entre-temps réveillée, pour qu'elle lui donne la combinaison du coffre. Mais la victime a refusé de parler. Le voleur l'a alors tuée et est parti en n'emportant que les deux cent mille dollars...»

Tut tut. Surpris de cette interruption, les cinq auditeurs de Lok se jetèrent des regards en coin.

«Maître, voulez-vous dire que le coupable n'est pas venu de l'extérieur?»

Bip. OUI. Une expression de surprise peinte sur le visage, Lok dit :

«En effet... au fur et à mesure de nos recherches, l'hypothèse du voleur s'est affaiblie. Nous n'avons trouvé aucune trace d'escalade à l'extérieur, sur le mur ou dans les arbres, ni traces de pas dans le jardin ou sur la plate-bande sous la fenêtre. Je me suis dit que le voleur était peut-être arrivé par un autre endroit, en descendant du toit à l'aide d'une corde par exemple, mais nous n'avons pas non plus trouvé de traces sur le toit ni sur la rambarde qui en fait le tour. Il reste… hum… la solution de l'hélicoptère… »

Tut tut. Ce NON sonnait comme si le vieux policier se moquait de son disciple, lui reprochant d'avoir raté quelque chose d'évident et de chercher midi à quatorze heures.

« Rien qu'avec ce que j'ai déjà dit, vous êtes certain que le meurtrier ne venait pas de l'extérieur ? »

Bip.

« Qu'est-ce que j'ai bien pu dire… Ça concerne la façon dont on a brisé la vitre ?… La façon dont la victime a été tuée ?… La fouille de la pièce ? »

L'indicateur restait au centre de l'écran.

« C'est le bureau ? La bibliothèque ? Le vase ? Le sol… »

Bip.

« Le sol ? On n'a rien trouvé, ni empreintes ni traces de pas… tout était super-propre », dit Ah Sing.

L'inspecteur Lok tourna brusquement la tête vers son subordonné, puis reporta son attention vers son maître, un grand sourire aux lèvres, et se frappa le front.

« Oui ! Bien sûr…
— Quoi ? Ah Sing avait l'air aussi étonné que tous les membres de la famille Yue.
— Ah Sing, tu as déjà vu une scène de crime aussi propre ? Normal qu'il n'y ait pas d'empreintes digitales, mais les traces de pas… Elles ne constituent pas des indices très sûrs et ne sont pas faciles à effacer. D'ordinaire les cambrioleurs se contentent

de s'acheter une paire de chaussures neuves quelconques, et de les jeter après coup.

— Mais c'est possible que, cette fois, le coupable se soit quand même donné la peine de tout essuyer, pour plus de sécurité, puisqu'il y a eu meurtre, non ?

— Oui, mais dans ce cas ça n'explique pas que le sol ait été recouvert de livres et de dossiers en désordre... Nous avons fait l'hypothèse que le voleur était arrivé par le jardin plein de terre, était entré dans le bureau vide, avait été surpris par la victime et avait continué ses recherches après l'avoir entravée. Ensuite seulement il l'aurait tuée... Mais pour effacer ses traces de pas il aurait dû commencer par ramasser tout ce qui traînait. Aucune raison qu'il rebalance ensuite tout par terre. Tu tues quelqu'un, alors que tu es venu voler du cash, tu ranges tout pour pouvoir effacer tes traces, et après tu perds ton temps à tout remettre comme avant, au lieu de t'enfuir ? C'est n'importe quoi. »

Yue Wing-yi écoutait leur échange et réalisait peu à peu pourquoi l'inspecteur Lok avait voulu l'aide de Kwan Chun-dok. Rien qu'en se faisant décrire les circonstances du crime, le vieux superintendant dans le coma pouvait déjà tirer des conclusions que même la police, avec ses moyens humains et techniques considérables, avait du mal à formuler... Un frisson glacé parcourut le jeune homme. Est-ce que ce vieillard qui n'arrivait même plus à bouger le petit doigt allait aussi le percer à jour ? Lui, le meurtrier ?

4

«Si ce n'est pas quelqu'un venu de l'extérieur…», dit soudain Tsoy Ting.

Au son de la voix de sa femme assise à côté de lui, Wing-yi reprit brutalement ses esprits.

«Alors le meurtrier est l'une des cinq personnes qui se trouvaient ce soir-là dans la villa», compléta Lok d'un ton égal.

En un instant, les cinq témoins se retrouvèrent à l'état de suspects et comprirent le véritable sens du comportement de l'inspecteur Lok ces derniers temps. Depuis trois jours, pendant les interrogatoires, ce dernier leur demandait leur opinion sur l'état des relations entre les membres de la famille, sur le passé de la victime… Et la question qui les avait le plus heurtés était celle-ci : «Si le meurtrier n'est pas un voleur, qui pourrait-il être d'après vous?»

«Espèce de… Toutes vos histoires jusqu'ici c'était bidon, pas vrai?»

La haine se lisait sur le visage de Yue Wing-lim. Cette fois-ci, Oncle Tong ne le reprit pas. Lok fixait le jeune homme de son regard d'oiseau de proie et les mots lui tombèrent des lèvres, un à un :

«Monsieur Yue, je vous prie de garder votre calme.

Mon travail est de découvrir la vérité pour rendre justice au décédé. Je ne devrais pas avoir besoin de vous le dire, car vous savez que la police doit être du côté des victimes et parler en leur nom... »

Le « vous » ne s'adresse pas qu'à celui-là, se dit Ah Sing.

L'atmosphère de la chambre s'était considérablement refroidie. Lok reprit le ton neutre de sa description.

« Je vais maintenant exposer les données rassemblées sur les intervenants. Si quelqu'un a quelque chose à ajouter, qu'il n'hésite pas à le faire. »

Bip. Personne ne répondit, seul l'ordinateur donna son accord. Lok rouvrit son carnet.

« Commençons par la victime elle-même. Yuen Man-bun, soixante-sept ans, de sexe masculin, PDG du groupe Fung Hoi. D'après de nombreux témoins, il était très dur en affaires, il contrait ses concurrents ou avalait des entreprises de plus petite taille par n'importe quel moyen... ce qui lui a valu son surnom sur la place de Hong Kong, "le Requin". En cela, ses méthodes et ses principes divergeaient radicalement de celles du fondateur du groupe, Yue Fung. Au cours de la crise asiatique de 1997, et même pendant la crise financière mondiale de 2008, les bénéfices du groupe ont continué à grimper. Les méthodes de M. Yuen étaient donc sans doute les bonnes ; par ailleurs, la plupart des dirigeants de haut niveau de Fung Hoi estiment qu'il était un chef agréable, bien que plus exigeant que la moyenne. »

Ah Sing ne démordait pas de l'idée que ce genre d'affirmation n'était rien d'autre que de la vile flatterie ; le patron était mort, mais son successeur était son propre fils, toute parole déplacée arrivant par accident à ses oreilles vaudrait à son auteur des ennuis sans nom. Traiter un requin «d'agréable» lui semblait plutôt ironique.

«Yuen Man-bun était au départ un employé de Yue Fung. Fung Hoi n'était qu'une petite entreprise de fabrication de produits en plastique, qui a investi dans l'immobilier à partir de la fin des années soixante. Puis Yue Fung a profité d'une occasion qui se présentait pour lancer l'entreprise en bourse. À cette époque Yue Fung aimait recruter des jeunes gens ambitieux. Yuen Man-bun, âgé de vingt-trois ans, lui fit une forte impression en raison de sa vive intelligence, et de simple employé de bureau fut vite promu au poste d'assistant personnel du patron. Au même moment, un autre employé connaissait également une promotion rapide. C'était le nommé Wong Koon-tong, vingt ans à l'époque, soixante-quatre aujourd'hui, secrétaire privé de la famille Yue et l'un des cinq suspects.»

Oncle Tong, sans même s'en rendre compte, se redressa sur le canapé en entendant son nom.

«D'après les témoignages de plusieurs ex-employés de Fung Hoi, la rumeur courait qu'à l'époque le patron Yue Fung ne cherchait pas seulement à recruter des assistants personnels, mais surtout des "princes consorts" potentiels. À soixante ans, il n'avait eu qu'un seul enfant de sexe féminin; lui-même était fils unique et craignait que sa lignée s'éteigne avec lui. Il recherchait donc des jeunes gens doués et acceptant de s'intégrer au clan Yue, pour diriger plus tard le groupe. Plusieurs témoignages indiquent que Yue Tsin-yau, seize ans, était plutôt proche du jeune Wong Koon-tong, bien qu'elle ait finalement été donnée en mariage à Yuen Man-bun.

— Inspecteur, insinueriez-vous que cela serait un mobile suffisant pour faire de moi le meurtrier? À l'époque, c'est Mme Yue qui a choisi elle-même son mari, pas le grand patron. S'il est vrai que nous étions proches, jamais il n'a été question d'amour entre nous. Et puis tout ça s'est passé il y a plus de quarante ans... Si j'avais voulu tuer mon "rival", pensez-vous que j'aurais attendu jusqu'à aujourd'hui? N'oubliez-pas que j'ai travaillé sous ses ordres tout ce temps...

— Je ne fais que décrire les faits, je n'insinue rien du tout. Le superintendant fera ses propres déductions.

— Oui, Koon-tong ne peut pas avoir fait ça, dit Wu Mah, ouvrant la bouche pour la première fois. Il a toujours été très bon ami avec M. Yuen et Mademoiselle. Quand ils se sont mariés en avril 1971, l'entreprise se préparait à entrer en bourse. Pour qu'ils puissent partir en lune de miel, Koon-tong leur a proposé tout de suite de prendre sur lui tout le travail de M. Yuen, et il a même dit au grand patron que c'était M. Yuen qui avait trouvé le temps de le faire pendant leur voyage. Oncle Tong était comme un frère pour M. Yuen... jamais il n'aurait fait ça!»

Pour la vieille domestique, même après tant de temps, Yue Tsin-yau était restée «Mademoiselle».

Lok lui jeta un coup d'œil puis revint à son carnet.

«Ce que vient de dire Mme Wu semble tout à fait exact. Je passe d'ailleurs maintenant aux informations la concernant.»

Wu Mah se raidit.

«Wu Kam-mui, soixante-cinq ans. Rentrée clandestinement à Hong Kong par voie de mer en provenance de Chine populaire en 1965, embauchée comme employée de maison par le couple Yue. À l'époque la vente des enfants comme domestiques était interdite depuis longtemps, mais les familles riches avaient gardé certaines habitudes. Mme Wu, à dix-sept ans, était chargée de garder Yue Tsin-yau qui avait... douze ou treize ans...

— Onze ans.»

Wu Mah s'essuya les yeux avec un mouchoir. Lok hocha la tête :

«Oui, onze ans. Par la suite, Mme Wu est restée attachée au service personnel de Yue Tsin-yau, supervisant jusqu'à ce jour le fonctionnement de la maison. D'après sa déposition, elle a toujours été très bien traitée par ses employeurs.»

Wu Mah avait été une véritable grande sœur pour la jeune héritière, partageant ses secrets et ses peines de cœur. Elle lui avait rendu son affection, et quand Tsin-yau était morte dans la même clinique quatre mois auparavant, elle n'avait pas versé moins de larmes ni perdu moins de nuits de sommeil que n'importe lequel des membres de la famille.

«Après le mariage de Yuen Man-bun et de Yue Tsin-yau, leur premier enfant Yue Wing-lai est né la même année. C'est lui qui est mort dans un accident de voiture en 1990, je n'en parlerai donc pas...»

Tut tut. Tout le monde sursauta.

«"Non?" Maître, souhaitez-vous que je parle de Wing-lai?»

Bip. Lok Siu-ming se gratta la tête.

«Yue Wing-lai, né en 1971. En 1990, gravement blessé et tombé dans le coma quand la voiture qu'il conduisait est tombée de la falaise sur la route de Clear Water Bay. Mort deux jours après à l'hôpital. Je crains de n'avoir pas grand-chose d'autre... Ah

Sing, c'est toi qui t'es chargé de rassembler les données sur la famille, tu as quelque chose à ajouter?»

L'interpellé manqua renverser le contenu de sa sacoche en en retirant un cahier à couverture marron. Il chercha fébrilement la bonne page et lut :

«Heu… Yue… Yue Wing-lai. Mort à dix-huit ans. Envoyé en internat en Australie de treize à dix-sept ans. En raison de ses résultats trop faibles, rappelé par son père à Hong Kong pour continuer ses études en classe de transition au lycée Saint-Georges. Il avait passé son permis à l'étranger et a commencé à conduire ici dès ses dix-huit ans révolus. Contrairement à son père, Wing-lai était de caractère enjoué, voire dissipé si l'on en croit les rumeurs qui couraient; sa relation avec son père était très tendue. Il aurait commis pas mal de bêtises, le joyeux drille… Tiens, c'est marrant, il était né le jour de la fête de mi-automne et il est mort le 1er avril…

— Ahem…», l'interrompit Lok.

Ah Sing leva les yeux et vit la gêne et la colère sur le visage des cinq suspects.

«Je vous prie de m'excuser si j'ai manqué de respect au mort ou à sa famille, je débute dans le métier», s'empressa-t-il d'ajouter en inclinant la tête.

Personne ne répondant, Lok reprit :

«Puis-je passer au deuxième enfant, Maître?»

Bip.

«Yue Wing-yi, trente-deux ans aujourd'hui. À l'issue de sa scolarité au lycée Saint-Georges, est parti aux États-Unis pour suivre des études de gestion. À son retour, a été nommé vice-président du groupe et assistant de son père. D'après les témoins… hmmm… Il était très différent de son grand frère. Aussi sérieux et travailleur que son père et son grand-père maternel, il avait une excellente relation avec le chef de famille dont il était très bien vu.»

Malgré ces louanges, Yue Wing-yi semblait de plus en plus défait. Lok croyait que les remarques inconsidérées de Ah Sing sur son aîné en étaient la cause, mais en fait le jeune homme était de nouveau écrasé par le poids de sa culpabilité. Même si le meurtre avait été involontaire, Wing-yi en éprouvait d'immenses regrets. Il commençait presque à penser qu'il serait préférable que le vieux policier découvre tout de suite la vérité, même au prix d'années de prison. Il pourrait enfin se détendre.

«Yue Wing-yi a épousé Tsoy Ting l'année dernière. Tsoy Ting... trente-quatre ans, fille unique de Tsoy Yuen-sam, fondateur et président de l'entreprise de matériels électroniques du même nom. Profession : médecin généraliste, employée dans un centre de soins, a démissionné après son mariage.»

Lok regarda soudain la nouvelle Mme Yue.

«Des bruits courent comme quoi la véritable raison du mariage de Tsoy Ting avec Yue Wing-yi était que l'entreprise d'électronique de son père était profondément endettée et avait besoin de capitaux frais.

— Inspecteur, je vous prie de nous épargner vos allusions répugnantes. À vous entendre, je n'aurais épousé Wing-yi que pour son argent.

— Encore une fois, je ne fais que répéter ce que j'ai entendu, et j'ai d'ailleurs bien précisé que ce n'étaient que des rumeurs. Mais il faut reconnaître que cela constituerait un excellent mobile — aucun des autres suspects ici présents n'en a de meilleur. Yuen Man-bun décédé, Wing-yi et Wing-lim héritent de la fortune familiale, mais ils n'ont pas de raison de la dépenser. Alors que de votre côté, votre famille a un besoin immédiat et important de liquidités. Le mois dernier, un article disait que les pertes de la société Tsoy avaient atteint cent quatre-vingts millions de dollars de Hong Kong — maintenant que votre époux dirige Fung Hoi, il suffit d'un transfert de fonds...

— Salopard! C'est immonde, ce que vous dites! Je... Je...»

La jeune femme perdit contenance et partit en hurlements hystériques, bondissant hors du canapé et dardant sur l'inspecteur Lok un regard furieux. Oncle Tong la retint par le bras et la fit rasseoir en lui tapotant la main.

«Inspecteur, vous faites fausse route, dit-il. Les difficultés financières de la société Tsoy sont réelles, mais l'entreprise elle-même dispose d'un énorme potentiel. Le patron l'avait repérée et lui était venu en aide depuis bien avant le mariage. C'est justement au cours de cette collaboration que M. Wing-yi a rencontré Mlle Tsoy. Inspecteur, vous rappelez-vous que vous avez cité le surnom du patron — le Requin? Son intuition ne lui a jamais fait défaut en affaires. Je tiens à votre disposition de nombreux documents qui prouvent qu'il avait lui-même planifié des investissements à long terme chez Tsoy. Si Tsoy Ting l'avait assassiné, ne se serait-elle pas tiré une balle dans le pied?»

Lok resta coi et revint à son carnet en détournant son regard de Tsoy Ting. Celle-ci estima que son silence n'était pas l'aveu de son erreur, ni n'avait valeur d'accord avec les propos d'Oncle Tong, mais n'était que sa façon de reprendre le cours de son raisonnement. Comme un vieux joueur de poker qui cache ses pensées à ses adversaires.

« Je termine par le troisième et dernier fils de la famille, dit enfin Lok en s'adressant au lit. Yue Wing-lim, vingt-quatre ans, étudiant du département d'ingénierie de l'Université de la culture de Hong Kong. Toujours d'après les témoignages, était en froid avec son père mais très proche de sa mère. Pendant la longue maladie de Yue Tsin-yau, il allait lui rendre visite presque chaque jour à la clinique. La victime voulait que son fils entre dans l'entreprise familiale à l'issue de ses études, mais Wing-lim avait d'autres plans et souhaitait devenir réalisateur de cinéma. Cela aurait été la cause des frictions entre père et fils. »

Quand Lok, quelques jours avant, avait demandé à Oncle Tong : « Si le meurtrier n'est pas un voleur, qui pourrait-il être d'après vous ? », le secrétaire avait mentionné la relation très tendue entre Yuen Man-bun et son fils, tout en insistant sur le fait que Wing-lai ne pouvait en aucun cas être un assassin.

Un « Pff ! » méprisant fut la seule réaction de Yue Wing-lim, bien différente des cris de sa belle-sœur.

« Voilà, c'en est fini des informations sur les suspects. Je passe à leurs faits et gestes au moment du meurtre... »

Tut tut.

« Quoi ? Que voulez-vous demander, Maître ? » dit Lok, comme s'il avait oublié que le malade ne pouvait pas parler. Mais il se reprit vite : « Vous voulez revenir sur ce qui a déjà été dit ? »

Tut tut.

« Hein ? Alors... sur quelque chose qui nous a échappé ? »

Bip.
« Qui concerne un suspect… masculin ? »
Aux auditeurs il semblait que Lok arrivait à choisir les questions les plus pertinentes pour permettre des réponses utiles.
Tut tut. Tsoy Ting eut un haut-le-cœur.
« S'agit-il de Tsoy Ting ? »
Tut tut.
« De Wu Kam-mui ? »
Tut tut.
Ces deux « Non » successifs laissèrent perplexes les deux femmes. Tsoy Ting allait de nouveau parler, mais elle s'interrompit en entendant Lok demander sur un ton inhabituellement indécis :
« Heu… Ça concerne peut-être Yue Tsin-yau ? »
Bip. Les cinq suspects poussèrent un soupir de soulagement, tout en s'interrogeant sur les raisons qui pouvaient bien pousser le vieux détective à s'intéresser autant à des morts.
« Maître, nous n'avons pas relevé quoi que ce soit de particulier concernant Mme Yue, je ne vois pas ce qu'on pourrait en dire de plus…, dit Lok en feuilletant son carnet pour retrouver la bonne page. Yue Tsin-yau, fille unique de Yue Fung, fondateur de Fung Hoi, épouse de la victime Yuen Man-bun… trois enfants… j'en ai déjà parlé. Morte d'un cancer du foie en mai de cette année, à cinquante-neuf ans. Ah… si on veut entrer dans les détails… un an après son mariage, elle a souffert d'une grave dépression postnatale. Rien d'autre de spécial. Maître, vous pensez que Mme Yue a un lien avec notre affaire ? »
Au lieu d'aller franchement vers le OUI ou le NON, la croix bleue se mit à osciller en rythme entre les zones blanche et noire de l'écran.

« Vous voulez dire "peut-être"? »

Bip.

« Dans ce cas... L'un d'entre vous a-t-il quelque chose à ajouter? » dit Lok, se tournant vers les cinq suspects qui s'observèrent en chiens de faïence sans prendre la parole.

« Rien du tout? insista Lok.

— Eh bien..., dit Wu Mah en tremblant de tous ses membres. Ça n'a sans doute rien à voir, mais le soir du meurtre, c'était aussi la cérémonie du centième jour de la mort de Mademoiselle. J'avais préparé de la monnaie de papier à brûler[1] pour le sacrifice...

— Ah oui, M. Wong m'en a parlé. Il m'a dit que vous aviez aussi fait confectionner un modèle en papier à l'imitation de la villa Feng Ying.

— Mademoiselle avait vécu toute sa vie dans cette maison, je craignais qu'elle ne se sente pas vraiment chez elle... là où elle est... tout en bas. »

Les yeux de Wu Mah s'emplirent une nouvelle fois de larmes.

Ah Sing se souvint de l'odeur de cendres de papier qui l'avait frappé quand il était arrivé, le matin du meurtre, chez les Yue. Il avait tout d'abord pensé qu'il était tombé chez une famille bouddhiste ou taoïste pratiquante, juste après les rites de fin de semaine.

« J'espère que le vieux croûton n'essaye pas de nous dire que c'est maman qui est revenue pour tuer père? » dit soudain Yue Wing-lim.

La plaisanterie n'était pas drôle et Oncle Tong

---

1. Il s'agit de fausse monnaie en papier, traditionnellement utilisée pour les sacrifices et les cérémonies funéraires en Chine. *(N.d.T.)*

ouvrit la bouche pour réprimander le jeune homme, mais leur attention fut attirée par l'écran de l'ordinateur : la croix bleue oscillait de haut en bas. C'était un «Peut-être». Wing-lim ricana.

«Quelle connerie!»

Son ton apparut un peu forcé.

«Maître, vous pensez... que l'assassin serait Yue Tsin-yau?»

L'indicateur s'immobilisa au centre de l'écran. Ni oui, ni non, ni peut-être. Le silence se fit. Pourquoi le superintendant Kwan refusait-il de répondre?

«Alors... Maître, comme tout à l'heure vous avez vu un problème dans le raisonnement, mais vous avez besoin de plus de preuves avant de pouvoir nous l'expliquer?»

Biiiip. Ce OUI au moins était très clair.

«Bon, je continue, vous nous donnerez vos indications?»

Bip.

Wing-yi luttait pour contenir son malaise. Chaque fois que l'ordinateur émettait l'une de ses sonorités mécaniques impitoyables, la douleur lui vrillait le crâne, comme si le fantôme du vieux policier se tenait derrière lui et l'opérait au scalpel, triturant son cerveau pour en extraire les secrets enfouis.

Il se sentait proche de l'évanouissement.

5

« Je reviens donc à ce qui s'est passé ce jour-là. »
Lok avait retrouvé tout son calme.
« Comme je l'ai dit au tout début, le crime a eu lieu dans la nuit du samedi au dimanche. D'après les suspects, la soirée du samedi s'était déroulée de façon parfaitement ordinaire. Comme tous les weekends, les six personnes présentes ont pris leur dîner... Non, il y avait quelque chose qui sortait un peu de l'ordinaire, c'était la préparation de la cérémonie du centième jour en l'honneur de l'esprit de Yue Tsin-yau, qui devait se tenir après dîner. Du coup, il semble que le repas ait été un peu... insipide. »
Ce détail venait de la déposition d'Oncle Tong.
« Après le dîner et la cérémonie, chacun est retourné dans sa chambre sur le coup de onze heures. Les logements du secrétaire et de la domestique sont au rez-de-chaussée, la chambre de la victime se trouve au premier comme son bureau, tandis que les appartements des fils se situent au second. L'un des aspects les plus ennuyeux de cette affaire, c'est qu'aucun des suspects n'a d'alibi, puisqu'ils ont tous reconnu être seuls dans leur chambre à l'heure supposée du meurtre, à l'exception de Yue Wing-yi

et Tsoy Ting. Aucun n'a entendu ou remarqué quoi que ce soit d'anormal. Wing-yi et Tsoy Ting pourraient témoigner l'un en faveur de l'autre, mais ils ont reconnu tous deux savoir que l'autre se rendait souvent aux toilettes une fois par nuit, tout en étant incapables de dire si cela avait effectivement été le cas cette nuit-là, ni à quel moment cela aurait eu lieu, ni combien de temps l'absence de la chambre aurait duré. »

Lok fit une courte pause et reprit :

« En résumé, chacun des suspects aurait parfaitement eu le temps et la possibilité matérielle de commettre le meurtre. »

Même le débutant Ah Sing constata que cette remarque ne semblait guère enchanter les cinq suspects.

« Le lit de la victime n'était pas défait, il apparaît donc qu'elle ne s'était pas couchée, et elle ne s'était pas changée ; il est donc probable qu'elle soit restée dans son bureau du moment où elle est remontée jusqu'à l'heure du décès. Nous ne pouvons bien sûr pas exclure la possibilité que Yuen Man-bun ait passé quelque temps dans sa chambre ou dans la salle de bains attenante, et, en revenant dans le bureau, ait surpris le coupable en train d'y pénétrer ou de fouiller, dit Lok en se frottant le menton. Nous n'avons pas pu non plus reconstruire avec un quelconque degré de certitude ce qui s'est passé dans le bureau entre la victime et l'assassin avant le meurtre, en raison du désordre qui régnait dans la pièce.

« Voici la liste de ce qui restait dans le coffre et n'a pas été dérobé : des bijoux et des antiquités pour une valeur totale de huit millions de dollars américains, des bons au porteur pour une valeur de douze millions, quatre titres de propriété de l'entreprise familiale, le testament du décédé, et enfin un vieux livre de comptes. Celui-ci date de plus de quarante ans et porte la signature du décédé. D'après M. Wong, il pourrait avoir gardé ce livre de comptes par simple nostalgie, car il s'agissait du premier qu'il avait ouvert après avoir été promu assistant personnel de Yue Fung. »

Les suspects étaient parfaitement au courant du contenu du coffre, à en juger par leur peu de réaction à cette énumération. Ah Sing se rappela qu'après son ouverture par les spécialistes de la police, Lok et lui-même avaient été estomaqués par une telle imprudence de la part de gens si riches : garder tout cela chez soi ne pouvait qu'attirer les monte-en-l'air de tous poils.

« Il est aisé d'en déduire que l'objectif de l'assassin était probablement de s'emparer du testament, mais qu'il a été surpris par la victime alors qu'il tentait d'ouvrir le coffre-fort. Après l'avoir assommé une première fois et ligoté, il l'a menacé avec l'arbalète pour tenter d'obtenir la combinaison. La mort est peut-être volontaire, mais peut-être s'agit-il aussi d'un accident. En revanche le coupable avait sans doute prévu la mise en scène de l'effraction de la fenêtre et de la fouille en règle de la pièce, pour tenter de faire croire à un cambrioleur. Mais il s'était d'abord assuré de n'avoir laissé aucune empreinte digitale ni aucune trace de pas révélatrice. »

La mention de l'héritage était un moyen détourné de désigner Yue Wing-yi, Yue Wing-lim et Tsoy Ting plutôt qu'Oncle Tong ou Wu Mah. Mais aucun d'eux ne s'insurgea, estimant que l'inspecteur Lok cherchait justement à les faire réagir pour donner plus de grain à moudre au vieux policier.

Tut tut. Une fois de plus, Kwan, par la voix de l'ordinateur, réfutait les déductions de son disciple.

«Non? Il y a quelque chose qui cloche dans ce que je viens de dire?»

Bip bip bip. L'indicateur bondissait jusqu'au OUI, redescendait, remontait. On eût dit que le maître agitait le doigt en fronçant les sourcils. Lok inclina la tête sur le côté, cherchant la bonne façon de formuler sa prochaine question.

«... La mise en scène du crime nous aurait-elle induits en erreur? *Bip.* Sur quoi devons-nous revenir? Sur l'absence d'alibi des suspects? Sur les modalités du meurtre? Sur l'arme du crime — *Bip.* L'arme? L'arbalète sous-marine? *Bip.*»

Lok reprit après un moment de réflexion :

«L'arbalète... oui. J'ai oublié de préciser que sur les cinq suspects ici présents, seuls Wang Koon-tong et Yue Wing-yi ont une expérience de la chasse sous-marine et partaient souvent en plongée avec la victime. *A priori*, les trois autres ne savent pas manier ce genre d'armes.

— Attendez! s'écria Oncle Tong. Vous comptez vous appuyer sur un argument aussi mince pour accuser l'un d'entre nous d'être l'assassin?»

Wing-yi l'écoutait sans réagir, le regard dans le vague.

«Mais c'est un indice capital! dit Lok avec animation. Le fait que l'assassin ait utilisé une arbalète prouve qu'il savait s'en servir! Sinon... il aurait pris l'un des poignards qui étaient dans l'armoire. Pourquoi se compliquer la vie?

— Non, euh... c'est...»

Tut tut. Le NON mit fin à leur échange.

« Maître, vous avez quelque chose à dire ? *Bip.* Vous voulez désigner le coupable ? *Tut tut.* »

Surprise dans la salle. À ce stade tous s'attendaient, presque comme Lok, à ce que le vieux policier n'intervienne plus que pour la conclusion finale. Mais devant l'air embarrassé de l'inspecteur, Oncle Tong devina que sa question, « Vous avez quelque chose à dire ? », prouvait surtout que c'était lui, Lok, qui ne savait plus quoi dire.

Pourtant Lok remit vite le dialogue sur les rails.

« Maître, souhaitez-vous revenir sur ma dernière déduction ? *Tut tut.* Alors ça concerne la victime ? *Tut tut.* Les suspects ? *Tut tut.* La scène du crime ? *Tut tut.* Heu… le groupe Fung Hoi ? *Tut tut.* La famille Yue ? »

Bip.

« Vous… vous voulez encore revenir sur Yue Tsin-yau ? »

Bip. Un moment. *Biiiiip.*

« Maître, vous avez dit « oui » deux fois. Souhaitez-vous parler aussi de Yue Wing-lai ? »

Bip. Yue Wing-lim explosa :

« Il en a pas marre le vieux ? Il veut pas laisser les morts un peu tranquilles ? »

Lok regarda les suspects. Ils arboraient un air des plus sombres. Quand Ah Sing avait parlé du fils aîné, ils avaient eu la même réaction, mais elle pouvait s'expliquer par les gaffes du jeune détective. Cette fois, il était clair qu'il n'y avait pas que cela — aucun ne désirait que Wing-lai revienne sur le tapis. Comme si évoquer le mort était tabou. Ou sale.

Un seul d'entre eux ne partageait apparemment pas les mêmes sentiments.

Les yeux de Wu Mah étaient remplis de larmes.

« Madame Wu, si vous souhaitez nous dire quelque chose, n'hésitez pas », dit doucement Lok.

Il sentait qu'il fallait rassurer la vieille domestique. Wu Mah jeta un coup d'œil aux quatre autres qui se tinrent cois. Elle poussa un long soupir et commença à voix basse :

« Monsieur l'inspecteur, je pense que le superintendant a déjà compris, alors autant abréger... Yue Wing-lai n'était pas le fils du patron.

— Comment ?

— Toute la famille est au courant... »

Wu Mah se mordillait les lèvres entre deux sanglots.

« Mademoiselle était tombée enceinte... après avoir rencontré un voyou.

— Tu parles d'une « rencontre » ! C'était un viol ! » dit Oncle Tong, d'un ton soudain indigné.

Wu Mah fronça les sourcils et le regarda par en dessous.

« C'était l'hiver 1970... non, c'était en janvier 1971, juste avant le Nouvel An chinois. Mademoiselle avait tout juste dix-sept ans, tout marchait bien pour elle, à la maison comme à l'école. Mais c'était l'époque de ces... ces hippies, elle sortait parfois en mauvaise compagnie. Du coup le grand patron m'avait chargée de garder un œil sur elle. Mais un soir elle est sortie en cachette par sa fenêtre. Quand je l'ai découvert toute la famille était sens dessus dessous, le grand patron est même allé demander l'aide de quelqu'un qu'il connaissait dans la police. Le lendemain matin j'ai reçu un coup de fil de Mademoiselle, elle était dans une cabine quelque part sur Kowloon Peak, elle m'a demandé en pleurant de ne rien dire à son père et de venir la chercher moi-même. Mais moi j'pouvais pas y aller toute seule, j'ai dû aller voir Man-bun — euh, M. Yuen — qui m'a conduite là-bas en voiture. Il venait juste de rentrer, il avait passé toute la nuit à rechercher Mademoiselle. Tout le monde était épuisé, Koon-tong avait pas dormi de la nuit non plus, il avait fait tout le tour de Kowloon. »

Lok Siu-ming, Ah Sing et même Apple l'écoutaient et devinaient ce qui allait suivre.

« On a retrouvé Mademoiselle, elle était assise au bord de la route, les bras autour des genoux, la jupe à moitié arrachée — ça faisait mal au cœur de la voir comme ça —, elle a couru vers moi dès qu'elle m'a vue, elle pleurait à chaudes larmes, elle m'a serrée très fort. On l'a fait monter dans la voiture pour qu'elle se repose un peu. Elle nous a raconté qu'avec ses "amis" ils s'étaient promenés en voiture pour écouter de la musique et pour boire. Et puis y en a un qui a sorti une cigarette roulée et qui a insisté pour qu'elle essaye — elle a tiré quelques bouffées, elle avait la tête qui tournait, elle a senti qu'on lui enlevait ses habits... Quand elle s'est réveillée, elle était sous l'abri d'un parking sur le pic, avec les vêtements en vrac... Ah! les dégueulasses... les dégueulasses!

— C'était du cannabis? dit Ah Sing.

— Sûr que c'en était... Voilà, c'est comme ça que Mademoiselle a été violée. Elle m'a suppliée de ne pas en informer son père, moi j'ai promis tout ce qu'elle voulait. Quand on est rentrés à la maison j'y ai apporté des habits propres dans la voiture pour qu'elle se change. Le grand patron pensait qu'elle avait passé la nuit à s'amuser et lui a passé un sacré savon. Mais deux mois plus tard — quand

Mademoiselle m'a dit que... que ce n'était pas venu, j'ai compris que c'était beaucoup plus grave...»

Ah Sing songea que le manque d'éducation sexuelle à cette époque avait nui à tellement de gens...

«Je pouvais plus cacher ça au grand patron... Je pensais qu'il allait se mettre dans des états pas possibles, mais pas du tout, lui et Madame ont embrassé Mademoiselle et tout le monde pleurait à chaudes larmes. Ils ont fait venir un docteur qu'ils connaissaient bien pour voir si elle pouvait se débarrasser du bébé, mais il a dit qu'elle était trop fragile et que ça pourrait l'empêcher de retomber enceinte plus tard. Le grand patron et Madame n'avaient qu'un seul enfant et ils étaient trop âgés pour en avoir un autre. Si Mademoiselle aussi pouvait plus avoir d'enfants, c'était terminé pour la famille Yue. Déjà que le grand patron se sentait coupable envers ses ancêtres de n'avoir eu qu'une fille... mais bon, il aurait suffi de donner le nom de Yue à ses enfants plus tard et tout irait bien. Sauf que les dieux en ont décidé autrement.

— Alors Yue Fung a forcé sa fille à garder l'enfant? dit Lok.

— Il l'a pas forcée, elle voulait aussi, elle avait compris que...»

Wu Mah s'interrompit et essuya les larmes sur son visage.

«Et puis ça ne faisait pas longtemps qu'ils avaient fait fortune, si tout ça s'était su, la réputation du grand patron aurait pris un sale coup. C'était pas comme aujourd'hui, les gens auraient dit que, s'il pouvait même pas s'occuper de sa propre fille, il aurait pas pu s'occuper de son business... Alors le mieux c'était que Mademoiselle se marie le plus vite possible.

— Donc MM. Yuen et Wong ont bien été recrutés comme gendres potentiels?

— Non, coupa Oncle Tong exaspéré, puisque nous avions été recrutés avant toute cette histoire. Le grand patron nous avait embauchés comme jeunes assistants, mais comme nous rencontrions souvent Madame... je veux dire Tsin-yau, nous étions devenus assez proches d'elle, c'est pour ça qu'il nous a demandé si l'un de nous deux accepterait de l'épouser.

— Si je comprends bien, vous avez eu l'occasion de devenir vous-même le chef de la famille Yue?

— On peut dire ça comme ça, dit Oncle Tong avec un douloureux sourire, mais je ne l'ai pas saisie, l'occasion. Bon... je dois reconnaître que j'avais des sentiments pour elle, mais quand j'ai su qu'elle avait été violée, je ne l'ai pas supporté, et j'avais encore moins envie d'élever cet enfant. Mais grand frère Man-bun, lui... le patron, il était plus tolérant que moi, il a été à la hauteur de la situation. Il a dit que ce qui était arrivé n'était pas la faute de cet enfant dans le ventre de Tsin-yau. Peut-être a-t-il aussi été attiré par la perspective de succéder au grand patron, mais à cette époque ce n'était pas facile d'accepter une jeune femme qui n'était plus vierge, et encore moins un enfant qui n'était pas de votre propre sang; quoi qu'il en soit, le patron était très amoureux de Tsin-yau. Le courage qu'il a eu... moi je n'ai pas pu.

— M. Yuen a toujours très bien traité l'enfant, dit Wu Mah, même s'il était pas de lui, il l'aimait beaucoup.

— À cause de tout ça le grand patron s'est mis

à penser que le niveau des hôpitaux à Hong Kong était insuffisant, reprit Oncle Tong. Quelques années plus tard il a fondé la clinique de la Charité. Si les procédures d'avortement avaient été plus sûres, il n'y aurait pas eu de tels risques sur les grossesses futures des femmes enceintes, et Tsin-yau n'aurait pas eu à supporter les suites du viol, de même qu'elle n'aurait pas eu à subir sa terrible dépression après la naissance de M. Wing-lai.

— Alors tous ces mauvais penchants de Yue Wing-lai, ça lui venait de ce violeur?»

Ah Sing avait une fois de plus parlé sans réfléchir, ou comme s'il se délectait à verser du sel sur les plaies de la famille. Mais personne ne sembla lui en tenir rigueur. La bouche d'Oncle Tong se tordit encore davantage.

«Oui... ses mauvais penchants. Ils venaient sans doute de son vrai père, dit-il en hochant la tête.

— Koon-tong, de quoi tu parles? Wing-lai était un bon petit gars, et puis il est plus là, dis pas du mal des gens, dit Wu Mah à voix très basse.

— Comment le superintendant pouvait-il savoir ça? demanda Tsoy Ting. Il aurait lu dans le passé rien qu'à partir de ce que nous avons dit avant?»

Bip! Un «oui» franc et massif, puis l'indicateur revint osciller autour du centre de l'écran.

«Qu'est-ce que ça veut dire?

— Il a dû en comprendre une grande partie, et deviner le reste», dit Lok.

Il réfléchit un moment en silence et dit soudain :

«Je sais. Mme Wu a dit que le mariage avait eu lieu en avril 1971, et Ah Sing nous a rappelé que Yue Wing-lai était né le jour de la fête de mi-automne, la même année... La date de la mi-automne varie, mais elle tombe toujours en septembre ou en octobre, même pas sept mois après le mariage. Même pour un enfant prématuré, ça ne ferait pas beaucoup, le superintendant Kwan en a déduit que Yue Tsin-yau était tombée enceinte avant le mariage. Or, si le père avait été l'un des deux «princes consorts» potentiels, il aurait été plus probable que ce soit Wong Koon-tong, puisque l'enquête a montré que la jeune fille en était beaucoup plus proche que de Yuen Man-bun. Et si ce dernier l'avait forcée d'une façon ou d'une autre, peut-être que Yue Fung aurait quand même obligé sa fille à l'épouser, mais il est fort peu probable qu'il en ait alors fait son successeur, ou que Wong Koon-tong ait accepté d'être son assistant par la suite. Le père de l'enfant était donc forcément un inconnu.»

Bip. Bravo!

«Et donc Yue Wing-lai...»

Wing-yi se dressa brusquement. Tous alors purent constater son extrême pâleur et ses traits tirés. Il transpirait à grosses gouttes et était tendu comme un ressort sur le point de rompre.

«Qu'est-ce qu'il y a? Ça ne va pas? s'inquiéta sa femme.

— Je... je...

— Monsieur Yue, vous..., tenta Lok.

— J'avoue! J'avoue! C'est moi... c'est moi qui l'ai tué.»

Tout le monde fut frappé de stupeur par cette révélation fracassante.

Les mains de Yue Wing-yi tremblaient alors qu'il essayait d'essuyer ses lunettes. Il jetait des coups d'œil derrière lui mais ne semblait pas percevoir les regards fixés sur lui.

« Monsieur Yue, qu'est-ce que vous dites ? demanda Lok sans le quitter des yeux.

— J'ai dit que c'est moi qui l'ai tué, s'il vous plaît, ne laissez pas le superintendant Kwan continuer, j'avoue tout. »

Il se prit la tête à deux mains, comme s'il ne supportait plus la menace que faisait peser sur lui le vieux policier, ni la terreur qu'il éprouvait d'être à tout moment accusé.

Wu Mah éclata en sanglots.

« Mais comment as-tu pu tuer ton père ? Vous vous entendiez si bien... Il y avait quelque chose qui n'allait pas à Fung Hoi ? Des dettes ? Des...

— Non ! Non ! Je n'ai pas tué père. J'ai tué Wing-lai ! »

En quelques secondes, c'était la seconde grenade incapacitante qu'il lâchait ainsi sur l'assemblée.

6

« Wing-lai ? Votre frère est mort dans un accident de voiture. Et puis à l'époque vous n'aviez que... neuf ans ! »

L'inspecteur Lok était tout aussi déconcerté que les autres devant cet aveu soudain.

« Oui, j'ai tué mon grand frère à neuf ans. Ça fait plus de vingt ans que je garde le secret, dit Wing-yi en se rasseyant, le visage toujours dans les mains.

— Comment auriez-vous pu le tuer à cet âge ?

— C'était... c'était le 1er avril.

— Et alors ?

— Alors j'ai voulu lui faire un poisson d'avril..., chevrota Wing-yi. J'ai demandé à Oncle Tong de m'acheter un jouet pour faire peur. C'était un de ces trucs à ressort... une petite boîte, quand vous ouvrez le couvercle, le fond jaillit et projette en l'air des araignées et des insectes en plastique.

— Ah ! Celui-là ! dit Wu Mah, qui avait été visiblement l'une des victimes de la farce.

— Je trouvais ça très drôle, alors je l'ai placé dans la voiture de Wing-lai... »

Wing-yi parlait les dents serrées, et de ses mains

il semblait vouloir s'arracher les cheveux à pleines poignées.

« Après l'accident, j'ai entendu des gens se demander pourquoi il était tombé de la falaise à cet endroit, alors que cette portion de route était large et rectiligne... Ils disaient qu'il avait dû être distrait par quelque chose et donner un brusque coup de volant...

— Et vous en avez déduit qu'il avait dû essayer d'ouvrir la boîte en conduisant, qu'il avait eu peur et qu'il était tombé de la falaise. »

Yue Wing-yi hocha la tête. Lok Siu-ming arborait un air de gêne et de compassion mêlées ; il n'avait pas anticipé une telle confession.

« Hum... Monsieur Yue, aujourd'hui nous traitons du meurtre de votre père, ce que vous nous avez dit sort du cadre de mes attributions. Je ne peux pas... je ne suis pas un juge, je ne peux pas vous déclarer innocent, mais d'après mon expérience, ce qui est arrivé devrait être considéré comme un malheureux accident, je suis persuadé qu'on ne pourrait pas vous intenter un procès là-dessus. Attendons d'avoir terminé l'enquête en cours avant de nous lancer sur une telle pente glissante, d'accord ? »

Wing-yi releva la tête, son regard était celui d'un gamin pris en faute. Il acquiesça faiblement.

« Bon... Maître, vous aviez aussi compris ça ? »

Bip. La croix bleue avait bondi jusqu'au OUI sans aucune hésitation.

« Et... cette affaire a-t-elle un rapport quelconque avec le meurtre de Yuen Man-bun ? »

L'indicateur resta figé au centre de l'écran.

« Maître ? Pensez-vous que le viol de Yue Tsin-yau,

la naissance de Yue Wing-lai et sa mort accidentelle ont eu une incidence sur l'affaire en cours?»

La croix bleue se mit à osciller légèrement de haut en bas.

«Peut-être? Vous avez vu que certains détails ne collaient pas entre eux, et vous avez voulu dissiper vos doutes et confirmer vos déductions?»

Bip bip.

«Putain! Mais c'est pas vrai! Ce vieux salaud ne cherche qu'à remuer le couteau dans la plaie! hurla Yue Wing-lim en se levant. Pour satisfaire sa curiosité malsaine, il a sali en public la mémoire de Maman! Ça vous va bien à vous de pointer du doigt les problèmes des gens avec vos œillères...

— Monsieur Yue, calmez-vous donc un peu; au nom de mon maître, je tiens à vous demander pardon à tous de la façon dont les choses se passent. Mais il ne peut négliger aucune piste. Après tout il a lui-même établi que le meurtrier faisait partie de la maisonnée, c'est normal qu'il tente d'éclaircir certains points obscurs du passé, c'est la procédure habituelle. Je pense d'ailleurs qu'il a déjà cerné toutes les données de la question, et qu'il sait à peu près qui est le coupa...»

Bip.

L'ordinateur avait sonné sans même attendre que Lok ait terminé.

«Il sait déjà qui est le meurtrier?» dit Ah Sing.

Bip.

«Faites-lui dire! Faites-lui dire..., gémit Wu Mah.

— Non, dit Lok. Peut-être qu'il le sait, mais ça ne nous suffit pas. Il faut d'abord qu'il nous fasse comprendre quelles sont les preuves... Sans preuves, donner un nom serait contre-productif, le coupable serait alors en meilleure position pour se défendre, et il ne nous resterait que des suspicions croisées et pas assez étayées. »

Bip. Le vieux policier approuvait son disciple. Il lui avait suffisamment enfoncé cette règle dans le crâne par le passé : « Trouver le coupable, c'est facile. La difficulté, c'est de faire en sorte qu'il n'ait plus d'autre choix que d'avouer sagement... »

« Maître, reprit Lok, vous pensez qu'il y a de quoi confondre le coupable dans tout ce que nous vous avons dit ? »

Bip.

« Ah bon ? dit Ah Sing. Pourtant on a analysé tous les indices, mais on n'a rien trouvé de concluant ! Et puis la victime n'a rien laissé non plus pour nous guider... »

Bip.

« Hein ? Vous voulez dire que Yuen a laissé un indice avant sa mort ? »

Bip.

« Avant sa mort... »

Lok rouvrit son carnet :

« Dans l'album photo ?... Nous n'y avons rien trouvé... »

Tut tut. Ce NON signifiait-il que l'indice n'était pas dans l'album photo, ou bien que les enquêteurs avaient raté quelque chose ?

« C'est dans l'album ? » répéta Lok.

Tut tut.

« Est-ce que ça a à voir avec les blessures de la victime ? » dit Ah Sing.

Tut tut.

« Avec les traces de sang ? »

Tut tut.

« Ah Sing, nous n'avons même pas parlé des traces de sang, dit Lok.

— Ah oui, c'est vrai. Alors c'est quelque chose dans la pièce ? »

Tut tut.

« Hein ? Vraiment pas ? Alors c'est en dehors de la pièce ?

— Ah Sing, arrête un peu, tu veux ? Bien sûr que c'est dehors, si ce n'est pas dedans... »

Tut tut.

« Quoi ? »

C'était une exclamation collective.

« Comment est-ce possible ? dit Tsoy Ting. C'est soit dedans, soit dehors... il n'y a pas d'autre choix.

— C'est au-dessus ? » intervint Oncle Tong.

Tut tut. Bien essayé, mais quand même raté.

« Il n'y a rien qui ne puisse être ni dedans ni dehors », dit Yue Wing-lim.

Bip.

L'auditoire semblait de plus en plus incrédule face aux manifestations de l'écran.

« Rien ? dit Lok en émergeant de ses réflexions. Maître, est-ce que vous voulez dire que... le décédé n'a *pas* laissé d'indices avant sa mort ? »

Bip.

« Il déconne à pleins tubes le vieux ! ricana Wing-lim. D'abord il y a des indices, puis il n'y en a plus...

— Non, j'ai compris ce qu'il voulait dire, sourit Lok. L'indice, c'est justement que la victime n'a pas laissé d'indice ; c'est très clair en fait !

« Nous croyions d'abord que le meurtrier était un cambrioleur, continua-t-il sous les regards interrogateurs des suspects comme de ses adjoints. Si cela avait été le cas, la victime n'aurait effectivement pas pu nous laisser d'indications, car elle n'aurait pas reconnu le coupable. Mais puisque nous savons maintenant que le criminel appartient à la famille — élargie — il est surprenant que M. Yuen n'ait pas pu nous laisser même un indice simple.»

Lok regarda le malade du coin de l'œil et reprit :

«Voyons les choses objectivement. D'abord, la victime a-t-elle pu inscrire quoi que ce soit? Certes, la perte de sang due à la blessure à l'abdomen a été importante, et Yuen Man-bun n'avait sans doute plus la force de se hisser pour attraper un stylo sur le bureau, mais il aurait pu se servir de son propre sang. Il avait été entravé, mais quand on l'a retrouvé il n'y avait plus de liens ni de bâillon; il a pu ramper, il était donc physiquement capable de nous désigner le coupable d'une façon ou d'une autre.

« Ensuite, considérons la chronologie. Le fait qu'il a rampé et feuilleté l'album photo nous prouve qu'il a disposé d'un certain temps avant de mourir. Mais malgré cela, il n'a pas laissé une seule indication valable! Voilà qui est tout à fait étonnant.

— Et que déduisez-vous de cet indice qui n'en est pas un? dit Oncle Tong.

— J'en déduis que s'il n'a rien laissé... c'est que le décédé souhaitait que le coupable ne soit pas découvert.

— Vous voulez dire qu'il a tenté de protéger son assassin?»

Bip. L'ordinateur, qui était muet depuis longtemps, réagit à la déclaration d'Oncle Tong.

«Ou bien... peut-être que c'est l'assassin qui a effacé les indices que mon beau-père aurait pu laisser? dit Tsoy Ting.

— Hmm... non, dit Lok. Malgré sa grave blessure,

la victime a préféré ramper vers la bibliothèque pour feuilleter l'album photo tombé à terre, plutôt que d'aller vers la porte. Comme si elle avait perdu tout espoir de secours. Probablement, elle avait compris qu'elle allait mourir assez vite, et elle a préféré donner l'impression d'avoir été tuée par quelqu'un d'extérieur en mourant tranquillement dans un coin. »

À ces mots, le visage de l'inspecteur s'éclaira comme si le brouillard se dissipait enfin pour laisser entrevoir la vérité.

« Je crois que je comprends comment les choses se sont déroulées avant le meurtre. Yuen Man-bun discutait dans le bureau avec son futur assassin, ce dernier s'est mis en colère pour une raison ou pour une autre, s'est emparé du vase et en a frappé la victime ; puis il a dû croire qu'il avait tapé trop fort et tué Yuen, du coup il s'est empressé de faire sa petite mise en scène pour faire croire à une fouille du bureau par un voleur : il a ouvert l'armoire d'acier avec un outil, laissé des traces sur le coffre-fort, renversé une partie de ce qu'il y avait sur les bibliothèques et le bureau. À ce moment Yuen s'est réveillé, l'autre l'a frappé une nouvelle fois. Et peut-être parce qu'il avait peur d'être dénoncé, ou bien pour une autre raison, il s'est décidé à tuer. Il a pris un rouleau de ruban adhésif étanche — qui se trouvait sans doute d'ailleurs dans l'armoire, c'est le genre d'affaire très pratique pour la plongée, il s'en est servi pour entraver et bâillonner la victime. Puis il a ouvert la fenêtre et s'est servi de l'adhésif pour simuler une entrée par effraction. Et puis il a pris l'arbalète sous-marine et a tiré.

« Après s'être servi de l'arme, reprit Lok après une courte pause, il a pensé que la victime était bien morte, alors il a arraché le ruban adhésif et a quitté la pièce. Il ne pouvait se douter que Yuen se réveillerait encore une fois et utiliserait ses dernières forces pour ramper jusqu'à la bibliothèque…

— Attendez, pourquoi l'assassin aurait-il pris la peine d'enlever le ruban adhésif qui entravait la victime ? demanda Tsoy Ting.

— Eh bien… *Bip*. Maître, vous avez quelque chose à dire ? »

Bip. Ce qui signifiait : « Bien sûr ! »

« À propos de ce que vient de dire Tsoy Ting ? *Bip*. Le meurtrier avait une raison précise d'ôter les liens de la victime ? *Bip*. Pour… peut-être pour détourner l'attention ? *Tut tut. Non*. Il le fallait… pour tuer la victime ? *Tut tut*. Encore "non". Alors c'était nécessaire pour dissimuler une erreur de l'assassin ? *Bip*. »

Lok Siu-ming se frotta le menton de la main gauche et reprit ses réflexions. À part Yue Wing-yi qui restait prostré, la tête baissée, aucun des suspects ne le quittait des yeux, attendant qu'il déchiffre les pensées du superintendant. Il s'écoula un bon moment avant que Lok ne tourne enfin la tête vers le lit et demande :

« Maître, je crois qu'il n'y a pas d'erreur dans ce que je viens de dire — la *séquence* des événements est correcte ? »

Bip. Lok sourit de nouveau et s'adressa à Tsoy Ting :

« Le meurtrier a commis une faute grossière, il ne pouvait faire autrement pour tenter de la réparer.

— Quelle faute ?

— Il s'est trompé dans l'ordre de ses actes.

— Pardon ?

— L'ordre entre la mise en scène de l'effraction et la pose des liens sur la victime. »

Lok rayonnait, les autres s'agitaient. Ce fut Ah Sing qui comprit le premier.

« Bien sûr ! S'il s'était agi d'un cambriolage, l'effraction aurait forcément eu lieu avant la pose des liens et du bâillon ; mais si le meurtrier avait laissé l'adhésif sur la victime, les types de la police technique se seraient aperçus très vite que ça avait en fait eu lieu dans l'ordre inverse ! »

Les suspects n'avaient pas l'air plus éclairés.

« Appelons les deux morceaux d'adhésif sur la vitre, en croix l'un sur l'autre, les numéros 1 et 2 — je simplifie, en fait il y avait plusieurs couches d'adhésif. Les trois morceaux sur les chevilles, les poignets et la bouche de M. Yuen sont les numéros 3, 4 et 5. Dans l'ordre logique d'un cambriolage, les n° 1 et 2 doivent correspondre entre eux, et le n° 2, au-dessus du n° 1, doit correspondre au n° 3, c'est-à-dire à l'un des morceaux sur la victime. Mais si les techniciens avaient découvert que c'est le n° 1, *qui est pourtant recouvert par le n° 2,* qui correspond en fait au n° 3… cela aurait prouvé que l'adhésif sur la vitre a été posé après les liens sur la victime… ce qui aurait dynamité le scénario du cambriolage !

— Ce sont les Américains qui ont mis au point depuis longtemps les techniques permettant de faire correspondre entre eux les morceaux d'adhésif, grâce aux microdéchirures, dit Lok. J'ai lu un article là-dessus il y a quelque temps. L'assassin a dû s'apercevoir de son erreur, et il avait le choix — soit il défaisait les liens de la victime qu'il croyait morte et emportait ces morceaux d'adhésif, soit il emportait les morceaux d'adhésif collés aux morceaux de verre par terre. La première option était beaucoup plus sûre.

— Pourquoi? dit Tsoy Ting. Je ne vois pas la différence.

— Parce qu'il lui aurait en vérité été impossible de décoller tous les petits morceaux de verre, et il aurait été très difficile de s'en débarrasser : l'adhésif peut brûler, le verre ne brûle pas.

— Brûler?

— Oui... Je pense que, pour sa mise en scène du cambriolage, le meurtrier a réfléchi à tous les détails possibles, même s'il a commis des erreurs. En particulier, il fallait qu'il se débarrasse du butin : les deux cent mille dollars en cash. »

Lok leva le doigt et le pointa sur Wu Mah.

« Madame Wu, vous avez bien aidé le coupable.

— Moi? Dites pas des choses pareilles! C'est injuste...

— Rassurez-vous, c'est une aide involontaire. Je n'ai pas dit que vous étiez complice... La veille au soir vous aviez préparé et fait brûler une grosse quantité de fausse monnaie pour la cérémonie de sacrifice à l'esprit de Yue Tsin-yau, la villa était encore pleine de cette odeur caractéristique le lendemain matin.

— Et alors? dit Tsoy Ting, mais elle avait compris avant de terminer sa question.

— Le meurtrier a pu brûler les deux cent mille dollars qu'il avait volés pour faire croire à un cambriolage, sans craindre qu'on se demande d'où venait l'odeur. »

Plusieurs des suspects poussèrent un cri à ces paroles.

« Et il en a profité pour brûler les morceaux de ruban adhésif qu'il avait emportés. S'il y avait eu du verre, il aurait couru le risque qu'il en reste après, même s'il avait tenté de tout jeter dans les toilettes. C'est aussi pour cette raison qu'il n'a emporté que les espèces, pas la montre ni les autres objets de valeur : il lui aurait été impossible de s'en débarrasser de cette manière. S'il avait caché le butin, il risquait qu'il soit découvert au cours d'une fouille de la police. Après tout, ce n'est pas pour le butin que le meurtre a été commis…

— Alors qui c'est, ce meurtrier ? dit Tsoy Ting.

— Si la victime n'a pas souhaité laisser d'indice pour désigner son propre assassin, il s'agit sûrement de l'un de ses deux fils », dit Ah Sing.

Yue Wing-lim redressa le buste, mais Yue Wing-yi resta la tête dans les mains.

« Je pense également que le décédé n'aurait pas souhaité protéger ainsi son secrétaire ou sa domestique », dit Lok.

Tsoy Ting voulut intervenir mais il la coupa :

« Mais je crois aussi que le docteur Tsoy n'aurait pas confondu une personne simplement assommée avec un cadavre, ou qu'elle aurait vérifié que la victime était vraiment morte après s'être servie de l'arbalète. »

Le coupable est soit Yue Wing-yi, soit Yue Wing-lim… Cette pensée s'imposa à tous comme une évidence.

« Alors c'est Yue Wing-yi, dit Ah Sing. Des deux frères, il n'y a que lui qui savait se servir de ces armes.

— Ce n'est pas très compliqué d'appuyer sur une détente, contra Lok.

— Mais chef, vous savez bien que pour les gens sans expérience de la chasse sous-marine, c'est pas facile de tirer les sandows pour armer l'arbalète… Si on ne fait pas gaffe, on peut se blesser soi-même. »

Ah Sing s'exprimait comme un expert, mais tout comme Lok ses connaissances en chasse sous-marine étaient très récentes.

Bip. L'ordinateur, silencieux depuis un bon moment, transmit une nouvelle fois la parole de Kwan Chun-dok.

« Maître ?... Vous voulez parler de l'arme ? »

Bip.

« Est-ce que nous avons raté quelque chose à ce propos ? »

Biiiiiiiip. Ce OUI sonnait plutôt comme un : « Bande de crétins, êtes-vous tous aveugles ou quoi ? »

Lok rouvrit son carnet une fois de plus.

« Voyons s'il y a un problème avec l'arme... La victime a été frappée à l'abdomen par un harpon de cent quinze centimètres de long ; sur le sol se trouvait une arbalète en fibre de carbone, de marque Rob Allen, à tête fermée, au fût long de cent quinze centimètres avec des sandows en caoutchouc de trente centimètres...

— Hein ? »

Ce cri, c'était Wing-yi qui l'avait poussé, à la surprise de tous. Aux larmes et au désespoir s'ajoutait sur son visage l'incompréhension. Il avait ôté les mains de ses yeux et regardait le policier.

« Monsieur Yue, vous avez une précision à apporter ?

— Vous pouvez répéter ?

— Ce que je viens de dire ?... La victime a été frappée à l'abdomen par un harpon de cent quinze centimètres de long ; sur le sol se trouvait une arbalète en fibre de carbone, de marque Rob Allen, à tête fermée, au fût long de cent quinze centimètres.

— La Rob Allen ne peut pas tirer un harpon comme celui-ci.

— Pourquoi donc ?

— C'est la longueur qui ne va pas !

— Le harpon fait cent quinze centimètres, exactement comme le fusil, pourquoi ça n'irait pas ?

— Justement ! Le fût de l'arme doit être plus court que la flèche ou le harpon. Une flèche de cent quinze centimètres ne peut être tirée que par un fusil de soixante-quinze centimètres !

— C'est vrai ! dit Oncle Tong. J'avais l'impression qu'il y avait quelque chose de bizarre, mais je n'arrivais pas à mettre le doigt dessus... »

Bip. L'ordinateur confirma.

« Ce n'est pas possible de tirer quand même ce harpon avec un fusil de la même longueur, même si ça ne se fait pas d'habitude ?

— Dans certains cas, en forçant un peu, on peut y arriver, mais dans ce cas précis ce n'est pas possible », dit Yue Wing-yi qui ne s'exprimait plus comme un suspect, mais comme un policier. « Parce que la flèche est un harpon, et la Rob Allen est une arme à tête fermée.

— Qu'est-ce que ça a à voir ?

— Le harpon a des crochets latéraux quelques centimètres derrière la pointe. Avec un harpon de la même longueur que l'arbalète, l'arrière de la flèche est engagé dans le mécanisme de la gâchette, à l'arrière du fût, donc la pointe du harpon va se trouver derrière le pontet de la tête fermée, qui comporte une sorte de petit trou rond. Au moment de tirer, même si la pointe s'engageait dans le trou, les crochets heurteraient le pontet. Est-ce que vous avez constaté que le fusil, ou le harpon lui-même, était abîmé ?

— Non, dit Lok en secouant la tête, ils étaient intacts. Vous voulez donc dire que ce harpon a forcément été tiré avec une des autres armes ?

— Oui, avec la Rabitech de soixante-quinze centimètres. »

Bip.

Avec ce OUI, Wing-yi eut soudain l'impression que le vieux policier l'absolvait du meurtre de son frère.

« Et donc... si l'assassin a échangé la Rob Allen et la Rabitech, alors que ce n'est pas crédible, c'est qu'il ne devait rien connaître à la chasse sous-marine, dit Tsoy Ting d'une voix tremblante, la tête tournée vers Wing-lim.

— N'importe quoi. »

Ce n'était pas de la colère mais du mépris qui perçait dans la voix du benjamin.

« Si j'y connaissais rien, comment j'aurais pu me servir de la Ra-machin — de l'autre arme ? Et s'y je m'y connaissais, pourquoi j'aurais fait cette connerie d'échange ? C'est plutôt l'œuvre de quelqu'un qui s'y connaît en fusils sous-marins, qui a voulu donner l'impression que le meurtrier ne s'y connaissait pas... Vu comme ça, je suis le moins coupable de tous. »

Lok se tenait coi et se caressait le menton, cherchant l'éventuelle faille dans ces déclarations.

Tut tut.

« Maître, vous dîtes "non" ? Vous voulez contredire Yue Wing-lim, vous l'accusez d'être le meurtrier ? »

Bip.

Ce son, c'était comme si, de son lit d'hôpital, le vieux policier pointait Wing-lim du doigt et déclamait d'une voix d'outre-tombe : « Pas la peine de jouer au plus fin. C'est toi l'assassin ! »

Wing-lim se recroquevilla sur le canapé mais retrouva son assurance en quelques secondes et se redressa.

« Ah oui ? Eh bien on va voir ce que le vieux birbe a comme preuves !

— Maître, avez-vous des preuves ? »

Bip.

« Pourtant ce que vient de dire Yue Wing-lim est assez logique ? Puisqu'il ne connaît pas ces armes, comment aurait-il pu charger la Rabitech, et ensuite tirer avec ? »

Tut tut — bip…

« Vous… vous voulez dire qu'il n'a pas chargé l'arme, mais qu'il a quand même tiré ? *Bip.* Et s'il ne l'a pas chargée… Ah !!! C'est la victime elle-même qui avait chargé l'arme. M. Wong ne nous a-t-il pas dit que Yuen Man-bun s'amusait de temps en temps avec ses arbalètes dans son bureau, pour se rappeler l'époque où il pouvait encore plonger ? C'est ce qu'il devait être en train de faire ce soir-là ! »

Bip. Exactement.

« Alors les traces d'effraction sur l'armoire sont également simulées… puisqu'elle n'était en fait pas fermée. D'ailleurs le ruban d'adhésif étanche, et même l'outil utilisé pour faire les fausses traces d'effraction, et les gants dont l'assassin s'est servi, tout devait être dans l'armoire. S'il n'a pas recouru à un des poignards qui s'y trouvaient, c'est parce qu'il craignait que le sang de la victime jaillisse sur ses propres habits. Et aussi parce que utiliser une arme dont il n'était pas censé connaître le maniement pouvait diminuer les soupçons envers lui. »

Bip.

« En résumé : la victime jouait à la guéguerre dans son bureau avec la Rabitech. Yue Wing-lim est entré dans la pièce. Ils ont commencé à se disputer… jusqu'à ce que le fils assomme le père avec le vase. Ont suivi la mise en scène, le deuxième coup de vase, le meurtre avec le fusil sous-marin. Mais alors, à quoi ça rime d'avoir échangé les deux armes ? Quand il a tiré, il portait sûrement déjà les gants… »

Bip — bip — bip — biiiiip. Rafale de OUI. La croix bleue rebondissait du centre de l'écran vers le sommet, comme dans un jeu vidéo à l'ancienne. On touchait visiblement au point le plus crucial de tout le raisonnement.

L'inspecteur Lok releva brusquement la tête et pointa le jeune homme du doigt. Son ton ne laissait plus percer le moindre doute ; il avait retrouvé son regard de rapace.

« Vous avez interverti les deux arbalètes parce que vous n'aviez pas le choix, parce que vous avez laissé sur l'arme qui a vraiment servi des indices irréfutables ! »

Yue Wing-lim pâlit mais ne bougea pas, faisant toujours face au policier.

« Vous avez tiré avec la Rabitech en visant le cœur ou la tête, mais comme vous ne maîtrisez pas ces armes vous n'avez touché que le ventre. Vous avez donc voulu tirer une deuxième flèche ; le seul problème, c'est que la méthode pour charger et armer une telle arbalète sous-marine, elle ne s'invente pas ! Elle demande une technique particulière : pour disposer de la force suffisante il faut bloquer la crosse de l'arme sur la poitrine et tirer sur les sandows à deux mains. Si on ne le fait pas correctement, il est très facile de se blesser. Et c'est ce qui vous est arrivé... vous avez dû saigner, et laisser des traces de votre ADN sur l'arme. Craignant que ces traces soient découvertes par les enquêteurs, et croyant de toute façon que la victime avait fini par mourir pendant que vous vous escrimiez avec l'arbalète, vous avez laissé tomber et décidé de régler la question la plus pressante, celle des traces de sang; vous avez donc cherché une autre arme d'à peu près la même longueur. Mais l'autre arbalète de soixante-quinze centimètres était démontée et rangée dans une des boîtes. Comme vous étiez incapable de la remonter, vous vous êtes contenté de prendre la Rob Allen qui pendait et de ranger la Rabitech. Le tout sans songer un seul instant qu'il y aurait un problème de compatibilité de longueur entre la Rob Allen à tête fermée et le harpon. Les gens du labo n'ont pas pensé à analyser les traces sur les armes restées dans l'armoire, mais maintenant que nous avons compris quelle arme a vraiment servi, nous allons réparer cet oubli de ce pas. »

Vif comme l'éclair, l'accusé bondit hors du canapé et fit ce que font souvent les coupables dans ce cas : il détala. D'un bond il passa devant son frère et sa belle-sœur et agrippa la poignée de la porte, laquelle refusa de tourner. L'instant d'après, deux mains l'attrapaient par-derrière : Ah Sing avait réagi dès qu'il avait vu Wing-lim se lever. Il le projeta à terre et lui passa les menottes en un tournemain.

« Vous me croyez né de la dernière pluie? dit Lok. J'avais prévu que le coupable tenterait de fuir. Ah Sing a verrouillé en entrant derrière vous. »

Ah Sing releva Yue Wing-lim et le fit rasseoir sur le canapé, que les trois autres occupants s'empressèrent de libérer. Wu Mah voulut lui demander la raison de son acte, mais à la pensée que Mademoiselle ait pu enfanter un tel monstre, elle fut de nouveau prise de sanglots et les mots s'étouffèrent dans sa gorge. Ce fut l'inspecteur Lok qui parla à sa place.

« Yue Wing-lim, pourquoi avez-vous assassiné votre père ?

— Hmmf !

— Votre tentative de fuite est une preuve suffisante de votre culpabilité, qui sera confirmée par le labo. Vous avez le droit de garder le silence... tout ce que vous direz pourra servir contre vous au tribunal. Mais si j'étais vous, je m'expliquerais pour que votre famille au moins puisse comprendre...

— Je... je voulais devenir réalisateur..., finit par cracher le jeune homme.

— Et alors ?

— Le vieux refusait... nous nous sommes disputés, je l'ai frappé. Et puis après tout s'est passé comme vous l'avez décrit.

— C'était pour ça? Juste pour ça? put enfin crier Wu Mah.

— Ouais... Une fois mort, il allait être remplacé par Wing-yi, qui ne m'emmerderait plus pour que je rejoigne la boîte. Et puis j'aurais eu une part d'héritage, que j'aurais pu investir dans mes films. D'une pierre deux coups... »

Baf! La vieille domestique lui assena une gifle retentissante.

« Pour ça! Pour ça... Si Mademoiselle l'apprend, elle va en mourir une deuxième fois, de chagrin ! »

Wing-lim grogna et baissa la tête pour échapper au regard de Wu Mah.

« Nous connaissons maintenant la vérité, dit

Lok, toujours assis à la tête du lit. Je vous prie de m'excuser de vous avoir retenus aussi longtemps. Maître, pardonnez-moi de vous avoir demandé tant d'efforts... Ah Sing, arrête l'enregistrement. Apple, tu peux éteindre tes ordinateurs. »

Tut tut — tut tut —

Tout le monde se retourna en bloc. C'était bien sur le NON que la croix bleue s'était fixée.

« Maître, qu'est-ce qu'il y a ? »

Tut tut.

Émanant de cet écran d'ordinateur comme en cercles concentriques, flottait une nouvelle vague de doutes et d'interrogations.

« Maître, vous voulez dire que... l'affaire n'est pas close ? »

Bip.

Le regard fixé sur l'écran comme les autres, Wing-yi se figea. Le vieux policier voulait-il maintenant revenir sur la façon dont il avait tué son frère aîné ?

Lok fronça les sourcils.

« Pas encore close ? J'ai oublié quelque chose ? »

L'indicateur ne bougea pas d'un millimètre.

« Maître ? »

Ding !

Au bas de l'écran s'afficha soudain un signal d'alerte en anglais. Sur le côté clignotait un énorme point d'exclamation rouge, que suivaient d'autres symboles incompréhensibles.

« Que se passe-t-il, Apple ?

— Heu, il y a un bug... ou pire.

— Ça va prendre du temps à arranger ?

— Je crois que c'est un problème de hardware. Je vais devoir retourner à la maison pour récupérer du matos, et tout remettre en ligne... Ça peut prendre entre une demi-heure et... ahem... une demi-journée une fois que je serai revenue. »

Un air de consternation voila le visage de l'inspecteur. Il regarda son accusé et ses anciens suspects puis tourna la tête vers Kwan Chun-dok toujours immobile sur son lit.

« On va s'arrêter là pour aujourd'hui. Il va bientôt faire nuit... Apple, si tu as pu réparer le système, passe-moi un coup de fil demain matin à la première heure, je viendrai demander au superintendant s'il veut reprendre là où il s'est arrêté... Si ça se trouve, il va se réveiller et pourra nous parler en personne. Mesdames, Messieurs, si nous avons encore besoin de vous pour quelques détails, je vous en informerai. »

Au dehors, le crépuscule tombait et les eaux bleues du golfe viraient lentement au rouge sang. Ah Sing rangea la caméra, Apple replia l'un des ordinateurs et le mit dans une sacoche qu'elle passa en bandoulière. Les deux autres portables restèrent sur la table basse, les câbles toujours au sol.

Yue Wing-yi, Tsoy Ting, Oncle Tong et Wu Mah sortaient de la pièce. Lok Siu-ming se leva et, debout au bord du lit, prit la main du malade dans la sienne puis dit en contemplant, tête inclinée comme en signe de respect, le vieux visage aux yeux clos :

« Maître, je m'en vais. Je mènerai cette enquête jusqu'au bout... comme vous l'auriez exigé. »

Le coin des lèvres du vieux policier se souleva légèrement... mais Lok savait que ce n'était que l'effet trompeur d'un reflet du soleil couchant.

7

Le lendemain matin à neuf heures, l'inspecteur Lok et Ah Sing arrivèrent devant le portail de la villa Feng Ying. Autour du parc de la grande résidence des Yue traînaient une multitude de journalistes, accourus à la pêche aux nouvelles après avoir appris l'arrestation du benjamin de la famille. En voyant le véhicule de police s'approcher, ils se ruèrent vers le portail mais furent refoulés par les vigiles dont les Yue avaient loué les services après le meurtre. Ils n'aperçurent à travers la grille que le dos de Lok descendant de voiture et s'engageant sur le perron.

« Bonjour, inspecteur Lok, dit Wu Mah en lui ouvrant, les yeux gonflés et striés de rouge.

— Bonjour, madame Wu. Les autres sont là ? »

Lok avait le visage tout aussi décomposé que la vieille domestique. Il vit Yue Wing-yi et le secrétaire privé apparaître derrière elle. C'était dimanche, personne ne s'était rendu aux bureaux de Feng Hoi.

« Tout le monde est là. Oncle Tong a couru à travers toute la ville hier soir pour trouver un avocat à ce petit salaud, Wing-yi a passé la nuit au téléphone... Personne n'a bien dormi. Aïe...

— Ma femme est au lit, dit Wing-yi. Inspecteur... êtes-vous venu pour moi ? »

Il avait enfin révélé la veille le secret qui le tourmentait depuis plus de vingt ans et, malgré les événements qui avaient frappé sa famille, il était plus soulagé qu'il n'aurait su dire. Le meurtre de son frère aîné avait fait de l'enfant de neuf ans un être perclus d'angoisse qui vivait chaque jour en tremblant. L'acharnement dont il avait témoigné dans ses études, la personnalité faite de sérieux et de professionnalisme qu'il s'était créée, tout découlait de ce traumatisme.

« Non, nous parlerons plus tard de cette histoire », dit Lok en se tournant vers Oncle Tong.

Sa voix descendit d'un ton et se fit impérieuse.

« Monsieur Wong, la police vous suspecte de meurtre avec préméditation. Vous êtes officiellement en état d'arrestation pour les besoins de l'enquête. Veuillez me suivre jusqu'au poste de police. Vous avez le droit de garder le silence, mais si vous y renoncez, tout ce que vous direz pourra être enregistré et retenu contre vous au tribunal. »

Frappés de stupeur, Wing-yi et Wu Mah dévisagèrent Oncle Tong, tout aussi ébahi.

« Le meurtrier n'est pas... n'est plus Wing-lim ? » ânonna Wing-yi, sans obtenir de réponse du policier.

Oncle Tong revenait peu à peu à lui.

« Puis-je mettre ma veste ? »

Lok vit le portemanteau à côté de la porte et hocha la tête. Oncle Tong enfila l'habit et Lok lui passa les menottes.

« C'est sûrement Wing-lim qui s'est mis à raconter n'importe quoi une fois arrêté, pour se couvrir. Ne vous inquiétez pas», dit Oncle Tong avant de franchir la porte.

Ils prirent place dans le véhicule qui démarra, Ah Sing au volant; les flashs crépitèrent au franchissement du portail, aveuglant Lok et Oncle Tong, assis à l'arrière. La voiture se dirigea vers le QG de la police de Kowloon Est à Tseung Kwan O. Le silence régnait dans l'habitacle. Dans le rétroviseur, Ah Sing jetait des coups d'œil furtifs à ses passagers qui semblaient rivaliser d'impassibilité, comme deux joueurs de poker. Oncle Tong était si calme qu'Ah Sing se demandait si la surprise qu'il avait montrée quelques minutes avant chez les Yue n'avait pas été elle-même simulée.

«C'est vous qui avez incité Yue Wing-lim à tuer Yuen Man-bun, dit Lok en rompant le silence en premier.

— C'est Wing-lim qui vous l'a dit? dit Oncle Tong en gardant le regard fixé sur la route droit devant lui.

— Non. Il n'a pas parlé au poste de police. Même l'avocat que vous avez dégoté n'a pas réussi à lui arracher une parole.»

Lok songeait que la précision était superflue, vu qu'il était peu probable que l'avocat n'ait pas rendu compte à celui qui le payait.

«Alors pourquoi croyez-vous que j'ai poussé Wing-lim au meurtre?»

Son ton était celui d'une conversation de salon.

«Son mobile. Son mobile ne tient pas une seule seconde. Tuer son père parce que celui-ci refusait qu'il soit réalisateur? C'est ridicule. Un homicide involontaire, à la rigueur, avec ce motif... Mais frapper deux fois la victime et lui tirer dessus avec une arbalète sous-marine, ça n'a rien d'un simple accès de colère.

— Vous croyez que ce n'est pas Wing-lim qui l'a tué ?

— Si, c'est bien lui le meurtrier, l'ADN est là pour le prouver. On a retrouvé les traces de sang sur la vraie arme du crime. Il s'est blessé au poignet gauche avec le crochet de métal des sandows, une goutte de sang a coulé sur le côté du fût. Il a essayé de l'essuyer, mais ce n'est pas parce qu'on ne voit plus rien à l'œil nu que la police technique ne peut rien trouver.

— Eh bien, si c'est lui, pourquoi aller chercher plus loin ?

— S'il avait vraiment tué son père sous le coup de l'émotion pour le motif avoué, il n'aurait eu aucune raison de tenter de déguiser l'accident en tentative de cambriolage qui aurait mal tourné. Ça pourrait se comprendre s'il avait cru l'avoir tué sans faire exprès avec le premier coup sur le crâne... mais le second coup et le harpon, c'était vraiment de trop. Tout dans cette affaire montre qu'il y avait vraiment intention de tuer... or l'histoire de l'ambition artistique réprimée n'est pas crédible. Le vrai mobile, c'est d'abord une haine profonde et trop longtemps refoulée, qui a trouvé le prétexte de cette petite dispute pour enfin s'exprimer, sans qu'il soit possible de remettre le diable dans sa boîte...

— Certes, mais tout ça, c'est le problème de Wing-lim.

— Pas seulement. Un jeune de vingt-quatre ans, qui nourrirait une telle haine envers son propre père ? Dans l'immense majorité des affaires de parricides ou matricides, les assassins partagent un sentiment de rejet profond de la part de l'ensemble de leur famille depuis la plus tendre enfance, pour des raisons diverses. Or Wing-lim n'entre pas dans ce cadre : il était très proche de sa mère, des témoignages innombrables, dont le sien, l'ont prouvé. Même s'il en voulait beaucoup à son père, il n'aurait pas pu se comporter comme un parricide ordinaire. Il est vrai que dans beaucoup de parricides, la pauvreté est aussi un facteur déterminant : le jeune fait des demandes financières à son père, que celui-ci ne peut pas satisfaire, et la dispute dégénère. Mais Wing-lim n'avait aucun problème d'argent et son père lui payait les études qu'il désirait. Encore une fois, il n'y avait aucune raison qu'entre eux deux existe un désaccord propre à pousser au meurtre.

— Yuen Man-bun remplissait ses obligations envers ses enfants, c'est vrai, mais il n'a jamais été un bon père. Il était obsédé par l'argent, par le pouvoir, par sa réputation et par son statut social. Il en était venu à apprécier Wing-yi, mais seulement parce qu'il avait un bon potentiel pour lui succéder à la tête de Fung Hoi. »

En entendant son interlocuteur appeler Yuen Man-bun par son nom complet plutôt que par son prénom ou « le patron » comme auparavant, Lok se vit confirmer que l'affection et le respect dont il avait témoigné jusqu'ici envers le mort étaient feints.

« Même si l'attitude de Yuen Man-bun était très froide, je refuse de croire que cela ait pu faire de Wing-lim un meurtrier. Il y a forcément autre chose — quelque chose de beaucoup plus profond — en arrière-plan.

— C'est votre superintendant dans le coma qui a déduit ça ?

— Non, c'est moi qui l'ai déduit, dit Lok avec un léger sourire qui ne se reflétait pas dans ses yeux fatigués.

— Alors vous pensez que je suis ce "quelque chose de plus profond"?

— Oui.

— Inspecteur, vous me surestimez, dit Wong Koon-tong en riant, sa cordialité plaquée sur son visage comme un masque. Je ne suis qu'un petit secrétaire de rien du tout...

— Oui... mais vous êtes aussi un membre de la famille depuis très longtemps.

— Et...?

— Et je pense que vous êtes au cœur de cette affaire. Vous vous rappelez que la semaine dernière, quand vous êtes venu au poste de police pour votre déposition, je vous ai demandé : "Si le meurtrier n'est pas un cambrioleur, qui pourrait-il être à votre avis?"

— Ça me dit quelque chose.

— Vous avez répondu que celui qui entretenait les plus mauvaises relations avec le décédé dans la famille était Wing-lim, mais que vous ne pensiez pas qu'il puisse être un assassin.

— Il semble que je me sois trompé.

— Vous savez ce que les autres ont répondu?

— Non?

— Wing-lim a dit qu'il n'avait pas d'opinion là-dessus, mais les trois autres ont tous donné des noms différents, des noms de gens dont l'entreprise a été avalée par le groupe Fung Hoi.

— Pardon?

— Le sens de la question, c'était : "Qui pouvait en vouloir autant à Yuen Man-bun?" Tous les autres ont immédiatement pensé à des rivaux dans le domaine professionnel. Le Requin avait forcément des ennemis... à cause de ses méthodes brutales, il y a beaucoup de gens à Hong Kong qui auraient pu apprécier sa disparition. Mais vous, le secrétaire, pourtant chargé de suivre les affaires familiales, vous n'avez pas évoqué ce genre d'ennemis, non, vous avez juste dit que vous pensiez que Wing-lim ne pouvait pas être l'assassin. Je ne peux pas croire que votre langue a fourché ou que vous n'étiez pas attentif ; vous avez délibérément choisi de comprendre la question comme si elle concernait uniquement les membres de la famille Yue. Ça prouve au moins que même si vous n'étiez pas le meurtrier ou l'instigateur, vous étiez au courant de plus de choses que vous n'en disiez — ces fameuses choses à l'arrière-plan.

— Ce sont d'intéressantes spéculations. Mais elles ne reposent sur rien de concret — elles ne sont que le résultat de votre imagination, n'est-ce pas, inspecteur ?

— C'est vrai, je n'ai rien de concret pour étayer mes impressions, dit Lok douloureusement, disons que c'est l'instinct du flic qui parle. Et en suivant mon instinct, je suis même prêt à aller plus loin dans les spéculations.

— Ah oui ?

— J'irais jusqu'à dire que Yue Wing-lim n'était pas le fils de Yuen Man-bun, mais le vôtre.

— Ha ha ha ! Voilà du nouveau. Continuez, je vous en prie.

— Si Wing-lim était le fruit d'un adultère entre Yue Tsin-yau et vous-même, cela expliquerait bien des choses. Par exemple, la mauvaise relation entre Man-bun et Wing-lim... et même la haine profonde que ce dernier éprouvait envers son faux père. Pourquoi irait-il inventer un mobile aussi ridicule que cette histoire de devenir réalisateur? Mais imaginez plutôt qu'il ne supportait pas le fait que son père et sa mère adorés vivent sous le joug de Yuen Man-bun... ni que sa mère en soit morte de mélancolie... et que le père et le fils aient décidé de se venger du tyran... alors là vous avez un excellent mobile.

— Je vois surtout que vous avez là un excellent scénario de série télé de troisième ordre. Ce n'est pas un peu tiré par les cheveux?

— Tant que ça?... Il y a des indices supplémentaires. D'abord, votre propre attitude envers les frères Yue. Vous êtes très respectueux envers les aînés, vous parlez d'eux en disant "M. Wing-lai, M. Wing-yi", mais vous appelez le benjamin simplement par son prénom. Et vous n'hésitez pas à le réprimander en public. En sens inverse, Wing-lim est insolent envers tout le monde, sauf envers vous, même quand vous lui faites des reproches. Bizarre, non? Pas de raison qu'il témoigne d'un tel respect envers le simple secrétaire de son père. Certes, vous êtes un vieux serviteur de la famille, mais je ne vois pas pourquoi ça arrêterait une telle canaille.

— Tout ça est très joli mais le raisonnement est un peu faible. Supposons que j'aie en effet entretenu une liaison avec Tsin-yau et que Wing-lim soit mon fils. Le fait de le cacher à Yuen Man-bun tout ce temps, et de lui faire croire que ce bâtard était son fils... est-ce que ce n'est pas une vengeance suffisante? Pourquoi alors le tuer?

— Euh...»

Lok prit un air embarrassé et ne répondit pas. Le silence s'installa.

« Inspecteur, vos hypothèses sont complètement farfelues, dit soudain Oncle Tong d'un ton indulgent. Mais croyez-moi, avec ce genre de déductions absurdes, on peut inventer quelque chose de bien plus extraordinaire — de bien plus amusant. Bien entendu, il ne s'agit que d'hypothèses, n'est-ce pas? D'hypothèses bâties sur du vent. Même si vous étiez en train de m'enregistrer, un avocat pourrait parfaitement invoquer l'argument de la "pure spéculation" pour rendre ma déposition irrecevable devant la cour. Qu'en dites-vous?

— Parlez.

— Eh bien, parlons... Inciter directement quelqu'un à commettre un meurtre, c'est stupide. Pour pousser un tiers à une telle extrémité, il suffit de créer les conditions propices à la haine, d'en semer les graines pour ainsi dire, et d'en arroser tranquillement les jeunes pousses. Arrivée à un certain point, la haine va se transformer en pulsion meurtrière, et, dans certaines circonstances, même un être des plus ordinaires se transformera en assassin — encore une fois, ce que je viens de dire n'est qu'une hypothèse. Je vous donne mon opinion.

— Oui, bien sûr. Votre opinion...

— Il faut aussi considérer la nature de ce ressentiment. Si cette haine qu'éprouvait Wing-lim — euh, mon fils —, si elle venait de moi, il faudrait alors que j'aie eu de meilleures raisons que celles que vous avez évoquées pour souhaiter la lui transmettre. Vous avez supposé que Wing-lim était mon fils, c'est un facteur intéressant, mais pas suffisant pour que lui — ou moi — ayons cultivé une telle volonté de vengeance. Un petit effort, inspecteur — il nous faut imaginer la cause d'une haine assez féroce pour faire de Wing-lim un assassin. »

Oncle Tong s'arrêta ; son regard semblait fixé sur un horizon invisible.

« Par exemple, reprit-il, cette haine pourrait venir de la blessure ou de l'offense infligée à un être aimé... une offense impardonnable. Vous savez, inspecteur ? La haine et l'amour sont les deux aspects d'un même sentiment ; pour pousser une personne à en haïr une autre, il suffit de lui faire savoir que l'autre en question a blessé une troisième personne, celle que la première chérit le plus au monde...

— Comme ?

— Comme sa mère.

— Et à quel genre de blessure pensez-vous ? poursuivit Lok.

— Eh bien... imaginez... que Yue Wing-lai soit bien le fils de Yuen Man-bun.

— Wing-lai, l'aîné ? Mais...

— Que Tsin-yau ait en fait été violée par Yuen Man-bun. »

L'atmosphère dans l'habitacle se solidifia d'un seul coup. Oncle Tong leva ses mains menottées pour lisser sa chevelure blanche et raréfiée.

« Faisons l'hypothèse — toujours une hypothèse — que Yuen Man-bun ait été atrocement jaloux de l'affection qu'éprouvaient l'un pour l'autre l'un de ses jeunes collègues et la fille de son patron. Qu'il ait vu avec inquiétude s'éloigner peu à peu l'occasion de succéder à son chef — à mesure que croissait cette affection. Qu'il ait donc monté de toutes pièces un plan abominable et vil. Qu'il ait prélevé des fonds de l'entreprise pour louer les services d'une bande d'individus peu recommandables — les hippies de

Wu Mah; tu parles de hippies ! — et qu'il ait arrangé leur rencontre avec Tsin-yau. Qu'il leur ait ordonné d'organiser une soirée quelconque pour la droguer — hachisch, alcool, que sais-je — et l'étourdir. Et qu'il en ait ensuite profité pour la violer. Il savait que Tsin-yau était un peu poltronne et qu'elle n'oserait rien dire à son père, qu'elle s'en remettrait à l'innocente Wu Kam-mui pour tout balayer sous le tapis, ce qui ne ferait qu'aggraver les choses.

« La cerise sur le gâteau, dans ce plan, c'était évidemment qu'elle soit tombée enceinte. Yue Fung n'a pu alors faire autrement que de chercher quelqu'un qui consentirait à épouser sa fille en vitesse. Comme je me suis défilé, Yuen a sauté sur l'occasion. Et en bonus il a hérité de Fung Hoi. Si Tsin-yau avait avorté, il eût été facile à Yuen de se poser en rival plus attentionné que moi... et dans le pire des cas, si elle n'était pas tombée enceinte et m'avait épousé par la suite, moi ou un autre d'ailleurs, même dans ce pire des cas il n'y aurait eu aucune conséquence défavorable pour lui; bien au contraire, il aurait déjà assouvi son désir bestial... laissé libre cours à sa frustration. »

Lok Siu-ming expira très lentement.

« Cette... hypothèse est en effet parfaitement recevable. Mais à supposer qu'elle soit vraie... il n'est pas possible que vous soyez au courant.

— Bien sûr que si..., dit Oncle Tong d'un ton douloureux. En raison de certaines missions, disons, "confidentielles" que Yuen Man-bun le Requin me confiait, à moi son secrétaire privé, dans le cadre des procédés irréguliers dont il usait dans ses affaires, j'aurais pu avoir l'occasion de rencontrer quelques intéressants spécimens de la pègre locale, et j'aurais pu capter quelques rumeurs courant à propos d'événements qui se seraient déroulés dix ans avant... Qui eût cru que le monde était si petit ? L'une des petites sardines qui avait aidé Yuen Man-bun à violer Tsin-yau serait devenue un gros maquereau après dix années à nager en eaux troubles. Et, croyant que j'étais l'éminence grise de Yuen, il aurait parfaitement pu tout me raconter.

— Vous avez incité votre fils à tuer Yuen Man-bun pour vous venger de celui qui vous avait ravi sous le nez votre pouvoir et votre statut social ?

— Inspecteur, tout cela n'était que le fruit de notre imagination. Que j'aie voulu dans cette petite fable me venger de celui qui a usurpé l'ascension sociale qui m'était due, ou de celui qui a brutalisé et souillé la femme que j'aimais, quelle importance ? Ce n'est qu'une fable. J'aurais pu tout aussi bien vouloir me venger de celui qui s'était servi de moi comme un pion pendant dix ans... pour retrouver un peu de dignité. »

Cela ne dura qu'un très bref instant, mais Lok crut voir passer dans le regard d'Oncle Tong une lueur de haine et de douleur mêlées.

« Mais attendre trente ans de plus pour vous venger... ce n'est pas un peu tard ?

— Ah mais, dans cette hypothèse, la vengeance a commencé depuis longtemps. Ce dernier meurtre n'en est que l'aboutissement... faire souffrir l'objet de sa haine est bien plus intéressant. »

Lok contempla le vieux secrétaire. Sa « fable », bien entendu, était en fait un aveu circonstancié, mais pour qu'Oncle Tong ose dévoiler ainsi les moindres détails de l'affaire, il fallait qu'il soit certain que Lok n'aurait jamais de preuves à apporter pour étayer l'«hypothèse».

«Par exemple? demanda-t-il.

— Par exemple, en faisant mourir le petit bâtard.»

Il s'agissait bien entendu de Yue Wing-lai.

«Ce n'était pas un accident?

— Un accident, ça peut se provoquer... on peut dérégler un peu la direction, l'admission des gaz, les freins... C'est d'autant plus efficace que le conducteur est un petit con qui aime rouler vite et prendre des risques. Dommage que la voiture ait été recyclée il y a si longtemps : il restera toujours impossible de vérifier ces petits détails!

— Vous ne craigniez pas que Yue Tsin-yau en souffre également?

— Non. Pour elle, Yuen Man-bun avait toujours été un bon mari, celui qui l'avait soutenue dans un moment très difficile, alors que Wing-lai, c'était le fruit du viol... Elle aurait souffert si je m'étais vengé directement sur Yuen. Mais Wing-lai? Une personne a souffert de sa mort : celle qui connaissait la vérité sur sa naissance, et cette personne, c'était Yuen Man-bun — son père. Et le pire pour lui, c'était qu'il ne pouvait en parler à personne, il devait même cacher à tout le monde qu'il pleurait la mort de son propre fils...

— Pourquoi attendre que Wing-lai ait eu presque vingt ans pour provoquer sa mort?

— Je ne suis pas un abruti au sang chaud, inspecteur. Ce n'est pas parce qu'un vulgaire voyou m'a... m'aurait raconté quelques histoires abracadabrantes que j'aurais dû les gober tout entières. Je ne crois que mes deux yeux. J'ai entamé des recherches, le plus discrètement possible, mais sans résultat. Heureusement, en 1990, le Ciel a entendu mes prières et m'a fait un beau cadeau.

— Un cadeau ?

— Le nouveau centre de tests ADN de la clinique de la Charité. »

Lok se souvint que la clinique avait été la première à importer les équipements de détection des maladies génétiques. Équipements dont une autre fonction très courue était de permettre des tests ADN de paternité.

« En tant que secrétaire de la famille, il m'aurait été très facile d'organiser une série de tests, il suffit d'une minuscule goutte de salive ou de sang... J'aurais bien entendu tout fait officieusement, personne n'en aurait jamais rien su. »

Lok se disait que son interlocuteur était au moins aussi vicieux que son ancien rival et patron.

« Et pourquoi ne vous êtes-vous pas vengé aussi sur le cadet de la famille, Yue Wing-yi ?

— Et qu'est-ce qui vous dit que je ne l'ai pas fait ? »

Lok le fixa sans comprendre. Wong Koon-tong se pencha vers lui et dit du même ton froid et égal :

« Inspecteur, qui donc d'après vous a pu persuader cet enfant — ce gamin de neuf ans, qu'il était en fait coupable de la mort de son frère aîné ? »

« Alors... Yue Wing-lim ?

— Je ne lui ai jamais dit que j'étais son vrai père. Mais je m'en suis occupé, dans l'ombre, je lui ai donné l'affection que son père était incapable de lui témoigner. Même tout petit, il n'aimait pas Yuen Man-bun. Je ne lui ai évidemment pas exposé la vérité de but en blanc, mais ses yeux se sont ouverts peu à peu... et plus il m'aimait comme un père, plus il haïssait Yuen. Après la mort de Tsin-yau, il y a quelques mois, il est tombé comme par hasard sur deux comptes rendus de tests ADN... la goutte d'eau qui a fait déborder le vase. Après ça, je n'ai plus eu d'autre choix que de devoir lui raconter comment Yuen avait violé et trompé sa mère adorée.»

Les deux rapports ADN devaient être ceux qui établissaient les liens de filiation entre Yuen Man-bun et Yue Wing-lai d'une part, entre Oncle Tong et Yue Wing-lim d'autre part.

«Alors le soir de la cérémonie du centième jour, dit Lok comme en réfléchissant à voix haute, Wing-lim s'est rendu dans le bureau de Yuen avec la ferme intention d'exiger de lui une confession quant au viol de sa mère; les choses ont rapidement dégénéré, d'où le premier coup porté avec le vase... C'est probablement à ce moment-là qu'il a décidé de le supprimer. Tout le reste, nous l'avons reconstitué hier. C'est ainsi qu'il a vengé sa mère.

«Mais pourquoi dans ce cas Yuen Man-bun a-t-il préféré mourir sans donner aucun indice sur son assassin? Wing-lim ne lui aurait-il pas dévoilé sa véritable identité?... Non, probablement pas, il aimait trop sa mère, il n'aurait pas voulu salir sa mémoire devant Yuen en lui révélant l'adultère. Yuen a cru jusqu'au bout que son fils ne lui en voulait à ce point qu'à cause du viol. Peut-être même... que le fait qu'il ait voulu consulter l'album photo montre qu'il avait des remords envers sa femme?

— Des remords? hurla Oncle Tong, son masque d'impassibilité se déchirant enfin. Ce type était incapable d'éprouver des remords! Les seuls sentiments qu'il avait, c'était pour ce bâtard qui a dégringolé dans le ravin! Avant de crever il a juste voulu le revoir une dernière fois. Vous vous rendez compte que cette ordure avait gardé dans son coffre pendant quarante ans le livre de comptes sur lequel il avait trafiqué quelques lignes pour pouvoir payer les voyous qui l'ont aidé? Je suis certain que ce n'était pas pour être sûr que personne ne puisse déceler la fraude — non, c'était parce que, à ses yeux, ce livre de comptes était une coupe de la victoire! C'était le symbole de son premier pas vers la réussite et la fortune!

— Quoi qu'il en soit, c'est bien sous votre influence que Yue Wing-lim a commis ce meurtre et tenté de le déguiser en cambriolage raté.

— Dans notre fable — oui, c'est comme ça que ca s'est passé.

— Et maintenant que vous avez envoyé votre fils en prison, vous n'allez pas le regretter?

— Quel fils, inspecteur?

— Comment? Mais...

— Mais tout ce que j'ai raconté était une fable! Je n'ai pas de fils!»

Il souriait, les lèvres serrées.

«La police peut faire autant de tests ADN qu'elle veut, elle ne trouvera aucun lien entre Wing-lim et moi! Nous sommes toujours dans la supposition, inspecteur. La façon la plus radicale de vous venger n'est-elle pas de faire en sorte que l'objet de votre haine soit tué par son propre fils?»

Lok le regarda, les yeux ronds, bouche bée. Wong Koon-tong continua, recouvrant son apparence de parfaite décontraction :

«D'abord vous vous servez du cadet pour tuer l'aîné et infliger à votre ennemi la plus atroce des douleurs. Et puis vous faites circuler la rumeur que le gamin est marqué par le destin... qu'il apporte la poisse à la famille. Vous créez de la distance entre les parents et l'enfant déjà traumatisé par ce qu'il croit avoir fait. Pendant ce temps vous vous occupez du benjamin, de façon qu'il reporte tout son amour filial sur vous plutôt que sur son vrai père. Et puis vous faites faire un faux compte rendu de test ADN... Vingt années de planification pour arriver à l'apothéose finale.

« Comme vous n'avez en fait aucun lien de parenté avec le jeune assassin, même si celui-ci craque et dévoile sa vérité, il n'y a aucun risque qu'une preuve quelconque établisse votre culpabilité... d'autant moins que vous n'avez en rien participé au meurtre. N'importe qui serait persuadé qu'il délire.

« Bien entendu, j'estime que de toute façon l'assassin, dans ces circonstances, protégerait son "père biologique" en gardant le silence, qu'il ne dirait rien qui puisse l'incriminer ni ne l'accuserait de l'avoir incité au meurtre pour alléger sa propre culpabilité. »

Voilà pourquoi il peut parler avec tant d'assurance — Lok comprenait enfin d'où venait l'insolente confiance avec laquelle Oncle Tong dévoilait les moindres détails de ses plans. Aucune des « hypothèses » que le secrétaire venait d'aligner ne pouvait être prouvée. Les indices matériels étaient détruits depuis longtemps, il ne restait plus que Wing-lim; même si celui-ci avouait, ce serait sa parole contre celle de Wong Koon-tong. Il serait impossible de faire condamner ce dernier... malgré ses propres aveux circonstanciés dans cette voiture. Faire du policier assis à ses côtés l'unique témoin de son triomphe représentait la touche finale de toute l'atroce mise en scène.

Lok sentit son cœur se glacer — s'il n'arrêtait pas ce monstre aujourd'hui, combien de gens allaient encore souffrir? Yuen Man-bun était mort, il avait payé ses propres crimes; mais quelle avait été la faute des trois enfants Yue? Si l'accusation ne retenait pas la charge de préméditation contre Yue Wing-lim, il ne serait très probablement condamné que pour homicide involontaire — tout montrait que Yuen Man-bun avait renoncé à demander du secours. Mais, même ainsi, sa vie serait détruite, tout comme celle de Wing-yi qui avait porté sa terrible culpabilité pendant plus de vingt ans — sans parler de la mort de Wing-lai à dix-huit ans.

Leur voiture franchit le portail du siège de la police de Kowloon Est.

« Inspecteur Lok, je suis très heureux d'avoir eu cette longue conversation avec vous, mais j'ai bien peur que, même si vous me reteniez les quarante-huit heures réglementaires, vous n'obteniez rien de plus de moi.

— Oh, je n'ai pas besoin de quarante-huit heures. Je pense que vous pourrez être présenté au tribunal dès demain matin et être officiellement mis en accusation.

— Ah oui, et comment donc? Tout ce que nous avons dit relevait de la pure spéculation, de la fable. Il n'y a aucune preuve. Il va bien falloir finir par vous faire à l'idée que je n'ai rien à voir avec le meurtre de Yuen Man-bun!

— Yuen Man-bun? Mais, cher monsieur, ai-je prétendu un seul instant que votre arrestation était en lien avec le meurtre de Yuen Man-bun? Je vous ai arrêté pour vous être rendu en secret hier soir à la clinique de la Charité et avoir assassiné le superintendant en chef à la retraite Kwan.»

Wong Koon-tong se pétrifia.

«Que… vous… vous n'avez aucune preuve!

— Comment? Même pas un "Le superintendant est mort?" ou bien un "Je n'ai rien fait!"? Juste quelques expectorations qui confirment votre culpabilité? C'est fini la jolie fable?»

Lok pêcha son smartphone dans sa poche et tapota l'écran. Il le tourna vers Wong qui manqua s'évanouir. On voyait très distinctement toute la chambre de Kwan Chun-dok et un homme qui y pénétrait sur la pointe des pieds, se rapprochait du lit et échangeait l'une des poches de perfusion.

«C'est impossible… hier soir… nous vous avons tous vu ranger la caméra… Je n'ai pas vu de…»

Sans même l'entendre, Lok disait de son côté:

«Voyez, rassurez-vous: pour Yuen Man-bun je n'ai rien de nouveau, mais pour le meurtre du superintendant Kwan j'ai toutes les preuves qu'il me faut. Nous avons détecté une dose létale de morphine dans la poche de perfusion que vous avez manipulée. Nous avons même retrouvé les gants que vous avez jetés, le flacon de morphine, etc. L'autopsie est en cours en ce moment même. Avec ce film en plus, vous allez avoir du mal à vous en tirer.

— Non! Ça ne pouvait pas tourner mal… Il était en train de crever du cancer du foie, les docteurs n'auraient jamais recherché la cause exacte de la mort d'un malade au stade terminal d'un cancer…»

Wong Koon-tong se mit soudain à hurler:

«C'est vous! Vous m'avez attiré dans ce piège! Vous aviez prévu que… vous…»

Ah Sing ouvrit la portière de la voiture et en extirpa Wong avec l'aide de quelques autres policiers en tenue. Le secrétaire se débattait et hurlait. Lok ordonna :

« Foutez-moi ça en cellule d'attente, je m'en occuperai un peu plus tard. »

Il regarda le groupe de policiers s'éloigner, encadrant le captif qui tentait d'échapper à leur poigne. Puis il se rassit dans la voiture et ferma les yeux un long moment.

« Maître, ce coup-ci je me suis pas mal débrouillé, pas vrai ? » dit-il enfin à voix basse.

Dès la semaine précédente, l'inspecteur Lok avait décelé tout le montage destiné à faire croire à un meurtrier venu de l'extérieur et compris le problème concernant l'arme du crime. Une arbalète de cent quinze centimètres à tête fermée ne pouvait pas tirer un harpon de la même longueur. Les collègues de la police scientifique avaient très vite trouvé quelle arme avait vraiment servi — avec les traces d'ADN sur le côté du fût de la Rabitech. S'il avait suivi la procédure habituelle, il aurait alors convoqué les occupants de la villa pour recueillir des échantillons ADN et identifier le coupable.

Mais quelque chose asticotait l'inspecteur.

Les bizarreries de la scène du crime le laissaient dubitatif.

À quoi rimait un tel déchaînement de violence ? Deux coups sur la tête, le harpon... Et pourquoi la victime avait-elle regardé ses photos au lieu d'appeler au secours ?

Alors il avait décidé de suivre les vieux conseils

de son maître, le superintendant Kwan, et de sortir des clous.

D'abord il avait convoqué les cinq suspects au poste de police, un à un, pour entendre leur déposition — et prélever en secret les échantillons ADN. Il avait mis à leur disposition un verre d'eau, et après leur départ avait chaque fois emballé le verre avec précaution pour l'envoyer au labo.

Il avait vite appris que les résultats des tests accusaient Yue Wing-lim. Mais connaître l'identité du coupable n'avait fait que le rendre encore plus perplexe. Rien ne collait, rien n'était logique, qu'il s'agît du déroulement du crime, de l'absence de mobile ou de la réaction de la victime. L'instinct de Lok lui disait que derrière l'assassin il y avait quelqu'un qui avait tout organisé ou bien l'avait poussé au meurtre.

Et la déclaration du secrétaire Wong, «Yue Wing-lim n'est pas le meurtrier», l'incitait encore plus à faire confiance à son instinct. Ce vieux-là était un joueur de première classe...

Lok Siu-ming avait trop longtemps suivi le superintendant Kwan dans ses enquêtes pour ne pas acquérir un peu de son flair; il pouvait renifler la subtile odeur qui accompagnait les cas vraiment trop faciles.

Quand ça pue, c'est qu'il y a charogne.

Et Oncle Tong puait. Sans aucune preuve à sa disposition, Lok avait le sentiment qu'il jouait un rôle central dans l'affaire.

Le seul petit problème était que, dans le système en place, l'« instinct » n'était pas le genre d'argument que ses supérieurs ou les tribunaux étaient prêts à recevoir.

Yuen Man-bun était une figure du monde des

affaires de Hong Kong, ce monde qui entretenait aujourd'hui des liens incestueux avec le politique. Sa mort dans de telles circonstances n'était pas un simple crime, elle avait des répercussions à tous les niveaux de la police et du gouvernement comme chez ses semblables hommes d'affaires et dans l'opinion publique.

« Lok, vos collègues et vous nous avez déjà assez cassé les pieds ces derniers jours. Si vous n'êtes pas capables d'attraper le coupable et n'avez rien trouvé de mieux que cette idée ridicule, peut-être serait-il temps de refiler l'enquête à l'étage du dessus ? »

Les sarcasmes de Yue Wing-lim avaient une part de vérité. Lok était sous pression : il devait boucler l'enquête et calmer la presse et le public. Et éviter les accusations d'incompétence lancées à la police.

Son instinct lui disait : « Wong Koon-tong est le vrai père de Yue Wing-lim. » Il craignait que, dans ces conditions, Yue Wing-lim n'endosse l'entière responsabilité de l'assassinat, et il craignait surtout que ses supérieurs ne se satisfassent amplement des aveux du jeune homme — le meurtrier sous les verrous, pourquoi continuer l'enquête ? « Mieux vaut un tiens que deux tu l'auras » — les haut gradés de la police et les politicards préféraient pouvoir se vanter auprès de leurs propres supérieurs d'un résultat acquis, ils se moquaient de la vérité comme de leur première chemise.

Mais pour Lok, amener les vrais coupables devant la justice était la véritable, la première des missions de la police ; il ne permettrait pas que l'instigateur du crime soit laissé libre.

À ce stade de ses réflexions, il s'était souvenu des

dernières paroles de son maître avant que celui-ci ne retombe pour la dernière fois dans le coma.

« *Siu-ming… laisse-moi mourir.* »

Cette prière, combien de fois le malade l'avait-il adressée à son disciple ? La dernière fois, c'était à son ultime réveil, quelques jours avant le meurtre de Yuen Man-bun.

« *Maître, ne dites pas de bêtises… Le Divin Détective ne peut pas se soumettre comme ça à la Faucheuse.*

— Je… je ne me soumets pas… » Kwan Chun-dok crachait ses mots un par un, la respiration sifflante. « *À quoi ça sert de rester en vie avec ces machines et ces drogues… J'ai la cervelle en compote, j'ai mal partout… Je crois que j'ai fait ce que j'avais à faire en ce bas monde, il est temps de partir.*

— Maître…

— Mais… Siu-ming… une vie c'est très précieux… il ne faut pas la gâcher. Siu-ming… je te fais don de ma vie… sers-t'en bien.

— Comment ? Maître, qu'est-ce que ça veut dire ?

— Je te donne ce qui me reste de vie… tu m'as très bien compris. Fais comme je faisais avant… pas la peine de s'en tenir au règlement. Laisse-moi mourir… mais pas en vain. »

Le cœur de Lok Siu-ming s'était serré. Il avait en effet compris l'intention de son maître. Et bien qu'il fût devenu lui aussi un adepte des voies détournées, il trouvait que ce que lui demandait Kwan était quand même un peu fort de café.

Sur le visage de son maître, Lok ne voyait plus rien qui rappelât l'Œil-de-faucon du passé. Après sa retraite, Kwan était resté conseiller spécial de la police pendant dix années, cela en faisait déjà donc plus de cinq qu'il avait quitté ses dernières fonctions.

Et depuis, sa santé s'était affaiblie de jour en jour. Le diagnostic de cancer du foie avait encore accéléré la décrépitude. Lok était persuadé que c'était le fait de renoncer à ses responsabilités qui avait déclenché le processus.

« *Siu-ming…*

— *Oui, oui, j'ai compris…* », avait dit l'inspecteur avec un douloureux sourire. « *Il y a une chose qui n'a pas changé, c'est que vous êtes toujours le même "Onc' Picsou".*

— *Ha ha… Je vais enfin pouvoir la retrouver… elle doit s'impatienter depuis le temps qu'elle m'attend. Siu-ming… prends bien soin de toi… et n'oublie jamais ton devoir.* »

L'espace d'un instant, Lok avait vu dans les larmes qui embuaient les yeux de son maître le reflet de son allant d'autrefois.

Le lendemain, Kwan était retombé dans le coma après une nouvelle hausse de son taux d'ammoniac sanguin. Les docteurs avaient expliqué à Lok que l'état général de ses organes rendait plus qu'improbable un nouveau réveil. La prolifération des cellules cancéreuses était désormais incontrôlable.

Et alors que Lok tentait d'imaginer comment il pourrait exaucer le dernier vœu de son maître, il s'était vu chargé de l'affaire Yuen Man-bun.

Plus l'inspecteur Lok y réfléchissait, plus il comprenait qu'il n'arriverait pas à faire émerger la vérité en usant des méthodes habituelles. Il n'avait plus rien à perdre et n'avait dans son jeu que des mauvaises cartes.

Mais il pouvait encore piocher — et le destin lui présentait la carte gagnante : la vie de Kwan Chun-dok.

Alors qu'il était clairement en position défensive, Lok allait monter un piège offensif. La vie de Kwan servirait d'appât. Si le coupable mordait à l'hameçon, il réaliserait le vœu du superintendant.

En fin de compte, le vieux policier avait en effet rendu son dernier souffle sans rien en «gâcher».

Le jouet détecteur d'ondes cérébrales était authentique, c'était la condition nécessaire pour que les suspects croient que le policier dans le coma était en mesure de communiquer. Mais, Tsoy Ting l'avait soupçonné, personne ne pouvait contrôler son propre degré de concentration à ce point. Toutes les réponses de Kwan, c'était donc Lok qui les avait fournies. À sa demande, Apple, une jeune hacker que le superintendant Kwan avait un jour sortie d'une sale affaire, avait installé sous le lit un dispositif simplissime consistant en deux pédales reliées à l'ordinateur à l'écran noir et blanc. Un coup sur la pédale de gauche, par l'inspecteur assis en tête du lit : la croix bleue montait jusqu'au OUI. Un coup sur la pédale de droite, elle descendait vers le NON. Grâce au lit placé entre Lok et les suspects, ceux-ci ne pouvaient pas voir ses pieds bouger.

Comme Lok lui avait demandé d'ajouter la possibilité d'introduire une fausse erreur système sur commande, Apple avait dû réécrire une partie du logiciel au tout dernier moment ; mais tout avait marché comme sur des roulettes. Elle n'aurait jamais cru que l'inspecteur puisse ainsi jouer à la perfection les questions et les réponses. La supercherie était passée comme une lettre à la poste, les cinq suspects avaient avalé presque sans broncher les talents de détection quasi surnaturels du vieux policier dans le coma. Le détail qui tuait, c'était d'avoir sciemment demandé à Wong Koon-tong de faire l'essai du serre-tête : en tant que principal suspect pour le rôle d'« homme de l'ombre », il était primordial qu'il soit intimement persuadé des capacités du système.

Grâce aux preuves et aux indices déjà ramassés, Lok connaissait dans ses grandes lignes le déroulement du drame. Mais il avait fait l'âne pour avoir du son, et surtout pour laisser son maître apparaître aux yeux des suspects — surtout à ceux de l'instigateur — comme le seul capable de comprendre toutes les subtilités de l'affaire et de dévoiler toutes les facettes de la vérité. Kwan lui avait enseigné qu'induire l'adversaire en erreur était l'un des trucs les plus efficaces du métier. De la même façon que ces charlatans, faux médiums mais excellents psychologues, qui jouaient sur des paroles à double sens pour faire avaler aux pigeons leurs pouvoirs de communication avec les esprits.

Ainsi Lok ne savait rien, ni du viol de Yue Tsin-yau ni des circonstances réelles de la mort de Yue Wing-lai, mais il avait remarqué la gêne des suspects quand on évoquait le fils aîné de la famille, et noté la proximité des dates de la naissance de ce dernier et du mariage de ses parents. En rapprochant cela du fait que le meurtre avait eu lieu très peu de temps après la mort par maladie de Tsin-yau, il s'était douté que la famille Yue cachait quelque chose. Alors, chaque fois que pendant son petit spectacle il s'était trop approché de la révélation du nom du meurtrier, il avait sciemment remis sur le devant de la scène les membres de la famille déjà décédés, à triple fin de frustrer son auditoire pour mieux le mystifier, de tenter de faire resurgir les secrets bien enfouis et de repasser encore une couche sur l'image d'infaillibilité du «Divin Détective»... comme si Kwan s'était vraiment contenté de ses descriptions sommaires de la scène du crime et des quelques renseignements sur les suspects pour arriver à ses déductions. Ainsi il avait réussi à leur faire croire à tous que Kwan avait percé à jour le problème de la paternité de Wing-lai... alors que l'aveu de Wu Mah avait essentiellement été une révélation pour lui-même, Lok. Il fallait avouer que, dans l'ambiance qu'il avait créée à l'hôpital, personne n'avait été capable d'élever le moindre doute objectif.

Mais qu'importait! Le superintendant en chef à la retraite Kwan Chun-dok avait démontré, du fond de son coma, de telles qualités de prescience que même Wong Koon-tong avait eu peur qu'il puisse identifier des failles inexistantes dans son plan mûri depuis tant d'années. L'hameçon avait été pris en bouche. Les soi-disant révélations supplémentaires annoncées par le superintendant avant la fausse panne du système avaient constitué l'ultime coup sec du poignet, le ferrage du poisson.

Que diable voulait dire ce flic aux pouvoirs miraculeux avant d'être ainsi interrompu? Voulait-il pointer du doigt d'autres erreurs, d'autres oublis, d'autres secrets?... Ces pensées avaient tourné pendant des heures dans la cervelle torturée de Wong Koon-tong. Elles avaient fermenté, elles avaient grossi. De plus Lok leur avait fait comprendre qu'il reviendrait à la clinique le lendemain avec Apple et cela revenait à fixer à Wong un délai pour agir. Lok savait que le manque de temps nuisait aux capacités de discernement et que c'était sa meilleure chance de pousser même le plus intelligent des coupables à la faute.

Wong Koon-tong avait glissé son propre cou dans le nœud coulant tout en croyant écarter un danger imaginaire.

Yue Tsin-yau était elle aussi morte d'un cancer du foie. Oncle Tong, qui l'avait aimée en silence toutes ces années, était venu la voir tous les jours à la clinique et s'était familiarisé avec la disposition des lieux et avec les procédures qu'il avait quotidiennement observées. Les lieux de rangement des médicaments, les heures de visites… la façon d'injecter de la morphine et ses effets… Il connaissait tout cela comme sa poche. Il avait donc décidé de se servir de cet opiacé pour mettre fin aux jours du superintendant. La morphine à haute dose affecte le système respiratoire et entraîne la mort par suffocation ; mais cette cause de décès est également très courante chez les malades du cancer en phase terminale et aucun docteur normalement constitué n'aurait eu la moindre suspicion envers cette « mort naturelle des suites de la maladie ».

Ç'aurait donc pu être un crime parfait de plus — si personne n'avait anticipé ses intentions meurtrières.

Oncle Tong avait raison : la caméra vidéo avait bien été rangée. Mais il ne savait pas qu'Apple avait équipé les deux ordinateurs restés sur place de lentilles modifiées pour la vision nocturne à haute résolution. Les moindres de ses mouvements avaient été enregistrés et renvoyés sur des moniteurs installés dans une camionnette sur le parking de la clinique. Au moment même où il assistait en direct au meurtre, Lok n'aurait su dire quel sentiment l'emportait chez lui, de l'amertume ou de la consolation.

Le détecteur d'ondes cérébrales n'étant pas factice, les membres restants de la maisonnée Yue témoigneraient que le superintendant Kwan avait réellement contribué à la résolution de l'affaire. Au tribunal il suffirait d'affirmer qu'Apple avait simplement oublié d'éteindre ses ordinateurs. Devant l'abondance de témoignages humains et de preuves matérielles, Wong Koon-tong n'aurait aucune échappatoire. Admettrait-il aussi avoir joué un rôle dans la mort de Yuen Man-bun? Lok s'en foutait. C'était désormais le travail du procureur.

Tap tap. Deux coups frappés à la vitre firent lever les yeux à Lok. Ah Sing se tenait debout, seul, à côté de la portière.

«Chef… ne soyez pas trop triste, dit-il en ouvrant la porte.

— Ah Sing, si un jour je suis aussi dans le coma…»

Ah Sing le fixa un court moment puis hocha le menton d'un air décidé.

Lok rit jaune. Ce qu'il avait mis en place pour arriver à ses fins n'était finalement pas si différent des plans criminels «infaillibles» de Wong Koontong. Il avait parfaitement conscience d'avoir pénétré dans une dangereuse zone grise, où l'on ne distinguait plus clairement les contours des principes même les mieux ancrés. Mais ce qu'il percevait encore très bien, c'étaient les paroles de son maître.

«Souviens-toi : notre vraie mission, c'est de protéger la population. Si le système nuit aux innocents ou empêche la vérité d'éclater, eh bien, il faut aller contre le système.»

En entrant dans la police, chaque agent devait prêter serment. L'énoncé exact de ce serment avait été modifié en raison des réformes de la police et du transfert de souveraineté, mais on y trouvait toujours, exprimée en des termes identiques ou similaires, cette notion : *J'obéirai sans discussion à tous les ordres légaux de mes supérieurs.* Les dernières directives de Kwan Chun-dok allaient certes à l'encontre de ce serment sacré. Lok comprenait cependant le dilemme de son mentor.

Pour permettre aux gens de vivre tranquillement dans un monde sûr, Kwan Chun-dok avait toujours marché sur la ligne qui séparait le blanc du noir. Mais Lok savait aussi que son regard et son esprit n'avaient jamais dévié, alors même que la corruption et le bureaucratisme, le favoritisme, la servilité et la priorité accordée aux tâches de basse police politique faisaient leur apparition ou leur retour dans la police. Kwan avait toujours consacré toutes ses forces à l'accomplissement de ce qu'il savait être son devoir. La mission de la police est la découverte de la vérité, l'arrestation des criminels et la protection des innocents — quand le système permettait aux coupables d'aller librement, quand il enterrait la vérité et lésait les innocents, Kwan Chun-dok avait toujours été prêt à pénétrer dans la fangeuse zone grise pour rendre au système la monnaie de sa pièce.

Les méthodes étaient peut-être noires, le dessein restait blanc.

Aider la justice à émerger entre le noir et le blanc, telle était la mission que Lok Siu-ming avait héritée de Kwan Chun-dok.

II

L'HONNEUR
DU PRISONNIER

1

« Ah, Maître, j'ai l'impression que je ne suis vraiment pas fait pour ça...

— Rassure-toi... ton équipe n'était qu'en renfort sur ce coup, personne ne pourra te faire porter le chapeau.

— Mais c'était la première mission que je dirigeais... déjà que mon dossier n'était pas très beau à voir, il fallait en plus que je me prenne les pieds dans le tapis dès mon arrivée à ce poste ! Il faut croire que je n'ai pas l'étoffe d'un chef...

— Allons, Siu-ming, ce n'est pas si grave. C'est si tu te laisses abattre par ce genre de petite déconvenue que tu risques en effet de montrer que tu n'as pas les épaules assez solides ! »

Assis aux côtés de Kwan Chun-dok sur les gradins du stade McPherson, Lok Siu-ming épanchait sa peine tout en étanchant sa soif à l'aide de quelques canettes. Il était plus de dix heures du soir. Dans l'océan d'agitation qu'était le district de Mongkok, McPherson évoquait un îlot de tranquillité. À la lisière de la pelouse éclairée par de puissants projecteurs erraient trois ou quatre chats de pedigree douteux, les seuls habitants du quartier à oser affronter la bise du nord-ouest qui soufflait ce soir-là plutôt que de se pelotonner chez eux. L'été, la situation aurait été bien différente. Les gradins auraient été envahis par des groupes de jeunes bruyants, des couples plus discrets et un solide contingent de clochards dormant à la belle étoile.

Voilà pourquoi maître et disciple se rejoignaient à cet endroit, au cœur de l'hiver, pour y siroter lentement de la bière bien fraîche : l'endroit était idéal pour aborder quelques sujets sensibles sans craindre les oreilles indiscrètes. Et comme le disait souvent le superintendant Kwan, boire de la bière dans un bar était bien trop ruineux. Alors, quand ils voulaient se retrouver « autour d'un verre », ils passaient au 7-Eleven ou au supermarché pour y acheter un pack de six en promotion, et allaient au stade. Chaque fois que Lok voulait l'inviter dans un endroit mieux chauffé, la réponse standard du superintendant était : « Qu'est-ce que ça change au goût de la bière ? Pour le prix d'un verre dans un bar, je peux boire trois canettes. Pourquoi j'irais comme un con donner mon argent à ces rapaces ? Si tu veux des cacahuètes, prends-toi un paquet, c'est à peine quelques cents de plus. »

Ce soir-là, l'inspecteur Lok était venu chercher son maître pour lui raconter ses récents déboires. L'année 2002 s'était pourtant très bien terminée. Sa femme lui avait annoncé, après deux ans de mariage, qu'il allait être papa. Au même moment, il se voyait enfin confirmer ses galons d'inspecteur après trois longues années de probation, et était nommé chef de la deuxième équipe de la section des crimes sérieux du poste de police de Yau-Tsim à Kowloon Ouest.

Lok Siu-ming avait déjà vu passer dix-sept hivers

depuis qu'il était sorti de l'école de la police à dix-sept ans. Il n'avait jusque-là manqué ni de zèle ni de jugeote, mais le sort semblait s'acharner sur lui et se combinait à son caractère peu sociable pour lui valoir page après page de notations défavorables. Lesquelles lui avaient longtemps ôté tout espoir de promotion malgré sa réussite aux examens réglementaires. L'épaulette d'inspecteur stagiaire l'avait déjà comblé et il était très loin de s'attendre à cette nouvelle nomination.

Ni à ce que sa première sortie sur le terrain en tant que chef d'équipe se termine par un tel fiasco. 2003 commençait sous les pires auspices.

Le dimanche 5 janvier à l'aube, la division des affaires criminelles de Kowloon Ouest, dans le cadre de l'opération Vipère, avait mené des descentes simultanées dans plus d'une dizaine de bars, karaokés et discothèques des districts de Yau Ma Tei et Tsim Sha Tsui. Vipère avait mobilisé plus de deux cents hommes, soit toutes les sections des crimes sérieux du secteur, renforcés par l'unité de lutte antitriades et l'unité des missions spéciales. Un tel déploiement de forces obtenait d'habitude des résultats concrets et permettait de tenir sous le boisseau pendant plusieurs mois les activités de trafic de stupéfiants dans les établissements de nuit. Mais il semblait cette fois-ci que la vipère eût perdu beaucoup de son venin.

En tout et pour tout, l'opération de ratissage n'avait permis de saisir qu'une centaine de grammes de kétamine, la K-tsai favorite des *clubbers* de Honk Kong, quelques pauvres dizaines de grammes d'amphétamines et un peu de cannabis. Sur quinze suspects appréhendés, neuf seulement avaient pu être inculpés.

Un tel échec supposait la recherche de responsabilités après coup. Certes, le maigre butin avait pu être jeté en pâture à la presse qui n'était au courant ni des détails ni de l'ampleur de l'opération et s'en était satisfaite. Mais, en interne, les réunions de débriefing avaient commencé dans une ambiance si glaciale que Lok Siu-ming en frissonnait encore.

Le premier à déclencher les hostilités avait été l'inspecteur Auyeung, de l'unité des missions spéciales.

«Je ne vois qu'une seule explication à une récolte si minable : il devait y avoir un gros problème avec les renseignements fournis au départ...

— Nos infos étaient très bonnes, mais ce ne serait pas la première fois qu'une fuite en provenance des unités impliquées fait capoter une opération», avait répliqué sur le même ton l'inspecteur Ma, chef de la section du renseignement criminel de Kowloon Ouest.

«Tu insinues peut-être qu'il y a une taupe chez moi ? J'ai une confiance totale en mes hommes !

— Auyeung et Ma, commencez par la boucler. Ça n'avance à rien de se renvoyer la balle. On va plutôt réexaminer tout le dispositif, voir où ça a merdé...»

Le superintendant en chef Lau Lai-shun, adjoint au commandant du secteur de Kowloon Ouest, dirigeait la réunion. En charge de la division des affaires criminelles, il était le plus haut gradé présent et le supérieur direct des deux inspecteurs, qui ne purent qu'obtempérer. Lok poussa un soupir de soulagement devant cet effort pour calmer le jeu, ne se doutant pas qu'il allait être le premier à passer à la moulinette.

«On va commencer par ce bar sur Prat Avenue à Tsim Sha Tsui. Les informations dont nous disposions indiquaient que le surnommé "Gros Dragon", revendeur de stupéfiants appartenant à la Société de l'Infinie Justice, y opérait régulièrement. Nos hommes en faction l'ont bien vu pénétrer en début de soirée dans l'immeuble où se trouve le bar. Mais il s'était évaporé au moment de l'intervention... L'unité responsable était la deuxième équipe des crimes sérieux de Yau-Tsim. Inspecteur Lok, pouvez-vous nous expliquer ce qui s'est passé?»

Sous plus d'une dizaine de regards implacables, Lok Siu-ming sentit sa bouche s'assécher subitement. Il décrivit en bredouillant les dispositions qu'il avait prises et le déroulé de l'intervention, et conclut en disant que Gros Dragon avait probablement déjà fui par les toits. Il aurait aimé dire qu'il n'avait lancé l'assaut qu'après s'être assuré que toutes les issues étaient surveillées, et que si le dealer avait eu vent de l'opération et avait pu prendre la poudre d'escampette, ni ses subordonnés ni lui n'étaient responsables — mais cela revenait à rejeter la faute sur les hommes d'Auyeung, lequel en tant qu'inspecteur en chef était plus gradé que lui. Ça ne se faisait pas de manquer de respect à un supérieur dans ces circonstances.

Et comme il n'avait pas rejeté la faute sur les autres, les autres se ruèrent à la curée.

«Pourquoi n'avez-vous pas posté quelqu'un sur le toit?

— Même si des suspects s'étaient enfuis par le toit d'un des deux immeubles adjacents, ils auraient dû passer par les sorties de ces immeubles, que nous avions sous surveillance.

— Alors est-ce que vos hommes n'ont pas tout simplement raté Gros Dragon par négligence pendant qu'il sortait bien tranquillement du bar par la grande porte au cours de la soirée ? »

Ils cherchent un bouc émissaire, s'était dit Lok.

« Maître, tout était en place, il n'y avait pas un seul trou dans mon filet, si Gros Dragon n'était plus dans le bar, qu'est-ce que j'y peux, hein ? dit Lok en concluant sa plainte avinée d'une grande lampée de bière.

— Tu n'y peux rien, et en plus il n'y a pas que Gros Dragon qui a disparu. Vous n'avez attrapé que du menu fretin. Le jeune Lau n'aura aucune raison de t'en vouloir plus qu'aux autres ! »

Kwan sirotait sa canette à petites gorgées. Le superintendant Lau, de quelques années plus jeune que lui, avait jadis été sous ses ordres. Ils avaient également travaillé côte à côte au CIB — Lau commandait la section A, responsable des écoutes et de la gestion des indics, tandis que Kwan était à la tête de la section B.

« Mais…

— Y a pas de mais ! ricana Kwan en frottant sa courte barbe grise. Sache que Gros Dragon n'était pas la cible principale. En fait de dragon, celui qu'ils voulaient attraper c'était plutôt un poisson… le genre de gros poisson qui nage en eaux troubles. »

Lok n'eut aucune peine à identifier de qui parlait son mentor — Gros Dragon n'était qu'un exécutant intermédiaire de la triade appelée Société de l'Infinie Justice. Au-dessus de lui, l'homme soupçonné d'avoir la mainmise sur toutes les activités criminelles de la triade sur le secteur de Yau-Tsim était un dénommé Chor Hon-keong, lequel donnait bien du fil à retordre à la police. À l'inverse des autres « gros poissons » du crime organisé qui préféraient rester entre eux, Chor, à quarante-neuf ans, s'était depuis longtemps «diversifié» et s'était créé un vaste réseau de relations tant dans le monde des affaires que dans l'administration. À l'orée des années quatre-vingt, il avait profité du décollage économique de Hong Kong et racheté de nombreux bars et discothèques pour servir de façades légitimes à ses investissements moins avouables et, accessoirement, d'efficaces canaux de blanchiment d'argent. Puis il était monté en gamme, ouvrant des boîtes de nuit de plus en plus chics, qui attiraient chanteurs, acteurs et producteurs. Il avait compris que le monde du spectacle pourrait lui apporter la reconnaissance sociale qu'il convoitait depuis toujours. En 1991 il avait créé l'agence Starry Nights Entertainment ; douze ans plus tard, l'agence représentait plusieurs dizaines de mannequins et de stars de la canto-pop. Il s'était récemment lancé dans le cinéma en collaboration avec un studio chinois et avançait ses pions dans de nombreux domaines.

«Ça m'étonnerait que Chor Hon-keong puisse être mouillé si facilement, après une simple opération de ratissage, soupira Lok. Ses hommes préféreraient écoper de vingt ans de taule plutôt que de donner le début d'un témoignage contre leur boss...»

Chor Hon-keong usait de la méthode éprouvée de la carotte et du bâton pour s'assurer de la loyauté de ses subordonnés. Ceux-ci savaient tous que, s'ils le trahissaient, ils auraient beau se planquer à l'autre bout du monde, ils risqueraient toujours un accident malvenu et létal. Mais s'ils acceptaient de tout prendre sagement sur leur dos, ils étaient sûrs que non seulement on s'occuperait de leur famille pendant leur détention mais qu'en plus ils retrouveraient une bonne gâche à leur libération. Les unités de lutte antitriades et les Stups avaient depuis longtemps renoncé à caresser l'espoir d'inculper Chor ; elles se contentaient de s'attaquer sans relâche à ses sources de revenus illégales pour contrer son ascension dans la hiérarchie de la pègre. À Yau Ma Tei et Tsim Sha Tsui — Yau-Tsim — la Société de l'Infinie Justice était la plus puissante des organisations criminelles ; elle contrôlait près de quatre-vingts pour cent du trafic de drogue dans les établissements de nuit. Le reste revenait à une autre triade, la Tige de Florissante Loyauté, dont la part de marché se réduisait inexorablement. Selon les estimations de la police, un semestre de plus allait suffire pour la diminuer encore de moitié.

La Tige de Florissante Loyauté était d'ailleurs une faction dissidente de la Société. Cinq ans auparavant, alors que celle-ci étendait son emprise sur l'ensemble de Kowloon, le responsable de ses activités sur Yau-Tsim avait quitté ce monde, à la surprise de tous. Le contrôle de la zone et de ses revenus avait donné lieu à quelques remous au sein même de l'honorable Société. Alors que le nouveau responsable aurait dû être le bras droit de l'ancien boss, un vieux brigand du nom de Yam Tak-ngok et répondant au doux surnom de « Grand-père Ngok », ce dernier s'était fait évincer au dernier moment par Chor Hon-keong qui avait obtenu en douce le soutien de la plupart des autres cadres de haut niveau de la Société. Mais Grand-père Ngok avait encore de nombreux fidèles et avait décidé, malgré ses soixante ans bien tapés, de recommencer à zéro en mettant sur pied une nouvelle organisation. Yam Tak-ngok n'en voulait d'ailleurs pas à Chor du fait d'avoir été mis sur la touche. Si ce dernier lui avait lancé un défi à la loyale et l'avait emporté, il aurait volontiers accepté de blanchir sous le harnois quelques années de plus, conservant sa position de second au sein de la Société. Mais Yam était un gangster à l'ancienne, avec ses principes, et à ses yeux les procédés dont Chor avait usé pour l'écarter étaient déloyaux, donc méprisables. Pour éviter une guerre fratricide il avait donc choisi de prendre la tangente.

La création de la nouvelle triade avait d'abord été l'occasion pour Chor Hon-keong d'afficher sa noblesse d'esprit. « La Tige a poussé sur le terreau de la Société, avait-il déclaré respectueusement, elle fait partie de la famille. Laissons à Grand-père Ngok le bénéfice de ses activités, nous y gagnerons tous. » À peine un an plus tard il avait déjà tout mis en œuvre pour déloger Yam de ses places fortes, et les cinq années écoulées avaient vu ses efforts incessants couronnés de succès.

La police estimait cependant que Yam, après tant d'années passées au sein de la Société, disposait de suffisamment d'atouts pour lui permettre de contre-attaquer, comme un tigre blessé jaillissant de sa tanière pour déchiqueter le chasseur, si Chor le poussait dans ses derniers retranchements. Les flics savaient que Yam n'était pas homme à collaborer avec eux, mais ils s'attendaient à une manœuvre d'encerclement et d'étranglement, classique, élégante et efficace. Certes, Chor Hon-keong avait de meilleures ressources financières pour recruter en cas de besoin, mais s'il se lançait dans une campagne d'ampleur il risquait de perdre ses autres soutiens, inquiets des menaces pesant alors sur leurs propres territoires ; à l'inverse, Grand-père Ngok était en position de faiblesse apparente mais pouvait sans doute compter sur son influence ancienne et ses relations dans le monde « des Rivières et des Lacs » pour disposer des renforts adéquats au moment qu'il choisirait.

Mais il semblait que les experts de la police s'étaient trompés et avaient négligé les effets de l'âge sur le vieux bandit. Yam Tak-ngok s'était lassé. En quelques années, son *fighting spirit* s'était émoussé. Ses hommes le quittaient peu à peu et rejoignaient la Société de l'Infinie Justice ; il subissait en silence le flot de désertions. Il ne lui restait plus que ses cadres les plus anciens, fidèles d'entre les fidèles, et quelques sbires de bas niveau rétifs au caractère arrogant et despotique de Chor Han-keong.

De son côté, celui-ci se montrait aux premières de ses films, aux vernissages et aux soirées du show-business ; il organisait des dîners de collecte de fonds pour des œuvres charitables, où son sourire étincelant et son élégance de grand seigneur faisaient merveille. Ce succès n'empêchait pas les rumeurs de circuler — précautionneusement ; il se disait dans le show-biz qu'un metteur en scène à la mode avait eu l'imprudence de se moquer à la télévision d'une des actrices de Starry Nights Entertainment. Quelques jours plus tard le jeune homme s'était fait corriger d'importance ; il n'aurait retrouvé sa sérénité — et de nouveaux fonds pour ses films — qu'après être allé servir le thé à genoux à Chor. Les enquêteurs avaient réussi à appréhender les auteurs de la rossée mais aucun n'avait craché le morceau ; le nom de Chor Hon-keong semblait leur être parfaitement inconnu. Des stars féminines concurrentes se retrouvaient du jour au lendemain remerciées, sans un contrat ; des présentateurs de la télé étaient menacés... les on-dit abondaient mais jamais le lien avec Chor n'était établi. Et quand certains magazines plus courageux que d'autres le désignaient comme l'instigateur de ces basses manœuvres, ils se voyaient coller aux fesses un procès pour diffamation et se retrouvaient avec des dommages à payer et un démenti à publier.

Tout cela ne représentait d'ailleurs que la partie émergée de l'iceberg. Ce que la police, tout comme le reste de la pègre, connaissait de Chor Hon-keong, allait bien au-delà de ce que le grand public pouvait entrevoir.

Le premier de ses exploits, après son accession au pouvoir, avait été une grande vague de décès chez les indicateurs de la police sur Yau-Tsim. Certains étaient morts dans un accident de voiture ; d'autres avaient tout simplement disparu ; mais la plupart avaient été victimes d'une mystérieuse épidémie d'overdoses. Beaucoup d'indics étaient des toxicos, accros qui à la coke, qui à l'héroïne, qui à l'*ice* — la méthamphétamine. Leur activité de mouchard leur permettait d'arrondir leurs fins de mois et de satisfaire leurs besoins. Leurs morts étaient un peu trop rapprochées, et trop nombreuses, pour n'être que de simples coïncidences, mais jamais le CIB n'avait réussi à rassembler de preuves suffisantes contre la Société ou contre son chef.

Chor Hon-keong restait donc la principale cause de tourments chez les responsables de la police et celle-ci, sur Yau Ma Tei et Tsim Sha Tsui, était en déconfiture complète.

« Maître, en théorie les bons gagnent toujours, non ? Est-ce qu'on ne trouvera pas un jour le moyen d'envoyer en taule ce salopard de Chor Hon-keong ?

Cette raclure en costard de politicard? demanda Lok après avoir terminé sa canette.

— Même moi, je dois reconnaître qu'un type aussi malin est très difficile à coincer, répondit Kwan d'un ton égal. Il n'est pas assez bête pour laisser des traces trop évidentes, il est couvert par ses hommes, et il sait comment clouer le bec aux autres. L'arrivée d'un chef de triade de cette trempe, c'est vraiment un coup dur pour Hong Kong.

— Mais merde! On est quand même les représentants de la Loi, on sait qu'il est mouillé jusqu'au cou dans tout ce qui se passe dans le coin, pourquoi est-ce qu'on ne le ramène pas simplement au poste pour une bonne séance d'interrogatoire? Même si on n'arrive pas à l'inculper, ça pourrait le secouer ou l'effrayer un minimum, non? Qu'il sache au moins que nous, les flics, on n'est pas dupes de son manège...

— Ça reviendrait à pisser dans un violon... Et puis, en l'absence totale d'éléments à charge, un type comme Chor a suffisamment de culot et de relations haut placées pour vous mettre l'inspection des services sur le dos. Autant dire qu'un policier qui s'y amuserait se retrouverait avec une chemise marquée d'un gros point rouge dans son dossier... sans compter les complications légales, vu que notre ami Chor sait manier la loi à son profit. Je ne connais aucun de nos collègues qui oserait se tirer ainsi une balle dans le pied en pariant avec toutes les cartes contre lui.

— Si même vous, vous en êtes à dire ça... on est pas sortis de l'auberge. Ah! l'opération Vipère... tu parles! Elle doit bien rigoler dans son coin, la vipère... Chor se doutait peut-être qu'on allait tenter quelque chose, maintenant il doit être à peu près certain qu'on ne peut rien contre lui. Dans cette partie, c'est comme si l'adversaire connaissait déjà les cartes qu'on allait piocher... Je ne sais vraiment pas quoi faire...»

Lok Siu-ming commençait à se demander si cette mutation à Yau-Tsim n'était pas finalement une patate chaude que d'attentionnés collègues plus carriéristes et plus au courant lui auraient refilée. Si les Stups n'avaient aucune preuve contre Chor Hon-keong, si l'unité de lutte antitriades n'avait aucune info compromettante, c'étaient les sections des crimes sérieux qui allaient devoir se trimbaler les overdoses en série d'indicateurs, les artistes qui se faisaient bousculer et les atrocités de toutes sortes qui allaient se presser au portillon du simple fait de l'accroissement de l'offre et de la demande de stupéfiants. Et Yau-Tsim allait devenir le terrain de jeu privé de l'étoile montante de la Société de l'Infinie Justice.

«Décompresse un peu, dit Kwan en tapotant l'épaule de son disciple. Tu viens d'intégrer ce poste, tu vas apprendre tout doucement, t'adapter... Surtout ne laisse pas tes hommes voir que tu doutes : s'ils s'aperçoivent que leur chef n'y croit plus tu ne pourras plus rien en faire. Si tu pratiquais comme moi le noble art de la pêche, tu saurais que pour ferrer un vrai gros poisson il faut de la patience... Aujourd'hui tu ne vois pas comment le faire mordre à l'hameçon, mais demain, qui sait ? Il faut attendre, observer sans trêve la surface et saisir l'occasion quand elle se présente, hop ! en un clin d'œil !

— Encore faut-il qu'elle se présente... mais vous avez raison, Maître, assez parlé de moi et de mes malheurs, comment ça va pour vous le boulot ?

— Ça va, ça va, j'aide comme je peux le CIB, les antitriades et les Stups quand ils me le demandent...»

Kwan Chun-dok était conseiller spécial de la police depuis sa retraite en 1997. Il dépendait officiellement du CIB — le bureau du renseignement criminel, mais en fait, selon les besoins, il pouvait être rattaché à n'importe quel département de l'état-major de la police, voire à l'un des QG de secteur. En théorie la police ne pouvait employer personne au-delà de cinquante-cinq ans, mais par ce moyen elle pouvait encore bénéficier de ses capacités d'analyse et de déduction hors du commun.

«Ah bon, les Stups font aussi appel à vous? Vous n'auriez pas du coup quelques infos qui pourraient m'aider contre Chor?»

Quand une enquête prenait une dimension intersecteur, voire internationale, ou que les moyens locaux n'y suffisaient plus, les unités de l'état-major central pouvaient être appelées à la rescousse. Mais entre Lok et l'état-major il y avait encore deux niveaux hiérarchiques, le poste de Yau-Tsim et le QG de secteur de Kowloon Ouest ; il avait conscience que, sans Kwan, il ne pouvait même pas espérer que les huiles de l'état-major prennent en compte ses demandes directes. Lui-même, pendant les trois années qu'il avait passées au CIB comme «simple soldat», il avait toujours agi en suivant les ordres et ne comprenait de chaque opération que ce qui le concernait directement.

«Tu connais la règle. À moins que j'estime que ça puisse aider une enquête en cours, je ne peux pas me permettre de déblatérer sur les affaires de chacun.»

Kwan retira sa casquette, un objet noirâtre dont les bords commençaient à s'effilocher et qui portait à droite de la visière un petit logo argenté en forme de cible. Il passa la main dans ses cheveux grisonnants et reprit en souriant :

« Tu ne voudrais pas que j'aille rapporter tes lamentations au superintendant Lau ? »

Lok prit un air gêné. Lau se situait deux échelons au-dessus de lui, s'il lui déplaisait trop il se retrouverait sur un siège éjectable.

« Allez, c'est l'heure. » Kwan se releva et se massa les reins de la main gauche. « Si je rentre trop tard, je vais me faire souffler dans les bronches par qui tu sais... et si elle s'aperçoit que j'ai bu de l'alcool malgré mon arthrite, ça sera pareil. Siu-ming, ne te mets pas trop martel en tête, et passe à la maison à l'occasion.

— Ouais... »

Lok opinait. C'était la première fois qu'il entendait son maître se plaindre de sa santé, mais dès l'année d'avant il avait noté un petit coup de vieux — et ce n'étaient pas seulement les premiers cheveux gris. Il savait qu'il y avait des raisons objectives à ce que les policiers soient autorisés à prendre leur retraite plus tôt ; l'une d'elles était que l'effort nécessaire pour se blinder en permanence contre la pression du job et la fréquentation quotidienne de la mort et du mal avaient d'importantes répercussions sur la santé, tant mentale que physique, dès quarante ou cinquante ans.

Kwan vivait dans la partie ouest de Prince Edward Road et il lui fallait à peine dix minutes pour rentrer chez lui à partir du stade. Lok habitait sur l'île et allait devoir rentrer en bus.

« À bientôt ! » dit Kwan en remettant sa casquette

et en s'éloignant vers Argyle Street, une canne à la main.

Lok prit Nathan Road et Shantung Street et monta dans un minibus à l'arrêt dont l'indicateur de destination affichait Shau Kei Wan. Il n'y avait que trois autres passagers à bord ; le chauffeur feuilletait un magazine en attendant que les seize places soient occupées. De la musique formatée tombait des haut-parleurs, entrecoupée des bavardages et des rires des DJ.

Lok regardait la rue à travers la vitre. La nuit de Mongkok brillait de mille feux — comme toujours. Les néons multicolores des enseignes rivalisaient avec les vitrines bariolées pour attirer le regard des passants qui se pressaient épaule contre épaule. Le quartier semblait ne jamais s'arrêter, et il était en cela à l'image de tout Hong Kong, cité bâtie sur une économie débridée et une consommation effrénée. Mais ces fondations étaient moins solides que bien des gens ne le croyaient. Ces dernières années, la hausse du taux de chômage, le ralentissement de la croissance et les mesures absurdes prises par le gouvernement avaient failli crever cette fragile enveloppe de prospérité.

De jour comme de nuit, le carburant qui faisait tourner l'inlassable moteur de Mongkok, c'était l'argent. Mais s'il venait à manquer, il était facile d'y mélanger des additifs non autorisés — et plus détonants.

Après avoir avalé tout Yau-Tsim, Chor Hon-keong allait s'emparer du reste de Mongkok puis de Kowloon… immanquablement, se disait Lok. Le quartier s'était tant développé qu'il en devenait une cible trop tentante.

« ... Et maintenant, écoutons une nouvelle chanson ! C'est le dernier tube de Tong Wing, dont le disque va sortir le 30 de ce mois... »

Le rythme était rapide mais pas trop, la voix douce et agréable était celle d'une toute jeune fille, sans être trop perçante. Pourtant Lok, en écoutant la chanson, se sentit envahi de dégoût.

Il se souvenait avoir lu qu'elle était l'une des chanteuses de Starry Nights Entertainment, l'écurie de stars interchangeables de Chor Hon-keong. Tong Wing et ses semblables étaient comme la couche de givre blanc qui recouvre et dissimule, par certaines nuits d'hiver, les tas d'ordures les plus abjects.

2

L'opération Vipère était passée depuis une bonne semaine. L'inspecteur Lok avait terminé son rapport détaillé et l'avait fait parvenir par les canaux hiérarchiques jusqu'au superintendant Lau. Comme Kwan l'avait prédit, rien ne se passa. Même s'il n'avait pas pu éclaircir la fuite de Gros Dragon, au moins ni lui ni sa petite équipe n'eurent à subir de sanctions disciplinaires. Lok avait réussi à ne rien dévoiler de son moral en berne à ses hommes et leur répétait au contraire qu'ils n'avaient rien à se reprocher, que la chance leur sourirait la fois d'après. Rassurés, les membres de l'équipe commençaient à accorder leur confiance à ce jeune et nouveau chef.

Le boulot de sa section, c'était d'enquêter sur les meurtres, les coups et blessures graves, les enlèvements, les viols, les attaques à main armée. Ni l'éradication du crime organisé ni la lutte contre le trafic de drogue n'en faisaient directement partie, et Lok avait assez à faire pour devoir mettre de côté ses préoccupations quant à Chor Hon-keong et à la Société de l'Infinie Justice. Dans l'immense ruche qu'était Hong Kong, le travail de la police était un véritable tonneau des Danaïdes, et même sans avoir à traiter du tout-venant, il semblait à Lok que les dossiers s'empilaient sur son bureau plus vite encore que ne grimpait le compteur des heures sup.

« Chef, vous avez entendu la dernière ? »
Il était huit heures du matin, Lok arrivait en coup de vent, son assistant Ah Kat abaissa son journal.
« Non ? dit Lok en entrant dans son propre bureau et en posant sa sacoche.
— Yeung Man-hoi s'est fait taper dessus hier soir dans une boîte sur Granville Road, continuait Ah Kat, debout dans l'encadrement de la porte.
— Qui ça ? Et est-ce qu'on en a quelque chose à foutre ?
— Yeung Man-hoi, vous savez bien, l'acteur, le beau gosse... »
Lok fixa sur son subordonné un regard noir. Ah Kat ne se démonta pas.
« Chef, on ne vous en voudra pas si vous ne connaissez pas Yeung Man-hoi, mais croyez-moi, on risque de devoir s'y coller.
— Oui... Granville Road est dans notre secteur, la victime est une personnalité publique... Les cafards de la presse à sensation vont s'en mêler... comme si ni eux ni nous n'avions rien de mieux à faire...
— Non, chef, le gars n'a pas porté plainte, et il ne s'agit que d'une rumeur, je ne sais même pas si c'est vrai.
— Alors quoi ? Une rumeur ? Un acteur bourré qui se prend des coups dans un bar, ce n'est pas franchement nouveau, s'il n'y a pas plainte — en quoi ça nous concerne ?
— C'est pas une bagarre d'ivrognes. Il y avait des types qui l'attendaient pour lui tomber dessus, ça

ressemble à un avertissement gratuit de la part des triades.

— Ah! tu vois, quand tu veux, tu peux. C'est la Société?...

— Apparemment, fit Ah Kat en tordant la bouche; il y a deux semaines, Yeung a passé le réveillon du Nouvel An dans une boîte sur Canton Road et il a rencontré une chanteuse, Tong Wing — Tong Wing a dix-sept ans, elle...

— Oui, ça je sais, c'est une des gamines de Starry Nights.

— Voilà... donc, Yeung a rencontré Tong, et ce soir-là il avait un verre dans le nez, il s'est montré un peu trop entreprenant, il a commencé à la peloter dans tous les sens, quand elle l'a jeté il l'a traitée de sale pute, et puis il lui a dit que... hum... que quitte à sucer des bites elle devrait en goûter d'autres que celle de Chor Hon-keong. Bon... Tong Wing s'est cassée... La semaine d'après c'était à la une de *Cancan Hebdo*, avec un reportage exclusif... Pas beaucoup de détails, je ne sais pas si le journaleux a mis exprès de l'eau dans son vin, mais ça valait déjà son pesant de cacahuètes.»

Comme l'indiquait son nom, *Cancan Hebdo* n'était pas une source de vérité historique des plus fiables, mais faisait un travail en tous points remarquable quand il s'agissait de flatter les penchants voyeuristes du public et d'interpréter la moindre coïncidence spatio-temporelle entre stars du showbiz comme un prélude à l'orgie.

«Alors Tong Wing serait allée se plaindre à *sugar daddy* Chor, qui aurait envoyé ses nervis apprendre la politesse à ce charmant garçon?»

Les rumeurs sur les liaisons entre Chor, célibataire

endurci, et les actrices et modèles de son écurie abondaient : il se disait que le sacrifice de leur vertu était pour ces demoiselles le préalable indispensable à une carrière réussie.

« Ça en a l'air.

— Si Yeung Man-hoi a dragué Tong Wing le soir du réveillon, pourquoi est-ce que Chor aurait attendu deux semaines pour lui faire botter les fesses ?

— Yeung était à Shanghai sur un tournage, il n'est revenu qu'il y a deux jours.

— Mmm... »

Lok s'assit à son bureau, croisa les mains sur la poitrine.

« Il est gravement atteint ?

— Rien de cassé... quelques bleus sur sa jolie frimousse, gênant pour un acteur... et sur le reste du corps aussi.

— Il n'est pas allé à l'hôpital ?

— Non.

— Pas d'hôpital, pas de dépôt de plainte... il semble qu'il ait compris sa leçon.

— Oui...

— Eh bien, dans ce cas on n'a rien à faire là-dedans, dit Lok en agitant la main, la voix amère. Il aurait été blessé, à la rigueur ! Je sais bien que l'opinion publique va vouloir que la police s'en mêle, mais si j'en crois les précédents, même si on chope ceux qui ont fait ça, ils vont tout prendre sur eux et Chor pourra continuer à jouer les vierges effarouchées. Je le vois bien forcer Yeung à venir déjeuner avec lui pour poser devant les paparazzis comme deux bons amis... On aurait l'air malins...

— Non, dans ce cas c'est un peu différent, il y a

un risque que ça dégénère, dit Ah Kat en fronçant les sourcils.

— Pourquoi ?

— C'est pas encore confirmé… mais c'est un bruit qui circule depuis l'histoire avec Tong Wing… Si c'est vrai il va y avoir de l'eau dans le gaz. »

Ah Kat s'interrompit. Lok le regardait, l'air de plus en plus exaspéré. L'autre termina enfin :

« Yeung Man-hoi est un enfant illégitime. Le nom de son vrai père, c'est Yam.

— Yam… Yam Tak-ngok ? Grand-père Ngok ? »

Lok s'était figé. Ah Kat opina du bonnet. Lok se frappa le front de la main droite et se renversa dans son fauteuil. De l'eau dans le gaz ? Non, pire ! C'était la merde qui tombait dans le ventilateur. Déjà que Yam se faisait tailler des croupières par Chor, son propre fils qui se prenait maintenant une raclée de la part de son rival… il allait devoir réagir, sinon c'était la perte de face totale.

« Ça remue du côté de la Florissante Loyauté ?

— Pas pour l'instant, mais j'ai appelé le CIB, s'ils détectent un quelconque mouvement nous serons les premiers prévenus, dit Ah Kat en se grattant la joue. Il vaut mieux prévenir que guérir. Si on arrive à les arrêter avant ou bien au moment où ils agissent, c'est sans doute le mieux… »

Lok approuva. Ah Kat avait passé plusieurs années aux crimes sérieux de Yau-Tsim et, malgré sa tendance à tourner autour du pot, il connaissait son job. D'avoir un tel adjoint à ses côtés réconfortait un peu Lok d'avoir reçu la patate chaude.

Après un moment de réflexion Ah Kat reprit :

« En fait, vu le caractère du pépère, ça m'étonnerait qu'il lance trop vite l'assaut frontal. Ces derniers temps on a presque eu l'impression qu'il voulait prendre sa retraite... Il n'a plus grand monde sous ses ordres, s'il ne se prépare pas d'abord, il est sûr de se faire écraser par l'autre.

— Enfin quand même, ils s'en sont pris à son fils, il ne va pas avaler la pilule comme ça ?

— Difficile à dire... Soit il a effectivement décidé de prendre du recul... Soit il recule pour mieux sauter. C'est un vieux de la vieille, il est patient, c'est pas un excité comme l'autre.»

Ah Kat s'était placé devant le portrait de Yam Tak-ngok affiché sur l'un des murs du bureau de son chef.

«OK, il est patient, mais ses hommes? dit Lok en désignant quelques photos sous celle du vieux truand. C'est toute la Tige de Florissante Loyauté qui est attaquée à travers le fils du chef, il y en a bien qui vont tenter de laver l'affront de leur propre initiative?

— Possible. Ça va être encore plus difficile à prévoir qu'une confrontation organisée, j'ai bien peur que...

— Bien peur qu'il y en ait un qui cible Chor directement, et là, il y a des chances que ça flingue à tout va sur la voie publique.

— Ouais... Et même sans parler des dommages collatéraux, vu le statut d'entrepreneur respectable et de bienfaiteur de l'humanité de Chor, l'opinion publique va commencer à penser que la police est incapable de maîtriser les triades. Voire incapable tout court...

— Bon... Je vais formaliser au plus vite la demande d'aide au CIB, par la voie hiérarchique. Ouvre un dossier là-dessus, et prends Mary avec toi, vous allez tourner dans le quartier pour garder un œil sur les deux camps, voir si ça bouge... J'espère que cette fois on ne va pas être complètement à la ramasse.

— Bien, chef. »

Ah Kat se mit au garde-à-vous, pivota sur les talons et se dirigea vers la porte. Mais avant de sortir il se retourna.

« Est-ce qu'on ne pourrait pas laisser d'abord les rênes libres aux Bâtons rouges de Yam ? Ça pourrait être pas mal... vu qu'on n'a pas les moyens d'agir nous-mêmes contre Chor. Que les loups se bouffent entre eux... et nous on ramasse les restes.

— Ah Kat, moi aussi je rêve de coller Chor au poteau de torture, mais si on se met à utiliser les méthodes de la pègre contre elle-même, on ne mérite plus d'être policiers. Et si jamais il y a un môme qui prend une balle perdue alors qu'on aurait pu l'empêcher... tu pourras encore te regarder dans la glace ?

— ... Oui, chef, vous avez raison. »

Ah Kat claqua des talons, salua et quitta le bureau. Lok soupira ; l'envie ne lui manquait pas de faire comme son adjoint l'avait suggéré — il y avait même songé avant lui. Laisser les triades s'écharper, ne pas risquer la peau d'un seul flic, jouer les troisièmes larrons... ç'aurait été l'idéal. Mais il savait que le jeu n'en valait pas la chandelle.

Pour nettoyer la vase au fond de la mare, il ne faut pas arriver avec ses gros sabots et tout remuer. Il faut opérer doucement, avec précaution... sinon c'est toute la flotte qui devient vaseuse.

Et à ce stade-là, c'est la police qui était bien emmerdée.

Le lendemain, le CIB confirma l'altercation entre

Yeung Man-hoi et Tong Wing dans la discothèque ainsi que les rumeurs sur la correction qu'il avait subie. Le principal, c'était surtout que Yeung était bien le fils naturel de Yam Tak-ngok.

Lok lut le premier rapport ; Yeung Man-hoi avait vingt-deux ans, il était le fils que Yam avait eu à quarante-trois ans d'une patronne de boîte de nuit. Il avait été élevé par sa mère dont il portait le nom et avait très peu vu son père, lequel ne s'était pas servi de ses contacts pour faire avancer la carrière d'acteur du jeune homme. C'était ainsi que le secret sur la filiation s'était gardé. Début 2002, Yeung avait été remarqué dans un film dans lequel il jouait le second rôle masculin, et depuis les contrats s'étaient succédé. Il n'avait encore tourné que quatre films mais déjà on le qualifiait de « roi des jeunes premiers ».

Pour l'instant tout était calme du côté des triades. Le seul renseignement digne d'intérêt venu des indics était que Grand-père Ngok avait fait circuler dans ses rangs l'ordre de se tenir tranquille. Il se devait de régler ce conflit en personne, et si l'un de ses hommes faisait du zèle, bien loin de lui rendre service cela ne ferait qu'aggraver sa perte de face. Comme Ah Kat l'avait dit, Yam Tak-ngok était patient — à moins qu'il n'ait pris l'habitude d'avaler les couleuvres.

Lok ouvrit un autre dossier : celui de Tong Wing. La jeune fille était entrée à Starry Nights Entertainment trois ans plus tôt. Elle avait sorti son premier disque au milieu de l'année passée, sa voix douce et ses appas lui avaient valu le surnom de « la jeune tueuse d'hommes ». Rien ne suggérait qu'elle avait couché avec Chor Hon-keong, mais aux yeux de l'inspecteur Lok, cette gamine ne se différenciait en rien des petites fripouilles qui avaient vendu leur âme aux triades, qui fourguaient la came, faisaient le coup de poing, jouaient les macs, rackettaient le bon peuple, avec pour seul objectif de gravir les rangs de l'organisation, sans réaliser qu'ils étaient eux-mêmes pressurés et exploités. Tong Wing, elle, avait vendu sa jeunesse à Chor, pour briller au firmament du show-business, sans comprendre qu'elle n'était rien de plus qu'une jolie poule aux œufs d'or. Le véhicule était différent, mais le chemin était le même — et à l'arrivée, pour la plupart, le même néant les attendait.

Quatre jours après la raclée de Yeung Man-hoi, le 20 janvier : toujours rien de neuf en provenance du CIB, mais la rumeur commençait à pointer le bout de son nez dans les tabloïds. Aucun ne citait le nom de Chor Hon-keong — chat échaudé craint l'eau froide — mais il était écrit que Yeung avait « peut-être » été victime de l'ire d'un « gros bonnet du monde du spectacle » et qu'il s'était probablement attiré lui-même des ennuis. Lok terminait chaque article en poussant un soupir de soulagement : tant qu'aucun magazine ne mentionnait les noms ni de l'instigateur ni du père de l'acteur, il restait peut-être possible d'éviter les déchaînements de violence.

Il n'en était pas entièrement rassuré pour autant. Il décida de passer un coup de téléphone à son mentor et d'essayer une fois de plus de lui tirer les vers du nez. Peut-être Kwan aurait-il des informations supplémentaires.

« Tiens, c'est toi ? C'est gentil de m'appeler. Tu t'ennuies à te tourner les pouces dans ton grand bureau ?

— Oui, un peu…, dit Lok d'un ton léger. Je voulais voir si vous aviez le temps de déjeuner avec moi la semaine prochaine ?

— Écoute… je suis sur un gros coup ces temps-ci, je crains que ce ne soit un peu juste. Des proxos de Wan Chai en cheville avec des têtes de serpent du continent pour amener des filles à Hong Kong et les forcer à tapiner… Mais toi, tu n'es pas occupé avec cette histoire du fils de Yam Tak-ngok ?»

Lok en resta coi. Percé à jour en quelques secondes… Puisqu'il était grillé, ce n'était plus la peine de finasser.

«Eh bien, justement… Maître, vous n'avez rien là-dessus ? Je ne sais pas, moi… qui sont les coupables, par exemple ?

— Neuf chances sur dix que ce soit Chor Hon-keong.

— J'avais bien compris… le problème c'est que maintenant la guerre peut éclater à tout moment. Je n'ai pas très envie que mon district se transforme en stand de tir au pigeon…

— Ne t'inquiète pas pour ça, c'est très peu probable. Il y a cinq ans, je ne dis pas… mais on ne peut pas être et avoir été. Aujourd'hui Yam ne lancera pas ses hommes à l'assaut pour son fils, à un contre dix, il n'est pas assez dingue pour ça.

— Pas de conflit ouvert, alors, mais une attaque ciblée ?…

— Ça reviendrait au même… les mauvaises herbes, il faut les extirper jusqu'à la racine.

— Maître, je me demande… est-ce que vous pensez que Chor savait que Yeung Man-hoi était le fils de Grand-père Ngok — avant de lui faire casser la gueule ?

— Tu veux dire, s'il l'a fait *parce qu'il savait* que Yeung était le fils de Yam.

— Oui, plus ou moins.

— Mmmouif... les histoires de clans et de familles c'est un truc d'anciens, je ne crois pas que Chor soit du genre à vraiment prêter attention à ce genre de détail. Et puis, pourquoi aurait-il *exprès* fait bastonner le fils du chef d'une organisation rivale?

— Pour le déstabiliser? pour saper un peu plus ses forces?

— Non, Yeung n'appartient pas à la Tige de Florissante Loyauté, ce petit... différend n'apporte rien à la Société de l'Infinie Justice. Et puis n'oublions pas que Yeung s'était mal comporté envers la chanteuse, il avait tendu les verges pour se faire battre. Chor est connu pour avoir par le passé, comment dire, défendu l'honneur de ses ouailles, rien d'inhabituel là-dedans. Yam considère probablement qu'ils en sont à un partout, la fin de match est sifflée, plus la peine de jouer les prolongations...»

Lok trouvait qu'il y avait une certaine logique dans les propos de Kwan; peut-être, manquant de recul, avait-il exagéré le danger de la situation. Mais le doute continuait à le tarauder.

«Alors, Maître, vous pensez que ça va faire pschiiit?

— Oui, enfin... bon, écoute, pour tout te dire : les Stups sont aux fesses de Yam Tak-ngok, ils ont les preuves suffisantes pour le faire tomber — *tuuut, tuuut* — bon, j'ai un autre appel, on va s'arrêter là. Pour le déjeuner, rappelle-moi plus tard, tu veux?

— Mais...»

Kwan avait déjà raccroché. Ses dernières paroles laissaient son disciple dans la désolation la plus totale. Les Stups aux fesses de Yam? Est-ce qu'ils avaient décidé de tirer avantage de la situation de faiblesse de la Tige de Florissante Loyauté? Mais si Yam et son organisation déjà affaiblie disparaissaient, le premier à en profiter ne serait-il pas Chor Hon-keong ?

Lok se reprit. Ce n'était pas à lui de décider quel criminel devait être arrêté ou pas. Ces types étaient tous à mettre dans le même sac — et son boulot à lui restait le même quoi qu'il en soit. La drogue et les triades, il fallait les laisser aux spécialistes.

Le 22 janvier, six jours après les mésaventures de Yeung Man-hoi, il s'avéra que c'était l'inspecteur Lok Siu-ming, de la deuxième équipe, section des crimes sérieux de Yau-Tsim, qui avait eu raison. La merde était tombée dans le ventilateur.

Toutefois, il ne s'agissait pas d'un conflit ouvert entre triades.

Une enveloppe anonyme était arrivée au poste de police, adressée à la section des crimes sérieux. Elle ne contenait qu'un CD-Rom et un message : « Je ne suis qu'un petit journaliste de rien du tout, je ne veux rien avoir à faire avec ça. » Sur le CD-Rom, un seul fichier enregistré : une vidéo de trois minutes et vingt-huit secondes.

Bien plus qu'assez pour montrer une course-poursuite et un meurtre. Mais la victime n'était pas Chor Hon-keong.

C'était Tong Wing.

3

« Chef, il y a une lettre suspecte.
— Suspecte comment…? Lok leva la tête de sa paperasse.
— Vous devriez venir voir. »
Les subordonnés de Lok étaient tous rassemblés autour du bureau de Ah Kat; le courrier du jour était en vrac sur le sous-main, avec, sur le dessus de la pile, une enveloppe jaune de format A5. Pour toute adresse, « Inspecteur Lok, section des crimes sérieux, Yau-Tsim », écrit en cursif au stylo à bille noir.

« Y a pas de timbre, c'est pas venu par la poste », dit Ah Kat.

Devant ce genre de courrier, les consignes étaient d'être prudent, mais la taille et l'épaisseur de l'enveloppe suggéraient qu'elle ne renfermait pas d'explosifs.

Lok ramassa doucement l'enveloppe. Au toucher, il devina la forme d'un disque. Il l'ouvrit avec précaution. Il pouvait toujours y avoir une lame de rasoir dans le pli du rabat, ou de la poudre, type anthrax, vrai ou factice, les deux s'étaient déjà vus.

Rien de suspect n'apparut; il n'y avait qu'un disque, dans une pochette de papier. Sur la pochette, de la même écriture hâtive que sur l'enveloppe, un message en forme d'aveu — «Je ne suis qu'un petit journaliste de rien du tout, je ne veux rien avoir à faire avec ça».

«Une dénonciation anonyme? dit Mary, tendant le cou pour lire les caractères gribouillés.

— Sans doute.»

Lok sortit le disque de la pochette en le tenant par les bords et en examina les deux faces. Il s'agissait d'un CD-Rom réenregistrable d'une marque qu'on pouvait trouver dans n'importe quel supermarché. Sur le disque lui-même, ni inscription ni empreintes : il avait été soigneusement essuyé.

«Ah Kat, tu te débrouilles en informatique?»

Il donna le CD-Rom à son adjoint qui l'introduisit dans le lecteur de l'ordinateur.

«Il y a un fichier vidéo… un seul fichier», dit Ah Kat en montrant l'écran.

Sur la fenêtre qui s'était ouverte apparaissait le nom du fichier. Les métadonnées indiquaient une création le jour même, à six heures et trente-deux minutes.

«Ouvre-le qu'on regarde.»

Ah Kat cliqua sur le fichier et le déplaça sur l'icône de son programme de lecture vidéo. L'écran resta noir pendant deux secondes, puis montra une rue désolée. Il faisait sombre. On distinguait à peine quelques palissades de chantier des deux côtés et de rares lampadaires. Pas une voiture sur l'asphalte, et une seule silhouette, de dos, sur un des trottoirs.

«C'est sûrement la partie de Jordan Road la plus proche des anciens quais de ferry, ce qu'on voit au fond c'est la zone de remblaiement», dit Mary en pointant du doigt un coin de l'image.

La partie ouest de Jordan Road donnait sur la plus récente des zones conquises sur la mer, dans le quartier de Yau Ma Tei. Elle était proche de l'ouverture du tunnel sous-marin qui reliait Kowloon Ouest au nord-ouest de l'île de Hong Kong et de la station de Kowloon sur la ligne de métro Tung Chung. Cette zone en plein développement, censée devenir un quartier animé et moderne, n'était pour l'instant qu'un puzzle disparate de projets immobiliers à divers stades d'achèvement. L'avancée des terres avait condamné l'ancien embarcadère de ferrys.

« Il n'y a pas de son ?

— Nnnnon, il n'y a que l'image », répondit Ah Kat après quelques tripatouillages.

L'image bougeait, le porteur de la caméra suivait la silhouette de dos. Le piéton, ou plutôt la piétonne — on distinguait de longs cheveux noirs sur lesquels était posé un bonnet de laine, un sac imposant en bandoulière, un long manteau qui couvrait un corps menu — avançait lentement. Il faisait trop sombre pour distinguer la vraie couleur de ses habits.

« C'est un porno en caméra cachée ou quoi ? » dit Tsoeng, le plus jeune des hommes de Lok. Son rire sonnait faux.

Lok allait lui passer un savon quand la femme s'arrêta soudainement, comme si elle avait reçu un signal d'alerte. Elle tourna la tête vers le côté opposé de la rue, exposant son profil gauche. Lok sentit un afflux de sang chaud lui monter à la tête.

« C'est Tong Wing ! »

Ah Kat aussi l'avait reconnue.

La jeune femme sur l'écran avait pris la fuite avant même qu'il ait terminé ; l'objectif de la caméra sembla hésiter, puis se détacha momentanément de sa silhouette pour glisser vers la gauche — capturant l'image tremblée de quatre individus qui couraient vers elle, traversant la rue, leurs visages recouverts de foulards et de casquettes, armés l'un d'une barre de fer, les autres de grands couteaux à pastèque, presque de véritables machettes. Le silence de mort qui accompagnait l'image rendait les quatre hommes encore plus menaçants.

Tong Wing avait disparu derrière le coin d'une rue perpendiculaire. Ses poursuivants firent de même, et le cameraman, après un long moment d'indécision, se mit lui aussi à courir et tourna un coin, toujours en filmant.

L'un des quatre, pourtant le plus petit, était beaucoup plus rapide que les autres et agrippait déjà de sa main tendue le col du manteau de la jeune fille. Tong Wing pivota et assena à son agresseur un violent coup de coude en pleine figure. Il tituba sur quelques pas, tomba un genou à terre et se recouvrit le nez et la bouche de la main gauche. Tong Wing était repartie, mais son élan avait été stoppé et les trois autres n'étaient plus qu'à quelques mètres.

Sur l'image il n'y avait toujours personne d'autre que la poursuivie et les poursuivants — et la rue était interrompue par une haute palissade de chantier qui en obstruait toute la largeur. Avant l'obstacle se dressait une passerelle piétonnière qui traversait la rue en hauteur, en prévision du jour ou celle-ci serait une voie d'intense circulation. Tong Wing se précipita vers l'escalier qui prenait naissance sur le trottoir ; bien que le filmeur soit resté à une certaine distance, le grossissement de l'objectif permettait de voir en détail l'allure affolée de la jeune fille, qui grimpait presque à quatre pattes, son visage déformé par la terreur, comme si elle réalisait que son effort futile ne faisait que retarder sa mort de quelques instants. Pourtant elle continuait à grimper, ses mains s'appuyant à la rampe ou aux marches. Son sac avait disparu de ses épaules; Lok Siu-ming pensa qu'elle avait dû s'en débarrasser au moment où elle s'engageait dans cette voie sans issue. Mais il n'eut pas le temps d'approfondir la question, car déjà les poursuivants attaquaient l'escalier, le plus petit fermant maintenant la marche.

La balustrade de la passerelle cacha les cinq silhouettes à la caméra, Lok et ses subordonnés ne purent qu'attendre, fébriles, en espérant que le cameraman y monterait aussi. Mais l'homme s'arrêta au pied des marches, la caméra tournée vers le sol.

« Qu'est-ce qu'il fout ? demanda Mary, une pointe d'angoisse dans la voix.

— Peut-être qu'il a été distrait par quelque chose ? » dit Ah Kat sans bouger la tête, le regard rivé sur l'écran.

En effet, l'objectif se tourna vers le côté. En dessous de l'autre extrémité de la passerelle, sur le trottoir d'en face, il y avait un long tas de linge, comme jeté là par hasard, avec sur le dessus un grand manteau sombre — et pourtant les policiers mirent un moment, le temps que l'objectif réajuste sa focale dans la pénombre, avant de pouvoir relier cette vision à celle de la jeune fille qui courait dans la rue quelques secondes auparavant. Ses deux mains semblaient vouloir embrasser le sol, l'une des jambes faisait un angle droit avec le torse. Un épais liquide s'écoulait lentement de sous ses cheveux épars qui laissaient voir la nuque blanche et tordue.

Quand cette chose — ce tas de linge sale — fut

secouée de plusieurs soubresauts, certains des policiers laissèrent échapper un cri. Puis le corps retrouva une immobilité totale.

« Elle... elle est tombée ? demanda Tsoeng.

— Ou on l'a fait tomber », dit lentement Ah Kat.

Lok devina que l'arrêt du cameraman au pied des marches avait été causé par le bruit de la chute — la passerelle était haute de presque trois étages —, peut-être précédé de bruits de lutte.

Sur l'écran, l'image bougea encore. L'objectif se déplaça vers le haut. Deux demi-silhouettes apparurent par-dessus la balustrade, l'une d'elles brandissant encore une barre de fer. Elles contemplèrent la forme brisée à quelques mètres de là.

L'instant d'après, l'un des agresseurs tourna la tête et regarda droit vers l'objectif. Il se figea une seconde, recula et disparut.

« Et merde », souffla Ah Kat.

La caméra décrocha brusquement, le ciel, le sol, la passerelle, la rue et les palissades qui la bordaient se mélangeant dans une série d'images convulsives et brouillées. Le cameraman n'avait pas pris le temps d'éteindre son appareil avant de prendre ses jambes à son cou. Au bout d'une demi-minute de course effrénée, la caméra fut jetée dans l'habitacle d'une voiture, mais elle continua de bouger. L'homme avait pu rejoindre son propre véhicule et démarrer à temps, il était sauvé.

Le film s'arrêta, le temps écoulé était de trois minutes et vingt-huit secondes.

« Tong Wing a été tuée ? dit Mary, d'une voix mal assurée.

— Mary, tu restes ici pour assurer les liaisons, tu fais boucler immédiatement par les patrouilles cette portion de Jordan Road et les rues en chantier adjacentes, et tu préviens les gars de l'Identification. Les autres avec moi. »

Lok s'efforçait de maîtriser sa colère — même s'il méprisait Tong Wing, le spectacle de ces quatre hommes armés commettant un meurtre presque sous ses yeux le remplissait d'une rage qu'il n'avait pas connue depuis longtemps.

Du poste de Yau-Tsim il ne fallait pas plus de quelques minutes pour rejoindre la scène du crime. Dans la voiture, Lok tenta d'ordonner les pensées qui se pressaient en lui.

« Le type qui filmait doit être l'un de ces paparazzis à la con, il a décidé de s'occuper de l'affaire de Yeung Man-hoi par un angle que ne suivaient pas ses innombrables collègues, on peut dire qu'il a réussi son coup...

— Oui, il tombe par hasard sur un meurtre de triade, il craint pour sa propre vie, alors il décide de tout nous refiler ?

— Sans doute... » Lok fronçait les sourcils. « Il n'y avait pas de son sur la vidéo, il ne doit pas travailler pour la télé mais plutôt pour la presse, il espérait tirer quelques bonnes images au montage et les revendre. »

Lok imaginait que pas mal de magazines auraient payé très cher pour des images de Tong Wing faisant la fête ou se rendant à un rendez-vous clandestin — pourquoi pas avec Chor Hon-keong ? « Yeung Man-hoi se fait tabasser, Tong Wing s'amuse » : ce genre de une fait toujours grimper les tirages.

Un téléphone sonna. Tsoeng sortit son portable. Il écouta un court moment puis boucha le micro de sa main.

«Mary dit que les types à la réception n'ont pas noté à quelle heure l'enveloppe avec le CD-Rom a été déposée.

— Peut-être que le type qui l'a apportée était un de ces journalistes habilités auprès de la police, qui l'aurait déposée en cachette — il travaillerait pour la même boîte que le paparazzi, ou alors il aurait lui-même filmé la vidéo…, dit Ah Kat.

— On verra ça plus tard. Trouver le cameraman, c'est pas vraiment ce qu'on a de plus urgent à faire…

— Elle dit aussi qu'il n'y a eu aucune déclaration concernant une chute à partir d'une passerelle dans le courant de la nuit, reprit Tsoeng. Peut-être que les tueurs ont embarqué le corps?

— Sais pas. S'ils se sont amusés à effacer toutes les traces, ça ne va pas nous simplifier la tâche…»

Lok avait eu un mauvais pressentiment en regardant la vidéo. Si Yam Tak-ngok avait ordonné à ses troupes de rester calmes, c'était sans doute pour agir lui-même et garder la haute main sur les opérations. En s'attaquant à Tong Wing, Grand-père Ngok retrouvait la face — «Chor Hon-keong a osé s'en prendre à mon fils, je vais m'occuper de sa "fille"» — mais évitait la confrontation directe avec son rival, il ripostait dans les règles de l'art mais ouvrait la voie à une «sortie par le haut» du conflit pour les deux parties. Mais Tong Wing était morte, et ça changeait tout. Était-ce voulu ou accidentel? Peut-être les quatre voyous n'avaient-ils pour ordre que de lui faire peur et de la secouer un peu? La chute n'était-elle due qu'à sa fuite éperdue?

Le véhicule de police déboucha sur un vaste espace de chantiers parsemé de grues, entre les rues déjà tracées. Il n'y avait pas encore d'immeubles habités, pas de boutiques — les voitures de patrouille et les huit policiers en uniforme déjà sur place n'avaient aucun piéton trop curieux à repousser. Ils attendaient les enquêteurs, l'air perplexe, semblant se demander pourquoi on les avait fait converger en cet endroit désolé, autour d'une passerelle ressemblant à toutes celles de Hong Kong.

Lok consulta sa montre : neuf heures cinquante-trois. Si le meurtre avait eu lieu la veille au soir, il ne s'était sans doute pas écoulé plus d'une douzaine d'heures depuis. Dans une rue aussi peu fréquentée, il y avait toutes les chances de pouvoir recueillir encore de nombreux indices.

Suivi d'Ah Kat, il marcha jusqu'à l'endroit où aurait dû se trouver le corps. Il n'y avait pas de traces de sang au sol; si le trottoir avait été nettoyé à l'eau, le vent du nord-ouest l'avait séché. Après avoir donné leurs instructions aux policiers de l'Identification arrivés sur leurs talons, ils grimpèrent sur la passerelle par l'escalier. Il n'y avait rien d'anormal là-haut; à l'endroit d'où était vraisemblablement tombée Tong Wing, la balustrade ne portait aucune marque ni trace de sang.

«Et en plus les tueurs portaient des gants, grommela Ah Kat comme s'il lisait dans les pensées de Lok.

— Il faudra quand même vérifier, répondit Lok en s'accroupissant. Tong Wing n'en portait pas, on devrait pouvoir déterminer si elle a sauté, si elle s'est agrippée, si elle s'est débattue... Faut qu'on sache s'il s'agit d'un suicide, d'un assassinat ou d'un meurtre involontaire.»

Lok délimita la zone à traiter puis continua vers l'autre extrémité de la passerelle, celle par laquelle

Tong Wing était montée. La jeune fille avait tenté de s'échapper et avait même frappé l'un de ses poursuivants : elle était sans doute capable de prendre le risque de sauter dans le vide volontairement. Parce qu'elle était sur le point d'être rattrapée ? Ou qu'elle avait découvert d'autres ennemis en embuscade sur la passerelle ? La rue était en cul-de-sac, la passerelle était le seul endroit où la fugitive pouvait aller, même si elle ne menait à rien. Sachant cela, les assaillants pouvaient fort bien y avoir posté l'un des leurs avant l'arrivée de leur victime.

« Inspecteur ! On a trouvé quelque chose ! »

L'un des agents de l'Identification les appelait du pied de la passerelle. Ils redescendirent en hâte. Le technicien pointa le sol du doigt :

« Il y a bien eu du sang ici, et une belle flaque encore. »

Il avait aspergé le trottoir avec un spray de réactif au luminol. Une grosse tache irrégulière d'environ cinquante centimètres sur trente luisait d'un éclat de néon fatigué. Lok revit l'image de la tête de la chanteuse contre le sol dur, cachée par ses cheveux. Ça semblait bien correspondre.

« C'est une sacrée blessure... si la victime est tombée de là-haut sur la tête, ça m'étonnerait qu'elle ait pu s'en tirer.

— Vérifiez s'il y a d'autres traces autour, je veux savoir jusqu'où elle a été transportée — morte ou vive.

— Chef, intervint Tsoeng, on a retrouvé son sac sur son trajet. »

Lok suivit le jeune détective jusqu'au coin de la rue, occupé par un chantier immobilier. Des barrières étaient posées au bord du trottoir, entourant des tas de gravats et de plaques de métal.

«Ici.»

Lok se pencha par-dessus la barrière. Un fossé d'un mètre de profondeur était recouvert d'une bâche de protection abritant canalisations et passages de câbles. Un gros sac de femme, couleur thé, avait déplacé la bâche en y tombant.

Une fois les photos prises, Lok se pencha pour attraper le sac par sa bandoulière et le hissa hors du fossé. Il écarta les courroies qui le fermaient. Il ne contenait rien d'inhabituel : carnet, téléphone portable, trousse de maquillage… un léger pull, un élégant portefeuille de cuir. Lok s'empara du portefeuille et en retira une pièce d'identité au nom de Tong Wing.

«Ils ne se sont pas rendu compte qu'elle avait jeté son sac, dit Ah Kat ; elle a dû le balancer hors de leur vue, après avoir tourné le coin. Et comme il faisait sombre, que le fossé n'était pas éclairé, ils sont passés sans le voir.

— Elle voulait s'alléger pour s'enfuir, dit Tsoeng.

— De toute façon, ça nous permet au moins de confirmer l'identité de la victime.»

Lok rangea le portefeuille et prit le téléphone ; il n'y avait pas de code d'accès. Le dernier appel reçu, la veille au soir à dix heures vingt, était marqué «Agent». L'appel avait duré une minute douze. Tous les appels précédents venaient soit de l'agent, soit d'un «Chauffeur». À part ces deux numéros, la liste des contacts était vide et il n'y avait pas de textos enregistrés. Lok passa le téléphone à son adjoint.

«Ah Kat, tu te charges de demander les fadettes à la compagnie de téléphone.

— Mais si on sait que tout vient de l'agence, ça ne serait pas plus rapide d'aller directement à Starry Nights Entertainment ?

— Elle peut avoir effacé des messages.

— Hein ? Vous pensez que...

— Je ne pense rien, c'est pour être sûr. »

Le plus mystérieux dans cet épisode, c'était la raison de la présence de Tong Wing en pleine nuit dans ce coin paumé. On ne pouvait se trouver par hasard à cet endroit de Jordan Road. Tong Wing était le genre de personne publique à ne se déplacer qu'en taxi ou en véhicule avec chauffeur — d'autant qu'à dix-sept ans elle était trop jeune pour avoir son permis. Et pourtant elle était arrivée à pied, seule, jusqu'ici. Elle se rendait sûrement à un rendez-vous, qu'elle pouvait avoir reçu sur ce téléphone — ou sur un autre. Elle n'avait pas la réputation d'une asociale, une fille comme elle avait forcément d'autres relations que son agent et son chauffeur : donc, soit elle effaçait toutes ses communications privées, soit elle les recevait sur un autre appareil plus discret. C'était courant chez certaines personnalités : une façon comme une autre de se protéger de fans entreprenants ou de journalistes trop curieux, dont l'une des méthodes était de hacker les portables des stars du show-biz : savoir avec qui elles communiquaient, lire leurs conversations par textos, c'était pain bénit pour les fouineurs.

Alors, qui avait pu vouloir tendre ce piège à Tong Wing ? Le premier nom à venir à l'esprit de Lok était bien sûr celui de Yeung Man-hoi. Mais la jeune fille serait-elle venue ici si ce dernier l'avait appelée ? Sachant que son propre patron avait envoyé ses sbires corriger l'acteur, ne se serait-elle pas méfiée ?

Avait-elle été menacée, n'avait-elle pas eu le choix ?

Lok secoua la tête. Il sautait trop vite aux conclusions, vu le peu dont il disposait. Il fallait rassembler plus de données, les analyser plus en détail.

Les hommes de Lok partirent à la recherche d'improbables témoins oculaires, en élargissant le champ d'investigations à partir de Jordan Road en cercles concentriques. Lok lui-même alla interroger l'agent de Tong Wing. L'homme déclara que la jeune fille ne l'avait pas encore contacté et qu'elle devait se reposer chez elle. Lok lui demanda de l'appeler : le téléphone sonna dans le vide. Il lui montra ensuite le sac. L'autre commença à s'inquiéter et confirma que l'objet appartenait bien à la chanteuse. Lok se fit mener par lui chez Tong Wing, qui habitait seule un tout petit studio très simplement meublé dans un immeuble de luxe proche de Kwun Tong.

Lok n'y découvrit rien qui sorte de l'ordinaire. Le lit n'était pas défait. La poubelle dans la cuisine était vide : elle n'avait probablement pas dîné là. Pourtant l'agent assura qu'il l'avait raccompagnée en personne la veille au soir.

« L'avez-vous vue entrer dans l'immeuble ?

— Non, pas vraiment... je l'ai laissée sur le parking et je suis reparti. Je ne sais rien d'autre... »

Il plissait le front, l'air de s'attendre à ce que le ciel lui tombe sur la tête à tout instant. Lok Siu-ming se dit que le type devait se creuser le crâne pour savoir comment annoncer la nouvelle à son patron et que cela devait le préoccuper bien plus que le sort de la jeune fille.

Il se rendit ensuite au bureau de gestion de l'immeuble pour y visionner les enregistrements des caméras de sécurité de l'entrée et des ascenseurs.

Tong Wing n'apparaissait nulle part. Si l'agent n'avait pas menti, la jeune fille avait dû attendre qu'il reparte du parking pour repartir vers Jordan Road, sans même repasser chez elle. Mais pourquoi ces précautions envers l'agent ?

Celui-ci déclara que le comportement de la jeune fille était parfaitement normal avant sa disparition. Mais il ajouta qu'elle était d'un naturel laconique et ne laissait rien paraître de ses émotions, ce qui était plutôt rare chez les artistes qu'il gérait.

« Elle n'était pas comme les autres gamines qui deviennent célèbres du jour au lendemain, elle était très réaliste.

— Elle avait de la famille ?

— Euh... sans doute pas.

— C'est-à-dire ?

— Elle n'en parlait jamais en tout cas, elle m'a juste dit un jour que ses parents étaient morts.

— Alors qui était son tuteur légal ? Elle est entrée chez vous il y a trois ans, elle n'en avait que quatorze. Il y avait forcément un tuteur pour l'autoriser à travailler.

— Je... je ne sais pas. Monsieur l'inspecteur, moi je ne suis qu'un employé, le patron m'a dit de m'occuper d'elle, je n'ai pas osé poser trop de questions... »

Ben voyons. Lok comprenait la gêne du bonhomme. Si ça se trouvait, Tong Wing n'était qu'une gamine en fugue tombée par hasard sous la coupe de Chor Hon-keong. Et celui-ci n'était pas du genre à se préoccuper des détails et des procédures légales.

N'ayant rien déniché d'intéressant chez Tong Wing, Lok retourna à son bureau. La disparition de la chanteuse n'avait encore fait l'objet d'aucune communication à la presse. La police avait divulgué qu'elle lançait une enquête à propos d'une chute de la passerelle de Jordan Road, sans doute un règlement de compte au sein de la pègre. Un agent de l'Identification lui rapporta qu'on n'avait trouvé aucune empreinte exploitable sur la balustrade. Impossible de savoir si elle avait été poussée ou avait sauté toute seule. D'autres traces de sang avaient été découvertes, mais elles s'interrompaient un peu plus loin, au croisement de Jordan Road. Les agresseurs avaient dû embarquer le cadavre — ce qui était probablement déjà le cadavre de Tong Wing — dans un véhicule à cet endroit.

« Pourquoi est-ce qu'ils ont emporté le corps ? lui demanda Mary. Quand les types des triades tuent quelqu'un, c'est pour démontrer leur pouvoir. C'est plutôt rare qu'ils s'amusent à faire disparaître la victime et les traces du meurtre.

— Eh bien, sans doute que cette fois-ci ils ne voulaient pas la tuer, répondit Lok. Peut-être que leur chef ne leur avait demandé que de lui passer un petit bonsoir, et qu'emportés par l'enthousiasme ils l'ont tuée par erreur.

— OK, mais ça n'explique pas…, dit-elle d'un air de doute.

— Quand ils ont compris qu'ils étaient allés trop loin, l'interrompit Ah Kat, ils ont paniqué et ont tenté d'assurer leurs arrières. Tong Wing appartient à Chor, Grand-père Ngok voulait se venger, mais ça lui aurait suffi qu'ils la secouent un peu — ou qu'ils la prennent en photo à poil pour avoir barre sur elle, quelque chose comme ça. Mais elle est morte et il n'y a pas de retour en arrière possible. Normalement, dans ces cas-là, c'est la loi du talion — un mort pour un mort. Peut-être qu'ils se sont dit qu'en la faisant disparaître, sa mort n'étant pas certaine, la Société n'aurait pas de raison suffisante pour venir buter en retour l'un des sbires de la Tige de Florissante Loyauté…

— Mais comme ils ont été filmés…

— Oui, ils sont dans la merde, et pas qu'eux…»

Lok écoutait en silence l'échange entre ses subordonnés. Ce que disait Ah Kat était logique, mais son instinct lui disait que quelque chose ne collait pas.

«Chef, ça chie…»

Le lendemain matin, dans son bureau, Lok faisait face à un panneau d'affichage parsemé de photos et de graphiques tentant de montrer les relations entre les différents protagonistes de l'affaire. Ah Kat entra sans même frapper. Il pointait du pouce par-dessus son épaule, désignant la pièce commune. Les autres policiers présents étaient de nouveau rassemblés devant son ordinateur, plongés dans une intense discussion.

«Quoi? Vous avez trouvé du nouveau sur la vidéo?

— Non, dit Ah Kat en désignant l'écran, c'est pas le CD-Rom que nous avons reçu, c'est le même film qui circule sur Internet — quelqu'un l'a mis en ligne.»

4

La nouvelle se répandit comme un coup de tonnerre.

Elle trouvait son origine sur un forum anonyme de Hong Kong. Le message avait pour sujet : «J'ai reçu cette vidéo...» et ne contenait qu'un seul lien, menant à la vidéo sur un site d'hébergement gratuit. Les premières réactions sur le forum allaient de «Qu'est-ce que c'est comme bande-annonce?» à «Tiens, c'est Tong Wing qui joue!», en passant par «Il filme comme un pied». Mais ce ne fut que quand l'un des commentateurs écrivit : «Une émission de télé avec Tong Wing en invitée spéciale a été déprogrammée à la dernière minute», que les internautes réalisèrent peu à peu : ce n'était ni un clip vidéo ni un film de fiction. Certains continuaient à affirmer mordicus qu'il s'agissait d'un coup de pub d'une compagnie productrice, mais on leur répliqua : «Le jeu d'actrice de Tong Wing dans ses clips est d'habitude absolument effroyable. Dans "Amour d'automne" elle n'arrivait pas à la cheville d'un enfant de trois ans. Si elle s'était autant améliorée d'un coup elle pourrait recevoir l'Oscar du meilleur rôle féminin cette année!»

Cette opinion était la mieux partagée. La fuite éperdue de la jeune fille, la terreur qui se lisait sur son visage, la façon dont elle se débarrassait de l'un de ses poursuivants, tout témoignait que la scène n'était pas jouée. Des gens soi-disant familiers de la chanteuse témoignèrent bientôt qu'ils l'avaient vue sortir le week-end vêtue exactement comme dans la funeste vidéo. Le fait qu'il s'agissait bien de Tong Wing ne fit bientôt plus aucun doute ; le débat se déplaça sur ce qui avait bien pu lui arriver. Beaucoup d'internautes se révélèrent être des fans au dernier stade de l'anxiété. L'authenticité du document fut en quelque sorte confirmée quand le modérateur du forum supprima d'un seul coup le lien et tout le fil des messages, craignant sans doute des conséquences légales. La suppression en elle-même n'était pas une preuve d'authenticité, mais elle mettait un sérieux coup dans l'aile de la thèse de l'opération marketing. Bien entendu, la vidéo avait déjà été copiée de nombreuses fois et se retrouva immédiatement sur d'innombrables autres sites Internet.

À onze heures du matin l'inspecteur Lok fut informé qu'il y avait déjà quatorze plaintes déposées par des citoyens qui avaient vu la vidéo. La veille au soir, la police n'avait donné aucune nouvelle information à la presse. Il y avait encore un mince espoir que les agresseurs aient emmené une personne encore vivante, et pas un cadavre ; dévoiler l'affaire trop tôt risquait de la mettre en danger. Mais maintenant, la police se devait de produire un communiqué suffisamment clair pour calmer, sinon rassurer, le public :

« La Police de Hong Kong confirme la disparition d'une jeune fille de dix-sept ans. Suite à la diffusion d'une vidéo de provenance inconnue, la police estime probable que la susdite jeune fille ait été agressée par quatre criminels aux alentours de Jordan Road. À l'heure actuelle, le sort de la victime est encore incertain ; la police travaille avec la plus grande diligence sur ce crime. En raison du besoin de confidentialité lié à l'enquête, il est impossible de dévoiler plus de détails. Nous appelons tous les citoyens qui ont circulé sur Jordan Road entre le 21 de ce mois au soir et le 22 à l'aube, et auraient pu remarquer quoi que ce soit de suspect, à entrer en contact aussi vite que possible avec la police. Par ailleurs, la police souhaite rencontrer au plus tôt la personne à l'origine de la vidéo, et confirme que toutes les mesures sont et seront prises pour assurer sa sécurité. Nous prions ce témoin ou toute autre personne la connaissant de s'identifier auprès des autorités. »

Dès que Lok eut terminé sa lecture, les questions des journalistes qui se pressaient à la conférence de presse improvisée fusèrent.

« Pouvez-vous nous dire si la victime est bien la chanteuse Tong Wing ?

— Cela reste à confirmer.

— Est-il vrai que les forces de l'ordre étaient présentes sur place dès hier matin ? Étiez-vous au courant de la disparition de Tong Wing avant la parution de la vidéo ?

— Nous avions reçu certaines informations dont nous ne pouvons divulguer la teneur.

— Avez-vous déjà arrêté les agresseurs ?

— Il m'est impossible de répondre à cette question. »

Lok donna les mêmes réponses évasives à toutes les questions portant sur l'identité de la victime, le contenu de la vidéo et les progrès de l'enquête. Bientôt, l'un des journalistes, dont le regard fit vaguement penser Lok Siu-ming à un renard, leva la main et porta l'interrogatoire sur un autre terrain :

« Inspecteur Lok, cette affaire a-t-elle un rapport avec le conflit qui couve entre les deux triades notoires, la Société de l'Infinie Justice et la Tige de Florissante Loyauté ?

— Nous n'excluons pas que les agresseurs puissent avoir des liens avec le crime organisé. »

Lok trouvait qu'il devenait assez fort à ce jeu.

« Pour être plus précis, reprit l'autre, le meurtre de Tong Wing pourrait-il avoir un rapport avec le fait que Yeung Man-hoi soit le fils illégitime du parrain de la Tige de Florissante Loyauté, Yam Tak-ngok ? »

Et merde. L'info qu'il ne voulait voir à aucun prix divulguée par la presse — voilà qu'un limier au flair plus fin que les autres avait fait main basse dessus.

« Il m'est impossible de commenter des spéculations. »

Lok resta impavide et évita de s'étendre. Il n'y avait que des conneries à dire sur le sujet. Dans la salle ce fut l'éruption — les journalistes se précipitèrent sur leur collègue et se désintéressèrent complètement de lui.

« Quel merdier, dit Lok une fois rentré dans son bureau, en desserrant son nœud de cravate. Les requins ont flairé le sang et vont se lancer à l'assaut. On va les avoir dans les jambes à tout bout de champ...

— Chef, dit Ah Kat, j'ai vérifié les fadettes. Son dernier coup de fil venait de son agent, on le savait déjà. Il n'y en a pas eu d'autre hier soir.

— Comment ? Aucun autre ?

— Non, et elle n'avait pas effacé l'historique des appels. Elle avait peut-être un autre téléphone pour les communications privées. »

Possible, se dit Lok. Et elle devait porter ce téléphone sur elle. Les agresseurs l'avaient embarqué avec le cadavre — si elle était bien morte.

« Et puis j'ai fait rechercher qui a mis la vidéo en ligne ce matin, continua son adjoint en consultant un petit carnet. On a trouvé le responsable du forum et l'hébergeur du site où était la vidéo, ils nous ont communiqué les adresses IP de l'auteur du premier message, celui avec le lien, et de l'ordinateur à partir duquel la vidéo a été chargée. L'une correspond à l'université de Bâle, en Suisse, l'autre se trouve à Mexico…

— Bâle et Mexico? dit Lok, incrédule.

— Oui, c'est un vrai travail de spécialiste. Ils utilisent des contournements pour dissimuler leur vraie adresse IP. On peut demander aux informaticiens de tenter d'aller au-delà de ces résultats, mais ça va prendre énormément de temps… plusieurs semaines si le gars a fait quatre ou cinq fois le tour du globe…

— Bon… notre cameraman a aussi des connaissances chez les hackers. Laisse tomber cette piste pour le moment. »

Lok pensait que, si le filmeur n'avait pas eu peur de se mettre la triade à dos, il aurait probablement tenté de se faire un paquet de pognon en vendant l'exclusivité de la vidéo à une chaîne de télé. Ah Kat tourna une page de son carnet.

« Mary s'est penchée sur la question de la famille de Tong Wing. Ses parents n'étaient pas mariés. Sa mère Teng Pui-pui est morte il y a dix ans, son père Tong Hei-tsz il y a cinq ans… Ils habitaient à Sham

Shui Po. Elle n'avait pas menti à l'agent en lui disant qu'elle n'avait plus de famille.

— Et ils faisaient quoi?» demanda Lok distraitement.

Il pensait surtout que les parents morts n'auraient au moins pas à souffrir de l'incertitude sur le sort de leur fille... et qu'il n'aurait pas à leur annoncer en personne de mauvaises nouvelles.

«Le père était barman et la mère serveuse dans une boîte à Yau Ma Tei.» Ah Kat releva la tête. Mary a parlé à plusieurs de leurs voisins d'avant. «L'opinion générale est que les parents étaient jeunes... que ce n'était pas une famille très "convenable".»

Lok classa cela au rayon des préjugés habituels.

«Je fais quoi maintenant? Je vais voir du côté de chez Tong Wing, qu'on éclaircisse un peu son emploi du temps de samedi?

— Non, laisse Mary s'en occuper. Tu viens avec moi, j'ai du boulot plus physique pour toi.

— Plus physique?...

— On va prier Grand-père Ngok de nous éclairer de ses lumières.

— Euh... Chef, on n'a rien contre lui, dit Ah Kat gêné.

— Je sais, coupa Lok. On n'a pas de preuve pour le mouiller, mais je voudrais voir comment il réagit à tout ça.»

Le lien entre l'attaque sur Tong Wing et Yam Takngok n'était qu'une hypothèse; bien que la police ait le droit d'interroger quiconque pouvait avoir un rapport avec l'affaire, Ah Kat trouvait que c'était une erreur grossière de procéder ainsi, à ce stade de l'enquête, envers un gros bonnet de la pègre. Si Yam était effectivement l'instigateur de l'attaque, ça ne pouvait avoir d'autre effet que de le mettre sur ses gardes. S'il n'avait rien à voir avec le crime en question, ça risquait de le vexer et de l'inciter à placer des bâtons dans les roues de la police, par simple esprit de contradiction. Il se rappelait que, par le passé, il était arrivé que plus d'une centaine de membres d'une triade soient venus faire une démonstration de force devant le poste où leur chef était retenu pour interrogatoire.

Lok Siu-ming n'avait pas non plus l'intention, au départ, d'aller chatouiller les moustaches de Grand-père Ngok. Mais, avec la diffusion de la vidéo sur Internet, il estimait avoir perdu l'initiative, qu'il détenait plus ou moins tant que les agresseurs et leur commanditaire ne savaient pas que la police avait reçu le CD-Rom. Aussi avait-il décidé de bousculer le dispositif ennemi.

Bien entendu, il ne s'agissait que de poser quelques questions, pas de mener une arrestation. Il ne pouvait s'annoncer en force, ce qui ne laissait pas de l'inquiéter un peu. Et si Grand-père Ngok le prenait mal ? Lok avait assez de problèmes pour n'avoir pas envie de devoir gérer un coup de sang du vieux truand.

De fait, tout se déroula de façon parfaitement inattendue.

Certes, quand Lok et Ah Kat arrivèrent au quartier général de la Tige de Florissante Loyauté — une entreprise en tous points légale, à l'enseigne de « Yam Associés, gestion d'avoirs » — ils durent franchir comme prévu l'obstacle d'un nombre non négligeable d'« employés » aux trognes diversement cabossées et rébarbatives, qui les contemplaient avec une aménité toute relative. Mais le « PDG », Yam

Tak-ngok en personne, les accueillit avec la meilleure grâce du monde et proposa de lui-même de les suivre au poste de police.

« Si vous saviez ce que les gens bavardent... Nous serons beaucoup mieux à votre bureau. »

C'était la première fois que Lok rencontrait Grand-père Ngok, dont il n'avait vu auparavant que des photos d'archives. Sur les images il avait invariablement l'air d'un vieux bagnard. Ça ne collait pas du tout avec le grand-père débonnaire qu'il avait en face de lui, que rien ne distinguait du marchand de glaces du coin de la rue — si ce n'était l'éclair qui passait de temps en temps dans son regard. Le visage de Yam se fendait d'un large sourire, mais ce sourire ne se reflétait aucunement dans ses yeux.

Yam Tak-ngok et l'un de ses hommes, tout de noir vêtu, montèrent dans la voiture de police. Lok retourna au poste de Yau-Tsim. Suivi de ses invités, il traversa tout le bâtiment, laissant bouche bée tous les collègues qu'il croisait.

« Monsieur Yam, entrez donc, dit-il en ouvrant la porte d'une petite salle d'interrogatoire au troisième étage.

— Ah Wah, tu m'attends ici, dit Yam à son ombre.

— Mais, boss...

— Je t'ai dit de m'appeler "patron". »

Yam se rembrunit un instant mais son sourire revint vite.

« Je vais discuter le bout de gras avec ces deux messieurs de la police, qu'est-ce que tu veux qu'il m'arrive ? Tu crois qu'ils vont me passer à tabac sitôt la porte verrouillée ? »

Lok Siu-ming admira la façon dont le vieux bonhomme s'était très simplement approprié le rôle de maître des lieux en quelques phrases, montrant du même coup aux policiers qu'il ne s'en laisserait pas conter. Un flic sans assez d'expérience était sûr de se faire mener par le bout du nez par un type pareil.

Les policiers et le chef de triade s'assirent de part et d'autre de la table au milieu de la pièce.

« Monsieur Yam, nous vous avons prié de venir à propos des événements qui se sont déroulés à Jordan Road…

— Vous voulez dire l'assassinat de Tong Wing ?

— Vous savez qu'elle est déjà morte ? tenta Lok.

— Mes employés m'ont fait voir la vidéo ce matin. Vu comment elle est tombée, c'est évident qu'elle est morte.

— Pourquoi dites-vous qu'il s'agit de Tong Wing ? L'image n'est pas suffisamment bonne pour le confirmer…

— Je ne confirme rien du tout, mais si vous êtes venus me chercher c'est forcément qu'il s'agit d'elle. »

Grand-père Ngok toussota puis reprit :

« Comme mon con de fils a réussi à se faire bastonner, vous pensez que j'ai envoyé du monde pour le venger de la fille.

— Yeung Man-hoi est votre fils ?

— Monsieur l'inspecteur, ne jouez pas à ce jeu avec moi, dit Yam avec un sourire pincé. La police a déjà enquêté sur cette question. Bien que ce soit la gamine qui ait allumé Man-hoi, elle a changé d'avis au dernier moment et est ensuite allée se plaindre à ce chien de Chor Hon-keong. C'est lui qui a fait battre mon fils, mais je peux vous assurer que de mon côté je n'ai envoyé personne régler son compte à la fille. Je pense que ça répond à vos questions ?

— Quand vous dites « régler son compte », vous

voulez dire «faire peur» ou bien "buter"? répliqua Lok.

— Puisque je vous dis que je n'ai envoyé personne lui faire quoi que ce soit. Je n'ai rien à voir ni avec elle ni avec cette histoire, dit Yam, impassible.

— Vous avez déclaré que c'était Tong Wing qui avait «allumé» votre fils. D'où tenez-vous cela?

— De mon fils lui-même. Monsieur l'inspecteur, peut-être ne me croyez-vous pas, mais je pense que mon fils ne me mentirait pas pour une telle babiole.

— Mais il était ivre ce soir-là, non? demanda Ah Kat.

— Hmm... bon, elle ne l'a peut-être pas «allumé», mais je ne crois pas que les choses se soient passées comme c'est écrit dans ces putains de journaux à scandale. Sans doute a-t-il été un peu entreprenant — il faut bien que les garçons le soient de temps à autre, pour que les filles aient l'occasion d'accepter ou pas!»

Lok Siu-ming et Ah Kat se félicitèrent que Mary n'assiste pas à l'interrogatoire, elle était un tant soit peu susceptible sur les questions d'égalité homme-femme. Elle aurait déjà traité le vieux truand de sale porc machiste.

«Vous dites que vous n'avez envoyé personne pour vous venger de Tong Wing. Le fait que votre fils soit tombé dans une embuscade ne vous a pas mis en colère?

— Si je vous dis que c'est le cas, vous me croirez? dit Yam d'un ton toujours égal. Bien sûr que je me suis mis en rogne, quel genre de père je serais sinon? Mais agir à l'aveuglette sur un coup de colère, c'est la meilleure recette pour tout faire foirer.

— Faire foirer quoi?

— Monsieur l'inspecteur, parlons franchement. Vous êtes de la section des crimes sérieux et je suis certain que vous êtes parfaitement au courant de l'équilibre des forces dans votre secteur de responsabilité. Mon... organisation est du mauvais côté du manche, j'ai plein de mes hommes qui passent à l'ennemi ou décident de redevenir de bons citoyens. D'ici deux ans, le nom de la Tige de Florissante Loyauté aura disparu du monde des Rivières et des Lacs.

« Moi-même, j'en ai plus qu'assez de tout ce cinéma. Ne vous y trompez pas... j'en ai fait plus que ma part, et si un jour je dois payer pour mes péchés, je paierai sans broncher. J'ai toutes les chances de finir mes jours entre quatre murs à Stanley ou à Shek Pik aux frais du gouvernement. Mais je ne veux pas que mes derniers hommes tombent avec moi, et surtout je ne veux pas que mon idiot de fils suive la même route que son crétin de père.

« Le monde du show-business c'est compliqué, reprit le vieux brigand après une pause, mais au moins il peut y rester à peu près honnête... et réussir. Si j'avais touché à un seul des cheveux de Tong Wing et que c'était prouvé, ne pensez-vous pas que ça torpillerait illico la carrière de Man-hoi ? »

Lok était stupéfait. Pas un instant il n'aurait envisagé que la préoccupation première de Yam Tak-ngok eût été la carrière d'acteur de son fils. Carrière qu'il ne fallait pas « faire foirer ».

« Monsieur Yam, se reprit-il, vous venez d'avouer devant moi que vous apparteniez à la pègre. Ne craignez-vous pas que je puisse vous faire inculper sur la base de ces propos ? »

Yam rit de bon cœur. À Hong Kong, se prévaloir

de faire partie d'une organisation criminelle était illégal en soi.

« Ah! Vous n'étiez pas en train d'enquêter sur Tong Wing? À quoi ça vous avancerait de me coller derrière les barreaux? Et puis vous risqueriez de vous mettre les Stups à dos! C'est pas eux qui ont mis la main sur ce type, là... ce Tseung? C'est pas bien de marcher sur leurs plates-bandes! »

Lok se souvint de ce que lui avait révélé Kwan Chun-dok : les Stups avaient de quoi faire tomber Grand-père Ngok. Le dénommé Tseung devait être leur témoin clé. Il semblait bien que Yam s'était déjà fait à l'idée de partir en prison — non pas qu'il en paraisse le moins du monde perturbé. En ce qui concernait sa propre enquête, Lok n'arrivait pas se décider; soit Yam était un menteur de haut niveau, soit ce qu'il venait de dire était la pure vérité. Il fixa son interlocuteur dans les yeux.

« Monsieur Yam, je vais vous le redemander encore une fois : avez-vous, ou non, envoyé certains de vos hommes agresser Tong Wing? S'ils l'ont tuée par erreur et se rendent d'eux-mêmes à la police, ce sera beaucoup plus facile pour requalifier le crime de meurtre avec préméditation en homicide involontaire. Je n'ai pas besoin de vous expliquer la différence en termes de longueur de peine...

— Je n'ai envoyé personne, dit Yam en reprenant son sérieux. Comme je viens de vous l'expliquer, je ne ferai jamais rien de stupide qui puisse nuire à la carrière de mon fils.

— Ne pensez-vous pas que certains de vos subordonnés aient pu prendre une initiative malheureuse, en vous le cachant, croyant à tort agir pour l'honneur de votre fils... ou le vôtre? »

Yam Tak-ngok resta muet; Lok le vit froncer brièvement les sourcils. Que Yam soit, ou non, l'instigateur de l'attaque, il savait que quiconque verrait la vidéo arriverait à la même conclusion : les agresseurs faisaient partie d'une triade, leur mode d'action était caractéristique des règlements de comptes entre triades. Après un long moment, Yam reprit la parole :

« J'ai confiance en ceux qui me restent... Ils m'obéissent depuis des années, ils n'ont jamais rien fait sans mon accord.

— Même s'ils savaient que vous risquez d'aller en prison à tout moment, aucun n'aurait pu vouloir vous rendre service sans vous impliquer?

— Non... je ne crois pas qu'aucun d'eux soit assez idiot pour faire une telle connerie... Et puis Tong Wing n'appartenait pas à une organisation. Vous connaissez la règle ancienne, "Ne blesse ni femme ni enfant", mes hommes ne sont pas des lâches et ils n'enfreignent pas les règles d'honneur des triades. »

Son ton était ferme, mais Lok et Ah Kat voyaient qu'il doutait. Les temps changeaient... Un ancien comme Yam savait qu'il ne pouvait connaître en permanence l'état d'esprit de chacun de ses sbires.

Lok mit fin à l'entretien. Il ne tirerait rien de plus aujourd'hui du vieux brigand, et surtout aucun nom. Il comptait avoir au moins fait passer un message clair : si c'étaient bien des membres de la Tige de Florissante Loyauté les coupables, mieux valait pour eux se rendre le plus tôt possible et plaider l'accident. Lok ne pensait pas qu'à la peine réduite qu'ils encourraient alors; il pensait surtout que cela pourrait démontrer à leurs rivaux de la Société de l'Infinie Justice que la mort de Tong Wing était un accident et qu'il n'était donc pas nécessaire de mettre la ville à feu et à sang pour la venger.

Il espérait que les agresseurs préféreraient la perspective d'un séjour en prison à celle d'avoir à risquer, pour le restant de leur vie, la vengeance de Chor Hon-keong.

Mais Lok n'était pas naïf au point de placer tous ses espoirs en la personne du vieux truand. Il demanda au CIB de rassembler le plus de renseignements possible sur les faits et gestes de tous les membres notoires de la Tige de Florissante Loyauté le jour du meurtre. Il demanda aussi si certains d'entre eux avaient disparu — après le meurtre. Nombre de voyous minables opérant dans le même environnement que les triades étaient disposés à arrondir leurs fins de mois en vendant leurs informations à la police. Les contacter à grande échelle comportait un risque non négligeable de récolter des tuyaux percés d'une part, de mettre en alerte la cible d'autre part, mais ça restait le moyen le plus rapide d'obtenir des résultats.

Les agresseurs étaient au moins quatre. S'ils étaient bien membres de la Tige, il leur serait très difficile de tenir secrète une opération impliquant un tel nombre d'hommes. Il y aurait forcément un type qui irait se vanter... ou au contraire qui se sentirait coupable et s'en ouvrirait à un camarade... et ça finirait par aboutir à l'oreille d'un indic.

Pourtant, quatre jours plus tard, pas l'ombre du début d'une piste n'était apparue. En fait de bruits de coulisses n'étaient parvenus à la police que les maugréements de quelques hommes de main de la Société qui souhaitaient venger la mort de Tong Wing. Mais les cadres de la triade se tenaient tranquilles. Et rien ne filtrait de la Tige de Florissante Loyauté.

La recherche de témoins oculaires autour des lieux du crime avait également été un fiasco complet. Lok n'avait non plus aucune idée du moyen de transport employé par Tong Wing pour se rendre sur place. Un bus passait, chaque demi-heure, de jour comme de nuit, sur cette portion de Jordan Road, mais aucun des chauffeurs de la ligne de service ce soir-là n'avait vu Tong Wing ou remarqué quoi que ce soit d'anormal... sans même parler de poursuite ou de transport nocturne de cadavre. S'ils disaient tous la vérité, c'était sans doute que les agresseurs avaient planifié leur opération en fonction des heures normales de passage du bus — comme des itinéraires des patrouilles de police. Et ce n'était pas comme si elle avait duré une éternité.

En raison de la mort de Tong Wing, le monde du spectacle était en ébullition. Les rumeurs bruissaient, les paroles obligées de compassion avaient été dites. On parlait de ne pas se dérober face aux responsabilités, on murmurait aussi que la jeune fille l'avait bien cherché. Certains journalistes avaient tenté d'interviewer le patron de Starry Nights Entertainment, mais la chargée de relations publiques de la compagnie avait déclaré que M. Chor était à l'étranger pour affaires et ne serait de retour que dans quelques jours.

« Chef, un cadavre de jeune femme a été découvert à Castle Peak Bay. »

Cinq jours après la conférence de presse, Ah Kat reçut un coup de fil et s'empressa d'aller rendre compte à Lok Siu-ming dans son bureau.

« C'est Tong Wing ?

— Pas sûr. C'est la police maritime qui l'a repêché, il est tout gonflé et le visage a été bouffé... Ça fait plusieurs jours qu'il trempe. En tout cas c'est bien une jeune femme aux cheveux longs, entre quinze et vingt-cinq ans.

— Des habits, des bijoux ?

— Non... le corps était nu. Vous voulez que j'aille voir ?

— Je vais avec toi. »

Lok se leva et prit sa veste sur le dos de sa chaise. Ils se rendirent à la morgue publique de Kowloon à Hung Hom. Le cadavre n'était pas encore arrivé et ils durent attendre. Ils étaient un peu nerveux : s'il se confirmait qu'il s'agissait du corps de la chanteuse, ils espéraient trouver des indices supplémentaires pour aider leur enquête qui piétinait. Mais ils ne souhaitaient pas que le mince espoir qu'ils avaient encore que Tong Wing soit encore en vie soit ainsi balayé.

« C'est arrivé, les informa l'employé de la morgue. »

Les policiers pénétrèrent dans la chambre froide.

L'état du cadavre était plus mauvais encore qu'Ah Kat ne l'avait compris. Le corps boursouflé était couvert de multiples plaies dont certaines étaient dues à des morsures de poissons et d'autres sans doute à des hélices de bateau. Seules les deux mains étaient encore à peu près intactes et Lok se prit à espérer qu'il soit possible de prélever les empreintes digitales.

Le médecin légiste arriva pendant leur examen. Il était un peu surpris de voir les policiers sur place avant lui mais comprit leur hâte en apprenant que

Lok était l'officier en charge de l'enquête sur la disparition de Tong Wing.

« Je ne vais pas vous retenir pour l'ouverture du corps, ça prendrait trop de temps ; je vais vous faire les premières constatations... »

Ce fut en effet rapide : la mort n'avait pas eu lieu par noyade. Présence de fractures multiples et de plaies apparentes, toutes blessures causées du vivant de la victime. Rien qui permette d'exclure que le cadavre soit celui de Tong Wing.

« Je prélève maintenant les empreintes... »

Il souleva la main droite du cadavre, en essuya chaque doigt avec une serviette, les appuya un à un sur un tampon encreur puis sur un formulaire, avec les mêmes gestes attentionnés dont il aurait usé pour panser les plaies d'un vivant.

« À vous de jouer », dit-il en tendant le formulaire à Lok.

Lok le remercia et rangea le papier dans sa sacoche. Les policiers se dirigèrent vers la sortie.

« Vous pensez que c'est elle, chef ?

— Maître ? » dit Lok Siu-ming, interloqué, au lieu de répondre.

Kwan Chun-dok se tenait dans le hall de la morgue et discutait avec un employé.

« Tiens ? Siu-ming, tu es aussi sur ce coup ?

— Oui, on est venus vérifier si le cadavre de Castle Peak Bay est celui de Tong Wing.

— Et alors ?

— Impossible à dire pour l'instant, le corps est méconnaissable. Mais le légiste nous a filé les empreintes, répondit Lok en tapotant sa sacoche, on va savoir en deux temps trois mouvements. Et vous, Maître, pourquoi êtes-vous là ?

— Pareil que toi, pour ce cadavre.

— Ah bon?

— Oui, en rapport avec l'affaire des trafiquants de femmes de Wan Chai... J'ai juste réagi un peu plus vite que tes collègues qui sont sur le coup.

— On en est tous à espérer que cette pauvre fille soit notre cadavre à nous..., soupira Lok.

— La misère humaine est notre lot quotidien, dit Kwan avec un sourire douloureux. Bon, je ne vous retiens pas plus longtemps, je vais bavarder un moment avec le légiste. »

Lok salua son maître, s'éloigna de quelques pas, mais l'entendit le héler dans son dos.

« Hé, j'oubliais — cette semaine j'ai un peu de temps, viens à la maison un soir, j'y serai tous les jours. »

Dans la voiture qui les ramenait à Tsim Sha Tsui, Ah Kat demanda à Lok :

« C'était qui ce vieux birbe avec sa casquette?

— C'était mon chef quand j'étais à la section B du CIB, le superintendant Kwan Chun-dok. Il est à la retraite maintenant, mais il travaille toujours comme conseiller de la police.

— Kwan Chun-dok, le "Divin Détective"? C'était lui? Le super-flic à qui rien ni personne n'échappait? »

Lok Siu-ming sourit : encore un des innombrables surnoms de son mentor qu'il ne connaissait même pas... Nul autre que lui n'était plus persuadé des talents exceptionnels de Kwan Chun-dok, mais il trouvait que « Divin Détective », ça allait quand même un peu loin.

De retour à son bureau, Lok fit transmettre le relevé des empreintes au laboratoire du bureau de l'identification. La réponse tomba à cinq heures de l'après-midi et mit les policiers de la deuxième équipe de la section des crimes sérieux dans un état balançant entre la tristesse et l'espoir d'enfin avancer.

Les empreintes étaient celles de Tong Wing.

La découverte du cadavre de la jeune chanteuse mit tout Hong Kong en émoi. Le meurtre était confirmé et la nouvelle redoubla l'attention que le public portait à l'affaire — plaçant les enquêteurs sur le gril par la même occasion. Lok et ses hommes devinaient qu'ils allaient bientôt voir l'état-major se pencher sur leur travail. Ils comptaient en particulier sur l'aide du bureau du crime organisé. Mais aucun policier n'aime à se voir déposséder d'une enquête en cours ; il voit sa propre valeur rabaissée, celle de ses efforts passés niée. Aussi leur moral était-il au plus bas et le découragement commençait-il à pointer à mesure que les pistes explorées se révélaient aussi improductives les unes que les autres. C'était la première fois que Lok était responsable en personne d'une enquête après dix-sept années dans la police, et la pression commençait à lui peser. Plus il s'angoissait, moins il arrivait à réfléchir sereinement.

Le lendemain de la découverte il se retrouva à contempler la photo encadrée sur son bureau qui le représentait avec Kwan Chun-dok. Il décida d'aller le voir le soir même pour accorder un peu de répit à sa propre cervelle torturée. En quittant son bureau il passa un coup de téléphone de sa voiture.

« Allô ? Maître ? Je ne suis pas loin de chez vous, à Nathan Road, j'arrive bientôt…

— Aïe, pas de bol, ce soir justement je rentre un peu plus tard… Écoute, va m'attendre chez moi, ma femme est là, mais elle doit partir à sept heures pour aller jouer au mah-jong chez une amie. Je la préviens de suite. »

Lok Siu-ming se gara tout en songeant qu'il n'avait pas vu la femme de Kwan depuis pas mal de temps. Il s'arrêta dans une pâtisserie et choisit un assortiment de tartelettes aux fruits, auxquelles il fit ajouter après réflexion une meringue aux marrons — le gâteau qu'elle préférait.

Elle lui ouvrit la porte, toute réjouie. Elle s'était attristée de ne l'avoir pas eu à dîner depuis avant sa mutation, plus d'un mois auparavant. Les gâteaux la transportèrent de joie, elle allait les offrir comme dessert à ses partenaires de mah-jong. Lok savait qu'elle n'était pas plus gourmande qu'une autre ; elle allait simplement pouvoir se vanter devant ces vieilles commères qu'elle et son mari avaient quelqu'un qui pensait à eux, comme un vrai fils. Ils n'avaient pas eu d'enfants et Lok en tenait lieu. Il leur rendait la pareille depuis longtemps.

Après qu'elle fut partie, il se retrouva seul à attendre son maître dans le petit appartement. Kwan avait pourtant quelques moyens en tant que superintendant, même à la retraite, mais en raison de son avarice proverbiale il avait toujours choisi de vivre avec sa femme dans moins de quarante mètres carrés. Quand Lok l'exhortait à déménager vers quelque chose d'un peu plus spacieux, il répondait : « L'espace, c'est du boulot pour ranger et pour nettoyer... moi j'économise mes efforts et mon temps. Et je ne m'arrache pas les cheveux qui me restent en recevant ma facture d'électricité. » Lok admirait sa « mère adoptive » d'accepter un mode de vie si frugal, qui reflétait peu son statut d'épouse de superintendant. Mais à vrai dire, si elle avait été éprise de luxe, Kwan Chun-dok ne l'aurait sans doute pas épousée.

Assis sur le canapé dans le salon, Lok retournait encore une fois dans son crâne les détails de l'enquête. Très vite il n'y tint plus et se leva pour tourner en rond. Puis ses pas le portèrent dans le minuscule bureau de Kwan Chun-dok, la troisième pièce de l'appartement avec le salon et la chambre à coucher, meublée d'une table avec un ordinateur posé dessus, deux fauteuils et quelques étagères. C'était à cette table que Kwan lisait les documents que divers services de l'état-major lui envoyaient.

Lok s'assit et balaya du regard les étagères et les photos encadrées qui couvraient les murs. Sur plusieurs la couleur était déjà passée, certaines étaient même en noir et blanc. La plus ancienne, accrochée près de la fenêtre, montrait un Chun-dok en uniforme d'à peine plus de vingt ans. Lok savait qu'elle avait été prise pendant son stage de formation en Angleterre en 1970. Au sein de la police, il se disait que, pendant les émeutes de 1967, Kwan Chun-dok s'était comporté admirablement, ce qui lui avait valu les louanges de ses supérieurs britanniques et avait donné naissance à la légende du « Divin Détective ». Pourtant Kwan n'évoquait jamais cet épisode de sa vie : et quand Lok lui en parlait, il trouvait toujours le moyen d'éluder les questions. Lok pensait que la modestie de son maître en était l'une des raisons, mais pas la principale : les événements de 67 avaient vu la mort de pas mal de policiers, de nombreux citoyens avaient été impliqués de près ou de loin, et il pouvait être douloureux, pour ceux qui l'avaient vécue, de revenir sur cette tranche d'histoire de Hong Kong.

La surface de la table était recouverte d'un capharnaüm instable de classeurs, de cahiers et d'objets divers, qui contrastait fortement avec l'ordre qui régnait dans le salon. Lok avait appris de sa mère adoptive que Kwan ne l'avait jamais autorisé à ranger, et elle craignait de toute façon de gêner sa réflexion en modifiant un environnement qui semblait si propice. En dix ans d'accumulation, la table s'était transformée en une sorte de monticule funéraire anonyme, d'où émergeaient lampes, stylos-plume, flacons de médicaments, photos, visionneur de diapos, loupes de tailles variées et d'autres objets défiant l'imagination comme un microscope antique, un nécessaire de petit chimiste, des outils de serrurier — ou de cambrioleur, un encreur pour empreintes digitales, des lunettes sténopéiques, un enregistreur vocal déguisé en stylo… Un assortiment d'ustensiles dont Lok estimait qu'ils auraient mieux figuré chez un détective privé ou un espion que chez un conseiller spécial de la Police de Hong Kong. Mais il avait depuis longtemps renoncé à s'étonner des méthodes particulières de son mentor.

Assis dans le fauteuil de Kwan, Lok en imita aussi la pose préférée. Il posa les deux pieds sur la table et se mit à jouer avec un flacon en verre d'environ cinq centimètres, le passant d'une main à l'autre, tout comme Kwan quand il était plongé dans une profonde réflexion. Dans le flacon se trouvait un souvenir de l'une des affaires résolues par le superintendant : une cartouche de pistolet, qu'il était parfaitement illégal de détenir à domicile.

Lok se redressa, agitant doucement le flacon de verre près de son oreille. La cartouche produisait un petit bruit sec en heurtant les parois. Les pensées ailleurs, il cherchait sur la table un endroit plat pour reposer le flacon en équilibre. Trois caractères lui sautèrent soudain aux yeux — trois gros caractères jaunes inscrits sur une épaisse chemise en carton dur pleine de papiers. Il reprit brutalement ses esprits. C'étaient les caractères d'un nom qu'il connaissait : Yam Tak-ngok.

Sans penser un instant aux reproches qu'il encourait, Lok Siu-ming s'empara de la chemise, l'ouvrit et commença à tourner les pages une à une.

Trente secondes plus tard à peine il la referma et soupira. C'était une copie du dossier de police personnel de Yam. Il en avait une semblable dans sa sacoche. Il allait reposer la chemise sur son tas initial mais s'interrompit : sur le dessus de la pile, un autre dossier était marqué de caractères rouges en relief : «Secret : circulation réservée». Il tendit la main, observa le dossier par la tranche : pas de fermeture à code ou serrure; il ne tenta même pas de refréner sa curiosité.

Il espérait trouver des informations secrètes concernant Yam mais fut rapidement détrompé. Il s'agissait d'une copie de la correspondance entre le service de protection des témoins et le cabinet du directeur du département de l'immigration du territoire. Lok se serait normalement vite désintéressé du sujet; moins on en savait sur ces histoires, mieux cela valait pour tout le monde. Sauf qu'il avait vu, sur la première ligne de la première page, un nom sur les pointillés : Tseung Fuk.

Il ne connaissait personne de ce nom, mais il l'avait entendu récemment. Tseung : Yam Tak-ngok lui en avait parlé.

« Et puis vous risqueriez de vous mettre les Stups

à dos ! C'est pas eux qui ont mis la main sur ce type, là... ce Tseung ? C'est pas bien de marcher sur leurs plates-bandes ! »

Ce n'était pas un hasard si ces papiers se trouvaient avec le dossier personnel de Yam sur le bureau de Kwan, pensait Lok. Il les parcourut rapidement, l'un après l'autre. D'abord venait le document autorisant Tseung Fuk à bénéficier du programme de protection des témoins. Puis la demande officielle au département de l'immigration afin de procurer au témoin et aux membres de sa famille de nouvelles identités, demande à laquelle étaient jointes les approbations préalables du chef de la police et du cabinet du gouverneur. Lok trouva la réponse de l'immigration. Elle listait cinq noms : Tseung Fuk devenait Kong Yu. Lam Tze-Koi, sa femme, devenait Tsiu Kwan-Yi. Trois enfants — un garçon et deux filles — portant le nom de Tseung devenaient Kong Tze-keung, Kong Siu-yee et Kong Siu-ling.

Lok se récitait les noms en silence.

Clic clac. Un bruit de clé tournant dans la serrure. Lok Siu-ming fourra en hâte les feuilles dans le dossier et refit un semblant de pile. La porte d'entrée s'ouvrit.

« Siu-ming ! je t'ai fait attendre une éternité !

— Non non, pas grave, dit Lok en jaillissant du bureau.

— Hmm... », dit Kwan en le regardant de biais. Il accrocha sa casquette et sa canne à une patère au dos de la porte et dit en retirant ses chaussures : « Tu as raison, ce n'est pas grave d'avoir fouillé mon bureau, essaye juste de ne pas parler de ce que tu y as lu en dehors d'ici... »

Lok resta bouche bée.

«Tu n'as pas encore dîné? reprit Kwan d'un ton léger. Où allons-nous manger? Au coin de la rue j'ai vu une annonce pour un buffet spécial oie grillée en promotion... ou bien on se fait livrer quelque chose? Je ne suis pas un grand fan de la pizza, mais j'ai tout un tas de coupons de réduction qui arrivent à échéance le week-end prochain, pas la peine de les gâcher.

— Maître, vous travaillez aussi sur Grand-père Ngok?

— Je te l'ai déjà dit, non? Les Stups vont le faire tomber; l'année dernière ils ont alpagué sur une autre affaire un type qui leur a dit pour sauver sa peau qu'il pouvait tout déballer sur Yam. Quand on pense au nombre de paires de chaussures à clous que la police a usées en vingt ans pour tenter de le coincer, et d'un seul coup, par hasard, un témoin à charge nous tombe tout cru dans le bec...

— Ce Tseung Fuk?»

Kwan leva un sourcil en coin.

«Oui. C'est un Chinois du Vietnam, il traitait avec plusieurs barons de la drogue en Asie du Sud-Est. Maintenant il a décidé de se repentir et c'est l'un de nos informateurs principaux. Mais si ses petits copains viets l'apprennent, lui et sa famille vont se retrouver servis en raviolis à Cholon. C'est pour ça qu'il va refaire sa vie ici. Je te passe les détails — je ne devrais même pas t'avoir dit tout ça.

— Il y a vraiment besoin de se donner autant de peine pour Yam Tak-ngok? Dès qu'il va tomber, son organisation va être avalée par la Société de l'Infinie Justice... À moins que..., reprit-il après une courte pause, à moins que cet informateur en ait aussi sur Chor Hon-keong?

— Non, sur Hong Kong il n'a jamais bossé qu'avec Yam. Les informateurs qui auraient pu nous aider à coincer Chor... ne sont déjà plus de ce monde», dit Kwan en agitant la main en direction du plafond.

Lok aurait bien aimé dire qu'arrêter Grand-père Ngok revenait à répandre de la poudre aux yeux du public pour lui faire croire que les autorités avaient les choses en main. Ça ne changerait rien à la situation du marché de la drogue. Seul son respect pour Kwan l'empêchait d'exprimer ce genre de pensées. Le chef des Stups était un bon ami de Kwan, ils avaient travaillé ensemble à la section des enquêtes criminelles de Kowloon dans les années soixante-dix. Il laissa tomber le repentir et changea de sujet.

«Maître, vous croyez que les assassins de Tong Wing sont des types de Grand-père Ngok?

— Tu l'as déjà interrogé? Qu'est-ce que tu en penses? dit Kwan qui avait pris ses aises sur le canapé.

— Je... pense qu'il n'est pas à l'origine du meurtre. Mais quant à savoir s'il n'y a pas des abrutis parmi ses hommes qui ont trouvé malin d'agir... et se sont retrouvés par accident avec un cadavre sur les bras...

— À première vue, ça pourrait ressembler à ça, dit Kwan en riant, mais au vu de ce que tu sais déjà, si tu en es encore là, c'est que tu n'as pas assez réfléchi.

— Qu'est-ce que j'ai raté?

— Tu sais que la Tige de Florissante Loyauté est issue de la Société d'Infinie Justice?

— Ouais...

— Chor Hon-keong n'a pas ménagé ses efforts ces dernières années pour récupérer une bonne partie des types qui étaient partis avec Yam, pas vrai?

— Hmmm.

— Et tu sais aussi que Yam a sorti un ordre pour

interdire expressément à ses hommes d'aller se venger après la bastonnade infligée à son fils.

— Oui, le CIB nous en a informés.

— Si tu fais la synthèse de ces infos, crois-tu qu'il soit raisonnable de penser qu'il y a au sein de la Tige de Florissante Loyauté des types qui désobéiraient ainsi consciemment à leur boss ? Premièrement : les jeunes ambitieux n'ont pas suivi Yam à son départ, ils sont restés avec Chor qui leur ressemblait. Deuxièmement, les excités, ceux qui seraient capables d'aller buter quelqu'un sans réfléchir, ça fait longtemps qu'ils ont quitté la Tige de Florissante Loyauté, parce qu'ils trouvaient leur chef trop mou. Donc il ne reste plus à Yam que ceux qui lui obéissent au doigt et à l'œil. Et troisièmement, même si Yam avait encore des types capables d'aller au charbon sur un coup de tête, c'est Chor Hon-keong qu'ils auraient essayé de découper en rondelles. La mort de Tong Wing, elle n'apporte à Yam qu'un tas d'emmerdes, ça ne valait vraiment pas le coup.

— Mais si la mort était accidentelle ? Si ses agresseurs n'avaient pas voulu la tuer ?

— Pas voulu la tuer ? Qu'est-ce qu'ils comptaient faire avec leurs machettes à pastèque ? Lui en offrir quelques tranches ? »

Lok se remémora les images des quatre hommes masqués de la vidéo. Comme s'il lisait dans ses pensées, Kwan continua :

« Si tu regardes mieux le film, c'est clair que dès le début ils s'étaient organisés pour avoir sa peau.

— Donc... ce ne sont pas les hommes de Yam ?

— Siu-ming, je suis crevé. Ton enquête... elle ne demande pas tant de réflexion que ça. Trouve des pistes, suis-les, fais parler les témoins, et tu finiras par attraper les tueurs. Dans ces histoires de triades, il n'y a jamais beaucoup d'indices matériels. Alors de deux choses l'une, soit tu te dégotes un informateur qui t'informe, soit… peau de balle. Mais il faut de la patience.

— Mais, Maître…

— Tu es un gradé maintenant, avec des responsabilités, tu dois t'en dépatouiller tout seul. Faut pas que tu continues à te reposer tout le temps sur un vieux bourrin comme moi. Tu dois avoir un peu confiance en toi-même! Tu as été nommé à ces fonctions parce que tes supérieurs avaient confiance en tes capacités, mais si tu en doutes toi-même, c'est mal parti!»

Il devenait difficile pour Siu-ming de continuer à argumenter. La moisson fut fort maigre ce soir-là. Kwan se moquait bien du cas de Tong Wing, et une fois qu'ils furent tout deux rendus au restaurant du coin, il refusa même de continuer à parler boulot. Il estimait en avoir déjà beaucoup trop dit sur Yam et Tseung.

À dix heures et demie, Lok voulut partir rejoindre sa femme enceinte. Jadis il serait resté avec son maître jusqu'à une ou deux heures du matin. Kwan lui tapota l'épaule.

«Relax, relax! Quand tu quittes ton bureau, il faut oublier le boulot. Écoute de la musique, regarde la télé… sinon tu vas vite passer en surrégime. Qui veut voyager loin ménage sa monture!»

Sur le chemin du retour, malgré ces conseils, Lok avait la cervelle pleine des noms de Tong Wing, Yam Tak-ngok et Yeung Man-hoi. Il arriva chez lui à onze heures passées. Mimi était allongée sur son lit. La télévision était allumée mais elle feuilletait un magazine people.

« Tu ne dors pas encore ?

— Je t'attendais. »

Elle lui sourit.

« Les femmes enceintes ne doivent pas se coucher tard, dit-il en l'embrassant.

— Tard ? Peuh... il est à peine onze heures...

— Tu veux boire un verre de lait chaud ? Je t'en prépare un. »

Depuis qu'il savait être un futur papa, Siu-ming traitait sa femme comme une grande malade.

« J'en ai déjà bu. Allez, repose-toi un peu, c'est toi qui as couru toute la journée. Je t'ai fait couler un bon bain chaud. »

Lok enleva son manteau et jeta un coup d'œil au magazine qu'elle avait posé sur la couette. C'était le dernier numéro de *Cancan Hebdo*. Comme de bien entendu, Yeung Man-hoi était en une, flanqué d'une photo d'archives de Tong Wing.

« Tu dois arrêter de lire ce genre de conneries, ça va influencer le développement du fœtus...

— On ne parle que de ça en ville, il faut bien que je sois au courant ! » Mimi fit la moue : « Pauvre gamine en tout cas, juste au moment où elle allait percer à l'étranger, elle se fait assassiner.

— "Pauvre gamine"... mes fesses ! Quand on joue avec le... euh... qu'est-ce que tu viens de dire ? Comment tu sais ça ?

— C'est une amie d'amie qui est journaliste à la rubrique spectacles... Il paraît qu'une grosse boîte japonaise lui a proposé un méga-contrat pour en faire la "nouvelle icône asiatique".

— Elle n'est pas liée par contrat à Starry Nights ? Elle peut partir comme ça ?

— Là, tu m'en demandes trop », dit Mimi en penchant la tête de côté.

Lok Siu-ming trempait dans sa baignoire et songeait à ce que venait de lui révéler sa femme. Tong Wing avait eu une occasion d'aller voir ailleurs si l'herbe était plus verte. Ça n'avait peut-être rien à voir avec le meurtre, mais il se prit à considérer les choses sous un nouvel angle.

En entrant dans sa chambre il vit sa femme endormie. Il lui retira d'une main le magazine, avec précaution, partit de l'autre main à la recherche de la télécommande pour éteindre la télévision. Mais ce qu'il vit sur l'écran lui fit brusquement battre le cœur plus vite — il oublia Mimi et augmenta le son.

« ... Je ressens énormément de douleur et de colère à la nouvelle de la mort de Tong Wing. Nous avons perdu une chanteuse douée d'un énorme potentiel, c'est une perte non seulement pour Starry Nights Entertainment mais aussi pour tout Hong Kong... »

Chor Hon-keong. Chor Hon-keong s'exprimait devant une forêt de micros brandis, l'air solennel, sanglé dans un costume qui tombait impeccablement. Lok lut les données affichées dans un coin de l'écran : c'était un programme de nouvelles du show-business. Un bandeau défilait sous l'image : « Première déclaration du directeur de Starry Nights Entertainment, de retour à Hong Kong, sur la mort de Tong Wing. »

Ce n'était pas du direct, mais Lok savait que Chor n'avait pas atterri plus d'une heure ou deux auparavant.

« L'horreur de ces images m'a vraiment fait dresser

les cheveux sur la tête. À titre personnel, mais aussi en tant que représentant de Starry Nights Entertainment, j'exige que la police poursuive les coupables avec vigueur et qu'ils soient châtiés. Je tiens par ailleurs à déclarer que je n'ai aucune information particulière sur un épisode malheureux qui se serait produit entre Tong Wing et Yeung Man-hoi ; mais Tong Wing était une jeune fille très simple et très gentille, je suis persuadé qu'elle ne porte pas la responsabilité de ce qui a pu se passer. »

Chor parlait avec toute l'assurance d'un homme d'affaires consommé.

« Savez-vous que Yeung Man-hoi a été battu, il y a deux semaines de cela ?

— Un ami journaliste m'en a averti. Comme tous les citoyens de Hong Kong, je m'afflige de ces actes de violence et j'espère que les agresseurs seront traduits au plus vite devant la justice. »

Putain ! Comme s'il n'avait rien à voir avec toutes ces histoires. Lok Siu-ming grinça des dents.

« Le disque de Tong Wing va-t-il sortir comme prévu ?

— Ce disque, elle y avait mis tout son cœur et toute son âme. Les assassins ont voulu en priver Hong Kong, mais ils ont échoué ! Nous ne ferons pas attendre ses fans plus longtemps ! Le disque sortira cette semaine. »

Le ton de sa voix se fit plus grave encore.

« Mais nous avons bien sûr dû annuler l'avant-première qui devait se tenir en petit comité. Nous sommes en train de mettre sur pied une grande soirée d'hommage à Tong Wing, nous invitons tous les chanteurs qui souhaitent y participer à nous le faire savoir. Elle aura lieu au milieu du mois prochain. »

Lok se rejouait les paroles que Kwan lui avait dites en le quittant : *« Relax! Quand tu as quitté ton bureau, il ne faut plus penser à ton travail. Écoute de la musique, regarde la télé… sinon tu vas vite passer en surrégime. »* Ce n'était plus un conseil, c'était une directive… Lok réalisa soudain qu'il avait fait fausse route dès le départ. *« Si tu pratiquais comme moi le noble art de la pêche, tu saurais que pour ferrer un vrai gros poisson il faut de la patience… Aujourd'hui tu ne vois pas comment le faire mordre à l'hameçon, mais demain, qui sait? Il faut attendre, observer sans trêve la surface et saisir l'occasion quand elle se présente, hop! en un clin d'œil! »*

Lok avait le regard vrillé sur l'écran, mais il ne voyait plus l'image. Toutes ses pensées convergeaient vers une seule question : comment saisir l'occasion?

L'occasion d'accuser Chor Hon-keong de conspiration et d'incitation au meurtre avec préméditation.

5

Même Tsoeng, dont les talents de psychologue laissaient pourtant à désirer, comprenait que Lok en avait gros sur le cœur ce jour-là.

À son arrivée, les membres de son équipe lui avaient trouvé le visage encore plus tendu que lorsqu'il s'attendait aux remontrances de ses supérieurs après Vipère. Lok s'était immédiatement retiré dans son bureau. Peu après, Ah Kat vint frapper à sa porte.

«Chef, j'ai vérifié les dossiers des membres connus de la Florissante Loyauté. J'en ai trouvé sept dont le physique correspond à peu près aux quatre types sur la vidéo…

— Laisse tomber, ce n'est pas là que tu trouveras les coupables, soupira Lok. Ah Kat…, reprit-il après un silence, tu trouves que je suis à la hauteur comme chef d'équipe?»

Ah Kat ne voyait pas où Lok voulait en venir et resta interdit un bref instant.

«Euh… je… ça ne fait pas très longtemps que je suis sous vos ordres, objectivement, c'est encore difficile de juger… En tout cas, chef, je peux vous dire qu'on vous fait confiance. La dernière fois quand ça a merdé, vous n'avez pas essayé de nous le mettre sur le dos, on a tous beaucoup apprécié… »

Lok sourit et sembla se satisfaire de la réponse.

« Eh bien, même si je me fais virer j'aurai au moins eu ça.

— Co… comment?

— Ce qu'on va faire aujourd'hui, dit Lok en se levant, j'en prends toute la responsabilité. Si la commission de discipline nous tombe sur le râble, c'est pour ma pomme. Ah Kat, on va ramener le commanditaire du meurtre de Tong Wing.

— Hein? Qui ça?

— Chor Hon-keong. »

Ah Kat était cloué au sol.

« Chor Hon-keong? Mais pourquoi il aurait fait tuer Tong Wing? Non, chef, déconnez pas… vous avez des preuves?

— Non.

— Alors… »

Ah Kat comprit pourquoi Lok disait vouloir tout assumer. Aller chercher des noises à un gros bonnet comme Chor, sans preuves… c'était s'exposer au pire. Surtout si l'on n'était qu'un petit chef d'équipe de district de rien du tout.

« Vous avez de quoi lui tendre un piège et l'amener à se dévoiler?

— Non plus, dit Lok en tordant la bouche, tentant de sourire : ce genre de type est trop intelligent pour se faire avoir comme ça. Mais c'est contre ma religion de laisser un tel salopard tranquille, alors que je sais qu'il est coupable. Même si ma carrière doit en souffrir… Je veux juste que Chor comprenne qu'il n'a pas entièrement les mains libres à Yau-Tsim. »

Ah Kat voulut lui dire que s'il lui avait posé la

question maintenant, il aurait répondu : « Vous êtes un super-chef d'équipe. » L'immense machine bureaucratique qu'était la police avait tendance à vampiriser ses membres, jour après jour, année après année... Mais il semblait bien que dans les veines de quelques flics coulait encore du sang bien frais.

Lok Siu-ming et Ah Kat allèrent donc « prier » Chor Hon-keong de les accompagner au poste. Devant la grande entrée de Starry Nights Entertainment se pressaient les journalistes venus tenter d'être les premiers à ramasser d'autres informations croustillantes. L'arrivée des policiers ne les déçut pas : ils identifièrent immédiatement Lok Siu-ming.

« Inspecteur Lok, inspecteur ! Vous venez interroger Chor Hon-keong à propos de Tong Wing ?

— Inspecteur ! La recherche des assassins avance-t-elle ?

— Il apparaît que la police a procédé à l'interrogatoire de Yam Tak-ngok, le père de Yeung Man-hoi. Ce dernier est-il également impliqué ?... »

Lok Siu-ming passa sans répondre. Il aborda la réceptionniste et déclara que la police voulait s'entretenir avec Chor Hon-keong.

« Monsieur l'officier, dit ce dernier une fois que Lok fut introduit, souhaitez-vous évoquer l'assassinat de Tong Wing ? Mon travail ici est d'une nature très administrative et je crains de ne pouvoir vous être très utile... »

Chor était vêtu d'un costume sobre, de marque occidentale, et ses cheveux étaient impeccablement coiffés. Rien dans son apparence ne trahissait le chef de triade. Il avait l'air aussi honnête qu'un chef d'entreprise de son envergure pouvait l'être.

« Monsieur Chor, je suis l'inspecteur Lok Siu-ming de la section des crimes sérieux de Yau-Tsim. Nous vous soupçonnons d'être impliqué dans un meurtre avec préméditation. Je vous demande de nous accompagner pour interrogatoire. »

L'incrédulité se lut sur le visage de Chor. L'instant d'après, il retrouva son sourire commercial et dit d'un ton onctueux :

« Puisque c'est comme ça... m'est-il possible de demander à mon avocat de m'accompagner ?

— Je vous en prie », dit Lok avec un geste vague de la main.

Deux phrases au téléphone suffirent à Chor, puis il se leva et suivit Lok et Ah Kat. Dans la meute des journalistes ce fut la stupéfaction. De voir embarquer Chor comme un vulgaire suspect était la dernière chose à laquelle ils s'attendaient.

« Ce n'est rien, j'aide la police et compte lui suggérer quelques pistes d'investigation », disait Chor, toujours aussi décontracté — ce qui n'empêcha pas photographes et cameramen de saisir l'occasion de le mitrailler sous tous les angles.

Sous son apparence flegmatique, Lok pouvait sentir qu'il bouillait intérieurement.

L'avocat attendait déjà au poste de police quand les trois hommes y arrivèrent. Une fois de plus, les initiatives de Lok mirent en émoi tous ses collègues. Quelques jours avant, c'était le vieux chef de la Tige de Florissante Loyauté qu'il ramenait, aujourd'hui il accrochait à son tableau de chasse l'intouchable Chor Hon-keong — c'était à peu près aussi improbable que s'il avait exposé leurs deux têtes au bout de piques dans la rue.

« Asseyez-vous, monsieur Chor. »

C'était la même salle d'interrogatoire que Lok

avait utilisée avec Yam Tak-ngok. Chor et son avocat prirent place du même côté de la table que leur prédécesseur.

« Inspecteur Lok, attaqua l'avocat, je ne comprends pas la raison qui vous pousse à faire perdre son temps à mon client en l'amenant ici pour l'interroger. Cet entretien aurait parfaitement pu se tenir dans son bureau.

— Je soupçonne M. Chor de conspiration et d'incitation au meurtre. »

Lok avait décidé de ne pas tourner autour du pot. Chor leva les sourcils mais garda le silence : l'avocat avait dressé la main pour lui faire signe de se taire.

« Qui est la victime ? s'enquit ce dernier.

— La chanteuse Tong Wing, de Starry Nights Entertainment.

— C'est ridicule. Pourquoi le directeur de cette entreprise aurait-il fait assassiner l'une de ses propres stars, la plus prometteuse, celle qui lui rapportait le plus d'argent ?

— D'après vous, demanda Lok, le responsable du meurtre serait donc quelqu'un qui en voudrait au directeur de Starry Nights, M. Chor ici présent ? Qui aurait pour objectif de s'attaquer à cette entreprise ?

— Qu'en saurais-je ? Nous sommes nous-mêmes victimes de ce crime. Attraper les coupables, c'est le travail de la police. »

L'avocat accompagna ces paroles d'un regard de défi lancé à Lok et Ah Kat.

« M. Chor serait-il en mesure de nous éclairer sur l'affaire du passage à tabac de l'acteur Yeung Man-hoi ? dit Lok.

— J'ai appris cette triste histoire de la bouche

d'un ami journaliste, dit Chor comme la veille au soir, je n'en sais pas plus.

— Eh bien, auriez-vous des idées, des suppositions ? Par exemple, sur les motivations de ses agresseurs ? »

L'avocat voulut s'interposer, mais Chor le coupa en tendant le bras.

« En tant que simple citoyen, j'ai cru comprendre que son comportement n'était pas toujours des plus exemplaires et qu'il a pu s'attirer l'inimitié de certains personnages douteux. J'ai ouï dire que ce jeune homme était le fils d'un dangereux criminel du nom de Yam Tak-ngok, dans ces conditions il est fort possible que ses mésaventures aient un lien avec ses fréquentations dans la pègre. Mais je suis persuadé que la police en sait beaucoup plus long que moi sur ce sujet. »

Gros malin, pensa Lok.

« Connaissez-vous un réalisateur du nom de Leung Kwok-wing, l'actrice Shum Suet-sze et la présentatrice de télévision Ting Tsim-mei ?

— Ce sont des personnes publiques dont j'ai bien sûr entendu les noms. Peut-être les ai-je rencontrées au cours de soirées ou de cérémonies, mais je n'en ai pas souvenir.

— M. Leung a également subi un passage à tabac il y a trois ans de cela. Mlles Shum et Ting, l'année dernière, ont toutes deux été enlevées dans un gros 4×4 aux vitres teintées, retenues pendant plusieurs heures et malmenées par six hommes. Ces faits divers ont tous eu lieu juste après que ces personnes avaient prononcé en public des jugements défavorables aux artistes de Starry Nights Entertainment, voire à vous-même. Quelle est votre opinion là-dessus ?

— Ces événements n'ont aucun rapport avec la situation présente, dit l'avocat. Mais laissez-moi vous rappeler qu'avant l'agression dont a été victime Mme Ting, elle avait à de multiples reprises, au cours de son émission, critiqué les autorités officielles de Hong Kong. Cela signifie-t-il, monsieur l'inspecteur, que la police a convoqué le chef de l'exécutif dans ces mêmes locaux pour l'interroger ?

— Bien entendu, dit Chor avec un sourire narquois, s'il s'avérait que des fans de nos artistes aient pu être blessés par les propos malveillants tenus par les personnes que vous venez de citer, et se soient ensuite livrées à des actes illégaux, je le regretterais profondément. »

Lok trouvait que Chor n'avait pas besoin d'un avocat et qu'il se débrouillait très bien tout seul. S'il avait exigé la présence du baveux, c'était surtout pour avoir le plaisir d'avoir un public pendant qu'il se foutait allégrement de la gueule des policiers qui l'interrogeaient.

« Monsieur Chor, vous avez dit il y a quelques instants que l'attaque dont Yeung Man-hoi a été victime pouvait avoir un lien avec le fait que son père soit une figure bien connue de la pègre. Mais maintenant vous dites que les coupables pourraient être des fans en colère. Cela n'est-il pas contradictoire ?

— Les deux sont possibles, je ne fais qu'avancer des hypothèses ; ne m'avez-vous pas convoqué pour que je collabore avec la police ? » Le sourire de Chor s'élargit : « D'ailleurs, nos artistes ont un public très large dans toutes les couches de la société de notre bonne ville. Si certains de leurs fans appartiennent aux classes délinquantes, je ne peux malheureusement rien y faire.

— Monsieur l'inspecteur, dit l'avocat à l'unisson, rien de ce que vous nous avez dit jusqu'ici n'a un rapport quelconque avec mon client. J'ai toujours beaucoup de mal à saisir la raison qui vous amène à penser que M. Chor puisse être impliqué dans le meurtre de l'infortunée Mlle Tong Wing. Si vous le retenez encore, je n'aurai d'autre choix que de déposer une plainte auprès des autorités de contrôle de la police, comme quoi vous avez importuné mon client sans aucune preuve. Par ailleurs, la façon dont vous l'avez convoqué ne manquera pas d'être reprise dans les médias et d'avoir des répercussions sur l'image publique de Starry Nights Entertainment. Je me réserve donc le droit de vous poursuivre en justice pour ce motif. »

Lok s'attendait à cette déclaration, comme au comportement de Chor Hon-keong. Il secoua la tête et continua :

« J'ai commencé par croire que les meurtriers de Tong Wing étaient des subordonnés de Yam Tak-ngok. »

Cette déclaration eut le don de surprendre aussi bien Chor et son avocat que le propre adjoint de Lok.

« Alors... »

Lok interrompit l'avocat d'un geste.

« Tong Wing avait fait l'objet d'avances non désirées de la part de Yeung Man-hoi, ce qui avait mené au passage à tabac de ce dernier par des hommes de main quelconques, qui ne devaient pas savoir qu'il était lui-même le fils du chef d'une triade. Dans mon raisonnement, Yam ou certains de ses hommes s'étaient vengés de cet affront sur la personne de Tong Wing, ça me semblait suffisant comme mobile pour une simple agression.

— Qu'attendez-vous donc pour interroger Yam Tak-ngok ? demanda Chor, le regard pétillant.

— Un examen plus minutieux des données et de la situation m'a cependant amené à conclure qu'il n'était pas impliqué dans l'agression de Tong Wing ; les coupables appartenaient bien à la pègre, mais pas à la Tige de Florissante Loyauté. Leur loyauté va à la Société de l'Infinie Justice — ce sont vos propres hommes, monsieur Chor.

— Inspecteur, dit l'avocat en se levant brusquement et en posant les deux mains à plat sur la table, ceci constitue une insulte grave et caractérisée envers mon client, je…

— Laissez-le continuer. »

Ah Kat observait l'avocat et le vit jeter un regard incompréhensif à Chor. Lok n'avait pas réagi aux paroles de l'homme de loi.

« Parlons d'abord du soir du meurtre. Le 22 en soirée, Tong Wing a été raccompagnée par son agent jusqu'à sa résidence, mais n'est pas montée chez elle ; la raison en est que son propre patron, M. Chor, lui avait auparavant fixé un rendez-vous secret à Jordan Road. Tong Wing n'avait aucune raison de se méfier. Mais il s'agissait d'un piège, M. Chor n'avait aucune intention de se montrer. En revanche, quatre de ses nervis attendaient la jeune fille. »

L'avocat ouvrait et refermait la bouche comme un poisson sorti de l'eau, mais ses regards éperdus à Chor Hon-keong ne rencontraient aucune réaction et il dut laisser Lok poursuivre. Celui-ci ne quittait pas Chor des yeux.

« L'endroit était excellent pour une telle mise en scène : personne n'y passe, personne n'y habite, il est impossible d'échapper à l'embuscade, il n'y qu'un cul-de-sac qui mène à la fameuse passerelle. La victime est coincée de toute façon.

— Inspecteur Lok, dit Chor en riant, êtes-vous certain d'être en pleine possession de vos moyens ? Ce que vous venez de dire est absurde — je ne parle même pas du fait que je serais moi-même un membre de la pègre ou que je me sois amusé à faire assassiner l'une de mes employées. Non, je parle du fait que vous suggérez que j'ai fait l'effort de l'amener dans un endroit public pour la faire agresser par mes "nervis". À quoi ça rimerait ? Pourquoi est-ce que je ne l'aurais pas fait enlever dans une voiture comme les deux pouffiasses que vous évoquiez tout à l'heure ? J'aurais pu la faire amener où je voulais, et en faire ce que je voulais. Que ce soit le mobile ou bien la méthode, ça ne tient pas debout votre histoire : même moi, un simple citoyen qui ne connaît rien à tout ça, je peux le voir.

— Parlons donc du mobile, dit Lok. Tong Wing était en effet la plus profitable de vos employées, mais ça n'aurait eu qu'un temps. Elle allait vite devenir une rivale qui non seulement ne vous rapporterait plus un rond, mais risquerait en plus de gêner considérablement la carrière de vos autres chanteurs et chanteuses. Parce qu'elle allait vous larguer. Dès qu'elle serait passée à une autre agence, elle n'aurait plus eu aucune valeur pour Starry Nights, vos investissements sur sa personne auraient été perdus, pire, ils allaient profiter à d'autres. »

Lok savait que comme tout bon chef d'entreprise, Chor prêtait la plus grande attention à ses placements et à ses parts de marché. Le grignotage rapide des positions de la bande rivale par la Société de l'Infinie Justice en était la preuve.

L'avocat réussit enfin à en placer une.

« Inspecteur, je ne sais pas si vous réalisez bien que le contrat entre Starry Nights et Mlle Tong Wing court encore sur les sept prochaines années...

— Et si le contrat n'était pas juridiquement valable? » dit froidement Lok.

Ses interlocuteurs cillèrent. Lok sut qu'il avait frappé juste.

« Les lois de Hong Kong exigent qu'un mineur de quinze ans, pour travailler, ait l'approbation légale de ses parents ou de son tuteur. Tong Wing n'avait que quatorze ans quand elle est entrée à Starry Nights, le contrat qu'elle y a signé n'a aucune valeur légale. L'agence japonaise qui voulait la recruter en a probablement été informée par elle-même. Quand vous vous êtes aperçu de votre petite erreur, il était trop tard. Tong Wing avait l'occasion de changer légalement d'employeur, un employeur bien plus intéressant pour elle et pour sa carrière.

— Cette histoire d'agence japonaise n'est qu'une rumeur sans fondement, dit l'avocat. Et même si elle était vraie, ça ne ferait pas pour autant de mon client un assassin.

— C'est le premier mobile. Il y en a encore un deuxième, et un troisième. L'envol de la poule aux œufs d'or était inévitable, lui couper le cou était le moins mauvais moyen de minimiser les dégâts. Mais M. Chor est un homme d'affaires qui voit loin, il a tout de suite vu comment exploiter la mort du volatile. La mort — accidentelle ou criminelle — d'une jeune star prometteuse est la meilleure publicité qui puisse être; l'entreprise qui détient les droits sur son œuvre impérissable peut décupler, centupler ses profits si elle joue bien son jeu. C'est-à-dire, si la mise en scène de la mort est assez bien faite. La star n'est plus une simple étoile — mais une supernova qui va illuminer toute la galaxie.»

C'était la déduction logique de la déclaration de Chor, la veille au soir — le disque de Tong Wing sortirait comme prévu. Et c'était la remarque de Kwan Chun-dok sur les intentions homicides évidentes des quatre attaquants qui avait amené Lok à renoncer à son hypothèse d'une mort accidentelle suite à une agression par des hommes de Yam Tak-ngok.

«C'est pour cela qu'il fallait non seulement que l'agression de Tong Wing se déroule dans un endroit public, mais aussi qu'elle soit filmée. Vous avez fait suivre Tong Wing par un paparazzi à votre botte. La vidéo de l'agression, c'est vous qui l'avez fait mettre en ligne. Idéal pour qu'elle soit reprise par toute la presse, et pas seulement par les journaux à scandale.»

Lok se demandait encore si Chor avait décidé lui-même de faire parvenir une copie de la vidéo à la police ou si c'était le journaliste qui avait eu des remords.

«Et ce petit spectacle, c'était faire d'une pierre deux coups. Vous avez décidé de sauter sur l'occasion de vous débarrasser une bonne fois pour toutes de la Tige de Florissante Loyauté. Vous saviez sans doute par vos propres sources que Yam était sous la surveillance de la police, mais ce n'était pas suffisamment fiable. Peut-être aurait-il passé la main à un type plus jeune et énergique avant de tomber, et tout aurait été à recommencer pour vous, avec de nouvelles variables inconnues. Mais n'importe qui, connaissant le lien entre Yeung Man-hoi et Yam Tak-ngok, aurait attribué le meurtre de Tong Wing aux sbires de la Tige de Florissante Loyauté — que Yam lui-même ait donné l'ordre ou pas, que la mort soit volontaire ou accidentelle, il devrait en endosser la responsabilité morale. Et je parle là aussi de la responsabilité vis-à-vis de vos autres collègues de la pègre. Suite à ça, ils n'auraient plus pu s'opposer à ce que vous avaliez la Tige de Florissante Loyauté... définitivement. Les conflits internes à la pègre, c'est un peu comme la guerre moderne — ce dont on a d'abord besoin, c'est d'une raison légitime de partir au combat.

— Mon client ne commentera pas vos allégations, dit l'avocat en fronçant les sourcils, à moins que vous n'ayez un début quelconque de preuve de ce que vous avancez, auquel cas je vous prierai de nous l'exposer.

— Je n'ai pas de preuves, répondit Lok, mais j'en aurai. Vos hommes ont commis une erreur. Je croyais que la raison pour laquelle les hommes de la Tige de Florissante Loyauté avaient emporté le cadavre, c'était qu'ils n'avaient pas prévu de tuer Tong Wing et voulaient dissimuler sa mort pour éviter les représailles. Mais quand j'ai découvert que le corps repêché dans Castle Peak Bay avait été dénudé, j'ai compris la vraie raison. Ce que les tueurs ont voulu faire disparaître, ce n'est pas le cadavre lui-même. Ce sont ses vêtements. Monsieur Chor, avez-vous regardé la vidéo?

— Oui, et alors?

— Incroyable, hein, qu'une frêle jeune fille comme elle ait pu mettre un tel coup de coude dans la figure de son poursuivant? Ce qu'on ne fait pas quand on est acculé... Le type a salement ramassé, sur le nez ou sur la bouche, on ne le voit pas sur la vidéo mais je suis sûr qu'il a soit saigné comme un porc, soit perdu une dent de devant… ou les deux. »

De fait, l'homme avait eu le réflexe de se couvrir la figure avec la main.

« L'action terminée, il s'est aperçu qu'il avait la figure pleine de sang, et il s'est dit qu'il y en avait sans doute aussi sur les habits de la victime. Mais impossible d'en être sûr, parce qu'elle-même baignait dans une mare de son propre sang… D'habitude, les tueurs des triades sont des pros, ils ne laissent pas de traces. Mais là, si la police analysait le sang sur les habits, non seulement votre bonhomme risquait d'être identifié, mais surtout la police saurait très vite à quelle organisation il appartenait… c'est-à-dire à la Société de l'Infinie Justice. Tout votre plan consistant à faire croire à une vengeance de la Tige de Florissante Loyauté tombait à l'eau. Donc les tueurs n'ont pas voulu perdre de temps et risquer d'être surpris en déshabillant le cadavre sur place, ils ont décidé de l'embarquer pour s'en occuper plus tard.

— C'est bien joli votre petite histoire… mais elle n'a pas valeur de preuve. »

Les paroles étaient toujours ironiques, mais le ton de Chor était désormais glacial. Les traits de son visage étaient tordus. Il n'avait plus du tout l'allure d'un homme d'affaires respectable.

« Les habits ont disparu… mais il y a du sang ailleurs. »

Lok pêcha dans une chemise plusieurs photos prises sous différents angles. Elles représentaient toutes l'escalier de la passerelle.

« Les techniciens ont dû se donner un peu de mal, mais ils ont découvert une trace de sang sur l'une des rampes… juste là où le blessé, le plus petit des quatre poursuivants, a posé la main dans la vidéo. Alors qu'est-ce qui nous manque maintenant pour avoir une preuve en béton? Il nous manque votre tueur. Pour l'instant je n'ai rien qui permette de vous impliquer, mais le témoignage de ce brave garçon devrait suffire.

— Et vous l'avez déjà arrêté?

— On a des collègues sur ses traces, demain au plus tard il sera entre nos mains, répondit Lok avec un petit sourire en coin.

— Donc je confirme que vous n'avez toujours pas de preuves. John, dit-il en se tournant vers l'avocat, est-ce que tu penses que les histoires absurdes que l'inspecteur Lok vient de nous servir sont suffisantes pour constituer une diffamation?»

L'avocat ne s'attendait même plus à ce que son client lui adresse la parole.

«Euh… hmmm… si cela venait à être connu du public, oui, bien sûr.»

Chor Hon-keong ricana.

«Inspecteur, vous voulez jouer avec moi? Très bien, je double la mise : vous pouvez me détenir pendant quarante-huit heures, mais si d'ici là vous n'avez rien de plus tangible, vous allez vous retrouver avec un procès au cul qui va vous faire très mal, croyez-moi.

— Je n'ai pas l'intention de vous retenir. Demain, à la même heure, vous serez sous le coup d'un mandat d'arrêt officiel. Aujourd'hui, je suis venu vous chercher pour avoir le petit plaisir de vous mettre au courant…»

Lok se leva.

«Je me contrefous que vous vous prétendiez chef

d'entreprise ou chef de triade. Les autres flics pissent dans leur froc à l'idée de vous ramener au poste, moi je l'ai fait et je vous emmerde. Ne croyez pas un seul instant que vous soyez intouchable. »

Il ouvrit la porte de la salle et les chassa d'un signe impatient. Chor semblait sur le point d'exploser. Lok imaginait très bien qu'il n'avait jamais subi pareille humiliation. Mais le gangster se contint et franchit la porte sans un mot. Son avocat le suivit en regardant Lok au passage, les yeux ronds.

Ah Kat vint sur le seuil et attendit qu'ils soient hors de vue.

« Chef, je ne me souviens pas d'avoir vu une trace de sang sur la rampe dans le rapport du labo…

— Tu as bonne mémoire. Cette photo était un faux.

— Hein ?

— Mets-toi immédiatement en contact avec le CIB et les unités d'intervention, et récupère tous les hommes que le poste peut nous fournir. Je veux que chaque membre connu de la Société de l'Infinie Justice soit surveillé de près, en priorité les Bâtons rouges, les guerriers responsables de la discipline… Mais discrètement, hein ! J'ai lancé un bel appât, on va voir si Chor va y mordre…

— Y mordre ? Ah… ah ! Vous pensez que Chor Hon-keong va faire éliminer les quatre pignoufs qui ont participé à l'attaque ?

— Oui, vu ses méthodes habituelles, il va sûrement leur envoyer ses nettoyeurs… Je lui ai fixé un délai, il va devoir parer au plus pressé, il faut que les tueurs de Tong Wing aient disparu d'ici demain. Et de notre côté, il faut qu'on arrive à en sauver au moins un des quatre, pour qu'il puisse témoigner. »

Encore une fois, les paroles de Lok lui revenaient en mémoire : *« Dans ces histoires de triades, il n'y a jamais beaucoup d'indices matériels. Alors de deux choses l'une, soit tu te dégotes un informateur qui t'informe, soit… peau de balle. »*

« OK, chef, je m'en occupe », dit Ah Kat en hochant la tête.

Il détala vers les bureaux de la section des crimes sérieux.

Lok était beaucoup moins sûr de lui qu'il n'en donnait l'air. Il avait misé son poste et toute sa carrière sur un seul coup de poker, et il ne se donnait pas plus de cinquante pour cent de chances de réussite.

« Tu t'en es bien sorti. »

Lok, tout à ses pensées, ne s'était pas aperçu que quelqu'un se tenait tout près de lui. Mais cette voix ne le surprit pas trop.

« Vous trouvez, Maître ? Mais… qu'est-ce que… qu'est-ce que vous voulez dire ? »

Il avait d'abord voulu demander : « Qu'est-ce que vous faites ici ? »

« Eh bien, tu t'es plutôt bien démerdé avec ce saligaud, dit Kwan Chun-dok, pointant du doigt la porte de la pièce adjacente d'où l'on pouvait suivre tout ce qui se passait dans la salle d'interrogatoire. J'ai tout vu, tout entendu !

— Ouais, pfffff… je ne sais toujours pas si je vais vraiment trouver quoi que ce soit contre lui…

— Allez viens, sortons. Tu as donné tes ordres, ton adjoint va s'occuper de tout, pas la peine d'être sur son dos.

— Sortir ? Pourquoi ?

— Pour boucler ton enquête », dit Kwan avec un sourire mystérieux.

6

Lok Siu-ming suivit son maître jusqu'au parking.
«Donne-moi les clés», dit Kwan.

Kwan avait son permis mais ne possédait pas de voiture personnelle. Ça coûtait bonbon de conduire à Hong Kong, disait-il : l'essence, le prix de la place de parking... sans compter le temps perdu. Les transports en commun étaient très pratiques, et pas chers, il fallait en profiter. Ça ne l'empêchait pas d'apprécier de se faire trimbaler à l'œil dans la voiture d'un collègue ou d'un subordonné. D'habitude c'était quand même Lok qui lui servait de chauffeur.

Ce dernier lui tendit les clés sans comprendre.

«Plutôt que de devoir t'indiquer la route à tout bout de champ, il vaut mieux que je conduise.»

Kwan ouvrit la porte et s'assit derrière le volant. La voiture se dirigea vers l'entrée du tunnel sous-marin de Hung Ham Hoi.

«Où allons-nous? demanda Lok.

— À Sheung Wan, dit Kwan en lui jetant un coup d'œil rieur dans le rétroviseur. En moins d'un mois, tu accroches à ton tableau de chasse Yam Tak-ngok *et* Chor Hon-keong! Waouh! Demain ton nom sera connu dans toute la police et dans toute la pègre!

Peut-être même que tu vas décrocher ton premier surnom : "Lok le Cruel"? "L'impitoyable"? Que sais-je...

— Si on n'arrive pas à choper l'un des quatre tueurs de Chor Hon-keong ce soir même, "Lok le Cruel" va être muté à la brigade de surveillance des parcs et jardins pour ramasser les capotes usagées, dit Lok d'un ton désabusé.

— Oui, d'ailleurs je voulais te dire que tu as un tantinet sous-estimé notre ami Chor», dit Kwan.

Ce fut autant le ton guilleret que le sens de la phrase qui firent à Lok l'effet d'un coup d'épée dans le bas-ventre.

«Sous-estimé?

— Tu as beaucoup appris pendant toutes ces années avec moi. Ton piège pour faire sortir le loup du bois, ça marcherait avec la plupart des truands, mais pas avec un type de la trempe de Chor. Il en a autant dans la caboche que dans la culotte.

— Vous voulez dire qu'il va rester tranquille... qu'il ne va pas faire buter les assassins de Tong Wing?

— À la différence des autres chefs de triade, il voit beaucoup plus loin que le bout de son nez, dit Kwan en s'engageant dans le tunnel. Regarde comment il procède depuis cinq ans pour mettre à genoux Yam Tak-ngok... Non, j'ai peur qu'il ait vu la faille dans ton dispositif.

— Quelle faille?

— Tu n'as pas donné d'explication vraiment valable en ce qui concerne sa convocation au poste, surtout de cette façon bien visible. Et si l'Identification avait vraiment trouvé des traces de sang identifiables sur la rampe, pourquoi est-ce que tu serais allé le dire au principal suspect ? Prévenir l'adversaire que tu vas lui passer la corde au cou... Ça aussi, c'était pour te faire un "petit plaisir" ? À ses yeux, ça ne colle pas. »

La tête penchée, Lok réfléchissait.

« Si, ça colle avec le reste de mon discours... même si c'était une erreur, ça passe s'il me prend pour un bleu, ce que je suis effectivement à ce poste... Ça explique que je veuille l'impressionner, lui montrer que je n'ai pas peur de lui...

— Si tu étais assez stupide pour te comporter ainsi, tu n'aurais pas pu deviner tout ce que tu lui as dit avant. Tu l'avais convaincu que tu étais une grosse tête, doublée d'un joueur de sang-froid, qui sait conserver ses atouts en main. Et paf, tu lui sors une énormité qui ne va pas avec le reste. Tu lui as prouvé par A + B que c'était du bluff. »

Lok ouvrit la bouche mais aucun son n'en sortit. Il voulait dire qu'il était possible malgré tout que Chor tombe dans le piège, mais au fond de lui-même il savait que Kwan avait raison. Et ce dernier ne tenta pas le moins du monde de le consoler :

« Siu-ming, si tu n'es pas en mesure de conclure l'enquête sur le meurtre de Tong Wing, c'est parce que ton adversaire est trop vicieux pour toi. »

La voiture émergeait du tunnel. Lok voulut mettre sur le compte de la lumière de l'après-midi le voile noir qui lui couvrit brièvement les yeux. La déclaration de Kwan résonnait dans son crâne comme le coup de marteau du juge et en avait le caractère définitif. Et pourtant Lok ne ressentait aucun regret pour sa carrière qui venait de s'écrouler, il n'éprouvait que le remords de n'avoir pu coincer le vrai coupable.

Aussi reprit-il bientôt, sur un ton obstiné :

« Mais vous, Maître, vous êtes à la hauteur ? Vous avez un moyen de faire plonger Chor Hon-keong ?

— Bien entendu, rit Kwan, sinon pourquoi t'aurais-je soustrait à ton devoir ?

— Alors qu'est-ce qu'on va faire à Sheung Wan ? Chor n'a quand même pas encore étendu son territoire sur l'île ? dit Lok, le regard tourné vers l'extérieur : la voiture s'engageait sur Queen's Road.

— On va rencontrer quelqu'un qui s'appelle Tseung... euh, non, maintenant il faut dire "Kong".

— Quoi ? »

Lok se souvenait parfaitement de Tseung Fuk et de son changement d'identité mais il ne voyait pas ce que le témoin repenti des Stups avait à voir avec son enquête.

« Mais, Maître, ne m'aviez-vous pas dit que Tseung Fuk n'avait rien à déballer qui concerne Chor de près ou de loin ?

— Si si, son témoignage ne porte que sur les petits business de Yam Tak-ngok. »

Lok lutta pour garder l'air intelligent malgré l'abîme d'incompréhension dans lequel il s'enfonçait. Mieux valait se taire et réfléchir, Kwan n'avait visiblement pas l'intention de répondre de manière cohérente à ses questions.

« On est arrivés », dit celui-ci en se garant le long du trottoir.

Lok descendit de voiture et regarda tout autour de lui. Ils étaient dans une petite rue perpendiculaire à Bridges Road, à Sheung Wan. Tout près de Central et des fortunes qui s'y créaient, et pourtant la rue était encore bordée de ces constructions d'avant-guerre insalubres qui étaient censées bientôt disparaître définitivement.

« Par ici. »

Lok le précéda, tourna le coin de Wing Lee Street, s'arrêta devant un immeuble de cinq étages à l'étroite façade décrépite. Il songeait que c'était plutôt une bonne planque pour un repenti, ça attirait moins l'œil qu'un penthouse dans une nouvelle résidence de luxe d'un quartier à la mode.

Ils grimpèrent jusqu'au troisième. Il n'y avait qu'un seul appartement par étage. La porte donnant sur le palier avait été doublée d'une sorte de sinistre sas constitué de barres d'acier entrecroisées. Kwan appuya sur le bouton de la sonnette. Lok n'entendit aucun écho à l'intérieur. Le silence se fit. L'inspecteur allait demander si la sonnette était détraquée quand la porte en bois s'ouvrit enfin. Derrière le sas se trouvait une femme âgée d'une quarantaine d'années, massive, vêtue d'un T-shirt orange informe imprimé de personnages de dessins animés. Elle ne correspondait pas à l'idée que Lok se faisait d'un des incorruptibles de la section de protection des témoins. Elle regardait Kwan et Lok sans aucune surprise. Elle déverrouilla la serrure de sûreté du sas et les laissa passer.

« Désolé de vous déranger, mademoiselle Koo », dit Kwan.

Elle ne correspondait pas non plus à l'idée que Lok se faisait d'une « mademoiselle ».

« Ah ! m'sieur Kwan, chuis un peu occupée aujourd'hui, faites comme chez vous. »

Elle referma le sas et l'entrée, et sans un mot de plus les planta dans le salon et disparut derrière une autre porte.

Lok s'était attendu à voir de la moquette trouée et du mobilier usé des années soixante ou soixante-dix, dans le style kitsch qu'avaient longtemps apprécié les gens de Hong Kong. Mais il se trouvait sur un parquet de bois plein verni et tout autour de lui était à la dernière mode. Au centre de la pièce trônaient une table et des chaises aux lignes fluides, un canapé de vrai cuir faisait face à un écran plat de presque un mètre cinquante de diagonale, le plafond était percé de petits spots discrets. Jamais il n'aurait imaginé que la police puisse dépenser autant de fric pour le confort d'un truand, même repenti.

« Ce n'est pas une planque de sûreté, dit Kwan, lisant dans ses pensées comme à l'habitude. C'est l'appart de Mlle Koo.

— Mais qui c'est cette… Mlle Koo ? Elle n'est pas flic ?

— Bien sûr que non, et je dirais même qu'elle est très loin d'être flic… elle en est l'opposé, affirma Kwan.

— L'"opposé ?" C'est une repentie elle aussi ? »

Kwan dévoila sa denture dans un sourire de loup. Il se dirigea vers une autre porte, qui faisait face à celle derrière laquelle Mlle Koo s'était réfugiée, et frappa doucement. La porte s'ouvrit immédiatement. Lok vit une adolescente avec une queue-de-cheval et des grandes lunettes de myope.

« Bonjour monsieur le superintendant, dit-elle d'un ton déférent.

— Siu-ming, je te présente Mlle Kong Siu-ling. »

Lok tendit une main que la jeune fille serra après une courte hésitation. Il se rappelait que Kong Siu-ling était le nom d'emprunt de l'aînée des filles de Tseung Fuk, Tseung Lai-nei.

« Votre père n'est pas là ? » demanda-t-il en tendant le cou pour voir à l'intérieur de la pièce.

La pièce était beaucoup plus grande qu'il ne l'aurait cru possible. Ce vieil immeuble réservait décidément bien des surprises. Mais personne d'autre ne s'y trouvait. Kong Siu-ling eut l'air étonnée de la question.

« Bien sûr que non, répondit Kwan à sa place.

— Euh... on n'est pas venus voir Tseung Fuk ?

— Non, on est venus voir Tseung Lai-nei.

— Cette jeune fille ?

— Oui.

— Pourquoi ? dit Lok.

— Tseung Fuk, sa femme et ses deux enfants sont à la charge du programme de protection des témoins de Hong Kong.

— Je sais tout ça, dit Lok, le désespoir perçant dans sa voix. J'ai lu votre dossier secret après tout.

— Tu n'écoutes pas bien, Siu-ming. J'ai dit... sa femme et ses *deux* enfants. »

Lok resta interdit. La réponse de l'immigration mentionnait une famille de cinq personnes.

Kwan se tourna vers la jeune fille et pointa ses cheveux du doigt. Elle défit sa queue-de-cheval, baissa la tête en la secouant, la releva en enlevant ses lunettes. De l'autre main elle se balaya la joue pour dégager son visage.

Lok s'adossa au mur, pris d'une soudaine faiblesse.

« Vous... vous êtes Tong Wing ? » dit-il d'une voix blanche.

Elle acquiesça d'un signe de la tête, avec un sourire timide.

Cette gamine sans maquillage ni apprêts était bien

221

Tong Wing, aussi éloignée qu'elle était de l'image pétasse & paillettes de star du show-business que ce nom évoquait.

« Mais qu'est-ce qu'elle fout ici? Non, mais qu'est-ce qu'elle fait ici, *vivante*? dit Lok dans un souffle. Vous avez vu son cadavre comme moi... on a retrouvé son... cadavre... »

Ses mots s'éteignirent peu à peu. Kwan lui tapota l'épaule.

« Assieds-toi, on va discuter de tout ça tranquillement. »

Lok prit place à côté de son maître sur le canapé de cuir. Tong Wing leur apporta deux tasses de thé chaud et s'assit sur une chaise en face d'eux.

« Siu-ming », Kwan s'interrompit pour siroter un peu de thé, « l'affaire est un peu plus compliquée que tu ne l'as cru jusqu'à présent. Tu croyais bosser sur un meurtre avec préméditation. En fait il n'y a pas de meurtre, il n'y a qu'un maillon crucial d'une opération en cours.

— ...

— Une opération destinée à remonter le "gros poisson qui nage en eaux troubles".

— Chor Hon-keong?

— *Of course.*

— Vous voulez dire que le meurtre factice de Tong Wing a été monté de façon à faire croire à la Justice que Chor Hon-keong était coupable, pour pouvoir l'arrêter?

— Le meurtre était factice, en effet, mais on n'est plus dans les années soixante-dix, il est impensable de fabriquer de fausses preuves même pour faire tomber un type comme Chor, qui le mérite pourtant. Tu crois que ce genre de méthode détestable aurait une chance de marcher aujourd'hui? Je viens de te dire que le faux meurtre était un maillon crucial de l'opération; mais il n'en est que l'un des maillons. Ça fait beaucoup plus longtemps que tout a commencé.

— Depuis que Yeung Man-hoi s'est fait casser la gueule?

— Non... depuis la planification de l'opération Vipère.

— Vipère? Mais Vipère a été décidée dès le mois de novembre de l'année dernière!

— Eh oui. Vipère était un maillon de l'opération. L'*échec* de Vipère était aussi un maillon de l'opération.»

Lok nageait dans le brouillard le plus complet.

«Je reprends depuis le début, dit Kwan en croisant les jambes sur la table basse. Tu te souviens que je t'ai dit qu'il fallait un témoignage direct pour pouvoir coincer un gros poisson comme Chor. Petit problème, les hommes de Chor, comme tu sais, n'oseront jamais parler contre leur boss. Les petits indics qui n'ont pas de raison de lui être aussi fidèles ont en grande partie été éliminés, ce qui n'incite pas les rares survivants aux confidences. Chor est couvert de ce côté-là.

— Oui... personne ne veut témoigner.

— Tu mélanges tout.» Kwan leva un doigt et le secoua. «Ce n'est pas que les hommes de Chor ne *veulent* pas témoigner, c'est qu'ils *n'osent* pas témoigner. Mais pour d'autres personnes c'est l'inverse: elles *oseraient* témoigner, mais elles ne le *veulent* pas.»

Lok se prit la tête dans les mains, le crâne douloureux. Puis il regarda son maître. Sa voix trahissait encore ses doutes.

« Yam Tak-ngok. Vous parlez de Grand-père Ngok.

— C'est bien, dit Kwan du ton de l'instituteur satisfait. Yam a passé plus de quarante ans au sein de la Société de l'Infinie Justice avant de la quitter, il y était déjà quand Chor y est entré comme simple soldat, il a assisté à toute son ascension, il connaît en détail tout ce qui s'y passait. Mais... aucune chance qu'un chef de triade collabore avec la police, l'ennemi commun, pour faire plonger un rival. Surtout un vieux de la vieille comme Grand-père Ngok, qui tient au code d'honneur du monde des Rivières et des Lacs plus qu'à sa propre vie. Tu sais ce que c'est que le dilemme du prisonnier?

— Oui, dit Lok, c'est l'un des postulats de base de la théorie des jeux. »

Dans le dilemme du prisonnier, on suppose que la police a arrêté deux voleurs, mais qu'elle manque contre eux de preuves tangibles. Elle leur soumet — séparément — la proposition suivante : si aucun des deux ne souhaite témoigner contre l'autre, la police devra les libérer au bout d'un mois. S'ils se confessent tous les deux, elle aura assez de preuves pour les garder en prison un an. Mais si un seul avoue, il devient automatiquement un « témoin protégé » et est tout de suite libéré. Alors que l'autre, qui a gardé le silence, doit tout endosser et plonge pour dix ans.

Dans l'isolement de leur cellule humide, les deux prisonniers doivent décider de parler ou de se taire. S'ils se font confiance et se taisent tout deux, leur peine sera très courte — un mois. Le plus marrant dans l'histoire, c'est qu'ils n'ont aucun moyen de savoir si l'autre les vendra ou pas, et qu'il est donc dans leur intérêt personnel de parler. Mais alors ils feront tous deux un an entier... Le dilemme du prisonnier, c'est la démonstration que la recherche du profit personnel peut aller à l'encontre de l'intérêt commun ou du bien de la collectivité. Voire que les décisions les plus logiques à l'échelle individuelle aboutissent souvent, *in fine,* à des résultats pernicieux.

« Mais entre Yam Tak-ngok et Chor Hon-keong, continua Kwan, le dilemme du prisonnier marche complètement sur la tête. Yam, pour en avoir déjà été victime il y a cinq ans, sait parfaitement que son rival est capable de le "trahir". Et pourtant il refuse de parler. Chor Hon-keong se tire donc d'affaire les couilles nettes quelle que soit sa propre décision. Ce qui diffère le plus du modèle dans cette situation, c'est qu'il peut prévoir ce que Yam va faire, il sait que le vieux ne le trahira pas. Ce n'est pas parce que ce dernier veut protéger Chor, mais c'est pour rester fidèle à ce à quoi il croit, c'est-à-dire à l'"honneur". C'était déjà le cas il y a cinq ans, il n'y a que comme ça que Chor a pu évincer Yam de la place de chef de la Société de l'Infinie Justice. Et qu'il peut sans risques réels de représailles bouffer peu à peu les parts de marché de la Tige de Florissante Loyauté. »

Kwan se tut, but du thé et reprit :

« En conclusion, pour réussir à coincer Chor Hon-keong, la solution la plus simple c'est de briser la foi que Yam Tak-ngok a envers le code d'honneur de la pègre. Si Grand-père Ngok perd la foi, l'équilibre est rompu — les lignes de défense de Chor s'écroulent. Et puis, dès que Yam se mettra à bavarder, les hommes de Chor perdront leur propre foi mal placée dans l'invulnérabilité de leur chef. Pour s'en tirer le moins mal possible, ils vont eux aussi se bousculer au portillon pour nous cracher tout ce qu'ils savent. Tous les truands modernes sortent plus ou moins des mêmes moules, c'est la peur et la cupidité qui les lient ensemble. Il y en a très peu qui sont réellement prêts à se sacrifier pour leur chef, à l'ancienne. Toute notre opération pour coincer Chor Hon-keong a donc consisté à recréer un «dilemme du prisonnier» artificiel qui tienne la route.

— Un "dilemme du prisonnier" *artificiel*?

— Faire croire à tous les suspects qu'ils vont être trahis, leur faire gober à tous qu'il ne leur reste plus qu'à trahir eux-mêmes pour ne pas trop ramasser.

— OK, mais je ne vois toujours pas le rapport avec la mise en scène de la mort de Tong Wing», dit Lok. Il tourna la tête vers la jeune fille : «Et qui est-elle vraiment? Pourquoi est-ce qu'elle vous aide dans votre opération? Elle n'est pas un peu trop jeune pour être un flic sous couverture?

— L'année dernière, Interpol nous a transmis un renseignement très précieux, continuait Kwan, imperturbable. Le comptable d'un baron de la drogue d'Asie du Sud-Est était repassé du côté clair de la Force et avait des informations qui pouvaient nous intéresser...

— Tseung Fuk?

— Oui. Mais les Stups ont vite compris que le témoignage et les preuves qu'apportait Tseung ne permettraient d'incriminer, à Hong Kong, que le vieux Yam Tak-ngok. Ils savaient parfaitement que la Tige de Florissante Loyauté ne résisterait plus très longtemps à la Société, et que foutre Yam en taule ne serait qu'un service de plus rendu à Chor Hon-keong. Ils n'ont pas bougé, jusqu'au mois d'octobre dernier, ou Lau leur a amené Tong Wing, et là il devenait possible d'agir.

— Comment? Lau… mon chef, le superintendant Lau? Il est aussi impliqué dans votre combine?

— Oui, après tout il est bien le chef de la division des affaires criminelles de Kowloon Ouest, ça n'a rien d'étonnant. Et puis, tu connais son poste précédent?

— Il était le chef de la section A du CIB. J'étais à la section B, sous vos ordres…

— Et quel est le rôle de la section A?

— Les écoutes… et surtout le recrutement et la gestion des indics.

— Le père de Tong Wing faisait partie des informateurs de Lau, il fournissait des informations sur la Société de l'Infinie Justice, dit doucement Kwan, le visage tourné vers la jeune fille.

— Son père… Tong Hei-tsz…»

Lok ne s'attendait pas à une telle révélation, mais il se souvint du rapport fourni par Ah Kat. C'était crédible : Tong Hei-tsz bossait comme barman dans un bar de Yau Ma Tei, en plein territoire de la Société; et dans ce genre de profession, on connaissait plein de gens, on entendait plein de choses. Il regardait Tong Wing, sans savoir par où commencer.

En entendant le nom de son père, celle-ci s'était mise à trembler. Elle rencontra le regard de Lok et détourna très vite les yeux. Comme si elle voulait éviter ses questions. Mais elle vit Kwan hocher la tête dans sa direction et se reprit. Elle releva la tête, fixa Lok Siu-ming et se mit à parler.

«Papa a été assassiné il y a cinq ans.»

Sa voix était ferme, il y perçait de la haine. Lok l'encouragea du regard.

« Le docteur à l'hôpital a dit qu'il était mort d'une overdose… mais moi je savais que papa n'était pas un junkie, il n'avait jamais pris de drogues.

— La police n'a pas enquêté ?

— Non ! Les flics ont dit qu'il n'y avait rien de suspect ! Ils n'en avaient rien à foutre ! Comme papa travaillait dans un bar où la drogue circulait, ça leur a suffi pour conclure qu'il n'était qu'une autre de ces chiffes molles… »

Tong Wing en avait gros sur le cœur et la question de Lok avait touché un point sensible.

« Bien sûr que la mort de votre père était suspecte, dit Kwan, mais les policiers auxquels vous vous étiez adressée n'étaient pas au courant de tout. L'identité des informateurs du CIB est un des secrets les mieux gardés de la police, ça ne descend jamais jusqu'au niveau des flics de district.

« À cette époque, Chor Hon-keong venait de prendre les rênes de la Société sur Yau-Tsim, et les trois quarts des indicateurs de Lau sont morts à ce moment-là, en l'espace de quelques semaines. Au CIB, tout le monde se doutait qu'il y avait un gros, gros problème. Lau a mené les recherches lui-même, mais les tueurs avaient été trop habiles. Pas un seul assassinat apparent, les types étaient morts dans des accidents de voiture, ou d'overdose au travail, voire de chute à leur domicile…

— Ils ont forcé papa à prendre de cette merde… Ce jour-là je rentrais de l'école, j'ai vu papa se faire embarquer de force dans une voiture, ils avaient dû s'y mettre à cinq. »

Plus elle parlait, plus elle s'animait, et plus ses yeux étaient rouges.

« Vous l'avez pourtant dit à la police, ça ?

— Ils ne m'ont pas crue! Ils ne voulaient pas me croire... Ils disaient que je n'avais que douze ans, ils ont dit que papa était mort dans la pièce de repos de son bar. Rien de suspect!...

— Les cinq en question étaient probablement des Bâtons rouges de la Société, ils ont acheté le patron du bar..., dit Kwan.

— Ces bâtards! Jamais je ne leur pardonnerai... Ils ont tué mon père!»

Tong Wing se frotta les yeux, le temps de maîtriser sa colère. Elle continua, les dents serrées :

«Plus tard, j'ai retrouvé le journal de papa, tout était écrit, il disait qu'il était informateur... Il y avait aussi plein de noms, mais je n'ai pas voulu les donner à la police, je me suis dit que c'étaient les flics qui l'avaient sacrifié. Alors j'ai décidé de me venger... à ma façon.»

Lok commençait enfin à comprendre, même s'il était stupéfait de la détermination qui émanait d'elle.

«Alors vous être entrée à Starry Nights... pour tuer Chor Hon-keong vous-même?

— Tuer cette ordure n'aurait pas ramené papa à la vie, dit Tong Wing en secouant la tête. Je voulais prouver sa culpabilité, la rendre publique, pour blanchir la mémoire de papa.

— À vous toute seule..., dit Lok, qui la trouvait aussi naïve qu'obstinée.

— J'avais entendu dire que ce salopard aimait la chair fraîche, alors j'ai décidé de tout faire pour coucher avec lui, pour avoir l'occasion de l'approcher, pour trouver des preuves...»

Siu-ming se figea, abasourdi. Jamais il n'aurait pu penser qu'une si jeune fille ait pu — plusieurs années auparavant! — envisager de se vendre... non pas pour le profit, mais pour la vengeance.

« Et alors? il n'osait préciser sa question.

— Et alors, rien... j'ai à peine eu l'occasion de le rencontrer, alors ne parlons même pas de le séduire..., répondit-elle avec un sanglot dans la voix. Les deux premières années, je n'étais en contact qu'avec l'agent qui me gérait, je n'ai vu Chor de près que la troisième année ; l'agent m'a dit que son patron avait décidé de me propulser, je pensais qu'il m'avait enfin remarquée, qu'avant j'étais encore trop jeune... Rien du tout! Chaque fois qu'il me voyait c'était avec plein de gens, pour parler boulot, jamais je n'ai réussi à le voir seule à seul.

— Elle avait sous-estimé Chor Hon-keong, tout comme toi, dit Kwan. Chor n'est absolument pas un obsédé comme les rumeurs le disent, rumeurs qu'il a d'ailleurs lui-même lancées.

— Hein?

— J'ai dit et redit qu'il voyait les choses à long terme! Il fait courir ce genre de bruits pour jeter de la poudre aux yeux de ses rivaux et de la police, dit Kwan, sourire aux lèvres. Pour cacher ses véritables faiblesses, il s'en crée de fausses. Imagine un peu, si un nouveau truand un peu ambitieux cherche à attaquer Chor, par où va-t-il passer? Il y a toutes les chances qu'il s'évertue à l'atteindre par les femmes, vu sa réputation. Ou bien si la police cherche à soudoyer une star réputée coucher avec lui, pour s'en servir d'indic... quel sera le résultat, à ton avis?

— Nul?» lâcha Lok. Et il se reprit : «Non... pas nul. Non seulement ça n'aura eu aucun effet sur Chor, mais en plus l'adversaire aura dévoilé ses batteries...

— Eh oui… la force d'un dispositif ne dépend pas de ses éléments les plus solides, mais des plus fragiles. Chor comprend parfaitement ce principe tactique élémentaire, alors il leurre l'ennemi avec des fragilités factices. Et c'est pour ça que, toutes ces années, il est allé jusqu'à jouer les outragés en faisant casser la gueule ou menacer quiconque disait du mal d'une actrice ou d'une chanteuse dont il était censé s'être amouraché… Trois avantages à cette méthode : un, renforcer la crédibilité des rumeurs ; deux, renforcer sa réputation de bandit impitoyable ; trois, occuper ses sbires et renforcer le respect qu'ils ont pour lui. Il est beaucoup plus obsédé par le pouvoir que par le sexe… et c'est un joueur expérimenté, personne n'est capable de dire s'il a pioché une bonne carte ou s'il bluffe…

— Mais vous pensez qu'il se fout des dégâts que cela peut faire à sa réputation ou bien à celle des stars en question ?

— Oui. Même si ce genre de procédés brutaux rend de plus en plus évident aux yeux du public qu'il est un chef de triade et pas juste une sommité du monde du spectacle, c'est largement compensé par les autres légendes qui l'entourent : "la Loi est aussi de mon côté", "la police est totalement impuissante envers moi"… Et en effet, la police n'ose pas s'en prendre à lui, du coup il gère son territoire avec encore plus de facilité et surtout il s'étend de plus en plus dans tout un tas de business légaux… Tout ça a marché au poil jusqu'à ce qu'un nouveau flic tout juste promu, "Lok le Cruel", ose briser la légende en l'amenant au poste sans aucune preuve à charge et en lui mettant le nez dans son caca. »

Lok, incapable de dire si Kwan le félicitait ou se moquait de lui, préféra garder bouche cousue.

"Quand Lau a été transféré du CIB à Kowloon Ouest, l'un des objectifs était d'enfin pouvoir s'occuper sérieusement de Chor Hon-keong, dit Kwan lentement. Mais il avait beau faire, il ne trouvait pas la faille, jusqu'à l'année dernière... quand il a réalisé que la nouvelle *prima donna* de Starry Nights ressemblait beaucoup à la fille de l'un de ses anciens informateurs. Tu connais Lau, c'est pas un créatif mais il est consciencieux... la mort de ses indics, il ne l'a jamais pardonnée, il avait bossé ses dossiers à fond et il a une mémoire d'éléphant. Il a creusé un peu lui-même et confirmé que Tong Wing était bien la fille de Tong Hei-tsz. Peut-être était-ce une coïncidence, mais dans ce métier on ne croit pas trop aux coïncidences et il avait peur que la jeune fille ait voulu approcher Chor avec une idée derrière la tête... Il avait deviné juste. Il a naturellement voulu empêcher qu'elle se mette en danger — ou pire... Chor est capable de tout.

— Quand le superintendant Lau est venu me trouver, dit Tong Wing, j'ai fait comme s'il s'était trompé de personne. Je ne voulais pas qu'il se mêle de mes affaires et foute mon plan en l'air, et puis je n'avais aucune confiance en la police...

— Alors Lau est venu demander mon aide, dit Kwan en levant la tasse de thé.

— Votre aide? C'est vous qui dirigez l'opération?

— Je ne dirige rien du tout, je ne suis que le conseiller!» Kwan riait de bon cœur. «Le conseiller, mon petit Siu-ming, et comme je n'ai aucun rôle officiel, je peux me permettre tout et n'importe quoi. Enfin, tout ce à quoi vous n'avez pas droit...

« Je suis d'abord allé voir Tong Wing et je lui ai démontré que ce qu'elle faisait était voué à l'échec. Même si elle arrivait à approcher Chor Hon-keong, celui-ci aurait vite fait de se douter de quelque chose. Je t'ai dit une fois qu'il ne s'intéressait pas trop aux histoires de familles et de clan, mais si le comportement de Tong Wing n'était pas naturel, il aurait vite fait le lien. »

Ainsi il ne pensait pas qu'au lien entre Yam Tak-ngok et Yeung Man-hoi quand il m'a dit cela, pensa Lok.

« Le superintendant Kwan m'a convaincue que je ne pourrais éliminer Chor Hon-keong qu'en collaborant avec lui, dit Tong Wing. Il m'a promis que je tiendrais le rôle le plus important dans son plan. De cette façon, ça m'allait, c'était bien toujours moi qui me vengerais moi-même. »

Ni son ton ni son regard n'étaient ceux d'une jeune fille de dix-sept ans. Lok regarda son maître : Kwan affichait un léger sourire. Lok avait souvent été témoin de la façon dont son mentor combinait une rare éloquence et d'indéniables talents de psychologue. Il savait caresser ses interlocuteurs dans le sens du poil, les soumettre à sa volonté sans même qu'ils s'en rendent compte. Lau avait dû traiter Tong Wing comme une pauvre gamine perdue, Kwan avait au contraire flatté ses passions les plus brûlantes.

« Comme je l'ai dit tout à l'heure, il fallait absolument arriver à faire venir Grand-père Ngok à la barre des témoins, c'était la seule façon de briser les défenses de Chor. Tout le plan a été construit avec cet objectif en tête. Avec Tseung Fuk entre nos mains, Yam sait qu'il va tomber d'ici peu. Reste à le convaincre de rompre avec ses principes, de violer le code d'honneur des triades. L'étape suivante, c'était donc l'opération Vipère.

— Mais Vipère a été un fiasco complet...

— Bien entendu, puisqu'elle était prévue pour échouer.

— Co... comment? Vous voulez dire que Kowloon Ouest a mobilisé plusieurs centaines d'hommes et des renforts de l'état-major, tout ça pour une opération bidon?

— Absolument, et seuls Lau et moi le savions. Comment crois-tu que Gros Dragon et les autres ont pu s'échapper? Il y a forcément quelqu'un qui les mis au courant — heureusement, personne n'a songé un seul instant que l'auteur de la fuite était le responsable de l'opération en personne... enfin, à travers moi.»

Pour la première fois, Lok eut une brusque envie d'agonir son maître d'injures. Il se rappelait cette réunion de débriefing, où il s'était retrouvé sous le feu des critiques de tous ses anciens, bien contents de pouvoir dissimuler leur propre échec en chargeant le petit nouveau. Mais c'était vrai qu'il avait trouvé bizarre que Lau lui-même ne participe pas à la curée et ne le sanctionne pas par la suite. Il eut beaucoup de mal à rester concentré sur Vipère.

«Mais à quoi ça rime? Pourquoi planifier une telle opération pour la planter immédiatement?

— C'était une petite mise en scène à destination de Yam. Les chefs de triade savent bien que les opérations de ratissage de la police, c'est un peu comme les tempêtes saisonnières, ça revient à intervalles réguliers et c'est inévitable. Mais qu'une opération de telle envergure obtienne si peu de résultats a convaincu Yam que même la police était totalement impuissante contre Chor Hon-keong. Ce dernier ne s'est pas méfié de son côté, ses lieutenants ont tous joué des coudes pour s'attribuer la gloire d'avoir mis la police en échec et d'avoir pu protéger la marchandise. Et pendant qu'on montait cette mission foireuse, j'ai prié Tong Wing de commencer à semer ses petits cailloux.

— Comment?

— D'abord, elle a fait une confidence, sous le sceau du secret bien entendu, à un ou deux journalistes bien choisis, comme quoi elle allait peut-être être recrutée par une importante agence japonaise. Là aussi c'était n'importe quoi, mais vu la qualité de notre presse à scandale, le degré d'authenticité de ce genre de nouvelle n'est pas un détail qui peut en empêcher la diffusion. C'était évidemment ce que nous cherchions. Ensuite, j'ai demandé à Tong Wing de provoquer Yeung Man-hoi.

— Pour renforcer l'hostilité entre Yam et Chor?

— Exact. Je savais depuis mon passage au CIB que Yeung était le fils de Grand-père Ngok, mais comme il se tenait à l'écart de la pègre et que son père n'était pas encore l'une de nos cibles prioritaires, on n'avait pas de raison de se servir de cette info. En revanche, dans mon plan, il a servi de mèche pour tout faire péter... et je voulais que ce soit Tong Wing qui l'allume. Puisque Chor a pour habitude de faire corriger les personnalités qui importunent ses stars, j'ai décidé de le battre à son propre jeu en lui donnant un prétexte pour s'en prendre au jeune Yeung. De façon à impliquer Yam dans la dispute.

— Mais comment pouviez-vous être certain que ce qui s'était passé pendant la soirée de Nouvel An entre Yeung Man-hoi et Tsong Wing parviendrait aux oreilles de Chor ?

— Tu crois que le paparazzi de *Cancan Hebdo* était là par hasard ? C'était une soirée privée, il n'a pu y entrer que sur invitation..., dit Kwan en désignant Tong Wing de la main.

— Mais en fait je me suis aussi fait avoir par le superintendant, dit la jeune fille avec un sourire un peu forcé. Il m'avait dit que si Yeung se faisait casser la gueule, ça suffirait à envenimer suffisamment le conflit entre Yam et Chor, alors que ce n'était que le premier pas... je ne savais pas que j'allais devoir mourir.

— Pour tromper l'ennemi, il faut tromper ses propres troupes, dit Kwan en haussant les épaules. Grand-père Ngok n'allait pas renoncer à son code d'honneur juste parce que son fils s'était fait un peu bousculer. D'autant plus qu'avec son expérience il avait parfaitement conscience que l'équilibre des forces lui était très défavorable. La bastonnade de Yeung n'était que le prélude à l'assassinat de Tong Wing.

— Les quatre «tueurs», c'est vous qui les avez envoyés ?

— Oui, ce sont quelques-uns de mes «amis», exactement comme Mlle Koo que tu as déjà vue, ce sont d'excellents professionnels et surtout des gens qui savent tenir leur langue... que ce soit vis-à-vis de la pègre ou de la loi.

— Quand le superintendant m'a demandé de me rendre en soirée à Jordan Road, je ne savais vraiment pas pourquoi. Je marchais depuis un bon moment, d'un seul coup quatre types m'ont sauté dessus, j'ai vraiment cru que Chor Hon-keong avait percé notre plan à jour, ou bien que le père de Man-hoi avait décidé de se venger. J'ai pris mes jambes à mon cou, mais j'ai vite compris que j'étais coincée... seulement, en grimpant sur la passerelle, j'ai trouvé le superintendant. Il m'a dit que j'avais très bien joué mon rôle et m'a fait redescendre par l'autre bout. C'est seulement après qu'il m'a expliqué que ça faisait partie du plan.

— Votre mort factice ? »

Elle hocha la tête.

« Tong Wing est meilleure chanteuse qu'actrice, dit sobrement Kwan.

— Alors c'est vous qui nous avez envoyé la vidéo ? Tout ce qu'il y a dedans est complètement factice ?

— Écoute-toi quand tu dis ça, dit Kwan en souriant, on dirait que c'est mal. Bien sûr que la mort était simulée, le cadavre sur le trottoir était joué par une autre fille qui s'était habillée comme Tong Wing ce soir-là. C'est la raison pour laquelle la vidéo n'avait pas de son, pour cacher le fait qu'il n'y avait pas eu de bruit de chute. Il valait mieux éviter qu'il y ait une pause dans la vidéo ou de la bidouiller au montage, ç'aurait été très vite repéré.

— Et le type qui s'est mangé un coup de coude ?...

— Ah, on ne peut pas tout prévoir... Il a eu le nez comme une patate pendant deux semaines. Mais c'était parfait, ça a vraiment donné un cachet d'authenticité à la scène !

— Maître, c'était quand même un peu dangereux... s'il y avait eu ne serait-ce qu'un seul piéton pour servir de témoin ?

— Tu prends les choses à l'envers... nous avons décidé de jouer l'agression justement parce qu'on savait qu'il n'y avait personne dans le coin. La preuve : vous n'avez même pas réussi à trouver comment Tong Wing a pu se rendre de chez elle jusqu'à la scène du crime.

— C'est vous qui l'avez amenée ?... Non, vous venez de dire que vous l'attendiez sur la passerelle...

— J'ai pris un taxi jusqu'au tout début de Jordan Road, et ensuite j'ai marché... longtemps, dit Tong Wing.

— Mais comment ça se fait qu'après la nouvelle du meurtre et l'appel à témoin, le chauffeur du taxi ne se soit pas manifesté ? C'était aussi l'un de vos... "amis" ?

— Tssst tsst, Siu-ming, tu n'as pas encore compris... pourtant il n'y a vraiment rien de plus simple, dit Kwan en levant un doigt. Tu as reçu la vidéo le 22 au matin... mais qu'est-ce qui te dit qu'elle a été tournée le 21 au soir ? En fait on l'a filmée le 18 au soir, deux jours après que Yeung Man-hoi a pris sa raclée. »

Lok regardait Kwan les yeux ronds.

« Tong Wing a été tuée le 18 au soir, mais personne ne l'a su, continua ce dernier. Une fois qu'elle a connu l'intégralité du plan, elle est retournée bosser le 19 comme si de rien n'était. Le 21, elle a remis les habits qu'elle portait trois jours avant, et a "disparu" après avoir pris congé de son agent. Le 22 à l'aube, nous nous sommes contentés de quelques petites choses : nous avons reversé du sang là où était le "cadavre", de façon que ça corresponde à l'image de la vidéo, et aussi quelques gouttes jusqu'au croisement ; ensuite nous avons tout nettoyé à la brosse, et nous avons balancé son sac dans la fosse. Ça nous a pris en tout et pour tout deux minutes... et on était beaucoup moins stressés qu'au cours de la mise en scène du 18. »

Non seulement le meurtre était factice, mais tous les indices rassemblés sur le site l'étaient aussi. Lok fut secoué d'un rire silencieux, presque douloureux. Il se souvenait des paroles de Kwan dans la voiture : *« Siu-ming, si tu n'es pas en mesure de conclure l'enquête sur le meurtre de Tong Wing, c'est parce que ton adversaire est trop vicieux pour toi. »*

« C'est vous-même qui avez mis le CD-Rom dans la boîte aux lettres du poste ?
— Non, c'est Lau. »

À ce stade, Lok ne pensait plus pouvoir encore être surpris par les révélations de Kwan, mais que le superintendant Lau ait pu se prêter lui aussi à ce montage le secoua un peu.

« Et le cadavre que la police maritime a repêché ? Le labo a pourtant confirmé que c'était bien Tong Wing.

— Non, c'était l'une des pauvres filles qui ont été tuées par les trafiquants d'esclaves de Wan Chai dont je t'ai parlé.

— Mais les empreintes... »

Kwan balaya l'objection d'un revers de la main.

« Tu m'avais dit que le toubib t'avait donné le relevé, je suis allé voir les types de l'Identification juste près toi et j'ai échangé les formulaires en douce. Tu sais que je suis un habitué de ce genre de choses..., dit-il pendant que Lok se frappait les tempes. En fait je comptais produire de fausses preuves de la mort de Tong Wing d'une autre façon, mais l'occasion était trop belle... disposer d'un véritable cadavre ! Il ne me restera qu'à remettre le vrai relevé d'empreintes dans son dossier après la crémation, ça passera comme une lettre à la poste. De toute façon la pauvre fille était une prostituée anonyme, sans papiers, il aurait fallu des années pour établir sa véritable identité et prévenir ses parents quelque part dans un village paumé au fin fond du Sichuan...

— OK, je vois bien comment vous avez simulé l'assassinat de Tong Wing, mais je n'en comprends toujours pas la raison ?

— C'est simple : c'était pour que *toi* tu entres en scène.

— Moi ?

— Oui, toi, à part Tong Wing bien sûr, tu as le rôle le plus important dans le dispositif, dit Kwan en lui tapotant la poitrine du bout du doigt. Personne d'autre n'aurait pu tenir ce rôle...

— Quel rôle ?

— Le rôle de "Lok le Cruel" : celui du flic sans peur et sans reproche en charge de l'enquête.

— Je pige de moins en moins..., avoua Lok.

— La mort de Tong Wing, tout le monde allait l'attribuer à Yam Tak-ngok. Mais ce dernier savait très bien évidemment qu'il n'avait rien à voir là-dedans, et a réussi à te faire douter ; à ce moment-là il y a eu... hum... quelqu'un qui t'a indirectement amené à penser que le vrai coupable était Chor Hon-keong. C'était encore un peu ténu, mais justement, il fallait que ça reste subtil pour que tu tires toi-même tes propres conclusions. L'histoire de l'agence japonaise, les machettes à pastèque... c'était moi qui avais organisé tout ça, pour t'orienter dans la direction de Chor. Bien sûr, tu n'as pas pu trouver de preuves contre Chor, parce qu'en vérité il n'y en a pas, il n'a jamais envoyé personne s'occuper de Tong Wing. Du coup la situation est simple : Chor n'a pas grand-chose à faire, il lui suffit de te laisser agir selon ta conviction et te planter complètement… Imagine la satisfaction qu'il va tirer de l'humiliation que tu vas subir, de ton propre fait…

« Mais c'est là que notre plan prend effet. *Il va amener Yam Tak-ngok à penser que Chor Hon-keong est capable de faire buter l'une de ses propres chanteuses, une pauvre orpheline innocente, pour le faire accuser, lui, Grand-père Ngok, et pouvoir avaler ce qui reste de son organisation.* Fais-moi confiance, tout ce dont tu viens d'accuser Chor Hon-keong pendant votre entretien va arriver aux oreilles de Yam Tak-ngok… et crois-moi, ça va salement le bousculer, il va enfin se demander si ça vaut vraiment la peine de se conformer à son code d'honneur pour protéger une ordure comme Tso… »

Siu-ming se repassa en silence ses propres déductions : Chor Hon-keong, en faisant tuer Tong Wing, faisait d'une pierre trois coups. Il évitait que Tong Wing aille renforcer l'écurie d'un concurrent, il explosait les charts en sortant l'album de la chanteuse juste après l'annonce de sa mort, et mieux encore, il amenait le public, la police et la pègre à croire à la culpabilité de Yam Tak-ngok, lui permettant de parachever sans coup férir l'élimination de son rival.

« Si Grand-père Ngok estime que tu as raison, il va s'inquiéter des conséquences de sa chute sur l'avenir de Yeung Man-hoi, et il va s'inquiéter de ce qui va arriver, une fois qu'il sera en taule, à ceux de ses fidèles toujours réticents à accepter de se mettre sous les ordres de Chor. Dans notre fameux dilemme, il suffit que l'un des deux prisonniers croie qu'il puisse être trahi, pour qu'il choisisse de trahir en premier.

Yam se fout de sa propre sécurité, en revanche, son conditionnement de bandit chinois à l'ancienne fait qu'il se préoccupe de celle de ses "petits frères" et de ses descendants. Mais moi, je vais lui proposer une excellente solution pour les protéger... »

Lok réfléchit encore un long moment puis demanda :

«... Et pourquoi c'est moi qui ai dû me taper ce boulot ? Parce que vous n'osiez infliger ces humiliations répétées à personne d'autre que votre disciple ?

— Non, c'était parce que tu étais le seul enquêteur à réunir les deux qualités indispensables : le flair du chasseur et énormément de culot. Ce plan ne pouvait marcher que si le moins de monde possible savait, c'était la seule façon d'espérer tromper en même temps Chor et Yam. Il fallait un flic capable d'interpréter correctement les indices subtils que j'ai semés — pour arriver à la "vérité cachée", c'est-à-dire la culpabilité de Chor Hon-keong. Mais plus encore, il fallait quelqu'un qui ait le courage de s'attaquer à lui. Ce n'est pas facile aujourd'hui de trouver des policiers de ce calibre à ton niveau ; dans la police moderne, chacun surveille ses arrières et ne se préoccupe que du bon déroulement de sa petite carrière... Dieu sait ce que ça va donner quand cette génération aura pris les commandes dans quelques années. Tout ce que les vieux cons comme nous avons construit, ça risque d'être passé aux pertes et profits... et les rares types comme toi, les abrutis qui avez encore la foi et les couilles, vous allez souffrir encore plus. »

Une fois de plus Lok ne savait pas si Kwan se moquait de lui ou pas. Celui-ci continuait sur le même ton rieur :

«Ton petit numéro avec Chor va être dûment et fidèlement relaté, dès ce soir, à quelqu'un qui va s'empresser de le transmettre à Yam Tak-ngok. Demain, bien entendu, il ne va rien se passer et Chor ne sera pas arrêté comme tu le lui as promis ; alors Yam va penser que Chor a encore trouvé une combine pour échapper aux griffes de la Justice. C'est à ce moment que quelqu'un doté d'une langue de velours et d'une capacité de persuasion hors du commun va venir le trouver pour lui mettre un marché entre les mains ; plutôt que de voir ses pires pressentiments se réaliser sans qu'il puisse rien y faire, il lui restera le choix d'être le "prisonnier qui trahit en premier". »

Lok n'avait pas besoin de demander qui serait cet habile intermédiaire.

«Mais Chor, alors... qu'est-ce qu'il a pensé du fait que je le convoque au poste ?

— Il a pensé que tu voulais l'incriminer, soit en fabriquant de fausses preuves, soit en le provoquant pour tenter de lui faire avouer qu'il était l'instigateur du crime. Il doit croire que le vrai coupable est un des membres de la Tige de Florissante Loyauté, voire d'une organisation tierce qui lui veut du mal... ça ne manque pas. Et si ça se trouve, il pense que c'est l'un de ses propres lieutenants qui a pris cette initiative, peut-être un impatient qui voulait créer un prétexte pour enfin s'attaquer frontalement à la Tige... ou même un arriviste qui veut le faire tomber et usurper son trône... Oui, c'est d'ailleurs sans doute pour cela qu'il a peu à peu perdu son calme pendant votre entretien : il se savait innocent, mais tous tes arguments étant parfaitement valables, ça l'a amené à cogiter sur la pire des hypothèses, l'ennemi intérieur : l'un de ses hommes qui aurait agi en le lui cachant.

« Bien entendu, il n'allait pas en parler devant toi, il a dû commencer ses investigations en interne sans bruit dès qu'il est sorti de chez toi. Mais comme je te l'ai dit, il n'est sûrement pas tombé dans ton piège, il a vu ton bluff, et il ne va pas bouger un pion pendant plusieurs jours. »

Lok hochait la tête, les épaules affaissées. La moindre de ses mirifiques déductions et de ses actions avait été prévue, voire planifiée, par Kwan Chun-dok. Après toutes ces années, il avait l'impression de n'être toujours qu'un collégien qui pète plus haut que son cul.

« Ah oui, pourquoi Tong Wing doit-elle devenir Kong Siu-ling ? trouva-t-il encore la force de demander.

— Elle avait le choix : faire croire à sa mort aux mains des tueurs, puis resurgir miraculeusement après la condamnation de Chor Hon-keong sur la foi du témoignage à venir de Yam Tak-ngok. Ou bien disparaître vraiment, en prenant une nouvelle identité.

— C'est ce que j'ai choisi, dit la jeune fille. Je déteste cette identité qui me lie à la fois au show-biz et à la racaille, je m'en suis servie pour ma vengeance, maintenant je veux l'abandonner.

— C'est beaucoup mieux comme ça, et puis le superintendant Lau n'allait tout de même pas expliquer l'histoire de l'assassinat factice dans son compte rendu..., dit Kwan en regardant Tong Wing avec du respect et de l'admiration dans les yeux. Tseung Fuk était le premier domino, celui qui nous permet de faire tomber Grand-père Ngok, et comme de toute façon il nous fallait solliciter le programme de protection des témoins pour lui et sa famille, j'en ai profité pour y ajouter Tong Wing, ni vu ni connu… "Tseung Lai-nei" n'existait pas au départ, Tseung Fuk, lui, ne saura pas ce qu'il en est, il ne connaît ni le nom ni même l'existence de "Kong Siu-ling". Cette double fausse identité, c'est la meilleure protection pour Tong Wing.

— D'accord… Maître, j'ai encore un petit point à éclaircir, dit Lok en fronçant les sourcils. C'est vous qui avez eu l'idée de mettre la vidéo en ligne ?

— Bien sûr, c'était indispensable pour la bonne marche du plan, il fallait que la nouvelle du meurtre se répande ; les images ont bien plus de force qu'une simple rumeur. C'était surtout pour bien convaincre Yam Tak-ngok de la réalité de la chose.

— Si c'était ça le but, pourquoi me l'avoir transmise avec une journée d'avance ?

— Siu-ming… tu es quand même mon disciple, après tout ! » dit Kwan d'un ton qui ne se moquait plus.

Lok comprit enfin. Pour la réussite de son plan, Kwan aurait tout aussi bien pu balancer directement la vidéo sur le net. Mais la section des crimes sérieux aurait alors dû gérer en même temps les débuts de l'enquête, les recherches, les réactions des médias et celles des foules. En prévenant Lok la veille, Kwan lui donnait vingt-quatre heures d'avance, ce qui était loin d'être négligeable et lui avait évité le risque de se ridiculiser en public.

« OK, Maître, vous avez gagné, je me rends. Vous m'avez manipulé de A à Z, j'ai été un vrai pantin… »

Lok soupira une dernière fois, puis partit d'un grand rire.

« Mais où donc avez-vous trouvé un hacker qui soit capable de mettre la vidéo sur des sites en Suisse et au Mexique ? »

Kwan se tourna et pointa le menton vers la porte de la pièce avant de lui faire un clin d'œil.

« Ne me demande pas avec quel argent Mlle Koo peut se payer des canapés en vrai cuir italien... »

« Bon, qu'est-ce que je dois faire une fois rentré au poste ?

— Rien, ou plutôt continuer comme avant. Tes subordonnés et les renforts que tu as fait demander par Ah Kat doivent faire le boulot que tu leur as assigné : surveiller les hommes de Chor. »

Kwan avait pris la place du mort en sortant de chez Mlle Koo.

« Tous les ingrédients de la sauce sont réunis, il faut laisser mariner. Je vais voir Grand-père Ngok demain. Attends de voir ce que le vieux marmiton va te concocter comme petit plat...

— Maître... est-ce que vous n'aviez pas d'autre solution pour amener ce vieux truand à s'allonger ? Vous n'aviez rien trouvé de plus simple que ce montage ahurissant ? Il y a plein de trucs qui auraient pu foirer. Et en plus, il restera une affaire non réglée : celle du meurtre de Tong Wing ! »

Lok savait que Chor Hon-keong n'accepterait pas d'endosser la culpabilité pour cette mort-ci, même s'il tombait par ailleurs pour association de malfaiteurs, trafic de stupéfiants, assassinats multiples, conspiration pour violences et rackets divers et variés.

« Il fallait en passer par là pour que Tong Wing quitte le plus vite possible l'orbite de Chor

Hon-keong, dit Kwan d'une voix sourde. Par bonheur, Chor n'a pas repéré Lau quand il est allé la voir... Mais chaque jour de plus qu'elle passait à Starry Nights à tenter de le séduire augmentait le risque qu'il la perce à jour et comprenne sa vraie motivation. Comme je te l'ai dit, elle n'est pas une très bonne actrice. Si Chor avait découvert l'identité de son père, c'était foutu pour elle. Qu'elle soit son artiste la plus profitable ou qu'elle n'ait que dix-sept ans n'y aurait rien changé, il l'aurait fait éliminer... ou pire. Cette opération, ce n'était pas seulement pour faire tomber Chor Hon-keong, c'était aussi et surtout une opération de sauvetage. La police aussi a son honneur, c'est de protéger nos concitoyens. Je me refuse à permettre qu'une gamine de cet âge se jette elle-même dans la gueule du loup... même si elle-même le souhaitait et croyait n'en avoir pas peur. Si pour ça je dois écarter certaines des contraintes que m'impose la loi, tant pis, la vie d'un seul innocent est plus importante et ne doit pas être sacrifiée. »

Tout se déroula comme Kwan Chun-dok l'avait prévu. Deux jours après, Yam Tak-ngok fit savoir à la police qu'il avait d'innombrables révélations à lui faire sur le fonctionnement de la Société de Florissante Loyauté ainsi que sur l'implication personnelle et ancienne de Chor Hon-keong dans le trafic de stupéfiants. Pour se protéger, une bonne partie des cadres de la triade se mirent à table à leur tour, impliquant chaque fois un peu plus leur chef et d'autres complices moins repentants qui furent arrêtés dans la foulée, dont Gros Dragon, qui avait échappé à Lok Siu-ming quelques semaines plus tôt.

Certaines des «preuves» fournies étaient de qualité douteuse, mais il en restait assez de solides pour que, du point de vue de la police, la moisson puisse être considérée comme un succès majeur.

En revanche les preuves étaient insuffisantes en ce qui concernait l'assassinat de la jeune chanteuse Tong Wing. L'opinion publique ne se priva pourtant pas de l'attribuer unanimement à Chor Hon-keong. Lok Siu-ming s'attrista d'autant moins de cette erreur judiciaire par procuration qu'il s'avéra également difficile de faire endosser à Chor plusieurs des morts et disparitions d'informateurs qui avaient eu lieu quelques années auparavant.

Deux mois plus tard, Lok accompagna son maître lors d'une visite à Tong Wing, qui habitait toujours chez Mlle Koo. Au sas blindé s'étaient ajoutées plusieurs caméras de surveillance discrètement placées. Lok s'en réjouit : Tong Wing était bien protégée. Kwan confirma, en précisant que cela donnait aussi le temps à Mlle Koo d'effacer toutes les données illégales stockées sur ses ordinateurs si d'aventure les forces de l'ordre se présentaient chez elle.

Une fois encore, Lok ne reconnut pas la jeune fille qui les reçut. Elle avait raccourci ses longs cheveux noirs et les avait teints en brun.

«Euh... Tong Wing?

— Inspecteur Lok, je m'appelle Kong Siu-ling...

— Oui, Kong Siu-ling, Kong Siu-ling, pardon.

— Siu-ling, fais comme moi et appelle-le Siu-ming, dit Kwan en riant, ça sera marrant.

— Au moins, qu'elle m'appelle grand frère Ming, dit Lok sur le même ton. Si j'avais quelques années de plus, elle pourrait presque m'appeler pa...»

Il s'interrompit.

«Ce n'est pas grave! L'enquête sur la mort de papa a été rouverte, c'est à vous que je le dois, je ne saurais jamais assez vous remercier, dit Siu-ling. Grand frère Ming, ne t'en fais pas!

— Tu as des plans pour le futur? demanda Lok.

— Pas encore... je vais d'abord attendre la fin du procès de Chor Hon-keong. Je réfléchirai après... Grande sœur Buffle est très bonne avec moi, elle me laisse vivre ici. Je l'aide pour la maison, en échange elle m'apprend l'informatique.

— Grande sœur Buffle?

— C'est le pseudo en ligne de Mlle Koo : Tête-de-buffle. Très élégant, n'est-ce pas?» dit Kwan.

Lok était quelque peu désorienté. Les activités des hackers n'étaient pas forcément des plus recommandables aux yeux de la loi, il aurait préféré pouvoir conseiller à Siu-ling de ne pas trop fréquenter Koo. Mais il songea que celle-ci devait très certainement entendre tout ce qui se disait dans son appartement et dut retenir ses commentaires.

«Allez, on va se chercher un restau dans le coin pour dîner. Ça tombe bien, ils font des promos parce qu'ils n'ont plus de clients, vu que le gouvernement conseille à tout le monde de rester chez soi à cause de cette nouvelle épidémie... J'imagine que tu n'es pas beaucoup sortie depuis deux mois?» dit Kwan en s'adressant à la jeune fille.

Le visage de Siu-ling s'éclaircit et elle hocha la tête en souriant comme une enfant. Lok Siu-ming eut enfin l'impression de percevoir son vrai caractère.

«Maître, vous n'avez pas peur que quelqu'un la reconnaisse?» dit-il en la parcourant du regard.

Elle avait noué ses cheveux, chaussé une paire de lunettes, enfilé un vieux pantalon de survêtement et un léger pull. En vérité, c'était la conscience professionnelle de Lok qui parlait, car il était persuadé que personne n'aurait pu se douter de quoi que ce soit en voyant l'adolescente ainsi attifée.

« Aucun risque… mais tiens, mets ça, le déguisement sera complet. »

Kwan ôta sa casquette de base-ball noire et la tendit à Siu-ling. Elle se l'enfonça sur le crâne en abaissant la longue visière et rit timidement. À la porte, elle se débarrassa de ses pantoufles et se retrouva les pieds nus. Intrigué, Siu-ming demanda :

« Pourquoi n'as-tu verni que trois ongles de pied sur dix ? Et pourquoi en noir ?

— Dans l'enquête sur la mort de papa il y a dix inculpés : Chor Hon-keong, le proprio du bar, un autre employé, deux dealers et les cinq Bâtons rouges qui l'ont enlevé. »

Elle parlait d'une voix égale en glissant les pieds dans une paire de vieilles tennis.

« Pour l'instant ils n'ont attrapé que Chor et les deux dealers, les sept autres sont encore en fuite. Le vernis à ongles noir… c'est pour me rappeler que ce n'est pas terminé. Chaque fois que l'une de ces ordures sera arrêtée, j'ajouterai un ongle. »

Son regard disait à Lok que pour elle la guerre ne faisait que commencer. Il ne pouvait qu'espérer que le dossier soit rapidement clos — par l'arrestation des coupables —, afin qu'elle soit enfin libérée de son fardeau.

Ceux qui doivent lutter contre le mal, ce sont les policiers, pas les victimes.

Il voulut lui faire une promesse mais se retint. Il savait — il avait appris — que la justice ne passait pas par les paroles.

III

LE JOUR LE PLUS LONG

1

Pour la plupart des habitants de Hong Kong, le 6 juin 1997 fut une journée banale. L'avant-veille, l'Observatoire avait émis un avis de tempête de niveau rouge. Il était tombé des cordes et certaines rues dont les dispositifs d'évacuation des eaux étaient insuffisants avaient été submergées. Mais le 6, tout était revenu à la normale, la chaleur étouffante était de saison et même les ondées qui balayaient la ville à intervalles irréguliers ne laissaient aucun espoir d'une baisse des températures ou d'une brèche dans le ciel plombé. On eut bien à déplorer, dès l'aube, un incendie dans un immeuble résidentiel à l'ouest de Central, et un peu plus tard, à l'heure de pointe, la circulation fut perturbée par le renversement d'un camion chargé de produits chimiques sur Des Vœux Road. Mais pour la majeure partie de la population, le 6 juin fut un vendredi comme tous les autres.

Pour Kwan Chun-dok, en revanche, ce vendredi était un jour très spécial : c'était son dernier jour de boulot.

Le superintendant en chef Kwan avait cinquante ans et partait à la retraite avec les honneurs après trente-deux ans de service dans la Police royale de

Hong Kong. Administrativement parlant, il ne poserait la casquette qu'en juillet, mais les règlements de la police l'obligeaient à récupérer avant cette date les heures supplémentaires accumulées au fil des ans. Il se félicitait d'avoir dû avancer son départ d'un mois entier : s'il était resté au-delà du 1er juillet, la police aurait dû lui fournir non seulement un nouvel insigne officiel, mais aussi de nouveaux galons et écussons — le 1er juillet 1997, après la passation de pouvoir, la Police royale de Hong Kong allait devenir la Police de Hong Kong, et la couronne qui figurait sur son emblème allait être remplacée par les pétales pourpres de la fleur du bauhinia, l'orchidée locale. Kwan Chun-dok n'éprouvait pas de nostalgie particulière pour l'adjectif «royal», mais il souhaitait épargner au gouvernement la dépense inutile qu'aurait représentée cet insigne, pour à peine deux semaines d'utilisation — sans compter qu'il aurait dû lui-même faire coudre les écussons sur ses vestes d'uniforme.

Depuis huit ans, il travaillait au CIB, le bureau du renseignement criminel, comme chef de la section B. La responsabilité de la section B était l'analyse du renseignement, dont était partie intégrante le dépouillement d'interminables enregistrements de caméras de surveillance dans l'espoir d'identifier des suspects, et d'heures entières de conversations téléphoniques s'étalant sur plusieurs mois pour tenter d'en extraire les quelques minutes ou secondes cruciales. Ses membres travaillaient dans un environnement d'où le risque physique était absent. Ils n'avaient ni à assurer les filatures de criminels potentiellement armés, comme leurs collègues de la section D ; ni, comme ceux de la section A, à planquer jour et nuit à proximité immédiate des cibles pour intercepter leurs moindres paroles, ou à approcher des indicateurs à la loyauté douteuse. Et ils n'auraient jamais à lancer l'assaut pour mener une arrestation risquée. Pourtant la pression mentale qu'ils subissaient était souvent plus forte que pour d'autres, car ils savaient que la réussite de beaucoup d'enquêtes dépendait en définitive de la justesse de leurs analyses ; tout comme la sécurité des policiers en première ligne dépendait souvent de leur estimation de la puissance de feu de la partie adverse.

Pour travailler à la section B, il fallait donc comprendre la valeur de la vie humaine. La moindre négligence, le moindre détail raté pouvaient avoir des conséquences gravissimes. Les policiers sur le terrain devaient parfois prendre des décisions dans l'urgence, sans y réfléchir, car leur vie pouvait en dépendre. Mais c'est bien avant l'action que ceux de la section B étaient confrontés à des choix difficiles — et après coup ils ne pouvaient qu'éprouver des remords de leurs éventuelles erreurs, trop souvent impossibles à rattraper.

En raison de tout cela, Kwan Chun-dok avait une sorte de relation amour-haine avec son poste. Il pouvait y donner libre cours à son intelligence, il était au cœur du processus de renseignement de la police et vers lui convergeaient tous les fils d'informations dont elle disposait, sur toutes les enquêtes importantes. Sa clairvoyance permettait aux autres bureaux, districts et divisions de disposer de données plus précises, réduisait considérablement le risque de plantages catastrophiques et contribuait à la sécurité des policiers de terrain. Mais il ne supportait pas d'avoir à compter sur d'autres pour le recueil des informations. Avant d'entrer au CIB, il avait passé l'essentiel de sa carrière dans les sections des crimes sérieux ou bien au sein de l'ancien département d'enquêtes criminelles. Il ne s'y fiait à personne d'autre qu'à lui-même, supervisait le recueil d'indices sur les lieux de crime, interrogeait lui-même les témoins et les suspects et ne travaillait que sur des indices et témoignages de première main. Alors qu'en huit années au CIB il ne comptait plus les fois où il avait pesté sur les comptes rendus qui lui parvenaient. Pourquoi le policier chargé de l'interrogatoire n'avait-il pas posé cette question-là? Pourquoi les enquêteurs n'avaient-ils pas suivi telle ou telle piste? « Est-ce que je n'aurais pas mieux fait à leur place? » se demandait-il de temps en temps — tout en ayant parfaitement conscience de l'inanité de telles pensées : passé ses quarante-cinq ans, il savait avoir beaucoup perdu en rapidité comme en souplesse d'esprit. Travailler sur le terrain, cela signifiait la possibilité d'avoir un jour à faire face à un criminel endurci, et il se doutait qu'il n'avait plus les réflexes suffisants.

En tout état de cause, son grade ne le lui aurait pas permis : le travail opérationnel était réservé aux inspecteurs, aux sergents et aux simples agents. À partir du grade de superintendant, on devait se cantonner à la planification et au commandement. Sachant qu'il avait tendance à en faire trop, Kwan s'était efforcé ces dernières années de laisser ses adjoints prendre le plus possible de responsabilités. Lui-même n'intervenait qu'en cas de nécessité, pour pointer les failles dans le raisonnement ou l'analyse de l'un ou l'autre. Mais, à sa surprise toujours renouvelée, alors que les indices importants lui sautaient aux yeux, ses adjoints attendaient trop souvent qu'il les leur pointe du doigt pour les découvrir, et encore n'étaient-ils vraiment convaincus que quand le déroulé des faits lui avait *a posteriori* donné raison...

Il avait donc décidé de prendre sa retraite dès cinquante ans : il aurait pu attendre cinq ans de plus mais il craignait que cela n'ait pour seul effet que d'empêcher ses subordonnés de grandir. Le CIB était le cerveau de la police... et si les policiers de la section B restaient incapables de se débrouiller seuls, la police entière en souffrirait.

« Enfin, voilà le compte rendu qui nous vient des Douanes. »

À 9 h 30 du matin, l'inspecteur Tsoy, chef de la première équipe, faisait son rapport à Kwan, assis en face de ce dernier. Ce jour-là, la deuxième équipe était de repos, la troisième affectée en renfort du bureau des crimes économiques pour enquêter sur des soupçons de délit d'initié à la Bourse de Hong Kong, la quatrième et dernière collaborait avec l'OCTB, le bureau du crime organisé et des triades, sur le montage d'une opération sous couverture destinée à contrer la pénétration des triades dans les collèges et lycées.

La première équipe venait de conclure, deux jours auparavant, une enquête menée en commun avec les Douanes, qui avait permis de briser un réseau de contrebande.

« Bien », dit Kwan en hochant la tête.

Tsoy Kam-kong était le plus ancien de ses adjoints et lui succéderait probablement. Il était bien adapté à la fonction, montrait de bonnes qualités de meneur d'hommes et maîtrisait tous les aspects des relations de la section avec les autres bureaux.

« Aujourd'hui, on va se concentrer sur le cas de deux braqueurs chinois qui sont rentrés il y a quatre jours sur le territoire, dit Tsoy en présentant une autre chemise, qui contenait quelques photos floues. Un indic a rendu compte qu'ils étaient armés : peut-être qu'ils comptent profiter du bordel ambiant de la période de rétrocession et du fait que la police sera déjà sur les dents... Pour ce qu'on sait d'eux, ils sont spécialisés dans l'attaque de bureaux de change ou de magasins de montres. Pas trop de risques qu'ils soient là pour une attaque terroriste...

— Ils ne sont que deux ? Bizarre...

— Oui, ce n'est pas assez pour monter un gros coup, ça nous fait penser qu'ils ont sans doute des complices déjà sur place. Si ça se trouve, les commanditaires sont des locaux, et ces deux types ne sont que des flingues à louer appelés en renfort. Ils ne se rendent sans doute pas compte que la police les a déjà repérés.

— On sait où ils crèchent ?

— À Chai Wan, quelque part dans la zone industrielle, près des quais de débarquement de marchandises.

— Vous n'avez pas encore trouvé l'endroit exact ?

— Non... il y a plein d'entrepôts vides par là-bas dont personne ne sait très bien à qui ils appartiennent, ça va prendre du temps pour faire le tri. »

Kwan se frotta le menton.

« Essayez d'accélérer le mouvement, j'ai peur qu'ils n'attendent pas la fin du mois pour agir.

— Vous pensez qu'ils vont se lancer dans la quinzaine ? Mais la semaine qui suit le 1er juillet,

Hong Kong va être plein de touristes, les bureaux de change seront bourrés de cash, comme toutes les boutiques d'ailleurs, bien plus que maintenant.

— C'est le fait qu'ils ne soient que deux. Les truands du continent ne se reposent pas d'habitude sur la main-d'œuvre locale : s'ils étaient venus pour des braquages et que l'un des deux était le cerveau de l'affaire, il n'aurait pas amené qu'un seul homme. Il y aurait au moins un chauffeur, deux aides... Donc vous avez raison quand vous supposez qu'ils ne sont que des « mercenaires » et que le cerveau doit être de Hong Kong. Mais dans ce cas il ne les aurait fait entrer que pour la phase active de l'opération, quand tout serait prêt. Pas avec tellement d'avance, avec les risques que ça comporte. Non, s'ils sont là, c'est que ça va se faire très vite.

— Mmmm... ça se tient. Bon, je vais demander à la section D d'envoyer une équipe de leurs limiers farfouiller un peu vers Chai Wan.

— Bien... Pas d'autres affaires en cours ?

— Non, rien d'autre... Ah, si, mais ça commence à dater. Vous vous rappelez qu'on était sur cette histoire des "bombes d'acide"... qui n'étaient d'ailleurs pas de l'acide. Mais on n'a absolument rien eu de nouveau depuis longtemps, j'ai bien peur qu'il faille attendre que ce taré commette une autre attaque pour pouvoir relancer l'enquête, répondit Tsoy en soupirant.

— Oui, les affaires de ce genre sont les plus dures à élucider. »

Six mois auparavant, un attentat avait visé le marché de Tung Choi Street à Mongkok, mieux connu sous le nom de « rue des Femmes ». Le marché, un regroupement hétéroclite d'étals à l'air libre couverts de vêtements, d'accessoires divers et variés et de produits du quotidien, était l'un des hauts lieux touristiques de la ville. Des deux côtés de la rue s'élevaient des immeubles défraîchis typiques du vieux Hong Kong. La plupart de ces constructions manquaient d'un quelconque dispositif de sécurité, certaines n'avaient même pas de hall d'entrée et n'importe qui pouvait y pénétrer à sa guise.

L'attaquant en avait profité. Un soir vers neuf heures, il était monté sur un toit, avait ouvert une bouteille de solution de soude caustique — la même qui sert à déboucher les lavabos, mais en beaucoup plus concentrée —, et l'avait balancée sur la foule cinq ou six étages plus bas. C'était le week-end, et la rue des Femmes était pleine de gens venus s'y promener après dîner. Le liquide corrosif avait aspergé et brûlé un bon nombre de passants et de propriétaire d'étals. Deux mois plus tard, un samedi soir, la scène s'était répétée à l'autre extrémité du marché. Deux flacons de soude de la même marque étaient tombés du ciel et les blessés avaient été encore plus nombreux. La plupart avaient été touchés à la tête, certains avaient failli rester aveugles.

L'enquête avait d'abord été confiée à la section des crimes sérieux du QG de secteur de Kowloon Ouest. Les policiers n'avaient identifié aucun suspect. Presque tous les toits communiquaient et le coupable s'était sans doute chaque fois enfui par un immeuble assez éloigné des lieux de ses crimes.

Après la première attaque, la police avait lancé un appel aux habitants et aux marchands en vue de renforcer la sécurité des accès aux immeubles. Mais la plupart n'en voyaient pas l'utilité, après coup, et de toute façon les copropriétés de la rue semblaient toutes manquer d'efficacité — voire tout simplement d'existence légale.

Après la seconde attaque, le CIB avait été appelé en renfort par la division des affaires criminelles de Kowloon Ouest. La section B avait épluché les enregistrements des caméras de plus d'une centaine de boutiques du voisinage, ainsi que ceux de plusieurs dizaines de caméras de rue du réseau de surveillance de la ville. Après d'innombrables filtres, tris et recoupements, les hommes de Tsoy avaient repéré un individu d'environ un mètre soixante, plutôt rondouillard, qui portait une casquette de baseball noire dont la visière lui dissimulait le visage ; il apparaissait dans certaines vidéos immédiatement avant et après les deux attaques. Il avait cependant été impossible de prouver qu'il avait un lien quelconque avec elles. La police avait lancé un avis de recherche, sous prétexte de recueillir son témoignage et sans le qualifier de suspect. En vain : personne ne s'était signalé.

Heureusement il n'y avait pas eu d'autres attaques du même type depuis quatre mois. Soit que l'individu à casquette fût bien le coupable et ait pris peur en comprenant qu'il avait été repéré, soit que les commerçants de la rue des Femmes aient enfin pris la mesure du problème et investi un peu d'argent pour sécuriser les entrées d'immeubles et louer les services de quelques vigiles, toujours était-il que le marché de Tung Choi Street n'avait vu voler aucune autre « bombe d'acide ».

Le revers de la médaille était que l'enquête en était au point mort depuis déjà un bon bout de temps.

« Restez concentrés sur le cas des deux braqueurs, ordonna Kwan en refermant le dossier.

— Compris. »

Tsoy se leva de sa chaise et dit en changeant de ton :

« Chef, c'était sans doute la dernière fois que je vous faisais mon rapport…

— Oui, la semaine prochaine c'est toi qui seras assis à ma place à écouter les autres, dit Kwan en souriant.

— On a tous apprécié d'être sous vos ordres toutes ces années, on a tellement appris…, continua Tsoy en ouvrant la porte du bureau et en agitant énergiquement le bras. Alors, pour vous remercier, on a préparé ça… »

Tous les membres de la première équipe se tenaient devant la porte, l'un portant un gâteau sur lequel était écrit « Joyeuse retraite ! ». Le visage radieux, ils entrèrent tous dans le bureau en applaudissant, sauf le porteur du gâteau, le sergent Lok Siu-ming. C'était sa première année à la section B mais Kwan faisait si souvent appel à lui qu'il semblait être devenu l'assistant personnel du chef de section. Ses collègues en avaient profité pour lui refiler l'organisation de la petite cérémonie et la charge du choix de la pâtisserie.

« Houlà ! Ça a dû vous coûter les yeux de la tête, dit Kwan, un léger sourire aux lèvres. Et puis, était-ce vraiment la peine ? Une soirée de départ était déjà prévue avec toute la section la semaine prochaine…

— Rassurez-vous, ce gâteau va être mangé jusqu'à la dernière miette, on ne va rien gâcher, dit Tsoy qui connaissait bien le caractère de son chef. C'est aujourd'hui que vous partez à la retraite avec les honneurs, il fallait marquer ce jour d'une pierre blanche, sinon ça n'aurait pas été correct ! Vu que les autres équipes sont occupées ailleurs, c'était à nous de nous y coller...

— OK, OK, ça me va. Merci à tous ! Mais il n'est que dix heures du matin, vous allez arriver à manger ?

— Je n'ai pas pris de petit déj', dit l'un des agents.

— De toute façon c'était le seul moment possible, après on va être trop occupés, compléta Tsoy.

— Chef, profitez bien de votre retraite !

— Et n'oubliez pas de venir nous voir de temps en temps... si vous avez du temps libre !

— Bon, que quelqu'un prenne vite un couteau pour le découper, ce gâteau...

— Mais qu'est-ce qu'il se passe ici ? »

Tout le monde se figea, sauf Kwan assis à son bureau. Derrière les policiers entassés dans la pièce se tenait le superintendant général Tso Kwan, comme toujours vêtu d'un de ses costumes très stricts et le visage arborant son habituelle expression de peine-à-jouir. Tso était le directeur du bureau du renseignement criminel, il apparaissait renfrogné du matin au soir et sa conversation était aussi raréfiée que sa chevelure. La plupart des policiers du CIB le craignaient comme la peste.

Les membres de l'équipe de Tsoy n'avaient pas du tout prévu que le grand chef puisse ainsi débarquer à l'improviste dans les bureaux de la section B et se mirent tant bien que mal au garde-à-vous. Lok Siu-ming, le plat à gâteau encore dans les mains, cherchait désespérément un endroit où le poser.

« *Sir*, y a-t-il quelque chose de spécial ? demanda nonchalamment Kwan en se levant. Mes hommes m'avaient préparé ce petit gâteau à l'occasion de mon dernier jour...

— Je vois ça... Je reviens un peu plus tard? dit Tso en faisant demi-tour.

— Non, non! s'écria Tsoy. On s'en va, on vous laisse discuter...»

Le superintendant Tso hocha la tête sans répondre. Les policiers sortirent à la queue leu leu, le dernier refermant la porte derrière lui, sans un bruit.

«Eh bien, grand frère, tu leur as fichu une peur bleue, dit Kwan en riant.

— C'est parce qu'ils manquent de couilles», dit Tso en haussant les épaules et en posant le bord d'une fesse sur la table.

Il connaissait Kwan depuis très longtemps. Devant son vieil ami, il renonçait à son masque d'atrabilaire.

«C'est vraiment sérieux?» demanda Kwan.

Cela devait l'être pour que Tso se déplace lui-même. Le briefing hebdomadaire du CIB se tenait toujours dans la salle de réunion attenante à son bureau.

«Autant que pour eux, sourit Tso. Tu pars à la retraite, il fallait bien que je passe te dire un petit au revoir!»

Il sortit une petite boîte allongée de la poche de sa veste. Kwan la prit, l'ouvrit, vit un stylo-plume de couleur argentée.

«Nous, les vieux, nous préférons encore écrire au stylo, dit Tso, même s'il faut bien se servir des ordis pour nos rapports...

— Superbe... merci! dit Kwan, bien qu'il estimât qu'un bête stylo-bille était bien suffisant pour écrire. Mais je risque de ne pas avoir beaucoup à m'en servir... à moins que tu ne souhaites que j'écrive mes mémoires?

— Écoute, ça te fera un souvenir, mais je suis aussi

venu pour autre chose, dit Tso, penché en avant et le regard rivé à celui de Kwan. Tu es sûr de toi ? C'est bien ça que tu veux ?

— Grand frère, tu sais que je me suis décidé, pas la peine de revenir là-dessus », dit Kwan, secouant la tête.

Il arborait un sourire douloureux.

« Mais ça ne te coûte rien d'y réfléchir encore une fois ! Qu'il s'agisse de l'expérience, des compétences ou des qualités humaines… tu sais bien que personne n'est à ta hauteur ! Après mon départ du CIB l'année prochaine il n'y aura plus personne pour commander cette baraque… Chun-dok, tu es encore jeune, tu peux rempiler pour cinq ans, tu dois prendre ma place, c'est quand même pas rien de pouvoir terminer chef de bureau ! »

Tso devait aussi partir à la retraite l'année d'après. Sa famille avait déjà émigré au Royaume-Uni, lui-même avait obtenu la nationalité britannique depuis longtemps mais il avait souhaité terminer sa carrière à Hong Kong. Beaucoup d'habitants du territoire s'inquiétaient de la dégradation de l'environnement politique et sociétal après la rétrocession et avaient choisi d'émigrer. Bien que le gouvernement britannique ait refusé d'accorder systématiquement la citoyenneté aux quelques millions de Hongkongais, il avait bien fallu trouver un moyen de s'assurer la loyauté des fonctionnaires pour garantir la continuité du service public. Ceux d'entre eux qui satisfaisaient certains critères avaient ainsi pu bénéficier de mesures leur permettant d'acquérir le passeport tant désiré tout en restant à leur poste jusqu'au bout. Les familles étaient souvent déjà parties vers la Grande-Bretagne ou d'autres pays du Commonwealth, leurs enfants y avaient fait leurs études et avaient pris racine.

« Non, dit Kwan, donne cette chance à quelqu'un d'autre. Tiens, il y a Lau, il conviendrait lui aussi à ton poste, et il est un peu plus jeune que moi. Si j'en reprends pour cinq ans, il restera bloqué et le même problème se reposera. Autant trancher dans le vif... Les plus jeunes apprendront sur le tas. »

Lau Lai-Shun était le chef de la section A.

« Ouais, Lau serait pas mal, mais il est trop impulsif. Le chef du CIB doit garder la tête froide en toutes circonstances, les yeux grands ouverts et les oreilles bien propres... La vérité, tu la connais aussi bien que moi, c'est que Lau serait bien mieux dans un QG de district qu'à ma place.

— Grand frère Tso, ne perds pas ton temps. Moi ce que j'aime c'est l'analyse, la réflexion, et ici tout ce que je fous, c'est de la planification et de la gestion de personnel, de la paperasse, encore de la paperasse. Ça fait huit ans que ça dure, je n'en peux plus ! Tu ne comprends pas ? Pourtant c'est ta faute ! C'est "grâce" à toi que je suis resté à la tête de la section alors que j'étais monté en grade ! C'était ton idée ! »

Au CIB, seul l'adjoint de bureau était un superintendant en chef. Kwan Chun-dok avait été promu plusieurs années auparavant, mais Tso avait préféré le maintenir là où il pensait que ses qualités étaient le mieux employées.

« Je sais, Chun-dok, dit-il en fronçant les sourcils. Bon, je reconnais ma défaite, mais veux-tu écouter le plan B ?

— Comment ? Quel plan B ?

— Tu rempiles, mais tu ne prends pas ma place.

— Rester ici ? Mais qu'est-ce que tu ferais de Tsoy ? Il est tout feu tout flamme, prêt à me remplacer...

— Non non, je ne veux pas que tu restes à la tête de la section B, dit Tso en se détendant quelque peu. J'en ai parlé avec Hung... Ce qu'on te propose, c'est de devenir conseiller spécial, une sorte de consultant au service de la police. Officiellement, tu dépendrais du CIB, mais en fait tu serais libre de travailler sur n'importe quel dossier — à condition que les bureaux concernés demandent ton aide, bien entendu. On n'irait pas les forcer, ça leur casserait le moral... »

Kwan en resta bouche bée. Conseiller spécial ? Un tel statut était inconnu des règlements. L'homme dont parlait Tso était l'inspecteur général Hung Ka-shing, chef de la direction des affaires criminelles et de la sécurité de l'état-major, dont dépendaient aussi bien le CIB que les Stupéfiants et l'OCTB... Hung était un jeunot de quarante et un ans, l'un de ces types à « haut potentiel » qui avaient accédé directement au grade d'inspecteur à leur entrée dans la police grâce à leur bagage universitaire, alors que Tso et Kwan étaient tous deux sortis du rang.

« C'est la meilleure solution que nous ayons trouvée. Je ne veux pas te mettre la pression, mais ça serait bien que tu y réfléchisses... Après 1997, personne ne sait à quoi Hong Kong sera confrontée. Ton expérience sera sûrement mise à contribution. »

Kwan garda le silence. D'instinct, il voulait accepter, mais il s'était fait à l'idée de quitter la police et de passer à autre chose ; il n'arrivait pas à trancher. Pouvoir retourner en première ligne, à son rythme, sans les inconvénients... il en avait longtemps rêvé. Mais il ne comptait pas prendre une telle décision à la légère.

« D'accord, je vais y réfléchir. Quand veux-tu ta réponse ?

— Avant ta mise à la retraite officielle. Ça te laisse jusqu'à la mi-juillet, tu as tout ton temps ! » dit Tso.

Kwan se leva pour le raccompagner. Tso prit congé en disant :

« Chun-dok, que tu acceptes ou pas, je te dis quand même : "Bonne retraite !" Toi et moi, nous savons que dans ce métier, arriver jusqu'ici à peu près entier… et la conscience claire, c'est quelque chose qui vaut le coup d'en profiter tranquillement.

— Merci… tu prêches un convaincu », répondit Kwan.

Il serra la main de Tso et ouvrit la porte de son bureau.

Chacun des membres de la première équipe avait la tête plongée qui dans ses dossiers, qui sur son écran, certains, le front plissé, avaient l'oreille collée à leur téléphone et tous semblaient vouloir donner l'image même du zèle et de la concentration. Une fois Tso sorti, Kwan pensait qu'ils allaient se relâcher un peu, mais à sa grande surprise ce ne fut pas le cas et il dut en conclure que cette atmosphère tendue n'était pas feinte. Ou en tout cas qu'elle n'était pas destinée à donner le change au grand chef.

« Chef… on a du nouveau, dit Tsoy en hâte. Ça vient du QG de district de l'île… Il y a eu une nouvelle "bombe d'acide". C'est une équipe des crimes sérieux qui s'y est collée. Putain, quand on parle du loup…

— Une attaque sur l'île ? Pas à Mongkok ?

— Non, c'est tout près d'ici, sur le marché de Graham Street à Central. Pour l'instant, impossible de dire si c'est le même coupable ou si un autre abruti a décidé de l'imiter. On récolte le plus d'infos possible, et on a ressorti les vieux dossiers des attaques de Tung Choi Street. On devrait bientôt pouvoir sortir l'analyse préliminaire…

— Bien, tenez-moi au courant s'il y a du progrès. Si on arrive à identifier le même suspect, il faudra aussi prévenir la section des crimes sérieux de Kowloon Ouest. »

Kwan tapa sur l'épaule de Tsoy, retourna à son bureau et prit place dans son fauteuil. Il se disait que, quelles que soient les suites de cette affaire, il devait laisser l'inspecteur Tsoy s'en charger. Dès le lendemain, il ne serait plus là pour lui donner ses directives.

Il laissa cependant la porte de son bureau ouverte. Il se plongea dans la lecture des derniers dossiers en date mais écoutait d'une oreille distraite les conversations de la première équipe. Il put suivre les nouvelles qui tombaient : à 10 h 05, on avait lancé quatre bouteilles de soude caustique du haut du toit du vieil immeuble au coin de Graham Street et de Wellington Street — deux dans chaque rue. Le marché de Graham Street était le plus ancien point de vente à ciel ouvert de Hong Kong, une véritable relique historique, où se vendaient des produits frais et toutes sortes d'objets domestiques. Il était toujours apprécié et fréquenté non seulement par les habitants du quartier, mais aussi par de nombreux touristes. À cette heure, le marché était plein de ménagères et de cuisinières faisant leurs courses pour la journée.

L'attaque avait fait trente-deux blessés, dont trois dans un état grave. Kwan savait qu'à ce stade ce chiffre n'était que temporaire ; il était impossible de faire un décompte précis des blessés dans les moments de panique qui suivaient ce genre d'accident. On n'aurait le résultat final qu'après la consultation des listes des hôpitaux et le décompte de la police. Mais un chiffre initial de trente-deux blessés laissait craindre le pire.

Une demi-heure plus tard, Tsoy frappa en passant sans attendre la tête dans l'entrebâillement de la porte.

« Qu'est-ce qu'il y a ? Il y a des morts ?
— Non, chef, mais on a reçu un autre avis d'urgence — c'est un taulard qui a profité d'une consultation à l'hôpital pour prendre le large.
— Où ça ? Au Queen Mary ? »

Le Queen Mary Hospital, situé à Pok Fu Lam, sur l'île de Hong Kong, était l'endroit où on envoyait les détenus de la prison de Stanley en cas d'urgence médicale.

« Oui... mais le problème, c'est pas "où"... c'est "qui", dit Tsoy en hésitant. L'évadé... c'est Shek Boon-tim. »

Kwan se figea. Huit ans auparavant — au premier jour de sa prise de fonction à la tête de la section B — il avait assisté à une opération visant à capturer Shek Boon-tim et son frère, Shek Boon-sing, tous deux en tête de liste des criminels recherchés par la police. Boon-sing avait été abattu pendant l'assaut, Boon-tim avait en revanche disparu, et la police avait mis un mois entier à le retrouver.

Ou plus exactement, Kwan Chun-dok avait mis un mois pour retrouver sa trace et l'arrêter.

2

Dans l'heure qui suivit, le moral de la section B connut des hauts et des bas, un peu comme si elle avait été assise de force dans un wagon de montagnes russes.

Tsoy n'avait d'ailleurs appris la nouvelle que par hasard. Suite à l'attaque à la soude, il avait envoyé l'un de ses hommes au centre de commandement opérationnel de la police, surnommé «la Radio», pour récupérer les enregistrements. Le policier avait ainsi été présent au moment où la demande urgente d'assistance du département des services pénitentiaires était parvenue au Centre. La demande avait mis le chef de la Radio dans un état de fébrilité peu commun. Toutes les patrouilles en voiture ou à cheval ainsi que l'unité de réaction rapide avaient immédiatement été mises en alerte pour tenter une interception avant que le fugitif ne se noie dans cette gigantesque marée humaine qu'était Hong Kong.

D'après les premiers éléments disponibles, Shek Boon-tim s'était enfui du Queen Mary dans une Honda Civic blanche parquée à proximité immédiate du bâtiment des urgences. Le véhicule avait démarré à toute allure dès qu'il s'y était installé, avait défoncé l'une des barrières d'accès à l'hôpital — barrière qui en méritait à peine le nom — et foncé vers le nord sur Pok Fu Lam Road avant de disparaître dans la circulation. En raison de l'incendie et de l'accident de circulation qui avaient eu lieu dans le même secteur de l'île plus tôt dans la matinée, nombre de voitures de patrouille avaient rencontré de sérieux obstacles pour rallier la zone, et la Radio n'avait pas pu déployer ses unités comme elle le souhaitait.

Tsoy n'en savait pas plus quand il avait d'abord rendu compte à Kwan. Ce qu'il ne pouvait pas deviner, c'était qu'au même moment les policiers de la voiture n° 2 de l'unité de réaction rapide avaient repéré le véhicule cible alors que, sur les instructions de la Radio, ils étaient en train d'installer un barrage temporaire à l'intersection de Pok Fu Lam et de Hill Road. Mais avant même d'avoir terminé, ils avaient vu la Honda blanche foncer vers eux et passer en arrachant leurs fragiles obstacles. Les policiers étaient immédiatement remontés dans leur propre voiture pour mener la chasse sur Pok Fu Lam puis sur Bonham Road, dans le quartier chic de Mid-Level, fonçant et zigzaguant sur les petites rues tortueuses à mi-pente. À l'approche de Honiton Road, la Honda blanche avait dû braquer pour éviter le choc frontal avec un camion de livraison venant en sens inverse et s'était encastrée dans un lampadaire. Les hommes de l'unité de réaction rapide avaient alors aisément rattrapé les fugitifs mais s'étaient retrouvés sous un déluge de plomb avant même d'être descendus du véhicule d'intervention. Le chef d'équipe avait sorti les fusils d'assaut HK MP5 et les fusils à pompe Remington. Par le passé, la force de réaction rapide n'était armée que de revolvers.

Mais les truands disposaient de plus en plus souvent d'armes automatiques à la puissance de feu considérable et montraient une telle propension à s'en servir que les policiers se retrouvaient systématiquement en état d'infériorité. Aussi la police avait-elle décidé, au début des années 1990, de doter ces unités d'un armement plus conséquent et de gilets pare-balles... au cas où.

En un clin d'œil, la rue s'était transformée en un vrai champ de bataille, à la ligne de front mouvante. La chance avait encore une fois souri aux policiers, rejoints rapidement par une autre unité. Les bandits avaient été pris en tenaille; en quelques minutes, trois d'entre eux furent touchés, et le combat s'arrêta faute de combattants. Seuls cinq policiers et passants avaient été légèrement blessés.

Mais quand les enquêteurs de l'état-major arrivèrent enfin sur les lieux près d'un quart d'heure plus tard, ils constatèrent que Shek Boon-tim ne figurait pas parmi les trois cadavres allongés sur le bitume.

Les policiers impliqués étaient incapables d'affirmer qu'aucun des bandits descendus de la Civic n'avait pu, dans le fracas de la bataille et pendant que ses complices faisaient diversion, s'éloigner ou se mêler à la foule de passants terrifiés qui s'étaient mis à l'abri où ils pouvaient. Il était également possible que Shek ait quitté ses complices avant même qu'ils n'enfoncent le barrage, pour changer de véhicule ou prendre les transports en commun, se mêlant à la foule dense de Central.

« L'OCTB est chargé de superviser les recherches. Nous venons de recevoir une demande officielle d'analyse préliminaire de la situation. »

Il était midi. Tsoy commença une réunion de travail par ces mots avant de distribuer les tâches à ses subordonnés. Dans l'heure passée, la section B avait d'abord reçu la nouvelle de l'évasion de Shek Boontim, puis celle du début de la bataille, avait appris la mort de trois bandits et enfin l'absence de Shek dans le décompte. Disposer d'informations précises et complètes était l'un des points clés du travail de la section. Alors que leurs collègues sur le terrain ne voyaient que la surface des choses, seuls ses membres étaient capables de prendre du recul et d'appréhender la situation dans son ensemble. Le CIB se devait, dans un délai souvent restreint, de rassembler les informations venues de toutes les sources, de mettre en évidence tous les indices, de tenter de donner de la cohérence à l'image globale. Et dans ce cas, chaque minute perdue permettait au fugitif de s'éloigner ou de se fondre dans la masse, et élargissait considérablement le périmètre des recherches.

En plus des hommes de la section B, assistaient à la réunion le chef de la seconde équipe de filature de la section D ainsi qu'un agent de liaison de l'OCTB, le bureau de lutte contre le crime organisé. Dans ce genre d'opérations conjointes, l'analyse du renseignement n'était pas suffisante ; il était tout aussi crucial de faire circuler en temps et en heure les conclusions de la section B vers les bureaux soutenus. Kwan Chun-dok était assis à côté de l'inspecteur Tsoy. Il était chef de section pour quelques heures encore et ne pouvait se permettre de manquer la réunion, mais il laissait Tsoy la diriger de bout en bout.

En réalité, tous les membres présents de sa section espéraient qu'il interviendrait pour donner son avis.

Non seulement parce que ses capacités de déduction restaient inégalées, mais aussi et surtout parce qu'il était le seul parmi les présents à avoir déjà croisé le fer avec Shek Boon-tim. Ils ne s'étaient jamais rencontrés face à face, mais Kwan connaissait la personnalité et les méthodes du bandit sur le bout des ongles.

Tsoy se mit à lire un document tout en manipulant un projecteur de diapositives.

« Shek Boon-tim, quarante-deux ans, condamné en 1989 à une peine de prison de vingt ans pour multiples attaques à main armée et enlèvement. De 1985 à 1989, a figuré avec son frère cadet Shek Boon-sing en tête de la liste des criminels recherchés. L'aîné tenait le rôle du planificateur et décidait du choix des cibles, des tactiques à employer, de la répartition des tâches et des moyens ; le cadet à l'inverse était un exécutant. En 1988, lors de l'affaire du kidnapping du businessman Lee Yu-lung, c'est également Shek Boon-tim qui a négocié en secret avec la famille la rançon de quatre cents millions de dollars de Hong Kong. Il n'est pas du genre à flinguer à tout va, ses armes c'est plutôt la cervelle et le bagout. »

Kwan se disait que ces truands étaient les plus difficiles à contrer. La photo projetée sur l'écran, prise le mois d'avant, avait été fournie par le département des services pénitentiaires. Les souvenirs du superintendant remontaient à huit ans et s'étaient un peu estompés, mais il trouvait que l'homme qui se trouvait sous ses yeux avait vite vieilli en prison. Shek avait toujours le visage carré et des lèvres minces, ses sourcils se rejoignaient presque au-dessus de lunettes à monture noire, mais il avait pas mal maigri, pour ce que Kwan pouvait en dire, et des rides s'étaient ajoutées au coin de ses yeux. On décelait même quelques touches de gris dans ses cheveux ras.

« Ce matin à neuf heures, Shek Boon-tim, emprisonné à Stanley, s'est plaint de douleurs aiguës au ventre. Malgré une injection d'analgésique par l'infirmerie de la prison, les douleurs ont persisté. Une heure après, les autorités de la prison ont décidé de l'envoyer au Queen Mary Hospital pour consultation. Comme le comportement du détenu Shek Boon-tim avait été exemplaire pendant ses huit années de détention, continua Tsoy en jetant un coup d'œil circulaire aux policiers qui l'écoutaient, il n'a eu droit qu'à une escorte ordinaire, c'est-à-dire constituée de deux surveillants en tout et pour tout. Shek lui-même ne portait qu'une paire de menottes. »

Tout le monde avait compris ce que Tsoy avait choisi de taire. Les frères Shek avaient été des ennemis publics qui avaient échappé à la police pendant de longues années, et pas un seul flic n'était prêt à croire que de telles engeances soient capables de se réformer. La responsabilité des services pénitentiaires, qui avaient choisi de baisser la garde sous prétexte de son « bon comportement », était totale dans cette affaire. La police était chargée de fournir des escortes pour les détenus de classe A, les plus dangereux, mais encore fallait-il pour cela que les autorités de la prison en expriment le besoin. Dans le cas de Shek, une telle demande n'aurait pas été refusée — la police aurait tenu à s'assurer qu'un tel transfert se déroule sans anicroche. Il ne lui aurait pas été aussi facile de s'évader... même de l'hôpital.

« Shek Boon-tim et les deux surveillants sont arrivés au Queen Mary à 10 h 35. Une vingtaine de minutes plus tard, il a déclaré vouloir se rendre aux toilettes. Mais comme l'étage des urgences — au rez-de-chaussée — était rempli à craquer de victimes de l'incendie et de l'attaque à la soude caustique de ce matin, les surveillants ont décidé de l'amener aux toilettes du premier étage. Il semble qu'il ait alors profité d'un moment d'inattention de son escorte pour sauter par la fenêtre et rejoindre ses complices. Leur voiture a défoncé la barrière électrique à l'entrée de l'hôpital et a pris Pok Fu Lam Road en direction du nord.»

Tsoy déplaça le point rouge de son stylo laser vers une carte de l'île de Hong Kong pendue au mur à côté de l'écran.

«À 11 h 01, l'unité n° 2 de la force de réaction rapide a tenté d'intercepter le véhicule suspect à l'intersection de Hill Road, lequel ne s'est pas arrêté, mais a dû changer de route et a eu un accident sur Bonham Road, à proximité de King's College. Il y a eu un échange de coups de feu entre les suspects et les poursuivants, jusqu'à l'arrivée de renforts qui a permis de faire basculer le rapport de forces en faveur des policiers. Trois suspects ont été touchés et n'ont pu être ranimés.»

La photo de Shek fut remplacée par celles des morts.

«Malheureusement, Shek Boon-tim ne fait pas partie des tués et est toujours en fuite. Nous avons pu confirmer l'identité de ses complices, du moins de ceux-là; le premier est un dénommé Tsyu Tat-wai, surnommé "Sai Wai", ou "Mini-mahousse". C'était un des adjoints de Shek, emprisonné il y a dix ans pour coups et blessures, sorti il y a cinq ans. Les deux autres sont des braqueurs de Chine populaire, entrés en fraude sur le territoire de Hong Kong il y a quelques jours. Nous avions reçu des informations qui nous disaient qu'ils préparaient un coup, mais pas suffisamment pour les neutraliser à temps. »

Les deux morts étaient bien les deux bandits chinois dont Tsoy avait montré les photos à Kwan le matin même. Comme ce dernier l'avait prévu, ils n'avaient pas attendu la fin du mois pour agir.

« On a retrouvé sur les cadavres un pistolet-mitrailleur « Scorpion » d'origine tchèque, deux pistolets automatiques Type 54 « Étoile noire », et des centaines de cartouches. Je ne pense pas que ce genre d'armement était uniquement destiné à assurer l'évasion de Shek. Compte tenu de son profil et de celui des deux Chinois, ils avaient sûrement prévu de reprendre leurs attaques à main armée sur une grande échelle. La mort de ses complices nous épargne sans doute un tas de complications, même si nous allons devoir enquêter sur d'autres acolytes possibles et sur leurs plans. Mais le plus gros problème à l'heure présente, c'est qu'on a perdu la tête pensante, Shek lui-même. »

Les photos de face disparurent pour être remplacées par des images de la scène de l'accident. La Honda blanche était criblée de balles et de sang, témoignant de la violence de la bataille.

« Nous avons retrouvé un autre jeu de clés de voiture sur le corps de Sai Wai. Ils avaient sans doute prévu de changer de véhicule mais ont été neutralisés avant. De plus, nous avons trouvé un uniforme de détenu sur la banquette arrière de la Civic, dont la bande numérotée avait été arrachée, ainsi qu'une paire de lunettes à grosse monture noire, cassée. Il semble que Shek ait pu se changer et se munir de lunettes un peu plus anonymes. »

Tsoy se leva et se plaça à côté de la carte. De son pointeur laser, il traça un cercle autour de l'emplacement de la bataille.

« Si c'est pendant l'accrochage qu'il est parti, il est encore probablement dans ce périmètre. À la minute où je vous parle, nos collègues du poste de police d'Ouest Central ont déployé un dispositif de recherche massif sur toute la zone et interrogent tous les témoins qu'ils ont pu trouver.

« Mais si Shek s'est taillé *avant*, continua Tsoy en abaissant son laser vers le sol, ça devient beaucoup plus compliqué... Il s'est écoulé cinq à six minutes entre le moment où ils ont quitté l'hôpital et celui où ils ont été repérés par l'unité n° 2, vers Hill Road. Il est également possible que, pendant cet intervalle, Shek ait reçu d'autres renforts, mais on n'en sait rien. C'est un malin... la plupart des truands, dans cette situation, seraient restés avec leurs complices, mais il est tout à fait envisageable qu'il se soit servi des siens comme appâts, pour se procurer à lui-même plus de temps pour s'évanouir dans la nature. Si ça s'est bien passé comme ça, le plus probable est qu'il soit descendu de la Honda au niveau de Smithfield Road pour se mêler à la foule.

« Bien entendu, sa photo a déjà été communiquée à toutes les unités, toutes les patrouilles vont tenter de l'identifier, et par ailleurs la même photo a été envoyée aux médias. On espère que quelques bons citoyens voudront bien nous aider. »

Kwan savait que ces efforts avaient à peu près autant de chances d'aboutir qu'une tentative de pêcher un poisson sur un arbre. Un type comme Shek Boon-tim s'était sûrement prémuni contre le risque d'être reconnu avec un déguisement adapté.

« La situation que je viens de vous décrire nous est plutôt défavorable, mais nous disposons d'une information qui va peut-être nous permettre de reprendre l'initiative, dit Tsoy en revenant en arrière de quelques diapos. Nous savons que les deux braqueurs du continent avaient leur base quelque part dans la zone industrielle près des quais à conteneurs de Chai Wan. Nous pouvons raisonnablement penser que leur refuge allait également servir de camp de base pour leurs actions à venir. Shek Boon-tim n'avait vraisemblablement pas prévu que Sai Wai et les deux autres se feraient descendre, ce qui nous donne un avantage. Le fait que Sai Wai ait été en charge de l'opération de récupération prouve son importance dans le plan de Shek, sa mort et celle des deux flingueurs ont toutes les chances d'avoir fait dérailler ledit plan. Après huit ans de taule, Shek n'est plus tellement au courant de comment ça se passe à l'extérieur, il s'était donc sûrement préparé une base de repli pour se planquer et voir venir. Je demande donc à la section D d'établir sur l'ensemble de la zone concernée une surveillance discrète, H24, en particulier autour de Fung Yip Street et San On Street. »

Le chef d'équipe de la section D approuva de la tête.

« Pendant ce temps, l'OCTB suivra les pistes et les indices éventuels qu'on pourra trouver à partir de ce que les trois morts portaient sur eux et de ce qui restait dans la voiture, dit Tsoy avant de se tourner vers ses propres subordonnés.

« Ah Ho, tu te chargeras d'assurer la liaison avec l'OCTB et leur soutien. Kwong Chai, tu prends un homme, vous épluchez les dépositions de tous les collègues qui ont été sur le coup à la Radio et de ceux qui ont participé à la fusillade ; Bob, tu fais la liaison avec la section A, il faut faire la tournée des indics. Tous les autres, vous gagnez le gros lot, il faut récupérer les enregistrements des caméras placées tout le long de Pok Fu Lam Road jusqu'à Bonham Road, je veux savoir si Shek est descendu de voiture sur le trajet. Des questions ? »

Il n'y eut pas de questions.

« OK, alors au boulot…

Tous se ruèrent vers la porte. Le chef d'équipe de la section D échangea quelques phrases supplémentaires avec Tsoy avant de partir avec une copie d'un dossier sous le bras. L'agent de l'OCTB, l'air soucieux, resta aussi quelques instants pour affiner des détails. Pendant la montée en puissance vers la cérémonie de rétrocession, l'OCTB avait déjà beaucoup de pain sur la planche, les triades voyant l'instant historique comme une occasion à ne pas manquer. Il sentait bien que cette nouvelle charge de travail due à la gaffe des services pénitentiaires ne serait pas bien accueillie par ses chefs.

Bientôt seuls Tsoy et Kwan restaient dans la salle de réunion.

« Chef, vous avez quelque chose à ajouter à ce que j'ai dit ?

— Non, pas pour l'instant, mais j'ai un conseil à te donner.

— Un conseil ? dit Tsoy d'un ton légèrement inquiet.

— Tu devrais aller bouffer maintenant. Dans une demi-heure les dépositions et les enregistrements vont commencer à arriver et tu auras la tête sous l'eau. Si tu veux tenir jusqu'à la nuit… », répondit Kwan avec un grand sourire, en lui tapotant l'épaule.

Tsoy fit la grimace et sortit s'acheter un carton de riz à la cantine. Kwan le regarda s'éloigner. Il avait le visage apaisé, mais intérieurement il était beaucoup moins serein.

De douloureux souvenirs lui revenaient en mémoire. Huit ans plus tôt, Shek Boon-sing, le frère cadet, avait été tué au cours d'une fusillade qui avait aussi causé la mort de nombreux otages. Aujourd'hui, une autre fusillade venait d'éclater juste après l'évasion de l'aîné. Toute la durée de son affectation au CIB s'inscrivait entre ces deux événements.

Il trouvait la coïncidence plutôt saumâtre.

Peut-être après tout qu'elle n'en était pas une, qu'une force supérieure gouvernait le destin des hommes, une force aux desseins impénétrables. Kwan se sentait comme un gravillon emporté par le courant impétueux du temps, sans aucun moyen de lutter. Voilà huit ans, il avait pu résoudre l'affaire en personne, retrouvant Shek Boon-tim qui était passé entre les mailles du filet. Mais aujourd'hui, il n'avait tout simplement plus le temps. « Quelquefois, c'est pas la peine de forcer… », se disait-il. Il avait choisi lui-même de ne pas s'en mêler, c'était Tsoy Kam-kong qui portait le fardeau maintenant.

Une pensée lui traversa l'esprit. S'il acceptait la proposition de Tso Kwan, il pourrait continuer à pourchasser Shek Boon-tim — en tant que conseiller, mais quand même…

« Non… non, c'est du n'importe quoi… », soupira-t-il.

À une heure de l'après-midi, les bureaux du CIB retrouvèrent leur agitation de ruche. Chaque table était couverte d'enregistrements ou de dossiers contenant des dépositions, les murs étaient tapissés de photos du champ de bataille ou de cartes striées de traits ou de cercles rouges. Les agents se concentraient sur leurs écrans et visionnaient sans relâche les vidéos tirées des caméras de surveillance. Tsoy avait décidé d'étendre le périmètre concerné au sud de l'hôpital, jusqu'au parc Chi-fu, car Shek Boon-tim avait tout aussi bien pu descendre ou changer de voiture dès la sortie du Queen Mary pour partir dans la direction inverse de celle de la Civic. Mais les policiers cherchaient à l'aveuglette et ne pouvaient travailler que sur des hypothèses : ils étaient comme des chiens de chasse qui ne connaîtraient pas l'odeur de leur gibier.

L'agitation devint fébrile quand une information tomba, situant un suspect à Kwun Lung Lau. Un coup de téléphone avait averti de la présence d'un individu louche dans le hall de l'immeuble C du vieil ensemble HLM, aux alentours de 12 h 30. Le poste de Central Ouest fit converger sur place toutes les patrouilles dans la zone, prêtes à tirer : comme ses trois complices décédés, Shek pouvait bien entendu être armé, même s'il n'était pas réputé pour ses prouesses guerrières. La police n'avait pas l'intention de servir de cible sans riposter.

Kwun Lung Lau comptait plus de deux mille appartements habités par quelque dix mille citoyens. La fouille en règle de l'ensemble allait prendre un temps considérable. Tsoy admonesta ses troupes :

« L'info sur Kwun Lung Lau est peut-être fausse, ne vous laissez pas déconcentrer. Je veux que vous continuiez à chercher la piste de ce salopard, dans tout Hong Kong s'il le faut ! »

En une heure d'intense activité, ils n'avaient quasiment fait aucun progrès. La caméra d'une station-service au niveau de Pokfield Road avait capturé la Honda Civic blanche passant en un éclair sur Pok Fu Lam, mais rien ne permettait de dire si Shek Boon-tim était encore dedans à ce moment-là, trois minutes après la fuite du Queen Mary. Et aucun des civils ayant assisté de près ou de loin à l'accident des fuyards n'était capable de dire s'il y avait eu trois ou quatre passagers.

«Putain... on dirait qu'on est partis pour une vraie guerre d'usure», se disait Tsoy. Il tourna la tête et vit Kwan Chun-dok debout devant le mur de photos, un gobelet de café à la main.

«Ce type-là...», dit Kwan en pointant l'image d'un des truands décédés, la poitrine trouée en plusieurs endroits. «L'un des deux Chinois... regardez, sa coupe de cheveux n'est pas la même que sur l'autre photo.»

«L'autre photo», prise quelques jours auparavant, était l'une de celles que Tsoy avait montrées à son chef, le matin même. L'homme y portait les cheveux mi-longs avec une raie sur le côté, mais il était mort avec une brosse très courte de GI.

«Heu... oui, mais c'est bien le même bonhomme, y a pas de doute, à part la coupe de cheveux il est très reconnaissable, voyez la cicatrice sur la joue gauche...

— C'est sûr, même des jumeaux ne se ressembleraient pas autant», répondit Kwan en sirotant pensivement son café.

Tsoy fixa son chef d'un regard surpris. Que pouvait-il bien vouloir dire? Il allait lui demander pourquoi il s'intéressait à ce détail, quand Lok Siu-ming entra avec un dossier sous le bras.

« Boss, l'OCTB vient de nous faire parvenir les dépositions des deux surveillants de l'escorte de Shek... »

Comme beaucoup de chefs d'équipe, Tsoy se faisait appeler « boss » par ses subordonnés, un terme emprunté aux habitudes de la pègre.

« OK... mais ce n'est pas Ah Ho qui est censé faire la liaison avec l'OCTB ?

— Il est à fond... je lui donne un coup de main. »

Tsoy sourit douloureusement.

« Siu-ming, tu as trois chevrons sur les épaules maintenant... c'est pas à toi de faire le coursier pour les autres. »

Lok Siu-ming avait été promu sergent le mois d'avant. Il était désormais plus gradé qu'Ah Ho, mais avait dix ans de moins et n'était au CIB que depuis six mois. Et comme il n'était pas du genre à accompagner ses collègues boire un verre ou chanter au karaoké pendant ses loisirs, certains anciens de la section B refusaient de s'en laisser conter par ce jeune asocial, tout sergent qu'il était.

« Moi aussi, j'aimerais comprendre comment ils ont pu être assez négligents pour laisser échapper leur prisonnier, dit soudain Kwan.

— C'est vraiment important ? rétorqua Tsoy. Est-ce que c'est le moment de chercher la petite bête ? D'autant plus qu'ils vont avoir droit à une enquête interne des services pénitentiaires...

— C'est juste par curiosité, dit Kwan en s'emparant du dossier que portait Lok.

— Chef... » Ce dernier s'interrompit, comme s'il hésitait à s'adresser directement à Kwan alors que son chef d'équipe était présent. «Chef, ça c'est les copies papier, mais sur mon bureau j'ai les enregistrements vidéo des interrogatoires. Si vous voulez y jeter un coup d'œil…

— Oui, c'est encore mieux!» dit Kwan.

Il referma le dossier et fit un signe de la tête à Lok. Devant la réaction de son chef, Tsoy n'insista pas:

«Vous pensez que la façon dont il s'est enfui peut nous fournir des indices importants?

— Des indices importants?» Kwan haussa les épaules. «Je ne suis sûr que d'une chose, c'est qu'on ne peut se permettre d'oublier un seul détail pour lutter contre un type comme Shek, qui n'en a sûrement négligé aucun pour préparer son évasion.»

Tsoy suivit le regard de Kwan, fixé sur la photo de Shek Boon-tim. Le superintendant reprit:

«Bien entendu, c'est votre enquête, je ne m'en mêle pas, si vous pensez que c'est de la perte de temps que de chercher à comprendre comment ça s'est passé, ça ne me regarde pas…»

Lok Siu-ming se planta devant eux, une cassette vidéo à la main. Tsoy contempla ses troupes, toutes plongées dans leur écran ou dans leurs dossiers, et dit:

«OK, chef, vous avez raison, mais eux n'ont pas le temps, on va regarder ça nous-mêmes.»

Kwan sourit du coin des lèvres et montra l'intérieur de son propre bureau. Ils s'y pressèrent tous les trois. Tsoy avait cédé, mais il n'en pensait pas moins: Kwan avait été à la manœuvre pour l'arrestation de Shek huit ans plus tôt, et aujourd'hui il désirait sans doute simplement voir à quoi ressemblaient les deux crétins qui lui avaient gâché sa dernière journée dans la police.

3

« Veuillez décliner votre nom, votre âge, vos grade et unité d'affectation.

— Ng Fong, quarante-deux ans, surveillant de première classe, affecté à l'unité d'escorte du département des services pénitentiaires.

— Veuillez nous décrire ce qui est arrivé aujourd'hui, le vendredi 6 juin 1997, dans le cadre de votre travail.

— Ce matin, vers dix heures, j'ai reçu l'ordre de mon supérieur d'assurer l'escorte d'un détenu masculin jusqu'au Queen Mary Hospital pour consultation médicale. Ce détenu était le dénommé Shek Boon-tim, matricule 241138, emprisonné à la prison de Stanley. Avec le surveillant de deuxième classe Sze Wing-hung, nous sommes partis de Stanley avec l'ambulance à 10 h 05, nous sommes arrivés à l'hôpital à 10 h 35.

— Vous n'étiez que deux pour ce travail d'escorte?

— Oui.

— D'après le dossier de Shek Boon-tim, il était évident qu'il était un détenu dangereux. Pourquoi n'avoir pas fait appel à l'aide de la police?

— Le détenu 241138 avait toujours montré un

comportement exemplaire et n'avait commis aucune infraction au règlement depuis des années. Il participait activement aux activités de réhabilitation et avait reçu plusieurs félicitations pour cela. Le responsable des surveillants de service a donc estimé qu'il n'y avait besoin que d'une escorte ordinaire.

— Que s'est-il passé après votre arrivée au Queen Mary ?

— Nous avons amené le détenu 241138 à l'accueil des urgences de l'hôpital où un infirmier lui a fait passer un examen préliminaire. Son cas n'a pas été jugé pressant. Il a été envoyé attendre dans la grande salle, celle de l'est, avec le surveillant Sze et moi pour le garder. Il continuait à se plaindre de douleurs au ventre. À environ 10 h 50, il a demandé à se rendre aux cabinets pour… hmm… la grosse commission. J'en ai discuté avec Sze Wing-hung, nous avons décidé de l'amener aux toilettes du premier étage.

— Pourquoi ne pas avoir utilisé celles de la grande salle du rez-de-chaussée ?

— Il y avait énormément de monde aux urgences, avec des gens qui entraient et sortaient des toilettes en permanence. Notre rôle étant d'empêcher toute communication entre le détenu et le reste des patients, si le détenu avait dû se servir des toilettes des urgences, il aurait fallu entièrement les vider, et s'assurer que personne n'y entrait pour éviter qu'on puisse lui refiler une arme ou autre chose. Nous ne voulions pas trop déranger les autres personnes, donc nous sommes allés au premier.

— Quand vous êtes arrivés au premier, avez-vous contrôlé les toilettes ?

— Évidemment. Au premier, il n'y a pas grand monde, c'est les psychologues, les trucs comme ça.

Nous avions choisi les toilettes proches de la cage d'escalier de l'aile est. Il n'y a que trois box. Pendant que le surveillant Sze gardait le détenu à l'extérieur, je suis entré pour vérifier. À l'intérieur des toilettes il y avait deux bouteilles de verre et un balai-serpillière, j'ai estimé que ça pouvait servir d'armes et je les ai sortis. J'ai aussi vérifié que les trois box étaient inoccupés. Le plus proche de l'entrée était fermé, pas verrouillé, avec un écriteau « En travaux ». J'ai quand même ouvert pour être sûr qu'il n'y avait rien à l'intérieur.

— Et la fenêtre ? Vous n'avez pas pensé qu'il pourrait s'enfuir par la fenêtre ?

— Euh... bien sûr que si. Nous avons appliqué la procédure réglementaire pour s'assurer que le détenu ne pourrait pas s'enfuir par la fenêtre, mais cette fois-ci ça n'a pas fonctionné...

— Quelle procédure ?

— Une fois que j'ai eu fini de tout contrôler, Sze et moi avons fait entrer le détenu dans les toilettes. Je me tenais devant la fenêtre que j'avais fermée. Sze était derrière le détenu. Il n'y avait pas moyen qu'il saute par la fenêtre. Le détenu nous a dit qu'il ne pourrait pas faire ce qu'il avait à faire avec ses menottes, alors Sze lui a libéré le poignet gauche et a fixé le bracelet sur la poignée qui se trouvait sur le côté droit de la cloison du box, à côté de la cuvette. Vous savez, la poignée qui sert aux malades ou aux handicapés. J'ai autorisé le détenu à fermer la porte du box à moitié, je suis resté devant, tandis que Sze est ressorti dans le couloir, pour éviter que quelqu'un n'entre aux toilettes.

— Alors comment Shek Bu-tim s'est-il enfui ?

— Au bout d'environ une minute, j'ai entendu du

bruit dans le couloir, comme celui d'une dispute qui se prolongeait. J'ai vérifié que le détenu était toujours relié à la poignée par ses menottes, et je suis sorti pour aider mon collègue. J'ai vu un individu aux cheveux longs en train de s'engueuler avec Sze Wing-hung. Apparemment, il était furieux qu'on l'empêche de se rendre aux cabinets. Il disait qu'on n'avait pas le droit de faire ça, il a essayé de passer quand même, nous avons dû le maîtriser de force. Je lui ai crié dessus, je lui ai dit qu'on accomplissait notre mission, qu'on pouvait l'accuser de gêner le travail des représentants de la loi... Là il s'est plus ou moins calmé. Il est reparti par l'escalier en nous insultant. Ça n'avait même pas duré une minute... mais quand je suis entré dans les toilettes, j'ai constaté que le détenu 241138 avait ouvert ses menottes et quitté les lieux.

— Pouvez-vous nous décrire la scène plus en détail?

— Je suis entré... la première chose que j'ai vue, c'était que la porte du box était grande ouverte et que le box lui-même était vide. Après j'ai remarqué que la fenêtre était ouverte, et j'ai vu les menottes qui traînaient par terre, devant la fenêtre. Je me suis précipité à la fenêtre, et j'ai vu le détenu, déjà loin, qui courait vers une voiture de couleur blanche. Je lui ai crié de s'arrêter, mais sans résultat. Il n'y avait aucun agent de police ou vigile de l'hôpital à proximité. Sze Wing-hung m'a entendu crier, il est entré à son tour dans les toilettes. Quand il a compris ce qui se passait il a enjambé le rebord de la fenêtre et il m'a dit de passer par les escaliers. Et puis il s'est suspendu par les mains et a sauté. Je suis sorti à toute vitesse, j'ai dévalé les escaliers jusqu'au rez-de-chaussée, mais quand je suis arrivé à l'extérieur, la voiture avait déjà disparu et Sze Wing-hung était assez loin vers la sortie de l'hôpital, il avait couru derrière… en vain.

— Qu'avez-vous fait ensuite ?

— J'ai immédiatement rendu compte à mon supérieur par radio, et j'ai demandé aux vigiles à la sortie de l'hôpital s'ils avaient relevé la marque de la voiture et son numéro d'immatriculation.

— Pourquoi avoir quitté votre poste et donné l'occasion à Shek Boon-tim de s'enfuir ?

— Je… c'était une connerie. Mais j'avais vérifié qu'il était toujours accroché, et puis on l'avait fouillé avant de partir de la prison, je suis sûr qu'il n'avait rien pour crocheter ses menottes. Dès que j'ai relâché mon attention, il a pris la décision de s'enfuir, il a pu briser les menottes et sauter par la fenêtre… en quelques dizaines de secondes ! Je n'arrive toujours pas à croire qu'il ait eu cette présence d'esprit, ni qu'il soit si balèze…

— Cette épingle à cheveux a été retrouvée sur les lieux de l'évasion, elle a peut-être servi à Shek pour ouvrir ses menottes. Qu'est-ce que vous en pensez ?

— Rien, je n'en pense rien du tout. Je suis absolument certain qu'il n'avait rien de caché sur lui, on lui a fait la fouille au corps complète avant de partir avec l'ambulance.

— Alors il aurait trouvé l'épingle dans les toilettes ?

— Je n'en sais rien… J'ai vérifié tous les box sans rien voir…

— Le détenu avait-il fait preuve d'un comportement inhabituel ou suspect pendant le trajet ?

— Oui, maintenant qu'on sait que son mal de

ventre était simulé, c'est clair que tout son comportement était suspect. Mais à part ça, je veux dire à part l'évasion, il ne s'est absolument rien passé d'inhabituel pendant toute la mission... Même pendant l'examen par l'infirmier ou dans la grande salle, personne ne s'est approché du détenu, je n'ai remarqué personne qui essayait d'accrocher son regard...»

« Veuillez décliner votre nom, votre âge, vos grade et unité d'affectation.
— Je... je m'appelle Sze Wing-hung, j'ai vingt-cinq ans cette année, j'travaille aux escortes du département des services pénitentiaires...
— Votre grade?...
— Je suis surveillant de deuxième classe.
— Veuillez nous décrire ce qui est arrivé aujourd'hui, le vendredi 6 juin 1997, dans le cadre de votre travail.
— Euh... hmm... Ce matin on a reçu l'ordre d'escorter ce détenu, Shek Boon-tim, jusqu'à l'hôpital... le Queen Mary... On est partis un peu après dix heures. Dans l'ambulance, Shek a pas arrêté de se plaindre, il avait l'air d'avoir super mal au ventre.
— "On"? Vous voulez dire, vous-même et le surveillant de première classe Ng Fong?
— Oui, oui.
— À quelle heure êtes-vous arrivés à l'hôpital?
— Euh... j'sais plus. Vers dix heures et demie, quoi.
— Et ensuite?
— Shek Boon-tim a crié qu'il avait mal, qu'il avait envie d'aller aux chiottes. Mais y avait trop de monde dans la salle d'attente des urgences, on l'a fait monter au premier, aux toilettes pour hommes.

Les urgences, c'était vraiment le bordel, y avait plein de gens qu'avaient été asphyxiés pendant l'incendie de ce matin, j'ai entendu dire qu'y avait aussi eu une attaque à l'acide… Putain, c'était bourré de monde!

— Qu'est-ce qu'il s'est passé aux toilettes du premier?

— Grand frère Fong a d'abord tout checké, pour être sûr qu'il n'y avait personne, ni rien qui pouvait servir au détenu. Et puis il l'a laissé entrer. J'ai accroché le deuxième bracelet de ses menottes à la poignée… parce qu'il avait dit qu'avec les deux mains menottées, y pourrait pas s'torcher…

— Vous êtes-vous assuré que les menottes étaient bien fermées?

— Ouais, ouais. Grand frère Fong, y peut aussi le confirmer.

— Après, vous avez continué à surveiller le détenu?

— Grand frère Fong le surveillait à l'intérieur des toilettes. Moi, j'gardais l'entrée… Mais y a un type avec les cheveux noirs et un T-shirt rouge qui s'est amené, et qui a voulu passer.

— Vous l'en avez empêché?

— Forcément, le détenu doit pouvoir communiquer avec personne. Mais ce mec, putain, il était pas content, y disait qu'il avait quand même aussi le droit d'aller aux chiottes, y disait que j'a… j'abusais de mon pouvoir. J'lui parlais gentiment, il en avait rien à foutre, alors on a commencé à s'engueuler. Au bout d'un moment grand frère Fong est sorti. Ça fait très longtemps qu'il fait ce boulot, y sait comment gérer ce genre de connards… Moi c'était la première fois que ça m'arrivait un truc pareil!

— Donc, l'individu en question a été repoussé par Ng Fong?

— Oui, grand frère lui a sorti qu'il allait appeler les flics... euh, la police, pour l'arrêter. Y s'est cassé en se grattant le nez, il avait toujours pas l'air content.

— C'est après ça que vous avez découvert que Shek Boon-tim s'était enfui par la fenêtre?

— Euh... grand frère Fong est entré dans la pièce, quelques secondes après j'l'ai entendu hurler "Halte! Halte!", alors j'suis arrivé en courant. Il était à la fenêtre, j'me suis rapproché de lui, j'ai vu Shek, dans sa combinaison de détenu couleur café, y courait vers une bagnole blanche. J'ai dit à grand frère Fong de passer par l'escalier et j'suis descendu par la fenêtre à la poursuite de Shek.

— Mais vous ne l'avez pas rattrapé.

— Non... j'ai pas pu le rattraper. J'suis pas descendu assez vite! Quand j'suis arrivé sur la route, il était déjà monté dans la bagnole, j'pouvais toujours courir...

— Vous avez rendu compte à vos autorités?

— Ouais... Ah, c'est vraiment la merde, hein? Mais c'est pas ma faute? J'ai rien fait d'mal? J'ai tout fait comme y fallait... j'ai suivi les règles. Grand frère Fong c'est un ancien, il aura pas de problèmes, mais moi j'ai ce job que depuis quelques années... Monsieur l'agent, vous leur expliquerez, aux chefs, hein?

— Monsieur Sze, nous ne sommes chargés que de l'enquête initiale. C'est l'enquête interne du département des services pénitentiaires qui déterminera les responsabilités, c'est leur affaire, la police n'a rien à voir là-dedans.

— Aïe... mais ils vont bien lire votre rapport,

non ? S'il vous plaît, faut pas tout me mettre sur le dos, je veux pas perdre mon boulot…

— Revenons à l'affaire en cours, si vous voulez bien. Quand vous êtes passé par la fenêtre, avez-vous remarqué que les menottes se trouvaient par terre ?

— Hein ? Ah ouais, peut-être, j'sais plus trop…

— Nous avons trouvé une épingle à cheveux sur les lieux, la voici. Pensez-vous que Shek Boon-tim ait pu s'en servir pour crocheter ses menottes ?

— Qu'il ait pu s'en servir ?… Je sais pas… En tout cas, les clés, j'les avais toujours sur moi. Les menottes qu'on utilise, elles sont pas terribles-terribles, hein, c'est du made in China. Si y savait se servir d'une épingle à cheveux, c'est pas étonnant qu'il ait pu les ouvrir avec.

— Vous pensez qu'il a pu cacher cette épingle à cheveux sur lui ?

— Sûrement pas, c'est grand frère Fong qui l'avait fouillé. »

L'inspecteur Tsoy se leva et dit :
« C'est pas très différent de ce qu'on savait déjà…
— C'est très différent, bien au contraire. »
Pris à contre-pied, Tsoy fixa Kwan, lequel restait assis à sa place, les dix doigts croisés et l'air parfaitement décontracté.

« Très différent ?…

— Leurs dépositions peuvent permettre d'orienter l'enquête dans une direction toute nouvelle.

— Quelle direction ?

— Eh bien, la direction de l'individu en T-shirt rouge et aux cheveux longs. C'est un complice de Shek Boon-tim.

— Pourquoi ? Il peut tout aussi bien être un citoyen lambda, rétorqua Tsoy.

— Vous pensez que Shek s'est enfui par hasard ? Il est possible que le chevelu lui ait donné sans le vouloir l'occasion qu'il attendait, mais il y a deux éléments qui m'en font... fortement douter. Premièrement, le fait que Ng Fong n'ait quitté les toilettes que moins d'une minute. Si Shek a été en mesure d'ouvrir ses menottes et de sauter par la fenêtre dans un délai aussi court, c'est forcément qu'il avait préparé son coup. S'il n'avait fait que profiter d'une bonne occase, il aurait dû élaborer son plan, prendre sa décision et agir, le tout en moins d'une minute ; je n'y crois pas un instant. D'autant plus qu'il est connu pour n'avoir jamais rien laissé au hasard dans sa carrière de truand. Avec le hasard, le risque d'échec est trop grand ; Shek n'aurait pas renoncé sur un coup de tête à sa réputation savamment construite de "détenu exemplaire" — cette réputation, elle a d'ailleurs été le facteur crucial dans l'élaboration de son plan d'évasion. »

Kwan posa le regard tour à tour sur Tsoy et Lok, vit qu'ils n'avaient pas de questions. Il reprit :

« Deuxièmement, le comportement de ce type aux cheveux longs est vraiment trop bizarre. Siu-ming, suppose que tu sois pris d'un besoin urgent... Tu te diriges vers les toilettes et quelqu'un t'empêche d'entrer. Qu'est-ce que tu fais ?

— Euh... je cours jusqu'à un autre endroit ?

— Exactement. Mais lui, il prend tout son temps, il s'engueule avec deux types armés et en uniforme pendant deux minutes, et quand il s'en va il ne se presse pas... Même si les "citoyens lambda" ne savent pas forcément qu'il est illégal de gêner les représentants de la loi dans l'exercice de leur fonction, ils ont une tendance naturelle à respecter les agents en uniforme. Si le surveillant dans le couloir avait été en civil, là je ne dis pas... mais faire de la provoc tout en sachant pertinemment que le gars en face est en mission officielle, c'est quand même un peu gros... Moi je pense que ce complice était en faction, sans doute déjà dans la salle d'attente. Il avait pour mission de détourner l'attention de Ng Fong, pour donner à Shek la minute qui lui a permis de s'évader.

— Mais... peut-être qu'il n'avait même pas envie d'aller aux cabinets ? intervint Lok Siu-ming. Peut-être qu'il voulait juste se laver les mains... ou qu'il était simplement un des employés du premier, qui s'est mis en rogne en voyant des étrangers au service squatter les toilettes réservées au personnel...

— Le premier étage, c'est celui des services de soutien psychologique et de la psychiatrie. Je vois mal un type qui travaillerait là se mettre dans un état pareil pour une simple histoire de toilettes occupées...»

Tsoy avait été d'avis que Shek avait saisi la première occasion qui se présentait de rejoindre ses complices dans la voiture, mais il dut se rendre à l'évidence : l'incident avait été préparé.

«Alors on doit...

— Il faut essayer de savoir ce qu'il est devenu, interroger les employés de l'hôpital, récupérer les enregistrements. Si ça se trouve, il était déguisé, ses cheveux longs n'étaient qu'une perruque, mais vu qu'on a au moins l'heure à peu près exacte, ça ne devrait pas être trop difficile de retrouver sa trace.

— Hmmm... on devrait aussi montrer quelques

photos des complices connus de Shek aux deux matons. Ils vont peut-être les reconnaître?

— Oui, mais concentrez-vous sur le plus âgé, Ng Fong, pas la peine de perdre votre temps avec l'autre abruti. Si Ng reconnaît quelqu'un, il faudra communiquer la photo aux agents de la section D qui sont en planque à Chai Wan, qu'ils essayent aussi de le repérer. Sinon, il sera sans doute capable de vous aider à faire un portrait-robot.»

Tsoy allait sortir pour donner ses ordres quand deux de ses hommes toquèrent à la porte du bureau de Kwan. L'un des deux était Ah Ho.

«Boss, l'OCTB a du nouveau... dans la voiture des complices ils ont trouvé un reçu d'une supérette au coin de Bonham et Park Road. Il a été émis à six heures ce matin. Ils ont fouillé le coin, et ils ont retrouvé le véhicule qui correspond au second jeu de clés que Sai Wai portait sur lui. C'est une camionnette noire, garée le long du trottoir sur Babington Road.

— Babington Road, à Mid-Level? Je pensais qu'ils comptaient d'abord prendre Hill Road jusqu'à Sai Ying Pun pour changer de bagnole, et qu'ils avaient dû prendre Bonham Road après avoir été interceptés par les gars de l'unité de réaction rapide. En fait c'était là qu'ils voulaient aller dès le départ...»

Tsoy se grattait le front, tentant de voir ce que cette nouvelle information impliquait.

«Oui, c'est bizarre, pourquoi est-ce qu'ils ont choisi le chemin le plus compliqué? demanda Lok. Sai Ying Pun aurait été beaucoup plus simple pour eux que Babington Road et Mid-Level. Après avoir changé de véhicule, il leur suffisait de rouler tranquillement jusqu'à Chai Wan par Des Vœux Road ou Connaught Road... ou bien de prendre par le tunnel jusqu'à Kowloon en cas de souci. Mais à Mid-Level les rues sont étroites et faciles à bloquer, ils auraient eu beaucoup de mal à fuir par là.

— Il y a eu un gros accident sur Des Vœux Road tôt ce matin, dit Ah Ho. La circulation à Central est encore fortement perturbée, en fait ça roule mieux à Mid-Level aujourd'hui. »

Tsoy interrompit leur échange.

« Bon, eh bien peut-être qu'en comprenant ce que Sai Wai et les deux braqueurs ont fait ce matin, on aura d'autres indices ; il faut récupérer les enregistrements des caméras dans le coin, surtout celles de la supérette.

— C'est en cours », répondit Ah Ho.

Tsoy hocha la tête et fixa le deuxième policier, qui était resté silencieux jusque-là mais arborait un air un peu fébrile.

« Et toi, tu as quelque chose de nouveau aussi ?

— Non, boss, je voulais juste vous dire que la section des crimes sérieux de l'île a appelé, ils veulent passer récupérer une copie du dossier sur les attaques à la soude de Mongkok et notre analyse préliminaire sur l'attaque de ce matin au marché de Graham Street. J'ai pas su quoi leur dire... »

Tsoy fronça les sourcils et agita la main.

« On a un évadé dangereux sur les bras ! C'est prioritaire par rapport à ça. Tu n'as qu'à leur dire qu'on n'a pu mettre personne sur le coup et qu'on leur demande de nous excuser...

— Mais, boss, c'est l'inspecteur Wong que j'ai au bout du fil ! »

L'agent baissa la tête vers le téléphone sur le bureau de Kwan. Les autres suivirent son regard :

une loupiote rouge clignotait, indiquant que la troisième ligne était engagée. À l'autre bout du fil, quelqu'un attendait une réponse. Tsoy soupira, cherchant un procédé diplomatique pour se débarrasser du gêneur. Kwan Chun-dok le prit de court en décrochant le téléphone et en appuyant sur le bouton de la ligne trois.

« Superintendant en chef Kwan, CIB, j'écoute. »

Son geste surprit tout le monde dans la pièce, mais le plus surpris de tous devait être l'inspecteur Wong, qui avait mis la pression sur un agent de base et se retrouvait d'un seul coup en ligne avec Kwan.

« Oui... oui, disait celui-ci. Tout le monde est très occupé à la section B en ce moment... Ils doivent se concentrer sur la fuite de Shek Boon-tim, je suis désolé. »

Kwan arborait un grand sourire, Tsoy crut que c'était Wong qui se confondait plutôt en excuses de son côté. Mais ce ne semblait pas être le cas.

« Toutes les équipes sont à fond..., continuait Kwan. Oui, c'est vrai, la deuxième équipe est de repos, mais même si on les rappelle en urgence ils ne seront prêts que ce soir... et puis c'est la première équipe qui a bossé sur l'affaire des attaques de Mongkok, et c'est elle aussi qui est sur les traces de Shek Boon-tim en ce moment... Ah, eh bien si vous comprenez, tant mieux ! »

Wong a enfin cédé, se dirent les autres, soulagés. De toute façon, même un inspecteur chef de section dans un QG de secteur n'avait aucune chance face à un superintendant en chef. La réputation d'entêté de Wong n'était visiblement pas usurpée, il leur avait fait perdre assez de temps.

« D'accord, j'envoie un type..., continuait Kwan.

Non, deux, temporairement... Ça ne va pas vous aider beaucoup, mais au moins ils auront toutes les données concernant les attaques de Mongkok. Oui... oui... non, ne me remerciez pas, on est tous de la police, il faut s'entraider, pas vrai? Et puis un jour c'est le CIB qui aura besoin de vous, n'est-ce pas? Vous vous en souviendrez! Allez, au revoir. »

Kwan reposa le combiné et regarda avec un grand sourire l'air amèrement surpris de ses hommes. Tsoy rompit le silence tendu.

« Chef... je dois vraiment détacher des bonshommes pour s'occuper de ça? Faut qu'on recherche ce type à cheveux longs, qu'on dépouille les vidéos autour du véhicule de secours, en plus du reste! C'est pas comme si on était en train de glander...

— Ne vous inquiétez pas! Et puis Siu-ming était justement en train de "glander" à faire le planton coureur, ça ne va pas vous gêner beaucoup si je vous le prends.

— Vous voulez que Siu-ming se charge de... »

Tsoy s'arrêta, mais tout le monde comprit : Lok Siu-ming était un nouveau dans la boîte, il n'avait même pas participé à l'enquête sur les attaques à la soude sur le marché de Mongkok.

« Je n'ai pas de voiture, dit Kwan en se levant.

— Comment?... Ah! Vous y allez vous-même!

— Il y a suffisamment de pistes à suivre pour Shek Boon-tim, vous vous en chargez. Et la section D va bien finir par trouver leur repaire à Chai Wan... Il n'y aura plus qu'à lancer l'assaut... Mais cette histoire d'attentats à la soude, c'est pire que de chercher une aiguille dans une meule de foin. Si on ne fait rien sur l'attaque de ce matin, ça va encore retarder l'enquête de plusieurs mois. »

Kwan farfouilla sur son bureau pour récupérer les bons dossiers, puis sortit son holster et son revolver d'un tiroir.

« Et puis c'est l'occasion rêvée de voir si je peux encore me rendre utile sur le terrain... C'est un excellent test. »

Tsoy et les trois autres l'écoutaient, éberlués. Ils n'avaient évidemment pas connaissance de la proposition que Tso avait faite à Kwan le matin même.

Kwan frappa Lok sur le crâne avec les dossiers et dit :

« En route, mauvaise troupe ! Et ferme la bouche, on dirait que tu regardes passer les trains. J'ai encore quelques heures devant moi avant d'être retraité, s'agit de les mettre à profit ! »

4

Kwan Chun-dok, suivi de Lok Siu-ming, sortit des locaux du bureau du renseignement criminel et déboucha dans le grand hall de l'immeuble de l'état-major de la police. Il se dirigea résolument vers le sas d'entrée.

«Chef?» dit Lok qui avait amorcé un virage à gauche vers la sortie qui donnait sur le parking. «Ma voiture est par ici...

— On va y aller à pied, c'est bien plus simple. Graham Street est à peine à dix minutes de marche.

— Mais vous avez dit que je devais vous conduire...

— C'était juste un prétexte, dit Kwan d'un ton léger en lui jetant un coup d'œil. À moins que tu ne préfères retourner faire le coursier?...

— Non, non, ça me va comme ça...»

Lok accéléra le pas et revint à la hauteur de son chef. Ces six derniers mois, il ne s'était jamais plaint de se voir charger de tâches diverses par Kwan ni de devoir l'accompagner de temps à autre. Pouvoir l'entendre dérouler ses analyses ou le voir mettre le doigt sur les détails qui permettaient de boucler une enquête, tout cela était une trop belle occasion, pour un enquêteur, d'apprendre en direct du cerveau le mieux fait de la police. Lok ne savait pas pourquoi Kwan l'avait ainsi ciblé; sans doute une coïncidence heureuse, puisqu'il était arrivé à la section B pile au moment où le précédent favori du chef venait d'être muté.

À l'approche du marché de Graham Street, Lok nota une densité inhabituelle de véhicules de télé ou de radio garés au petit bonheur la chance et il réalisa que pour la presse, de telles attaques répétées sur les civils étaient peut-être plus prioritaires que l'évasion d'un truand oublié.

« L'inspecteur Wong doit être dans le coin, dit Kwan.

— Vous pensez qu'il est là en personne ?

— Au téléphone il y avait pas mal de boucan en arrière-fond, il n'était sûrement pas dans son bureau, répondit Kwan en scrutant les alentours. Et puis le fait qu'il ait appelé directement le CIB plutôt que de passer par la section de renseignement de son poste montre qu'il s'implique personnellement dans l'enquête... et qu'il ne la sent pas bien. On ne peut pas lui en vouloir... Cela dit, ça fait plus de quatre heures que l'attaque a eu lieu et il n'a toujours pas fait de déclaration à la presse, j'ai bien peur que ça lui revienne dans les dents. Même s'il n'a rien de concret à leur dire, on ne peut pas reporter ce genre de corvée indéfiniment. Ah, le voilà ! »

À l'intérieur de la zone délimitée par le ruban de signalisation de la police, Lok aperçut un homme à moitié chauve, vêtu d'un costume gris. Il parlait à quelques-uns de ses subordonnés, les sourcils froncés et l'air particulièrement rébarbatif. C'était l'inspecteur senior Wong Yik-tsun, surnommé « Tête-de-fer », chef de la section des crimes sérieux du QG de secteur de l'île de Hong Kong. Kwan se rapprocha en agrafant au revers de sa veste son badge de police, à l'intention des policiers en uniforme qui surveillaient le ruban et les curieux.

« Inspecteur Wong... *Long time no see!* » cria-t-il.

Wong se retourna, resta muet de surprise pendant deux bonnes secondes, puis se hâta de venir à leur rencontre.

« Monsieur le superintendant... si j'avais cru...

— Je vous ai bien dit que mes gars étaient trop occupés ! J'ai décidé de me déplacer moi-même, dit Kwan en lui tendant les dossiers. Il valait mieux vous les remettre en main propre, et vous n'étiez pas à votre bureau. »

Wong voulut demander comment son interlocuteur savait où il était, mais se souvint qu'il avait en face de lui le superintendant Kwan du CIB, Œil-de-faucon.

« Je suis désolé de vous avoir fait déranger », dit-il à la place, comme à regret.

Il agita la main pour signifier à ses hommes de vaquer à leurs propres affaires et reprit :

« Je comprends bien qu'il est très important de retrouver Shek Boon-tim, mais il ne faut pas pour autant négliger ce qui s'est passé ici. C'est bien plus grave que les deux précédentes attaques de Mong-kok, il y a eu quatre bouteilles de soude utilisées, c'est par miracle qu'il n'y a pas — encore — de mort à déplorer. »

Les « brûlures » causées par la soude caustique en solution à haute concentration, destinées normalement à déboucher les canalisations industrielles, sont des réactions chimiques qui peuvent entraîner de graves complications, jusqu'à la mort, si la zone touchée est étendue et pas traitée à temps.

« C'est les mêmes bouteilles qu'à Mongkok? Des flacons d'un demi-litre de la marque Knights? demanda Kwan.

— Oui, exactement les mêmes. Quant à savoir si c'est le même bonhomme ou un imitateur, c'est une autre histoire... je crois que, pour ça, on se reposera sur votre expertise.

— J'ai cru comprendre que vous avez d'ailleurs évité d'aborder trop vite la question avec les journalistes, dit Kwan.

— Euh... oui », fit Wong, un peu gêné.

Cela faisait partie des subtilités de la collaboration entre différentes unités. Si Wong avait fait une déclaration à la presse avant de recevoir l'approbation du CIB, il aurait dû en assumer toute la responsabilité. S'il s'était avéré qu'il avait eu tout faux, l'image de compétence de la police en aurait souffert et il se serait fait mal voir par ses supérieurs directs et indirects. Mais, en attendant d'avoir reçu l'analyse initiale du CIB pour s'exprimer, il pourrait toujours se défausser en cas d'erreur. En bref, Wong avait bien perçu les problèmes que posait l'enquête et souhaitait ouvrir son parapluie.

« Vous avez pu déterminer l'endroit d'où les bouteilles ont été lancées? demanda Kwan.

— À peu près... suivez-moi. »

Kwan et Lok se dirigèrent à sa suite vers l'entrée de l'immeuble d'avant-guerre qui faisait le coin de Wellington et de Graham Street.

« On sait déjà qu'il a lancé deux bouteilles vers le marché de Graham Street, dit Wong en pointant du doigt d'abord le toit de l'immeuble puis ses hommes qui fouillaient toujours les étals renversés dans la rue. Et puis, alors que tout le monde paniquait, il en a balancé deux autres en direction de Wellington Street.

— De ce toit?

— Très probablement.

— Montons voir.»

Ils grimpèrent à la queue leu leu par la cage d'escalier jusqu'au sommet de l'immeuble aux murs pisseux. Wong précisa que l'édifice était abandonné depuis deux ans, après avoir été converti des années auparavant en entrepôt pour une marque connue d'huiles végétales. Il était resté inoccupé parce que, comme les deux immeubles adjacents, il devait être détruit pour laisser place à des immeubles modernes de trente étages.

Kwan Chun-dok alla jusqu'au coin du toit plat et tendit le cou pour contempler, cinq étages plus bas, le spectacle qu'offraient les deux rues. Il se retourna et observa le toit de l'immeuble adjacent. Il fit plusieurs allers-retours en échangeant quelques mots avec les policiers qui recherchaient des indices, et examina les marques qu'ils avaient tracées sur le sol. Puis il revint vers Wong et Lok, sans un mot.

«Alors, monsieur le superintendant? demanda Wong.

— Ça colle tout à fait», dit Kwan.

Lok estimait que la réponse de son chef devait être un peu précisée, au bénéfice de Wong.

«Vous confirmez que c'est le même type qu'à Mongkok?

— J'en suis sûr à soixante-dix pour cent... non, à quatre-vingts pour cent, dit Kwan en balayant le toit du regard. Les deux attaques de Mongkok ont été lancées à partir du même genre de vieil immeuble... des toits qui communiquent entre eux, pas de porte fermée ni de gardien à l'entrée... La deuxième attaque, comme ici, s'est faite à l'angle de deux rues, en deux lancers, d'abord d'un côté, puis de l'autre sur les gens qui fuyaient. Les médias n'avaient rapporté à l'époque d'autres détails que le nombre de bouteilles... rien sur la séquence des lancers ou leur direction. Et pourtant cette fois-ci, on a exactement la même configuration. »

Il désigna du doigt, en contrebas, la protection en toile d'un stand, trouée en plusieurs endroits par le produit chimique.

« Il a utilisé la même méthode pour faire plus de blessés, en jetant les bouteilles sur une toile pour qu'elles rebondissent et éclaboussent plus de monde.

— Bon, dit Wong, il semble donc clair que c'est le même taré qui a décidé de voir du pays. Sans doute que les commerçants de la rue des Femmes à Mongkok sont devenus plus prudents et qu'il a compris que c'était risqué de continuer à opérer là-bas.

— Dans le dossier que je vous ai donné, il y a plusieurs photos extraites de vidéos : elles représentent notre seul suspect. Un petit gros avec une casquette noire, vous êtes peut-être au courant ?... On avait diffusé à l'époque un « appel à témoin » avec sa tête, car c'est sans doute lui le coupable. Le CIB n'a pas réussi à l'identifier, mais vous allez peut-être pouvoir le repérer sur les enregistrements des caméras d'ici... J'ai bien peur qu'en l'état actuel des choses vous deviez les faire dépouiller par vos propres hommes.

— Bien compris, monsieur », bougonna Wong.

Il ouvrit le dossier et jeta un coup d'œil sur les photos.

«Quel est le dernier bilan des blessés? demanda Kwan.

— Trente-quatre au dernier décompte, dont trois gravement atteints. L'un est encore en réanimation, les deux autres sont aussi toujours à l'hôpital. La plupart des autres n'ont que des brûlures superficielles aux mains, ils ont pu rentrer chez eux après les premiers soins. Mais certains risquent de rester traumatisés, même s'ils ne sont que légèrement blessés...

— Qui sont les trois blessés graves? le coupa Kwan.

— Hmm... laissez-moi un moment, dit Wong en sortant un carnet de sa poche. Ah, voilà... En réanimation, on a un certain Lee Fung, soixante ans, résidant tout près d'ici à Pell Street et qui était venu au marché pour faire ses courses. Il a été atteint à la figure par d'importantes projections, ses deux yeux sont touchés. Il va probablement rester aveugle, et il a des problèmes d'hypertension et de diabète qui le fragilisent... Le pronostic vital est engagé, comme disent les toubibs.

«Les deux autres sont des commerçants du marché, continua-t-il après avoir tourné une page. Tsong Wai-shing, trente-neuf ans, surnommé "Frère Wai", un artisan. Le dernier s'appelle Tsau Tseung-kwong, quarante-six ans. Il vend des pantoufles sur un stand... Comme Lee Fung, ils ont reçu des projections directes sur le visage, le cou et les bras. Superintendant, vous avez vraiment besoin de ces données?

— Peut-être que oui, peut-être que non, dit Kwan en riant. Les neuf dixièmes de ce qu'on apprend au cours d'une enquête sont inutiles, de toute façon.

Mais il suffit de rater un seul petit détail pour se planter lamentablement...

— C'est la règle n° 1 du CIB, pas vrai? grimaça Wong.

— Non, c'est la règle n° 1 de Kwan Chun-dok. »

Kwan se frottait le menton en souriant.

« Je vais me balader un peu dans le coin, ça vous va? Je ne perturberai pas le travail de vos hommes.

— Je vous en prie!... Bon, maintenant, je vais préparer ma déclaration à la presse... je peux leur sortir votre conclusion? "Le CIB estime que, selon toute probabilité, le perpétrateur est le même qu'à Mongkok"?

— Absolument.

— Merci... Veuillez m'excuser. »

Wong se mit à griffonner sur son carnet. Kwan Chun-dok, avec Lok à ses basques, redescendit jusqu'à la rue.

Sur environ trente mètres de longueur, les deux axes bouclés par la police présentaient un spectacle de fin du monde. Il n'y avait personne d'autre que les policiers qui cherchaient encore des indices, errant entre les étals renversés, les fruits séchés épars, les légumes piétinés jusqu'à être méconnaissables, les taches noirâtres sur la chaussée et sur les trottoirs, qui indiquaient les endroits où la soude caustique s'était répandue. Lok tenta d'imaginer le chaos qui s'était levé au moment de l'attaque. Même après plusieurs heures, l'odeur corrosive de la soude flottait encore dans l'air et semblait vouloir témoigner de la malveillance criminelle de l'auteur des attaques.

Lok pensait que Kwan allait se mettre à fureter un peu partout et fut très surpris de le voir se diriger vers l'extérieur du périmètre délimité par le ruban de police.

« Chef ! Vous n'aviez pas dit que vous vouliez examiner la scène de crime ?

— Non, j'ai dit que je voulais me balader... J'en ai assez vu de là-haut. Laissons ces agents faire leur boulot, moi ce qui m'intéresse c'est de trouver la section de renseignement locale.

— Pardon ? »

Kwan passa sous le ruban bleu et blanc tendu en travers de la rue, se releva et tourna la tête en tous sens.

« Tiens, regarde, la voilà. »

Lok suivit son regard et vit un stand chargé d'habits de mauvaise qualité et de rebuts des collections de mode des années passées. Sur le côté de l'étal, une étagère était couverte de chapeaux de toutes formes et couleurs, et devant l'étagère trois dames d'âge mûr étaient installées dans des fauteuils pliables et bavardaient allégrement. L'une des trois commères, au demi-siècle bien sonné, avait la taille ceinte d'une énorme banane de couleur noire. Elle semblait tenir le crachoir et il émanait d'elle un air d'autorité tranquille qui en faisait la probable patronne du stand.

« Bonjour mesdames, dit Kwan en s'approchant, je suis de la police, puis-je me permettre de vous poser quelques questions ? »

Tandis que les deux autres se figeaient, la plus prolixe lui répondit sur un ton des plus décontractés, les deux mains croisées sur la volumineuse banane :

« Monsieur l'officier, vos collègues nous ont déjà fait chier pendant une éternité ! Vous voulez encore nous demander si on a repéré des têtes inconnues ? J'ai déjà dit mille fois que par ici y a la moitié de

Hong Kong et des touristes qui viennent se promener, vous pensez si on en voit des inconnus ! Alors vos questions sur les personnes suspectes, croyez-moi, vous pouvez vous les coller au train ! Vous...

— Non, madame, je voulais vous demander si vous aviez vu des personnes connues et pas suspectes. »

La réponse de Kwan — proférée avec le sourire — coupa le sifflet de la commerçante pendant quelques secondes, et le silence fut bientôt suivi d'un grand éclat de rire.

« Monsieur l'officier, vous êtes un marrant, vous ! Ça vous prend souvent de venir taquiner les gens comme ça ?

— En fait je souhaitais savoir si vous connaissiez certains des blessés. J'ai appris qu'il y avait trois blessés graves, dont deux sont des commerçants du marché, le troisième est un voisin... alors je demande par-ci par-là si quelqu'un les connaît...

— Ah, vous avez frappé à la bonne porte. Ça fait vingt ans que je tiens ce stand, je peux même vous dire à quel lycée va le fils du charcutier du coin... Ce qui se dit, c'est qu'à l'hôpital il reste le vieux Lee, frère Wai et Tsau, celui qui vend des pantoufles. Nom de Dieu, des gens si corrects, quelle pitié ! Ah ! »

Kwan ne s'était pas trompé, celle-ci valait bien toute une équipe du CIB à elle toute seule, songeait Lok. Il y avait toujours ce genre de pipelette sur un marché, qui restait du matin au soir au même endroit à tout observer, et dont l'unique distraction consistait à tenir la jambe à qui le voulait bien.

« Donc vous les connaissiez bien ? Ah ! Oui, comment puis-je vous appeler, madame... »

Sans manifester la moindre gêne, Kwan s'empara d'une autre chaise et s'assit à côté de la vendeuse.

« Oh, appelez-moi tante Shun », dit-elle en pointant du doigt un panneau qui pendait du haut de son stand, entre quelques couvre-chefs rustiques : « Prêt-à-porter, chez Shun ». « Frère Wai et le vieux Lee, je les connais depuis plus de dix ans, M. Tsau n'est arrivé qu'il y a quelques mois. Le proprio d'avant a émigré au Canada et avait mis le bail du stand de pantoufles en vente.

— Le vieux Lee, c'est bien M. Lee Fung, qui a soixante ans, n'est-ce pas ?

— Oui, c'est lui, le vieux Lee de Peel Street. C'est terrible, il paraît qu'il a reçu ce truc en plein dans la figure alors qu'il était juste en train d'acheter ses légumes...

— Hé, je veux pas dire du mal, dit la dame assise à gauche de tante Shun, mais si ce vieux dégueulasse était pas planté là à baratiner la bonne femme du stand de légumes chaque fois que son mari s'absente, il aurait pas pu être aspergé d'acide !

— Houlà, sœur Fat, c'était pas la peine d'en parler devant monsieur le policier... C'est vrai qu'il a un peu la main baladeuse, le vieux Lee, mais quand tu en parles on dirait qu'ils couchent carrément ensemble ! »

Tante Shun affichait un air désapprobateur mais son ton rieur la trahissait. Lok Siu-ming s'imagina un vieil obsédé plus ou moins inoffensif qui venait au marché profiter de la cohue pour tripoter les ménagères un peu plus jeunes.

« M. Lee était un habitué ? Il venait tous les jours acheter ses légumes ?

— Sûr, qu'il pleuve ou qu'il vente, il était là tous les matins, depuis plus de dix ans qu'on le voit ! répondit la troisième.

— Savez-vous par hasard s'il avait une... mauvaise habitude? Ou bien s'il devait de l'argent à quelqu'un, si on lui en voulait particulièrement?

— Oh, ça, j'en sais trop rien, dit tante Shun, la tête penchée de côté. Il était divorcé depuis pas mal d'années, sans enfants... Il en donnait pas l'air, mais je sais qu'il louait plusieurs petits appartements, il était pas dans le besoin. Si on lui en voulait?... C'est sûr que l'épicier l'appréciait pas trop, vu que le vieux draguait sa femme, mais ça n'allait pas beaucoup plus loin...

— Et qu'en est-il de Tsong Wai-shing?

— Ah, frère Wai, il fait des travaux de plomberie et d'électricité», dit tante Shun en pointant vaguement du doigt les étals renversés derrière le ruban. «Lui, il est quasiment jamais là, toujours à droite à gauche chez ses clients! Il a vraiment pas eu de chance de repasser à son stand juste au moment où ça pleuvait de l'acide! Moi je dis toujours, les voies du Seigneur sont impénétrables...

— Frère Wai c'est un gars bien, dit celle qui avait critiqué Lee Fung, j'espère qu'il va vite sortir de l'hôpital. Sa femme et son fils doivent être morts d'inquiétude!

— Vous le connaissiez depuis longtemps?

— Depuis assez longtemps, ça on peut le dire! reprit tante Shun. Il a ouvert son business il y a plus de dix ans. Il bosse bien, il prend pas cher, c'est toujours lui qu'on vient voir quand il faut changer un tuyau ou installer un chauffe-eau, ou réparer la télé... Je crois qu'il habite à Wan Chai, sa femme travaille à mi-temps dans un supermarché, leur fils vient d'entrer au collège.

— Apparemment il est très apprécié dans le quartier ?

— Oui, c'est pas comme le vieux Lee, celui-là tout le monde se fout qu'il soit blessé... mais tout le monde s'inquiète de la santé de frère Wai.

— Alors vous pensez qu'il est un bon citoyen, sans aucun secret à cacher ?

— Des secrets ? Euh... non, je ne crois pas..., dit tante Shun, en coulant un regard torve à sœur Fat.

— Ah non ? Vraiment ?

— C'est que... Pfffou, monsieur l'officier, c'est que des rumeurs, faut pas en tenir compte. Tsong Wai-shing est quelqu'un de bien, mais je crois qu'il a fait de la prison. Semblerait qu'il ait fait partie d'une triade quand il était jeune... mais quand son père était sur le point de mourir, il l'a quittée.

— Un jour il est venu chez moi pour réparer l'air conditionné, dit sœur Fat, ce jour-là il faisait 34 ou 35 degrés, il faisait si chaud qu'il a enlevé sa chemise pour s'essuyer la sueur, sur le dos il avait un énorme dragon tatoué, tout vert, les crocs et les griffes sortis ! Ça m'a foutu une de ces peurs !

— Oui, mais ça montre qu'il n'avait ni honte ni peur de montrer ses tatouages, dit Kwan.

— Euh... oui, oui, peut-être », dit tante Shun d'un ton vague en agitant la main.

Siu-ming pensait que frère Wai se moquait sans doute que les autres connaissent son passé, mais qu'en revanche ces trois matrones, comme la plupart de leurs semblables, jugeaient leurs contemporains avec toujours les mêmes œillères.

« Et le troisième blessé, M. Tsau Tseung-kwong...

— Ah, c'est comme ça qu'il s'appelle ? demanda sœur Fat.

— Je me rappelais Tseung-quelque chose, dit tante Shun.

— Celui-là, vous le connaissiez moins bien, semble-t-il?

— Ça fait pas très longtemps qu'on le connaît, c'est vrai, mais ça veut pas dire qu'on le connaît mal!» rétorqua vertement tante Shun, comme si ses compétences et son intégrité professionnelle avaient été mises en cause.

Et à vrai dire, se disait Lok, le commérage est bien sa véritable profession, la vente d'habits n'est qu'un gagne-pain.

«C'était là qu'il avait son stand de pantoufles», reprit-elle en montrant du doigt le stand le plus proche, juste de l'autre côté du ruban de police. «Alors hein, si vous prétendez qu'il y a quelqu'un sur ce marché qui peut le connaître mieux que moi, montrez-le-moi!»

Kwan Chun-dok se retint de rire et demanda :

«Vous veniez de nous dire qu'il ne travaillait pas là depuis bien longtemps...

— Il a dû arriver... vers mars, oui, je crois que c'est ça. Il était un peu réservé, avec lui c'était plutôt bonjour-bonsoir, il parlait pas beaucoup plus.

— Quand j'ai voulu lui acheter une paire de pantoufles, dit sœur Fat, je lui ai demandé s'il en avait de plus petites dans le modèle qui me plaisait, il m'a dit de chercher moi-même sur son étal! Et d'ailleurs, son vendeur, c'était pas mieux! Comment il s'appelait... Ah Mo?... je crois que c'était un neveu de M. Tsau ou quelque chose comme ça, il trouvait pas de travail, alors il venait donner un coup de main à son oncle sur le stand.

— Ce garçon sortait juste de l'école?

— Je crois pas, il était pas très grand mais il avait quand même vingt-deux ou vingt-trois ans. D'après moi, il avait dû se faire virer de son boulot précédent, et il n'y avait plus que son parent qui voulait de lui...

— Tsau avait besoin d'un vendeur? Il était souvent absent?

— Pas vraiment, il était là presque tous les jours, mais seulement deux ou trois heures. C'était Ah Mo qui faisait systématiquement l'ouverture et la fermeture.»

Tante Shun avait repris la parole d'autorité, mais pour une fois qu'elle avait l'occasion de parler à quelqu'un qui l'écoutait, sœur Fat ne s'en laissait pas conter.

«Je pense que M. Tsau, il devait être comme le vieux Lee, une sorte de rentier avec des chambres à louer par-ci par-là, hein.»

Sa bouche en cul-de-poule prouvait assez sa désapprobation d'une telle méthode d'exploitation des masses. Elle reprit :

«Quand il était pas là, c'était toujours le jour des courses de chevaux, faut croire qu'il avait de l'argent à perdre sur les paris! Et la veille, il avait le nez plongé dans le journal des courses, et là c'était même pas la peine d'essayer de lui adresser la parole!

— Peuh! même quand les bébêtes couraient pas, il faisait pas beaucoup d'efforts pour être poli, dit tante Shun.

— Attendez un peu, la coupa Lok Siu-ming, comment ça se fait que M. Tsau ait été blessé? Son stand est juste là, c'est quand même assez loin de l'endroit où les bouteilles ont atterri...

— C'est parce qu'il passait par là-bas avec sa

brouette. Les camions de livraison peuvent pas rentrer dans Graham Street quand le marché est ouvert, alors ils se garent en général sur Wellington, ou de l'autre côté sur Hollywood Road. Les gens viennent chercher leur matériel et le ramènent sur leur stand avec une brouette. Ce matin quand j'ai vu M. Tsau arriver avec Ah Mo, je les ai salués, ils m'ont dit qu'ils étaient pressés parce qu'ils recevaient une livraison. Et cinq minutes plus tard…

— Ah Mo n'est pas rentré? demanda Kwan en contemplant le stand couvert de pantoufles multicolores.

— Sœur Fat l'a vu monter dans l'ambulance avec son oncle. Mais je surveille leur stand pour eux, y a pas de risques! On est collègues quand même. Et c'est pas comme si y avait beaucoup de gens pour lui voler ses pantoufles…

— Alors comme ça, vous avez vu…? dit Kwan en se tournant vers sœur Fat.

— Oui oui, on peut le dire! J'étais là-bas, vous voyez, à la quincaillerie du coin, en train de bavarder avec le patron. Soudain j'ai entendu deux grands bruits à l'extérieur, et puis plein de cris de douleur immédiatement après. Des gens sont entrés dans la boutique pour rincer leurs blessures dans le lavabo, ils avaient reçu du produit sur les mains, sur les pieds pour ceux qui portaient des sandales, il y avait même des trous dans leurs habits… Quand ça s'est calmé un peu dans la rue, je suis sortie, je peux vous dire que j'avais les yeux grands ouverts! J'ai vu le vieux Lee allongé par terre, sur le côté, avec sa copine épicière qui lui versait de l'eau sur la figure…

— Vous avez vu frère Wai et M. Tsau?

— Oui, j'ai vu frère Wai et quelques autres allongés devant l'étal du vendeur d'encens et de bougies. Quand je me suis rapprochée, j'ai vu Ah Mo qui venait de l'autre côté de la rue en soutenant M. Tsau et en appelant au secours. C'était pas joli à voir, croyez-moi, il était salement atteint. Ça hurlait et ça pleurait de partout, c'était l'enfer sur terre!»

On sentait que sœur Fat voulait à tout prix terminer avant d'être à nouveau interrompue par sa voisine, mais qu'elle appréciait aussi de pouvoir entrer dans les détails qui faisaient le sel du récit. Elle accompagnait ses paroles des gesticulations appropriées en de telles circonstances.

«Je vois mieux…, dit Kwan, à voix basse.

— Monsieur l'officier, vous vouliez pas savoir si M. Tsau avait des ennemis ou des mauvaises habitudes? dit tante Shun en levant un sourcil. Des ennemis, je crois pas, mais pour les habitudes, j'en mettrais pas ma main à couper… Et puis si vous nous posez tant de questions sur lui, y a pas de fumée sans feu, pas vrai? Vous pensez que quelqu'un pourrait lui en vouloir à cause de sa conduite? Dites-le-nous, on sera muettes comme des tombes, vous pouvez être tranquille.»

Kwan Chun-dok posa son index en travers de ses lèvres, l'air le plus sérieux du monde.

«Merci beaucoup pour toutes ces informations, nous vous avons assez fait perdre votre temps! Nous allons vous laisser pour continuer notre enquête.»

À peine Kwan et Lok avaient-ils tourné le dos qu'elles se remirent à jacasser. Ils repassèrent sous le ruban de police.

«"Muettes comme des tombes"… tu parles! Il n'y a qu'un moyen pour qu'elles soient muettes comme des tombes, c'est qu'elles les occupent elles-mêmes.»

Kwan pouvait enfin rire de bon cœur.

« Chef, pourquoi vous vous intéressez autant à ces trois blessés ? On n'est pas censés plutôt poursuivre les suspects ?

— Ces blessés sont la clé de tout, Siu-ming. Maintenant, retourne à l'état-major, prends ta voiture, et récupère-moi au coin de Queen's Road.

— Où est-ce qu'on va ?

— Au Queen Mary. Si on veut résoudre cette histoire d'attaques à la soude, il faut qu'on parte des victimes.

— Mais pourquoi ? C'est un dingue l'auteur de ces attaques, elles m'ont tout l'air de n'avoir visé personne en particulier...

— Visé personne ? Ça me ferait mal. »

Kwan s'arrêta un moment et leva la tête vers le toit de l'immeuble d'où avaient été jetées les bouteilles de soude. « À moi, elles m'ont tout l'air d'être des attaques mûrement réfléchies et planifiées, avec des cibles très bien identifiées... »

5

Lok, au volant de sa Mazda bleue, retrouva Kwan au coin de Graham Stret et de Queen's Road. Celui-ci agita le bras en le voyant arriver; de l'autre main, il tenait un petit sac plastique de couleur rouge. Lok s'arrêta le long du trottoir et Kwan monta à la place du passager.

« Au Queen Mary Hospital, chauffeur ! »

Lok appuya sur l'accélérateur, la voiture repartit vers l'ouest sur Queen's Road. Tout en bouclant sa ceinture, Kwan déclara :

« J'ai prévenu l'inspecteur Wong qu'on s'en allait, il était furax... Il a reçu l'ordre de s'occuper aussi de l'incendie qui a eu lieu ce matin à Central Ouest. Apparemment, l'origine de l'incendie est suspecte, et la section des crimes sérieux de l'île doit venir en renfort au poste du quartier qui est mobilisé à fond sur la recherche de Shek Boon-tim. L'incendie a fait plus de vingt blessés... Les agents qui ont recueilli les dépositions des blessés à la soude au Queen Mary sont passés directement à l'interview des brûlés de l'incendie. Pas de perte de temps, ils n'ont même pas pu casser la graine ! Eh, Siu-ming, tu m'écoutes ? »

Siu-ming se réveilla comme d'un rêve et répondit en hâte :

« Oui oui, pardon, je repensais à ce que vous avez dit avant, que les attaques à la soude de Graham Street étaient planifiées et ciblées…

— Oui ?

— Comment êtes-vous arrivé à cette conclusion ?

— Au début, j'ai cru que c'était l'œuvre d'un imitateur, un *copycat*. »

Ce n'était pas vraiment la réponse à la question posée et Lok jeta un coup d'œil à Kwan dans le rétroviseur.

« Un imitateur ?

— Oui, parce qu'en fait l'attaque de Graham Street n'a rien à voir avec celles de Mongkok, dit lentement Kwan. J'en étais déjà persuadé avant d'arriver sur les lieux… »

Lok comprit à cet instant que le « Ça colle tout à fait » de Kwan, sur le toit de l'immeuble, signifiait plus qu'il n'en avait compris au premier abord.

« Qu'est-ce qu'il y a de si différent ? Les attaques ont toutes visé un marché en plein air, elles sont toutes parties du toit d'un immeuble à l'ancienne, c'est la même marque de soude… elles ont eu les mêmes résultats, à des échelles différentes…

— Les attaques de Mongkok ont eu lieu le week-end en soirée, pas le matin un jour de semaine, le coupa Kwan. Le coupable a pris de beaucoup plus grands risques d'être identifié cette fois-ci, en opérant au grand jour. Par exemple, il aurait pu être repéré par un occupant des apparts de l'autre côté de la rue. Ou vu par des gens dans la rue au moment où il s'enfuyait. Et les caméras de surveillance sont beaucoup plus efficaces quand il y a suffisamment de lumière.

« De plus, le vendredi et le week-end, ce n'est pas du tout pareil. Même si le marché de Graham Street est très fréquenté le vendredi matin, ce n'est rien par rapport au samedi, et encore moins par rapport à la foule qui se presse dans la rue des Femmes le samedi soir. Si le coupable était un dingue qui prend simplement son pied à blesser le plus de gens possible, il n'aurait pas choisi ce jour ni cette cible ; j'aurais compris à la rigueur qu'il attaque Graham Street un samedi matin, il aurait eu beaucoup plus de proies, mais le vendredi ? Non.

« Sans compter qu'il aurait été plus logique pour lui d'aller opérer au marché de Jardine's Crescent à Causeway Bay, ou encore à celui de Tai Yuen Street à Wan Chai ; là où les conditions auraient été meilleures pour lui : encore plus de vieux immeubles aux toits communicants, plus de possibilités de fuite. »

Lok était un peu désorienté.

« Donc vous pensez que c'est l'œuvre d'un imitateur ?

— Non, comme je l'ai dit là-bas, les indices sur la scène de crime prouvent que l'attaquant est le même dans les trois cas... ou qu'il appartient à la même bande. Cette contradiction majeure nous permet de faire émerger le mobile de cette attaque.

— Quel mobile ?

— Siu-ming, essaye de supposer que le but de l'attaque n'ait pas été simplement de se faire plaisir en tuant des gens ; dans ce cas, quelles sont les raisons possibles de tuer ou blesser un grand nombre de gens ?

— ... Cacher quelle est la véritable cible à abattre ?

dit Lok, qui se sentit soudain couvert d'une sueur froide.

— Bonne réponse. Je crois qu'on est dans cette configuration. Les attaques à la soude de Mongkok avaient deux objectifs : premièrement, de créer des précédents pour brouiller les pistes, alors que la véritable cible, c'était le marché de Graham Street. Deuxièmement, de s'entraîner, pour juger de l'efficacité des attaques, des moyens de fuite, des réactions de la police, etc.

« D'abord je pensais que l'attaquant de Graham Street était un imitateur qui n'avait tout simplement pas autant réfléchi que celui de Mongkok aux détails, et s'était donc choisi une cible et des circonstances moins favorables. Mais comme il y a trop de coïncidences pour qu'il s'agisse d'un autre homme, les attaques de Mongkok ne constituaient donc que des répétitions.

— Et celle-ci ne pourrait-elle pas être une autre répétition ?

— Non... parce que le risque est trop élevé. Ç'aurait pu être une répétition si elle avait eu lieu le week-end : plus de victimes, plus de chaos, de meilleures chances de s'échapper. Mais là, on a bien affaire à la vraie attaque. C'est pour cette raison qu'il faut s'intéresser aux victimes les plus gravement touchées. »

Les brumes qui subsistaient dans l'esprit de Lok se dissipaient. Les attaques de Mongkok avaient servi à tester l'efficacité de la méthode et la dangerosité de la soude caustique ainsi dispersée ; la première avait été un échec relatif, d'où le passage de deux à quatre bouteilles de soude lors de la seconde. Une bouteille pour viser la foule compacte du marché, une pour renforcer la panique. Le schéma avait été répété à Graham Street, mais avec quatre bouteilles car la foule du vendredi était moins dense; la cible était donc l'une des trois victimes principales, le vieux Lee, frère Wai ou M. Tsau.

Mais lequel des trois? se demandait Lok. Pour s'attaquer à son ennemi sur le marché de Graham Street, le perpétrateur se préparait depuis au moins six mois, depuis qu'il avait commencé ses «répétitions» à Mongkok. Donc Tsau, qui ne bossait à Graham Street que depuis quelques mois, était à écarter. Frère Wai avait peut-être eu une jeunesse tumultueuse, mais il était très bien vu de tout le monde et avait un business qui marchait correctement depuis au moins dix ans, il était probablement resté clean pendant tout ce temps; peu de chances que l'une de ses anciennes fréquentations de la pègre ait attendu si longtemps pour se venger. La cible était donc sans doute le vieux Lee, qui était d'ailleurs le plus gravement touché des trois, oscillant entre la vie et la mort : ça concordait bien.

Alors fallait-il en déduire que c'était un mari jaloux qui avait voulu donner une bonne leçon à ce vieil obsédé? Mais planifier sa vengeance pendant six mois et blesser des dizaines de personnes pour ce motif, c'était quand même un peu gros.

«Aïe! Fais gaffe où tu vas!» se plaignit Kwan.

Sa voix tira Lok de ses réflexions. Il avait presque oublié qu'il tenait un volant entre les mains. Il fonçait à toute allure, terrifiant conducteurs et piétons. Il s'empressa de revenir à une allure plus normale, et du bon côté de la route. Il venait de passer devant l'annexe de l'université de Hong Kong sur Pok Fu Lam Road. Quand avait-il quitté Queen's Road? Ils étaient presque sortis du centre-ville, il ne leur fallait plus que quelques minutes pour rejoindre l'hôpital.

« Chef, qu'est-ce que vous avez dans votre sac ? demanda Lok, profitant d'un feu rouge. Il venait de réaliser que le sac rouge était un élément nouveau de la panoplie de Kwan.

— Hein ? Ah, j'ai acheté ça à tante Shun avant de partir du marché », dit Kwan.

Il sortit du sac une casquette de base-ball noire flambant neuve et se la vissa sur la tête.

« Elle m'en demandait trente dollars, je l'ai eue à vingt, c'est correct ! Après ma retraite j'ai bien l'intention de passer plus de temps à me balader, ce genre de casquette sera parfait pour me protéger du soleil.

— Ce n'est pas un très bon choix… Le noir ça tient chaud, c'est pas terrible pour se protéger de l'insolation. »

Lok jeta un coup d'œil au couvre-chef. La qualité correspondait à ce qu'on pouvait attendre de quelque chose acheté sur un stand du marché de Graham Street. Elle ne portait aucune décoration sur l'avant, mais sur la visière elle-même, du côté gauche, était collé un petit écusson gris, en forme de cible, qui tentait d'évoquer vaguement le design du logo de plusieurs marques à la mode. L'échec était patent, et la casquette avait exactement l'air d'être ce qu'elle était : une copie fabriquée dans un atelier clandestin minable de l'autre côté de la frontière.

« Le noir, ça tient chaud ? Ah bon, peut-être », répondit Kwan en remettant la casquette dans le sac.

Lok ne comprenait pas que son chef, en plein milieu d'une enquête, ait trouvé le temps de penser à s'acheter une casquette pour ses futures promenades, mais depuis six mois qu'il le fréquentait presque quotidiennement, il avait appris à ne plus s'étonner de rien de la part du personnage.

La voiture arriva devant l'entrée du Queen Mary Hospital, le plus grand hôpital public de Hong Kong, en service depuis plus d'un demi-siècle. Toutes les spécialités de la médecine y étaient représentées, et il servait aussi de centre hospitalier universitaire. L'enceinte de l'hôpital regroupait quatorze grands bâtiments, c'était presque une ville en miniature.

« Au bâtiment S, dit Kwan en descendant de voiture.

— Comment ? Vous ne voulez pas aller voir le personnel des urgences d'abord ?

— Non, les brûlures et les blessures d'origine chimique sont traitées au bâtiment S, la chirurgie externe. On se renseignera à l'accueil là-bas, ça suffira. »

À l'accueil, Kwan montra son badge de police et demanda à l'infirmière de service comment allaient les trois blessés à la soude caustique. La jeune femme répondit de mauvaise grâce :

« Monsieur le superintendant, je crois que j'ai déjà dit à vos collègues que le docteur a interdit de déranger les blessés pour le moment, même pour une déposition.

— Ah, je suis vraiment désolé, nous ne sommes pas du même service, dit Kwan. Ils sont si gravement atteints ? »

Elle consulta son ordinateur. Quand elle répondit, ce fut sur un ton un peu plus conciliant ; elle voyait que Kwan n'avait pas l'intention de passer en force en usant de son autorité.

« M. Lee Fung est toujours en réanimation, son

cas est le plus inquiétant. Les deux autres... MM. Tsong et Tsau, ils ont aussi été touchés au visage, c'est pour ça qu'ils ne peuvent pas parler, ça risquerait d'empêcher la cicatrisation. Ils doivent aussi éviter le stress pour récupérer...

— Je comprends... Pensez-vous que je puisse poser quelques questions directement au docteur qui s'en est occupé ? »

L'infirmière décrocha son téléphone et y jeta quelques mots. Quelques instants plus tard, un jeune homme d'une trentaine d'années et de belle prestance arriva de l'autre extrémité du couloir. Il était vêtu de l'habituelle tunique blanche des médecins et avait l'air épuisé.

« Docteur Fung, dit l'infirmière avant de se replonger dans ses papiers, ces deux policiers s'intéressent aux brûlés à la soude.

— Bonjour docteur, je suis le superintendant en chef Kwan, dit Chun-dok en serrant la main du jeune homme. Vous estimez que la police ne peut pas interroger les blessés ?

— Sûrement pas ! Je n'ai pas le droit de vous laisser faire quoi que ce soit qui risque de perturber leur guérison, voire d'aggraver leur situation. J'espère que vous comprenez...

— Bien entendu ! Cela m'ira très bien si vous pouvez vous-même nous aider..., dit Kwan en souriant.

— Si je peux être d'une aide quelconque..., dit le docteur Fung, surpris de la demande.

— Que pensez-vous de la gravité des blessures de M. Lee ? J'ai entendu dire qu'il risquait de perdre les deux yeux ?

— Oui, le liquide a pénétré dans ses deux yeux, nos collègues du département d'ophtalmologie devront intervenir dès que sa situation générale sera stabilisée. L'œil gauche est le plus atteint, je crois qu'on ne pourra pas le sauver. Pour l'œil droit, c'est du cinquante-cinquante, mais je ne suis pas spécialiste...

— Les deux autres? Risquent-ils aussi de perdre un œil?

— Non, Dieu merci. Tsong Wai-shing a été touché d'abord à l'épaule, puis le liquide lui a éclaboussé le bas du visage. Le cou, le nez et la bouche sont les parties les plus atteintes. Tsau Tseung-kwong a été atteint sur tout le visage, mais comme il portait des lunettes de soleil, les yeux ont été épargnés.

— Ils n'ont pas été touchés aux membres?

— Si, un peu, mais moins gravement qu'au visage. Tsong a des brûlures sur le bras et le pied gauches, Tsau est touché aux deux mains... Je crois qu'il a voulu s'essuyer le visage avec quand il a été touché, donc les paumes et les doigts sont brûlés également.»

Fung faisait le geste de se passer les mains sur la figure.

«Vont-ils rester longtemps à l'hôpital?

— Difficile à dire... au moins deux semaines, je pense», dit le docteur après avoir consulté le calendrier pendu derrière le bureau de l'accueil. «Ils vont tous les trois devoir subir une greffe de la peau, en commençant par Tsau, dès après-demain. Le traitement d'urgence n'a pas été très bon pour lui. La zone touchée est moins étendue que chez les deux autres mais la peau est vraiment dans un sale état.

— Que voulez-vous dire pour le traitement d'urgence?

— En cas de brûlure à la soude caustique, il faut laver à grande eau le plus vite possible et bander la blessure avec un tissu stérilisé pour éviter les infections. Il semble que ni les ambulanciers ni les responsables du triage n'aient vu tout de suite la gravité de ses blessures, du coup Tsau n'a pas reçu les soins adéquats. C'est le genre de choses qui arrivent malheureusement quand vous avez des dizaines de brûlés qui déboulent en même temps... Ce matin c'était vraiment dingue aux urgences, on ne peut pas le leur reprocher ; il y a eu l'incendie, puis les blessés à la soude, enfin l'histoire du détenu qui s'est évadé... »

Kwan hocha la tête.

« Oui, c'était la panique sur tous les fronts, chez nous aussi.

— Eh oui, c'est pareil..., dit Fung avec un rictus amer. Ah, et j'oubliais l'accident du camion... à huit heures du matin on nous a dit qu'il n'y avait pas eu de victimes, mais en début d'après-midi on en a eu tout un tas sur le dos.

— Vous parlez de l'accident de Des Vœux Road?

— Oui, un policier que je connais m'a dit qu'au départ on croyait que le camion était chargé d'un agent émulsifiant inoffensif, mais en fait c'était aussi un produit toxique. Il prédisait que l'hôpital serait complètement débordé, eh bien il a eu raison. Ni les urgences ni les services ne sont configurés pour un tel nombre de victimes. Cela dit, si la circulation dans Central n'avait pas été très perturbée ce matin justement à cause de cet accident, une partie de la trentaine de blessés de cette attaque à la soude caustique aurait pu être transportée à l'hôpital de Wan Chai, le Tang Shiu Kun, et on n'aurait pas eu du tout les mêmes problèmes aux urgences.

— Je voulais vous demander, savez-vous qui sont les gens qui ont rempli les formalités d'admission pour nos trois blessés ? demanda Kwan, passant du coq à l'âne.

— Parlons-en ! C'est un autre problème. Lee Fung n'a pas de famille proche, nous n'avons pas encore eu le temps d'essayer de contacter ses parents plus éloignés. Il y a pas mal de paperasses à signer…

— Et pour les deux autres ?

— Vous les avez ratés… Tsong Wai-shing est arrivé à l'hôpital avec son épouse, quant à Tsau, c'est un de ses parents qui travaille avec lui comme vendeur qui s'est occupé des formalités. Ils ont tous dû repartir car ce n'est pas l'heure des visites, et les blessés devaient se reposer. Je pense qu'ils reviendront vers six heures, pour le créneau des visites du soir.

— Pas de souci, nous allons les attendre », dit Kwan.

Lok regarda sa montre : il était trois heures et demie. Kwan comptait-il rester deux heures et demie à attendre ici ?

« Je vous prie de m'excuser, je dois continuer ma tournée des chambres, dit le docteur Fung en hochant la tête.

— Encore une question, une seule ! Où sont Tsong et Tsau ?

— Ils sont dans la même chambre, la six. La troisième à gauche, droit devant vous. »

Le docteur Fung une fois parti, Lok demanda à voix basse :

« Vous allez les interroger pendant que personne ne regarde ?

— Je ne vois pas très bien comment ils nous répondraient, dit Kwan d'un ton léger. Mais ça ne fait rien, asseyons-nous, deux heures ça passe très vite. »

Sans paraître remarquer l'air ahuri de Lok, Kwan alla s'asseoir sur un canapé dans le bureau d'accueil. Lok était d'ailleurs encore plus stupéfait de cette marque exceptionnelle de respect des règles de la part de son supérieur que de sa volonté apparente de perdre plus de deux heures de temps à attendre alors que toute la police de Hong Kong était mobilisée sur des affaires graves. Il s'assit à côté de son chef, résolu à lui tirer les vers du nez : quels indices lui permettant de débusquer le coupable comptait-il obtenir des blessés, surtout s'ils ne pouvaient pas s'exprimer? Kwan ne lui en laissa pas le temps : il partit immédiatement dans un long monologue qui consista à exposer toutes ses connaissances relatives aux dégâts causés par les agressifs chimiques de toutes natures. Il commença par les traitements d'urgence et déblatéra sans trêve ni repos sur l'utilisation des antibiotiques et des anti-inflammatoires non stéroïdiens. Puis il passa à la description de l'efficacité respective des différents types de greffes de peau naturelle et synthétique. Siu-ming pensait que Kwan aurait pu passer pour un chirurgien spécialiste auprès de presque n'importe qui. Il se sentait de plus en plus mal au fur et à mesure que les descriptions se faisaient plus précises.

« Chef... je vais faire un tour aux toilettes. »

Kwan lui expliquait pourquoi les grands brûlés avaient besoin d'apports continuels de diverses solutions en perfusion, en raison des pertes de liquides que leur peau ne pouvait plus retenir.

Comment est-ce qu'il connaît tous ces trucs horribles? se demandait Lok en suivant les indications affichées aux murs. Il trouva les toilettes après avoir pris deux tournants dans les couloirs silencieux de l'hôpital. Après s'être lavé les mains et rafraîchi le visage, il reprit le chemin de l'accueil mais tomba en arrêt devant un écriteau : « Vers le bâtiment J/ Urgences ».

Plusieurs galeries protégées reliaient entre eux les bâtiments principaux du Queen Mary, pour faciliter les déplacements des malades et du personnel. Lok Siu-ming se moquait des urgences. Ce qui l'intéressait, c'étaient les toilettes du premier étage de l'aile est du bâtiment J : là d'où Shek Boon-tim s'était fait la belle.

Certes, il avait suivi son chef qui travaillait sur les attaques à la soude, mais après tout il était enquêteur et il était normal qu'il se sente concerné par l'évasion du truand. Au cours des années passées, il avait participé à bon nombre d'enquêtes et, bien qu'il n'y ait joué qu'un petit rôle, il savait que dans ses veines coulait le sang d'un limier. Shek était brutalement revenu en tête de la liste des *most wanted*, il était l'ennemi n° 1 tant de la police que du public, et si Lok avait pu choisir, il aurait choisi de s'impliquer lui aussi dans la poursuite de Shek plutôt que d'avoir à attendre il ne savait quoi en écoutant Kwan étaler sa science médicale. Il regarda sa montre et murmura :

« J'ai encore plein de temps... je vais y faire un tour. »

Arrivé au bâtiment J, Lok trouva près de la cage d'escalier un panneau décrivant la répartition des services par étages ; il savait déjà, grâce à la déposition du surveillant, que le premier étage était celui des services de soutien psychologique. Il découvrit qu'au huitième se trouvaient plusieurs chambres spéciales surveillées par l'administration pénitentiaire.

Sans doute pour mettre en quarantaine les détenus atteints de maladies contagieuses à risque et ceux qui ne pouvaient, quelle qu'en soit la raison, être soignés à l'infirmerie de la prison de Stanley.

« Si ces deux matons avaient été un peu plus sérieux, ils l'auraient escorté jusqu'aux toilettes du huitième... Ça m'étonnerait qu'il ait pu en sauter aussi facilement », se dit Lok.

Il gravit les marches jusqu'au premier. Les toilettes se trouvaient juste derrière un coin, en sortant de la cage d'escalier en bout d'aile. Pas de bureau ni de chambre de malade dans ce couloir sinistre. C'était au moins un bon point au crédit des surveillants. Lok remarqua l'absence de factionnaire ou de scellés : ses collègues de l'OCTB avaient dû estimer qu'une fois le recueil des indices terminé, la condamnation de ces toilettes n'aiderait en rien à retrouver le fugitif.

La pièce était un peu plus grande que Lok ne se l'était imaginé. D'un côté se trouvaient les trois box, auxquels faisaient face une rangée d'urinoirs et un lavabo rectangulaire. Il n'y avait pas de porte à l'entrée : l'intérieur était dissimulé par une portion de mur qu'il fallait contourner. En face, au fond, une grande fenêtre donnait sur l'esplanade centrale de l'hôpital.

Lok ouvrit les portes des box une à une, espérant y trouver quelque chose que ses collègues auraient raté. Derrière la première porte, avec l'écriteau « en travaux », il vit que la cuvette avait été entièrement démontée, ainsi que le mécanisme de la chasse d'eau. À part cela, le box était semblable aux deux autres, avec une poignée de métal vissée au mur. Lok eut beau chercher pendant de longues minutes, il ne vit aucune trace sur le métal qui lui permette de déterminer si les menottes avaient été fixées à la poignée du deuxième ou du troisième box ; aucune trace non plus qui témoignerait des efforts qu'avait dû faire Shek pour se libérer en quatrième vitesse.

N'ayant rien trouvé dans la pièce, Lok s'intéressa à la fenêtre. Debout devant l'embrasure, il voyait très bien la voie qui passait devant le bâtiment J et, à une trentaine de mètres, l'emplacement du petit parking où avaient dû se garer les complices de Shek Boon-tim en attendant que leur chef saute. En se penchant, il constata que le rebord de la fenêtre se trouvait à quatre ou cinq mètres du sol, mais qu'il y avait juste au-dessous un étroit auvent de pierre d'où descendaient jusqu'au sol, sur la gauche, plusieurs tuyaux de gouttière. N'importe quel adulte normalement constitué pouvait se laisser glisser le long de ces tuyaux pour atteindre le sol, tandis qu'un type un peu sportif pouvait sans grand risque se suspendre à l'auvent et se laisser tomber.

Après une vingtaine de minutes, Lok n'avait pas trouvé le moindre indice utile. Il ressortit, morose, pour retourner au bâtiment S. Puis il se rappela l'un des ordres de Kwan. « *Il faut essayer de savoir ce qu'il est devenu, interroger les employés de l'hôpital, récupérer les enregistrements...* » Pourquoi le complice aux cheveux longs n'avait-il pas fui avec les autres, dans la Honda blanche ?

Lok s'engagea dans l'escalier. Sur le palier entre le premier et le rez-de-chaussée s'ouvrait une autre fenêtre, par laquelle il vit la même scène que par celle des toilettes. La fenêtre était dotée d'une poignée en métal, recouverte d'une belle couche de poussière. Il tenta de la tourner : elle ne bougea pas d'un millimètre. Il redescendit jusqu'au rez-de-chaussée, prit un couloir, sortit du bâtiment et le contourna pour se positionner sous la fenêtre des toilettes. Le tout lui avait pris moins d'une demi-minute.

« Si je suis ce type, pourquoi je n'essaye pas de rejoindre les autres ? La fenêtre de l'escalier est bloquée, mais en courant je mets moins de vingt secondes à rejoindre la bagnole. Je risque de tomber sur un employé de l'hôpital ou un vigile qui tente de m'arrêter... mais je suis armé comme les autres, on est prêts à tout pour libérer notre chef, même à déclencher une fusillade... »

Plus il y réfléchissait, plus Lok trouvait étrange le comportement du chevelu. Dans ce genre d'évasion, le plus compliqué c'était de se débarrasser de ses menottes et de déjouer l'attention des gardes. Or ces deux points étaient réglés dès lors que Shek avait pu sauter par la fenêtre. Si le type aux cheveux longs était effectivement un complice, il avait rempli sa mission à la perfection, et ce n'était vraiment plus la peine de faire profil bas. Il aurait tout aussi bien pu se mettre à courir en brandissant une mitraillette, cela aurait sans doute même aidé à semer une panique propice à la suite du plan.

Décidément, il y avait quelque chose qui ne collait pas.

Shek Boon-tim était un chef de gang. Il était un « intellectuel », mais il avait toujours eu sous ses ordres des desperados sans foi ni loi, prêts à tirer dans le tas. L'attitude des fuyards après l'accident de la Civic le prouvait : ils n'avaient pas hésité une seule seconde à faire feu sur leurs poursuivants. Alors pourquoi Shek n'avait-il pas employé les bonnes vieilles recettes pour organiser son évasion ? Pourquoi une combine si complexe? Il aurait suffi que le type aux cheveux longs menace les deux surveillants — ou les tue —, pour s'emparer des clés des menottes. Lui et Shek auraient pu alors rejoindre leurs complices ensemble.

Les huit années de prison avaient-elles changé le truand? Souhaitait-il désormais épargner les vies? Ou craignait-il que son escorte soit plus nombreuse et plus lourdement armée, auquel cas la méthode forte risquait d'être vouée à l'échec?

Lok avait beau se creuser les méninges, il n'arrivait à aucune conclusion valable.

Une ambulance le frôla. Il sortit brutalement de ses réflexions et jeta un coup d'œil à sa montre: il avait quitté son chef voilà plus d'une demi-heure. Il rejoignit à grands pas la réception du service de chirurgie externe. Comment allait-il expliquer une si longue absence à Kwan? Et s'il lui disait la vérité, ce dernier ne lui reprocherait-il pas de s'être auto-missionné, sans lui en parler?

Ses craintes se dissipèrent rapidement. Kwan était accoudé au bureau de la réception et bavardait avec l'infirmière qui leur avait fait une tête de cent pieds de long à leur arrivée. Elle souriait maintenant de toutes ses dents et en était transformée.

«Tiens, Siu-ming? Ça fait une paye... ça va mieux, j'espère?... Bon, mademoiselle, je ne vous dérange pas plus longtemps, on en reparlera quand vous aurez un moment!

— De quoi vous lui parliez, chef? s'enquit Lok quand ils se furent rassis sur le canapé.

— Oh, de tout et de rien! On bavardait. La maison, le boulot, tout ça...», répondit Kwan en riant, puis, un ton en dessous : « On a parlé du docteur Fung, ses intérêts, ses goûts…

— Le docteur Fung… il est suspect, lui aussi ?

— Bien sûr que non, mais en voyant sa montre, ses cals aux doigts de la main gauche, ses chaussures et le stylo dans la poche de sa tunique, j'ai deviné qu'il aimait la plongée sous-marine et qu'il jouait de la guitare, qu'il appréciait les marques de luxe anglaises mais qu'il se retenait de claquer trop de fric dedans. Alors j'en ai parlé à l'infirmière pour voir si j'avais raison… »

Les doutes de Lok Siu-ming quant à la pertinence de telles réflexions durent s'afficher sur son visage, car Kwan continua :

« Alors, tu ne comprends pas ? Cette jeune femme a un petit faible pour le beau docteur.

— Hein ?

— Il faut que tu t'entraînes à étudier les réactions de tes interlocuteurs, Siu-ming. Chacun de leurs gestes et de leurs expressions t'en dira souvent bien plus que leurs paroles. Quand l'infirmière a téléphoné au docteur Fung et qu'elle nous a présentés, j'ai très vite compris qu'il y avait anguille sous roche.

— Quoi, c'est elle qui est suspecte ?

— Mais non, mais ça permet de passer le temps ! »

Kwan ne put se retenir d'éclater de rire devant l'air abasourdi de son subordonné.

« Tout ce que je fais à chaque instant n'a pas forcément à voir avec l'enquête en cours ! »

Lok se gratta la tête. Il comprenait surtout qu'il en avait encore beaucoup à découvrir sur Kwan. Et il se disait qu'il lui serait très difficile d'être aussi à l'aise et décontracté que son aîné dans de telles circonstances.

«Chef, j'ai pensé à quelque chose...

— À propos des attaques à la soude ou bien au sujet de Shek?»

Lok respira : Kwan ne lui tenait pas rigueur de ses initiatives. Il lui décrivit ce qu'il avait vu et les nouvelles questions que cela soulevait.

«Le comportement du type aux cheveux longs n'est pas logique, dit-il en conclusion.

— Oui, tu as raison, c'est ta déduction qui est très logique, répondit Kwan d'un ton satisfait.

— Alors, chef, qu'est-ce que vous en pensez?

— Moi? Rien. Moi, je m'occupe d'une autre enquête, Shek Boon-tim je l'ai mis de côté.

— Comment? Chef...

— Je fais les choses dans l'ordre. Tu connais le proverbe occidental? "Un tiens vaut mieux que deux tu l'auras"? Les Japonais ont presque le même : "Si tu poursuis deux lièvres, tu n'en attraperas aucun." Mais rien ne t'empêche de profiter du temps qui nous reste pour réfléchir un peu et tirer tes propres conclusions.»

Qu'est-ce qui lui prend? se demandait Lok. Pas facile de fréquenter les génies... c'était quoi, l'autre proverbe de Blancs de tante Shun? Ah oui : «Les voies du Seigneur sont impénétrables»...

Dans l'heure qui suivit, Kwan s'abstint de bavarder avec l'infirmière ou de discuter médecine et chirurgie. Il resta sur le canapé, plongé dans un profond silence, et regarda passer les gens dans le couloir. Lok, de son côté, le menton posé sur le poing, tentait de percer le mystère de l'évasion de Shek. Mais il était comme sous l'influence d'un sort lancé par Kwan — chaque fois qu'il tentait de se concentrer sur les actes du complice à cheveux longs, ses pensées divergeaient sur ce que tante Shun avait dit sur les trois blessés. Il avait l'impression d'être un chien de chasse qui tombait soudain sur deux pistes : devait-il tourner à gauche, vers la forêt, pour suivre la trace du renard, ou virer à droite dans les fourrés à la poursuite du sanglier?

Quand la petite aiguille de sa montre arriva sur le six, le couloir s'anima soudain. Les visiteurs revenaient, certains hâtifs et inquiets, d'autres impassibles et résignés.

« On va devant la chambre pour attendre la femme de Tsong et cet Ah Mo? demanda Lok.

— Tu es pressé?... Restons ici », dit Kwan d'une voix sourde.

Les gens passaient devant eux, seuls ou en groupe. Cinq minutes plus tard, Kwan se dressa et dit :

« On peut y aller. »

Lok se leva et suivit son chef. Il réalisa que Kwan ne tenait plus son sac plastique à la main. Il tourna la tête : rien non plus sur le canapé. Pourtant ce n'était pas le genre de Kwan de jeter une casquette toute neuve, si ridicule soit-elle. Lok ouvrit la bouche — et la referma. Les choses sérieuses d'abord.

Ils entrèrent dans la chambre 6. Quatre lits s'y trouvaient. À gauche, près de l'entrée, était étendu un vieillard auquel il manquait une jambe; le lit voisin était vide. À droite, les deux lits étaient occupés par deux momies sous perfusion, la tête entièrement enveloppée de gaze. La plus proche de l'entrée avait également les avant-bras et les mains bandées, Lok devina qu'il s'agissait de Tsau, le vendeur de pantoufles. À son côté était assis un jeune homme de carrure moyenne, vêtu d'une veste bleue, une sacoche couleur café en bandoulière. Il murmurait à l'oreille du convalescent; ce devait être Ah Mo. Des deux côtés du lit le plus proche de la fenêtre se trouvaient une femme dans la trentaine et un adolescent en uniforme de collégien qui serrait la main du patient. Tsong et sa famille.

« Vous êtes bien Ah Mo? » demanda Kwan au jeune homme en veste bleue, qui avait l'air de se méfier d'eux.

Lok, le regardant, se souvint de l'avoir vu passer à grands pas devant lui, quelques minutes plus tôt.

« Nous sommes de la police, reprit Kwan en sortant son insigne. Êtes-vous, oui ou non, le parent de M. Tsau ici présent, connu sous le nom de Ah Mo?

— Ouais, c'est moi, dit l'autre en toute hâte, après avoir vu l'insigne. Vous voulez m'interroger sur ce qui s'est passé ce matin, m'sieur l'agent? J'ai déjà tout dit à l'autre policier...

— Non, j'en sais assez sur ce matin, dit Kwan en souriant, je voulais juste vous féliciter pour votre régime. Vous êtes beaucoup plus mince que sur les vidéos et vous avez l'air en forme... C'est quoi votre méthode? Perdre autant de poids en si peu de temps, ça ne doit pas être facile. »

Siu-ming était debout derrière Ah Mo et se félicita que ce dernier ne pût pas voir l'expression d'ahurissement qui devait se lire sur son visage.

« M'sieur l'agent... qu'est... qu'est-ce que vous dites?

— Assez joué la comédie, mon ami, j'ai même apporté les preuves. »

Kwan plongea la main dans la poche intérieure de sa veste et en sortit un sachet plastique transparent dans lequel on voyait une casquette de base-ball noire, tout aplatie.

«Tu portais ça chaque fois que tu as lancé les flacons de soude… mais pas de bol, tu l'as perdue ce matin sur le toit, les collègues de l'Identification l'ont ramassée là-bas.

— C'est pas possible…» Ah Mo blêmit et sa main se précipita vers sa sacoche.

«Ah? En fait elle est dans ta jolie musette? Et qu'est-ce qu'on va y trouver d'au…»

Ah Mo se dressa mais Siu-ming le ceintura et le rassit brutalement. Tous les autres occupants de la pièce, abasourdis, contemplaient la scène avec les yeux ronds. La chaise bascula et les deux lutteurs se retrouvèrent à terre. Ah Mo se débattait tant qu'il pouvait, mais Lok le tenait fermement et avait l'avantage de la taille et de l'expérience. Il finit par maîtriser le jeune homme et lui passa les menottes. Il releva la tête :

«Chef… alors, c'est lui? C'est Ah Mo?…

— Eh oui, c'est lui notre coupable qui a commis les trois attaques à la soude, il y a six et quatre mois, et ce matin même.

— Mais pourquoi? Euh… non, mais… comment avez-vous su que c'était lui?

— Je t'ai dit que chaque geste, chaque mouvement en dit long… Chaque individu a une démarche qui lui est propre. Quand j'ai vu passer ce garçon dans le couloir il y a trois minutes, j'ai tout de suite su qu'il était le grassouillet que nous avions repéré sur les enregistrements des caméras de la rue des Femmes. Ces vidéos, j'ai dû les regarder des dizaines de fois à l'époque… je l'aurais reconnu même si je l'avais croisé dans la rue par hasard.»

Siu-ming resta coi. Il trouvait cette méthode d'identification quelque peu subjective — mais le comportement de Ah Mo prouvait que Kwan ne s'était pas trompé.

« Qu'est-ce qui se passe ici ? demanda un infirmier en entrant en coup de vent dans la pièce, suivi de la jeune femme de l'accueil.

— Police royale de Hong Kong, répondit Kwan calmement. Nous venons d'arrêter un dangereux criminel. Veuillez, je vous prie, demander au service de sécurité de l'hôpital de venir nous porter assistance. »

Dans un état de stupéfaction totale, ils battirent en retraite vers le bureau de la réception et son téléphone.

« Bien ! dit Kwan. Tu vois, Siu-ming, voilà une bonne chose de faite. Maintenant, on va pouvoir s'occuper de l'autre affaire tranquillement. »

Kwan baissa la tête vers la momie allongée sur le lit et dit :

« Heureux de vous rencontrer enfin, monsieur Tsau Tseung-kwong... pardon, devrais-je dire monsieur Shek Boon-tim ? »

6

Lok Siu-ming crut avoir mal entendu, et resta d'abord sans réaction. Il avait encore les deux mains sur les épaules d'Ah Mo, vautré face contre terre, et le genou au creux de ses reins. Mais très vite son attention se porta sur le blessé, dont il ne distinguait que les yeux, les narines et les lèvres émergeant des pansements, comme dans un vieux film d'horreur à petit budget. Il retrouva enfin la parole. En bégayant légèrement.

« Vous… vous voulez dire que… c'est… c'est Shek Boon-tim?

— Oui, c'est notre évadé, le numéro 241138. »

Siu-ming se tut, releva Ah Mo et le fit rasseoir sur la chaise. Il put alors se concentrer sur le blessé. Tsau Tseung-kwong ou Shek Boon-tim? L'homme remuait faiblement des lèvres mais aucun son n'en sortait.

« Vous voulez dire que je me trompe? lui dit Kwan. Monsieur Shek, il nous sera très facile de confirmer votre identité, par examen des dents ou par prélèvement ADN. Ces méthodes sont toutes reconnues par le tribunal… mais j'avoue que je ne suis pas certain du tout que vous viviez jusqu'au procès. Et si je ne vous avais pas identifié, vous seriez mort dans l'anonymat.»

Le blessé gardait les yeux rivés sur Kwan. Lok, de côté, crut discerner une lueur de doute et de défi mêlés dans son regard. Kwan continua, sur le ton d'une conversation de salon.

«Votre plan était excellent, mais vous manquez quelque peu de connaissances médicales. Et ça, dans votre cas, ça suffit pour causer quelques complications... et quand je parle de complications, je veux dire la mort dans d'atroces souffrances. Vous savez à quoi sert le tri des blessés à l'accueil des urgences? Ça sert à déterminer le degré de gravité des blessures et l'ordre dans lequel les traitements doivent être administrés, et ça sert aussi à déterminer dans la mesure du possible si le patient risque de présenter des réactions négatives à tel ou tel traitement. Si vous sautez ces étapes ou qu'elles sont mal faites, ça peut avoir des conséquences beaucoup plus graves que vous n'imaginez. Ce matin, quand vous avez simulé des maux de ventre terribles à l'infirmerie de la prison, le toubib vous a fait une piqûre d'antalgique, n'est-ce pas? Les règlements préconisent dans ces cas-là de l'aspirine en intraveineuse.

«Mais ce que vous recevez maintenant en perfusion», Kwan montrait du doigt les tuyaux les poches qui pendaient à la potence au-dessus du lit, «c'est un anti-inflammatoire non stéroïdien qui s'appelle le Kétoprofen. Si le docteur des urgences avait su que vous aviez reçu une forte dose d'aspirine plus tôt dans la journée, jamais il n'aurait prescrit du Kétoprofen, parce que ce médicament pénètre dans votre organisme par le foie, alors que l'aspirine à haute dose entrave la fonction métabolique normale du foie. Le résultat, c'est que cet organe et vos reins subissent en plein les effets néfastes de l'anti-inflammatoire, qui devrait normalement être dilué dans tout l'organisme. Si dans les douze heures ce problème n'est pas traité, ça entraîne ce qui s'appelle un syndrome de défaillance multiviscérale, qui commencera dans votre cas par des insuffisances hépatiques et rénales aiguës. Quand vous sentirez les premières — véritables — douleurs à l'abdomen, ça signifiera que votre foie sera déjà détérioré à plus de quatre-vingts pour cent. Et à ce moment-là, seule une greffe pourra vous sauver la vie... »

À ces mots, l'homme se redressa en position assise et tenta fébrilement d'arracher les perfusions qu'il avait aux deux bras. Ses bandages aux mains le gênaient, il ne pouvait se servir de ses doigts, et dut s'y reprendre à deux ou trois fois avant d'y parvenir. Ce n'étaient plus ni le doute ni le défi que Lok lisait dans ses yeux, mais la terreur et la haine, auxquelles s'ajoutait curieusement une supplique muette adressée à Kwan Chun-dok et à Siu-ming lui-même. À cet instant, Lok eut le sentiment de faire face à une bête blessée et acculée, trahissant de la ruse et de la défiance primitives.

Personne n'émettait le moindre son ; on eût dit que la chambre d'hôpital était une bulle d'irréalité.

Dans le couloir retentirent alors de lourds bruits de pas ; deux policiers en uniforme surgirent dans la pièce à la suite de l'infirmier. Kwan brandit son insigne.

« Superintendant Kwan Chun-dok et sergent Lok Siu-ming, du bureau du renseignement criminel. »

Les agents se figèrent dans un semblant de salut essoufflé avant de s'enquérir de la situation.

« Cet individu est le coupable de l'attaque à la soude caustique qui a eu lieu ce matin à Central, dit Kwan, montrant Ah Mo du doigt. Celui-ci est l'évadé recherché depuis ce matin. Je vous prie de les faire amener sous escorte jusqu'aux chambres sécurisées du bâtiment J, je préviendrai moi-même les services concernés pour les suites à donner. »

Sous le coup de la surprise, les deux agents restèrent d'abord bouche bée. Ils ne réagirent que quand Lok poussa Ah Mo dans les bras de l'un d'eux. L'autre se tourna vers l'infirmier pour lui demander d'organiser le transfert. Trois minutes plus tard, deux autres infirmiers arrivèrent en hâte pour placer Shek sur un lit roulant. Ils réalisèrent à ce moment que ses perfusions étaient arrachées et voulurent les lui replacer.

« Non... non ! » dit Shek dans un gémissement à peine audible en repliant les bras dans un geste de refus.

Kwan s'avança, attrapa le bras droit de Shek et le maintint le long du bord du lit. Il hocha la tête en direction de l'infirmier pour lui signifier de poursuivre.

« Monsieur Shek, dit-il, ce que je vous ai dit était entièrement inexact. Vous n'allez pas mourir. Les produits que vous recevez par perfusion ne sont que des solutions nutritionnelles destinées à compenser vos pertes de liquides corporels. Ça fait longtemps que le Kétoprofen vous a été injecté, et l'aspirine est un anti-inflammatoire non stéroïdien au même titre que ce médicament. Il n'y a aucun danger pour le foie à les prendre ensemble, au pire vous aurez de légères brûlures d'estomac... C'est vrai que la police vous aurait identifié sans problème avec vos dents ou votre ADN, mais je me suis fait un petit plaisir en vous forçant à avouer vous-même qui vous étiez. »

Shek Boon-tim écarquilla les yeux et fixa Kwan avec toute la haine qu'il était capable de mettre dans son regard. Cela ne dura que quelques secondes ; les infirmiers poussèrent son lit hors de la pièce, suivis du policier en uniforme.

Kwan se tourna vers Tsong Wai-shing et sa famille, qui semblaient toujours ne pas comprendre grand-chose à ce qui venait de se passer, et les rassura en quelques mots, puis il quitta la chambre avec Lok Siu-ming pour se rendre au huitième étage du bâtiment J. Le surveillant responsable des chambres d'hospitalisation sécurisées n'en revenait pas de se retrouver avec Shek Boon-tim comme pensionnaire. Ah Mo était enfermé dans l'une des chambres vides, sous la garde d'un policier.

Lok pensait que Kwan allait se mettre aussitôt en contact avec cet inspecteur à moitié chauve de la section des crimes sérieux, ainsi qu'avec l'OCTB et le CIB. Il se trompait encore une fois : le superintendant se dirigea droit vers la chambre d'Ah Mo.

« Maintenant qu'ils sont séparés, il reste un petit point en suspens à régler », dit-il à Lok.

Ah Mo, l'air abattu, était assis sur une chaise, penché en avant, les deux mains menottées dans le dos. À l'entrée des deux policiers, il leur jeta un bref coup d'œil, puis se replongea dans la contemplation du sol en PVC.

« Je veux l'adresse de votre planque », lui dit Kwan.

Ah Mo ne réagit pas.

« Ne t'en fais pas, je n'ai pas l'intention de te forcer à avouer, dit Kwan d'un ton indifférent. Je veux juste que tu comprennes clairement la situation. Ton grand frère Shek va replonger jusqu'à la fin des temps, Sai Wai et les deux flingueurs du continent sont morts les armes à la main. Tous tes complices y sont passés sauf un, alors que toi tu es un petit veinard. Tes trois attaques à la soude n'ont pour l'instant tué personne, et le docteur dit que le blessé le plus grave a de bonnes chances de s'en tirer. Tu vas prendre à peine plus de dix ans et tu sortiras de taule longtemps avant Shek Boon-tim. Mais ne t'y trompe pas : si le dernier du groupe achève ce pauvre gars, tu seras toi aussi inculpé de complicité de meurtre avec préméditation en bande organisée et dans ce cas c'est perpète pour toi aussi. Quel âge as-tu? trente ans? moins que ça? Allez, dans la première hypothèse tu sors avant quarante ans, tu en as encore pour la même durée à profiter de ta liberté. Dans la seconde... tu vas passer un demi-siècle enfermé dans une cellule plus petite que cette pièce, à attendre de crever. »

Ah Mo avait levé la tête vers Kwan et le regardait, des sentiments complexes et changeants se lisant sur son visage.

« On a un contingent entier de pisteurs en train de fouiller Chai Wan rue par rue, ils vont bien finir par le découvrir, votre repaire. Cette nuit, demain ou dans trois jours. J'espère pour toi que ce n'est pas juste un cadavre qu'ils vont y trouver... et que le vrai meurtrier ne sera pas déjà parti très loin en te laissant payer pour lui.

— Je..., commença Ah Mo, puis il s'arrêta, sourcils froncés.

— Je sais que tu ne veux pas devenir une balance. Je ne te demande pas de me vendre ton complice, je veux juste que tu m'aides à sauver la vie d'un innocent. Tu n'as pas à endosser la culpabilité d'un crime que tu n'as pas commis — surtout si c'est le plus grand crime de tous. Et puis tu as fréquenté ce pauvre gars pendant si longtemps, ne me dis pas que sa vie n'a aucune valeur à tes yeux ?

— Fung Yip Street, centre Yam Wing, pièce 412. »

Ah Mo cracha l'adresse puis se tut, le menton sur la poitrine. Kwan hocha la tête et sortit, suivi de Lok. Il passa un premier coup de téléphone à l'inspecteur Tsoy au CIB pour lui communiquer la nouvelle de l'arrestation de Shek et l'adresse de la planque de la bande. Puis il prévint l'inspecteur Wong qu'il avait arrêté le lanceur de soude. Lok osa enfin poser la question qui le démangeait.

« Chef, le type qu'il faut sauver, qui c'est ?

— Le vrai Tsau Tseung-kwong, évidemment.

— Et pourquoi serait-il tellement en danger ? Si j'ai bien compris, c'est bien Shek Boon-tim qui est là-dedans ? Qui c'est ce Tsau en fin de compte ?

— Trouvons d'abord un coin pour s'asseoir et on pourra discuter tranquillement. »

Kwan informa le surveillant responsable que Lok et lui descendaient au rez-de-chaussée et lui ordonna la plus grande vigilance. Lok ne comprenait pas pourquoi ils ne restaient pas tout simplement au huitième étage, mais il ne pensait qu'à se faire expliquer au plus vite le raisonnement de Kwan et suivit ce dernier en silence, sans l'interroger sur sa décision.

Ils prirent l'ascenseur jusqu'au rez-de-chaussée. Les ascenseurs se trouvaient à l'extrémité opposée du bâtiment J par rapport aux services d'urgence, et le calme qui régnait là était un peu irréel. Kwan sortit à l'air libre et vit le soleil qui plongeait à l'horizon. Il s'assit sur un long banc de pierre à côté d'un parterre de fleurs et fit signe à Siu-ming de prendre place à côté de lui.

« Hmm... par où commencer ? dit-il en se frottant le menton. Allez, parlons d'abord des photos du braqueur chinois. Après la réunion de midi, j'avoue que j'étais un peu paumé moi aussi. L'inspecteur Tsoy a dit que Shek avait pu se tirer en douce pendant la bataille ou bien changer de voiture au cours des cinq minutes entre le départ de l'hôpital et la rencontre avec l'unité n° 2. Je penchais plutôt pour la seconde hypothèse : c'était bien dans le style d'un vicieux comme Shek Boon-tim de fuir vers le nord à grand fracas pour tourner sans bruit vers le sud... Après c'était facile de se planquer quelque part dans le sud de l'île ou même de prendre un ferry vers une des îles extérieures. Mais quand j'ai vu les photos prises après la bataille, ça m'a un peu titillé...

— Les photos prises après la bataille ?

— Oui, les photos des cadavres. L'un d'entre eux avait changé de coupe de cheveux, tu te rappelles ? dit Kwan en pointant du doigt son propre crâne.

— Et alors ? C'est courant chez les truands de changer d'apparence pour passer inaperçus...

— Non, essaye de comprendre. Ce qui est courant, c'est de changer d'apparence *après* avoir fait son coup, pour échapper aux recherches, pas *avant* un braquage ou un casse... Ça arrive encore plus souvent, bien sûr, qu'un truand se déguise *pendant* une opération, rien de plus simple ensuite que de se débarrasser de la perruque ou du masque. Mais là, je ne trouvais pas d'explication logique à ce que ce type se soit fait couper les cheveux en brosse *avant* de participer à l'évasion de Shek. »

Lok se remémora les deux photos affichées au mur.

« Les braqueurs ne savaient pas qu'ils avaient déjà été repérés par le CIB, continua Kwan. Donc le gars n'avait aucune raison de se faire couper les cheveux. C'était même absurde : s'il avait voulu changer d'apparence pour mieux échapper aux recherches, il aurait dû garder sa coupe de cheveux initiale pour l'opération. Parce que c'est très facile de transformer une raie sur le côté en une brosse courte, *après*, mais ça prend beaucoup plus de temps de repasser d'une brosse à une raie sur le côté...

« Du coup, en voyant les photos, je me suis même demandé si on ne se fourvoyait pas complètement. Comme le type tué pendant la bataille ressemblait au bandit chinois qu'on venait de repérer, on pensait qu'il s'agissait du même homme, alors qu'en fait il n'avait rien à voir. Mais avec la cicatrice sur la joue gauche, ce n'était plus possible de douter... ç'aurait été trop extraordinaire que deux truands soient de pareils sosies. Donc le problème restait le même — pourquoi s'était-il fait couper les cheveux avant d'aller au charbon ?

— Peut-être parce que... parce qu'il faisait trop chaud ? risqua Siu-ming, conscient du ridicule de sa proposition.

— Possible... mais le plus logique, c'était malgré tout de conclure qu'il comptait bien se déguiser *pour* l'opération.

— Mais, chef, vous venez juste de dire que c'était absurde de se couper les cheveux *avant*.

— Oui, si l'objectif est de faciliter la fuite. Mais

si ce n'est pas ça le but? dit Kwan en souriant. Siuming : quels sont les gens qui sont coiffés très court ou en brosse de GI, d'habitude?

— Euh... les GI... les flics de base, en début de carrière... Ah! Les taulards!»

Il avait presque crié les derniers mots.

«Exact : les taulards. Quand j'ai pensé à ça, je me suis dit que, si ça se trouvait, on s'était fait berner sur toute la ligne... si ça se trouvait, le type que Ng Fong avait vu courir vers la voiture blanche, à l'hôpital, n'était pas Shek Boon-tim mais était en fait ce Chinois. Vu la vitesse à laquelle ça s'est passé, il suffisait qu'il y ait un type en tenue de prisonnier, avec des lunettes à monture noire — avec les cheveux courts! — qui se mette à courir, et n'importe qui croirait que ce ne pouvait être personne d'autre que le détenu qui venait de disparaître : Shek Boon-tim.»

Lok pensa à la photo de Shek : sa coupe de cheveux était en effet quasi semblable à celle du bandit tué.

«Après les échanges de coups de feu, l'OCTB a retrouvé dans la voiture une combinaison de détenu, déchirée. Ça aussi, ça m'a fait réfléchir. C'est normal qu'un évadé change de tenue après sa fuite, mais pourquoi faire l'effort d'arracher le numéro? S'il compte jeter ou brûler la combinaison pour dissimuler ses traces, ce n'est pas la peine d'enlever le numéro. D'autant plus que Shek étant le seul détenu en fuite à ce moment, si jamais quelqu'un retrouvait la combinaison plus tard, avec ou sans numéro dessus on saurait que c'était la sienne.

«J'en ai déduit que cette tenue n'était peut-être pas celle du détenu Shek Boon-tim, numéro 241138, mais un "accessoire de scène" d'un type déguisé en

Shek Boon-tim... Là, c'était logique d'en arracher le numéro avant de l'abandonner.

— Alors c'est pour ça que vous avez voulu connaître les détails de l'évasion», dit Lok en se souvenant de la réaction de Kwan quand il était entré dans le bureau de son chef, avec le dossier contenant les témoignages des surveillants à la main.

«Oui... tout ce que je viens de te raconter, ce n'était qu'une hypothèse, une possibilité parmi d'autres. Mais c'est en visionnant les dépositions des surveillants que j'ai été à peu près certain d'avoir raison.

— À cause de la présence du mec à cheveux longs?

— C'était un indice très important, mais il y en avait un encore plus clair. Mais j'étais encore un peu confus dans ma tête à ce moment, et je voulais éviter de perturber le travail de Tsoy et de son équipe... Je voulais surtout éviter de risquer d'alerter les complices de Shek qui restaient éventuellement. Alors j'ai dit à Tsoy de faire ce qu'on sait le mieux faire au CIB, ce qui était le plus réaliste : se lancer à la recherche de ce complice aux cheveux longs.

— "Clair"? clair comment, l'indice?

— Clair comme de l'eau de roche, dit Kwan avant d'éclater de rire. Tellement clair qu'il en était devenu transparent... et c'est sans doute pour ça que ni Tsoy, ni toi, ni les collègues de l'OCTB qui ont recueilli les dépositions des deux matons ne l'avez vu. Et, crois-moi, ça m'inquiète beaucoup pour l'avenir! Bon, il faut espérer que c'était parce que votre attention était entièrement focalisée sur la bataille rangée... et que vous auriez fini par reprendre vos esprits et tout remettre à plat calmement une fois que vous

vous seriez aperçus que vous étiez engagés dans une impasse.

« Ça ne t'a pas semblé bizarre, cette paire de menottes qui traînait par terre devant la fenêtre ?

— Bizarre ? Non.

— Reprenons... Shek Boon-tim a les deux mains menottées, il faut reconnaître que ce n'est pas très pratique pour se torcher. Un des surveillants lui libère une main, et referme l'autre bracelet sur la poignée au mur du box. Si Shek veut se libérer, il lui suffit d'ouvrir l'un des deux bracelets... tu suis bien ? S'il ouvre celui qu'il a encore à l'autre main, les menottes restent accrochées à la poignée, il peut s'enfuir ; s'il ouvre le bracelet fixé à la poignée, il peut aussi s'enfuir, mais en portant les menottes. Jusque-là tout va bien. Mais là, qu'est-ce qu'il fait ? Il en profite pour ouvrir les *deux* bracelets, ce qui est parfaitement inutile alors qu'il est légèrement pressé par le temps, et il laisse tomber les menottes devant la fenêtre ouverte. Trente-deux ans de carrière, et je n'ai encore jamais rencontré un évadé aussi con ! »

Lok se frappa le front. Comment n'avait-il pas tiqué sur ce détail ?

« Donc Shek Boon-tim n'a pas sauté par la fenêtre ?

— Non. Il s'est servi des menottes pour attirer l'attention du brave surveillant Ng Fong vers la fenêtre. Le complice déguisé en détenu était dehors, sous la fenêtre, et s'était mis à courir vers la voiture. C'était un montage pour faire croire que Shek s'évadait de cette façon. J'imagine qu'il s'était tout simplement planqué dans le box en travaux. Ng Fong a dit qu'avant de faire entrer Shek aux toilettes il avait ouvert la porte du box pour vérifier ce qu'il y avait dedans, mais il avait dû la refermer, sans même y penser... ça faisait une excellente cachette.

— OK... donc... Shek est caché dans le premier box, il entend que les deux surveillants se lancent à sa poursuite... c'est pas un peu risqué?»

Lok voulait dire «tiré par les cheveux» mais s'était retenu au dernier moment.

«Pas tellement..., répondit Kwan d'une voix plus sourde. Surtout si l'un des deux surveillants est aussi un complice.

— Hein?»

Lok lui jeta un regard incrédule. Puis il comprit pourquoi Kwan n'avait pas voulu rester dans les chambres sécurisées du huitième, à portée d'oreilles d'employés de l'administration pénitentiaire.

«Lequel? Ce Ng Fong? Mais...

— Non, c'est le jeune qui joue les imbéciles, Sze Wing-hung. Mais il y en a d'autres.

— Mais il était dans le couloir, à garder l'entrée...

— C'est là que c'est très fort. Ce pourri n'a pas directement libéré Shek, ç'aurait été trop évident. Mais il a mis en place, l'une après l'autre, les conditions favorables à l'évasion, tout en minimisant ce qui aurait pu le rendre suspect. Bien entendu, ce n'est pas lui qui a planifié ça tout seul, c'est Shek Boon-tim. Je donnerais mes deux yeux pour que ce salaud pourrisse en enfer, mais je ne peux pas m'empêcher de l'admirer...

— Quelles conditions favorables?

— Je vais tout remettre dans l'ordre. Ce que je vais dire n'est peut-être pas à cent pour cent exact, mais je ne dois pas être très loin. Sze Wing-hung devait connaître le plan depuis un certain temps. Quand Shek a demandé à se rendre aux toilettes, j'imagine que c'est lui qui a suggéré d'aller au premier. Comme il n'est pas très ancien, c'est à l'autre surveillant, Ng Fong, qu'est revenue la responsabilité de contrôler l'intérieur de la pièce. Ça a donné à Sze et Shek l'occasion d'être seuls ensemble, dans le couloir. C'est probablement à ce moment que Sze a donné l'épingle à cheveux à Shek, celle que les collègues ont découverte plus tard.

— Il s'en est servi pour ouvrir ses menottes?

— Non, je ne crois pas, dit Kwan en secouant la tête. Là encore, c'est un rideau de fumée. Quand Ng Fong a fini de tout vérifier, il a amené Shek à l'intérieur des toilettes, suivi de Sze. Ce dernier a libéré le poignet gauche de Shek et lui a accroché la main droite à la poignée sur le mur. Je pense que c'est à ce moment-là que Sze a dû placer la clé des menottes dans la paume de la main droite de Shek, et a ensuite fait semblant de la remettre dans sa propre poche. Les cabines des toilettes de l'hôpital sont certes un peu plus grandes que la normale, mais Sze pouvait quand même gêner la vue de Ng Fong. Et puis celui-ci n'a ensuite vérifié que si les menottes étaient correctement accrochées à la poignée, pour lui c'était le plus important. Il n'avait aucune raison de penser que Shek pouvait avoir les clés…»

Lok écoutait son chef avec attention, mais il trouvait que ses déductions ne reposaient pas sur des fondations très solides.

«Ce n'est qu'une possibilité parmi d'autres, continua Kwan, mais si j'avais été à la place de Shek, c'est comme ça que j'aurais monté le coup.»

Une fois de plus, il avait percé à jour les pensées de Siu-ming.

«À supposer que Ng n'ait pas suffisamment

refermé la porte du box en travaux, Sze pouvait choisir un prétexte quelconque à ce moment-là pour le faire. Après, pendant que Ng Fong surveillait Shek à l'intérieur, Sze était dans le couloir, le complice aux cheveux longs est arrivé et ils ont fait leur petit cinéma pour attirer Ng Fong hors des toilettes. Shek a ouvert ses menottes avec la clé, puis la fenêtre, a posé les menottes au sol, jeté la clé par la fenêtre, et s'est planqué en vitesse dans le premier box. La raison pour laquelle j'imagine qu'il s'est servi d'une clé, c'est qu'il était quand même pressé, et devait être certain de pouvoir ouvrir ses menottes dans un laps de temps très bref. Ses deux complices ne pouvaient espérer retenir Ng dans le couloir qu'une minute, au grand maximum.

« Le type aux cheveux longs est parti, a prévenu d'une façon ou d'une autre Sai Wai et les autres à l'extérieur du bâtiment, pour donner le signal au gars déguisé en détenu, planqué sous la fenêtre des toilettes, de se mettre à courir. »

Lok songea à la fenêtre dans la cage d'escalier. Elle était bloquée en position fermée, mais rien n'empêchait le chevelu, en passant devant, de faire un signe de la main à destination des complices stationnés au-dehors. Sai Wai, dans la Honda blanche, pouvait alors alerter le braqueur aux cheveux courts, sous la fenêtre. Celui-ci aurait ôté un blouson léger ou un autre habit passé par-dessus sa tenue de détenu, l'aurait fourré à l'intérieur de la combinaison et serait parti en courant vers la voiture.

« La partie la plus audacieuse du plan, elle est là, dit Kwan en coulant à Lok un regard en biais. Avec Shek juste caché derrière la porte peut-être même pas complètement fermée d'une des cabines de chiottes, il aurait suffi que Ng Fong se calme une seconde pour faire échouer l'évasion. Mais là encore, c'est Sze Wing-hung, en sautant par la fenêtre à la poursuite de l'autre, qui a fait perdre à Ng sa capacité de jugement normale. Il se retrouvait avec son jeune collègue qui se mettait en danger, il s'est senti obligé de lui prêter renfort. C'est une réaction normale, n'importe quel autre représentant des forces de l'ordre aurait eu la même, on peut dire que ça fait partie de notre instinct. Dans son crâne il n'y avait plus de place pour autre chose que la volonté d'aider Sze Wing-hung, il a perdu sa capacité d'observation et de jugement... et il est parti tout droit en courant vers l'escalier. Dans ces conditions, rien de plus facile pour Shek que de ne pas se faire voir...

— Vous avez dit que Shek a balancé la clé des menottes par la fenêtre... Sze l'aurait récupérée à ce moment-là?

— Oui, c'est probable. Il y a aussi la possibilité qu'il ait fait faire un double de la clé avant, mais ça aurait comporté un risque. Le plus simple, c'est ce que j'ai décrit. Et ça a l'avantage aussi que ça permettait à Sze de faire du zèle en feignant de poursuivre une voiture qu'il n'avait aucune chance de rattraper, c'était bon pour son image de surveillant loyal.»

Lok comprenait mieux pourquoi Kwan avait ordonné à Tsoy de ne pas faire appel à Sze Wing-hung pour tenter de reconnaître le complice aux cheveux longs sur photo, et de se contenter de travailler avec Ng Fong.

«Chef, est-ce que ce n'était pas quand même idiot de leur part de griller comme ça leur taupe? D'être l'un des deux surveillants qui laissent s'échapper un détenu comme Shek, ça ne peut qu'apporter des emmerdes pas possibles à Sze Wing-hung. Et puis, reconnaissez que de la façon dont vous avez décrit l'évasion, Ng Fong pourrait tout aussi bien être le complice.

— C'est pour ça que je dis que c'était vraiment très fort de la part de Shek : il a fait en sorte que la responsabilité de Ng Fong soit plus grande que celle de Sze! Et donc ton raisonnement se mord la queue : si c'était Ng Fong le pourri, aurait-il accepté que l'évasion se déroule de cette façon? Parce que là, ils vont tous les deux être sanctionnés, mais c'est quand même lui, question "emmerdes", qui va en ramasser le plus, et qui risque de perdre son boulot; après tout il a laissé Shek Boon-tim seul dans les toilettes, alors qu'en apparence Sze n'a fait que suivre les ordres et appliquer les consignes... et a même risqué sa vie en se lançant à la poursuite de la voiture des complices.»

Kwan s'exprimait d'une voix amère et ironique tout à la fois.

«Mais la vraie raison pour laquelle je crois que c'est Sze la taupe, et pas Ng Fong, elle se trouve dans leurs dépositions.

— Je n'y ai rien entendu de si évident...

— Non, il n'a rien dit d'aussi clair, mais c'est son attitude qui l'a trahi.

— Vous parlez de son cinéma à la fin, quand il suppliait de ne pas être inquiété?

— Non, c'est la façon dont il appelait Shek. Ng Fong l'appelait "le détenu", mais Sze utilisait son nom, Shek Boon-tim. Pour Ng, c'était un détenu ordinaire, comme ceux avec lesquels il travaille quotidiennement, tandis que pour Sze on voyait que c'était une pointure, un personnage fameux. Si tu ajoutes ça aux autres indices, ça confirme que c'est Sze Wing-hung le corrompu. »

Lok dut reconnaître que le raisonnement se tenait.

« Alors... Shek s'est enfui des toilettes après que Ng Fong a cavalé dans l'escalier ?

— Enfui n'est pas le mot... disons qu'il est sorti bien peinard, après avoir placé l'épingle à cheveux quelque part, c'est le faux indice qui était censé expliquer comment il s'était libéré des menottes. Et puis il est parti avec son comité d'accueil.

— Comment ? Vous voulez dire le type aux cheveux longs ?

— Oui, le type aux cheveux longs, avec Ah Mo et Tsau Tseung-kwong. »

Lok fixait Kwan d'un regard incertain, attendant la suite.

« Quand j'ai entendu Ng Fong, dans la vidéo, dire qu'il avait vu les menottes abandonnées devant la fenêtre, j'ai compris que mes déductions précédentes étaient toutes fausses. Avant, je croyais que Shek avait utilisé une tactique de diversion, c'est-à-dire qu'il avait laissé ses complices jouer les appâts et qu'il s'était enfui dans l'autre direction, vers le sud de l'île ou ailleurs. Mais les menottes m'ont fait entrevoir une autre vérité... Comme je t'ai dit, elles signifiaient qu'il n'avait pas sauté par la fenêtre, car pour ça il n'avait pas besoin d'ouvrir les deux bracelets. Du coup, j'étais confronté à un problème majeur — pourquoi, justement, ne s'était-il pas enfui par ce chemin ? S'il comptait sur ses complices pour attirer toute la police de Hong Kong à leur suite, il pouvait faire tout simplement comme Tsoy le soupçonnait, partir avec eux et changer de bagnole sur le trajet. C'était même beaucoup plus simple, il n'était pas obligé de monter tout ce cirque avec le braqueur déguisé. Donc, s'il avait choisi un mode opératoire aussi compliqué, c'est qu'il y avait autre chose.

« Et l'autre question, celle que tu as soulevée cet après-midi, elle revient exactement au même : pourquoi est-ce qu'ils n'ont pas fait ça à l'ancienne, en menaçant ou en abattant les deux surveillants ? L'évasion à grands coups de flingue, ce n'est pas très subtil mais c'est efficace dans certaines circonstances, et surtout c'est le plus simple. En creusant un peu, ça m'a amené à penser que, s'il voulait que tout le monde croie à son départ, c'était qu'il était en fait resté à l'hôpital. Et pourquoi, à ton avis, un détenu en fuite ne saisit-il pas l'occasion de s'éloigner le plus possible et reste au contraire sur les lieux de l'évasion ?

— Euh... pour prendre la place de Tsau Tseung-kwong ? »

Après tout ce que Lok avait vu et entendu, la déduction était facile, mais il avait parfaitement conscience de ne pas répondre à la question générale.

« Très juste, dit Kwan en hochant la tête, sans relever la faiblesse de la réplique. Et pourtant je n'ai pas pensé à cette possibilité en regardant la déposition de Ng Fong, mais en apprenant que l'OCTB avait retrouvé le second véhicule des complices sur Babington Road.

— Qu'est-ce qu'il avait de spécial, ce véhicule ?

— Eh bien, l'OCTB avait trouvé un reçu d'une supérette dans le premier véhicule, la Honda blanche, ce qui leur a permis de restreindre le périmètre des recherches. Résultat, ils ont déniché le véhicule de secours à Mid-Level, sur Babington Road.

— Hmmm...

— Et à ce moment, souviens-toi, tu as posé une bonne question, dit Kwan avec un regard appréciateur. Tu as demandé : "Pourquoi est-ce qu'ils ont choisi le chemin le plus compliqué ? Sai Ying Pun aurait été beaucoup plus simple pour eux que Babington Road et Mid-Level."

— Ah, oui, mais est-ce qu'Ah Ho n'avait pas répondu à la question ? À cause de l'accident sur Des Vœux Road ce matin entre huit et neuf, la circulation à Central était catastrophique. Si leur objectif était de rejoindre Chai Wan, c'était finalement plus rapide de passer par Mid-Level...

— Oui, mais... l'heure indiquée sur la facture de la supérette, c'était six heures du matin. L'accident n'avait pas encore eu lieu.

— Hein ?

— Étrange, n'est-ce pas ? Comme si Sai Wai et ses potes avaient prévu dès l'aube les embouteillages monstres de Central et avaient décidé en conséquence de parquer leur second véhicule de fuite à Mid-Level. Ou bien était-ce juste une coïncidence ?... mais avec Shek Boon-tim, je ne crois pas aux coïncidences, s'il avait choisi une route pourtant plus étroite et facile à bloquer, c'est que ça avait un sens. C'est là que j'ai commencé à me demander si l'accident de Central n'avait pas été organisé par Shek, si ce n'était pas l'un des éléments clés de son plan.

— Mais quel intérêt ? À quoi ça lui servait de perturber la circulation dans Central ? » demanda Lok avant de répondre à sa propre question : « À part à empêcher les unités de renfort de la police de se placer rapidement en position d'interception et d'encerclement de Sai Wai et de ses complices...

— Non, si c'était juste ça l'objectif, ça n'aurait pas suffi, la police a des unités un peu partout, et qui peuvent arriver de toutes les directions, et d'ailleurs c'est ce qui s'est passé puisqu'ils ont été repérés assez tôt.

— Bon, alors l'accident ne servait à rien ? dit Siuming, confus.

— Tu te trompes... il ne servait à rien *pour faciliter la fuite des complices.* Comme on a trouvé le second véhicule sur Mid-Level, tu t'évertues à faire un lien direct entre la fuite et l'accident lui-même... Une autre idée m'est passée par la tête, un autre lien... pas avec la fuite en bagnole.

— Avec quoi alors ?

— Avec *l'hôpital.*

— Comment ?

— Aurais-tu oublié ma conclusion, comme quoi les menottes devant la fenêtre prouvent que Shek Boon-tim voulait rester à l'hôpital ? Si tu rapproches "accident de circulation à Central" avec "hôpital", ça devient beaucoup plus clair. Trois hôpitaux ont un service d'urgences ouvert 24 heures sur 24 sur l'île de Hong Kong : le Queen Mary à l'ouest, le Tang Shiu Kin à Wan Chai et enfin le Pamela Nethersole Hospital à l'est. En cas de problème dans la partie ouest de l'île, les blessés sont acheminés vers le Queen Mary, ici même ; si les blessés sont trop nombreux et que le Queen Mary soit déjà débordé, les ambulances sont normalement redirigées vers Wan Chai. Mais si en plus quelque chose paralyse complètement la circulation dans Central — par exemple un accident de la circulation avec un déversement de produits chimiques toxiques — les ambulanciers ne peuvent pas être certains d'arriver dans les temps au Tang Shiu Kin, et ils continueront malgré tout d'amener le surplus de blessés au Queen Mary. »

Lok se rappelait que le docteur Fung leur avait dit la même chose quelques heures auparavant : les blessés de Graham Street avaient tous dû être amenés au Queen Mary, causant de gros problèmes aux urgences de l'hôpital. En y pensant, Lok eut soudain l'impression d'être frappé par la foudre.

« Chef… vous pensez que… l'incendie de ce matin, c'est aussi l'équipe de Shek qui l'a déclenché ?

— Oui, dit Kwan avec un sourire en coin, enfin satisfait du raisonnement de Siu-ming. Si l'objectif de l'accident de circulation était de faire en sorte que les urgences du Queen Mary soient pleines à craquer, alors ce n'est sûrement pas un hasard s'il y a eu cet incendie avec plein de blessés presque au même moment, dans le même secteur. L'accident, l'incendie, Graham Street… tout a été planifié par la même crapule : Shek Boon-tim. »

L'inspecteur Wong l'avait dit à Kwan, se rappela Lok : les causes de l'incendie étaient suspectes, et il allait devoir se taper cette enquête en plus. Lok se mit à parler en réfléchissant.

« Sai Wai et les deux braqueurs ont commencé par déclencher l'incendie vers cinq heures du matin, puis ils sont repartis en voiture… non, dans *deux* véhicules, vers Babington Road à Mid-level. Ils ont acheté à manger à la supérette du coin, et ils ont attendu jusqu'à dix heures pour jouer la scène de l'évasion ?

— Plus ou moins, dit Kwan, les mains croisées sur les genoux. Mais là encore, on n'a pas de vraies preuves, c'est juste une hypothèse qui tient la route.

C'est pour ça que je n'en ai pas parlé à Tsoy et que j'ai voulu aller moi-même à Graham Street pour vérifier quelques petits trucs.

— Vous avez dit que vous aviez d'abord cru que le coupable de l'attaque de Graham Street était un imitateur... ça venait de cette conclusion?

— Voilà... je pensais que Shek avait ordonné à l'un de ses hommes d'imiter les attaques à la soude de Mongkok, mais sur le marché de Graham Street, histoire de foutre le bordel et de rajouter encore un peu plus de blessés aux urgences du Queen Mary, pour lui permettre de dérouler son plan. Mais quand j'ai vu que tous les détails à Graham Street coïncidaient avec ceux de Mongkok... je me suis dit que ce n'était justement ni une coïncidence ni une combine montée à la va-vite. C'était un plan élaboré avec amour depuis plus de six mois. »

Kwan eut une petite toux sèche et continua :

« Et donc, si l'attaque de Graham Street n'avait été que l'œuvre d'un *copycat* aux ordres de Shek, l'objectif aurait pu être simplement, comme j'ai dit, de submerger les urgences du Queen Mary sous le nombre de blessés pour faciliter l'évasion. Mais si le motif avait été si simple, je crois qu'il y aurait eu d'autres moyens, encore plus basiques et beaucoup plus sûrs, de faire davantage de blessés... et dans ce cas, pas la peine de monter ces attaques minables à la soude, et inutile de faire des "essais" au préalable à Mongkok. Surtout deux fois. Non, le choix de la soude caustique et les attaques de Mongkok devaient avoir une autre raison cachée. Et c'est là que j'ai eu l'idée des "répétitions".

— Mais n'avez-vous pas dit que les attaques de Mongkok étaient destinées à vérifier si le procédé était assez efficace pour tuer ou blesser la cible véritable sur le marché Graham Street ?

— Tuer ou blesser ? J'ai dit ça ? dit Kwan en se figeant.

— Euh, enfin, oui, tout à l'heure, dans la voiture en venant ici. À l'une de vos questions sur le véritable objectif, j'ai répondu "cacher quelle est la véritable cible à abattre". Vous avez dit que j'avais raison.

— Siu-ming, tu dois arrêter de tout prendre au pied de la lettre ! Et puis je n'ai pas dit tuer ou blesser, c'est toi qui as dit abattre. Le point important dans ta réponse, ce n'était pas l'"abattre", c'était le "cacher". En fait tu pensais que si j'enquêtais sur ces trois blessés, c'était pour savoir s'ils avaient un ennemi susceptible de leur en vouloir assez pour leur balancer de la soude caustique à la gueule ? Non, je ne cherchais rien de spécial sur eux, en tant que victimes... je cherchais lequel des trois était le complice. »

Lok se frappa le front derechef en s'insultant en silence.

« Mais comment avez-vous deviné...

— En rapprochant les trois énigmes : un, pourquoi Shek voulait-il rester à l'hôpital ; deux, pourquoi voulait-il noyer le service des urgences sous le nombre de blessés ; trois, pourquoi cette utilisation de la soude caustique, planifiée depuis si longtemps. L'hypothèse la plus logique, celle qui répond le mieux aux trois énigmes, c'est que Shek voulait profiter du désordre aux urgences pour prendre la place de quelqu'un d'autre. Il s'agissait de faire en sorte qu'un quidam quelconque soit admis à l'hôpital, puis de s'arranger pour l'"échanger" avec Shek

Boon-tim. Ensuite, celui-ci serait sorti de l'hôpital sous l'identité du quidam et aurait pu vivre en liberté et en toute honorabilité, sans être obligé de se cacher! Et la police aurait pu s'évertuer pendant des années à rechercher "Shek Boon-tim", lequel aurait depuis longtemps disparu. Tu poursuis le raisonnement dans cette voie, tu arrives très vite à la conclusion que l'un des blessés est un pion manipulé par Shek — et ce pion, c'était l'infortuné vendeur de pantoufles, Tsau Tseung-kwong.

— Pas si vite... ça veut dire que Tsau est un faux blessé?

— Non, bien sûr que c'est un vrai blessé, il n'aurait pas pu tromper les gens des urgences à ce point.

— Hein? Mais chef, comment peut-il être un vrai blessé? Vous venez de dire qu'il était complice de Shek.

— Comment? S'il s'est volontairement défiguré avec la soude caustique.»

Lok fixa Kwan, abasourdi.

«Vous voulez dire que... Tsau s'est lui-même tartiné la gueule de produit à déboucher les chiottes?

— Oui, enfin, je ne pense pas qu'il l'ait fait lui-même, c'est sans doute Ah Mo qui lui a rendu ce petit service.»

Kwan fit une courte pause et reprit :

«Mais Tsau était volontaire, ça oui, certainement. J'imagine que... il devait avoir une dette de jeu, une très grosse dette envers quelqu'un, peut-être un usurier de la pègre. Et qu'il a été forcé à se porter "volontaire". Les sbires de Shek — peut-être Sai Wai, peut-être Ah Mo, peut-être celui qu'on ne connaît pas encore, le gars aux cheveux longs — ont recherché un type d'âge et de corpulence similaire à

Shek Boon-tim, endetté jusqu'aux yeux... Ils l'ont forcé à coopérer : chantage, menaces, promesses... Ce ne serait pas la première fois dans notre belle ville qu'un emprunteur accepte de prendre des risques pour se libérer du poids d'une dette.

« Il y a un peu plus de six mois, ils ont dégoté Tsau. Et ils ont suivi le plan de Shek, visant à lui permettre d'usurper son identité. Les attaques d'Ah Mo à Mongkok, c'était un rideau de fumée... Ensuite, ils ont installé ce petit business pour Tsau sur le marché de Graham Street, tout ça en préparation du moment où il se ferait effacer le visage... »

Lok comprit le sens de certaines des questions de Kwan à tante Shun : il ne cherchait pas à savoir si des gens leur tenaient rancune pour des histoires de mœurs ou de pognon ; il voulait savoir si l'un des trois était en situation de vulnérabilité — s'il était susceptible d'être l'objet d'un chantage.

« Ce matin, continuait Kwan, Ah Mo, toujours suivant les instructions de Shek, a pris prétexte de la livraison qu'ils devaient recevoir pour disparaître avec Tsau à l'intérieur du vieil immeuble décrépit qui fait le coin de Graham et de Wellington Street. Peut-être que Tsau s'est planqué dans la cage d'escalier, ou qu'il est resté en bas à jouer avec sa brouette pour faire le guet au profit d'Ah Mo. Seul ce dernier est monté sur le toit pour jeter les bouteilles de soude. Ensuite Ah Mo est redescendu, pour l'étape suivante, l'une des plus importantes mais aussi l'une des plus osées : répandre de la soude sur le visage et les mains de Tsau. Bon, j'imagine que pour cette opération ils n'ont pas utilisé une solution avec la même concentration que celle des bouteilles lancées du toit, mais ça suffisait pour des brûlures chimiques du deuxième degré. Ou bien c'était la même solution, mais Ah Mo lui a partiellement nettoyé la figure avec de l'eau dès qu'il a été sûr que les blessures de Tsau correspondaient bien à ce qu'il voulait. Quoi qu'il en soit, voilà comment Tsau Tseung-kwong s'est fait "volontairement" défigurer. »

Lok tenta d'imaginer la scène et déglutit avec peine.

« Ensuite les secours sont arrivés, ils ont nettoyé et bandé le visage de Tsau et ils l'ont envoyé à l'hôpital, accompagné d'Ah Mo. Fin du premier acte.

— Quand avez-vous compris que c'était Tsau le complice ? »

Kwan leva trois doigts de la main droite et les rabattit, puis les releva, au fur et à mesure qu'il répondait.

« Après l'entretien avec tante Shun et ses copines, j'en étais sûr à quatre-vingt-dix pour cent. Lee Fung était trop vieux, et puis il a été blessé aux yeux, ce ne pouvait pas être lui. Frère Wai était une possibilité, mais je l'ai écarté quand j'ai su qu'il était couvert de tatouages de triades — la substitution à l'hôpital aurait été impossible. Tsau, en revanche, était éminemment suspect. Un, c'était lui qui travaillait depuis le moins de temps à Graham Street; deux, son attitude n'était pas franchement celle d'un commerçant; trois, il n'a pas été blessé aux yeux.

— L'argument des yeux n'est pas valable, le coupa Lok. Même une vraie victime, si elle portait des lunettes comme le docteur Fung l'a dit, n'aurait pas reçu de soude dans les yeux.

— Bien pensé, mais tu te trompes. Au contraire, c'est bien le docteur qui m'a permis de confirmer mes soupçons envers Tsau. Fung a dit que Tsau portait des lunettes *de soleil*; avant-hier il y a eu une grosse tempête et ça fait deux jours qu'on a un ciel uniformément gris... Qui donc porte des lunettes de soleil par un temps pareil?»

Siu-ming jugea inutile de répondre à la question.

«Les blessés du marché ont été transportés à l'hôpital à peu près dans le même laps de temps où Shek y était escorté après sa petite séance de simulation. Tout était prêt pour l'acte suivant..., dit Kwan en tournant la tête dans la direction de l'entrée des urgences. Vu que Tsau n'avait pas été blessé aussi gravement que Lee Fung ou Tso Wai-shing, il a été placé après eux dans l'ordre de priorité des traitements par les responsables du triage. Vu le bordel que c'était ici ce matin, Tsau n'a eu aucune difficulté à s'éloigner, ni vu ni connu. J'imagine que pendant que Shek Boon-tim, Sze Wing-hung et le type aux cheveux longs faisaient leur numéro, Ah Mo était planqué pas loin, avec Tsau en remorque; peut-être dans les toilettes du second, ou dans un placard au premier... Dès que les deux surveillants sont partis, tout ce beau monde s'est retrouvé pour procéder à la substitution.

— Ils ont échangé leurs habits?

— Même pas... Ah Mo avait sûrement arrosé de soude les habits de Tsau pour faire plus authentique, auquel cas les secouristes ont dû les lui enlever. Tsau était donc probablement torse nu, ou bien il portait une chemise d'hôpital, et il n'allait sûrement pas enfiler la combinaison de détenu de Shek. Mais surtout, il a fallu que Shek se couvre lui-même le visage et les mains de soude pour reproduire les blessures de Tsau.»

Lok inspira un grand bol d'air avant de demander :

«Vous dites que Shek était prêt à se brûler la gueule à la soude caustique... juste pour s'évader?

— Bien sûr, sinon il n'aurait jamais pu tromper les soignants, répondit Kwan sans trahir le moindre étonnement. Il s'est défiguré, puis s'est nettoyé à l'eau claire, enfin il a fait refaire par l'un de ses complices des bandages à peu près identiques à ceux de Tsau. Et il est retourné dans la salle d'attente des urgences avec Ah Mo. Pendant ce temps, Tsau quittait l'hôpital avec le chevelu, en tentant d'oublier ses douleurs — ils lui avaient sans doute apporté un blouson à capuche ou quelque chose comme ça, et puis même si Tsau était enveloppé comme une momie, des gens avec de tels pansements qui quittent l'hôpital, ce n'est pas si rare. Quoi qu'il en soit, dans la panique générale qui a suivi l'évasion de Shek et la fuite de la voiture des complices, ça a dû passer comme une lettre à la poste... Ils n'ont eu aucun problème pour quitter l'hôpital avec une autre voiture et rentrer tranquillement à leur repaire à Chai Wan. Où ils comptaient retrouver Sai Wai et les autres.

— Pas très étonnant que le docteur Fung ait dit que "Tsau" n'avait pas reçu les soins adéquats... ce n'était pas une erreur des gens du triage, c'est qu'il n'avait pas été soigné du tout!

— Jusque-là le plan se déroulait comme prévu, mais Shek n'avait pas anticipé l'accident, continua Kwan sur le ton de la critique professionnelle. Les trois complices dans la Honda sont morts, ça n'a pas immédiatement bousculé l'intrigue principale, Shek Boon-tim devait de toute façon rester à l'hôpital pour se faire soigner. En revanche ça a sans doute salement secoué le chevelu, Tsau et Ah Mo quand ils l'ont appris. Le problème, c'est qu'Ah Mo n'a pas pu recueillir les nouvelles instructions de Shek, vu qu'il ne pouvait lui rendre visite avant dix-huit heures. Du coup ça me fait espérer qu'ils n'ont pas buté le vrai Tsau Tseung-kwong comme ils l'avaient sans doute prévu.

— Pourquoi ?

— Ah Mo a joué pendant trois mois le rôle de vendeur de pantoufles, alors qu'en réalité il était le gardien de Tsau. Leur présence à tous les deux sur le marché avait pour but d'habituer les gens à la présence de Tsau, petit commerçant banal. Celui-ci savait qu'il allait être défiguré, qu'on allait se servir de son identité, mais pour rembourser sa dette — ou pour une autre raison qui reste à découvrir — il a accepté de jouer le jeu. Mais ça ne devait pas être facile tous les jours... Pour faire passer la pilule, je pense que les autres lui avaient fait croire qu'après la réussite de son évasion Shek lui dégoterait un chirurgien favorablement connu de la pègre pour le soigner, et qu'il pourrait ensuite aller vivre sur le continent ou quelque part en Asie du Sud-Est. Bien sûr, c'était bidon, un petit pion comme Tsau n'a plus aucune utilité une fois qu'il a servi ; la seule fin crédible pour lui, c'était de terminer dans le port avec des chaussures en béton.

— Alors la raison pour laquelle vous vouliez faire avouer l'adresse de leur planque à Ah Mo...

— Tsau Tseung-kwong n'est peut-être rien d'autre qu'un pauvre type, mais une vie reste une vie, si je peux éviter qu'un innocent de plus se fasse tuer...

— Chef, vous avez vraiment reconnu Ah Mo à sa façon de marcher quand il est passé dans le couloir de l'hosto ?

— Bien sûr, mais je ne cherchais plus à trouver un coupable à ce moment-là, je voulais juste vérifier que mes conclusions étaient les bonnes. Tout était clair pour moi après la conversation avec Fung, j'étais à peu près sûr que le patient Tsau Tseung-Kwong était en fait Shek Boon-tim, mais il me fallait quand même une confirmation. Pendant que je t'attendais à Graham Street, j'avais cherché une méthode pour confondre Ah Mo, c'est pour ça que j'ai acheté cette casquette noire. Après je n'avais plus qu'à attendre qu'un type qui ait la même démarche que celui des vidéos de Mongkok se pointe à l'hôpital. Si ce gars-là arrivait et se dirigeait vers la chambre six, tout allait bien. Mais je ne m'attendais pas à ce qu'il ait autant maigri... pas étonnant qu'il ait échappé à toutes nos recherches depuis tout ce temps. »

Kwan retira le sachet plastique transparent de la poche de sa veste, avec la casquette noire dedans.

« Comment pouviez-vous être certain qu'il portait sa casquette ce matin ?

— Parce qu'il n'y avait aucune raison qu'il ne la porte pas. Il agissait au grand jour et avait plus de chances d'être vu. S'il n'avait rien porté, il courait le risque d'être reconnu par les voisins. Il devait avoir en plus un pardessus quelconque, et un masque. Et puis, pour Shek, c'était utile que l'attaque de ce matin soit reliée par la police à celles de Mongkok, et le meilleur moyen pour cela c'était que Ah Mo porte bien en évidence la même casquette qu'à l'époque et se fasse repérer par quelques caméras.

— Et pourquoi ça ? Ce n'aurait pas été mieux que tout le monde pense que c'était un imitateur le coupable ?

— Je vais te retourner une de tes questions :

pourquoi est-ce que Shek Boon-tim n'a pas tout simplement employé la manière forte pour s'évader ?

— Euh… parce qu'il craignait les complications ?

— Avec l'un des surveillants dans sa poche ? Tu parles ! Tout aurait marché comme sur des roulettes.

— Parce qu'il a changé et voulait éviter des morts possibles ?

— Tu m'en reparleras quand le soleil se lèvera à l'ouest.

— Bon… j'abandonne, chef, je n'en ai aucune idée.

— Siu-ming, s'évader, en soi, ce n'est pas très compliqué, pas plus que de tuer quelqu'un. Qu'est-ce que ça demande, de buter un être humain ? une simple balle, un modeste coup de couteau, et hop, un mort. Pareil, tu peux t'évader même de la prison la mieux gardée. Au pire tes complices font péter un mur et abattent les gardiens, s'ils ont les ressources en personnel et en matériel, rien de plus simple. C'est *après* que ça devient difficile. Comment rester en liberté si tu as toute la police au cul ? Que tu sois un assassin ou un évadé, c'est là le vrai problème. »

Siu-ming, silencieux, avait l'impression d'être un petit moinillon recevant l'enseignement du Vénérable.

« Shek Boon-tim aurait certes pu s'échapper en force, très bien, mais il aurait dû vivre planqué pendant le restant de sa vie, parce que les flics n'auraient jamais lâché le morceau. Il serait juste passé de la prison de Stanley à une prison un peu plus grande… Il n'est pas idiot, il voulait éviter ça à tout prix. D'où ce stratagème. Dans une ville moderne comme Hong Kong, se créer une nouvelle identité qui tienne la route, c'est très compliqué, à moins de bénéficier du programme de protection des témoins avec l'approbation du gouverneur — tiens, après le 1er juillet, ça ne sera plus un gouverneur mais un "chef de l'exécutif".

« Shek a trouvé une solution extraordinaire. Il s'efface le visage, pour ainsi dire, ainsi que les empreintes digitales — et il fait faire la même chose à un pauvre gars endetté jusqu'au cou. Il se met à la place de l'autre et le tour est joué : il a une nouvelle vie. À condition bien entendu que "l'autre" disparaisse...

— Mais ça aurait suffi que Tsau soit la seule victime... pourquoi s'attaquer à des dizaines de personnes ?

— Parce que, s'il n'y avait eu qu'un seul blessé, ça aurait attiré l'attention de la police. Même si la substitution avait réussi, le risque que tout soit découvert pendant l'enquête aurait été énorme. Un seul type, brûlé au visage et aux mains, le jour de l'évasion de l'ex-ennemi public numéro un ?... En blessant des dizaines d'innocents, auxquelles il faut ajouter les dizaines d'autres victimes des attaques de la rue des Femmes, c'est beaucoup plus facile de dissimuler l'objectif véritable : le changement d'identité de Shek Boon-tim. Et en prime, si Ah Mo, le coupable, s'était un jour fait choper, jamais personne n'aurait songé à relier les attaques à l'évasion de Shek, car ce genre d'actes est normalement le fait de malades mentaux — je veux dire, de misanthropes un peu radicaux. Voilà pourquoi Shek souhaitait que l'attaque de ce matin soit reliée à celles de Mongkok : c'était pour faire diversion ; et voilà pourquoi il a ordonné à Ah Mo de porter la même casquette. »

Lok Siu-ming avait l'amer sentiment de n'être

qu'un pion ballotté sur l'échiquier par deux joueurs de très haut niveau. Néanmoins, il s'expliquait peu à peu tout ce qui lui avait semblé bizarre dans ce qu'il avait appris ou entendu depuis midi. Ainsi la question posée par Kwan à tante Shun sur le ton de la plaisanterie : « Avez-vous vu des personnes connues pas suspectes ? » était maintenant très claire ; Kwan soupçonnait le ou les coupables de l'attaque d'être présents sur le marché depuis assez longtemps pour ne pas passer pour des inconnus. Le choix du marché de Graham Street, plutôt que de ceux de Wan Chai ou de Causeway Bay, cibles pourtant plus tentantes pour un agresseur psychopathe, c'était parce qu'il fallait que les blessés soient dirigés en priorité vers le Queen Mary plutôt que vers l'un des autres hôpitaux de l'île — parce que les détenus de Stanley étaient soignés là et pas ailleurs. Et le choix des toilettes du premier étage pour activer son plan était sans doute aussi pensé : l'immense majorité des membres des services basés à cet étage devaient être aux urgences ou dans les salles d'opération et les chambres de malades pour apporter le soutien psychologique indispensable aux victimes traumatisées et au personnel débordé. L'étage était sans doute presque vide au moment de la substitution.

Si le plan de Shek n'avait pas été percé à jour, il aurait pu — après l'opération de greffe de la peau — sortir de l'hôpital au grand jour et en liberté, avec une nouvelle identité et un visage tout neuf. Lok doutait que Shek soit revenu sur le stand de pantoufles à Graham Street ; Ah Mo aurait invoqué l'excuse de la convalescence et du choc auprès des voisins, et aurait revendu l'emplacement au bout de quelque temps — le temps que les choses se calment.

Le plus drôle dans tout ça, c'était que l'hôpital — c'est-à-dire le contribuable — aurait sans doute payé les frais de l'opération et de l'hospitalisation de Shek. Le truand gagnait vraiment sur tous les plans.

« Ce sac transparent, c'est l'infirmière de la réception qui me l'a filé, dit Kwan tout sourire. Je n'avais même pas pris de sachet plastique pour recueillir les indices matériels en sortant du bureau... Ça m'est complètement sorti de l'esprit. »

Il ouvrit le sac, en retira la casquette informe et se l'enfonça sur la tête. Lok demanda :

« Chef... pourquoi avez-vous voulu faire peur à Shek Boon-tim ? Ces conneries sur les médicaments ? »

Kwan expira violemment par le nez.

« Hmmf ! C'est une véritable raclure. Son frangin Sing était aussi un vrai salaud qui n'a pas hésité à abattre cinq otages sans sourciller plutôt que de se rendre, mais à côté de son aîné c'était un tendre. Shek Boon-tim peut jouer avec la vie des autres pour atteindre le plus insignifiant de ses objectifs... Faire cramer un immeuble entier, balancer de la soude caustique sur des marchés bondés, tout ça c'est rien pour lui, s'il y avait eu encore plus de morts et de blessés il aurait été encore plus satisfait. Je suis à peu près certain qu'il ne se posera aucune question après son retour en prison... ou plutôt si, juste la question du pourquoi de son échec. Si j'ai voulu lui foutre la trouille, c'était d'abord pour qu'il comprenne bien qu'en ce monde il existe au moins une personne capable de le percer à jour... et pour éviter qu'il se prenne pour Keyser Söze alors qu'il n'est qu'un chien enragé qui va croupir en cellule jusqu'à son dernier jour. »

Lok avait très rarement vu son chef dans un tel état de colère, qu'il maîtrisa pourtant très vite : l'inspecteur Wong arrivait en voiture, au même moment que le détective responsable de la recherche de Shek Boon-tim à l'OCTB.

« Monsieur le superintendant, nous avons arrêté deux suspects à l'adresse que vous nous avez fournie, dit ce dernier. L'un d'eux avait sur le visage de graves brûlures d'origine chimique, il a été immédiatement escorté au Tang Shiu Kun Hospital pour y être soigné. On a aussi trouvé deux fusils d'assaut, plusieurs armes de poing et un gros tas de munitions. Visiblement ils se préparaient à un ou plusieurs gros coups... »

Kwan hocha la tête d'un air satisfait. Les quatre policiers remontèrent au huitième étage et, pendant qu'ils accomplissaient les quelques formalités de remise des prisonniers, il résuma brièvement l'affaire à ses collègues. Quand Siu-ming et lui ressortirent sur le parking, il faisait déjà noir. Il était sept heures passées.

« Je vous ramène chez vous ? demanda Lok, qui avait servi plusieurs fois de chauffeur au cours des six derniers mois.

— Non, on retourne à l'état-major.

— Ah ? Vous voulez faire votre rapport asap, pour partir à la retraite tranquille ?

— Sûrement pas ! Mais tes collègues vont bientôt dégager, vu que les enquêtes sont à peu près bouclées... Je veux rentrer pour avoir une part de ce gâteau avant qu'il ne disparaisse ! »

Le lendemain matin, Lok Siu-ming se rendit aux bureaux de la section B, bien que Tsoy ait donné quartier libre aux membres de la première équipe après la longue journée de la veille. Il n'avait pas vraiment besoin de venir, mais il comptait profiter d'un samedi matin sans stress pour ranger un peu et terminer de la paperasse en retard. Il vit Kwan, assis lui aussi dans son bureau, en train de trier ses affaires personnelles.

« Chef, qu'est-ce que vous faites là ?

— Tiens, Siu-ming, c'est toi ? dit Kwan en relevant la tête, qu'il avait affublée de la casquette de baseball noire. Écoute, j'aurais pu revenir dans quelques jours ranger tout ça, mais je voulais que Tsoy puisse occuper ce bureau le plus tôt possible, dès lundi... C'est lui le chef maintenant.

— Et le rapport ?

— Je le rédigerai tranquillement à la maison, sourit Kwan.

— Chef, je voulais vous demander... Les deux types que les collègues de l'OCTB ont arrêtés hier soir, c'est Tsau et le complice aux cheveux longs... mais personne ne s'est occupé du maton corrompu ?

— Non, tu as raison, il est toujours en liberté, dit Kwan sur un ton indifférent.

— En liberté ? Mais il est coupable comme les autres...

— C'est Lau qui va s'en occuper.

— Lau... Le superintendant Lau, de la section A ?

— Oui, j'ai vu avec les grands chefs, Sze Winghung ne sera pas cité au procès. Lau est chargé d'aller voir ce petit saligaud, qui va nous faire à l'avenir un excellent indic. »

Lok contemplait Kwan, les yeux ronds. Son sens de la justice était heurté à l'idée qu'un pourri de cette espèce ne soit pas inquiété. Kwan vit sa réaction et expliqua :

« Sze Wing-hung est un corrompu, mais, crois-moi, il n'est pas le seul surveillant impliqué dans cette affaire. Mettre un type comme Sze sous les verrous n'a aucune espèce d'intérêt.

— Pas le seul ?...

— Sze Wing-hung appartient à l'unité d'escorte et de renfort, il n'avait aucune possibilité d'entrer en contact avec Shek Boon-tim en temps normal. Pour que Shek soit en mesure de monter son plan et de donner ses instructions à ses complices, il a dû disposer d'une ou plusieurs voies de communication sûres ; il avait sûrement d'autres matons à sa botte.

« Siu-ming, sais-tu comment j'ai deviné qu'il y avait une taupe au sein du département des services pénitentiaires ?

— Ce n'était pas grâce à la déposition de Sze Wing-hung ?...

— Pas seulement ; c'était aussi une question de temps.

— De temps ?

— L'attaque à la soude de Graham Street a eu lieu à 10 h 05, *exactement au moment* où les deux surveillants, Ng Fong et Sze, ont reçu leur ordre de mission. Ça ne peut pas être une simple coïncidence. Il n'était pas entièrement certain que les autorités de la prison acceptent d'envoyer Shek à l'hôpital — tu reconnaîtras que c'était pourtant nécessaire pour la réussite du plan —, et par conséquent l'heure du départ de Shek de la prison ne pouvait pas être connue à l'avance. Donc c'est forcément un complice à l'intérieur de la prison qui a appelé Ah Mo pour lui ordonner de procéder, une fois sûr que Shek serait bien escorté au Queen Mary. Il fallait que toutes ces opérations soient coordonnées, pour que les blessés — dont Tsau — arrivent bien au Queen Mary à peu près en même temps que Shek. Et il était indispensable que l'attaque à la soude n'ait surtout pas lieu si Shek n'était pas envoyé à l'hôpital pour une raison ou pour une autre. Il fallait garder cette carte maîtresse pour la tentative suivante, elle n'était jouable qu'une seule fois... En revanche, l'incendie et l'accident de circulation à Central, les complices de Shek pouvaient les refaire autant de fois que nécessaire, ou presque.

— Hmmm... » Lok travaillait des neurones.

Kwan continuait à ranger son bureau tout en parlant :

« La prison, c'est un univers à part, coupé du reste du monde. Ce n'est pas rare que les matons développent des relations très étroites avec les détenus, et vu l'intelligence et l'éloquence de ce démon de Shek, il n'a pas dû avoir trop de mal à faire tomber quelques-unes des jeunes recrues dans ses filets... Après il lui fallait attendre qu'elles soient affectées au bon endroit.

« Dans ces conditions, foutre un procès au cul de Sze Wing-hung est facile, mais avec ou sans lui Shek va se remettre à concocter un autre plan d'évasion dès son retour en cellule. Et puisqu'il aime tant travailler avec des taupes corrompues, autant lui coller une taupe à nous dans son réseau. Et hop !

— Vu comme ça... », dit Lok, songeur.

Il n'était au CIB que depuis six mois et, même s'il savait que la section A faisait du bon boulot avec les indics, il n'avait aucune idée de ce que ça impliquait en amont.

« Chef, vous voulez que je vous raccompagne quand vous aurez fini ? De toute façon je vais passer à Mongkok, j'ai fixé rendez-vous à midi à ma copine pour une balade à Sai Kung.

— Ça tombe très bien, je comptais prendre le métro, dit Kwan. Dis-moi, je pourrai compter de temps en temps sur toi à l'avenir ? Si je vais dans la même direction que toi bien entendu...

— À l'avenir ? Vous ne partez pas à la retraite ?

— Si, je serai retraité, mais je vais rempiler comme conseiller spécial de la police, tu risques de me voir souvent par ici... ou dans d'autres postes de police.

— Ah ! Euh... oui, oui bien sûr ! Aucun problème ! dit Lok, tout excité à l'idée de pouvoir continuer à apprendre les ficelles du métier auprès de Kwan. Quand vous voulez, chef.

— Je ne suis plus ton chef, dit Kwan en souriant.

— Comment ? alors... Monsieur le superintendant ? Non, non plus... Monsieur l'ex-superintendant ? Hmmm... »

Kwan pouffa devant l'air gêné de Lok et lui dit :
« Si ça ne te fait rien, appelle-moi Maître ! »

IV

LA BALANCE DE THÉMIS

1

Kwan Chun-dok sortit de l'ascenseur, s'engagea dans le long couloir obscur. Une ampoule grise de poussière pendait au plafond et tentait sans grand espoir d'éclairer le carrelage usé et les murs autrefois blancs, recouverts de graffitis et de traces d'origine incertaine. Il n'y avait pas de fenêtre à cette extrémité du couloir, le son des pas lourds des policiers et les éructations des radios portatives rebondissaient entre les parois en un faux bourdonnement continu, désagréable aux oreilles. De froides grilles de métal se superposaient à l'alignement des portes sans vie, et en disaient long sur les conditions de vie des derniers habitants de l'immeuble. Ici, la moindre négligence était prise comme une incitation au vol et à la violence.

À cet étage, les habitants avaient été évacués en bon ordre quelques minutes auparavant. Suivant les instructions des policiers, ils avaient quitté l'immeuble par les escaliers. Kwan savait pourtant que le moment le plus dangereux était passé et qu'ordonner maintenant cette évacuation inutile ne revenait qu'à cocher les cases de la procédure réglementaire. Il y avait toujours le risque de tomber sur un piège dissimulé, et une explosion qui blesserait des civils à cette étape de l'affaire ne ferait qu'ajouter au fiasco général.

J'aurais probablement donné le même ordre, se dit Kwan.

Il était en cet instant l'officier le plus haut gradé sur les lieux, mais il restait étranger à l'action. Il s'était retrouvé là par hasard, pile au moment où les choses avaient commencé à merder.

Il aurait pu rester au QG provisoire de l'opération, ou bien retourner à l'état-major avec Tso Kwan, mais il avait décidé de venir voir sur place. Puisqu'il était là, ça ne lui coûtait rien de suivre ses collègues dans l'immeuble — avec la légitimité que lui conféraient ses vingt années de travail d'enquêteur en première ligne. Il avait cependant pleine conscience de son nouveau rôle. Puisqu'il était plus gradé que le chef nominal de l'opération, s'il lui prenait l'envie de donner des directives l'autre serait obligé de lui obéir. Mais cela empiéterait sur les prérogatives des policiers du secteur et compromettrait l'indépendance de l'enquête. Il n'avait donc pas l'intention de s'immiscer et se contenterait d'observer.

Il voulait juste se faire une idée de la situation qu'avait affrontée l'un de ses anciens adjoints, dans cet espace étouffant.

Kwan lui était tombé dessus quelques minutes auparavant dans le grand hall d'entrée du rez-de-chaussée. Ils ne s'étaient pas vus depuis très longtemps. À l'époque, en fait d'adjoint, l'autre n'était d'ailleurs qu'un simple détective d'une autre unité qui lui avait été affecté en renfort, mais il avait eu maintes fois l'occasion, au cours des arrestations qu'ils avaient menées ensemble, de prouver à Kwan son courage et ses capacités de décision exceptionnelles.

Aujourd'hui, ce policier héroïque était allongé sur une civière et recevait les soins d'urgence des secouristes. Quand Kwan était passé près de lui, leurs regards s'étaient croisés. L'autre avait été surpris de voir son supérieur de jadis, Œil-de-faucon, apparaître devant lui à cet instant. Kwan avait voulu le féliciter, lui dire qu'il avait bien fait, mais avait ravalé ses paroles, s'était contenté de tendre la main pour lui tapoter le bras, celui qui n'avait pas été blessé. Dans les circonstances présentes tout éloge sonnerait par trop ironique. Il avait hoché la tête, puis s'était dirigé vers les ascenseurs sans un mot.

En avançant dans le couloir, Kwan ressentait presque la même pression, le même stress mortel que l'autre avait dû subir. Il franchit un dernier coude, passa devant les portes en bois qui menaient à la cage d'escalier, vit les traces de balles. Deux policiers rassemblaient les indices, photographiaient minutieusement chaque marque sur les murs, chaque trou dans les portes. Ils remarquèrent à peine le superintendant qui approchait dans leur dos.

Kwan les dépassa et arriva sur la scène du crime — des crimes. Il n'était plus question ici de la lumière tremblotante du couloir ; la lumière crue des néons était encore plus glaçante. L'atmosphère était lourde de l'odeur de poudre et des effluves de sang. Le sol, les murs et les meubles étaient couverts de taches rougeâtres et de traces de balles. Le pire était le cadavre allongé sur le sol. Le mort avait été touché à la tête, la moitié du crâne arrachée. La matière cervicale grisâtre s'étalait sur le lino, se mélangeait au sang dans une mousse d'un orange écœurant.

Les projections de sang derrière le tué formaient un tableau d'un rouge sombre plus familier.

Mais ce cadavre n'était pas le seul. Dans ce petit appartement, des policiers s'affairaient partout, en grappe autour des restes macabres. Ils s'occupaient à tout répertorier aussi fidèlement que possible, en s'efforçant de ne pas regarder directement le visage des morts.

Le spectacle était en effet peu ragoûtant, mais la cause de leur retenue n'était ni la peur ni le dégoût.

C'était la honte.

Ces figures fracassées, ces corps transpercés par les balles leur semblaient accuser silencieusement la Police royale de Hong Kong d'incompétence. D'incompétence meurtrière.

Les policiers savaient que, de toutes les personnes tombées là, une — une seule — méritait de mourir.

2

« Ko, je vous présente le superintendant Kwan, le nouveau chef de la section B. »

L'inspecteur senior Ko Long-saan ne s'attendait ni à la visite soudaine du superintendant Tso, ni à ce qu'il débarque avec le célèbre Kwan Chun-dok. En tant que responsable d'opération, il n'appréciait pas d'être dérangé par des officiers plus gradés que lui, pas plus qu'un général sur la ligne de front ne voit d'un bon œil arriver le roi ou ses fonctionnaires. Pour les gens sur le terrain, les autorités sont synonymes de complications. Ko serra la main du superintendant et tenta de faire bonne figure, se doutant que ce diable de Kwan lisait dans ses pensées comme dans un livre ouvert. Au moins Kwan joua-t-il aussi le jeu, poliment, en gardant le sourire.

« Monsieur le superintendant… bonjour. »

Kwan sortait d'une affectation à la tête de la section des crimes sérieux du QG de l'île de Hong Kong, au cours de laquelle il avait aligné succès sur succès. Son taux d'élucidation suscitait l'admiration — et la jalousie — des chefs détectives des autres secteurs. Ko Long-saan avait décroché le même poste, mais au QG de Kowloon Ouest, et dans son dos beaucoup de collègues le comparaient à Kwan Chun-dok, qui n'avait que trois ans de plus que lui. Ko avait certes un certain nombre d'exploits à son actif, mais à ses propres yeux il ne serait jamais que le dauphin du monstre d'efficacité qu'était Kwan — une créature quasi mythique, inaccessible, irrattrapable.

Ce dernier était exceptionnellement doué, et il avait surtout eu la chance d'être l'un des premiers flics chinois à avoir pu percer. Dans les années soixante, à l'époque où il avait intégré les rangs de la Police de Hong Kong, tous les cadres étaient des Occidentaux et les locaux restaient cantonnés aux tâches les plus basiques. Il était l'un des très rares à avoir été envoyés au Royaume-Uni pour y recevoir une formation de deux ans. Quand il était revenu en 1972, il avait pu bénéficier des réformes internes de la police, était passé inspecteur et depuis, après quelques succès, sa carrière était quasi météorique. À l'époque, bien sûr, une formation en Angleterre valait avis de promotion accélérée, comme quand jadis l'empereur vous décernait la tunique jaune des cavaliers d'élite de la Garde mandchoue. Ko Longsaan n'avait pas eu cette chance; il avait un jour entendu dire qu'en 1967, pendant les troubles, Kwan avait résolu une affaire qui lui avait valu la reconnaissance d'un haut gradé anglais, à qui il devait sa bonne fortune. Ko regrettait de n'avoir rejoint la police que quelques années plus tard, et de n'avoir pu profiter de cette période troublée pour faire preuve de ses propres qualités le plus tôt possible. En bref, il avait le sentiment qu'entre Kwan et lui-même, la compétition était close avant même d'avoir commencé — à son détriment.

« Le superintendant Kwan a été mis au courant de

votre opération. Il a tenu à venir vous saluer en personne pour que la coopération avec le CIB se fasse sur de bonnes bases», dit Tso de son habituel ton compassé.

Le superintendant en chef Tso Kwan était le commandant en second du CIB, le bureau du renseignement criminel. Chacun s'accordait à penser que ses qualités professionnelles lui vaudraient d'en devenir le prochain chef, malgré le peu de chaleur qu'il mettait dans les relations humaines.

«Je comprends, répondit l'inspecteur Ko en affectant la décontraction. J'imagine que, pour le CIB, les frères Shek seraient une véritable mine d'or?

— Oui, nous estimons que, si nous arrivons à les faire parler, nous pourrons couper au moins quatre canaux de contrebande d'armes sur le territoire», dit Kwan.

Les frères Shek, Boon-tim et Boon-sing, occupaient les deux premières places de la liste des criminels les plus recherchés par la police. Depuis 1985 — quatre années auparavant — une bonne partie de la criminalité violente sur Hong Kong leur était imputable. Leurs hauts faits comprenaient les attaques à main armée de quatre bijouteries d'affilée sur Nathan Road en 1985, plusieurs attaques de fourgons blindés en 1986, l'enlèvement pour rançon du riche homme d'affaires Lee Yu-lung en 1988. Et depuis quatre ans ils couraient libres comme l'air. La police les soupçonnait d'être en lien avec plusieurs organisations criminelles tant à Hong Kong que sur le continent, grâce à quoi ils semblaient bénéficier d'une source inépuisable d'armes de guerre et d'acolytes violents, de receleurs et de complices prêts à les exfiltrer à l'étranger si besoin. À plusieurs reprises, les tentatives de la police pour les arrêter s'étaient soldées par de cuisants échecs. Au mieux avait-on capturé quelques sbires qui n'avaient pas pu permettre de remonter jusqu'à eux.

Et voilà que, quelques jours auparavant, la police avait par hasard retrouvé leur trace.

Le quartier de Mongkok subissait depuis quelque temps une hausse de la délinquance sous toutes ses formes. La section des crimes sérieux de la zone avait en conséquence reçu l'ordre d'augmenter la fréquence des opérations de ratissage, lesquelles ne s'étaient pas toujours effectuées sans heurts. Plusieurs échanges de coups de feu avaient même eu lieu. Les données dont disposaient les policiers étaient trop souvent incomplètes, et sous la pression de la hiérarchie ils se lançaient parfois à l'assaut à l'aveuglette, de façon presque improvisée. Au bout de quelques jours les policiers surmenés et en sous-effectifs s'étaient installés dans une sorte de routine de prise de risque, pour des résultats trop souvent dérisoires. La baisse de moral pointait.

Jusqu'à ce qu'une équipe tombe sur une situation sortant de l'ordinaire. Le 29 avril 1989 — un samedi —, la troisième équipe de la section des crimes sérieux de Mongkok avait reçu un renseignement portant sur la présence possible d'un suspect impliqué dans un gang de vol de voitures, dans l'appartement n° 7 au quinzième étage d'un immeuble de Reclamation Street qui portait aujourd'hui bien mal son nom de résidence Ka-fai, «la Belle Aube». Le chef d'équipe avait envoyé quelques-uns de ses hommes en reconnaissance. Les agents avaient confirmé la présence du suspect, accompagné d'un autre individu non identifié, et l'arrestation avait été programmée pour la soirée du 30. Mais, alors que les membres de l'équipe se préparaient à l'assaut, ils avaient dû suspendre l'intervention au dernier moment : le commandant du poste de Mongkok avait reçu l'ordre d'en transférer la responsabilité au niveau supérieur, à la section des crimes sérieux du QG de secteur de Kowloon Ouest, les policiers locaux n'agissant plus qu'en support.

La raison en était cet individu non identifié.

« Le voleur de bagnoles que les collègues de Mongkok voulaient arrêter à la va-vite est un petit truand surnommé "Jaguar", expliqua Ko Long-saan en pointant du doigt une photo accrochée au mur de son QG provisoire. Mais quand ils ont transmis au CIB la photo de l'autre...

— Nous l'avons identifié comme le dénommé Shum Biu, surnommé "Biu le Dingue", compléta Kwan. Un des adjoints principaux de Shek Boon-sing. J'ai lu le rapport. »

Ko prit un air un peu gêné, puis continua :

« On est à peu près certains que ce Biu a participé aux côtés des frères Shek à l'attaque d'une banque à la fin de l'année dernière. Ils ont disparu ensemble, et c'est la première fois qu'on le revoit depuis... Ils sont probablement en train de préparer un autre gros coup. L'appart n° 7 n'a été loué que le mois dernier, nous estimons qu'il va servir de base à la bande. Il suffit de surveiller l'endroit jusqu'à ce que les deux chefs se présentent...

— Il s'est passé quelque chose depuis cinq jours que ça dure ?

— Oui, dit Ko avec un sourire triomphant, le petit frère est arrivé. »

Kwan leva un sourcil.

L'inspecteur Ko n'avait pas encore transmis la nouvelle de la réapparition de Shek Boon-sing à l'état-major central. Il se justifiait de cet oubli en invoquant le risque de fuite, mais la vérité était qu'il comptait bien garder pour lui toute la gloire de l'arrestation des frères Shek. Il était évident à ses yeux que l'OCTB s'empresserait de reprendre l'affaire en main dès qu'elle en aurait le moindre prétexte ; non seulement lui, Ko, aurait raté encore une fois l'occasion de briller, mais le moral des policiers de Mongkok et de Kowloon en prendrait un sacré coup. Entre l'état-major, les QG de secteur et les postes de police, c'était la guéguerre perpétuelle ; les flics locaux appréciaient peu de voir les « extérieurs » se mêler de leurs affaires.

Ko avait d'assez bonnes excuses pour faire passer la pilule de l'absence de compte rendu aux échelons supérieurs : il était en effet impensable de faire dérailler une telle opération au dernier moment. S'il dévoilait maintenant la nouvelle du retour de l'un des frères Shek aux deux haut gradés du CIB, c'était qu'il estimait avoir assez d'atouts dans sa manche.

« Avant-hier soir, nous avons vu Jaguar qui ramenait en voiture un type chauve jusqu'ici, dit-il en leur montrant une photo sous-exposée sur laquelle deux silhouettes se dirigeaient vers l'une des entrées de la résidence Ka-fai. Ça n'a pas été très simple, mais on a reconnu Shek Boon-sing, même s'il a altéré son visage.

— En effet, dit Kwan. La cicatrice sur le dessus de sa main droite... blessure par balle, qui remonte à quatre ans. »

Ko eut un pincement au cœur : lui et ses hommes avaient scruté la mauvaise photo pendant des heures avant de découvrir et d'identifier la minuscule trace, et Kwan l'avait repérée d'un seul coup d'œil. Il s'efforça de rester concentré.

« Pour ce que l'on connaît de leur modus operandi, les deux frères ne restent jamais éloignés très longtemps l'un de l'autre. L'aîné ne laisse pas le cadet prendre des initiatives tout seul... Et pour l'instant ils ne sont que trois dans l'appart, alors qu'ils ont toujours été plus nombreux chaque fois qu'ils sont partis sur un coup. Grâce à une information que nous avons obtenue, nous estimons que Shek Boon-tim va arriver d'ici demain, probablement avec deux ou trois truands du continent. Dès qu'ils se pointent, on les chope tous.

— La source de cette information ? »

Ko exultait intérieurement. Cette fois-ci, ils allaient être obligés de s'incliner.

« Nous connaissons les numéros des pagers de Jaguar.

— Pardon ?

— Grâce à l'un de nos indics, un toxico. C'est lui qui a fourni cinq terminaux de radiomessagerie différents à Jaguar. Nous pensons que ces pagers vont servir pour leurs communications lors de leur prochaine action. »

À Hong Kong, la loi voulait qu'on présentât une pièce d'identité pour pouvoir acheter un numéro de pager. Du coup les criminels passaient le plus souvent par des intermédiaires, petits gangsters ou toxicomanes, pour se procurer les instruments.

« Ça nous a permis d'intercepter un message hier soir... »

Ko se plaça devant un terminal informatique, servi par un spécialiste. Sur son ordre, le technicien alla chercher l'information dans la mémoire de la machine. Sur l'écran noir s'afficha la série de chiffres vert fluo : 042.623.7.0505.

« La compagnie de télécoms n'était pas franchement chaude, mais au vu de notre mandat ils ont dû nous donner l'accès aux communications sur ces cinq pagers. Ces chiffres signifient...

— Que Shek Boon-tim va débarquer le cinq mai, dit Kwan.

— Euh... oui, c'est ça. C'est le CIB qui a cassé le code, vous étiez forcément au courant. »

Hong Kong s'était dotée d'un réseau de radio-messagerie dès les années soixante-dix. Il avait cependant fallu attendre la décennie suivante pour que l'usage s'en répande. Les premiers terminaux ne pouvaient qu'émettre un bip et afficher un signal lumineux, leurs propriétaires devaient ensuite trouver un téléphone et joindre le centre d'appel pour connaître le message qu'on voulait leur transmettre. Puis les machines avaient évolué : elles comportaient désormais un petit écran à cristaux liquides pouvant directement afficher des chiffres, ce qui représentait un énorme saut capacitaire et permettait de grandes économies en réduisant au minimum le besoin d'appeler le centre — pour les destinataires des messages. Les lettres cependant n'étaient prévues que pour quelques années plus tard...

L'opérateur donnait aux utilisateurs un petit document permettant de décoder à la réception toute une série de messages usuels. Par exemple, le code pour le nom de famille «Tsan», très courant, était «004»; le code pour «Je suis en route» était «610», «Je suis bloqué dans les embouteillages» s'écrivait «611», et «heure» s'écrivait «8». La série

« 004.610.611.8.1715 » signifiait donc que M. ou Mme Tsan informait son correspondant qu'en raison de problèmes de circulation il ou elle n'arriverait qu'à 17 h 15 au rendez-vous fixé. Il y avait aussi, bien entendu, des codes pour désigner les lieux les plus connus du territoire : le quartier de Central, Nathan Road, la station de métro de Prince Edward, le centre commercial géant de l'Ocean Center et celui de New Town Plaza à Sha Tin... ainsi que pour les noms les plus communs : restaurant, bar, hôtel, parc, etc.

La plupart des utilisateurs se contentaient néanmoins de faire transmettre leur nom et un numéro de téléphone. Le destinataire voyait s'afficher « 004.3256188 », et savait qu'il devait rappeler M. ou Mme Tsan au numéro indiqué, sans avoir à passer par le centre d'appel, lequel ne servait plus qu'épisodiquement.

Par le passé, au cours des tentatives de coincer les frères Shek, la police avait parfois pu récupérer des pagers que certains de leurs complices portaient sur eux. Mais les messages restaient incompréhensibles : la bande utilisait un code qui se substituait au code originel proposé par l'opérateur. Le CIB avait mis très longtemps à en comprendre quelques-unes des subtilités. Le numéro 623, qui signifiait « jouer au mah-jong », était utilisé pour indiquer « réunion » ; le 625 pour « dîner » signifiait « lancement de l'opération », le 616 pour « rendez-vous annulé » signifiait « prenez la fuite ». Même avec ces données parcellaires, le CIB, en se reposant sur l'analyse *a posteriori* des messages échangés au cours des attaques de la bande, avait pu déduire que le code « 042 », normalement utilisé pour le nom de famille « Lam », désignait en fait Shek Boon-tim, l'aîné des deux frères et le chef de bande.

En d'autres termes, Shek pouvait appeler la plate-forme de services de l'opérateur et dire : « Je m'appelle Lam, veuillez transmettre à tel et tel numéro que la partie de mahjong aura lieu le 5 mai » ; les pagers du ou des destinataires affichaient alors « 042.623.7.0505 ». Le sens réel était : « Le boss vous prévient que la réunion aura lieu le 5 mai ».

Pour conserver à la police le bien maigre avantage de la connaissance partielle du code et éviter que les Shek n'en changent, il fallait empêcher les fuites. L'information avait reçu un haut degré de confidentialité et seuls les membres du CIB et les personnels ayant besoin d'en connaître dans les autres unités, d'un grade supérieur à celui d'inspecteur, étaient mis au courant.

Ko Long-saan se doutait cependant que Shek Boon-tim disposait d'un mode de communication de secours ; les échanges sur les pagers avaient été très rares ces derniers jours. En particulier, il n'avait pas eu vent, avant de la constater *de visu*, de l'arrivée de Shek Boon-sing avec Jaguar. Il pensait aussi que les cinq numéros de pagers que son indicateur lui avait communiqués n'étaient qu'une partie de ceux dont la bande disposait. Chacun des complices devait avoir plusieurs terminaux sur lui et s'en servir à tour de rôle. La police n'était capable de capter qu'une partie des communications internes de la bande.

Tso et Kwan comprenaient très bien l'importance de ce message : « 042.623.7.0505. » C'était la première fois que la police interceptait à temps une information pareille sur les déplacements de Shek

Boon-tim. Auparavant, les enquêteurs n'avaient jamais pu analyser que des messages anciens sur des terminaux récupérés sur des cadavres. Cela signifiait que les forces de l'ordre pouvaient déployer leur dispositif entier en avance, et tenter de coincer Shek Boon-tim à son propre jeu.

« Vous avez assez de monde sur place ? » demanda Tso Kwan.

Il n'était pas question de sous-estimer la détermination de la bande, ni sa puissance de feu potentielle, comme cela avait été trop souvent le cas par le passé, avec pour conséquence des morts et des blessés dans les rangs de la police.

« On est un peu justes pour un assaut, mais j'ai prévenu les Tigres-Volants, ils se tiennent en alerte et, dès que Shek arrivera, ils débarqueront en moins d'une demi-heure.

— Et s'il se passe quoi que ce soit entre-temps ? Vous ne pourrez compter que sur vos propres forces… », dit Kwan en parcourant la pièce du regard.

Le « QG provisoire » n'était qu'un appartement vide au deuxième étage de l'immeuble, tout aussi décrépit, en face de la résidence Ka-fai. Dans ces quarante mètres carrés à peine se trouvaient Ko Long-saan et trois autres agents, l'un responsable de la veille des interceptions des pagers, un autre maintenant la liaison avec les équipes embusquées tout autour de Ka-fai et le dernier préposé aux tâches de planton-coureur. La fenêtre de la pièce donnait sur l'entrée de l'aile sud du bâtiment sous surveillance.

L'architecture de la résidence Ka-fai ne facilitait pas le travail des policiers. L'immeuble datait des années cinquante et comptait dix-huit étages dotés chacun d'une trentaine d'appartements. À l'époque de sa construction, il était l'une des résidences les plus haut de gamme du quartier de Yau Ma Tei et avait attiré de nombreuses familles de la classe moyenne. Mais à partir de la fin des années soixante-dix, le centre du quartier s'était déplacé ailleurs et l'immeuble, accusant son âge et ses défauts de construction, avait vite perdu son lustre de naguère. Les logements désertés par les résidents étaient plus souvent qu'à leur tour transformés en dortoirs pour immigrés illégaux exploités par les marchands de sommeil. On trouvait désormais dans les étages des tailleurs, des cabinets de médecine chinoise douteux, des négoces «import-export», des mouroirs qualifiés de maisons de retraite que flanquait parfois une improbable chapelle bouddhiste, des «chambres du phénix» — ou travaillaient en toute légalité des prostituées se disant indépendantes —, tandis qu'au rez-de-chaussée les garages pour scooters voisinaient avec les gargotes minables et des locaux d'associations de quartier.

En raison de sa taille — l'immeuble faisait plus de cent mètres d'une extrémité à l'autre —, la résidence Ka-fai comportait trois halls d'entrée donnant sur la rue, une par aile, au sud, au nord et au centre. Il y avait six ascenseurs répartis sur la longueur, trois cages d'escalier, et les couloirs à chaque étage formaient de véritables labyrinthes. Ces caractéristiques n'avaient pas échappé aux délinquants à la recherche d'une bonne planque, d'autant plus que la société gestionnaire de l'immeuble ne posait aucune question et ne voulait rien entendre, et que l'abondance de commerces et de services de tout ordre rendait impossible le contrôle des allées et venues. À vrai dire, même s'il y avait eu volonté de gérer les flux, il aurait suffi aux individus voulant échapper à l'attention d'hypothétiques gardiens de s'esbigner par l'une des innombrables fenêtres du rez-de-chaussée, sans même passer par l'une des trois entrées.

Un véritable cauchemar pour la police — même quand elle ne tentait pas, comme en ce jour, de cerner le bâtiment.

« J'ai douze hommes de plus répartis autour de la résidence, je pense pouvoir gérer toutes les situations, à part un assaut frontal, dit Ko en pointant du pouce par la fenêtre la façade lépreuse de la résidence Ka-fai. S'il s'agissait d'un immeuble normal, je n'aurais même pas besoin des Tigres-Volants...

— Toutes les sorties sont surveillées ? l'interrompit le superintendant Tso.

— J'ai trois bonshommes à chaque sortie, plus trois autres planqués au dernier étage du centre Man Tsoeng, avec vue directe sur le couloir qui passe devant la porte de leur appartement. Même s'il faut s'accrocher pour voir à travers la crasse des vitres... »

Ko décrivit son dispositif sur un plan punaisé au mur. Il soupçonnait Shek Boon-tim d'avoir choisi cette planque en partie parce que les autres immeubles de la rue étaient beaucoup plus bas que Ka-fai : il était impossible de voir ce qui s'y passait au-dessus du cinquième étage. Ko avait dû installer son poste de guet à grande distance, dans un centre commercial, et encore n'avait-il vue que sur un couloir extérieur, pas dans l'appartement des truands. Bien entendu, avec un tueur comme Shek Boon-sing en face, il était impensable de poster un agent à proximité immédiate de l'appartement, au quinzième étage. Sans compter que ça aurait donné l'alerte à la bande.

« Douze hommes... ça fait deux équipes de chez vous ?

— Non, je n'ai qu'une seule de mes équipes, la première. Les autres étaient déjà affectées à d'autres enquêtes. Du coup, j'ai récupéré la troisième équipe du poste de Mongkok.

— Ah oui... ceux qui étaient censés arrêter Jaguar au départ ?

— Exactement.

— Ça se passe bien avec eux ? demanda Kwan.

— Bien sûr... bien sûr, pas de problème.

— Pourtant leur chef, c'est bien TT, non ? »

Ko vit le sourire de Kwan et comprit qu'il ne lui rendrait pas les choses difficiles. Il soupira :

« Je vois que vous connaissez aussi notre ami Tang Ting ?

— Il y a cinq ans il était à la section des crimes sérieux de Wan Chai, j'ai eu plusieurs fois l'occasion de l'avoir sur mon chemin... pardon, sous mes ordres. Il est aussi intelligent qu'habile au tir, mais il a vraiment un sale caractère... C'est difficile d'avoir raison contre lui ! »

L'inspecteur Tang Ting avait trente-trois ans, et son surnom de « TT » — le nom familièrement donné au vieux pistolet soviétique Tokarev 30/33 — ne venait pas seulement des initiales de son nom en transcription latine, mais aussi de son caractère emporté. À Wan Chai son chef d'équipe, qui s'y connaissait en armes à feu, lui avait dit un jour : « Ah Ting, tu mérites vraiment ton nom ! tu pars aussi vite qu'un TT... J'espère qu'au plumard tu es un peu moins rapide ! » — cette vanne de spécialistes s'expliquait mieux quand on savait que le Tokarev présentait la particularité de ne pas avoir de cran de sûreté et de parfois faire feu aux moments les plus inopportuns, défaut compensé aux yeux de certains par sa puissance d'arrêt considérable. Le surnom avait plu à Tang Ting, et il avait décidé de l'honorer tout au long de sa carrière — il était resté très efficace, mais difficilement contrôlable, et remportait toutes les compétitions de tir auxquelles il participait. Beaucoup de ses collègues ne connaissaient même pas son vrai nom.

« Et le chef de votre première équipe, ce n'est pas l'inspecteur Fung Yuen-yan? Il était aussi à Wan Chai à l'époque, et tout le monde savait qu'il ne s'entendait pas du tout avec TT, c'est pour ça que j'ai posé la question. »

Décidément on ne peut rien lui cacher, pensa Ko.

« Oui, ils étaient déjà ensemble à l'école de police, je ne sais pas très bien ce qui s'est passé entre eux, mais c'est clair qu'ils se détestent encore. Cela dit, tous deux sont d'excellents professionnels et je pense qu'ils ne laisseront pas leurs histoires privées interférer avec le boulot; en tout cas pour l'instant, pour les comptes rendus, les relèves, les rapports entre les équipes, je n'ai rien constaté de fâcheux. Je leur fais confiance. »

Kwan sourit et se tut. Il savait que le discours de Ko n'était que cela : un discours. Fung était inspecteur en chef, et ces dernières années il était grimpé plus vite que TT — que son caractère desservait —, cela n'avait pu qu'attiser les frictions préexistantes. Ko était visiblement inquiet de ce qui pouvait se passer entre les deux hommes et il les avait éloignés l'un de l'autre autant que possible : Fung en surveillance à l'entrée sud, TT à l'entrée nord. Tso Kwan intervint :

« Ce TT a sans doute changé avec l'âge, d'autant qu'il est sur le point de se marier... Les responsabilités familiales, rien de mieux pour calmer les excités et les empêcher de faire des conneries. Du moins j'espère... »

Tso faisait allusion à plusieurs épisodes passés, au cours desquels TT avait encouru les reproches de la hiérarchie pour avoir tenté le sort, comme un parieur : il avait affronté seul des criminels en se reposant sur ses qualités de tireur et de combattant, sans attendre les renforts.

« Il va se marier ? demanda Kwan.

— Œil-de-faucon pris en défaut..., pouffa Tso. Oui, et pas avec n'importe qui : sa fiancée, c'est Ellen, du département des relations publiques de l'état-major. C'est la fille du directeur adjoint de la police, ça ne pourra pas faire de mal à sa carrière... »

Du coin de l'œil, Kwan vit que Ko Long-saan ne les écoutait plus. Il devait estimer que cette conversation de salon n'avait pas sa place dans le QG d'une opération sensible.

« C'est sur vous que repose l'arrestation des frères Shek, inspecteur Ko. Attrapez-les-moi, et je leur ferai cracher tout ce qu'ils savent. Ce sera un beau jour pour la police.

— Ne vous en faites pas... cette fois on va leur couper les ailes, j'en mettrais ma main au feu, répondit Ko en lui serrant la main de nouveau.

— Et si vous avez besoin de l'aide du CIB, n'hésitez pas..., dit Tso en se dirigeant vers la sortie.

— Bien sûr, bien sûr. »

Juste à ce moment, le haut-parleur posé sur la table se mit à cracher.

« Grenier de Château d'eau... Grenier de Château

d'eau… Moineau et Corbeau sont sortis du nid… je répète : Moineau et Corbeau sont sortis du nid, *over*. »

« Château d'eau » désignait le poste de guet dans le centre Man Tsoeng, « Grenier » était le centre de commandement de Ko. « Moineau et Corbeau » étaient les noms de code de Jaguar et de Biu le Dingue. Ils venaient de quitter l'appartement servant de planque. Les frères Shek avaient eu droit à des noms plus nobles : « Grand-Duc » pour l'aîné et « Condor » pour le cadet.

« À toutes les unités, attention, à toutes les unités, attention : Moineau et Corbeau sont sortis du nid, je répète : Moineau et Corbeau sont sortis du nid, passez en alerte maximum, *over*. »

Suivant l'ordre de Ko, l'agent chargé des communications répercutait l'annonce de Château d'eau aux équipes de surveillance des entrées. Si les deux bandits quittaient l'immeuble, elles détacheraient du personnel pour les filer, et les policiers restants devraient faire évoluer leur dispositif pour boucher les trous.

Tso et Kwan avaient été stoppés dans leur élan par l'annonce radio. Ils restèrent dans un coin à observer le déroulement des opérations.

Ce que l'inspecteur Ko craignait le plus, c'était que Shek Boon-tim arrive plus tôt que prévu et que la bande quitte son repaire immédiatement pour aller sur un coup. Dans ce cas, il devrait mener l'arrestation sans attendre les Tigres-Volants, avec seize hommes en tout et pour tout, lui compris.

3

Il était exactement 12 h 55 — Lok Siu-ming consultait sa montre et trouvait le temps long. Surprenant, que ce travail d'enquêteur soit si monotone. Après l'école de police, il avait passé chaque minute des trois années de sa première affectation comme gardien de la paix en uniforme à rêver d'une mutation à la division des affaires criminelles, bien que bon nombre de ses anciens l'aient prévenu que les policiers des sections des crimes sérieux étaient en permanence sous pression et menaient une vie d'enfer. Il n'en avait cure : il était encore très jeune et pensait devoir en passer par là pour se forger le caractère. Qu'on lui en donne seulement l'occasion, et il leur montrerait à tous qu'il pouvait devenir un détective d'élite.

Mais il réalisait maintenant que le principal problème de sa nouvelle vie n'était pas «l'enfer», mais «l'ennui». Pour un gamin de vingt ans plein d'ambition, il était bien pire de s'ennuyer au boulot que d'en avoir trop à faire.

Grâce à ses bons résultats à l'école et au zèle dont il avait fait preuve, ses chefs avaient accepté sa demande de mutation et il avait remisé au placard sa tenue bleue. Il était désormais membre de la troisième équipe de la section des crimes sérieux de Mongkok, et il regrettait déjà. Certes, il avait participé, rien qu'en deux mois, à plusieurs arrestations, et cette partie du travail correspondait bien à l'idée qu'il s'en était faite ; le problème était que ça n'occupait qu'une petite partie du temps, et que tout le reste de leurs longues heures était consacré à attendre que les malfrats veuillent bien se manifester, à tenter de recueillir des indices inexistants, à interroger des centaines de témoins qui pour la plupart se révélaient curieusement aveugles, sourds ou muets. L'action durait une ou deux minutes, mais la phase d'attente et de préparation, ainsi que le travail *a posteriori* d'enquête et de compte rendu pouvaient prendre des jours, quand ce n'était pas des semaines.

Et là, il était en plein dans une de ces phases d'attente, et il s'emmerdait comme un rat mort.

« Putain, il en met du temps le boss… »

Assis à sa gauche, Sharpeï partageait visiblement les mêmes sentiments. Et pourtant il faisait ce boulot depuis trois ans et aurait dû être habitué. Sharpeï — l'agent Fan Sze-Tat — était le collègue le plus proche de Lok, justement parce qu'ils étaient tous deux les moins grégaires de l'équipe.

« Tiens, le revoilà… »

L'inspecteur Ko s'était arrangé pour placer TT, Siu-ming et Sharpeï comme grouillots dans un fast-food chinois situé dans un coin du grand hall de l'entrée nord de la résidence Ka-fai, avec une façade sur la rue et une autre sur le hall. Il n'y avait ni table ni tabouret dans la boutique, toutes les commandes étaient servies dans des lunch-box à emporter. Les policiers avaient vue directe sur les ascenseurs et le débouché de la cage d'escalier. La police avait réquisitionné l'endroit et le patron — qui doublait comme cuistot — avait mis ses deux employés en vacances aux frais du gouvernement.

« À ton tour, Sharpeï », dit TT en revenant derrière le comptoir.

Sharpeï quitta la boutique sans même enlever son tablier puant le graillon. Les longues planques sans interruption étaient mauvaises pour le moral comme pour la capacité d'attention des troupes, et le chef d'équipe avait mis en place un système de repos par roulement. Il suffisait qu'il reste deux agents en place pour veiller l'un sur l'autre. Le troisième pouvait alors se rendre aux toilettes — payantes — près des ascenseurs. TT et Sharpeï étaient tous deux accros à la nicotine et ils en profitaient aussi pour griller une cigarette : le patron les empêchait de fumer au-dessus de ses plats... ça serait mauvais pour l'image de marque de sa boutique.

« Quelle putain d'image de marque ? grommelait Sharpeï quand le patron était dans sa cuisine. De toute façon il a pas de clients et sa bouffe est dégueu. »

Revenu à sa place, TT tira un pager de sa poche et jeta un coup d'œil à l'écran. Siu-ming ne put s'empêcher de ricaner.

« Alors boss, c'est la galère la préparation du mariage ?

— Tu l'as dit, répondit TT avec une grimace. Siu-ming, un conseil, ne te marie pas trop tôt, et si tu veux te marier, essaye d'éviter de le faire en plein milieu d'une opération majeure... ou mieux encore, commence par te faire muter. »

Vu les circonstances, Lok n'en voulait pas à son

chef d'avoir de temps en temps l'esprit ailleurs. Depuis ce matin, le pager de TT sonnait presque sans discontinuer, et ça faisait déjà trois fois qu'il allait emprunter le téléphone du concierge, qui rêvassait derrière un bureau de l'autre côté du hall. Lok se doutait qu'il s'agissait des préparatifs de la cérémonie. Il y avait bien un téléphone dans la boutique, mais le patron ne les laissait pas s'en servir : pas bon pour le business, il risquait de rater une commande.

Lok n'avait entendu ni son chef ni son ami se plaindre une seule fois, mais il savait qu'ils en avaient gros sur la patate. Dimanche, alors qu'ils s'apprêtaient à ramener Jaguar et son complice au poste, on les avait stoppés en plein élan à peine un quart d'heure avant l'action, et ils s'étaient vu dessaisir de l'affaire au profit de cet inspecteur venu du QG de secteur. Mais ce n'était pas le pire : le pire, c'était d'avoir été placés là, à ne rien foutre, sans aucune chance que ça change. L'appartement des suspects était dans l'aile sud de la résidence et depuis cinq jours c'était l'entrée sud qu'ils utilisaient. La situation était tout aussi désespérante pour les trois autres subordonnés de TT, dont deux veillaient sur l'entrée centrale du bâtiment géant et l'un tournait avec l'équipe de guet à «Château d'eau».

C'est une vengeance privée sous couvert de boulot — se disait Lok. Sharpeï lui avait exposé l'état des relations entre TT et le chef de la première équipe de Kowloon Ouest, Fung Yuen-yan. La veille au soir, il avait assisté en personne à l'une de leurs sempiternelles engueulades, au QG. L'inspecteur senior Ko avait clairement favorisé son adjoint, Fung ; du coup tout le mérite de l'arrestation des frères Shek reviendrait aux gars de Kowloon Ouest, et les policiers qui avaient initié l'affaire — TT et ses hommes — se retrouvaient face au désert des Tartares, à se racler les tibias avec des tessons de bouteille pour faire passer le temps. Ils l'avaient d'autant plus saumâtre qu'initialement ils étaient censés prendre des congés après l'arrestation de Jaguar, pour souffler un peu après les efforts qui leur avaient été demandés depuis quelque temps, et pour permettre au chef d'équipe de préparer son mariage.

« À toutes les unités, attention, à toutes les unités, attention : Moineau et Corbeau sont sortis du nid, je répète : Moineau et Corbeau sont sortis du nid, passez en alerte maximum, *over*. »

L'annonce radio retentit dans leurs écouteurs d'oreille.

« D'Épouvantail, bien reçu, *out*. »

Pour répondre, TT pressait un bouton sur sa radio portative planquée sous son tablier et parlait dans le micro dissimulé dans son col. Il avait au moins la satisfaction d'avoir un indicatif radio moins ridicule que les autres équipes de surveillance : Fung à l'entrée sud était « Étable », les gars de l'entrée centrale étaient « Moulin ». L'utilisation d'indicatifs était censée permettre de ne pas dévoiler le dispositif en place en cas d'interception des communications radio par les surveillés.

« À tous de Château d'eau, Moineau et Corbeau sont entrés dans l'ascenseur, *over*. »

Écouter les messages radio permettait de faire passer le temps mais, du point de vue de Lok, ça avait autant de rapport avec lui que les résultats des courses qui passaient sur la FM du patron. En quatre jours il n'avait pas aperçu l'ombre de Jaguar, le préposé au ravitaillement. Sans même parler des frères Shek... L'avantage, se disait-il, c'était que s'il finissait par quitter la police, écœuré, il aurait au moins appris à rédiger une facture, à servir de la viande moisie sur du riz trop cuit, et à supporter les récriminations des clients.

« Siu-ming, ne te relâche pas trop », dit soudain TT.

L'interpellé se ressaisit et se concentra sur sa tâche : la surveillance du hall.

« Ici Étable... l'ascenseur est arrivé au rez-de-chaussée, *out*. »

C'était la voix de l'inspecteur en chef Fung.

« Qu'est-ce qu'il fout, Sharpeï ? demanda TT à voix basse en fronçant les sourcils.

— Il était pressé, je crois qu'il avait besoin de chier..., dit Siu-ming pour excuser son partenaire. C'est con si les Shek débarquent à ce moment.

— Étable à Moulin, Étable à Moulin, Moineau et Corbeau se dirigent dans votre direction, *over*.

— Bien reçu de Moulin, *out*. »

Tiens, du nouveau ; jamais encore Jaguar n'avait emprunté le long couloir qui traversait le bâtiment du nord au sud, joignant les trois halls d'entrée.

« Ici Moulin... oiseaux en vue. Moineau et Corbeau ne sortent pas, ils continuent vers le nord. Les deux oiseaux se dirigent vers Épouvantail, *over*.

— Ici Épouvantail, bien reçu, *out*. »

TT restait d'un calme absolu. Siu-ming sentait en revanche son cœur battre plus vite. Il fixait la sortie du couloir, attendant l'apparition des deux truands.

« Boss, ils...

— Tais-toi ! Reste calme, baisse la voix et fais gaffe à ne pas dévoiler qui tu es », lui intima TT à voix basse.

Jaguar et Biu le Dingue traversaient le hall et venaient droit vers la sortie. Ils allaient passer tout près d'eux. Ils étaient tous deux vêtus de jeans et de T-shirts larges, Biu portait des lunettes de soleil et Jaguar un chapeau gris. Ils auraient pu être n'importe qui... Lok jeta un coup d'œil à TT, qui, la tête baissée, s'affairait à ranger les denrées de réserve dans la glacière. Oui, il fallait avoir l'air occupé. Siu-ming s'empara d'une cuillère et se mit à remuer le bœuf à l'oignon qui se trouvait sur la chaufferette.

« Hi. »

L'apostrophe, inattendue, fit passer un frisson dans le dos de Siu-ming.

« Hello ! »

Ils n'étaient pas sortis par la grande porte mais s'étaient arrêtés devant le comptoir. À moins d'un mètre de Siu-ming. C'était Jaguar qui parlait.

Lok releva lentement la tête et rencontra le regard de Jaguar. La première pensée qui lui vint à l'esprit fut : « Je suis grillé », et il n'avait aucune idée de ce qu'il fallait faire. Devait-il plonger à l'abri ? S'emparer de son pistolet ? Il ne savait pas si Jaguar et Biu le Dingue cachaient comme lui une arme sous leur T-shirt. Shek Boon-sing était connu pour se servir d'un automatique Étoile noire, alors que les armes de service des policiers des sections de crimes sérieux étaient des revolvers calibre 38, inférieurs tant en puissance de feu qu'en nombre de cartouches disponibles. Siu-ming ne se voyait pas engager le combat dans ces conditions. Quoiqu'en prenant l'initiative ?... S'il s'occupait du voleur de voiture, son chef était probablement de taille à maîtriser Biu le Dingue.

« Hé ! J'te cause ! dit Jaguar en avançant la tête

au-dessus du comptoir. Y coûte combien ton bœuf, avec une portion de riz?»

Lok sentit un grand poids quitter ses épaules. Il ne s'était pas grillé. Ils voulaient juste commander à manger.

«Quin... quinze dollars.

— Tu m'en mets deux parts.»

Jaguar se tourna vers Biu.

«Et toi, puisque tu te plains toujours de ce que je prends, t'as qu'à choisir ta bouffe toi-même.»

Biu le Dingue s'avança et lut le menu affiché au mur derrière le comptoir.

«Filet de poisson sauce maïs... elle est fraîche ta poiscaille?»

Sa voix de basse et son ton firent comprendre à Lok qu'il n'était pas du genre à se faire refiler du poisson avarié.

«Oui, y a pas de souci», dit Lok en s'efforçant de contenir sa nervosité.

Il venait de voir, quand Biu s'était penché, une protubérance à sa ceinture, à gauche. La crosse d'un automatique.

«Ouais... ben c'est ton maïs qui doit puer. File-moi des travers de porc aux haricots noirs, avec du riz.

— OK, OK.»

Siu-ming prit trois boîtes en carton et les disposa devant lui, ouvertes, sur le comptoir. Il les remplit de riz, mais renversa la moitié de sa deuxième louche de bœuf aux oignons à côté de la première boîte.

«Eh mon pote, tu vas pas t'en tirer comme ça! J'ai que trois morceaux de bœuf, tu m'as donné que de la sauce!

— Pa... pardon!» s'excusa Siu-ming en tremblant.

Il reprit une louche, mais elle était encore une fois surtout pleine de sauce.

«Ah...», commença Jaguar, avant de s'interrompre d'un coup.

Lok eut le sentiment d'avoir commis une grosse gaffe. Il s'était mis de côté pour mieux servir le plat, et montrait son profil gauche aux deux truands. De son oreille gauche pendait le fil de son écouteur. Le fil était quasi invisible pour quiconque se tenait en face de lui, mais sous cet angle il était impossible que Jaguar n'ait rien remarqué.

À la seconde où la panique l'envahissait — où un grand blanc se faisait dans son esprit — Siu-ming reçut une énorme baffe sur l'arrière du crâne. Il crut l'espace d'un instant que Jaguar l'attaquait, avant de comprendre que le coupable était TT.

«Putain d'ta mère! Tu m'prends pour un con? Combien de fois j't'ai dit de pas écouter ta musique de merde quand tu bosses? T'en as encore foutu partout! Si le patron t'a fait venir, tu crois que c'est pour faire fuir les clients? Allez, casse-toi!»

TT récupéra la louche et s'affaira.

«J'vous demande pardon, messieurs, ce garçon est bouché à l'émeri, faut lui taper dessus pour qu'il comprenne. Je vous offre les boissons gratuites, j'espère que vous ne nous en voudrez pas et qu'on vous reverra! Vous voulez un soda ou un thé glacé?

— Du Coca, ça ira», dit Jaguar.

Il s'était visiblement détendu et rendait même son sourire complice à TT.

«Ça fait quarante-cinq dollars en tout, merci.»

TT referma les trois boîtes de polystyrène et les plaça avec les boissons, les couverts jetables et des serviettes en papier dans un grand sac qu'il tendit à

Jaguar. Celui-ci lui donna un billet de cinquante et s'éloigna sans attendre la monnaie, suivi de Biu.

Lok se tenait au coin de la glacière, la tête penchée comme un gamin pris en faute. Il vit Sharpeï qui jouait les lèche-vitrines devant une boutique de vêtements. Il se le représenta recevant l'annonce radio alors qu'il était sur le trône et se dépêchant de se rhabiller pour sortir et découvrir que les deux suspects étaient justement devant leur comptoir.

Quand Jaguar et Biu eurent enfin disparu, Siuming se tourna vers TT :

« Merci, boss, j'ai vraiment merdé comme un bleu...

— Ouais, il va falloir un peu de temps avant que la sauce prenne, mais ça viendra, dit TT en lui remettant une tape sur la nuque — bien moins fort cette fois-ci.

— Nom de Dieu, ils m'ont flanqué la trouille, dit Sharpeï en se rapprochant. Ils ont commandé à bouffer ? Combien y avait de chances qu'ils choisissent justement ce restau ?

— Tout est bien qui finit bien », dit TT avec un grand sourire.

Il remit à son oreille l'écouteur dont il s'était débarrassé et parla dans son col :

« Épouvantail appelle Grenier, Moineau et Corbeau sont juste venus picorer, ils rentrent au nid, *over*. »

Lok regarda sa montre : il était 13 h 02. Les sept minutes écoulées lui semblaient avoir duré des heures.

« Ici Château d'eau, les oiseaux sont rentrés au nid », annonça le poste de guet de Man Tsoeng trois minutes plus tard.

Sharpeï s'étira en bâillant et dit, mi-figue mi-raisin :

« Faut croire que le cirque va continuer jusqu'à demain… »

Lok hocha la tête et soupira.

Une minute plus tard ils étaient tous les deux détrompés.

« Grenier de Château d'eau ! Alerte, alerte ! Les trois oiseaux quittent le nid — Moineau, Corbeau et Condor sortent du nid avec de gros sacs, ça sent pas bon ! *Over !* »

Lok eut l'impression de recevoir un direct à l'estomac.

« Grenier de Château d'eau ! Situation inhabituelle, les oiseaux n'ont pas appelé l'ascenseur, ils prennent le couloir à leur étage vers le nord ! On dirait qu'ils prennent la fuite ! »

Après quelques secondes de calme tendu, l'ordre tomba :

« Château d'eau de Grenier, gardez l'œil ouvert. À toutes les unités, préparez-vous à intercepter les suspects ! Bloquez les sorties et rendez compte des mouvements d'ascenseur, *over*. »

Lok ne savait plus que penser. Jaguar et Biu n'avaient-ils finalement pas été dupes ? Avait-il vraiment fait échouer l'opération à lui seul en pétardant sa couverture ? Sharpeï le poussa dans le dos.

« Allez, tire-toi les doigts du cul ! »

Siu-ming hocha la tête, mit ses doutes de côté et dénoua son tablier ridicule. Il tira son revolver de sa ceinture et suivit TT et Sharpeï dans le hall. Ce dernier brandissait son insigne et hurlait pour couvrir les cris des spectateurs, vendeurs ou clients :

« Police ! Rentrez tous et mettez-vous à l'abri ! »

Même le concierge, qui donnait l'impression d'avoir dormi toute la matinée, releva la tête et s'empressa de se mettre à genoux derrière son bureau.

« À tous d'Étable, les ascenseurs n'ont pas bougé du rez-de-chaussée, *out*.

— Ici Moulin, un ascenseur descend du troisième, un autre est au rez-de-chaussée, *out*.

— Épouvantail à Grenier : un ascenseur au rez-de-chaussée, un autre au quatrième — commence à grimper… — non, il s'arrête, *out*, dit TT dans son micro.

— À tous de Grenier, embusquez-vous et attendez les renforts, *over*. »

Le cœur de Lok cognait dans sa poitrine. Les trois policiers s'étaient placés hors de la ligne de vue de quiconque sortirait de l'ascenseur ou de la cage d'escalier, et bloquaient l'entrée et la sortie du hall déserté. À l'extérieur, quelques citoyens dotés de sens civique, ou qui s'ennuyaient, comprirent ce qui se passait et se disposèrent en demi-cercle pour empêcher les piétons de pénétrer dans la zone dangereuse.

L'ascenseur arriva au rez-de-chaussée en grinçant. TT et ses hommes levèrent leur arme. L'ascenseur ne contenait qu'une femme qui s'étonna du silence qui régnait dans le hall — et poussa un grand cri de frayeur quand un individu armé se précipita sur elle, la prit par le bras et l'entraîna à l'abri.

« Ça peut pas marcher comme ça, dit soudain TT.
— Quoi ? dit Siu-ming.
— Ils peuvent descendre par l'escalier… s'ils se doutent que les sorties sont surveillées, ils vont sauter par les fenêtres du premier étage. On peut pas rester ici comme des cons !

— Mais le chef a dit de rester ici et de bloquer la sortie...

— Ouais... mais Shek Boon-sing et ses hommes ont toujours été armés jusqu'aux dents, Château d'eau a dit qu'ils avaient de gros sacs, y a sûrement des fusils d'assaut et des pistolets-mitrailleurs, s'ils débarquent et qu'on engage le combat ici ça va mettre tous les civils derrière en danger. »

Siu-ming et Sharpeï comprenaient. Ils savaient qu'il y avait un précédent : Shek Boon-sing avait échappé à un encerclement en prenant un minibus en otage, et avait abattu le chauffeur et quatre passagers alors même qu'il était déjà à l'abri. Il n'avait pas supporté les cris et les pleurs de ceux-ci et était mécontent que celui-là n'ait pas assez appuyé sur l'accélérateur.

« Mais boss, on n'a que dix-huit cartouches à nous trois...

— Et alors ? Trois contre trois, il suffit de les retarder jusqu'à l'arrivée des Tigres-Volants, dit froidement TT en vérifiant que le barillet de son revolver était bien rempli.

— J'préférerais rester ici, mais le boss a raison, intervint Sharpeï. L'attaque est la meilleure des défenses. Hein ? Après tout on est la putain de Police royale, on va pas se planquer ici et les laisser s'enfuir sans bouger. »

Siu-ming soupira et hocha la tête.

« Mon oncle ! cria TT au concierge terré derrière son bureau. Vous avez une clé pour bloquer les ascenseurs ?

— Oui, oui... »

Le concierge tira fébrilement un trousseau de la poche de sa tunique et entra dans chacun des ascenseurs, sous la protection de TT et Sharpeï, pour en interrompre le fonctionnement.

« OK, dit TT, comme ça ils sont obligés de passer par les escaliers s'ils viennent jusqu'à l'aile nord. Si on apprend qu'ils sont passés par les ascenseurs ou les escaliers des autres ailes et qu'ils ont rencontré les collègues, on les prendra en tenaille. »

Il regarda tout autour de lui et s'adressa une nouvelle fois au concierge :

« Mon oncle, est-ce qu'il y a des business au-dessus du septième étage, dans votre aile ?

— Au-dessus du septième ? Non, pas si haut, je crois pas... attendez, si, l'appartement n° 30 au huitième sert d'hôtel, il s'appelle "l'auberge de l'Océan".

— Merde. Bon, reprit TT, on est en plein jour, il ne doit pas y avoir grand monde là-dedans, mais si c'est un hôtel ils pourront y entrer facilement, ça met quand même des gens en danger. »

Si les truands prenaient des otages la police n'aurait plus qu'à se tourner les pouces et à les voir s'échapper une fois de plus... tout en sachant que les otages risquaient fort d'y passer quand même. Il fallait agir vite, se disait Lok.

« Les dés sont jetés », cracha TT.

Il appuya sur le bouton de sa radio et dit :

« Grenier d'Épouvantail, Grenier d'Épouvantail, nous passons à l'offensive par les escaliers, *out*.

— Épouvantail de Grenier, restez où vous êtes. Vous m'entendez ? Restez sur place ! *Over !*

— Plus la peine d'écouter ces couilles molles, dit TT en arrachant son écouteur, on ne peut compter que sur nous-mêmes. En avant. »

Il ouvrit la porte de la cage d'escalier, Sharpeï et

Siu-ming en couverture, leurs armes braquées. TT jeta un coup d'œil précautionneux vers le haut, dans l'interstice entre les rampes, et murmura :

« On grimpe sans s'arrêter. Vu le temps écoulé depuis le dernier compte rendu de Château d'eau… s'ils descendent par ici, ils sont pas plus bas que le douzième ou le treizième, au max.

— Vous pensez pas qu'ils ont pu faire demi-tour en passant par les couloirs d'un autre étage, histoire de nous paumer ?

— S'ils avaient juste un rencart avec Shek Boontim, ils auraient pris l'ascenseur sud comme d'habitude, dit TT en grimpant les marches deux à deux. Non, ils se doutaient de quelque chose, ils sont partis avec leurs armes et ont pris le couloir. Mais de deux choses l'une, soit ils ont vraiment l'intention de s'enfuir et le mieux pour eux c'est de descendre au premier et tenter de sauter… Et je vois pas pourquoi ils joueraient à cache-cache… Soit ils ont autre chose en tête.

— Putain, pourtant quand ils ont acheté leur bouffe tout avait l'air normal ? C'est pas nous qui leur avons donné l'alerte quand même ? dit Sharpeï, juste derrière lui. C'est sûrement ce con de Fung qui a gaffé… Boss, vous allez vous marier, faites gaffe, hein ? Que le Ciel nous protège… »

TT et Siu-ming ne répondirent pas et Sharpeï décida lui aussi d'épargner son souffle. Ils arrivèrent au palier du septième, TT les arrêta d'un geste brusque puis posa un doigt sur ses lèvres pour leur intimer le silence. Lok n'avait rien vu ni entendu, mais s'empressa d'obéir à son chef. Ils continuèrent sur la pointe des pieds, tentant de contrôler leur respiration oppressée, le dos collé au mur. Il n'y avait qu'une minuscule fenêtre tous les deux étages dans la cage d'escalier, plongée dans une semi-obscurité perpétuelle. Lok, en troisième position, sentait ne pouvoir compter que sur l'instinct et l'expérience de ses collègues pour deviner une éventuelle présence devant eux.

Un demi-étage plus haut, il comprit : une silhouette se mouvait derrière la vitre de la porte du palier du huitième. Était-ce l'un des suspects ? ou un habitant de l'immeuble ? La moindre erreur d'appréciation pourrait avoir des conséquences gênantes. Le passage entre la cage d'escalier et le couloir qui faisait le tour de l'immeuble était fermé à chaque extrémité par des portes antifeu, mais avait été depuis longtemps reconverti en local poubelles. TT et Sharpeï, la taille courbée, se placèrent de chaque côté de la porte. Derrière ses deux collègues, Siu-ming surveillait la volée de marches qui descendaient du neuvième. Il valait mieux éviter de se faire prendre à revers. TT risqua un coup d'œil par la vitre. Quelqu'un se tenait, cinq mètres plus loin, devant l'autre porte qui donnait sur le couloir. La vitre était couverte d'une épaisse couche de poussière, il était impossible de confirmer qu'il s'agissait de l'un des trois bandits. Au pied de la porte, il y avait quelque chose : des bûches, ou des piles de vieux journaux, qui la maintenaient en position ouverte. Les pompiers avaient beau supplier les habitants de laisser les portes antifeu fermées, dans ce genre d'immeuble ça revenait à pisser dans un violon. Les gens balançaient leurs déchets inflammables n'importe où et semblaient s'évertuer à trouver le moyen de rendre les dispositifs de sécurité inopérants.

TT fit quelques signes de la main, ordonnant à

Siu-ming de tirer la porte pour le laisser entrer avec Sharpeï. Les policiers des sections de crimes sérieux ne suivaient pas d'entraînement spécifique au combat et se formaient sur le tas, mais ils n'avaient guère de choix, que le type derrière la porte soit un ennemi ou non. L'appartement numéro 30 n'était pas loin et il fallait vérifier s'il y avait eu prise d'otages. TT leva trois doigts et compta en silence : trois... deux... un... — *go!*

Siu-ming tira à lui, de toutes ses forces, l'épaisse porte en bois. TT et Sharpeï s'y engouffrèrent par la gauche et par la droite. À quelques mètres, la silhouette tourna la tête. Les trois hommes se faisaient face et la situation fut très vite claire pour tout le monde. C'était bien Jaguar. Dans le regard du truand passa aussi une lueur de compréhension : l'employé du fast-food, avec un revolver ; pas besoin d'un dessin. Siu-ming était certain que Jaguar, avec deux armes braquées sur lui, lèverait les bras sans barguigner, mais TT n'eut même pas le temps d'ouvrir la bouche que l'autre arrachait un automatique de sa ceinture. Siu-ming comprit qu'il avait gardé la main dessus tout le temps. Il vit le canon de l'Étoile noire se lever inexorablement, le temps sembla soudain s'écouler au ralenti.

Deux détonations retentirent. TT n'avait pas hésité une seule fraction de seconde. Jaguar reçut les deux balles en pleine poitrine et fut projeté en arrière par les impacts. Il s'écroula sans avoir eu le temps d'appuyer sur la détente de son arme. Le sang jaillit de ses blessures en gargouillant.

Les réflexes de son chef avaient galvanisé et soulagé Sharpeï. Il crut le danger passé. Mais alors qu'il suivait des yeux le cadavre qui glissait au sol, une autre silhouette jaillit du couloir.

Biu le Dingue. Avec une AK-47 entre les mains, le canon braqué sur l'étroit passage. Siu-ming était encore sur le palier de la cage d'escalier, mais TT et Sharpeï étaient en plein dans le champ de tir et leur seule protection possible se composait de quelques misérables poubelles en plastique rouge.

Ta-ta-ta-ta-ta.

L'instinct joua. Siu-ming se jeta de côté, à l'abri du mur; les échos des tirs envahissaient la cage d'escalier et il ne comprit pas comment il pouvait encore entendre les balles siffler; l'odeur de la poudre lui envahit les narines. Il lui fallut quelques secondes — trois? quatre? une éternité! — pour que ses réflexes de policier reprennent le dessus. Il devait aider ses camarades, il fallait sauver TT et Sharpeï. S'il se précipitait il tomberait aussi sous les rafales du fusil d'assaut. Mais il ne pouvait pas ne pas réagir.

À cet instant la rafale s'interrompit.

Couché à terre, Siu-ming passa la tête par l'encadrement de la porte ouverte, son revolver pointé vers la silhouette à l'autre bout du passage. Il la vit mettre un genou à terre, lentement, lâcher son arme et basculer au sol. Dans la pénombre, Lok Siu-ming vit un petit trou noir entre les deux sourcils de Biu le Dingue.

« Recule ! »

La voix de TT.

Siu-ming, comme au sortir d'un cauchemar, commençait à distinguer la scène qui s'offrait à ses yeux. Il y avait deux cadavres allongés dans le passage devant lui — Jaguar et Biu le Dingue — mais, à sa droite et à sa gauche, TT était à genoux et Sharpeï, à plat ventre, haletait avec un horrible sifflement.

TT et Siu-ming tirèrent Sharpeï en arrière, battant en retraite dans la cage d'escalier. Alors que la porte coupe-feu se refermait automatiquement, une nouvelle rafale retentit. Ta-ta-ta-ta-ta — la vitre vola en éclats.

Les policiers braquèrent leurs armes, prêts à riposter. Au bout de quelques secondes le silence revint. Shek Boon-sing ne devait pas être aussi dingue que Biu.

Une balle d'un revolver de calibre 38 n'a pas la même puissance que celle d'un fusil d'assaut, mais à courte portée, du point de vue du corps humain, elle est tout aussi létale, sinon plus. Les projectiles d'un fusil d'assaut, voyageant à très grande vitesse, peuvent percer le métal, et traversent le corps humain de part en part. Les dégâts causés sont bien moindres qu'avec une balle de revolver, de faible vitesse, qui fait un beaucoup plus gros trou en ressortant.

Mais reste que n'importe quelle balle peut être mortelle.

«Sharpeï! Sharpeï!» criait TT, s'efforçant de ranimer son subordonné.

Celui-ci avait été touché trois fois. Une balle dans l'épaule gauche, une seconde dans la cuisse gauche. Une troisième blessure, dans le cou, laissait s'échapper un flot de sang.

«Grand frère!»

Siu-ming appliqua avec force la paume sur la blessure au cou. L'une des artères carotides était touchée, s'il ne stoppait pas l'écoulement sanguin le plut tôt possible, la mort par perte de sang surviendrait en quelques minutes. Il n'avait encore jamais eu de camarade gravement blessé à ses côtés. À vrai dire il n'avait même encore jamais vu de blessé grave, ni dans la police ni avant. La chance devait lui avoir souri au cours de ses trois années de policier en tenue ; les blessures dont il avait été témoin, de victimes ou de collègues, avaient toujours été légères, et il n'avait pas eu à faire usage de son arme à feu au cours des arrestations auxquelles il avait pris part. Il avait bien sûr déjà vu des cadavres en divers états de démembrement ou décomposition. Un vieux qui tombait chez lui et n'était découvert que des jours ou des semaines plus tard — quand l'odeur alertait les voisins. Des victimes d'accidents de la circulation. Mais il n'avait jamais été confronté à une telle situation, où une vie ne tenait qu'à un fil et pouvait dépendre de ses propres réactions. Encore moins quand il risquait lui-même d'être tué la minute d'après.

« Il faut... boss, il faut demander du secours. »

Il avait la main gauche sur la plaie, et de la main droite tentait de remettre à son oreille l'écouteur qui en était tombé pendant l'action. Mais sa main était gluante de sang, il tremblait, et il dut s'y reprendre à plusieurs fois. Puis sa main se porta à la poche arrière de son pantalon où se trouvait sa radio individuelle.

« J'appelle le centre de commandement... merde, pourquoi on n'entend rien ? »

Il se rendit compte qu'il avait écrasé l'appareil en se jetant à l'abri quand Biu avait surgi dans le passage. La carapace de la radio était brisée et le bouton d'appel restait sans effet.

Du couloir leur parvinrent soudain des cris de

frayeur étouffés. TT ordonna, d'un ton froid et posé, le regard rivé à la porte en bois :

« Siu-ming, lâche Sharpeï, on y va.

— Boss ? dit Siu-ming, relevant la tête vivement, les yeux écarquillés fixés sur son chef d'équipe.

— Lâche Sharpeï et couvre-moi.

— Boss ! Si je le lâche, grand frère va crever ! »

Siu-ming était à genoux, la tête de Sharpeï sur les cuisses, son pantalon déjà imbibé de sang écarlate.

« Siu-ming ! on est des flics ! Protéger les civils a priorité sur la vie d'un collègue ! »

Siu-ming n'avait jamais vu son chef aussi furieux.

« Mais... mais...

— Laisse-le, les renforts vont s'en occuper !

— Non...

— Siu-ming, c'est un ordre, lâche-le !

— Non ! je refuse ! cria Siu-ming d'une voix hystérique.

— Putain de merde ! »

TT ramassa l'arme que Siu-ming avait laissée tomber et vérifia rapidement le nombre de cartouches dans le barillet. Puis il tira à lui la porte trouée par les balles et se précipita dans le passage, plié en deux.

4

Les premières détonations assourdies firent courir un frisson le long de l'épine dorsale de Ko Long-saan.

C'est la cata.

Tous les policiers présents au Grenier — y compris Tso Kwan et Kwan Chun-dok — identifièrent immédiatement les coups de feu. Pas un flic expérimenté n'eût pu les confondre avec quoi que ce soit d'autre.

D'autant moins qu'à leur suite vinrent les sons plus glaçants encore des rafales de fusil d'assaut.

Dans la rue, les passants se doutaient aussi de quelque chose. Certains levèrent la tête pour tenter d'identifier la source des bruits ; mais il était impossible de discerner de quelle aile du bâtiment, ni de quel étage, venaient les coups de feu.

Ko Long-saan non plus ne savait pas où la fusillade avait lieu, en revanche il savait très bien qui l'avait déclenchée.

TT. TT qui n'avait plus répondu à aucun appel de Grenier après son « nous passons à l'offensive par les escaliers ».

Ah, le con! se répéta l'inspecteur entre ses dents, pour la millième fois.

Il avait poussé un soupir de soulagement quand le poste de guet avait signalé que Moineau et Corbeau avaient réintégré le nid avec leurs lunch-box. Et quand Tso et Kwan, ayant constaté que Ko avait tout bien en main, avaient voulu une nouvelle fois prendre congé, l'annonce de la sortie précipitée des trois truands avec leurs sacs était tombée.

« Ils partent sur un coup ? Ou bien ils ont rendez-vous avec Shek Boon-tim ? avait demandé l'opérateur radio à Ko.

— Oui... Boon-tim a dû utiliser un autre numéro de messagerie pour les avertir. Les équipes en place au sud et au centre n'ont rien signalé d'anormal, il n'y a pas de raison d'interpréter le mouvement comme une retraite...

— Si, ils sont en train de prendre la fuite, l'avait interrompu Kwan Chun-dok. Je ne pense pas qu'ils aient repéré les gars de votre équipe à l'entrée nord, mais ils se doutent de quelque chose et ils se tirent.

— Pourquoi ?

— S'ils avaient simplement rendez-vous avec leur boss, ils auraient pris le temps de manger. Mais là, ils font leurs courses bien tranquilles, et à peine une minute après se cassent avec leur équipement, sans appeler l'ascenseur, ça ne ressemble pas à une fuite pour vous ? »

Ko n'avait pas insisté et avait fait transmettre l'ordre : « Préparez-vous à intercepter les suspects ! Bloquez les sorties. » Plus la peine d'espérer que Shek Boon-tim vienne se jeter dans le piège... mais si Boon-sing était capturé la mission serait au moins à moitié réussie. Ko Long-saan avait conscience qu'il n'avait pas assez d'hommes pour couvrir toutes les sorties possibles de la fourmilière et avait immédiatement alerté les forces spéciales de la police, les fameux Tigres-Volants, et demandé des renforts à son QG de secteur.

Au moment du dernier message radio de TT, deux véhicules de patrouille avaient déjà rallié, ainsi que trois agents de la circulation en scooter. Les effectifs disponibles avaient doublé. Assez pour encercler Ka-fai, mais rien qui puisse s'opposer à la puissance de feu que les frères Shek étaient susceptibles de déployer... Ko ne pouvait plus que compter sur l'arrivée rapide des Tigres-Volants. Et espérer éviter la prise d'otage.

Mais les coups de feu lui firent comprendre que la situation empirait — et que ça ne faisait que commencer.

Les équipes en place aux entrées de la résidence vinrent immédiatement en ligne.

« Grenier de Moulin... Des coups de feu viennent des étages, demande instructions, *over*.

— Grenier d'Étable, les coups de feu ne viennent pas de notre aile, *over*.

— À tous de Grenier, bloquez les ascenseurs et commencez l'investigation par les escaliers, *over*, dit Ko qui n'avait aucun moyen de déterminer l'emplacement exact de la fusillade.

— Équipe A, bien reçu. Ascenseur bloqué, nous quittons Étable, *over*, dit très vite la voix de Fung Yuen-yan.

— D'équipe B... nous quittons Moulin, nous grimpons aussi. »

Les deux équipes furent suivies, à l'aile nord, par les agents en uniforme les premiers arrivés sur place. Les autres restèrent au rez-de-chaussée pour tenter de surveiller tous les accès à l'immeuble. Les échos des coups de feu avaient retenti tout le long des couloirs labyrinthiques de Ka-fai, et les policiers ne pouvaient se fier à leur première impression : une fusillade lointaine ne signifiait pas qu'un ennemi n'était pas embusqué plus près. Et les truands pouvaient s'être séparés en fuyant.

Ko Long-saan jeta un regard en biais à Tso et Kwan. Ce dernier était un peu plus gradé, un peu plus âgé, mais il restait de sa génération. Tso, en revanche, une perte de face aussi totale devant un tel personnage, c'était la fin de sa carrière assurée. Si Tso n'avait pas été présent, l'échec aurait été tout aussi cuisant, mais Ko aurait sans doute été en partie protégé par ses supérieurs immédiats qui connaissaient sa vraie valeur.

C'est foutu. C'est la cata, la cata absolue.

Entre les coups de feu qui s'égrenaient, retentit soudain un nouveau message radio.

« Policier blessé au huitième étage, cage d'escalier nord ! je demande du secours d'urgence ! *Over !* »

Ils reconnurent la voix de TT. Ko s'empara du micro.

« TT ! Rendez compte de votre position !

— Je suis devant l'auberge de l'Océan, appartement 30, au huitième ! Je suis à l'entrée... Jaguar et Biu sont morts, il ne reste que Shek Boon-sing. Mais... mais il a une AK47 ! Y a des otages dans l'hôtel !... »

TT avait le souffle court. Ko avait failli sauter de joie en entendant que Shek était le seul survivant, mais la nouvelle des otages l'avait très vite douché.

« TT, restez sur place ! Les renforts sont en route !

— Non ! Ce sa... salaud est en train de les descendre ! dit la voix de TT, presque couverte par les coups de feu.

— Déconnez pas ! Les renforts arrivent d'une seconde à l'autre !

— Ils vont tous crever ! Putain... »

La voix se tut. Par la fenêtre du centre de commandement, la fusillade leur parvenait, étouffée.

« Grenier à toutes les unités ! Grimpez en vitesse jusqu'au huitième, rejoignez l'aile nord, appart numéro 30..., hurla Ko dans le micro après plusieurs tentatives infructueuses pour reprendre contact avec TT.

— Équipe B, bien reçu, on est au sixième, on arrive de suite.

— Reçu d'équipe A, *out*. »

L'inspecteur Ko s'agrippa des deux mains à la table et grinça des dents. C'était plus que foutu... c'était cataclysmique.

Il y eut encore quelques détonations, puis tout se tut. Ils attendaient, fébriles, la rafale suivante, le message radio suivant. À l'extérieur, le bruit des sirènes de police, des moteurs de voiture et des freins torturés, des engins de chantier et des passants affolés leur semblait appartenir à un autre monde, sans rapport avec la réalité.

Ko priait pour que ce calme relatif ne soit pas annonciateur d'une pire tempête.

« Équipe B... on est au huitième, au niveau de l'appartement 25. L'hôtel est derrière le coin. On continue la progression, *out*.

— Reçu », dit Ko.

Il n'y eut plus d'autres messages pendant un moment, mais au moins la fusillade ne reprenait-elle pas. Les policiers de l'équipe B, auparavant postés à Moulin, étaient arrivés sur place moins d'une demi-minute après les derniers coups de feu. Deux d'entre eux venaient du QG de Kowloon Ouest, les deux autres étaient des subordonnés de TT à Mongkok et montraient d'autant plus de zèle qu'ils savaient leur chef en danger.

Quand le chef d'équipe B revint en ligne, sa voix était rauque et il semblait sérieusement secoué.

« Équipe B, au rapport... demandons l'intervention d'urgence de secouristes... le suspect a été tué, mais l'inspecteur Tang est blessé... et il y a plusieurs civils morts ou blessés, *over*. »

Ko Long-saan ferma les yeux, puis les rouvrit quand le voile noir fut passé. Du coin de l'œil, il vit Tso Kwan arborant un visage plus sombre encore qu'à son habitude et Kwan Chun-dok qui fronçait les sourcils. Ils ne lui faisaient pas la gueule à lui, du moins pas encore, mais aucun flic n'aurait pu rester indifférent quand une intervention tournait si mal.

« Chun-dok, je retourne au bureau, dit Tso Kwan.

— Tu ne vas pas jeter un coup d'œil ?

— Je ne suis pas le chef ici, répondit Tso en regardant Ko d'un air navré. De toute façon, ça va barder à l'état-major, il faut que j'y sois. Si Shek Boon-sing est vraiment mort, l'OCTB va récupérer la traque de Shek Boon-tim et le CIB va être mis à contribution... dans les grandes largeurs. »

Les paroles du superintendant Tso résonnaient lugubrement aux oreilles de l'inspecteur Ko. Leur sens caché était : « Avec une catastrophe pareille, tu es mort. » Il préféra ne rien dire et continua ses préparatifs. Il entendit Kwan répondre :

« OK... je reste un peu, histoire de voir si je

peux récupérer quelques renseignements sur Shek Boon-tim.

— Messieurs, je me rends sur les lieux, intervint Ko d'un air gêné en tentant de les contourner pour sortir. Je fournirai toutes les infos recueillies au superintendant Kwan. »

Il s'éclipsa enfin, accompagné du dernier agent. Il traversa la rue en trombe, manqua de bousculer un policier en uniforme qui s'efforçait tant bien que mal de régler la circulation, s'engouffra dans le hall d'entrée de l'aile nord et piqua droit vers les ascenseurs. Le spectacle qui l'attendait à l'auberge de l'Océan était pire encore que ce à quoi il s'attendait.

Shek Boon-sing était bien mort. Il avait reçu une balle dans la poitrine et une dans la tête. Il était allongé au beau milieu de la réception. TT était assis contre le mur, le menton posé sur la poitrine. Il avait eu le poignet gauche traversé par une balle.

Pas un des occupants de l'hôtel n'avait survécu.

L'auberge de l'Océan était un tout petit bouge bas de gamme qui ne comptait que quatre chambres. Ce n'était pas leur situation financière qui poussait les clients à venir ici — mais certaines circonstances particulières. La plupart étaient des putassiers cherchant un endroit où abriter leur débauche. Certaines prostituées indépendantes, travaillant à temps partiel ou comme «escort», n'ont pas de lieu de travail dédié et fournissent leurs services aux clients dans des hôtels de passe louant les chambres à l'heure. L'auberge de l'Océan se coulait à merveille dans ce vaste marché protéiforme du plaisir.

Dans la «réception» — une pièce d'à peine dix mètres carrés —, il y avait deux cadavres en plus de celui de Shek, qui serrait encore son AK 47 : un vieillard allongé derrière le bureau et une femme renversée sur un canapé à côté de l'entrée. L'homme avait eu la moitié du visage réduite en bouillie par une rafale. Sa mâchoire inférieure était décrochée et les cavités dans son cou et sur sa poitrine pissaient le sang. La femme, d'âge moyen, avait reçu deux projectiles dans la poitrine et avait basculé sur le côté sous l'impact. Sa tunique blanche s'ornait de deux larges pivoines écarlates. Ses yeux étaient restés grands ouverts, exorbités.

Entre la réception et l'étroit couloir qui menait aux chambres, un autre homme était allongé sur le ventre. Il avait écopé de plusieurs balles en pleine tête et avait répandu sang et cervelle sur le sol et les murs. Les balles l'avaient frappé à l'arrière du crâne et étaient ressorties par l'avant. D'autres impacts s'alignaient en pointillé dans son dos.

Dans la chambre 4 à l'extrémité du couloir, il y avait le cadavre d'une femme d'une vingtaine d'années, qui avait pris une balle en plein front. Dans la chambre 1 c'était un jeune couple qui avait trouvé la mort. La femme, entièrement nue, était allongée sur le lit et avait essayé, dans un ultime et futile réflexe, de se dissimuler sous les draps, lesquels étaient maintenant constellés de taches rouges. L'homme était encore en boxer-short quand il avait été touché. Il avait deux balles dans le thorax et gisait sur le sol, à côté de la porte.

« Tous les otages sont morts, avait déjà rendu compte l'inspecteur Fung à l'arrivée de son supérieur. Les cadavres de Jaguar et Biu le Dingue sont devant la cage d'escalier, les deux collègues de Mongkok aussi, et l'un d'entre eux est sérieusement touché.

— J'ai... j'ai merdé... pas réussi à le buter du premier coup... »

TT semblait enfin réaliser que Ko se tenait à côté de lui. Il leva péniblement la tête et continua d'un ton douloureux :

« J'aurais au moins pu sauver la femme qui est là... Je pensais que j'allais pouvoir en sauver un... »

Ko regarda tout autour de lui et sentit le vertige le prendre. Même si les trois truands avaient été abattus, la mort de civils innocents — d'autant de civils innocents — était vraiment le pire qui pouvait arriver. Le public penserait que la police avait réussi une partie du job, mais lui, Ko, savait que ses supérieurs ne verraient pas les choses du même œil. Il aurait au moins fallu capturer Shek Boon-sing vivant, pour pouvoir le questionner et avoir une chance d'attraper son frère aîné. Maintenant Shek Boon-tim aurait toute latitude pour préparer sa vengeance.

« Chef, les secouristes sont là, cria un agent en entrant en trombe dans l'hôtel, ramenant Ko à l'instant présent.

— OK... tu en amènes deux à l'escalier pour s'occuper du collègue, je me charge des autres. »

Ko se tourna vers Fung.

« Ah Yan, tu fais évacuer tous les habitants de l'immeuble au-dessus de cet étage, et tu envoies du monde pour bloquer l'accès à l'appart qu'ils occupaient. Possible qu'ils aient foutu des explosifs sur leur passage. »

Fung et les autres policiers s'empressèrent d'obéir et Ko alla de pièce en pièce avec les autres secouristes, espérant un miracle. Mais partout ce furent les mêmes hochements de tête et les mêmes soupirs. Il n'y avait plus qu'à isoler l'endroit : les techniciens du bureau de l'identification arrivaient peu à peu et se mirent au travail dès que TT et Sharpeï eurent été évacués par les secouristes. Ko contemplait les impacts de balles sur les murs, les meubles brisés, les sols jonchés de taches écarlates, de douilles et d'éclats de bois. Un étrange détachement le gagnait. Il avait le sentiment qu'il était comme de trop, que sa présence ici n'avait aucun sens. Tout ce qu'il avait ordonné depuis les premiers coups de feu s'était avéré inutile, ou au mieux ne correspondait qu'à une fastidieuse routine. Il se sentait peu à peu gagné par la culpabilité et par le remords et se creusait la cervelle pour tenter de déterminer à quel moment il avait commis sa première erreur.

Était-ce en gardant l'équipe de TT sous ses ordres ? Il avait très envie de faire endosser la responsabilité de l'échec à celui-ci. De mettre cette tragédie sur le compte de la désobéissance. Mais il savait que ça ne passerait pas. Si TT n'avait pas désobéi, les truands auraient eu le temps de parvenir à l'air libre et il y aurait eu encore plus de victimes. La catastrophe était inévitable dès le moment où ils avaient quitté leur repaire.

Ko avait en fait conscience que sa propre responsabilité morale était plus grande que celle de TT. Quand ce dernier avait rendu compte que Shek avait commencé à abattre les otages, Ko avait bêtement suivi la procédure en lui intimant d'attendre les renforts. Il n'avait pas tenu compte de la réalité de la situation. S'il avait ordonné à TT de se lancer à l'assaut quelques secondes plus tôt, peut-être ce dernier aurait-il en effet pu sauver une ou deux vies. Ko n'avait pas fait confiance à son subordonné, et cela avait aggravé le résultat final.

Ko donna ses instructions aux agents de l'Identification, on lui rendit compte du bon déroulement de l'évacuation de l'immeuble. En revanche personne ne lui dit que Kwan Chun-dok était arrivé sur les lieux. Kwan, au centre de commandement provisoire, avait appris l'essentiel de ce qui s'était passé par les messages radios, puis avait traversé la rue et rencontré TT sur son brancard dans le hall du rez-de-chaussée.

«Chef, les Tigres-Volants demandent s'ils peuvent démonter leur dispositif, dit un agent derrière Ko.
— Oui... démontez, démontez tout.»

Ko se retint d'ordonner à l'autre de dire aux forces spéciales qu'elles étaient de toute façon arrivées bien trop tard. Ce n'était ni le lieu ni le moment de faire dans le sarcasme.

Il s'était écoulé à peine vingt minutes depuis la fusillade mais il se sentait épuisé comme après des heures de tension. On lui annonça que les démineurs n'avaient trouvé aucun piège ni explosif dans l'appartement 7 au quinzième. Il y envoya une partie des techniciens pour recueillir le plus d'indices possible. On lui signala aussi l'arrivée des premiers journalistes, qui se pressaient aux diverses entrées de la résidence Ka-fai et filmaient les allées et venues des policiers.

«Inspecteur Ko, je vais y aller», lui dit Kwan.

Ko réalisa que celui-ci était là depuis plusieurs minutes. Il avait fait le tour de l'hôtel et avait tout vu par lui-même.

«D'accord... je vous ferai envoyer au CIB tout ce qu'on trouve concernant Shek Boon-tim, dit Ko en affichant un sourire crispé. Je suis désolé que vous ayez dû être témoin d'une pareille catastrophe.

— Ce n'est pas votre faute. Nous avons tous été dans ce genre de situation un jour ou l'autre...

— Merci. Rentrez bien...

— Au revoir. »

Kwan sortit de l'immeuble et fut immédiatement repéré par des journalistes vigilants qui s'agglutinèrent autour de lui. Le célèbre superintendant Kwan ! C'était l'aubaine. Mais il ne fit que secouer douloureusement la tête et partit sans répondre à aucune de leurs questions.

Les bulletins d'information et les journaux télévisés de la soirée s'ouvrirent sur la nouvelle de la mort de Shek Boon-sing et de celle de ses victimes, en répétant le communiqué navré de la police. Les journaux du lendemain entrèrent beaucoup plus avant dans les détails de l'échec de l'intervention des forces de l'ordre — et les éditoriaux s'interrogeaient sur la répartition des responsabilités. Il y avait tant de morts...

Mais en apparence, bien que Shek Boon-tim fût toujours libre, au moins la mort de son cadet semblait-elle marquer la fin d'une époque. Personne à ce moment-là ne se doutait que cette fin allait tout au contraire marquer le début d'une crise.

Une crise provoquée par le bureau de contrôle interne de la police.

5

« L'affaire de la résidence Ka-fai » fit la une de tous les médias pendant plusieurs jours. La mort de Shek Boon-sing, « l'ennemi public n° 1 », coupable d'innombrables atrocités au cours des ans, méritait certes une telle attention, mais le public s'intéressait encore plus aux victimes. Certains lecteurs se contentaient des articles des rubriques société des journaux qui titraient sur le thème « Des citoyens ordinaires entraînés dans la mort par leur bourreau », mais ce que recherchaient les amateurs de la presse à scandale, c'étaient les détails croustillants sur l'identité de ces « citoyens ordinaires », qui se révélèrent pour la plupart pas si ordinaires que ça.

Les deux morts de la réception étaient le patron, Tsiu Ping, cinquante-sept ans, et la femme de chambre, Lee Wan. Eux seuls inspirèrent vraiment pitié à la populace... même si quelques mauvaises langues notèrent que la tenue d'un hôtel pareil relevait presque du proxénétisme. En revanche les quatre autres victimes furent vertement critiquées et l'on alla jusqu'à dire qu'elles avaient mérité leur châtiment.

Dans la chambre 1, le tué était un vulgaire petit

maquereau. Il s'appelait Yau Tsoi-hsing, avait vingt-deux ans et se construisait une réputation dans le quartier des lanternes rouges de Portland Street à Mongkok, où il était surnommé «Hsing l'étalon». Grâce à sa belle gueule et à sa langue de velours, il séduisait des gamines crédules puis les mettait au turbin. La jeune fille morte, nue, sur le lit, était l'une d'elles : Tsin Bo-yee, quinze ans, mineure en fugue. Elle avait quitté le domicile familial trois mois auparavant et avait eu la malchance de tomber sur Hsing et de devenir l'une de ses gagneuses. Un journaliste retrouva quelques connaissances de Hsing l'étalon, exerçant dans le même corps de métier, lesquelles témoignèrent que feu leur ami se proposait ces jours-ci de faire passer à la jeune fille un nouveau «test de compétences»; Yau Tsoi-hsing ne se doutait sans doute pas alors que ces «dernières paroles» lui vaudraient une certaine célébrité posthume.

La femme de la chambre 4 partageait plus ou moins la même triste histoire que Tsin Bo-yee. Lam Fong-wai, vingt-trois ans, tuée d'une balle en pleine tête, travaillait comme «chargée des relations publiques», sous le doux prénom occidental de «Mandy», pour un night-club de Tsim Sha Tsui, le New Metropolis. Le genre de boîte de nuit sordide où les relations publiques consistaient surtout en relations pubiques tarifées aux pigeons. Au fond Mandy était une pute tout comme Tsin Bo-yee, un peu plus haut dans la gamme, un peu plus chère. La mama-san de la boîte émit l'hypothèse qu'elle devait se faire des petits à-côtés et qu'elle avait péri des mains de Shek en attendant l'arrivée de son client. L'une de ses collègues raconta que la morte avait récemment trouvé un vrai petit ami qui avait promis de faire d'elle une honnête femme et qu'elle allait bientôt pouvoir faire ses adieux au monde galant — elle les avait faits, mais de façon plus violente qu'attendue.

Victimes de la sauvagerie de Shek Boon-sing, Yau, Tsin et Lam durent aussi, après leur mort, subir les critiques des bienséants. Cités et commentés à domicile comme à l'école par les parents et les professeurs soucieux de la moralité des jeunes générations, ils servirent ainsi pendant un temps d'utiles contre-exemples. Tout le monde savait que leur profession n'avait rien à voir avec leur mort, mais les Chinois aiment les relations de cause à effet, et il était fort pratique d'expliquer leur destin tragique par leurs antécédents de débauche. Alors journaux et magazines tiraient sur le corbillard, jour après jour, ou le noyaient sous un flot ininterrompu de vertu outragée.

La situation était différente pour la victime du couloir : Wang Jingdong, trente-huit ans, originaire de la province du Hunan en Chine populaire. Six mois plus tôt, il avait trouvé refuge au domicile de l'un de ses lointains parents à Hong Kong. Wang Jingdong était un paysan, dur à la tâche et de bonne composition, mais la cohabitation avec l'épouse de son parent avait été difficile. Les frictions s'étaient accumulées et il avait finalement décidé de partir. Il n'était installé à l'hôtel de l'Océan que depuis deux jours à peine quand il était tombé sous les balles de Shek.

Son identité et ses origines lui valurent des qualificatifs peu amènes de la part de certains médias. Il n'était pour eux qu'un migrant « arriéré », « grossier », « miséreux » ou « ignorant ». Peu de gens compatirent à son sort. Depuis plusieurs années, les habitants du territoire s'étaient fait des idées bien arrêtées sur ceux du continent, et tout ce qui pouvait leur donner corps était amplifié, déformé et mis en exergue par la presse de caniveau. Tout comme les continentaux étaient persuadés que les Hong Kongais étaient vénaux et obsédés par le fric, ceux-ci pensaient que ceux-là étaient tous des rustres et des incultes. Des deux côtés l'étroitesse d'esprit prévalait.

L'idée générale était donc que, si Wang était resté dans son village, il ne serait pas mort aujourd'hui. Il avait lui aussi, quelque part, eu ce qu'il méritait.

Après plusieurs jours de lecture d'articles sur le même ton, Kwan Chun-dok en avait le cœur au bord des lèvres. À midi le lundi 8 mai, il venait d'achever sa réunion quotidienne avec ses subordonnés et se préparait à se rendre à la cantine de l'état-major quand on frappa à la porte de son bureau.

«Sir Kwan, vous avez un peu de temps?

— Tiens, Lau, dit Kwan en souriant, quel bon vent t'amène?»

L'inspecteur en chef Lau Lai-shun s'approcha de Kwan qui enfilait sa veste.

«Vous avez un rendez-vous?... J'avais tellement de boulot ces jours-ci que je n'ai même pas eu le temps de venir vous féliciter pour votre promotion. Du coup je passe vous prendre pour aller manger un petit pigeon grillé au Pacifique. C'est moi qui invite!

— Si tu me prends par les sentiments...»

De 1983 à 1985 Lau avait été chef d'équipe à la section des crimes sérieux du QG de l'île sous les ordres de Kwan. De caractère franc et honnête, son zèle et son optimisme au travail n'étaient jamais pris en défaut. Ses qualités professionnelles lui avaient valu d'être muté, à trente ans à peine, à la section A. Ses collègues jugeaient que la hiérarchie voulait l'éprouver quelques années en lui donnant à gérer des indicateurs et des agents sous couverture avant de le promouvoir à la tête de la section.

Les deux hommes quittèrent l'état-major à Central et se dirigèrent en bavardant vers le grand restaurant Pacifique. Central n'était pas seulement le quartier des affaires, mais abritait aussi bon nombre de vieux établissements réputés, restaurants occidentaux ou chinois, ces derniers souvent doublés de salons de thé. Mais il fallait être un gastronome et un habitué pour savoir, de toutes les gargotes alignées sur D'Aguilar Street, lesquelles valaient le coup et lesquelles étaient des pièges à touristes. Lau avait un faible pour le Pacifique, et pas seulement en raison des talents du chef. Les tables y étaient assez espacées pour pouvoir y discuter sans crainte d'être entendu des voisins.

Une fois les pigeonneaux à la chair tendre et à la peau croustillante expédiés, Lau aventura la conversation, sans avoir l'air d'y toucher, sur la récente fusillade.

« Sir Kwan, on m'a dit que vous étiez sur place ?

— Oui... j'étais venu avec grand frère Tso passer le bonjour à l'inspecteur Ko, pile au moment où c'est arrivé, dit Kwan en ajoutant deux cuillerées de sucre au thé au lait que venait de lui apporter le serveur.

— Hmmm... », commenta Lau en levant un sourcil et en jetant un coup d'œil furtif à la cantonade. « Puisque vous y étiez..., reprit-il en baissant encore le ton, ça ne fait rien si je vous en touche un mot. Vous savez que le bureau de contrôle interne est sur le coup ?

— Ah bon ? C'est vrai que ça s'est mal passé... TT a enfreint des ordres directs, il ne coupera pas à une enquête disciplinaire, mais de là à ce que les dogues du contrôle interne s'en mêlent ? Qu'est-ce qui a bien pu les attirer ?

— L'odeur d'une taupe, bien sûr...

— Une taupe ?

— Sir Kwan, vous savez que j'ai des amis un peu partout..., dit Lau avant de boire une gorgée de café. Quand j'ai entendu que le contrôle interne s'intéressait à l'affaire, j'ai toqué à quelques portes à l'OCTB et à Kowloon Ouest. Quand Biu le Dingue et Jaguar sont allés acheter à bouffer, sur le chemin du retour ils se sont arrêtés dans le hall de l'entrée sud pour prendre leur courrier dans leur boîte aux lettres. Il y avait une enveloppe. En fait c'était une pub, pour des pizzas à emporter ou une entreprise de déménagement, un truc comme ça. L'OCTB l'a confirmé après avoir fouillé l'appart du quinzième. Tout le monde dans l'immeuble reçoit le même genre de tracts.

— Et qu'est-ce qu'il avait de spécial, ce tract ?

— Le tract lui-même, rien. Mais il y avait quelque chose en plus dans l'enveloppe, une feuille de papier. »

Lau s'assura une fois de plus que personne ne leur prêtait attention et continua :

« Une petite feuille de 105 mm sur 74, sur laquelle quelqu'un avait écrit six chiffres à l'encre bleue : 042616. »

Kwan ouvrit de grands yeux.

« Vous êtes bien "Sir" Kwan... une fois de plus, vous avez compris du premier coup, dit Lau.

— "Fuyez" », dit Kwan d'une voix sourde.

C'était le code employé par les frères Shek. « 616 »

signifie normalement « Réunion annulée », ils en avaient fait le signal de la fuite. La police était plusieurs fois tombée sur des pagers avec ces chiffres au cours de tentatives d'arrestation manquées.

« Shek Boon-sing et les deux autres avaient l'air d'avoir le feu aux fesses quand ils ont quitté leur appartement. Deux des trois lunch-box n'avaient même pas été ouvertes, l'autre était à peine entamée. Sur la table il y avait aussi un tas de tracts, avec ce "courrier" sur le dessus.

— Et l'OCTB pense qu'une taupe a utilisé ce moyen pour prévenir Shek Boon-sing?

— Oui, mais c'est un peu compliqué... D'abord, ils ont pensé que Shek Boon-tim avait envoyé quelqu'un alerter son petit frère avec cette méthode indirecte, mais ce n'était pas très plausible, il aurait tout aussi bien pu se servir des pagers. C'est comme ça qu'il leur avait fixé la date du rendez-vous deux jours avant. »

Kwan se remémora ce que lui avait dit Ko Longsaan et hocha la tête.

« Donc, ce n'était probablement pas Shek Boon-tim qui avait glissé le papier dans l'enveloppe de la pub, reprit Lau en tapotant la table. Alors l'OCTB s'est penché sur l'hypothèse d'un autre complice des frères Shek qui n'aurait pas disposé des mêmes moyens de communication... C'est comme ça que les soupçons se sont portés sur un des flics de Kowloon Ouest.

— Il aurait mis l'enveloppe dans la boîte aux lettres en profitant d'un moment d'inattention de ses collègues? En espérant que Jaguar relèverait le courrier... Mais comme Jaguar n'avait pas ouvert la boîte aux lettres depuis plusieurs jours, il a fallu que Biu sorte enfin et s'en occupe pour qu'ils la découvrent.

— *A priori* c'est ça. Du coup l'OCTB a refilé le bébé au contrôle interne.

— Ouais… mais ça ne tient pas debout, dit Kwan en fronçant les sourcils. S'il y avait une taupe, pourquoi celle-ci n'a-t-elle pas profité de ses moments de repos ou de relève pour prévenir Shek Boon-tim? Shek aurait pu avertir les autres par pager. Cinq jours se sont écoulés entre le début de la planque et le moment où ça a mal tourné. C'est absurde…

— Sir Kwan, vous avez mis le doigt pile dessus… C'est pour ça qu'aujourd'hui il y a une troisième théorie.

— Qui est?

— Qui est : c'est bien un flic qui a écrit la lettre, mais ce n'est pas un complice des Shek.

— Pourquoi aurait-il fait délibérément échouer l'opération?

— Pour se venger d'un de ses collègues… faire en sorte qu'il se fasse tuer.

— Se venger de… TT? Hmmm… Je comprends que le suspect numéro un est l'inspecteur Fung Yuen-yan?»

À ces mots Lau eut un grand sourire.

«Vous réfléchissez vraiment plus vite que la moyenne… Oui, c'est là qu'en sont arrivés aussi les gars du contrôle interne. Tout le monde savait que TT était une tête brûlée, et qu'il n'était pas du genre à rater l'occasion d'aller au carton en apprenant qu'un tueur comme Shek Boon-sing était en train de filer à l'anglaise… et même s'il n'était pas tué, il récolterait au moins un gros blâme pour avoir enfreint des ordres directs. Et puis il y a toutes les chances que Ko Long-saan se fasse muter à perpète après un fiasco pareil. Fung est aussi une étoile montante à Kowloon Ouest, il est le mieux placé pour prendre sa place. D'une pierre deux coups!

— Hmmm... Qui a vu Biu le Dingue retirer le courrier de la boîte aux lettres? demanda Kwan après un temps de réflexion.

— Justement, ce sont les flics de Kowloon Ouest qui surveillaient l'entrée sud. Le plus beau, c'est que sur les trois agents en faction, deux seulement l'ont mentionné dans leur compte rendu. Et le troisième, devinez qui c'était?

— Fung Yuen-yan.

— Exact. Il prétend qu'il s'inquiétait de voir tout le monde tellement concentré sur les faits et gestes des deux salopards qu'il avait choisi à ce moment-là de s'intéresser à tout ce qu'il y avait autour. C'est à peu près plausible, en tout cas c'est bien pratique. La veille, lui et TT s'étaient engueulés de façon mémorable au centre de commandement provisoire, apparemment sur une broutille. C'était peut-être l'étincelle qui a mis le feu aux poudres et qui l'a décidé à tenter de piéger TT.

— Comment va TT maintenant?

— Sorti de l'hosto, il reste chez lui en convalescence. L'enquête disciplinaire est en cours, ça ne sent pas très bon pour lui. Il ne sera probablement pas dégradé, mais il risque de se retrouver derrière un bureau pendant un bon moment... De toute façon, il a le poignet gauche brisé, seul le Ciel sait quand il aura assez récupéré pour revenir en première ligne. »

La police ne manquait pas de postes de « soutien administratif » : la supervision des ventes d'alcool à la cantine d'un QG de secteur, la délivrance des plaques d'immatriculation, le contrôle du respect de consignes d'hygiène et de sécurité du travail ou la gestion du parc automobile. Kwan avait conscience qu'y coller un garçon comme l'inspecteur Tang Ting était la plus terrible des punitions.

Lau termina son café et reprit :

« Il y a un bruit qui court — et qui reste à vérifier —, comme quoi ce jour-là l'équipe A de Fung aurait un peu lambiné... Ils n'étaient qu'au cinquième alors que l'équipe B était déjà arrivée au huitième. Peut-être que Fung est juste de nature prudente, ou peut-être qu'il n'était pas pressé de venir en renfort à TT et qu'il voulait le laisser se dépatouiller tout seul. »

Kwan garda le silence. Il pensait à l'adage le plus sacré de la police : « Tes camarades tu protégeras comme ta propre famille. » Et ce quels que soient ton grade, ta fonction ou ton unité... Mettre en danger un camarade pour des motifs d'ordre privé ne relevait pas simplement du délit : c'était carrément abominable. Kwan espérait que ce n'était pas le cas dans l'affaire présente, mais il fallait reconnaître qu'il était logique que le contrôle interne oriente son enquête dans cette direction, étant donné les indices disponibles.

« Sir Kwan, vous étiez sur place, il y a toutes les chances qu'on vienne vous poser quelques questions, c'est pour ça que je vous en ai parlé. Vous en avez plus dans la cervelle que tous les lourdauds du contrôle interne réunis. Si vous pouviez contribuer à démêler cette affaire... Les gars des crimes sérieux de Kowloon Ouest faisaient du très beau boulot jusqu'ici, s'ils sont éparpillés aux quatre vents les seuls à s'en réjouir seront les truands de toute espèce. Sans compter que nous au CIB on va perdre d'excellents relais.

— Très bien, je vais y réfléchir un peu», acquiesça Kwan en se frottant le menton.

Leur déjeuner terminé, les deux policiers retournèrent à l'état-major. Kwan se mit à ruminer ses nouveaux problèmes.

Fung Yuen-yan avait-il vraiment pu se venger ainsi de TT ?

Fung avait aussi été affecté à Wan Chai, Kwan le connaissait un peu. Il se souvenait d'un officier sérieux et consciencieux à l'extrême, l'exact opposé de TT. Leur incompatibilité de caractère était d'ailleurs la cause principale de leur inimitié. Kwan estima que ce portrait ne collait pas du tout avec une basse vengeance. Mais il refusait de tirer de quelconques conclusions de souvenirs si fugaces. Fung pouvait avoir beaucoup changé en l'espace de quelques années.

Le même après-midi, Kwan se procura une copie du dossier concernant l'intervention auprès de l'OCTB et du QG de Kowloon Ouest. Simple demande de routine : le CIB avait son mot à dire dans la traque de Shek Boon-tim et devait disposer de l'ensemble des données. Il lut et relut les rapports de tous les policiers engagés dans la surveillance et l'assaut de la résidence Ka-fai, y compris la déposition orale de l'agent Fan Sze-Tat — surnommé Sharpeï — qui était resté une demi-journée entre la vie et la mort au bloc chirurgical de l'hôpital.

Il retrouva et confirma ce dont lui avait parlé l'inspecteur Lau : l'histoire de la boîte aux lettres et le léger retard pris par l'équipe B pendant la montée dans les étages. Il put surtout se faire enfin une image à peu près complète de ce qui lui avait semblé le moins clair : ce qui s'était passé après que TT eut refusé d'obéir aux injonctions de Ko. Heureusement les trois policiers concernés avaient tous survécu.

D'après le rapport de TT, il avait demandé des renforts au QG provisoire au moment de se lancer à l'assaut à partir de la cage d'escalier. Il avait alors entendu des cris et des coups de feu à l'intérieur de l'hôtel et avait compris que Shek se débarrassait de certains otages inutiles : un seul lui suffisait pour servir de bouclier. Après que Ko eut une dernière fois échoué à l'arrêter, TT avait pénétré dans la réception et tiré deux coups de pistolet. Son barillet vide, il avait alors jeté son arme et levé les bras pour se rendre à Shek qui tenait la femme de chambre, Lee Wan. Et pendant que Shek détournait le canon de son fusil d'assaut de son otage pour le pointer contre lui-même, TT avait saisi le revolver de l'agent Lok Siu-ming, dissimulé sous son T-shirt, et tiré sur le bandit. Mais il avait été de son côté touché au poignet gauche.

Il admettait avoir commis une erreur lourde de conséquences. Plutôt que de viser la tête de Shek, il avait choisi une cible plus facile : son torse. Shek n'avait pas été tué sur le coup ; il avait lâché la AK sous l'impact mais avait pu sortir une arme de poing et ouvrir le feu. Quand TT avait tiré une seconde et dernière fois, il était trop tard : Shek avait déjà abattu Lee Wan.

La déposition du jeune agent Lok Siu-ming, récemment affecté à la section des crimes sérieux du poste de police de Mongkok, complétait celle de son chef. Il décrivait comment l'équipe était tombée sur Jaguar et Biu le Dingue. Il s'avérait que Lok avait lui aussi désobéi aux ordres, préférant rester s'occuper de son collègue blessé plutôt que de tenter de sauver les otages.

Kwan estima que ce jeunot n'échapperait pas à une sévère sanction disciplinaire et que son dossier allait être marqué au fer rouge. Inutile pour lui, désormais, d'espérer avoir de l'avancement dans la police.

TT ne l'avait pas écrit noir sur blanc dans son rapport, mais avait suggéré entre les lignes que l'inspecteur senior Ko Long-saan, responsable de l'opération, n'avait pas donné les bons ordres aux bons moments. L'équipe B avait atteint l'entrée de l'hôtel à peine une demi-minute après que TT eut annoncé qu'il partait seul à l'offensive, mais elle était quand même arrivée après la bagarre. TT estimait que si Ko avait donné son feu vert un peu plus tôt, plusieurs des six occupants de l'hôtel auraient pu s'en sortir sains et saufs.

Deux jours plus tard, Kwan profita d'un petit moment libre pour se rendre au bureau de l'identification. Il s'intéressait à la lettre marquée des chiffres 042616, mais aucun des rapports n'en parlait beaucoup et il ne souhaitait pas s'adresser au contrôle interne. Il connaissait bien l'inspecteur Szeto, de l'Identification, auquel il avait souvent eu affaire au cours de ses enquêtes passées, et il savait qu'il serait bien plus facile de jouer sur ses relations pour récupérer quelques informations.

«Monsieur le superintendant! Vous n'êtes déjà plus au CIB?» dit Szeto avec un sourire qui soulevait les coins de sa petite moustache et lui donnait un air rusé à la Sammy Davis Jr.

Sa surprise venait du fait que les officiers du CIB

n'avaient pas besoin de venir en personne au bureau de l'identification.

« Il y a un truc qui me turlupine, j'aimerais avoir ton avis… Ça concerne l'opération de la résidence Ka-fai.

— À propos de Shek Boon-tim ?

— Non… je m'intéresse plutôt aux mêmes détails que le contrôle interne.

Szeto poussa un long sifflement.

« Houlà… si vous êtes aussi sur le coup…

— Il se trouve que j'étais sur place, par hasard.

— Ah, c'est pour ça…, dit Szeto en farfouillant dans ses cheveux semblables à un nid d'oiseau. Ouais, ce qui aurait été étonnant, c'est que vous ne vous en mêliez pas.

— Tu as toujours chez toi cette carte avec les chiffres ?

— Vous voulez dire la feuille avec le code ? Oui, j'ai tout ici. Nos gars ont ramassé tout ce qui se trouvait dans l'appartement, et il faut relever les empreintes sur chaque objet et les comparer avec nos archives. Autant vous dire qu'avec nos effectifs, on est pas sortis de l'auberge. À force de zyeuter jour et nuit les tableaux à rétroéclairage, les collègues sont en train de devenir aveugles… Bon, attendez ici un instant, je vais la chercher. »

Szeto haussa les épaules et agita la main comme un acteur dramatique, puis se dirigea vers une pièce attenante. Mimiques et grands gestes étaient sa marque de fabrique. Il reparut bientôt avec une boîte en carton dont il retira un sachet transparent.

« La voilà… »

Kwan retourna la feuille de papier dans tous les sens. Elle était de taille standard A7 et sur l'un des bords courts on distinguait des traces de déchirure à la main. Le côté gauche de la déchirure était à peu près droit, le droit en revanche était inégal. La feuille avait dû être arrachée d'un petit bloc avec la main droite : quand on tire sur une feuille vers la droite, c'est le coin supérieur gauche qui subit la plus grande force et présente la déchirure la plus droite, mais arrivé à peu près à la moitié de la largeur le poignet perd un peu de force.

Le papier était uni, sans lignes, très fin et d'un blanc jaunâtre, visiblement de qualité médiocre. Kwan leva la feuille vers une lampe et la regarda par transparence, sans pouvoir distinguer de marque en relief ; il espérait y trouver les traces laissées par la pointe du stylo écrivant sur les feuilles précédentes dans le bloc, le genre d'indice qui lui avait déjà parfois bien servi.

Les six chiffres, 042616, avaient été tracés à la va-vite, de façon presque illisible. Leur auteur avait voulu dissimuler son écriture. Comme Lau l'avait dit, on s'était servi d'un stylo-bille à encre bleue, et pas d'un stylo à plume. Autant dire que le bureau de l'identification n'avait pas les moyens de déterminer l'origine de cette encre et qu'il faudrait pour cela s'adresser aux chimistes du labo central gouvernemental. L'expertise de l'Identification se limitait aux empreintes digitales, et à l'analyse des photos et des indices recueillis sur la scène de crime.

« Il y avait des empreintes là-dessus ? demanda Kwan.

— Seulement celles des trois bandits. »

Kwan examina encore une fois la feuille, mais elle n'avait décidément rien d'autre à lui apprendre. Il replaça le sachet plastique avec la feuille dans la boîte en carton, au-dessus des pagers utilisés par les bandits, de plusieurs carnets, des cartes de visite trouvées sur les cadavres et d'un tas d'autres choses. Dont certaines en particulier retinrent son attention.

« Ce sont les pubs qu'ils avaient récupérées dans leur boîte aux lettres ? demanda-t-il en pointant du doigt plusieurs sachets.

— Oui oui. »

Szeto hocha la tête, sortit trois sachets du carton et les étala sur la table. Celui de gauche contenait le menu à emporter d'un restaurant chinois proche de la résidence Ka-fai, celui du milieu une enveloppe avec le logo d'une grande chaîne de pizzerias, et le dernier une petite carte plastifiée sur laquelle était imprimée le nom d'une entreprise de déménagement, son numéro de téléphone, quelques phrases de pub et un dessin représentant un petit vieux, tout sourire, le pouce dressé.

« Il y a pas mal d'empreintes sur tout ça... les imprimeurs, les postiers, les livreurs... le contrôle interne veut qu'on les identifie toutes, c'est vraiment gâcher du temps et de l'argent. »

Szeto soulignait sa désapprobation en croisant les bras sur sa poitrine gonflée d'une juste colère.

« Il n'y avait que ces trois-là ? coupa Kwan. Aucune autre ?

— Les enquêteurs ne m'ont amené que ces trois-là, en tout cas. Quelque chose qui ne va pas ?

— Hmmm... c'est un peu bizarre.

— Ah bon ? Tiens... pas sûr que ce soit important, mais les collègues du bureau des armes à feu ont aussi trouvé un truc... "un peu bizarre" comme vous dites.

— Le bureau des armes à feu ?

« — Leur labo. Vous voulez qu'on aille voir l'inspecteur Lo ? Il vous l'expliquera mieux que moi. »

Kwan et Szeto prirent l'ascenseur jusqu'à l'étage du bureau des armes à feu où l'inspecteur Lo Sum accepta de leur consacrer un moment.

« Superintendant Kwan, ça faisait un bon bout de temps », dit-il en anglais, secouant la main de Chundok.

C'était un Écossais pur jus auquel les subtilités du cantonais échappaient toujours malgré plus de dix années passées à Hong Kong. Il ne maîtrisait que les quelques phrases simples nécessaires à la vie de tous les jours. Il s'appelait Charles Lawson, et avait choisi son premier nom chinois, « Lou Shum », par simple transcription phonétique de son nom de famille. Mais ses collègues trouvaient que ce nom n'était pas très heureux — les deux mêmes caractères servant à désigner le palais du roi des Enfers bouddhistes, le « Shum Luo Din ». Ils l'avaient donc rebaptisé « Lo Sum ». La Police royale de Hong Kong était certes organisée selon des principes occidentaux, et dirigée par des Blancs, mais on y respectait quand même certaines coutumes et certains tabous chinois. Il y avait toujours une petite chapelle consacrée à Kwan Tai, le dieu de la guerre, de l'honneur et de la fraternité, dans chaque poste de police... comme d'ailleurs dans chaque quartier général de triade. La seule différence était qu'il portait sa hallebarde de la main gauche chez les truands, de la main droite chez les flics.

« Charles, tu m'avais dit que vous aviez relevé quelque chose de bizarre en rapport avec les frères Shek. Comme le superintendant Kwan est venu me poser quelques questions, je me suis permis de te l'amener, dit Szeto dans un anglais fortement accentué, *Hong Kong style*.

— Très bien», acquiesça Lawson, tout heureux d'être sollicité.

Il se pencha et souleva avec effort un carton semblable à ceux du bureau de l'identification, mais qui semblait beaucoup plus lourd.

«Alors qu'est-ce qu'on a là... ce sont les armes de poing de Shek Boon-sing et de ses deux complices.»

Il sortit un à un quatre pistolets Étoile noire qu'il posa sur son bureau.

«Voici l'arme qu'a tenté d'utiliser le surnommé Jaguar... Celle-ci a été trouvée sur le corps de Biu le Dingue... Les deux autres étaient dans un sac de voyage posé à côté du cadavre de Shek.»

Sa prononciation de «Biu le Dingue» en chinois sonnait encore plus terrifiante que le surnom lui-même.

«Aucune de ces armes n'a jamais servi», intervint Szeto d'un ton mélodramatique.

Kwan s'était rendu à l'hôtel de l'Océan, mais n'avait pas vu les armes : c'était la première chose dont les techniciens s'occupaient et qu'ils mettaient de côté. Il se rappelait en revanche le contenu des rapports de TT et ses hommes : Jaguar avait été tué avant de pouvoir appuyer sur la détente et les deux autres truands s'étaient servis d'AK-47. Mais...

«TT... je veux dire l'inspecteur Tang, n'a-t-il pas dit que Shek s'était servi d'un pistolet pour abattre la femme de chambre, juste avant de mourir? Ce n'est pas l'un de ces deux-là?

— Non, parce qu'il s'est servi de ce petit bijou-ci, répondit Lawson en sortant une cinquième arme du carton.

— Un... modèle 67? dit Kwan après un moment de surprise.

— Très rare sous nos latitudes », dit Lawson avec un sourire.

Le pistolet automatique Type 67, à silencieux intégré, était comme le Type 54 Étoile noire, une arme de guerre produite en République populaire de Chine. Il en différait par son utilisation tactique : c'était un favori des forces spéciales pour les raids de nuit et les missions de reconnaissance. Les guérilleros vietcong s'en étaient abondamment servis pendant la guerre du Vietnam, au grand dam des GI.

Mais c'était la première fois, en plus de vingt ans passés dans la police, que Kwan en voyait un de près.

Lawson tira la culasse et lui tendit l'arme. Sur toute la longueur, l'épais canon constituait un modérateur de bruit. Le corps du pistolet était très étanche, de façon à laisser échapper le moins de gaz possible au moment de la détonation. Il était possible de sélectionner le mode manuel ou le mode semi-automatique. Dans ce dernier, l'arme opérait exactement comme n'importe quel autre pistolet moderne ; en mode manuel en revanche, le tireur devait tirer la culasse en arrière pour éjecter la cartouche usagée et en charger une nouvelle. Cela permettait de réduire encore le bruit ainsi que la visibilité de la flamme. Combiné à l'utilisation de balles à vélocité réduite, le mode manuel réduisait le niveau de bruit au départ du coup à 70 décibels, à comparer aux 140 décibels d'un pistolet automatique normal. Une différence abyssale.

Cependant, un silencieux n'est pas un instrument magique : il ne réduit pas la détonation au « plop, plop » que l'on entend au cinéma. Dans des circonstances normales, le bruit sera toujours perçu aux alentours. Mais derrière un mur, ou dans un environnement naturellement bruyant, il pourra être confondu avec un bruit usuel, comme celui d'un objet qui tombe au sol.

« On a pu travailler sur le projectile. Bingo : l'empreinte balistique correspond à celles qu'on avait repérées dans une autre affaire. Vous vous souvenez de cet avocat véreux, Richard Ng, qui travaillait pour tout un tas de gros bonnets de la pègre ?

— Celui qui s'est fait descendre en février de l'année dernière dans un bar à Mongkok ?... Le Blue Devil, si je me rappelle bien.

— Eh bien, il a été tué avec cette arme. »

Chaque arme laisse sur tout projectile tiré des marques qui lui sont propres, en raison de la configuration des rayures du canon. Un examen minutieux au microscope suffit pour s'assurer que deux balles ont été tirées par la même arme — ou pas.

« Tiens, s'étonna Kwan, l'OCTB avait conclu à un contrat exécuté par un tueur professionnel... En fait ça aurait un rapport avec les frères Shek ?

— Oui, c'est ça qui est bizarre, dit Lawson en haussant les épaules. Pour ce qu'on en savait, les frères Shek étaient des spécialistes du braquage et du kidnapping, pas de l'assassinat sur commande. Ce qui prouve qu'on ne connaissait pas complètement leur mode opératoire. »

Bon nombre de gens s'étaient frotté les mains à l'annonce de la mort de Ng, en particulier les chefs de triades rivaux de ceux qui l'employaient comme avocat, mais aussi des policiers. Le meurtre n'avait jamais été élucidé ; en l'absence de tout indice probant, l'enquête avait rapidement tourné en eau de boudin. En théorie l'OCTB travaillait toujours dessus, mais en pratique plus personne ne s'en occupait.

« Et pourquoi ce serait Shek Boon-sing qui aurait forcément tué l'avocat ? demanda l'inspecteur Szeto. Les armes circulent pas mal dans la pègre, il a pu récupérer celle-là n'importe où, après qu'elle a servi pour le meurtre. »

Kwan examinait attentivement le pistolet. Il demanda :

« Combien avaient-ils de munitions en tout ? »

Lawson sortit un dossier d'un classeur, le feuilleta et répondit :

« Plus de trois cents.

— De quel calibre ?

— Le calibre ? demanda Lo, surpris par la question. Hmm… voilà : 202 cartouches de 7,62 × 39 mm pour les AK-47… et puis 156 cartouches de 7,62 × 25, le tout en chargeurs.

— Bizarre… pas de 7,62 × 17 ?

— Comment ? Ah ! Je vois où vous voulez en venir. »

Les Types 54 et 67 tirent tous des balles de calibre 7,62 mm, mais celles tirées par l'Étoile noire font 25 mm de long, tandis que les projectiles à vélocité réduite du Type 67 ne font que 17 mm de long.

« C'est bien ce que je disais, intervint Szeto en pointant du doigt les pistolets étalés devant eux. Si Shek a eu ce flingue à silencieux par hasard, ce n'est pas étonnant qu'il n'ait pas eu les munitions correspondantes, et c'est logique qu'il s'en soit servi en premier, comme ça il pouvait le balancer sans problème après l'avoir vidé.

— Non, une arme comme ça, on s'en sert toujours dans un but bien précis. Si Shek Boon-sing l'avait sur lui à Ka-fai, ce n'était pas par hasard, répliqua Lawson en secouant la tête.

— S'il avait eu un "but bien précis" pour le Type 67, il se serait servi dans ce cas des Étoile noire. Il aurait économisé les munitions du 67, au lieu de les tirer n'importe quand.

— N'importe quand ? répéta Kwan.

— D'après les données balistiques recueillies, il a fait feu alternativement avec le Type 67 et la AK, expliqua Lawson.

— Ouais... il avait une arme dans chaque main, dit Szeto en imitant la gestuelle de l'acteur Chow Yun-fat dans *Le Syndicat du crime*. Nous avons retrouvé les empreintes des doigts de sa main gauche sur le Type 67, celles de la main droite sur la AK. Il pouvait menacer les otages en même temps qu'il tirait... »

À plusieurs reprises, Shek Boon-sing avait été filmé avec deux armes par les caméras de surveillance pendant des braquages. Sa force lui permettait de maîtriser son fusil d'assaut d'une seule main en appuyant la crosse contre sa hanche.

« Avez-vous trouvé assez d'indices pour reconstituer l'ordre dans lequel il a tué les victimes ? demanda Kwan.

— Plus qu'il n'en fallait. Pour ce que ça sert..., dit Szeto. C'est pas comme si on n'était pas sûrs des causes de leur mort.

— Je pense que le superintendant Kwan souhaite justement déterminer si le Type 67 était là pour une bonne raison... ou si Shek ne l'avait que par hasard, comme le dit l'inspecteur Szeto ?

— Oui, plus ou moins », dit Kwan.

Lawson rouvrit son dossier, en retira des photos

des cadavres, prises à différentes distances et sous des angles variés. Szeto commença :

« D'abord, juste après la fusillade près de la cage d'escalier, Shek Boon-sing a tiré quelques rafales dans le passage avec son AK. Comme il a dû se douter que ses complices étaient tués, il a renoncé à affronter de face les collègues de Mongkok et il est entré dans l'hôtel. Il est allé tout droit jusqu'au bout du couloir, dans la chambre 4. Nous pensons qu'il espérait y trouver une issue de secours : comme l'appartement n° 30 était le plus au nord de l'aile nord de la résidence, il n'avait plus accès à aucune cage d'escalier.

— Il a défoncé la porte de la chambre à coups de pied, a tué Mandy Lam, la femme qui se trouvait sur le lit, avec le pistolet, dit Lawson en montrant une photo d'ensemble du corps de Lam Fong-wai. Le légiste est à peu près certain qu'elle a été la première victime, parce que son sang était celui qui s'était déjà le plus figé au moment des photos, ça se voit là-dessus.

— On a trouvé la trace de sa semelle sur la porte. Les portes des chambres de l'hôtel de l'Océan sont plutôt épaisses... mais pas assez pour retenir un colosse pareil, reprit Szeto.

— Il a fait demi-tour rapidement quand il a compris qu'il n'y avait pas de sortie par la chambre 4. À ce moment-là, Wang Jingdong sortait la tête de sa chambre, la 2, pour voir ce qui se passait. Il a vu Shek qui brandissait ses armes et a tenté de s'enfuir par la réception. Shek lui a explosé le crâne avec la AK. »

Lawson posa une deuxième photo, bien saignante, à côté de celle de Lam.

« Shek est ensuite passé par-dessus le corps de Wang et il a canardé la réception, dit Szeto. L'inspecteur Tang a été forcé de rester planqué dans le couloir de l'immeuble. C'est cette rafale qui a tué le gérant, Tsiu Ping. »

Comme si Szeto et lui avaient répété ensemble leur numéro au préalable, Lawson posa à ce moment une troisième photo, celle de Tsiu Ping, qui montrait son visage défoncé et sa mâchoire de travers. Les taches de sang frais qui éclaboussaient les murs, conjuguées au portrait macabre, rendaient ce cliché plus hideux encore que celui de Wang Jingdong, dont on ne voyait pas le visage. Elle semblait tirée d'un film d'horreur américain particulièrement réussi. Lawson reprit :

« C'est ce moment qu'a choisi cet abruti de Yau Tsoi-hsing pour ouvrir sa porte... Shek était tout près, il a descendu les deux personnes qui étaient dans la chambre avec le Type 67. »

Il posa les photos de Yau et de Tsin Bo-yee à côté des trois autres. Yau avait été touché deux fois, Tsin une seule fois, en pleine poitrine.

« Ensuite il a attrapé Lee Wan, la femme de chambre qui était paralysée par la terreur, pour s'en servir de bouclier...

— Alors TT a fait semblant de se rendre et a jeté sa première arme, enchaîna Kwan. Pendant que Shek détournait la AK pour le descendre, TT a sorti le flingue de son collègue et a abattu Shek.

— Oui, c'est comme ça que ça c'est passé, mais Shek n'est pas mort sur le coup, il a tué Lee Wan avec le 67, dit Lawson en étalant la dernière photo.

— Il n'y avait personne dans la chambre 3 ? demanda Kwan.

— Non... je me rappelle que les types sur place ont dit qu'elle était vide. Et il n'y avait personne de marqué sur le registre de l'hôtel, répondit Szeto en se penchant sur les photos. D'ailleurs, regardez : derrière le bureau de Tsiu Ping on voit bien qu'il reste une clé suspendue au tableau. Les trois autres emplacements sont vides. »

Il pointait du doigt la photo du cadavre du gérant. Dans un coin on voyait quatre crochets, d'où pendait une seule clé argentée, à côté de laquelle une étiquette indiquait le chiffre 3.

« S'il y avait eu un autre client, ça n'aurait fait qu'un mort de plus, dit Lawson.

— Qu'en pensez-vous, monsieur le superintendant ? demanda Szeto. On voit bien que Shek n'avait pas de raisons particulières de garder des munitions pour le Type 67. Même sans compter l'otage abattu à la fin, il a gâché quatre cartouches, alors qu'il aurait pu tous les buter avec la AK.

— Non, non, protesta Lawson. Peut-être qu'il n'avait pas de munitions de rab pour ce pistolet dans l'appart, mais ça ne veut pas dire qu'il n'aurait pas pu s'en procurer par ailleurs. On sait que les frères Shek ont des voies d'approvisionnement illégales en armes de guerre, ça ne lui aurait pas posé de problème.

— Ce flingue est apparu par hasard, mais il a effectivement été utilisé dans un but particulier. »

Les deux inspecteurs ne s'attendaient pas à une déclaration aussi ambiguë de la part de Kwan et le fixèrent d'un air surpris.

« Mais puisque... » Szeto s'interrompit et se gratta le crâne.

« Tout ça n'est pas encore très clair, dit Kwan en

hochant la tête. Je vais demander à quelques-uns de mes hommes de se mettre sur l'affaire. J'ai encore une question pour vous, Lo : est-ce que tous les projectiles ont été retrouvés et analysés? Pour tous les morts?

— Oui, c'est la base, répondit Lawson. Toutes les blessures des victimes ont été causées par des balles tirées soit par le AK de Shek, soit par son Type 67...

— Et les blessures de Shek Boon-sing?» le coupa Kwan.

L'expression de Lawson montrait qu'il estimait que cette question était de trop.

«Bien sûr qu'elles viennent soit de l'arme de service de Tang, soit de celle de son collègue. Qu'est-ce que vous croyez? Qu'il y avait une troisième personne sur les lieux, qui a descendu le truand et s'est éclipsée juste pour que Tang puisse ramasser les lauriers?

— Non... je voulais simplement en être sûr.»

Kwan remercia et prit congé de Lawson. Dans l'ascenseur il demanda à Szeto :

«Je peux vous emprunter cette feuille avec les chiffres?»

Szeto haussa les sourcils.

«Désolé, monsieur le superintendant, je ne peux pas vous faire cette faveur... C'est une pièce à conviction cruciale, si elle disparaît je peux dire adieu à mon job.

— Bon... vous pouvez m'en faire une copie agrandie, alors?

— Évidemment, aucun problème.»

De retour au bureau de l'identification, Szeto plaça la petite feuille dans la photocopieuse. Il allait rabattre le couvercle de la machine quand Kwan le stoppa de la voix.

«Utilisez plutôt ça pour la recouvrir.»

Il lui tendit un cahier qu'il avait trouvé sur une table proche. C'était un de ces cahiers à la couverture rigide, noire et bordée de rouge, en dotation depuis très longtemps dans toutes les agences gouvernementales. Szeto obéit sans poser la question qui lui vint d'abord à l'esprit.

Kwan prit sa copie, remercia et repartit vers le CIB, où, à peine arrivé, il ordonna à l'un de ses adjoints :

«Pouvez-vous contacter la compagnie de téléphone... Je veux avoir toutes les communications passées depuis l'hôtel de l'Océan, au huitième étage de la résidence Ka-fai, le 4 mai.

— Une piste? demanda l'autre en notant les instructions.

— Pas sûr... j'ai juste un truc à vérifier.

— Compris, chef... Ah, j'ai failli oublier, il y a eu un coup de fil. C'était l'inspecteur Lau de la section A, il a demandé que vous le rappeliez quand vous auriez un moment.»

Kwan entra dans son bureau et composa le numéro de Lau.

«Quoi de neuf? demanda-t-il tout en examinant sa copie de la feuille avec les chiffres.

— Sir Kwan, le contrôle interne est passé chez vous?

— Pas encore. Ils attendent peut-être d'avoir fini d'interroger tous les flics de Kowloon Ouest avant de venir me voir.

— Alors vous ne savez sans doute pas qu'ils ont décidé de relever quelqu'un de son poste... Faut croire qu'ils tiennent le coupable.

— Qui ça? Fung Yuen-yan?

— Non... Ko Long-saan.»

6

La suspension de l'inspecteur Ko Long-saan fit grand bruit dans la police. On avait tellement parlé de l'affaire de la résidence Ka-fai... Avant la fin de la journée la nouvelle était parvenue à chaque poste de quartier. Les policiers, même ceux qui ne connaissaient pas Ko personnellement, hochèrent la tête d'un air entendu et y allèrent de leur commentaire sur l'air de « Ah, en fait c'était le chef de l'opération... ». Mais tout ce qui se disait relevait du ouï-dire ; il s'agissait après tout d'une enquête du bureau du contrôle interne et rien n'était rendu public. Il n'y aurait pas de procès officiel. Dans chaque bureau de l'état-major, dans chaque poste, la rumeur macérait, fermentait, et pas un flic n'était vraiment capable de discerner le vrai du faux.

Pas une version de la rumeur, toutefois, qui ne soulevât le cœur des policiers qui l'entendaient pour la première fois.

Il se disait que l'inspecteur Ko avait à dessein fait échouer l'intervention, en avertissant au préalable les truands qu'il avait sous sa surveillance. Il n'avait pas été acheté par les frères Shek — en fait, il n'avait absolument rien à voir avec eux. S'il n'avait pas hésité à endosser la responsabilité de l'échec de sa mission et à compromettre son propre avancement, c'était pour une seule et unique raison.

Il voulait faire tuer l'inspecteur Tang Ting, chef de la troisième équipe de la section des crimes sérieux de Mongkok.

« Le commandant de l'opération a voulu piéger un officier en première ligne » — les policiers eurent du mal à exprimer l'horreur que leur inspirait un tel acte. Dans le courant d'une intervention, face à des bandits sans foi ni loi, sous les balles qui sifflent, indifférentes, à ses oreilles, chaque policier sait ne pouvoir compter que sur lui-même et sur ses collègues. « Tes camarades tu protégeras comme ta propre famille »… l'adage venait de cette assurance. Si la confiance était détruite, si chacun devait se garder dans son dos, tout l'édifice s'écroulait. La police ne pouvait le permettre.

La plupart des familiers de Ko Long-saan furent d'abord incrédules ; le contrôle interne devait s'être trompé. Ko avait toujours été loyal et d'un caractère mesuré. Il était inimaginable qu'il puisse haïr un collègue au point de vouloir sa mort. Pourtant, quand on sut le mobile de son acte présumé, la réaction de ceux-là fut, à contrecœur, de se dire : « Oui… c'est possible. »

Quand les héros se perdent, c'est toujours pour la même raison : les femmes.

On ne lui connaissait aucune liaison. La plupart des gens pensaient qu'à près de quarante ans il avait choisi le célibat pour mieux se consacrer à son travail, ou qu'il ne souhaitait pas sortir du placard au risque de compromettre sa carrière. Rien de tout cela n'était avéré ; bien peu savaient qu'en réalité il avait déjà été éperdument amoureux et avait cru cet amour réciproque. Plus tard, son amie avait changé d'avis et avait mis fin à leur liaison — et à ses illusions.

Elle était policière, elle aussi, et travaillait au département des relations publiques. Elle était aujourd'hui la fiancée de TT.

Ellen passait pour la plus jolie fille d'un département qui en comptait beaucoup, ses charmes naturels conjugués à ses talents d'oratrice lui valaient d'occuper souvent le devant de la scène. Elle avait bien entendu droit à son lot de critiques et de rumeurs, toujours dans son dos ; elle n'aurait pu y échapper même si elle n'avait pas été la fille du directeur adjoint de la police. En l'occurrence, on s'interrogeait souvent perfidement sur l'identité du « prince consort » qui aurait la chance de séduire la « princesse ». En théorie, être le gendre du directeur adjoint ne conférait aucun avantage spécial ; les promotions étaient liées aux mérites de chacun. Mais ça ne faisait pas de mal d'avoir son propre beau-père comme supérieur direct du chef de la commission d'avancement... Il suffisait alors de ne commettre aucune grosse erreur, et l'on était certain d'avoir un avenir brillant devant soi.

Mais Ko Long-saan, lui, s'était refusé à bénéficier d'un quelconque avantage indu en termes d'avancement. C'était la raison pour laquelle il avait toujours tenu secrète sa liaison avec Ellen, commencée alors qu'il venait d'être promu au grade d'inspecteur stagiaire. Liaison qui avait duré trois ans. Puis Ellen était tombée amoureuse d'un autre... Tang Ting.

TT était aussi téméraire que Ko était réfléchi, aussi rebelle à l'orthodoxie que Ko était dans la droite ligne de la tradition. Ellen avait grandi dans une atmosphère étouffante, un *bad boy* comme TT était une irrésistible bouffée d'air frais. Il l'avait draguée en sachant pertinemment qu'elle avait déjà un ami ; et malgré les perspectives de carrière future bien plus prometteuses de Ko Long-saan, Ellen avait fini par choisir TT. Leur mariage avait été décidé quatre ans après leur rencontre, deux mois avant l'assaut sur la résidence Ka-fai.

Juste après la publication des bans, Ko Long-saan avait invité l'un de ses meilleurs amis, affecté à la police de la circulation, et s'était consciencieusement bituré. Il avait révélé à cet ami l'identité de sa « maîtresse secrète » de jadis ; et le même soir, saoul comme un cochon, il avait menacé de briser le mariage avant de copieusement maudire Ellen. Elle n'avait pas les yeux en face des trous, elle avait choisi le mauvais cheval… son couple était de toute façon promis à la catastrophe. L'amour de Ko pour Ellen était loin d'être éteint et il haïssait de tout son être celui qu'il tenait pour un briseur de couples. Son confident avait mis tous ces discours sur le compte de la boisson et s'était empressé de les oublier.

Jusqu'à ce qu'il apprenne ce qu'il s'était passé à Ka-fai.

Le bureau de contrôle interne avait mené des vérifications approfondies sur tous les policiers qui avaient participé à l'opération et avaient eu l'occasion d'approcher les boîtes aux lettres de l'aile sud de la résidence. Fung Yuen-yan, dont l'inimitié avec TT était connue de tous, avait été le premier à passer sur le gril, mais les flics du contrôle ne s'étaient pas arrêtés à lui : Ko Long-saan s'était rendu sur les lieux comme tous les matins pour vérifier en personne que son dispositif était bien en place et ses subordonnés bien réveillés. Le contrôle était remonté jusqu'à l'ami de Ko, à la circulation, et ce dernier, apprenant les circonstances du drame, avait pâli d'un coup en se rappelant sa soirée avec Long-saan. Les enquêteurs n'avaient pas lâché le morceau et lui avaient soutiré au forceps chaque détail des élucubrations de Ko.

Lequel avait d'un coup remplacé Fung Yuen-yan en tant que suspect numéro 1. Ellen et TT avaient été interrogés et avaient confirmé la véracité de l'histoire du triangle amoureux, quatre ans auparavant. Et Ellen dévoila qu'après l'annonce de ses fiançailles, elle avait tenté de rencontrer Ko pour régler leur différend. Mais ça s'était mal passé et, depuis, ce dernier n'avait cessé de la harceler par téléphone.

Ko connaissait le caractère de TT. Il avait prévu qu'en cas de fuite de Shek Boon-sing il lui suffirait de lancer l'ordre d'attendre sur place pour que TT n'en fasse qu'à sa tête et s'empresse d'aller jouer les justiciers solitaires face à trois bandits surarmés. Telle était la conclusion des enquêteurs du contrôle interne. Le mobile était clair, le mode opératoire crédible — et Ko, en tant que commandant sur place, avait eu tout loisir de faire disparaître d'éventuelles preuves matérielles. Sauf la lettre avec le message codé, qu'il n'avait pu récupérer à temps, car les agents de l'OCTB l'avaient découverte les premiers. Le contrôle interne estimait cependant que les témoignages du policier de la circulation, d'Ellen et de TT étaient suffisants pour relever Ko de ses fonctions, l'assigner à résidence et le soumettre à une série d'interrogatoires poussés.

Ils espéraient qu'il avouerait tout de lui-même.

Le vendredi 12 mai, Ko Long-saan était chez lui, épuisé, après une journée entière de guerre psychologique contre ses tourmenteurs. Il avait décroché son téléphone et éteint son pager. Il était seul dans sa chambre. Il ne comprenait pas comment les choses avaient pu en arriver là. Il ne voulait plus voir personne, ni parler à quiconque, aspirant au calme et à la solitude.

Il ne s'était pas rasé depuis deux jours. Il avait les cheveux en bataille, les yeux striés de rouge. Il avait tout sauf l'allure d'un inspecteur senior, chef de section de crimes sérieux. Ou plutôt d'un ex-inspecteur senior, chef de section de crimes sérieux.

«Ding dong!» fit la sonnette de la porte d'entrée.

Ko alla jusqu'à la porte en traînant les pieds, prenant au passage sa veste qu'il avait jetée sur une table basse. Il devait payer le plat qu'il avait commandé un quart d'heure avant par téléphone à une gargote au bas de l'immeuble. Il n'avait absolument pas faim, mais était encore assez lucide pour comprendre qu'il devait conserver ses forces.

«Inspecteur Ko.»

À la place du livreur se tenait Kwan Chun-dok.

«Que... qu'est-ce que vous venez foutre ici? dit Ko qui n'avait qu'une envie, lui claquer la porte au nez.

— Je dois vous parler, dit Kwan sans se démonter.

— Je ne veux pas parler.»

Ko poussa sur le battant. Kwan posa la main dessus pour l'empêcher de la refermer.

«Attendez...

— Allez-vous-en, s'il vous plaît! Je veux rester seul!» cria Ko en forçant sur la porte.

Kwan était un rival, un vieil ennemi. Pas du tout

la personne qu'il avait envie de voir en ces circonstances.

Kwan ne céda pas et les deux hommes forcèrent de l'épaule contre la porte, chacun de leur côté. Dix secondes s'écoulèrent.

« Euh... quelqu'un a commandé des travers de porc grillés avec du riz? dit quelqu'un d'une voix incertaine.

— Ouais... c'est moi», soupira Ko.

Manque de bol. Il ne lui restait plus qu'à ouvrir la porte et récupérer son dîner. Sans l'ombre d'une hésitation, Kwan s'introduisit dans son salon et prit place sur le canapé. Ko tira une chaise et s'assit en face de lui.

« Très bien, superintendant, dites ce que vous avez à dire. Et puis partez vite, je voudrais bouffer tranquille.

— Je veux savoir si c'est vous qui l'avez fait.

— Vous croyez tous que c'est moi! Rien que parce que j'ai eu une liaison avec Ellen? Si vous pensez que j'aurais pu me venger sur TT... avec des procédés aussi dégueulasses... je pourrais vous dire n'importe quoi, ça ne servirait à rien.

— Vous n'avez pas répondu à la question. Avez-vous, oui ou non, alerté Shek Boon-sing dans le but de déclencher la fusillade?

— Non, putain! Non!

— Je savais que ce n'était pas vous», dit Kwan avec un sourire.

Ko en resta bouche bée.

« Vous... vous dites...

— Je dis que je sais que vous êtes innocent. »

Kwan s'appuya contre le dossier du canapé et continua :

« Mais maintenant que je l'ai entendu de votre bouche, je suis plus tranquille.

— Vous vous impliquez dans l'enquête ? » demanda Ko.

À tous les nivaux de la police, on connaissait Kwan pour ses talents de déduction, et plus encore pour le don qu'il avait de fourrer son nez partout.

« Impliqué, pas impliqué, on s'en fout... Le CIB est impliqué dans la recherche de Shek Boon-tim. C'est le job... Nous travaillons sur les filières d'appro des armes utilisées, nous tentons de remonter jusqu'aux adresses des téléphones qui ont laissé des messages au centre d'appels pour leurs pagers, nous creusons les relations du maillon faible de la bande, Jaguar... on finira bien par trouver un moyen de coincer ce salopard. »

Ko comprit que Kwan lui faisait réellement confiance. Le superintendant n'aurait pas divulgué ces informations à un complice présumé des frères Shek ou au coupable du piège tendu à TT. Au contraire, c'était bien pour le mettre lui, Ko, en confiance, qu'il le faisait.

« Alors, monsieur le superintendant, pourquoi êtes-vous là ? Juste pour m'entendre dire "je suis innocent" ? Ou pour me questionner sur ce qui s'est passé ? Je crois que tout est déjà dit dans le rapport de l'OCTB... et vous étiez à Ka-fai, vous avez vu le bordel que c'était... d'ailleurs c'est là-bas, je crois, que vous avez le plus de chances de trouver quoi que ce soit.

— Je suis retourné faire un petit tour à Ka-fai cet après-midi », le coupa Kwan.

Il croisa les mains et les posa sur sa cuisse.

« Mais comme vous l'avez dit, j'y étais aussi ce

jour-là. J'avais déjà vu à peu près tout ce qu'il y avait à voir. Non, la vraie raison de mon passage, c'est que je voulais voir comment vous alliez.

— Pardon?

— Oui... voir si tout allait bien. Et je voulais vous rassurer, sourit Kwan. Je sais que c'est l'un de vos meilleurs amis qui a raconté au contrôle interne votre histoire avec Ellen et TT... du coup vous n'avez plus personne à qui vous confier... Je crains qu'au sein de la police il n'y ait que vous et moi, et le vrai coupable, à vous savoir innocent. Tiens, ça me fait penser que j'ai pas mal galéré pour trouver votre adresse.

— Le vrai coupable? Qui ça? Ce n'est pas... Fung Yuen-yan, quand même?

— Ne vous tracassez pas pour ça. Si je vous disais quoi que ce soit, vous ne pourriez guère éviter d'avoir à le répéter à nos amis du contrôle interne. Mais ces types ne travaillent qu'avec des vieilles méthodes éculées qui laisseront tout loisir au coupable de leur glisser entre les doigts... De votre côté, vous n'avez qu'une chose à faire : continuer à clamer votre innocence.»

Ko hocha la tête. Il pensait avoir compris.

Il ne savait pas que Kwan lui avait servi un beau mensonge.

«En ce moment, ils ne parlent que de vous trois à l'état-major. Ellen a posé des congés pour éviter d'être trop emmerdée.

— Ça... ce n'est sûrement pas facile pour elle.

— Vous avez encore des sentiments pour Ellen?»

Ko s'attendait à tout sauf à cette question.

«Superintendant, je crois que vous êtes marié?

— Oui, depuis plus de dix ans.

— Vous aimez votre femme ?
— Bien sûr.
— Si vous saviez qu'elle était sur le point de faire une énorme connerie, et que vous n'arriviez pas à l'en dissuader... qu'est-ce que ça vous ferait ?
— Vous voulez dire qu'Ellen fait une grosse erreur en épousant TT.
— Quand j'ai appris la nouvelle, j'ai donné rendez-vous à Ellen. Pour discuter... Au bout de cinq minutes à peine, elle me faisait la gueule et me traitait de gamin capricieux.
— Elle avait déjà pris sa décision. Quoi que vous disiez, elle n'aurait pas changé d'avis. Quatre ans après...
— Non ! Vous ne comprenez pas ! C'est comme elle ! Si je veux empêcher son mariage avec cette ordure de TT, ce n'est pas pour qu'elle revienne à moi... Je veux... je voulais juste qu'elle ait tous les éléments en main pour décider une chose pareille... qu'elle sache bien qui TT est vraiment.
— Comment ça, qui TT est vraiment ?
— On m'a raconté que c'était un vrai coureur. Dans son poste précédent, il aurait même fait croire à une policière qui bossait avec lui qu'il était amoureux.
— C'est tout ?
— Comment ça, "c'est tout ?", cria Ko, les yeux écarquillés. Merde, il est capable de tromper une de ses propres collègues ! Alors ça doit pas être joli à l'extérieur ! Comment voulez-vous qu'une fille bien s'entende avec un type pareil ! C'est un obsédé, un... un faux jeton volage ! C'est l'ennemi des femmes ! »

Kwan ne répondit pas. Il écoutait attentivement.

« Bien sûr que j'aime encore Ellen... mais je sais

qu'on ne peut pas forcer les sentiments. Si elle avait choisi quelqu'un de correct, je n'aurais plus eu qu'à la boucler et souhaiter son bonheur. Mais vous croyez que je pouvais garder le silence en voyant qu'elle est tombée entre les pattes d'une canaille ?

— Ça fait quatre ans qu'ils sont ensemble. Pourquoi avoir attendu aussi longtemps pour vous manifester ?

— Je pensais qu'elle comprendrait toute seule un jour. Même si TT joue la comédie avec elle, je ne croyais pas que ça tiendrait si longtemps...

— Ah, inspecteur, vous êtes un policier brillant, mais je ne soupçonnais pas que vous puissiez être aussi naïf quand il s'agit des femmes... Quand c'est terminé il faut savoir tourner la page, pour s'éviter de souffrir. Qu'Ellen ait eu tort ou raison, elle est adulte et c'était son problème. Vous lui avez parlé, elle ne vous a pas écouté, vous n'aviez pas le droit de continuer à l'importuner. Puisque vous vous prétendez son ami, la seule chose que vous pouvez faire, c'est être présent au cas où ça tournerait mal pour elle. Vous n'avez pas à tenter de lui imposer vos valeurs. Une femme amoureuse est aveugle, et plus vous essaierez de la persuader plus elle s'entêtera.

« Bon, pour revenir à nos moutons... Vous n'avez jamais tenté de mettre des bâtons dans les roues de TT à cause de cela ?

— Jamais ! Je ne mélange pas ma vie privée et le boulot, dit Ko. Si je l'ai placé à l'aile nord à Ka-fai, c'est que je savais que son caractère irréfléchi aurait pu les mettre en danger... lui et ses hommes. S'il avait été à l'aile sud, en voyant passer Shek et les autres devant lui chaque jour, qui sait ce qu'il aurait pu nous inventer comme connerie... J'avais bien compris, dès le début de la surveillance, que si on voulait attraper tous nos oiseaux d'un seul coup de filet, le plus important était de rester les plus discrets possible jusqu'au bout.

— Je crois que vous vous trompez, dit Kwan en secouant la tête. TT n'est pas irréfléchi, il est juste un peu trop imbu de lui-même. Il aime le risque et il est capable de tout miser sur un coup, mais il est très loin d'être idiot. Si vous lui aviez ordonné de surveiller l'entrée de l'aile sud, il n'aurait sûrement pas commis la grosse bourde que vous suggérez. »

Ko Long-saan eut l'air surpris. Kwan sourit.

« Haha ! Il semble que vous n'ayez pas encore les mêmes talents de psychologue que grand frère Tso ou moi-même. »

Ko se disait que la psychologie n'était sans doute pas le seul domaine dans lequel il n'arrivait pas à la cheville de Kwan. Celui-ci contemplait la boîte en polystyrène ouverte sur la table basse.

« Eh bien, vous m'avez l'air de ne plus être complètement au fond du trou, je vais y aller… Désolé de vous avoir tenu la jambe si longtemps, vos travers de porcs sont un peu figés. »

Ko ne se rendit compte qu'à ce moment-là qu'il allait en effet beaucoup mieux. Et ce n'était pas simplement le fait que ce super-flic de Kwan le croie innocent : le bref échange qu'ils venaient d'avoir l'avait persuadé, d'une façon ou d'une autre, qu'il serait capable de supporter tout ce qui pourrait lui arriver.

« Dites donc ! s'écria-t-il soudain, vu le passé de TT, si c'était l'une de ses ex trompées qui lui avait fait ce coup ? Ou si l'un de mes subordonnés était proche de l'une de ces pauvres filles et avait voulu la venger ?...

— Inspecteur, ne vous faites pas de nœuds au cerveau. Je vous promets que j'aurai bouclé ce dossier avant lundi prochain. Vous pourrez regagner votre poste la tête haute. Ça vous va ?

— Vous êtes sérieux, monsieur le superintendant ?

— Bien sûr. D'ici là, profitez de vos vacances forcées pour vous reposer, vous l'avez bien mérité. Quand vous serez de retour, nous aurons du pain sur la planche et beaucoup d'occasions de bosser ensemble. Prenez soin de vous ! »

Ko raccompagna son supérieur à la porte d'entrée et le remercia du fond du cœur.

Même s'il ne croyait pas trop à sa promesse d'avoir résolu l'affaire en moins de trois jours.

Kwan rentra chez lui en métro. Tout le long du trajet, il garda les sourcils froncés. Il n'avait plus du tout l'air enjoué qu'il avait arboré chez Ko. Il s'était bien gardé d'avouer à l'inspecteur qu'il n'avait pas rencontré depuis très longtemps un cas lui posant autant de soucis.

Le lendemain, à la tombée de la nuit, Kwan se rendit seul à Sham Shui Po, au nord-ouest de Mongkok, l'un des quartiers de Kowloon les plus riches en histoire, ancien centre de l'industrie textile de Hong Kong. Même si la plupart des ateliers avaient déserté le quartier ces dernières années, il conservait un grand nombre de grossistes en prêt-à-porter et en tissus et de boutiques qui assemblaient et traficotaient toutes sortes d'accessoires de mode. En outre, depuis les années soixante-dix, la reconversion s'opérait et Apliu Street, au cœur du quartier, était désormais un immense bazar de composants électroniques. L'endroit attirait une foule presque exclusivement masculine de clients qui erraient à la recherche d'un trésor, gadget informatique improbable ou pièce de rechange introuvable ailleurs. La sueur au front, Kwan franchit cette marée humaine et atteignit son but : un des rares immeubles d'habitation qui subsistaient sur Apliu Street.

TT vivait là.

Tout comme la veille, quand il était allé voir Ko, Kwan n'avait pas prévenu de sa visite. Il ne savait pas si le policier était chez lui. S'il n'y était pas, il n'aurait plus qu'à se promener dans le coin et revenir un peu plus tard pour vérifier s'il était rentré.

Arrivé devant l'appartement de TT, Kwan appuya sur la sonnette. Taaaat — la sonnette de TT, à l'inverse de celle de Ko qui produisait un joli son cristallin, était une bête sonnerie électrique classique, bruyante et monocorde. Kwan songea que TT aurait pu s'acheter quelque chose d'un peu plus mélodieux à l'une des innombrables boutiques juste en dessous de chez lui, ce genre de produits de « haute technologie » étant justement la spécialité du coin.

« J'arrive ! » lança une voix de l'intérieur de l'appartement.

La porte s'ouvrit sur un TT dont Kwan ne vit d'abord que la tête sortie et la main gauche enveloppée d'un bandage blanc. La surprise se lut sur le visage de l'inspecteur — la même qu'avait ressentie Ko la veille —, puis se transforma en un grand sourire chaleureux. Ça, ce n'était pas du tout la même réaction que celle de Ko.

« Monsieur le superintendant... Kwan ! prononça TT en se mettant au garde-à-vous.

— Repos, inspecteur. On n'est pas à l'état-major », sourit Kwan.

TT le laissa entrer. Il vivait dans un deux-pièces d'environ quarante mètres carrés, plutôt confortable pour un célibataire solitaire.

« Je vous sers quelque chose ? Thé ou café ?

— Du thé ou de l'eau, tout simplement, merci. »

TT se précipita dans la cuisine et revint avec une tasse de thé fermenté Pu'erh du Yunnan, qu'il portait à deux mains.

« Monsieur le superintendant, que me vaut le plaisir ?...

— Comment va ton poignet ? répondit Kwan en pointant du doigt l'épais pansement.

— La balle a brisé le radius, mais le chirurgien a dit que ce n'était pas très grave. Il faudra quand même que je fasse pas mal de rééducation, sinon je ne récupérerai pas 100 % de mobilité dans le poignet. Encore heureux que ce soit la main gauche, sinon, bye-bye les années d'entraînement au tir !

— Je suis certain qu'avec ton talent, même si tu perdais la main droite, tu serais aussi bon de la main gauche d'ici trois ans.

— Vous exagérez, monsieur le superintendant, dit TT, un peu gêné, en se grattant le crâne de la main droite. Quand je vous ai vu la dernière fois, je venais d'être blessé, je n'ai pas pensé à vous féliciter pour votre promotion... je vous demande pardon. Tiens, d'ailleurs, qu'est-ce que vous faisiez dans le coin ? La première ligne, ce n'est plus vraiment la place d'un chef de section du CIB...

— C'était un pur hasard, le superintendant Tso et moi-même étions juste passés dire bonjour à l'inspecteur Ko.

— Ah oui, Ko... si ç'avait été vous à sa place, on n'en serait pas là aujourd'hui. »

TT secoua la tête en soupirant.

« Je ne crois pas, répondit Kwan. Je pense au contraire que si j'avais été à la place de Ko, les choses se seraient passées exactement de la même façon.

— Vous rigolez ? Tout le monde sait que vous êtes le meilleur ; avec vous aux commandes, l'opération se serait déroulée comme sur des roulettes...

— Non, je... »

Kwan s'interrompit un moment puis reprit :

« TT, on va arrêter là les politesses inutiles.

— Pas de problème. Que voulez-vous de moi ?

— Que tu te constitues prisonnier. »

La température de la pièce sembla plonger d'un coup en dessous du zéro. TT fixait Kwan avec des yeux ronds.

« TT, c'est toi qui as alerté Shek Boon-tim et qui as fait échouer toute l'opération. »

7

TT grimaça un sourire.

« Monsieur le superintendant... c'est une farce ?

— Je sais que c'est toi qui as rédigé le message codé, répondit Kwan d'un ton presque indifférent.

— Quoi ? J'étais affecté en permanence à la garde de l'aile nord, je n'ai pas mis une seule fois les pieds dans les autres entrées... Comment j'aurais foutu le message dans la boîte aux lettres ? » TT se mit à rire. « Si j'avais montré le bout de mon nez à l'aile sud, vous pouvez être sûr que cette tanche de Fung aurait poussé des cris de goret et m'aurait accusé d'abandon de poste ! Pourquoi je me serais attiré volontairement des ennuis ?

— Quelle boîte aux lettres ? Biu le Dingue n'a pas trouvé le message dans la boîte aux lettres. Il l'a trouvé dans le sac plastique que tu lui as filé, avec les trois lunch-box. »

TT sentit un frisson lui passer dans le dos mais il garda le sourire.

« C'est ça votre hypothèse ? Pourquoi pas... mais comment pouvez-vous éliminer la probabilité que le message vienne bien de la boîte aux lettres ?

— La boîte aux lettres, c'était un vrai coup de bol

pour toi, ça a quasiment réduit à zéro les chances qu'on te suspecte. Mais moi, quand on m'a confirmé au bureau de l'identification que Biu n'en avait retiré que trois publicités, j'ai su tout de suite que la feuille avec le message codé ne pouvait pas venir de la boîte.

— Pourquoi ?

— Si Biu y avait trouvé tout un tas de courrier, il n'aurait eu le temps de le parcourir et de découvrir le message qu'une fois revenu à l'appart. Mais avec trois misérables pubs, ce n'est pas crédible. Cite-moi une seule personne qui trouve trois trucs dans sa boîte aux lettres et ne regarde pas immédiatement de quoi il s'agit, du moins si elle a les mains libres et un peu de temps — par exemple, en attendant l'ascenseur. Et puis, sur les trois tracts, un seul était dans une enveloppe, et encore, elle n'était même pas scellée ; on peut donc écarter l'hypothèse que Biu n'ait découvert le message qu'en ouvrant l'enveloppe en arrivant à l'appart.

« Et donc, s'il l'avait vu avant, Jaguar et lui ne seraient pas retournés tranquillement dans leur repaire, comme ils l'ont fait, sans une once d'inquiétude.

— Comment pouvez-vous savoir qu'ils n'étaient pas inquiets ? Peut-être qu'ils avaient compris le danger, mais qu'ils faisaient semblant de rester calmes ?

— S'ils avaient été inquiets à ce moment-là, aucune des trois lunch-box n'aurait été entamée — ne serait-ce que d'une seule bouchée. »

TT se tut et fixa Kwan, le regard vide. Kwan continua :

« S'ils avaient perçu le danger, ils auraient immédiatement averti Shek Boon-sing, et tous les trois se seraient carapatés illico, avec armes et bagages. Mais là, ils ont pris le temps de bien disposer les lunch-box sur la table, et il y en a même un qui a commencé à manger. La déduction la plus logique, c'est que le message était au fond du sac avec la bouffe. Jaguar s'occupait de l'intendance ce jour-là, il a distribué les lunch-box, les boissons, puis les couverts et les serviettes, et il a découvert la feuille à la fin. Alors seulement, Shek a sonné la retraite, alors que lui, ou Biu, avait déjà commencé à manger.

« D'après ton rapport et celui de Lok Siu-ming, Jaguar avait reproché à Biu d'être un peu trop tatillon sur le choix des plats ; Biu avait sans doute compris qu'il y avait des publicités pour des plats à emporter dans les boîtes aux lettres, et il s'est arrêté exprès pour prendre le courrier au passage. Voilà pourquoi l'enquête est partie tout de suite dans la mauvaise direction…

— Monsieur le superintendant, vous avez dit qu'il s'agissait d'une déduction, dit enfin TT qui avait retrouvé toute sa décontraction. Autrement dit, vous êtes incapable de prouver que le message codé ne se trouvait *pas* dans la boîte aux lettres. »

Kwan secoua la tête et tira de la poche de poitrine de sa veste une feuille de papier. C'était sa copie de la feuille de bloc qui portait les chiffres du message codé.

« Vous prétendez reconnaître mon écriture ? demanda TT.

— Ce n'est pas l'écriture qui compte. Ce sont les marques de déchirure. »

À la demande de Kwan, l'inspecteur Szeto avait utilisé un cahier à couverture noire comme fond pour la photocopie de la feuille de bloc. Ses quatre bords se distinguaient très bien par contraste, blanc sur noir.

Kwan sortit alors de sa poche un sachet plastique transparent. Le sourire de TT s'évapora aussitôt. Dans le sachet, il y avait un bloc-notes de format A7, dont la moitié des pages manquaient.

« C'est le patron du fast-food où vous étiez en planque qui m'a donné ça hier soir, dit Kwan. D'après lui, quand des gens appellent au téléphone, ou quand il y a trop de clients en même temps, il note les commandes sur un carnet comme celui-ci. Il y en a toujours au moins un qui traîne sur le comptoir. Quand j'ai vu la feuille du message la première fois, j'ai tout de suite pensé aux petits blocs dont se servent les serveurs dans les restaurants ; je me suis dit que c'était cette piste qu'il fallait creuser, en parallèle avec le mystère de la lunch-box déjà entamée. Les feuilles de ce genre de bloc-notes bas de gamme sont maintenues par des agrafes, et quand on en arrache une il y a toujours des petits morceaux de papier qui restent sur le bloc. Sur celui-ci, j'ai déjà trouvé les morceaux qui correspondent exactement à la feuille du message codé. Si je donne ça au bureau de l'identification ou au labo central, je pense qu'ils n'auront aucun mal à le confirmer de façon formelle…

— Attendez ! Attendez, le coupa TT. Ça devient du n'importe quoi ! C'est quand même moi qui ai descendu les trois malfrats ! Je ne vois pas comment ça peut coller avec l'idée que je les aurais alertés. Jamais je n'aurais tenté de foutre en l'air l'opération de l'inspecteur Ko, juste pour le plaisir de buter moi-même Shek et ses complices. Et surtout ç'aurait été beaucoup trop risqué, à un contre trois, avec six cartouches de 38 contre deux AK47... Même moi ça me paraîtrait complètement dingue. Je suis pas taré au point de risquer autant ma vie pour une parcelle de gloire supplémentaire...

— Pour la gloire, non, mais pour couvrir un assassinat, si. »

Kwan lâcha cette énormité d'un ton froid et détaché qui laissa une fois de plus TT sans voix.

« Parmi toutes les victimes, reprit Kwan, il y en a une qui a été tuée *avant* la fusillade. Tu l'as en quelque sorte noyée dans la masse. »

Il posa sur la table basse des tirages de deux photos prises à l'auberge de l'Océan, celles des corps de Lam Fong-wai — Mandy —, la femme morte dans la chambre 4, et du patron, Tsiu Ping.

« Je me suis rendu sur les lieux à peine vingt minutes après la fusillade et j'ai attendu que les techniciens terminent les premières constatations. Quand j'ai vu les victimes, elles étaient donc censées être mortes depuis quarante ou quarante-cinq minutes. Je n'ai rien constaté de vraiment choquant. C'est quand j'ai vu ces photos que j'ai compris qu'il y avait un problème. Elles ont été prises à peu près au même moment, juste après l'arrivée des techniciens. Tsiu Bing a été touché par une rafale de AK ; sur la photo on voit bien que son sang est encore écarlate, assez frais. Mais le sang de Mandy Lam est déjà figé et a changé de couleur. Quand le sang est exposé à l'air, il s'assombrit au fur et à mesure de la coagulation. Au bout d'un moment, il se forme des caillots très sombres, distincts du sérum, qui reste jaune pâle.

« Dans le scénario actuel, Tsiu et Lam ont été tués à moins d'une minute d'intervalle, mais la différence de degré de coagulation du sang, visible sur ces photos, prouve qu'en fait il s'est écoulé entre dix et vingt minutes entre leurs deux morts. Bien sûr, plus le temps passe, moins la différence est visible. Il est quasi impossible de distinguer à l'œil du sang versé quarante minutes avant de celui qui a coulé une heure avant... c'est pour ça que moi je n'avais rien vu. »

TT se taisait toujours et Kwan continua sur le même ton froid.

« Les gars de l'Identification et du bureau des armes à feu se sont fait une idée somme toute logique de la façon dont la fusillade s'est déroulée, et cette différence de coagulation — d'au moins dix minutes — n'a pas vraiment attiré leur attention. La plupart des flics n'ont qu'une idée très sommaire de la façon dont le sang évolue à l'air libre, c'est une faiblesse. Et si en face il y a un tueur au sang-froid comme Shek Boon-sing, il ne vient évidemment à l'idée de personne que, comme par hasard, dans tout le tas de cadavres sur la scène du crime, il y en a un qui ne soit pas de sa main — ni que la fusillade ait servi à dissimuler un autre assassinat, commis un petit quart d'heure auparavant.

— Monsieur le superintendant, vous avez encore dit "comme par hasard"... Vos déductions sont de la pure spéculation, et ça m'étonnerait que vous arriviez à les faire gober à qui que ce soit.

— Ce n'est un "hasard" qu'au premier coup d'œil... en vérité, c'est une manœuvre désespérée, mais pas du tout fortuite. J'ai posé la question au patron du fast-food et au policier blessé, Fan Sze-tat. Ils m'ont dit tous les deux qu'un peu après 12 h 40 tu as quitté ton poste pendant une dizaine de minutes.

Fan a déclaré que tu avais institué un roulement pour pouvoir aller aux toilettes et vous reposer ; moi je crois que tu ne t'es pas du tout reposé, mais qu'au contraire tu as profité de ta pause pour monter à l'auberge de l'Océan rencontrer Mandy Lam. »

Kwan prit un petit carnet dans sa poche, l'ouvrit et reprit :

« Nous avons contacté la compagnie de télécoms qui nous a donné la liste de tous les appels passés depuis l'hôtel ce matin-là. À partir de onze heures, il y en a eu cinq depuis la chambre 4, tous vers le centre d'appel de l'opérateur des pagers. J'ai contacté l'opérateur pour avoir le contenu des messages. Les deux premiers étaient : "Pour le destinataire : Mlle Lam l'attend dans la chambre 4 de l'auberge de l'Océan." Les deux suivants : "Pour le destinataire : rendez-vous immédiatement à la chambre 4 de l'auberge de l'Océan, il y a urgence." Le cinquième et dernier message, à 12 h 35, était : "Pour le destinataire : s'il n'est pas dans la chambre 4 de l'auberge de l'Océan dans moins de dix minutes, tant pis pour lui, il l'aura cherché." Évidemment, j'ai vérifié le nom du propriétaire du numéro du pager destinataire : bizarre, bizarre, le proprio en était Mandy elle-même. Elle laissait des messages à son propre pager ! Ou autrement dit : elle s'était procuré un pager pour le donner à quelqu'un d'autre... ce qui prouve qu'avec ce quelqu'un d'autre elle avait un peu plus qu'une simple relation amicale ou professionnelle. Je pense qu'il s'agit du fiancé dont a parlé l'une de ses collègues du New Metropolis dans sa déposition. Ce quelqu'un d'autre, c'est toi, TT.

— Qu'est-ce que vous racontez comme conneries !

— L'agent Fan a déclaré que ton pager sonnait

souvent et que tu allais de temps en temps de l'autre côté du hall d'entrée pour emprunter le téléphone du concierge et vérifier tes messages au centre d'appel. Mais l'opérateur m'a certifié que le pager enregistré à ton propre nom n'a jamais été appelé ce matin-là. Pas une seule fois. Et, "comme par hasard", d'où sont venus les appels pour vérifier les messages destinés au pager enregistré par Mandy Lam ? Du téléphone du concierge de l'aile nord de la résidence Ka-fai. Ça, ce n'est pas une déduction, ce sont des faits, inspecteur Tang. Tu n'aurais pas dû sous-estimer les capacités de recueil de renseignement du CIB. »

TT ne répondit pas. Son corps reculait peu à peu sur sa chaise, il donnait l'impression de réfléchir intensément à un contre-argument.

« Et j'en conclus — je reviens à mes déductions — que Mandy Lam entretenait une relation intime avec l'inspecteur Tang Ting de la Police royale de Hong Kong, qu'elle croyait même que ledit inspecteur allait l'épouser, qu'elle n'aurait plus besoin de bosser dans un boxon déguisé en night-club. Mais quand tu lui as dit que tu voulais la quitter, ou bien quand elle a découvert "par hasard" que tu allais en fait te marier avec la fille d'un haut fonctionnaire de police, elle est passée de l'état d'amante tendre et experte à celui de virago enragée ; au vu des messages qu'elle t'a laissés, j'imagine qu'elle comptait d'abord te faire venir à l'hôtel pour te faire changer d'avis en usant de ses charmes, mais tu as joué les indifférents, jusqu'au moment où elle est devenue menaçante. Là, tu ne pouvais plus ne pas réagir.

« Je crois aussi qu'elle ne se trouvait pas à l'auberge de l'Océan par hasard ; elle savait où tu bossais depuis plusieurs jours, ce qui signifie que votre relation était *vraiment* très intime. Quand elle a dit : "Tant pis pour lui, il l'aura cherché", je pense qu'elle songeait à briser ton mariage en dévoilant tout un tas de choses qui t'auraient mis dans une sacrée panade. »

Kwan n'était pas allé voir Ko chez lui seulement pour le rassurer sur son sort, mais aussi pour se renseigner sur le « triangle amoureux » entre TT, Ellen et lui. Il n'avait pas posé de question directe, mais avait peu à peu amené Ko à lui exposer sa propre version des faits.

« À environ 12 h 40, tu as profité de ta pause pour te rendre à l'auberge de l'Océan. Ça a dû très vite commencer à barder entre Mandy et toi. Elle t'a menacé, tu as compris que tu n'arriverais plus à la dissuader de foutre ta vie en l'air ; et tu n'aurais plus aucun moyen de pression si elle quittait l'hôtel. Alors tu as fait ce qui s'imposait — tu as tiré le pistolet Type 67 que tu portais sur toi, et tu l'as tuée.

— Où est-ce que j'aurais trouvé un Type 67 ?

— Le Ciel le sait. À Mongkok, chaque année, les flics des équipes de crimes sérieux font combien de descentes ? Cinquante, soixante ? Dans des repaires de dealers, de braqueurs... C'est très possible que tu aies dégoté une telle arme plutôt rare au cours de l'une de ces opérations, et que tu te la sois appropriée sans en rendre compte. Après tout tu es connu comme un fou des armes à feu, et comme un flic qui a tendance à ne pas exactement coller au règlement.

— Alors d'après vous, dit TT, "quelqu'un" aurait tué cette nommée Lam dix minutes avant la fusillade, et aurait laissé le corps dans la chambre 4. Mais comment ce "quelqu'un" aurait-il pu être certain que la fusillade aurait bien lieu à cet endroit — à l'auberge de l'Océan ? Personne ne pouvait prévoir que Shek et les deux autres allaient se réfugier là. Ils auraient pu aller n'importe où dans la résidence. S'ils étaient passés par la cage d'escalier de l'aile sud, ou bien s'ils avaient appelé l'ascenseur, le plan de l'assassin serait tombé à l'eau...

— Pas très compliqué... tu leur avais donné rendez-vous à cet endroit.

— Et bien entendu j'étais sûr qu'ils m'obéiraient ? demanda TT d'un ton moqueur. Et comment leur ai-je fixé ce "rendez-vous" ? par téléphone ?... ou bien par télépathie ?

— Par la clé. »

Kwan pointa du doigt la photo qui montrait Tsiu Ping, le patron de l'hôtel.

« Les clés de l'hôtel de l'Océan sont toutes accrochées à une plaque qui porte le nom et l'adresse de l'hôtel. Tu as mis la clé de la chambre 4 dans le sac plastique de la bouffe avec le message codé... Après avoir buté Lam Fong-wai, tu as refermé la chambre à clé, tu es retourné à ton poste, tu as commencé à réfléchir à un moyen d'attirer Shek Boon-sing à l'hôtel pour dissimuler ton crime. À ce moment, de façon parfaitement inattendue, Biu et Jaguar sont venus prendre à manger au restau où vous étiez en planque. Tu t'es dit que c'était une occasion inespérée, à ne pas rater, tu as combiné ton affaire à toute allure. En voyant le message codé *et* la clé, Shek Boon-sing allait forcément croire que ça venait de son grand frère, qu'il y avait eu un problème qui l'obligeait à utiliser cette voie détournée de communication pour leur ordonner de battre en retraite vers l'hôtel. En effet, le seul ennemi des Shek c'est les flics, et ceux-ci n'ont pas vraiment l'habitude de fabriquer des faux messages, vu les problèmes que ça peut entraîner. Alors Shek Boon-sing et ses sbires ont rassemblé leur matos, et se sont dirigés vers le "refuge" : la chambre 4, selon les instructions reçues. Tu connaissais déjà leur destination, pas étonnant que tu aies décidé de grimper tout droit par les escaliers... mais que juste avant d'arriver au huitième tu aies ralenti pour te préparer à l'affrontement. »

TT ne répondit rien et continua à fixer Kwan en silence.

« Shek a ordonné à Biu et Jaguar de garder le couloir et la cage d'escalier. Tes hommes et toi êtes arrivés "juste à temps", Jaguar était déjà en place. Il fallait absolument que tu les tues tous les trois pour que ton plan se réalise, c'est-à-dire pour pouvoir masquer la mort de Mandy Lam. Tu n'avais pas l'intention de les capturer vivants. TT, tu es vraiment un joueur d'exception... tu étais largement sous-armé pour les affronter, mais tu as plus ou moins deviné comment ils se répartiraient et tu avais une totale confiance en tes talents de tireur ; alors tu as fait tapis... Mais de toute façon, ce pari, tu devais le faire, tu n'avais plus d'autre solution après le meurtre de Mandy. »

Kwan savait que pour TT, c'était toujours tout ou rien, son caractère refusait les demi-mesures. Par le passé il s'était déjà si souvent jeté au-devant du feu des truands, il avait montré qu'il tenait sa propre vie pour un atout majeur à jeter dans la balance. Qui ne risque rien n'a rien... mais cette mentalité sans concession l'avait mené à la situation présente.

« Après le combat contre Jaguar et Biu, Shek Boon-sing est venu à la rescousse ; je pense qu'à ce moment-là il n'avait pas encore eu le temps d'entrer dans la chambre 4. D'après les rapports de Fan et de Lok, tu avais déjà abattu ses complices quand Shek a tiré vers la cage d'escalier avec la AK47 pour vous empêcher de progresser. Mais ce que je trouve encore étrange, c'est qu'il ne se soit pas enfui dans l'autre sens par le couloir, mais qu'il soit reparti à l'hôtel.

— Il voulait prendre des otages pour s'en servir de boucliers humains, cracha TT.

— Non... ça ne colle pas. S'il prenait des otages à ce stade, ça n'aurait fait que le gêner pour s'enfuir. En toute logique, il n'aurait pris des otages qu'après avoir tenté une autre cage d'escalier et s'être aperçu qu'elle était bloquée également... Oui... Je pense que, s'il est retourné à l'hôtel, c'est parce qu'il croyait que son frère lui avait laissé un moyen d'évasion dans la chambre 4, ou même parce qu'il croyait que Boon-tim lui-même était dans la chambre. Là, il était un peu pressé, il a défoncé la porte à coups de pied plutôt que d'utiliser la clé. Il a dû être un tantinet surpris en découvrant le cadavre de Mandy. Il s'est dit qu'il y avait anguille sous roche, qu'il avait été piégé. C'est à ce moment qu'il a décidé de flinguer à tout va, parce qu'il ne savait pas si les clients de l'hôtel représentaient un danger pour lui ou pas. Peut-être qu'ils faisaient partie du piège, qu'ils étaient armés... C'est pour ça que Tsiu Bing et Wang Jingdong sont morts. Toi, tu étais arrivé à l'entrée de l'hôtel et tu t'es manifesté en tirant quelques coups de feu, ce qui a forcé Shek, à ce moment seulement, à prendre la femme de chambre Lee Wan en otage.

— Votre imagination est décidément sans limite, dit TT.

— Mon imagination ? TT, tu n'as toujours aucun remords ? lâcha Kwan d'un air dégoûté.

— Et pourquoi j'en aurais ?

— Espèce d'ordure ! Les gens que tu aurais encore pu sauver, tu les as abattus toi-même ! Pour couvrir ton propre crime, tu as tué tous les innocents qui se trouvaient sur place ! »

Kwan avait gardé un calme olympien jusque-là, mais il avait finalement craqué et ce fut en hurlant qu'il cracha ces paroles au visage de TT.

« Et cette histoire de faire semblant de te rendre pour surprendre Shek, ça aussi c'était du cinéma ! Lee Wan a été tuée d'une balle dans la poitrine, si c'était Shek qui lui avait tiré dessus, elle aurait été tuée dans le dos en tentant de s'enfuir ! Un otage, même terrifié, n'est pas assez con pour s'enfuir à reculons. Ce qui s'est passé, c'est que tu as utilisé le Type 67 que tu cachais dans ton dos pour tuer Lee Wan, et que Shek Boon-sing a été tellement stupéfait qu'un flic abatte lui-même un otage, que ça t'a laissé le temps de le descendre ! Mais comme tu avais tiré sur Lee Wan avec la main droite, tu as dû te servir de la main gauche qui tenait l'arme de service de Lok pour tirer sur Shek. Du coup tu as été moins précis et il n'est pas mort sur le coup, il a eu le temps d'appuyer sur la détente de la AK, et tu as pris une balle perdue dans le poignet gauche.

« Pour tuer Shek Boon-sing, tu t'es servi de Lee Wan — non, plus exactement, tu comptais la tuer dès le départ, tu étais bien décidé à ne pas laisser un seul témoin vivant dans tout l'hôtel ! Tu voulais leur fermer la bouche à tous, définitivement. »

TT ne s'attendait pas à ce que Kwan Chun-dok, d'ordinaire si flegmatique, se mette dans une telle rage. Sa seule réaction fut de continuer à arborer l'air impassible d'un joueur de poker.

« Idem pour Yau Tsoi-hsing et Tsin Bo-yee ! continuait Kwan. Ils étaient encore en vie quand tu as tué Shek. Ce n'est pas lui qui les a tués, c'est toi ! Qui est assez con pour ouvrir grand sa porte en entendant des coups de feu en rafale à l'extérieur ? Peut-être un pauvre gars comme Wang Jingdong, mais sûrement pas un type comme Yau qui était lui-même un petit proxo, un truand ! S'il a ouvert sa porte, il n'y a qu'une possibilité : c'est que quelqu'un lui a dit que le risque était passé. TT, tu leur as dit qu'il fallait laisser entrer la police, et tu les as descendus tous les deux dès qu'il a obéi. Je n'ai jamais rencontré un tueur comme toi !

— Vous pensez donc qu'après avoir éliminé tout le monde de cette façon, j'ai essuyé mes empreintes sur le 67 et que je l'ai mis dans la main de Shek, pour faire croire qu'il s'était servi de deux armes ? Monsieur le superintendant, je crois que vous avez oublié quelque chose — quelque chose de crucial. »

TT avait récupéré et parlait de nouveau sur un ton décontracté, souriant presque :

« Entre le moment où je suis entré dans l'hôtel et l'arrivée sur place de l'équipe B, il s'est écoulé à peine une minute — trente, peut-être quarante secondes. Comment est-ce que j'aurais pu en quelques dizaines de secondes : tuer Lee Wan, tuer Shek Boon-sing, persuader Yau d'ouvrir sa porte, les buter lui et sa pute, nettoyer le flingue en entier et le placer de façon crédible dans la main du cadavre de Shek ? En plus j'étais moi-même blessé au poignet, à supposer que j'aie pu supporter la douleur, c'est quand même un peu gênant, vous ne croyez pas ? Et si j'étais un super-badman éventuellement capable de faire tout ça, je serais aussi *a priori* assez intelligent pour ne pas prendre le risque d'être surpris en pleine action…

— Il n'y avait aucun risque que tu sois surpris. Il te suffisait de les tuer tous *avant* de te lancer à l'assaut.

— De mieux en mieux ! Alors j'ai aussi le don d'ubiquité ? Vous êtes certain de ne pas avoir un léger pète au casque, superintendant ?

— Je voulais dire que tu les as tous tués avant de *rendre compte* que tu allais entrer dans l'hôtel. »

Kwan fixait TT avec le regard normalement réservé à un étron posé sur le tapis.

« En sortant de la cage d'escalier, après avoir tué Jaguar et Biu, tu n'as pas prévenu Ko, tu es allé directement vers l'hôtel. Tu as abattu Lee Wan, Shek, Yau et Tsin et tu es ressorti. *À ce moment-là,* tu as appelé Ko pour rendre compte que Fan Sze-tat était blessé, pour demander des secours, et pour dire que Shek avait des otages dans l'hôtel. On a tous compris que tu te préparais à lancer l'assaut… Mais en fait tout le monde était déjà mort, ton plan avait réussi. Tu as ramassé la AK47, tu as tiré quelques rafales vers le couloir pour faire du bruit et simuler la fin de la fusillade, c'est-à-dire la mort de Lee Wan et le combat entre Shek et toi. Tu as essuyé le Type 67 et tu l'as mis dans la main de Shek. Il ne te restait plus qu'à t'asseoir dans un coin pour attendre les "renforts". Quarante secondes ? tu parles ! Dix secondes t'auraient suffi.

— Vous n'avez aucune preuve, dit TT, souriant toujours.

— Pas vraiment, mais il suffit d'analyser seconde par seconde les mouvements de chaque équipe pour voir qu'il y a un trou dans la chronologie. Quand les tout premiers coups de feu ont éclaté, Ko a ordonné : "Bloquez les ascenseurs, commencez l'investigation par les escaliers"; à cet instant, tu avais déjà abattu Jaguar, et même Biu le Dingue. D'après le rapport de Lok Siu-ming, il ne s'est pas écoulé plus de dix ou quinze secondes entre la rencontre avec Jaguar et le moment ou vous avez battu en retraite dans la cage d'escalier, avec Sharpeï blessé. Ensuite Shek a tiré, environ cinq secondes, et est reparti vers l'hôtel, pendant que toi et Lok vous engueuliez sur ce que vous alliez faire — maximum quinze à vingt secondes de plus. Si tu t'étais précipité à la porte de l'hôtel et que tu avais vraiment appelé à ce moment-là pour demander des secours pour Sharpeï, ça aurait été environ quarante secondes après le premier coup de feu. Mais, pendant ces quarante secondes, l'équipe B aurait-elle eu le temps d'atteindre le sixième étage, comme ça a été le cas? Non : elle a attendu l'ordre du centre de commandement et a perdu un peu de temps à ordonner au concierge de bloquer les ascenseurs, ça a dû durer environ une demi-minute; si tous étaient des athlètes extraordinaires, en courant comme des dératés ils auraient pu arriver au sixième en une douzaine de secondes. Mais la montée s'est faite en prenant les précautions d'usage, ils ne savaient pas ce qu'ils allaient rencontrer, embuscade ou autre. Ce n'est qu'après que tu as transmis le message radio, "Jaguar et Biu sont morts, il ne reste que Shek Boon-sing", que tout le monde s'est mis à foncer.

« Conclusion : ce n'est pas quand tu es sorti de

la cage d'escalier que tu as balancé ton message radio. C'est à peu près deux minutes plus tard. Vu la tension qui régnait, personne ne s'est rendu compte qu'un trop long moment s'était écoulé. De toute façon, sous la pression, on perd en général la notion du temps, on ne peut plus faire confiance à ses impressions. Tu t'es servi de ça pour mettre ton plan en œuvre. »

Clap-clap-clap : TT applaudissait, avec un grand sourire.

« Exceptionnellement pensé… et très bien raconté. Mais, monsieur le superintendant, si impressionnants que soient vos talents de déduction, je me permets de vous poser quand même une dernière question : avez-vous des preuves ? »

Kwan haussa les sourcils.

« J'ai le bloc-notes du fast-food, d'où vient la feuille du message codé.

— Oui, mais vous n'avez aucun moyen de prouver que le message en question est bien de moi. Si j'étais le coupable, j'aurais d'abord arraché plusieurs feuilles du bloc, pour éviter que celle du message soit marquée par les traces de ce que j'aurais pu écrire sur le bloc auparavant ; après avoir rédigé le message j'aurais arraché la feuille en mettant un de ces gants en plastique dont on se sert pour servir la bouffe dans les fast-foods, pour éviter d'y laisser des empreintes. Et tant que vous n'avez pas trouvé d'empreintes sur le papier, vous ne pouvez pas prouver que je suis effectivement le coupable. Tout simplement parce que le coupable aurait parfaitement pu prélever une feuille du bloc à n'importe quel moment, en cachette, avant ou pendant les quelques jours qu'a duré la surveillance de la résidence Ka-fai.

Autrement dit, vu comme ça, Lok Siu-ming, Fan Sze-tat, le patron du restau... et même chaque client depuis plusieurs jours, tous sont suspects.

— Peut-être, mais tu ne peux pas expliquer pourquoi Lee Wan a été tuée par-devant, ni pourquoi Yau a ouvert sa porte, ni la coagulation plus avancée du sang de Mandy Lam, ni les deux minutes écoulées avant que tu passes ton message radio...

— Je ne peux pas les expliquer, mais je n'ai absolument *pas besoin* de les expliquer. Tout ce que vous avez soulevé, ce ne sont que des "bizarreries", dont aucune ne contredit ma déposition. Comment pourrais-je savoir pourquoi ont eu lieu ces bizarreries ? Ce n'est pas à moi d'apporter la preuve que je dis la vérité, c'est à vous de prouver que je mens...

— Et les relevés téléphoniques ? demanda Kwan. Tes appels à partir du téléphone du concierge ?

— Ce vieux croûton qui passait son temps à ronquer ? Ça m'étonnerait qu'il puisse se souvenir de qui exactement a passé des coups de fil et à quelle heure. D'autres personnes ont utilisé son téléphone.

— J'ai demandé au bureau de l'identification de vérifier les empreintes sur la clé de la chambre 4.

— Si j'étais l'assassin, j'aurais évidemment effacé mes empreintes.

— Certes, mais si dessus on trouve les empreintes de Shek Boon-sing... »

Kwan s'interrompit, car il avait constaté que le sourire de TT persistait. Il comprit que ce dernier avait bien fait son boulot et qu'il n'avait pas oublié de nettoyer la clé qu'il avait jetée sur la table de chevet dans la chambre de Mandy Lam, après l'avoir retrouvée sur le cadavre de Shek. Le fait qu'elle ne porte aucune empreinte allait soulever des questions

— Mandy n'avait aucune raison de nettoyer sa clé de chambre — mais là encore, comme TT le disait, ce n'était pas à lui d'y répondre.

« Il y a encore un moyen de te coincer, dit Kwan en fronçant les sourcils, c'est en travaillant sur le mobile. En commençant par Lam Fong-wai et en remontant toutes ses relations, on finira bien par tomber sur toi.

— Monsieur le superintendant, vous pouvez suivre cette piste tant que vous voulez, je crains que vous ne perdiez votre temps. »

Oui, l'enquête sur Mandy ne suffirait pas à inquiéter TT, qui avait retrouvé toute sa confiance en lui. À heure du déjeuner, Kwan était allé au New Metropolis et avait constaté qu'elle en avait vraiment dit très peu à ses collègues.

« Monsieur le superintendant, je dois dire que j'applaudis aussi votre courage. »

TT souriait du bout des lèvres, mais son regard restait glacial.

« Si j'étais coupable de tout ce que vous prétendez, vous risquiez la mort en venant ici. De toutes vos soi-disant preuves, la plus embêtante pour moi c'est quand même ce bloc-notes, et vous me le mettez sous le nez. Vous ne pensez pas que j'aurais pu m'en emparer, et vous éliminer par-dessus le marché ?

— Oh non, tu ne l'aurais pas fait. Si tu étais du genre à faire ça, tu ne te serais pas fatigué à camoufler de cette façon la mort de Mandy Lam. Tu sais très bien que tuer quelqu'un c'est très facile, mais qu'il est beaucoup plus dur de se débarrasser du cadavre et de ne pas éveiller les soupçons. Quand une seule personne meurt, il suffit que la police, les toubibs, les proches ou les amis aient un doute, même un tout petit, et dans le microcosme de Hong Kong il devient tout de suite très difficile d'échapper à l'œil de la loi. Même si tu pouvais faire disparaître mon cadavre, le simple fait que j'aie disparu mettrait en branle toute la machinerie de la police. La meilleure méthode pour assassiner quelqu'un sans conséquences pour soi-même c'est de se trouver un bon tueur de rechange. Mais après, l'obligation de l'empêcher de parler entraîne elle-même des complications… Toi, tu as résolu tous tes problèmes d'un coup : tu as mis la mort de Mandy sur le dos de Shek Boon-sing, et tu as éliminé Shek avec la meilleure des excuses légales.

— Pour conclure, tout ce que vous m'avez raconté jusqu'ici est bon à jeter, dit TT avec un sourire triomphant. Je dirais qu'en comparaison, la probabilité que l'inspecteur Ko m'ait tendu un piège est vachement plus élevée. Les enquêteurs du contrôle interne croient fermement qu'il est coupable, ça m'étonnerait fort qu'ils s'empressent d'avaler vos déductions. Ce sont tous des flics très fiers de leurs talents, si vous n'arrivez pas avec des preuves irréfutables, ils vont vous rire au nez. Ils n'ont aucun intérêt à changer d'avis comme ça, ça risquerait de donner une très mauvaise image d'eux-mêmes.»

Kwan plissa les paupières jusqu'à ce que son regard ne soit plus qu'un fil étroit. Il se rendait compte que TT était encore plus doué que dans son souvenir. Il secoua la tête d'un air désabusé et porta la main à sa poche de poitrine.

«Monsieur le superintendant, ne me dites pas que vous avez enregistré nos échanges. Je n'ai absolument rien admis, vous savez bien que ça ne pourrait pas servir de preuve.

— Non, bien au contraire, c'est moi qui serais bien embêté si tu me disais que tu enregistrais ce que je vais te dire. »

Kwan tira de sa poche un petit flacon de verre, d'environ cinq centimètres de haut, dans lequel il y avait une balle de pistolet.

« Qu'est-ce que c'est ?

— Bien sûr, dans le domaine du manque total de scrupules, je ne t'arrive même pas à la cheville, dit Kwan en levant le flacon qu'il tenait entre le pouce et l'index de la main droite. Mais je suis quand même un vieux singe... C'est la balle qui a blessé Shek à la poitrine.

— Et alors ?

— Je l'ai permutée, dit Kwan du ton qu'il aurait employé pour parler de la pluie et du beau temps dans un salon.

— Permutée ? avec quoi ?

— Une balle tirée par ce fameux automatique Type 67. Celle qui a tué l'avocat Richard Ng l'année dernière.

— Vous...

— J'ai ordonné que le bureau des armes à feu vérifie de nouveau les données balistiques de tous les projectiles qui ont touché Jaguar, Biu le Dingue et Shek Boon-sing. Demain c'est dimanche, tu es tranquille. Mais dès lundi matin ils vont se mettre au boulot. Et ils se rendront compte qu'ils ont commis une petite erreur dans leurs constatations initiales — bien excusable vu que c'était un travail de routine sans trop d'importance : la première blessure de Shek Boon-sing n'a pas été causée par un 38 de service, mais par un Type 67. Cet indice sera en contradiction avec le contenu de ton rapport et va obliger le contrôle interne à se pencher sur d'autres pistes, par exemple l'une des "hypothèses" que je t'ai exposées. Avec une petite nuance : il s'avérera que tu as toi aussi commis une petite erreur dans l'exécution de ton plan. Au moment d'abattre la femme de chambre, dans l'urgence et sous la pression, tu as aussi utilisé le 67 pour tirer sur Shek Boon-sing.»

TT bondit hors de sa chaise.

«Vous… vous avez fabriqué une preuve!

— Je te suggère d'aller te plaindre au bureau de contrôle interne. Le problème, c'est que, tout comme toi, je n'ai pas laissé une seule petite trace de ma "culpabilité". Autre solution : tu peux tenter de t'introduire par effraction dans le bureau des armes à feu pour détruire la preuve. Mais crois-moi, vu le nombre considérable d'armes et d'explosifs qui s'y trouvent, leurs locaux sont très bien protégés ; ça ne va pas être simple.»

TT se rassit, le regard dans le vague. Kwan devina que son interlocuteur tentait de se trouver une nouvelle échappatoire. Il le coupa dans ses réflexions.

«Laisse tomber. J'ai fait échec et mat. Il faut que tu comprennes que nous ne nous battions pas à armes égales : pour gagner, tu devais être irréprochable et dissimuler entièrement la vérité sous la surface limpide de tes mensonges, tandis que moi je n'avais besoin que de balancer un petit caillou dans ta mare pour orienter l'enquête dans ta direction.»

Kwan avait envisagé la possibilité que TT lui saute dessus à ce stade, mais estimait qu'il n'en ferait rien. Parce que cela reviendrait à admettre sa culpabilité. Comme TT était un joueur né, il n'abandonnerait pas l'espoir de retourner la situation dans le temps très contraint dont il disposait encore.

« Voilà… c'est tout ce que j'avais à te dire. »

Kwan se leva, récupéra les photos, le flacon de verre et le sachet avec le bloc-notes, et les remit dans sa poche.

« TT, si tu t'enfuis ou si tu te planques, ça revient à admettre ta défaite. Si tu veux continuer la partie, je crois que ta meilleure chance est de plaider l'homicide involontaire devant un jury. Ou bien de simuler un problème psychiatrique. Tu devrais pouvoir échapper à la détention à perpétuité. Mais si tu veux la jouer comme ça, tu dois te dénoncer avant que les techniciens du bureau des armes à feu ne découvrent la preuve. »

Kwan alla jusqu'à la porte d'entrée sans que TT bouge d'un millimètre. Il se retourna et dit :

« J'ai une dernière question : si — je dis bien si — tu es le coupable… comment comptais-tu procéder pour alerter Shek si Jaguar et Biu n'étaient pas venus par hasard au fast-food ? »

TT releva la tête, le fixa du regard et répondit lentement :

« J'aurais prétendu avoir repéré un individu suspect traîner autour de Ka-fai et je serais parti tout seul en filature. J'aurais appelé le numéro d'un des pagers de Jaguar et laissé le code donnant l'ordre de la fuite. Ensuite j'aurais rendu compte que le suspect avait passé un coup de fil, ça aurait donné l'illusion que Shek Boon-sing avait envoyé l'un de ses hommes sur place parce qu'il se doutait que la résidence était surveillée.

— OK, mais dans ce cas-là comment indiquais-tu

à Shek de se rendre à l'auberge de l'Océan, dans la chambre 4?

— J'aurais utilisé une combinaison des codes normaux de l'opérateur des pagers, il y a des signaux pour dire "numéro de chambre", "hôtel", et un pour désigner le centre commercial "Ocean Center". Je n'étais pas trop inquiet. Il y avait un risque qu'ils croient que le message désignait "l'hôtel de l'Ocean Center" plutôt que "l'auberge de l'Océan", mais dans ce genre d'hôtel de luxe il n'y a pas de chambre avec des numéros à un seul chiffre. Et puis Shek Boon-tim, le grand frère, est réputé être un truand hyper prudent. J'étais sûr que, quand il a choisi cette planque, ils ont fait des repérages dans tout l'immeuble. Ils connaissaient forcément l'auberge de l'Océan.

— Mais les types du centre de commandement auraient immédiatement intercepté le message. Tu n'avais pas peur que ça attire un peu trop l'attention sur Mandy Lam?

— Non, je n'avais pas besoin d'indiquer la chambre 4, n'importe quel numéro aurait fait l'affaire. La 3 était vide…»

Kwan hocha la tête, ouvrit la porte sans rien dire et quitta l'appartement. TT resta sur sa chaise. Peut-être cherchait-il encore un moyen de s'en tirer.

Dans la rue, au milieu des passants qui passaient en le bousculant, Kwan sentit l'émotion l'envahir. TT était vraiment un garçon supérieurement intelligent. Quand ils avaient travaillé ensemble quelques années auparavant, il avait repéré ce talent prometteur et ne se serait jamais douté qu'il passerait un jour du côté obscur. La veille au soir, il avait sorti un mensonge à Ko Long-saan : il avait prétendu qu'il ne lui dirait pas qui était le coupable, pour éviter que les agents du contrôle interne ne l'apprennent et ne se comportent comme des chiens dans un jeu de quilles. En vérité, il espérait encore donner à TT une dernière occasion de se dénoncer lui-même.

Il haïssait le crime. Mais il n'avait pu se résoudre à déclencher l'arrestation de l'un de ses anciens subordonnés sans lui laisser une chance de se repentir. Surtout en ayant employé une méthode aussi vile pour le confondre.

Il pensait qu'il n'y avait rien de plus triste que de voir un jeune policier aussi brillant devenir, sans remords aucun, le pire des criminels.

Il se trompait.

Le lundi matin, il eut une douloureuse surprise. L'inspecteur Tang Ting, chef de la troisième équipe de la section des crimes sérieux de Mongkok, s'était tiré une balle dans la bouche.

« Donc... en fait tu n'avais pas interverti les balles ? demanda le superintendant Tso Kwan.

— Non, c'était du bluff, répondit Kwan. Ce n'est pas trop difficile de subtiliser quelques documents au bureau de l'identification, mais au bureau des armes à feu, c'est une autre paire de manches. »

L'après-midi de l'annonce de la mort de TT, Kwan était allé soumettre toutes ses déductions et les indices qu'il avait recueillis au bureau du contrôle interne. Le lendemain, Tso vint l'interroger, et Kwan lui raconta aussi sa visite à TT. Il ajouta, en ouvrant un vieux dossier :

« J'ai aussi découvert ce matin que l'avocat pourri tué l'année dernière, ce Richard Ng, était un client habituel du New Metropolis, là où bossait Mandy Lam. C'est peut-être un hasard, mais si ça se trouve, c'est aussi TT qui l'a buté.

— Vraiment ?

— Ça ne serait pas surprenant, mais ça risque d'être dur à prouver. On n'a aucune idée de quand TT a eu ce Type 67 pour la première fois entre les mains, dit Kwan en haussant les épaules. Du coup, le mobile de l'assassinat de Mandy par TT, ce n'est peut-être pas tout à fait aussi simpliste que la menace de briser son mariage. Peut-être qu'elle était au courant du meurtre de l'avocat, voire complice, et qu'il souhaitait se débarrasser d'elle pour lui clore définitivement la bouche sur ce sujet.

— Possible... le fait qu'elle ait attendu TT à Ka-fai prouve qu'il ne lui cachait pas grand-chose, approuva Tso. En tout cas le résultat est le même, TT ne s'est pas dénoncé et a préféré se suicider plutôt que de subir le châtiment pour son crime.

— Non, ce n'était pas le genre de la maison. En se suicidant, il a voulu au contraire me démontrer que je n'avais pas vraiment gagné la partie, dit Kwan, le visage triste.

— Quoi ? Ah Dok, tu ne crois pas que tu pousses un peu ?

— Frère Tso, même si TT et moi étions complètement opposés quant à l'objectif, je ne peux pas nier que, sur le plan de la méthode et des modes de pensée, nous n'étions pas si éloignés. Pour lui comme pour moi, la vie n'est qu'un instrument parmi d'autres. Mais moi je lui attache du prix et j'ai juré de tout faire pour sauver le plus possible de vies. Tandis que lui... il ne s'était pas fixé de limites. Moi je serais capable de sacrifier ma vie pour résoudre une enquête importante, lui était capable de la sacrifier pour remporter une victoire psychologique.

— Vu comme ça... c'est en effet lui qui gagne, admit Tso à contrecœur. Hmmf... tiens, je voulais te dire que Campbell est en train de se tâter pour savoir s'il faut ébruiter toute l'affaire. »

Campbell était le chef de la division des affaires criminelles et de la sécurité, dont dépendait le CIB.

« Comment ça, "s'il faut ébruiter toute l'affaire" ?

— Les autorités réfléchissent à étouffer le scandale. On mettrait toutes les victimes sur le dos de Shek Boon-sing, et on expliquerait le suicide de TT par le désespoir et les remords qu'il aurait éprouvés à l'idée d'avoir échoué à sauver les otages.

— Comment ! hurla Kwan. Ils veulent mentir au public ? Ils refusent d'expliquer pourquoi tant d'innocents sont morts ?

— C'est une idée du superintendant senior Yuan, le chef du bureau de contrôle interne. Il dit que cette affaire risque d'avoir un impact désastreux sur l'image de la Police royale. Pour éviter de perdre la face, il faut tout balayer sous le tapis. Et comme en plus il n'y a pas de preuves assez solides de la culpabilité de Tang Ting... Après tout les victimes sont déjà mortes, de savoir qui les a tués n'est pas si important. Ce n'est pas en couvrant la police de caca qu'on les fera ressusciter.

— Et Campbell est d'accord avec ça ?

— Ah Dok, ne fais pas semblant de ne pas comprendre la situation politique. Campbell est un Anglais, dans huit ans, après la rétrocession, il va repartir chez lui en Angleterre. Il est bien obligé de tenir compte de l'avis des quelques Chinois de haut niveau au sein de la police. Il paraît même que, quand le grand chef va prendre sa retraite cette année, c'est un Chinois qui va le remplacer, le premier à la tête de la police. Le pouvoir des Anglais dans la police diminue de jour en jour.

— Je veux bien te croire, mais s'il fait ça, c'est quand même une sacrée violation de notre serment, non? dit Kwan, exaspéré et déboussolé tout à la fois.

— C'est pour ça qu'il est encore en train de se tâter. Yuan affirme que de taire le tout permettra de sauvegarder notre réputation, il prétend que c'est pour le bien commun. Si le public perd confiance dans la police à cause des conneries de TT, les seuls heureux seront les mafieux et les délinquants.

— Oui, mais si on garde la confiance du public en lui racontant des fables, celle-ci a-t-elle encore un sens? dit Kwan en agitant la main avec force, les sourcils froncés.

— Tu oublies que le drame de la résidence Ka-fai a fait couler tellement d'encre que notre réputation en a déjà pris un sale coup… Les grands chefs sont confrontés à un sale dilemme. »

Kwan resta coi, se massa les tempes. Au bout d'un long moment il déclara :

« Grand frère Tso, as-tu déjà levé la tête, en passant sur Statue Square, pour regarder l'immeuble du Parlement?

— Euh… oui, bien sûr?

— Tu te rappelles qu'autrefois il abritait la Cour suprême? C'est seulement en 1978 qu'ils ont déménagé la Cour et que l'immeuble est passé au Parlement.

« Mais comme c'était un tribunal avant, continua Kwan sans se presser, il y a toujours, au-dessus du portail d'entrée, une statue de Thémis, la déesse grecque de la Justice.

— Ah oui, je vois, c'est la nana qui tient une balance dans une main et une épée dans l'autre ?

— Chaque fois que je passe devant le Parlement, je regarde la déesse. La statue a les yeux bandés, ça symbolise l'impartialité de la Justice. Elle doit être aveugle et impartiale, et traiter tout le monde avec sévérité, mais aussi avec équité. La balance signifie qu'il ne faut pas présumer de l'innocence ou de la culpabilité, l'épée symbolise le pouvoir suprême. J'ai toujours pensé que nous, les policiers, nous étions cette épée... pour combattre le mal la police doit être puissante. Mais nous ne sommes pas la balance, ce n'est pas à nous de décider qui est coupable ou innocent, ni de décider des châtiments ; ça, c'est le travail des tribunaux. Je peux employer presque n'importe quel moyen pour choper un criminel et lui bourrer le mou pour le faire avouer, mais mon seul objectif c'est de l'amener sur l'un des plateaux de la balance, pour laisser à la Justice le soin de déterminer sa culpabilité. Nous n'avons ni le droit ni les moyens de décider nous-mêmes ce qui est bon pour le "bien commun". »

Tso eut un sourire douloureux.

« Je comprends très bien ce que tu me dis, mais vu la situation, et avec Yuan qui insiste, qu'est-ce que tu veux y faire ? »

Kwan soupira.

« L'argument de Yuan, c'est que notre image est déjà trop fragile et qu'elle ne se relèverait pas d'un autre scandale ?

— Oui.

— Bon, et si la police accomplissait un exploit

suffisant pour redorer son blason d'un seul coup, elle pourrait alors avouer qu'il y a eu un mouton noir en son sein, ça s'équilibrerait, pas vrai ? Notre image n'en souffrirait pas trop. Tu crois que les honorables longs nez qui nous dirigent accepteraient ça ?

— Tous, je ne sais pas, mais Campbell, sûrement.

— Alors va lui dire que dans moins d'un mois — non, dis-lui que dans un délai d'un mois *après le début de l'affaire Ka-fai*, je lui ramènerai l'ennemi public n° 1 Shek Boon-tim. Et je vais le ramener vivant. Je veux qu'il nous crache tous ses petits secrets.

— Moins d'un mois ? Tu as ce qu'il faut ? demanda Tso.

— Que dalle, mais au besoin je ne fermerai pas les yeux pendant un mois, et je trouverai Shek Boon-sing même si je dois le poursuivre à l'autre bout du monde. »

Tso savait que Kwan parlait très sérieusement.

« D'accord. Je vais voir Campbell et je lui sers ta soupe. Si dans un délai d'un mois — dans trois semaines — tu lui livres Shek Boon-sing pieds et poings liés, il devra rejeter les arguments de Yuan. Je réserve les places du premier rang pour le spectacle. »

Kwan hocha la tête.

Tso allait prendre congé quand Kwan le rappela.

« Au fait, tu sais où est ce Lok Siu-ming, maintenant ? L'un des hommes de TT…

— Pas vraiment… il a dû être relégué dans la police en uniforme, pourquoi ?

— Je trouve un peu injuste qu'il soit puni dans cette affaire. Il n'y pouvait pas grand-chose. C'est vrai qu'il n'a pas obéi aux ordres de son supérieur et a préféré sauver son collègue plutôt que les otages, mais au moins il n'a pas hésité. Crois-moi, il a dû lui en falloir du courage pour résister à TT. Et il a choisi de sauver une vie qu'il pensait pouvoir sauver, on ne peut pas trop le lui reprocher. Après tout, s'il avait suivi les ordres aveuglément, l'agent Fan Sze-tat serait mort à cause de la perte de sang et Lok lui-même aurait été abattu dans l'hôtel par TT, comme les autres. Quand on est flic, il ne faut jamais oublier qu'on est aussi un être humain. Vu sous cet angle, moi je trouve que ce Lok Siu-ming a montré un certain potentiel, il a été capable de réflexion indépendante sous la pression. S'il est mis à la circulation ou aux chiens écrasés, ça va être une perte pour la police. S'il reste aux affaires criminelles, il pourra peut-être rendre de bons services.

— D'accord, je vais en parler à Campbell, voir si on peut donner une deuxième chance à cette bleusaille. Autant ne pas le renvoyer à Mongkok, ça serait un peu gênant, il vaudrait mieux le muter sur l'île.

— J'espère que cette fois-ci je ne me trompe pas sur le personnage », dit Kwan avec un sourire un peu forcé.

V

TERRE D'EMPRUNT

1

Driiiiiiing... Driiiiiing...
La sonnerie perçante du téléphone arriva aux tympans de Ha Shuk-lan à travers les brumes d'un lourd sommeil.

Driiiiiiing... Driiiiiing... Elle se retourna et se recouvrit la tête de l'oreiller. Elle ignorait combien de temps elle avait dormi et n'était sûre que d'une chose : c'était trop peu.

Driiiiiiing... Driiiiiing... Le téléphone se foutait bien de son humeur ; comme un créancier qui réclame le paiement d'une dette, il insistait, sonnait sans relâche, insensible et strident.

« Liz !... LIZ !!! hurla Ha Shuk-lan. Liz... pouvez-vous décrocher s'il vous plaît ? »

Le simple fait d'élever la voix la réveilla tout à fait. Elle se remémora son rêve — elle était de retour en Angleterre et regardait un film de SF à la télé avec son fils et son mari. Le « Docteur », le héros, sautait soudain du poste de télé et atterrissait dans leur salon. Il se mettait à parler du problème de leur dette avec son mari. Juste au moment où ils avaient décidé que les Martiens les aideraient à sortir de leur débine, la sonnette de la porte se déclenchait : les avocats de leurs créanciers étaient déjà là, le doigt appuyé sur le bouton.

Mais ce n'était pas la sonnette de leur appartement qui lui déchirait les tympans, c'était cette saloperie de téléphone.

Ha Shuk-lan se redressa, l'esprit embrouillé, et ouvrit les yeux tant bien que mal pour consulter le réveil sur sa table de chevet. Une heure moins le quart. Même sans être experte en calcul mental, elle en déduisit qu'elle avait dormi à peine plus de quatre heures. Elle avait été de service la nuit précédente et n'était rentrée à la maison qu'à sept heures du matin. Elle ne s'était effondrée sur son lit qu'à huit heures et demie.

« Liz ? Liz ! » appela-t-elle en se levant.

À midi passé, en toute logique, Liz et Alfred devaient être là. Les appels de Shuk-lan ne recevaient pourtant aucune autre réponse que la sonnerie du téléphone.

Elle n'entend rien de la chambre d'Alfred ? se demanda Shuk-lan. C'était peu probable. Si elle-même entendait le téléphone de sa propre chambre, dont la porte était soigneusement fermée, Liz devait l'entendre aussi, même si elle était dans la chambre d'enfant ou sur le balcon. Shuk-lan se rendit compte qu'il était inutile de continuer à crier. Si Liz avait pu l'entendre, elle aurait aussi depuis longtemps décroché ce téléphone.

Driiiiiiing… Driiiiiing…

Il a décidé de ne plus jamais s'arrêter, se dit Shuk-lan en enfilant ses pantoufles. Elle ouvrit la porte, entra dans le salon. Ni Liz ni Alfred. Elle regarda l'heure encore une fois. La grande horloge indiquait la même heure que le réveil de la chambre. Il était toujours une heure moins le quart, un soleil éclatant pénétrait dans le salon. Avec une pointe d'inquiétude au cœur, Shuk-lan décrocha le combiné. La sonnerie s'interrompit enfin.

«Allô! cracha-t-elle d'une voix encore rauque de sommeil, sans dissimuler son irritation.

— Vous êtes de famille Alfred Hill?» demanda un homme qui s'exprimait en mauvais anglais.

Shuk-lan reconnut l'accent local. Le nom de son fils acheva de la réveiller.

«Oui?

— C'est bien résidence Nairn's House sur Princess Margaret Road?

— Oui... quoi? Il... il est arrivé quelque chose à Alfred?»

Alfred avait eu un accident. Alfred et l'amah, la domestique chinoise, n'étaient pas là, elle recevait un coup de fil d'un inconnu qui demandait confirmation de son identité et de son adresse. Shuk-lan se rappela qu'en rentrant à la maison le matin même, elle avait croisé Alfred et Liz qui partaient pour l'école. Son mari répétait qu'à dix ans, Alfred aurait dû y aller tout seul; l'école n'était après tout qu'à moins de dix minutes à pied. Il devait acquérir un minimum d'indépendance et n'avait plus besoin d'amah. Mais Shuk-lan s'y opposait. Elle se méfiait encore de cette ville étrangère pleine de gens d'une autre couleur, qui parlaient un autre langage, et elle tenait à ce que Liz accompagnât son fils. Alfred n'avait cours que le matin, et à midi et demi Liz et lui étaient d'habitude déjà de retour.

«Vous êtes mère Alfred?

— Oui, oui, que lui est-il arrivé?

— Rassurer vous, lui rien arrivé.»

Ha Shuk-lan poussa un soupir de soulagement. La suite fut plus inattendue.

« Mais votre enfant dans nos mains, si vous voulez revoir lui sain et sauf vous devoir payer rançon. S'il vous plaît. »

Shuk-lan resta sans réaction. « Si vous voulez revoir votre enfant sain et sauf, il va falloir payer une rançon » : elle l'avait si souvent lue ou entendue, cette phrase. Dans les romans de gare ou au cinéma. Quel rapport avec sa situation présente ?

« Qu'est-ce que vous dites ? articula-t-elle enfin.

— Je dis : Alfred dans nos mains. Si nous pas recevoir argent, je vais le tuer. Si vous prévenir police, je le tuer aussi. Vous comprendre ? »

Un frisson glacé secoua Ha. Un étau formidable se referma sur sa poitrine, l'empêchant de respirer.

« Vous... vous avez enlevé Alfred ? »

Elle se retourna et hurla à travers le salon désert :

« LIZ ! ALFRED !

— Madame, pas perdre votre temps. Je veux parler avec mari, c'est lui s'occuper problèmes argent ? Faire rentrer lui très vite s'il vous plaît. Je rappeler vous à 14 h 30. Si mari pas là, je pas être gentil avec votre fils.

— Vous dites n'importe quoi ! Vous... vous ne l'avez pas kidnappé ! dit Shuk-lan en tentant de toutes ses forces de maîtriser le tremblement de sa voix.

— Madame, je conseiller vous pas mettre moi en colère. Si moi pas content, fils chéri à vous encore moins content. »

À l'autre bout du fil, la voix restait calme mais s'exprimait laborieusement :

« Bien sûr vous peut-être pas croire moi, mais

si comme ça vous allez jamais revoir enfant. Non, moi tromper, il faut dire si comme ça, vous jamais revoir enfant vivant. Pour prouver bonne foi, j'ai petit cadeau pour vous. Vous trouverez sous poteau lampadaire devant entrée Nairn's House. Vous aller chercher cadeau, après décider appeler mari vous. »

Le téléphone coupa. Shuk-lan secoua le combiné puis le rejeta brusquement. Elle hurla encore plusieurs fois le prénom de son fils, puis se précipita dans la chambre d'enfant. Rien. Elle alla dans la salle de bains, ouvrit la porte du cagibi, parcourut en trombe la bibliothèque, la chambre d'amis, la petite chambre de Liz, ne vit aucune trace de l'enfant ni de son amah. Elle était toute seule dans l'immense appartement.

La grande aiguille de l'horloge indiquait cinquante. À cette heure-ci, Alfred aurait dû être assis à la grande table de la salle à manger, à dévorer le déjeuner préparé par Liz. Alfred était un enfant peu bavard qui souriait rarement à ses parents. Mais à table son visage s'illuminait et il s'empiffrait à grandes bouchées voraces. Ni Shuk-lan ni son mari n'étaient encore vraiment habitués à la cuisine chinoise malgré trois années passées à Hong Kong, mais leur fils l'avait très vite adoptée. Son plat préféré était la soupe au tofu de Liz. Shuk-lan contempla la table vide et froide avec un bizarre sentiment d'inadaptation.

Était-ce une mauvaise blague ? Elle n'arrivait pas à croire que sa famille puisse être victime d'un rapt.

Elle retourna au salon, récupéra le combiné qui pendait au bout de son fil. Elle ouvrit son carnet d'adresses placé à côté du téléphone, y chercha un numéro qu'elle n'appelait pratiquement jamais, en se répétant à voix basse «École anglophone de Kowloon Tong...», puis le composa dès qu'elle l'eut trouvé.

«Secrétariat de l'école primaire anglophone, à qui ai-je l'honneur? dit une voix de femme dans un anglais parfait.

— Bonjour, je suis la mère d'Alfred Hill, en classe A4. Pouvez-vous me dire si Alfred est toujours à l'école?

— Bonjour madame Hill! Aujourd'hui c'est la journée des activités d'éveil, tous les élèves sont sortis de cours avec une heure d'avance, à onze heures. Alfred n'est pas encore rentré à la maison?

— Euh... hmmm, hésita Shuk-lan qui ne savait comment répondre à cette question.

— Attendez... je vous passe l'instituteur de la classe A4.»

En attendant le transfert, Shuk-lan resta le regard fixé sur l'aiguille des secondes de l'horloge du salon. Elle semblait aller beaucoup moins vite que le temps. Elle n'avait avancé que de dix secondes, qui lui parurent être des heures.

«Madame Hill? Bonjour, ici le professeur Shum.

— Bonjour mademoiselle, pouvez-vous me dire si Alfred est déjà parti?

— Oui, il est parti vers onze heures et demie, je l'ai vu de mes yeux quitter l'école. Il n'est toujours pas rentré?

— Non, dit Shuk-lan d'une voix où perçait la douleur. Vous ne l'avez pas vu partir avec d'autres élèves? Il ne serait pas allé jouer avec ses amis?

— Je crois me souvenir l'avoir vu secouer la tête en parlant avec ses camarades, qui sont ensuite partis avant lui. À mon avis, il avait refusé une invitation...

— Son amah n'était pas là comme d'habitude ?
— Ah… je ne suis pas sûre… »

Mlle Shum s'interrompit, comme si elle faisait un effort de mémoire. Mais à la sortie des classes la cour de l'école était bondée, elle arrivait à surveiller tant bien que mal ses propres élèves mais ne s'intéressait pas au reste. Elle reprit :

« C'est peut-être l'amah qui l'a emmené quelque part ?
— Non, elle m'aurait prévenue avant, ou bien elle m'aurait laissé un message. »

En raison de ses horaires de travail souvent décalés, Shuk-lan était parfois obligée de communiquer avec Liz par écrit.

« Eh bien… si vous vous inquiétez, peut-être devriez-vous appeler la police ? »

Shuk-lan répondit en toute hâte, les mots de l'inconnu au téléphone faisant écho dans sa tête, *Si vous prévenez la police, je le tue aussi* :

« Non, non ! Je… je me fais du souci pour rien, c'est à peine une heure de retard. Son amah a dû l'emmener avec elle pour faire les courses. Je suis désolée de vous avoir dérangée.

— Ah, bien sûr, c'est probablement ça. N'hésitez pas à me rappeler ! Je suis à l'école jusqu'à dix-huit heures aujourd'hui. Vous habitez à… » Shuk-lan entendit au téléphone le bruit de pages qu'on tournait… « à Nairn's House, c'est tout près d'ici. Si vous avez besoin de moi, je peux y être en moins de dix minutes. »

Shuk-lan ânonna quelques paroles de politesse, pour éviter que l'institutrice ne s'inquiétât et appelât elle-même la police, puis remercia et raccrocha. Elle se sentait perdue, honteuse de s'être si peu occupée de son fils à cause de son travail, d'avoir été de jour en jour plus distante. Elle avait même oublié qu'aujourd'hui c'était la journée des activités d'éveil. Que devait-elle faire maintenant? Appeler son mari? Rappeler l'école et demander l'aide de l'institutrice? Elle se souvint qu'elle avait croisé Liz et Alfred sur le pas de la porte en rentrant à la maison le matin même. Alfred avait l'air plus heureux que d'habitude; lui, si souvent renfrogné et capricieux au moment de partir à l'école, bondissait presque de joie. Les activités d'éveil ne se déroulaient pas en salle de classe, mais sur le terrain de sport, dans la cour de récréation, dans des salles dédiées ou des endroits *ad hoc*. Shuk-lan avait toujours cru qu'Alfred ne s'y intéressait pas, mais au souvenir de son visage radieux elle ne put s'empêcher de penser qu'elle n'assumait pas correctement ses responsabilités maternelles.

Elle décrocha le combiné et commença à composer le numéro de son mari. Au moment où son doigt allait faire tourner le disque du cadran pour la troisième fois, elle s'arrêta et raccrocha.

Pour prouver bonne foi, j'ai petit cadeau pour vous. Vous trouverez sous poteau lampadaire devant entrée Nairn's House. Vous aller chercher, après décider appeler mari vous.

Elle sortit sur le balcon. Elle pouvait voir le parking devant le hall de la résidence, le jardin et le mur d'enceinte, et la rue au-delà du mur. S'il y avait quelque chose sous un lampadaire, elle le verrait aussi de là.

Elle mit quelques secondes à s'habituer à la lumière intense qui l'avait aveuglée en sortant du salon. Elle agrippa la rambarde et se pencha au-dehors, comme si cela la rapprochait de la rue. Son regard s'arrêta sur le second lampadaire en allant vers la gauche à partir du portail d'entrée de la résidence. Elle prit une longue inspiration. Il y avait une boîte en carton brun, au pied du poteau.

Jusqu'ici, Shuk-lan s'était encore accrochée à l'espoir de la mauvaise blague. La vue du paquet lui ôta ses derniers doutes. Nairn's House se trouvait dans une zone résidentielle très bien tenue à Kowloon Tong, les rues y étaient toujours très propres. En trois ans elle n'avait jamais rien vu traîner sur le trottoir.

Elle enfila en hâte une paire de chaussures et se précipita hors de son appartement sans même refermer la porte à clé derrière elle. Elle appuya sur le bouton de l'ascenseur, qui ne réagit pas. Elle se précipita dans l'escalier et descendit les six étages en courant. En moins d'une minute elle était dans la rue. Le gardien dans le hall, éberlué, l'avait regardée passer, en chemise de nuit, les cheveux en désordre et soufflant comme un bœuf.

Elle arriva au lampadaire. Elle regarda la boîte en carton, un petit cube d'un peu plus de vingt centimètres de côté. Assez pour y mettre un ballon de foot. On avait fermé la boîte en croisant les rabats les uns sur les autres, sans utiliser de bande adhésive. Il n'y avait rien d'écrit dessus non plus.

Elle la ramassa à deux mains avec appréhension et la trouva extraordinairement légère, comme si elle était vide. Elle fut en quelque sorte rassurée par ce poids. Mobilisant tout son courage, elle la maintint de la main gauche et tira sur les rabats de la main droite.

Pour n'importe qui d'autre, ce qu'elle vit à l'intérieur n'aurait rien eu de terrifiant. Mais elle faillit avoir une crise de nerfs sur le trottoir. Il y avait au fond du carton une chemise vert pâle, très sale et tachée de sang. La chemise d'uniforme de l'école anglophone de Kowloon Tong. Dessus, maintenues ensemble par un petit bout de ficelle, il y avait quelques mèches de cheveux rouge-brun, de cinq centimètres de long.

Exactement de la même couleur que les cheveux qu'elle avait sur sa propre tête.

Alfred avait hérité visage et caractère de son père ; seuls ses cheveux témoignaient de l'héritage celtique venant de sa mère.

2

Ha Ka-han abandonna ses tâches en cours, se jeta dans sa voiture et rentra chez lui, rongé d'inquiétude.

Il savait mieux que personne que sa femme était quelqu'un de calme et de réfléchi — une infirmière se doit de l'être, dans son travail de tous les jours. Alors, en l'entendant hurler au téléphone que quelque chose était arrivé à leur fils et qu'il devait rentrer sur-le-champ, il avait immédiatement demandé une demi-journée de congé à son supérieur. S'il avait eu le moindre doute quant à la gravité de la situation, il aurait envoyé sa femme bouler et aurait accordé la priorité à son travail, comme d'habitude. Les problèmes domestiques pouvaient attendre le soir.

Il était doté d'une conscience professionnelle exacerbée, et c'était exactement ce qui était demandé pour son type de boulot : il était responsable des enquêtes à l'ICAC, la Commission indépendante contre la corruption de Hong Kong.

Ha Ka-han était anglais, de son vrai nom Graham Hill. Comme tous les étrangers qui venaient travailler à Honk Kong, il avait dû accepter un nom cantonais. Il trouvait ça un peu ridicule, vu qu'il était très vite clair pour tout le monde qu'il n'était qu'un de ces Occidentaux qui ne comprenaient rien à aucune langue chinoise; d'autant plus ridicule que les locaux se dotaient tous, à l'inverse, d'un nom occidental pour suivre la mode. Ainsi, à la maison, leur domestique Leung Lai-ping se faisait appeler Liz, sans même savoir qu'il s'agissait d'un diminutif. Au début, pour être polis, les Hill l'appelaient Elizabeth et ne comprenaient pas pourquoi elle faisait chaque fois une tête de trois pieds de long. Il avait fallu quelques semaines et de longues explications pour dissiper ce petit malentendu.

Et plus ridicule encore, comme il n'y avait pas vraiment de caractères chinois qui se prononçaient de la bonne façon, il avait fallu faire dans l'approximation. Lui trouvait que «Ha», la prononciation du caractère choisi pour son nom de famille — qui signifiait «splendide, excellent» —, n'avait rien à voir avec «Hill». Au bureau certains de ses collègues l'appelaient «Monsieur Ha». Les employés de Nairn's House lui donnaient du Monsieur Hill respectueusement, mais sa femme et lui, pour certains de leurs voisins chinois, étaient «Monsieur et Madame Ha», alors qu'eux-mêmes s'évertuaient à donner son prénom anglais à la bonne chinoise pour lui faire plaisir. Hong Kong était vraiment une colonie un peu bizarre. Les colonisateurs étaient peu à peu assimilés par les colonisés, lesquels s'occidentalisaient de jour en jour, de mœurs et de culture.

Sa femme s'appelait Stella, elle était devenue Shuk-lan, qui n'était pas franchement ressemblant — pour imiter Stella il aurait fallu au moins trois caractères, Sze-te-la, qui sonnaient atrocement et n'étaient pas conformes à la coutume chinoise des prénoms en une ou deux syllabes. Pire encore pour leur fils, Alfred, devenu Nga-fan ; finalement c'était son prénom chinois à lui, Ka-han, qui ressemblait encore le plus à celui d'origine. La personne qui leur avait choisi leurs noms leur avait assuré qu'au moins ces prénoms étaient très beaux et portaient chance, mais Graham s'en fichait pas mal. Il n'était pas superstitieux et avait toujours été persuadé que le « fengshui » et les autres traditions chinoises du même acabit n'avaient aucun fondement scientifique.

Si les gens voulaient avoir de la chance — il en était tout aussi sûr et certain —, ils ne pouvaient compter que sur leur travail et leur volonté.

Né en 1938, enfant pendant la guerre, ces années si difficiles pour le Royaume-Uni, il était entré à Scotland Yard à la fin de ses études et l'un de ses collègues lui avait présenté Stella. Ils s'étaient mariés et avaient eu Alfred trois ans après. Il vivait la vie « normale » d'un fonctionnaire anglais. Il pensait pouvoir continuer cette vie normale jusqu'à sa retraite et se trouver ensuite une maison dans un coin tranquille à la campagne pour profiter de ses enfants et de ses petits-enfants pendant les vacances. Mais il s'était trompé.

Stella avait continué son travail d'infirmière après leur mariage, mais suite à la naissance d'Alfred elle était restée à la maison pour s'en occuper. Pour compenser la perte de son salaire, et en espérant assurer à sa famille une vie plus confortable, Graham avait investi toutes ses économies dans l'immobilier. Grâce à son statut de fonctionnaire et un dossier de crédit sans tache, il avait obtenu auprès de sa banque, sans aucune difficulté, un gros emprunt pour acheter une maison, qu'il avait mise en location. Il avait calculé que, si les prix de l'immobilier continuaient à grimper comme ils le faisaient depuis si longtemps, il pourrait même prendre sa retraite en avance sans avoir non plus à s'inquiéter des coûts des études supérieures de leurs enfants.

Le problème était que ses plans avaient été mis à mal par l'effondrement soudain de l'économie britannique.

En 1973, voilà quatre ans, le marché immobilier anglais s'était retourné et d'innombrables établissements de crédit avaient dû faire face au risque de banqueroute. Là-dessus était arrivé le premier choc pétrolier, puis, comme par effet boule de neige, le crash de la bourse. Le Royaume-Uni était entré dans une longue période de stagflation dont personne ne voyait la fin.

Graham Hill n'avait pas réagi à temps et, quand il l'avait fait, c'était trop tard. Il ne pouvait plus revendre son bien immobilier, ses locataires avaient pris la poudre d'escampette et il ne touchait plus aucun loyer pour payer son emprunt. La banque avait saisi la maison, les économies s'étaient envolées et il devait toujours rembourser une forte somme. Stella avait dû se remettre à travailler mais le taux de chômage avait explosé et les salaires, eux aussi, s'étaient effondrés. Avec l'inflation galopante, Graham et Stella s'étaient vite aperçus qu'il ne leur restait plus assez pour vivre une fois la lourde ponction du remboursement effectuée. Ils avaient tenu les premiers mois en croyant que les choses finiraient par s'arranger. Ils n'avaient réalisé que peu à peu qu'il leur faudrait une éternité pour payer leur dette. Leur patience était à bout, et de temps à autre ils s'écharpaient en hurlant pour les raisons les plus futiles. Leur fils de six ans avait souffert du changement d'atmosphère familiale et devenait de plus en plus introverti. Il avait perdu le sourire auparavant accroché à son visage tout au long de la journée.

Et alors que la vie les rendait tous dingues, Graham avait un jour lu une annonce dans le journal. À Hong Kong, le gouvernement colonial venait de créer un organisme tout particulièrement destiné à lutter contre la corruption rampante dans les forces de l'ordre, et cherchait à recruter des policiers expérimentés d'où qu'ils soient. Le salaire d'un enquêteur de première classe s'élevait à six ou sept mille dollars de Hong Kong, à peu près six cents livres sterling, soit plus du double de celui de Graham à Londres, sans compter les primes et avantages en nature. Graham en avait discuté avec sa femme et ils avaient décidé de se lancer pour tenter d'inverser le cours des choses. L'expérience de Graham à Scotland Yard avait joué en sa faveur : quelques jours à peine après avoir postulé, il se voyait confirmer son recrutement. C'était avec une sorte d'espoir fébrile que la petite famille s'était préparée à quitter son pays natal pour aller gagner de quoi rembourser ses dettes dans une ville inconnue au fin fond de l'Asie.

Graham et Stella en savaient très peu sur Hong Kong : la colonie avait un peu plus d'un siècle, très proche du territoire de Macao toujours administré par le Portugal. Comme ils comptaient s'y établir un certain temps, il avait bien fallu se renseigner un peu plus. Ils avaient tenté de mémoriser des noms qui leur écorchaient la bouche, et Graham avait appris avec stupeur qu'une partie de cette «colonie» n'appartenait même pas à la Couronne britannique. L'île de Hong Kong et la presqu'île de Kowloon étaient des prises de guerre, mais les «Nouveaux Territoires», au-delà, n'étaient qu'en location et leur bail se terminait en 1997. Il était impensable qu'après cette date le Royaume-Uni fractionne encore ce mouchoir de poche en deux en gardant l'île et Kowloon sous sa coupe tout en rendant le reste à la Chine populaire ; mais les deux gouvernements étaient très loin d'avoir abouti dans leurs négociations et le problème semblait insoluble. À ce point de ses lectures, Graham s'était dit que Hong Kong ne serait jamais pour lui qu'un pays d'emprunt, et qu'en allant travailler là-bas, comme tous les Anglais dans son cas, il ne ferait que gagner sa vie sur le sol des autres.

En juin 1974, Graham, sa femme et son fils étaient arrivés à Hong Kong. Pour s'acquitter encore plus vite de leurs dettes, Stella avait trouvé du travail à l'hôpital de Kowloon. Ses diplômes et son expérience lui valaient de participer à la formation des infirmières locales et sa rémunération était très satisfaisante. De son côté, l'ICAC, l'organisme qui avait recruté Graham, leur avait facilité la plupart des formalités d'arrivée. L'aide la plus utile restait cependant la fourniture d'un appartement de fonction dans la résidence Nairn's House à Kowloon Tong, ancien petit village devenu quartier résidentiel calme et huppé. L'appartement était spacieux et les nombreuses villas de type occidental dans le voisinage atténuaient la nostalgie des nombreux expatriés européens ou américains, qui cohabitaient avec les cadres supérieurs et chefs d'entreprise chinois appréciant tout autant le calme de l'endroit.

L'école d'Alfred avait été l'une des inquiétudes de Graham et Stella, la seule question en fait qui aurait pu les faire renoncer à venir. Travailler cinq à dix ans au bout du monde était une chose, et ils y étaient forcés par les circonstances ; mais risquer de compromettre l'éducation de leur fils en était une autre. Ils craignaient de ne pas trouver de bonne école, ils avaient peur qu'Alfred ne puisse se faire de nouveaux amis, ils se refusaient à sacrifier son enfance. Alors Graham avait écrit à l'un de ses amis vivant à Hong Kong et lui avait demandé conseil. Celui-ci avait répondu avec une longue lettre chaleureuse accompagnée de tout un tas de données sur de nombreuses écoles. Le couple Hill avait été rassuré en apprenant que Hong Kong suivait le cursus scolaire anglais et que les écoles avaient le même niveau qu'en métropole. Beaucoup d'établissements accueillaient spécialement les enfants occidentaux, où tous les cours, tous les livres scolaires et même les cahiers de correspondance avec les parents étaient en anglais. Un petit Anglais transposé à Hong Kong ne verrait presque aucune différence. Alors ils avaient choisi une école proche de leur résidence, toute petite, mais dont les professeurs parlaient tous un excellent anglais britannique et semblaient très attentifs au bien-être des enfants.

Les Hill vivaient assez frugalement à Hong Kong depuis trois ans, économisant autant qu'ils le pouvaient. Le salaire gouvernemental et les primes dépassaient même ce que Graham avait imaginé. Mais même avec ses heures supplémentaires et le salaire de Stella en sus, ils ne pensaient d'abord pouvoir effacer leur dette qu'en trois ou quatre ans. À leur grande surprise çela s'était fait en à peine plus de deux ans, et ce qu'ils avaient mis de côté la troisième année représentait désormais un petit capital non négligeable. Chat échaudé craint l'eau froide : ils avaient fui les investissements risqués et s'étaient contentés de plans d'épargne bancaires à intérêts faibles, mais fixes.

Graham comptait encore travailler quelques années à Hong Kong avant de rentrer en Angleterre. Ce n'était pas seulement une question de revenus. La situation économique au pays ne s'était pas améliorée, et il lisait, en secouant la tête et en soupirant, les journaux qui peignaient un portrait bien sombre de l'évolution de la société britannique. Le marché du travail avait continué à se dégrader, il y avait désormais plus d'un million de chercheurs d'emplois, les conflits sociaux étaient incessants, les grèves et les manifestations des syndicats semblaient se déclencher sur une base quotidienne, les punks insultaient la reine et appelaient à l'anarchie. Le Royaume-Uni, qui avait un jour possédé un « Empire sur lequel le soleil ne se couchait jamais » — pouvait-on imaginer titre plus prestigieux ? — était désormais appelé « l'homme malade de l'Europe », comme l'Empire ottoman décadent au XIXe siècle. Graham trouvait cela absurde mais n'en était pas moins triste pour sa patrie. Surtout en comparaison avec sa propre situation dont il ne pouvait que se réjouir ; en plus d'avoir pu rembourser ses dettes, il avait remis sa famille sur les rails alors qu'il aurait très probablement divorcé s'ils étaient restés à Londres.

Bien entendu, un très bon salaire signifiait énormément de travail, et un boulot pas vraiment simple.

En arrivant à son nouveau poste trois ans plus tôt, Graham avait été effrayé par l'ampleur et la nature de la tâche qui l'attendait. Au tout début de l'ICAC, la Commission recevait chaque jour un nombre phénoménal de dénonciations anonymes dont la plupart décrivaient des faits de corruption à l'intérieur des diverses branches du gouvernement. Chaque affaire n'était pas forcément très grave, les sommes en jeu demeuraient en général modestes, mais Graham était resté abasourdi devant l'ampleur et la généralisation de la corruption à tous les niveaux que ces courriers dépeignaient. La moindre boutique de quartier devait chaque jour lâcher une poignée de dollars aux policiers en patrouille : c'était « l'argent pour le thé » ; dans les hôpitaux publics, sans un « petit remerciement » pour les aides-soignantes, les malades étaient laissés à eux-mêmes. Partout se répétait le même schéma ; Graham avait compris que la création de l'ICAC par le gouvernement correspondait à un besoin urgent, car avec l'enrichissement et le développement économique de Hong Kong cette corruption de bas niveau se transformerait bientôt en prédation de haut vol et il serait alors trop tard pour espérer lutter contre.

Le travail était d'autant plus difficile, au début, pour quelqu'un qui ne connaissait pas un mot de chinois, car beaucoup d'enquêtes touchaient à des traditions et à la culture locales et le laissaient désorienté. On l'avait recruté pour diriger une équipe de jeunes locaux à l'expérience limitée et pour leur enseigner les techniques d'enquête, la gestion des indices, la manière légale d'amener des corrompus devant les tribunaux. Au moment de la création de l'ICAC, les personnels qui disposaient de ce type d'expérience sur le territoire étaient bien sûrs ceux de la Police royale de Hong Kong, mais la police était aussi la plus corrompue des institutions de la colonie. L'ICAC avait dû recruter des hommes neufs et reprendre leur formation de zéro. C'était la raison de l'embauche de Graham, confronté au principal défi qu'il avait dû relever au cours de ces trois ans écoulés.

Le problème de la corruption avait toujours été très préoccupant. Celle d'une force en perpétuel contact avec l'élément criminel de la société était devenue un problème de sécurité en elle-même. Depuis l'époque où ce village perdu était devenu un grand port commercial, les malfrats et les triades en avaient fait leur terrain de jeu par le principe de la « médiation » : il n'y avait pas une affaire qui ne pût se traiter par un dosage subtil de cash, pas une activité illégale qui ne pût bénéficier d'une cécité au moins partielle des représentants de la loi. Quand la police décidait d'organiser une descente dans un tripot clandestin, dans un lupanar illégal, dans un repaire de dealers, ce n'était plus pour en débarrasser la société, mais pour se procurer de « l'argent noir », des pots-de-vin. Une fois que les truands avaient casqué, c'était exactement comme s'ils avaient acheté une licence d'opération renouvelable : les flics ne viendraient plus les déranger pendant un temps déterminé. Bien entendu, il fallait que les policiers à tous les échelons puissent faire état de résultats dans leurs rapports à leurs supérieurs ; pour cela les mafias avaient mis en place un système par lequel certains complices volontaires étaient « offerts » à intervalles réguliers à la police, avec toutes les preuves nécessaires pour les inculper. Les sommes d'argent frais ou les quantités de stupéfiants perdues de cette manière ne l'étaient pas vraiment, puisqu'elles représentaient un investissement permettant d'assurer la fluidité du reste des opérations et n'étaient de toute façon qu'une goutte d'eau dans l'océan des quantités en circulation.

Le système était tellement biaisé, les comptes

rendus du travail effectif des policiers sur le terrain tellement faussés, qu'en réalité les autorités policières et civiles de la ville n'avaient plus aucune idée de la réalité de la situation dans bon nombre de quartiers. Elles s'étaient longtemps fort bien accommodées de leur ignorance, persuadées que la police remplissait sa mission avec zèle et diligence.

Quand on s'engageait dans la police avec un certain idéal et qu'on devenait un rouage du système, on n'avait d'autre choix que de se taire et de baisser la tête. Un dicton, célèbre en interne, disait : « La corruption est un grand autobus » ; tu pouvais choisir de « monter dans le bus » et de recevoir ta petite part du gâteau. Si tu voulais rester propre et ne pas participer, tu étais prié de ne pas te mêler de ce qui ne te regardait pas et tu « suivais le bus ». Si tu t'avisais de vouloir faire un rapport à la hiérarchie, alors tu étais « devant le bus » et tu risquais d'être renversé et écrasé. Telle était la légende ; en réalité toute la pyramide était pourrie, et il n'était en général même pas besoin de punir physiquement les rares inconscients qui surestimaient leurs capacités et tentaient d'arrêter la course folle du véhicule. Ils étaient tout simplement mis au placard, ostracisés, voyaient leurs perspectives d'avancement réduites à néant.

Il y avait au sein de la police un bureau de lutte contre la corruption, mais il était constitué de policiers dont les liens avec les autres services étaient trop forts pour que ce bureau puisse travailler avec une quelconque efficacité. C'était en raison de cette situation que l'ICAC avait été érigée en commission ne relevant que du gouvernement de Hong Kong, afin qu'elle puisse mener ses enquêtes en toute indépendance.

La première année, Graham et ses jeunes équipes avaient déjà inculpé nombre de policiers et dévoilé l'ampleur des transactions qui s'effectuaient sous la table. Dès la deuxième, ils avaient découvert l'implication dans les affaires de policiers de plus en plus haut placés, de connivence avec leurs subordonnés pour protéger les criminels. Ils devaient cependant rester extrêmement prudents. À la réception d'une dénonciation, il fallait commencer par décider si la corruption était avérée ou la dénonciation malveillante ; il y avait aussi eu moult exemples de criminels dénonçant des flics «ripoux» pour tenter d'atténuer leur peine, mais sans apporter de preuves suffisantes, ou qui s'avéraient concerner des agents qui n'étaient pourtant pas «montés dans le bus». Graham, heureusement, n'était pas surpris de tout cela. Certes, il ne comprenait pas le chinois, mais il connaissait sur le bout des doigts les techniques nécessaires pour repérer les mensonges et déceler les contradictions dans les témoignages. Il répétait souvent à ses hommes qu'à l'usage les criminels se révélaient remarquablement semblables, partout dans le monde.

Il travaillait ces jours-ci sur un dossier dont il pensait d'abord que le contenu ressemblait assez à ce qu'il avait pu constater par le passé. La seule différence était l'ampleur inédite de l'affaire, dont il découvrait de nouvelles ramifications chaque jour.

Le début de l'enquête remontait au printemps précédent : avril 1976. Au cours d'une descente dans un entrepôt près du marché aux fruits de Yau Ma Tei à Kowloon, le bureau de lutte contre la contrebande du département du commerce et de l'industrie

— un nom un peu compliqué pour désigner le service des douanes —, était tombé sur un stock de stupéfiants et avait arrêté quelques hommes, dont un métis américain. Quatre mois après, au cours d'une opération de ratissage, la police avait lancé des raids simultanés sur vingt-trois adresses différentes sur tout le territoire. Elle avait saisi pour vingt mille dollars américains d'héroïne et arrêté huit suspects ; un tableau de chasse très modéré, comme de coutume. Le problème était que sur les huit individus arrêtés, l'un, apparemment, n'avait pas compté l'être. Il avait reconnu être le chef de l'organisation qui détenait le contrôle de la vente de stupéfiants autour du marché aux fruits et avait exigé de parler directement aux investigateurs de l'ICAC. Il prétendait vouloir révéler un dispositif de corruption collective de membres des forces de l'ordre ; en l'espace d'une quinzaine, il était devenu l'un des principaux témoins de l'accusation dans le monumental procès à venir.

Ce qu'il disait vouloir dénoncer, c'était un arrangement entre policiers corrompus et revendeurs pour autoriser l'écoulement de stupéfiants sur la majeure partie de Kowloon.

Mais dans son propre cas, son petit commerce de détail était tombé après à peine une année d'opérations, à cause de l'intervention imprévue des douanes. L'implication de celles-ci signifiait que l'affaire n'avait pu être balayée sous le tapis, et la police, sous la pression du gouvernement, avait dû mettre en place le rideau de fumée qu'avait été le ratissage. Mais lui s'était trouvé au mauvais endroit au mauvais moment. Non seulement il avait payé une grosse somme pour ne pas être inquiété, mais il l'avait été quand même et en plus il était maintenant sous les verrous, en parfait bouc émissaire. Alors il avait décidé de tout balancer, histoire de donner une bonne leçon à ces policiers qui avaient été payés mais «n'avaient pas fait leur boulot». Il avait fourni à l'ICAC des documents d'une valeur inestimable.

Les trafiquants tenaient soigneusement leurs comptes et enregistraient avec la plus grande minutie les entrées comme les sorties d'argent, c'est-à-dire d'un côté les ventes de drogue au client final et de l'autre les «distributions de pétales» — terme d'argot qui désignait l'arrosage des policiers ou intermédiaires concernés. Cependant, ces comptes et ces listes de noms étaient rédigés en langage codé, et l'exploitation en devenait d'autant plus difficile à mener que les grades et les unités des bénéficiaires de ces largesses étaient en fait mal connus des truands. Les investigateurs de l'ICAC devaient vérifier que les indications que leur donnait le témoin valaient quelque chose, ne se contredisaient pas et pouvaient effectivement constituer un faisceau de preuves assez solides pour tenir devant le tribunal. Graham exigeait en plus que les relations entre tous les personnages impliqués dans l'affaire soient examinées et que les canaux de circulation des pots-de-vin soient mis au jour. Lui-même ne comprenait pas les documents sources, ceux fournis par le témoin, mais lisait les rapports en anglais de ses subordonnés et peu à peu en était aussi arrivé à reconnaître certains caractères chinois et autres symboles, dont la plupart ne lui étaient malheureusement d'aucune utilité dans sa vie hors du bureau. Mais au moins avait-il en fin de compte mis au point une méthode empirique qui lui permettait de participer au décryptage du code. Ainsi, le «notre C» du livre de comptes désignait les policiers de la section d'enquêtes criminelles du poste de police de Yau Ma Tei, «vieux pays» l'équipe des Stups du QG de Kowloon, et «E» les voitures de patrouille.

Pour accélérer sa familiarisation avec ces diableries de caractères chinois, Graham rapportait parfois à la maison des copies des rapports et des documents sources et se replongeait dedans après le dîner ou pendant le week-end, avant de les remettre après chaque consultation dans son coffre. Même sa femme ne les voyait jamais.

Et plus l'enquête avançait, plus son champ s'élargissait.

Ce système de corruption collective ne concernait pas que les agents de police et les sergents en première ligne, sur le terrain. D'après les dépositions du témoin et les documents, des agents du poste de quartier et du QG de secteur trempaient aussi dans la combine, y compris au grade d'inspecteur et au-delà. Graham et ses collègues découvraient, ébahis, que ce système était d'échelle, et même de nature, très différente de celui de «l'argent pour le thé» qu'ils connaissaient déjà. Dès que l'ICAC agirait sur ces indications, plusieurs centaines de policiers y passeraient d'un seul coup, une structure entière de racket et d'échanges de faveurs s'effondrerait.

Les trois années ingrates de travail de fourmi de l'ICAC, dans l'obscurité depuis sa création, apparaissaient aujourd'hui sous une nouvelle lumière, comme une forme de préparation du champ de bataille, un préalable indispensable à l'obtention de la victoire dans le combat qui s'annonçait.

Néanmoins, même si les procédures de confidentialité de l'ICAC étaient très au point, il s'était révélé impossible de garder le secret absolu sur les investigations en cours. Depuis que le dealer du marché aux fruits avait demandé à parler à l'ICAC, la rumeur courait dans la police que celle-ci se préparait à sortir le grand jeu. À vrai dire les deux organismes étaient déjà à couteaux tirés ; l'ICAC partait du principe trop souvent vérifié que tous les policiers étaient suspects de corruption et que le tronc était pourri de l'intérieur ; la police trouvait que l'ICAC était beaucoup trop dans l'excès et qu'il n'était pas convenable de jeter des policiers, même corrompus, dans les mêmes cachots que des criminels qu'ils avaient pu arrêter par le passé.

Voilà pourquoi Graham, rentré chez lui, une fois qu'il eut réussi à tirer de Stella terrorisée une relation à peu près cohérente de ce qui venait de se passer, hésitait à appeler la police.

La chemise tachée de sang, la touffe de cheveux prélevée sur la tête de son fils, disaient très clairement que les kidnappeurs n'étaient pas des plaisantins. En tant que policier, il savait parfaitement que, dans ces cas d'enlèvement, la pire des décisions possibles était justement d'obéir aux injonctions des bandits réclamant de ne pas prévenir la police, et de tenter de gérer l'affaire par soi-même. Quel que soit le comportement adopté par la famille, la probabilité que les ravisseurs relâchent l'otage était la même, et elle était inférieure à 50 %. Le plus sûr pour la survie de l'otage, c'était de tout mettre en œuvre pour le sauver avec l'appui de la police. En Grande-Bretagne, Graham avait eu connaissance de plusieurs cas d'enlèvement lors desquels le dispositif policier déployé avait abouti à la libération de l'otage au moment où ses kidnappeurs s'apprêtaient à le faire disparaître, malgré le paiement de la rançon.

Mais en s'adressant aux policiers dans ce cas précis, il y avait le risque qu'ils en fassent le moins possible une fois qu'ils auraient appris qu'il appartenait à l'ICAC — voire qu'ils sabotent délibérément l'enquête, par esprit de revanche, sans tenir compte de la vie de son enfant.

Il contemplait le téléphone d'un air morne, déchiré par le doute. Derrière lui Stella s'était allongée, sans forces, sur le canapé, serrant dans sa main les quelques mèches de cheveux roux, secouée d'incontrôlables sanglots.

Le temps s'écoulait, seconde après seconde, minute après minute. L'horloge indiquait une heure et demie. Graham regarda le tissu souillé de la chemise d'uniforme, et vit en pensée son fils se faire enlever son habit de force, et l'imagina, maintenant, torse nu, enfermé quelque part dans une pièce sombre, brutalisé et terrifié. Il prit finalement sa décision et souleva le combiné. Il savait qu'il n'y avait qu'à la Police royale de Hong Kong qu'il pouvait demander de l'aide en cet instant, malgré son inimitié avec l'ICAC.

Il n'avait pas le choix.

3

« Boss, vous vous y collez vous-même cette fois-ci ? demanda Mak, qui conduisait, sans même tourner la tête.
— Dans un cas d'enlèvement, la moindre minute compte. La vie de l'otage ne tient qu'à un fil. Bien sûr qu'on a besoin des lumières d'un aussi éminent personnage. »

Kwan Chun-dok n'avait même pas eu le temps d'ouvrir la bouche que son adjoint, coincé à son côté dans l'habitable exigu de la voiture de police, avait pris la parole à sa place.

Il ne daigna pas commenter, sourit faiblement et reporta son attention sur la route au-delà du pare-brise. À trente ans, Kwan était responsable du département des enquêtes criminelles, le CID, au QG de secteur de Kowloon. En début d'année, il avait été promu inspecteur en chef. Le taux d'élucidation des enquêtes qui lui étaient confiées était très élevé et il avait toute la confiance de ses chefs. Le poste qu'il occupait éveillait la convoitise, et le fait qu'il y soit arrivé si jeune lui valait nombre de regards admiratifs. Bien entendu, il suscitait aussi pas mal de jalousie et de ragots ; certains le traitaient dans son dos de chien courant des Anglais, et affirmaient qu'après deux années passées en formation au Royaume-Uni il avait oublié qui il était vraiment, un Chinois comme les autres ; d'autres se moquaient en prétendant qu'il n'avait eu qu'un coup de chance, la chance de celui qui marche dans des déjections canines sur le trottoir. La rapidité de sa promotion n'était due qu'à la faveur d'un haut gradé britannique qu'il avait rencontré pendant les émeutes qui avaient secoué la ville dix ans auparavant. Mais qu'il s'agisse d'admiration ou d'envie, au sein de la police, personne ne niait à Kwan Chun-dok ses compétences. Dans son travail d'enquêteur, il prouvait jour après jour qu'il était fait de la bonne étoffe ; ses perspectives de carrière, surtout depuis son retour de formation, étaient des plus brillantes.

Kwan se dirigeait vers Nairn's House avec trois de ses hommes. Le conducteur, l'agent Mak Kin-si, était à vingt-cinq ans le plus jeune des quatre occupants de la voiture ; il travaillait au CID de Kowloon depuis moins d'un an et avait toujours droit au diminutif de «Ah Mak». Il manquait encore d'expérience mais n'avait pas les yeux dans sa poche et réagissait très vite. Récemment il avait coursé un malfrat sur plus de dix blocs de rues avant de finalement l'attraper. À la place du mort était assis l'agent Ngai Sze-bong, vingt-huit ans, et à l'arrière avec Kwan Chun-dok se trouvait le sergent Tsui Chun, alias «Vieux Tsui». À trente-six ans, il n'était pas vraiment vieux, mais son visage était aussi ridé que celui d'un flic de quarante-cinq ou cinquante ans blanchi sous le harnois, et cela faisait déjà longtemps qu'il avait hérité de son surnom.

La raison principale pour laquelle Kwan les avait choisis pour l'accompagner était qu'ils parlaient tous les trois assez convenablement l'anglais. C'était un Anglais qui les avait appelés aujourd'hui, l'un de ces longs nez qui ne comprenaient pas le cantonais. Si les policiers qui intervenaient n'avaient pas été capables de se débrouiller en anglais, le temps passé à la traduction aurait été perdu pour l'enquête, or le temps constituait un facteur crucial dans les affaires de kidnapping. Un facteur de vie ou de mort pour la victime. Tous les flics étaient censés avoir un niveau minimum dans la langue du colonisateur, dont ils devaient en théorie se servir pour rédiger leurs rapports. En pratique la police regorgeait de flics qui baragouinaient à peine l'anglais. Il y avait une vieille blague éculée qui circulait depuis la nuit des temps, à propos d'un agent qui devait rédiger son rapport sur un accident impliquant deux véhicules ; il avait écrit : « Une voiture venir, autre voiture partir, deux voitures kiss-kiss. » Son supérieur n'avait pas saisi le sel de la plaisanterie.

« Bong, tu as bien vérifié le matériel ? demanda Kwan à Ngai Sze-bong. Je n'aimerais pas qu'on ait le même problème que la dernière fois...

— C'est fait », dit Ngai d'un ton rogue.

Il était le technicien en charge du matériel d'enregistrement ; lors de leur précédente opération, il n'avait pas remarqué qu'une des bandes magnétiques était cassée et avait raté la partie la plus importante d'un échange entre suspects. Le CID avait perdu une semaine supplémentaire à rassembler les preuves suffisantes avant de pouvoir enfin interpeller les truands.

« Eh, tu vois que tu peux le faire ! taquina Vieux

Tsui. Mais sérieusement, dans ce genre d'affaire on n'a jamais de seconde chance, tu ne peux pas te permettre la moindre négligence quand une vie humaine est en jeu.

— J'ai contrôlé trois fois», dit Ngai en tournant la tête vers l'arrière du véhicule.

Tsui évita son regard et fit la moue, les yeux sur le paysage urbain qui défilait.

«Mmm mmm... Regardez, c'est joli par ici, on dirait qu'on est arrivés chez les richards. Pas étonnant que les kidnappeurs s'intéressent aux gamins des gens qui habitent dans le coin...

— Pourtant, dit Ah Mak, ce coup-ci c'est un Anglais de l'ICAC, il doit pas être pourri de fric?

— Qui sait? répondit Tsui avec une grimace. T'as entendu parler de Morris, l'Anglais qui travaillait chez les Shaw Brothers? Il paraît qu'il venait d'une grande famille, son père et son grand frère étaient membres du Parlement ou hauts fonctionnaires, avec une vraie batterie de cuisine accrochée à la poitrine. Le Morris est venu bosser à Hong Kong histoire de faire quelque chose de ses dix doigts, et quand il est retourné chez lui il est entré directement au ministère des Affaires étrangères ou chez les barbouzes. Ça m'étonnerait pas que ce type de l'ICAC soit lui aussi né avec une cuillère d'argent dans la bouche!»

Les «Shaw Brothers» était le nom du plus grand studio de cinéma de Hong Kong, mais c'était surtout le surnom donné par les policiers locaux au département de police politique, en raison des initiales de son nom anglais — la Special Branch. En apparence ce département n'était rien de plus qu'un bureau comme un autre de la police, mais en réalité il gérait le contre-espionnage au sein de la colonie et dépendait directement du renseignement militaire britannique, le MI5. La plupart des autres policiers n'avaient qu'une idée très floue de ses activités et de l'identité de ses agents. On n'entendait jamais que de vagues rumeurs après coup à propos des affaires qu'il traitait. L'individu dont parlait Tsui avait été l'un des haut gradés de la Special Branch; sa famille n'était pas plus riche qu'une autre, mais aux yeux de beaucoup de Chinois il était inconcevable que des gens ayant de hautes responsabilités au sein du gouvernement n'en aient pas depuis longtemps profité pour s'en mettre plein les fouilles...

« Ouais ben riches ou pas, ces types de l'ICAC nous cherchent des poux dans la tête à longueur de journée, on peut plus faire un pet de travers dans la police sans les avoir sur le dos. Il manque pas d'air de venir pleurer dans nos jupons dès qu'il a un petit problème ! cracha Ngai.

— Bong, on se fout de qui il est, on doit faire notre boulot », dit Kwan d'un ton égal.

Ses subordonnés se le tinrent pour dit et se turent. Ah Mak se concentrait sur la conduite, les deux autres regardaient par la fenêtre. Leur mauvaise humeur les empêchait de remarquer que Kwan était encore moins prolixe qu'à l'ordinaire et qu'il arborait un air soucieux.

Quand la voiture tourna le dernier coin de rue avant Nairn's House, Kwan ordonna :

« Ah Mak, arrête la voiture.

— Hein ? On n'est pas encore arrivés, boss..., dit Ah Mak tout en rangeant la voiture le long du trottoir.

— Vieux Tsui et moi on va terminer à pied, vous deux vous irez jusqu'au parking de la résidence. Il est possible que l'immeuble soit sous surveillance. Bong, Ah Mak et toi direz au gardien que vous êtes venus voir le capitaine des pompiers Liu Wah-ming, qui habite au troisième étage. Nous on dira qu'on a rendez-vous avec le superintendant Campbell qui vit ici aussi, au huitième. Ils sont en congé, mais je les ai prévenus, si le gardien les appelle pour vérifier nos dires, il n'y aura pas de problème.

— Boss, vous vous méfiez du gardien ?

— Le Ciel sait quels complices peuvent avoir les kidnappeurs, dit Kwan en descendant de voiture. Une fois que vous serez à l'intérieur, vous nous attendrez au troisième. »

Avec ces instructions, tous purent rentrer sans heurts. Ngai Sze-bong et Ah Mak prirent l'ascenseur jusqu'au troisième et attendirent devant ; moins d'une minute plus tard, la porte de l'ascenseur se rouvrit et ils rejoignirent Kwan et Tsui qui s'y trouvaient. Tous quatre montèrent jusqu'au sixième et suivirent le couloir jusqu'à l'appartement des Hill. Ah Mak jetait de grands yeux tout autour de lui : il n'avait jamais pénétré dans un immeuble aussi luxueux. Il vivait dans une résidence-dortoir appartenant à la police près de North Point, avec dix-huit chambres par niveau, bruyantes et étriquées. Ici, il n'y avait que deux appartements par étage et tout respirait la tranquillité. Le contraste lui fit pousser un long soupir qu'interrompit le « Ding Dong ! » de la sonnette.

« Bonjour, je suis l'inspecteur-détective Kwan Chun-dok du QG de la police de Kowloon », dit Kwan en montrant sa carte quand Graham Hill ouvrit la porte.

Le boss se démerde vraiment, pensèrent ses trois

adjoints en l'entendant, avec son accent *so british,* pas étonnant que les chefs longs nez l'aient autant à la bonne.

« Ah... », dit Graham ; il eut un temps d'arrêt et promena son regard sur les quatre hommes debout dans le couloir. « Je suis Graham Hill, entrez donc... »

Il s'écarta et les guida jusqu'au salon.

Stella Hill avait arrêté de pleurer, mais était toujours affalée dans un fauteuil, son visage reflétant sa détresse. Elle ne réagit pas plus à l'entrée des policiers que si son âme l'avait déjà quittée. Kwan chercha des yeux le téléphone et fit signe à Ngai. Sans un mot, le technicien posa la grosse sacoche qu'il portait à l'épaule et s'attela au branchement de son matériel sur les fils de l'appareil.

« Monsieur Hill, êtes-vous la personne qui a appelé la police ? Pouvez-vous nous expliquer la situation ? » dit Kwan qui avait pris place sur le canapé avec le sergent Tsui et Ah Mak.

Quand il prononça le nom de son interlocuteur, même le « l » final sonna comme s'il sortait de la bouche d'un Anglais pur jus.

Graham se pencha en avant.

« Oui, oui... ma femme a été réveillée par un coup de téléphone à 12 h 45... »

Graham décrivit la conversation que Stella avait eue avec l'un des ravisseurs, sa vérification auprès de l'école et sa découverte du paquet avec la chemise et la mèche de cheveux. Kwan n'eut pas besoin de poser une seule question ; il était visible que son interlocuteur était un policier expérimenté. Quand Graham en eut terminé, l'inspecteur consulta sa montre.

« Le type a dit qu'il rappellerait à 14 h 30... »

Il était 13 h 52. Il restait environ quarante minutes.

«... mais il est très possible qu'il avance son coup de fil. Bong, tout est prêt ?

— C'est branché, je fais les tests, pour l'instant ça marche au poil, dit Ngai en levant le pouce, ses écouteurs sur les oreilles.

— Ah Mak, tu récupères le carton et la chemise, il y aura peut-être des empreintes dessus. Appelle le bureau de l'identification pour qu'ils envoient quelqu'un les prendre, mais tu leur dis de se déguiser en livreurs pour éviter de donner l'alerte au cas où.

— Compris.

— Monsieur Hill, permettez-moi de profiter du petit moment que nous avons à attendre pour vous poser quelques questions, vous connaissez la procédure... Avez-vous vu ou rencontré quelqu'un qui vous a paru suspect ces derniers temps ? Ou bien remarqué quelque chose qui sortait de l'ordinaire ?»

Graham secoua la tête.

«Non. J'ai été très occupé ces jours-ci, j'ai souvent dû rester tard au bureau, je rentre également très tard chez moi. Je n'ai rien vu du tout. Ma femme ne m'a rien dit non plus...»

Il se tourna vers Stella et la secoua par le bras.

«Stella, l'inspecteur Kwan demande si tu as vu quelqu'un ou quelque chose de bizarre ?»

Stella Hill releva la tête brusquement et son regard balaya les trois policiers assis face à elle. Elle se mordit les lèvres, fit non de la tête.

«Non... rien du tout... mais tout est ma faute...

— Votre faute ? répéta Kwan.

— Je travaille tellement depuis qu'on est ici, je ne me suis pas bien occupée d'Alfred, j'ai abandonné mes responsabilités... je me suis entièrement reposée sur l'amah. Dieu ne punit-il pas les mères indignes ? Ce matin quand je suis rentrée de l'hôpital, j'ai à peine adressé la parole à mon fils... Mon Dieu... je suis vraiment une mauvaise mère...

— Non, ce n'est pas ta faute, Stella... moi aussi j'ai trop négligé Alfred », dit Graham.

Il la serra dans ses bras et la laissa poser la tête sur sa poitrine.

« Monsieur Hill, d'autres personnes que votre amah ont-elles accès à votre appartement ?

— Il y a une domestique qui vient deux fois par semaine pour nettoyer.

— J'aurais besoin de leur identité et de leurs coordonnées à toutes les deux, si cela ne vous dérange pas.

— Vous pensez qu'elles peuvent être impliquées, inspecteur ?

— Les proches sont tous suspects dans les cas d'enlèvement, y compris et surtout les domestiques qui n'ont pas de lien de parenté avec la victime. »

Graham voulut protester mais se retint. En tant que policier, il savait que Kwan avait statistiquement raison, mais son cœur lui disait que ni Liz ni cette femme de ménage au visage si affable ne pourraient faire de mal à un enfant. Il déclara :

« Je crois qu'elles n'ont rien à voir là-dedans, mais cela vaut la peine de regarder dans cette direction, ne serait-ce que pour réduire le champ de l'enquête. »

Il se leva, alla à son bureau, sortit un cahier d'un tiroir et revint dans le salon.

« Voilà... l'amah se nomme... Leung Lai-ping, dit-il avec effort, mais nous l'appelons Liz. Elle a quarante-deux ans.

— Leung Lai-ping... quel caractère pour "ping" ? demanda Kwan.

— Celui-ci, dit Graham en lui montrant le cahier ouvert.

— C'est son adresse qui est dessous ?

— Oui. »

Les policiers notèrent chacun les coordonnées de Liz.

« Et la femme de ménage ?

— C'est sur l'autre page... Wang Tai-tai, cinquante ans.

— Ah Mak, tu appelles chez elles, vois ce que tu y trouves.

— Liz vit seule, et elle passe souvent la nuit chez nous, elle a sa propre chambre. Elle fait aussi la cuisine et c'est elle qui gère plus ou moins la maison...

— Combien de nuits passe-t-elle ici chaque semaine ?

— C'est variable, ça dépend du travail de Stella, dit Graham en jetant un coup d'œil à sa femme. Si ma femme est de service de nuit à l'hôpital de Kowloon, Liz reste ici pour s'occuper d'Alfred, surtout si je rentre tard. Si nous sommes tous les deux là en soirée, elle rentre chez elle pour ne pas nous déranger... Ah, je ne la considère même plus comme une étrangère.

— Et Wang Tai-tai ?

— Je ne sais pas grand-chose de sa famille. Nous l'avons embauchée pour épargner un peu de travail à Liz, c'est elle qui l'a trouvée. Mme Wang ne parle qu'un peu d'anglais, et je ne suis jamais là quand elle vient, autant dire que je ne lui ai jamais parlé. D'après Liz, elle vit avec quelques-unes de ses "sœurs", elles ne se sont jamais mariées.

— *Une "jument de Shuntak"* », dit Tsui en cantonais.

Graham avait entendu cette expression plusieurs fois en trois ans passés à Hong Kong et croyait simplement qu'il s'agissait d'un surnom donné aux domestiques vieillissantes, toujours célibataires. Il ne savait pas que Shuntak désignait une ville de la province du Guangdong, autour de Hong Kong, d'où venaient traditionnellement, depuis les années 1930, beaucoup des employées de maison à Hong Kong.

« Boss, c'est bon, dit Ah Mak. Il n'y a personne au numéro de Leung Lai-ping, mais Wang Tai-tai est chez elle. Je me suis fait passer pour quelqu'un des services sociaux de la ville, et j'ai posé des questions sur ses conditions de vie et de travail. Elle a l'air parfaitement claire.

— Alors c'est cette Liz qui est suspecte, dit Tsui. C'est elle qui aurait dû signaler immédiatement la disparition du fils de M. Hill, mais on n'a toujours rien entendu et elle n'est pas rentrée chez elle. Possible qu'elle soit complice des truands, c'est quand même la façon la plus simple d'enlever un môme sans devoir user de violence...

— Elle n'aurait jamais... »

Graham se tut, il savait ne pas avoir d'argument valable à opposer à Tsui. Kwan dit d'un ton conciliant :

« Il est encore plus probable que Mme Lai ait été enlevée avec Alfred. Et dans ce cas, je ne donne pas cher de sa peau, ils se sont peut-être déjà débarrassés d'elle. Les kidnappeurs veulent le gamin blanc, la vieille domestique asiatique n'a aucune valeur. »

Graham prit une profonde inspiration. Il se rendait compte qu'à force de s'inquiéter pour Alfred, il n'avait pas pensé une seule seconde à la sécurité de

Liz. Et ce que venait de dire Kwan était terriblement vrai. Dieu seul savait si le sang sur la chemise était celui de son fils ou celui de son amah.

« Avez-vous constaté un comportement inhabituel chez Mme Leung, ces derniers temps ? continua Kwan.

— Non...

— Non, ou... ?

— Non... rien d'important. Il y a deux semaines, un soir, alors que je venais de terminer de me doucher, je sortais de la salle de bains et j'ai trouvé Liz dans notre chambre à coucher. Elle a dit qu'elle ne trouvait plus la liste des courses et qu'elle pensait l'avoir peut-être laissée tomber dans la chambre. C'est vrai qu'elle y entre très rarement, surtout quand nous sommes tous à la maison. »

Graham avait un air un peu gêné en poursuivant :

« J'avoue m'être demandé si elle comptait nous voler, mais j'ai recompté l'argent dans mon portefeuille, il n'y manquait pas un billet. Après elle m'a dit qu'elle avait retrouvé la liste sur le balcon, et je me suis dit que j'avais trop d'imagination.

— Bon... cette amah est vraiment suspecte, non ? dit Tsui.

— Pas du tout! répliqua Graham avec hâte. Je n'ai parlé de ça que parce que l'inspecteur Kwan me posait la question, mais Liz serait incapable de faire du mal à Alfred, elle est si gentille avec lui...

— Quoi qu'il en soit, dit Kwan en se levant, pouvons-nous voir la pièce où elle dort ?

— Je vous en prie. »

Graham le guida jusqu'à la chambre de Liz. Vieux Tsui et Ah Mak suivirent, Ngai resta près du téléphone. La pièce était toute petite, avec très peu d'effets personnels : quelques vêtements, des produits de toilette. Rien d'intéressant.

Ils retournèrent au salon et attendirent en silence l'appel des ravisseurs. Kwan ne posa plus de questions. Il restait sur le sofa, plongé dans ses réflexions. Les deux autres policiers se levaient de temps à autre et faisaient les cent pas dans le salon, pour tenter de dissiper la tension qui planait dans l'atmosphère. Ils restaient éloignés des fenêtres, ne sachant pas si l'appartement était observé de l'extérieur. Si un complice des ravisseurs découvrait que la police était là, ceux-ci pourraient très bien éliminer l'otage comme ils l'avaient déclaré à Stella.

Deux agents de l'Identification arrivèrent pour emporter les indices matériels ; ils portaient des bleus de chauffe et des gants de travail et poussaient un petit diable sur lequel un énorme carton portait le nom d'une marque bien connue de réfrigérateurs. Mais il était vide et Ah Mak y rangea la petite boîte avec la chemise et les mèches de cheveux. Les agents repartirent ; en apparence ils n'étaient que deux livreurs qui s'étaient trompés d'adresse et rebroussaient chemin.

Après leur départ, Ah Mak remarqua, sur une petite étagère juste à côté de la porte d'entrée, une plaque de cuivre reposant sur une tablette, gravée du nom complet de l'ICAC — la Commission indépendante contre la corruption. C'était un cadeau des supérieurs de Graham pour le travail accompli pendant ses deux premières années en fonction, pour les nombreux cas de corruption qu'il avait mis au jour. Il se dit que si des gens pouvaient tous les voir aujourd'hui, l'investigateur en chef de l'ICAC et quatre policiers dans la même pièce, confrontés au même ennemi, la scène n'apparaîtrait pas très crédible. C'était comme si le lynx et les renards affrontaient ensemble une meute de loups.

Driiiing…

La sonnerie du téléphone brisa soudain le silence. Il était exactement 14 h 30, comme les ravisseurs l'avaient annoncé.

« Essayez de les faire parler le plus longtemps possible. Plus ça dure, plus nous serons en mesure de localiser l'origine de l'appel. »

Les policiers enfilèrent des casques et Kwan fit signe à Graham de décrocher. Ngai leva encore une fois le pouce.

« Allô ?

— Vous père d'Alfred ?

— Oui, c'est moi.

— Votre femme obéi, très bien. Vous avez reçu "cadeau" ? »

Graham ne put contenir sa colère au ton ironique du malfrat.

« Si vous touchez à un seul cheveu de sa tête…

— Et si je touche, quoi ? Monsieur Hill, vous devez bien comprendre situation. Celui qui donne ordres, c'est moi.

— Vous… qu'est-ce que vous voulez ?

— Avant dire ce que je veux, j'ai question pour vous, monsieur Hill. Vous n'avez pas prévenu police ?

— Non.

— Je déteste mensonges. Fin dialogue. »

Clac ! Il avait raccroché. Graham serra le combiné à s'en faire mal, il écoutait le bruit continu qui en émanait maintenant. C'était le bruit de la meule sur laquelle le bourreau aiguise son sabre. Il raccrocha finalement et regarda Kwan, les yeux égarés.

« Et maintenant ?... »

Driiiing... Sans attendre la réponse de Kwan, Graham arracha le combiné de sa fourche.

« Ne lui faites rien, je ferai tout ce que vous voudrez, dit-il dans un seul souffle.

— Je donner vous deuxième chance. Vous n'avez pas prévenu police ? »

La même voix d'homme. Graham faillit répondre « si, je suis désolé », mais Kwan lui mit une feuille de papier sous les yeux. Il avait écrit à toute allure, mais Graham put lire : « BLUFF. »

Le bandit faisait l'âne pour avoir du son. Graham se décida, la peur au ventre. Kwan pouvait s'être trompé, l'autre pouvait lire dans son jeu. Il ne lui restait qu'à espérer.

« Non ! Je ne pourrais pas jouer avec la vie de mon propre fils !

— Bien, bien. »

L'autre ne raccrocha pas et Graham retint sa respiration.

« Vous personne honnête, pouvoir parler business. Vous avez dit vouloir faire tout ce que je vouloir ? Je seulement vouloir argent. Donner argent, je rendre fils à vous.

— Combien... combien voulez-vous ?

— Je pas vouloir beaucoup, cinq cent mille dollars Hong Kong, ça va. Pas cher.

— Je... je n'ai pas autant d'argent... », dit Graham d'une voix faible.

Clac ! Le bandit avait raccroché une fois de plus.

« Allô ! Allô ! » cria Graham, stupéfait.

Pourquoi la vérité mettait-elle l'autre en colère ? Il raccrocha. Kwan demanda à Ngai :

« Tu l'as ?

— Non... c'était trop court.

— Inspecteur Kwan, qu'est-ce qu'on fait? demanda Graham.

— Il veut vous...»

Driiiing...

«Il veut vous tester, vous mettre la tension, termina Kwan à toute vitesse. Il n'a pas l'intention de couper le dialogue, mais faites attention à vos réponses.»

Graham hocha la tête, décrocha, dit :

«S'il vous plaît, ne coupez pas! Il faut qu'on parle —

— Parler! Vous dire tout de suite pas d'argent, comment pouvoir parler?

— Mais c'est la vérité!

— Ah! vous vraiment pas voir clair...»

Il se tut et Graham n'entendit plus rien à l'autre bout du fil.

«Allô? Allô!...

— ... Liz? Tu es là? Liz! dit au bout d'un moment une petite voix d'enfant.

— Alfred! Alfred, tu n'as rien? N'aie pas peur, papa va très vite te ramener à la maison! cria Graham.

— Alfred!» hurla Stella en entendant son mari.

Elle se dressa d'un bond et se précipita vers le téléphone pour entendre la voix de son fils. Mais ce fut la voix froide du bandit qui revint.

«Monsieur Hill, vous voir moi aussi personne honnête. Vous toujours dire pas d'argent, ça trop ridicule. Je suis certain votre business, gagner chaque jour plus que million, cinq cent mille c'est petite somme pour vous.

— Quel business? Quel million? Je ne suis pas

homme d'affaires! Je suis un fonctionnaire avec un salaire!

— Vous pas dire connerie, fonctionnaire pouvoir habiter Kowloon Tong? Pouvoir mettre enfant dans école pour petits princes?

— J'habite à Nairn's House! C'est un immeuble du gouvernement. J'ai une allocation pour les frais scolaires!»

Silence.

«Allô? Allô? criait Graham, fébrile.

— Moi rappeler vous bientôt.

— Non! restez avec...»

Sans tenir compte de ses cris, l'autre raccrocha.

Graham eut le sentiment à cet instant d'avoir dit exactement ce qu'il ne fallait pas. Il n'avait dit que la vérité, mais si les kidnappeurs s'étaient trompés — s'ils avaient enlevé son fils parce qu'ils croyaient vraiment qu'il était un riche homme d'affaires expatrié — ils pouvaient très bien éliminer Alfred sous le coup de la déception. Il se maudit de sa bêtise. Il aurait dû dire qu'il n'avait pas les cinq cent mille mais qu'il pouvait les emprunter à des amis.

«Kwan... inspecteur Kwan, vous... vous pensez que j'ai merdé? demanda-t-il d'une voix qui tremblait.

— Il est trop tôt pour le dire, répondit Kwan calmement. L'attitude de votre interlocuteur prouve qu'il est — ou bien que son chef est — un type qui sait manipuler les gens. Mais peut-être qu'ils n'ont effectivement pas bien fait leur boulot avant le kidnapping, et qu'ils vous prenaient pour un patron couvert d'or. Je crois que dans ce cas, s'ils se sont simplement trompés sur vous, ils vont vous rappeler et revoir la rançon à la baisse. Je me fonde sur deux éléments pour dire cela. Premièrement, vous vous êtes montré coopératif, ils pensent donc que votre fils peut quand même avoir une certaine valeur. Deuxièmement, s'ils laissent tomber maintenant, les risques qu'ils ont pris jusqu'à présent n'auront servi à rien, ils resteront les mains vides. »

Graham comprenait très bien que le « laisser tomber » signifiait « tuer l'otage » mais que Kwan se refusait à le dire clairement devant Stella.

Deux minutes plus tard, le téléphone sonna pour la quatrième fois. Deux minutes qui avaient duré deux heures pour Graham.

« Allô ?
— Vous… vraiment employé gouvernement ?
— Oui !
— Vous travailler où ?
— À l'ICAC.
— Hmmm, votre fils dit aussi. Vous pas mentir. »

La voix du bandit s'était radoucie. Il soupira et continua :

« Vraiment malchance, je m'être trompé.
— Relâchez mon fils, s'il vous plaît ! Je vous donnerai tout ce que j'ai.
— Vous avoir combien ?
— Environ soixante-dix mille dollars.
— Soixante-dix mille seulement ? Habiter à Kowloon Tong dans luxe, vous manger luxe tous les jours, seulement soixante-dix mille dans banque ?
— Je suis venu à Hong Kong pour rembourser des dettes…, expliqua Graham. Demandez à mon fils, il sait tout ça aussi.
— *Putain d'sa mère !* jura l'autre en cantonais avant de reprendre : Vous bien écouter. Je vouloir cent mille. Je vous donner une heure. Non, pas heure,

quarante-cinq minutes. Dans quarante-cinq minutes vous avoir argent, sinon je tuer enfant.

— Mais comment voulez-vous que je trouve trente mille dollars en trois quarts d'heure?

— Pas mon problème. Si vous pas avoir cash, vous donner bijoux, colliers. Vous habiter à Kowloon Tong, travail ICAC sûrement très important. Je certain votre femme avoir beaucoup bijoux, tout le monde porter bijoux quand aller grand dîner gouvernement. Si quarante-cinq minutes pas trouver assez, vous préparer retrouver cadavre enfant.»

Fin de la conversation.

«Bong... cette fois-ci? dit Kwan en arrachant son casque.

— Non, encore trop court. Il aurait fallu quelques dizaines de secondes de plus...

— Si le ravisseur a raccroché à ce moment, c'est peut-être que M. Hill l'a mis en colère, ou peut-être qu'il se méfiait quand même un peu.»

Kwan fronça les sourcils et continua :

«Peut-être qu'il se doutait quand même que la police écoutait, et qu'il a volontairement fractionné la conversation. Si c'est bien ça, ça prouve qu'il est plus malin qu'il n'en a l'air. Il va falloir faire attention.»

Il se tourna vers Graham et demanda :

«Monsieur Hill, vous n'avez vraiment que soixante-dix mille dollars à lui donner?

— Oui...

— Il est 14 h 35. Dans trois quarts d'heure il sera 15 h 20. C'est trop court... la police ne peut pas vous fournir la somme en billets marqués dans ce délai... Je pense que vous devez lui obéir et aller retirer votre argent à la banque.

— Et pour les trente mille manquants ? dit Ah Mak. Monsieur Hill peut peut-être demander une avance de salaire ?

— Je ne sais pas... ça fait plus de quatre mois de salaire. Et puis, en quarante-cinq minutes... »

Kwan Chun-dok se frottait le menton.

« Monsieur Hill, la police ne peut pas vous avancer l'argent dans ce délai, mais moi je peux vous en prêter à titre personnel.

— Boss, c'est contraire au règlement ! » intervint Vieux Tsui.

Tsui, Ngai et Ah Mak regardaient leur chef d'un air incrédule. Mais ce n'était pas cette entorse aux règles qui les stupéfiait, ni le fait qu'un policier proposât de venir en aide à un membre de cette ICAC détestée ; c'était de voir leur chef qu'ils connaissaient bien, qu'ils avaient toujours vu mégoter sur tout et n'importe quoi et ne sortir un billet de sa poche qu'avec une douloureuse grimace, déclarer sans trembler qu'il acceptait de prêter trente mille dollars qu'il risquait de ne jamais revoir.

« Le sergent Tsui n'a pas tort, dit Graham Hill en secouant la tête, l'air très touché. Mais le bandit a raison aussi, Stella a quelques bijoux qui nous viennent de mes parents. Nous avions refusé de nous en séparer pour régler nos dettes... mais pour sauver Alfred la question ne se pose même pas.

— Vous croyez qu'ils valent trente mille dollars ?

— Aucune idée... nous les avions fait estimer à Londres, ils valaient de mille cinq cents à deux mille livres. Au maximum vingt mille dollars de Hong Kong. Mais la valeur des bijoux peut varier, si ça se trouve ils sont à plus de trente mille aujourd'hui.

— *Tu vois, je t'avais dit que les Anglais étaient tous*

pleins aux as, dit Tsui en cantonais à Ah Mak qui se tenait à côté de lui.

— Stella, je vais utiliser tes bijoux, tu n'as rien contre?» dit Graham.

Stella secoua la tête. De n'avoir pu entendre elle-même la voix de son fils l'avait replongée dans un état de prostration pire qu'avant l'arrivée des policiers.

Kwan s'avança et lui prit les deux mains.

«Madame Hill, nous allons vous ramener votre enfant sain et sauf, je vous le promets.»

Elle releva la tête et lui jeta un regard vague, opina tristement.

«Monsieur Hill, votre banque est-elle loin d'ici?

— Cinq minutes en voiture.

— Alors allez-y vite. Ah Mak, tu te planques à l'arrière de la voiture et tu veilles à ce que rien n'arrive. Fais gaffe à ce qu'on ne te repère pas.

— À vos ordres», dit Ah Mak en suivant Graham hors de l'appartement.

Après leur départ, le silence se fit dans le salon. Assis sur le canapé, Kwan avait le regard fixé sur une ligne d'horizon imaginaire. Vieux Tsui, Ngai et la maîtresse de maison le regardaient et se trompaient du tout au tout sur ses réflexions.

Kwan pensait à l'affaire de corruption collective dévoilée par l'arrestation des trafiquants de drogue de Yau Ma Tei.

4

Graham et Ah Mak revinrent à quinze heures.
Le jeune policier n'avait rien détecté d'anormal sur le trajet. Il avait jeté des coups d'œil par la lunette arrière en se faisant le plus discret possible mais n'avait vu ni voiture suiveuse ni individu suspect.

Graham avait retiré les soixante-dix mille dollars qu'il avait sur son compte. Pour cela il avait dû le fermer et renoncer aux intérêts accumulés depuis le début de l'année. Il avait placé la somme en liquide dans une serviette et était retourné à sa voiture sur le parking de la banque, sans anicroche.

Il vida la serviette sur la table du salon. Il y avait sept liasses de vingt billets de cinq cents dollars. Depuis trois mois, la Hong Kong & Shanghai Banking Corporation émettait des billets d'une dénomination de mille dollars, mais la plupart des établissements bancaires du territoire préféraient encore travailler avec le billet de cinq cents, le « gros buffle ». Les soixante-dix mille étalés là valaient déjà six à sept ans de salaire de la plupart des employés du gouvernement, et pourtant Ah Mak trouvait que cette somme, en gros billets, représentait finalement très peu. Beaucoup moins que ce qu'il aurait imaginé.

« Ah Mak, tu notes les numéros des billets, ordonna Tsui sans que Kwan ait à ouvrir la bouche. Tu n'as pas beaucoup de temps, alors grouille-toi. »

Ah Mak s'assit à la table, retira la bande de papier de l'une des liasses et retranscrit sur son carnet le numéro de série de chaque billet. Dès que ces billets reviendraient dans le circuit bancaire, la police disposerait d'une nouvelle piste et pourrait — peut-être — remonter le fil, du dépositaire jusqu'aux ravisseurs.

« Où sont les bijoux pour compléter la rançon ? demanda Kwan.

— Dans le bureau.

— Vous ne les rangez pas dans votre chambre à coucher ?

— Jusqu'à l'année dernière nous étions encore endettés jusqu'au cou, alors nous faisons très attention à tout ce que nous avons d'un peu précieux. Les bijoux sont au coffre-fort. Dans notre chambre, le moindre petit cambrioleur pourrait les embarquer sans peine, et nous perdrions jusqu'à la dernière trace de l'héritage familial...

« Mais ces précautions n'auront servi à rien, continua Graham en soupirant, il faut quand même que je les remette bien gentiment à ces salauds... Ah... »

Kwan et Vieux Tsui suivirent Graham dans son bureau. La pièce n'était pas très grande mais fort bien rangée, la bibliothèque était chargée de livres de droit et de criminologie. Quelques aquarelles naïves pendaient au mur.

« C'est d'Alfred, expliqua Graham en voyant les regards curieux de Kwan et de Tsui. Il adore peindre et dessiner. Il ne s'intéresse pas à grand-chose d'autre, mais donnez-lui du papier et des crayons, et il va rester assis tout l'après-midi. Depuis que Stella l'a inscrit à un cours de peinture, il est encore plus passionné. Il a exigé que j'accroche ses tableaux dans mon bureau : il disait que ça n'existe pas les beaux bureaux sans œuvres d'art... »

Il esquissa un léger sourire qui s'effaça très vite, remplacé par une grimace douloureuse. Les policiers comprirent que ces anecdotes le mettaient au supplice.

Graham ouvrit une petite armoire en bois à côté de la bibliothèque. Elle abritait un coffre-fort de métal gris-bleu de soixante-dix centimètres de large sur un mètre de haut environ. L'arrière du coffre était encastré dans le dos de l'armoire et il était difficile d'en estimer la profondeur exacte.

Graham tira un trousseau de clés de sa poche, en choisit une et l'introduisit dans la serrure du coffre, puis tourna la roue placée au-dessus, une fois vers la gauche puis une autre vers la droite. Il y eut un petit déclic et Graham tira la porte à lui, puis sortit avec précaution un écrin rouge posé sur une étagère interne. Il referma le coffre et remit le trousseau dans sa poche. Il posa l'écrin sur sa table de travail. Les regards des trois hommes étaient rivés à la petite boîte recouverte de finette pelucheuse. Elle n'était pas plus grande que deux mains réunies et faisait moins de cinq centimètres d'épaisseur.

Graham souleva le couvercle de l'écrin et Kwan comme Tsui furent saisis par la splendeur de son contenu. Au fond était disposé un collier soutenant une douzaine de pendentifs sertis de petits diamants. Sur un socle de velours au centre du collier reposait une paire de boucles d'oreilles assorties et il y avait encore sur le côté trois bagues, dont deux de la même facture que les boucles et le collier. La dernière était agrémentée d'un rubis. Tsui poussa un long sifflement.

« Ça vaut sûrement plus de vingt mille dollars ?

— Je ne sais pas. Peut-être que le joailler qui m'a fait l'estimation en Angleterre a voulu m'arnaquer.

— Quelle que soit leur vraie valeur, l'essentiel est que ça impressionne suffisamment les kidnappeurs, dit Kwan. Je pense que ça passera. »

Graham referma l'écrin et soupira :

« Stella possède ces bijoux depuis très longtemps mais ne les a portés que trois ou quatre fois. Et une seule fois depuis notre arrivée à Hong Kong, c'était au mariage de l'un de mes collègues. Elle adorait cette parure, ça va lui faire mal de les abandonner... »

Ils retournèrent au salon. Ah Mak avait fini de noter les numéros des billets. Cinq des sept liasses étaient constituées de billets neufs dont les numéros se suivaient, ce qui lui avait largement facilité la tâche. Il n'avait eu qu'à noter le numéro du premier billet de la liasse, et à vérifier par acquit de conscience que le numéro du dernier correspondait.

« Boss, je trouve quand même bizarre que les truands n'aient pas exigé des billets usés et des petites coupures, dit-il à Kwan.

— Probable qu'ils sont trop cons pour y avoir pensé, dit Tsui avec un haussement d'épaules. Ils ne savaient même pas à qui ils s'attaquaient...

— Ou bien ils ont un plan spécifique pour ça », dit Kwan.

Il se rapprocha de Ngai Sze-bong et ordonna :

« File-moi le machin. »

Ngai semblait savoir de quoi il s'agissait. Il sortit de son sac un petit boîtier en plastique noir, de la ture, une personne. Dans moins vingt minutes vous devoir être au café Lok Heung Yuan, sur Wellington Road. Vous commander thé au lait. Attendre nouvelles instructions.

— Attendez ! Laissez-moi parler à Alfred ! »

L'autre avait déjà raccroché.

« Encore raté, dit Ngai en arrachant son casque, chaque fois c'est trop court, impossible de...

— Bong, tu restes ici, le coupa Kwan. Tu réécoutes chacune des conversations enregistrées et tu vois si tu trouves un indice quelconque dans le bruit de fond. Monsieur Hill, vous n'avez pas beaucoup de temps, il faut partir immédiatement. Vous connaissez le Lok Heung Yuan ? C'est le Snake Pit.

— Ah oui... presque au coin de D'Aguilar Street ?

— C'est ça. Cette fois je ne peux pas risquer de vous mettre Ah Mak dans la voiture, parce qu'ils vont vraiment vérifier que vous êtes seul. Mais nous serons à proximité, et vous devrez trouver le moyen de nous retransmettre vos nouvelles instructions, pour que nous puissions faire évoluer le dispositif de police. À partir de maintenant nous utiliserons la radio de notre véhicule. »

Graham acquiesça en silence.

« Ah Mak, tu descends au parking en vitesse et tu nous attends au coin de la rue. »

L'interpellé partit en coup de vent.

Avant de récupérer la serviette sur la table, Graham s'accroupit devant le canapé et serra sa femme dans ses bras.

« Ne t'inquiète pas, je te ramène Alfred », lui murmura-t-il à l'oreille.

Les larmes revinrent aux yeux de Stella mais elle put, cette fois, les retenir. Elle ne voulait pas que

Graham se fasse du souci pour elle alors qu'il allait faire face au danger seul. Elle lui rendit son étreinte et le relâcha, lui faisant signe de la tête qu'il devait y aller.

Graham attrapa sa serviette, franchit la porte de l'appartement, prit l'ascenseur et se dirigea vers sa voiture sur le parking. Il posa la serviette sur le siège du passager, tourna la clé dans le démarreur et quitta la résidence, comptant les minutes dans sa tête. Au moment de franchir le portail de la résidence, il vit dans son rétroviseur les silhouettes de Kwan et de Tsui qui passaient devant le gardien et quittaient l'immeuble.

Il dut se contrôler pour ne pas consulter trop souvent sa montre sur le trajet. De chez lui jusqu'à Central, sur l'île, il lui fallait une douzaine de minutes — sauf s'il tombait sur un embouteillage. À chaque feu rouge, son cœur battait un peu plus vite. Il écrasait l'accélérateur quand le feu passait au vert comme s'il était sur une piste de course.

Heureusement, ce n'était pas encore l'heure de la sortie des bureaux et le trafic restait fluide. Au péage du tunnel sous-marin, le préposé s'embrouilla dans sa monnaie et au bout de dix secondes Graham démarra en lui laissant l'argent, à sa grande stupéfaction.

Il arriva au Snake Pit à 15 h 37. Ce nom anglais n'avait rien d'officiel, et n'avait rien à voir avec le vrai nom de l'établissement, le Lok Heung Yuan, qui signifiait le «Jardin des Senteurs heureuses». C'était la traduction de son surnom local, moins poétique, la «fosse aux serpents» : en cantonais, les flemmards et autres tire-au-cul étaient des «serpents rois», et par son emplacement en plein cœur du quartier des ministères et des affaires le café ne désemplissait pas. Dès le milieu de l'après-midi, des cols blancs qui s'étaient esbignés en douce et en avance de leur bureau sous un prétexte quelconque venaient y boire un café ou un thé au lait.

Le café n'était d'habitude fréquenté que par les locaux et ne recevait jamais les hauts fonctionnaires ni les expatriés. L'entrée de Graham ne passa pas inaperçue. On le soupçonna de venir rechercher en personne ses employés qui se planquaient là, ce qui était du dernier mauvais goût quel que fût le degré d'urgence du travail à effectuer.

« Désolé, complet... vous voulez table commune ? » lui dit un serveur d'une cinquantaine d'années dans un anglais hésitant.

Il lui désignait quelques sièges vides à des tables qu'occupaient des individus isolés comme lui. Graham allait s'asseoir n'importe où quand il aperçut quelques figures connues : Kwan était là, avec Vieux Tsui, dans un petit compartiment de quatre places, dans la direction générale du bras du serveur. Graham s'approcha et s'assit mine de rien à côté de Kwan. L'inspecteur tenait d'une main un journal plié en quatre auquel il affectait de s'intéresser tandis que Tsui, les bras croisés sur la poitrine, semblait cultiver l'harmonie de son yin et de son yang. Ils avaient l'air de tout sauf de deux policiers. Graham avait l'impression d'avoir risqué sa vie pour venir aussi vite, mais il se dit qu'il ne connaissait sûrement pas aussi bien la ville que leur chauffeur Ah Mak. Cela avait dû suffire pour qu'ils arrivent au Snake Pit quelques minutes avant lui.

Kwan et Tsui ne lui jetèrent pas plus qu'un regard intrigué, de l'air de ceux qui, par politesse, se refusaient à demander ce qu'un long nez venait faire à leur table, même commune. Graham avait baragouiné un salut formel et s'empressa de commander, comme il en avait reçu l'ordre, son thé au lait.

Le thé au lait du Lok Heung Yuan était renommé dans toute la ville et c'était la raison principale du succès de l'endroit auprès des employés de bureau du quartier. Graham ne se sentait pourtant vraiment pas en mesure de l'apprécier. Il sirota quelques gorgées puis se mit à regarder tout autour de lui, attendant l'approche d'un représentant des ravisseurs.

La grande aiguille de sa montre avançait inexorablement. Quand elle eut atteint le huit, le serveur entre deux âges vint le trouver.

« Vous êtes bien monsieur Ha ? Téléphone pour vous. »

À nouveau, il s'aidait du geste, pointant cette fois vers un téléphone accroché au mur à côté du comptoir. Le combiné pendait au bout du fil.

Graham se leva, sans quitter sa serviette, et se dirigea vers le téléphone, à peu près isolé des clients du café.

« Allô ?

— Vous à temps, bien.

— Dépêchez-vous de venir prendre la rançon, je me fous de l'argent, je veux mon enfant.

— Si suivre instructions, très vite avoir enfant. Maintenant, vous allez trouver dans quartier, beaucoup, beaucoup boutiques bijoux, or. Vous changer cash en or.

— En... or ? dit Graham, déconcerté.

— Oui, en or. Aujourd'hui valeur or environ neuf cents dollars pour un taël... je fais rabais, vous acheter soixante-quinze taëls, vous garder monnaie. »

Malgré son statut de colonie britannique, Hong Kong ne se servait toujours pas de l'once *troy*, l'unité internationalement reconnue pour peser l'or et les matières précieuses, mais de la vieille unité de poids chinoise, le taël, qui valait presque exactement 37,5 grammes.

« Vous acheter quinze lingots de cinq taëls avec billets, après partir voiture jusqu'à piscine de Kennedy Town à Ouest Central. À buvette commander café, attendre autres instructions.

— La... la piscine de Kennedy Town ?

— Oui, pas faire répéter moi. Moi donner vous... une demi-heure. Vous arriver là-bas avant quatre heures et quart.

— Vous amenez Alf... »

Clac.

L'or : voilà la solution qu'avaient trouvée les ravisseurs à la traçabilité des billets. À la toute dernière extrémité, ils pourraient faire fondre les lingots et écouler l'or peu à peu, sans aucun risque d'être repérés.

Graham retourna à sa place et termina son thé en plusieurs gorgées, qu'il entrecoupa d'un murmure :

« Je dois changer le liquide en lingots d'or et aller ensuite à la buvette de la piscine de Kennedy Town. »

Kwan ne répondit pas, le regard rivé sur son journal. De sa main gauche posée sur la table, il tapota deux fois le bois usé. Graham appela le serveur pour régler l'addition, avant de quitter le Snake Pit.

Il obliqua dans Queen's Road. Central était le cœur de la ville ; les boutiques de luxe, les orfèvreries et les joailleries y étalaient leurs vitrines insolentes. Graham rentra au hasard dans un magasin qui vendait des montres en or et des bagues. À la vue d'un

Occidental, le vieux gérant prit immédiatement une allure attentive et polie. La bonne affaire s'annonçait. Même si la majeure partie de la population chinoise était aujourd'hui sur un pied d'égalité — au moins économique — avec les étrangers, l'assimilation automatique des Blancs avec la fortune et le statut restait chez beaucoup de locaux âgés une réaction instinctive.

« Bienvenue, monsieur, puis-je faire quelque chose pour vous ? »

L'accent n'était pas parfait mais le gérant, à demi-chauve et les lunettes posées au bout du nez, s'exprimait assez aisément.

« De l'or, je veux de l'or, dit Graham d'une traite.

— Très bon investissement pour lutter contre l'inflation, approuva l'autre, les taux sont excellents en cette période. Combien en voulez-vous ?

— Je veux quinze lingots de cinq taëls.

— Monsieur ?... Vous dites...

— Soixante-quinze taëls en tout, en lingots de cinq, le coupa Graham en ouvrant sa serviette sur le comptoir. Vous les avez ? Je n'ai pas beaucoup de temps devant moi, si cela pose problème je vais ailleurs...

— Pas problème ! Pas problème ! » dit le gérant, auquel la vue des « gros buffles » faisait perdre son anglais et ses lunettes.

Il avait déjà vu des sommes aussi importantes, mais jamais encore il n'avait rencontré de Blanc aussi pressé de claquer son argent. Soixante-dix mille dollars, c'était assez pour acheter un petit appartement à Wan Chai, où il habitait.

Il se rua dans l'arrière-boutique et reparut moins d'une minute après avec un plateau sur lequel s'entassaient quinze petites boîtes décorées. Il les ouvrit une à une : dans chacune d'elles, un lingot resplendissant. Sur le dessus de chaque lingot étaient gravé son poids et un numéro de série. Entre le lingot et le fond de la boîte reposait le certificat d'authenticité.

« Monsieur, si vous voulez vous servir de notre balance pour contrôler le poids…
— Pas la peine. Je ne prends pas les boîtes. Donnez-moi seulement les lingots.
— Pour ce qui est du prix… aujourd'hui l'or à la vente est à huit cent quatre-vingts dollars le taël », précisa le gérant en montrant un tableau derrière le comptoir d'une main, tandis que les doigts de l'autre volaient sur son boulier.

Le tableau affichait, au-dessus d'une liste de taux variables, la mention « Prix non négociables ».

« Cela fera exactement soixante-six mille dollars, s'il vous plaît. Tteuuu tteu… vous payez en liquide ? »

Graham poussa les sept liasses vers lui, d'un geste qui signifiait qu'il posait trop de questions.

« Je vais devoir vérifier la somme et les billets… désolé de ce contretemps, dit l'autre sur un ton d'excuse.
— Dépêchez-vous », répondit Graham en consultant sa montre.

Il ne fallait pas plus de dix minutes pour aller jusqu'à Ouest Central en voiture, il était largement dans les clous. D'autant plus que, là encore, le comptage et la vérification furent accélérés par le fait que la plupart des liasses étaient constituées de billets neufs dont les numéros se suivaient ; en moins de deux minutes tout était terminé.

« Voilà le reste de l'argent. Je vais vous faire un reçu.

— Le reçu ? Ce...

— Monsieur, je suis obligé par la loi de vous faire ce reçu, et c'est mieux pour vous, cela évite les contestations. »

Le gérant avait perçu la nervosité de Graham et il avait déjà commencé à rédiger le reçu. Qui servait beaucoup plus à le protéger lui que le client, dont il soupçonnait fortement qu'il se préparait à fuir le territoire après avoir détourné de l'argent public. Il se fichait royalement des motivations de Graham, à partir du moment où les billets n'étaient pas contrefaits, mais il avait bien l'intention de ne pas voir la somme s'envoler si la police débarquait dans sa boutique à la suite de ce Blanc.

Graham fourra les lingots en vrac dans sa serviette. Un lingot d'or de cinq taëls a la forme et la taille d'une gomme d'écolier, et la serviette lui apparut presque vide, jusqu'à ce qu'il la soulève. Soixante-quinze taëls faisaient presque trois kilos, auxquels s'ajoutait le poids des bijoux. Le fond de la vieille serviette se gondola dangereusement. Le gérant sortit un sac plastique de sous le comptoir et le lui tendit, en même temps qu'il arrachait la facture de son bloc.

« Merci, dit Graham malgré son impatience.

— Non, c'est moi qui vous remercie, dit l'autre avec chaleur en lui secouant la main. Si vous avez d'autres besoins à l'avenir, vous serez toujours le bienvenu dans notre petite boutique. »

Graham hocha la tête, plaça la serviette et la facture dans le sac plastique. Au moment de sortir, il remarqua Tsui qui jouait les lèche-vitrines anonymes à l'extérieur. Graham fit un signe des yeux en le croisant. Leurs épaules se frôlèrent. Il devina que Kwan devait déjà être en train de communiquer ses instructions pour la suite par radio ou par téléphone. Il courut jusqu'à sa voiture et démarra en direction de Kennedy Town.

La piscine se trouvait sur Smithfield Street, elle avait ouvert deux ans auparavant pour desservir tout l'ouest de la ville. La buvette — en fait un véritable petit restaurant-salon de thé — se trouvait dans le bâtiment d'entrée et on pouvait y accéder sans entrer dans l'enceinte de la piscine elle-même. Elle était très populaire dans la matinée auprès des anciens du quartier qui s'y rendaient après leur exercice ou bien venaient avec leur cage pour faire admirer leur oiseau à leurs amis.

À quatre heures cinq, Graham se gara à quelque distance de l'entrée du bâtiment. Il n'était jamais venu nager ici, mais connaissait l'adresse ou l'emplacement approximatif de la plupart des établissements publics récents du territoire, pour les avoir fréquemment vus cités dans les dossiers de corruption qu'il avait à traiter. Il avait repéré son but juste après s'être engagé dans Smithfield Street. La rue se trouvait à l'extrémité ouest de la ville, et se terminait par deux imposants ensembles HLM, parmi les premiers du territoire : Sai Wan et Kwun Lung, ce dernier rassemblant sept immeubles disposés en forme de dragon rampant. Avec les autres habitations privées adjacentes, le quartier comptait plus de dix mille habitants. Le long de la rue, les petites boutiques de vêtements voisinaient avec d'innombrables étals qui vendaient des fruits frais ou des piles, ou abritaient des cuisines minuscules et des artisans de toutes sortes, en général des petits vieux qui s'occupaient ou complétaient leurs retraites, ou leur absence de retraite : serruriers, cordonniers, réparateurs de montres ou de vélos... Les rémouleurs restaient traditionnellement ambulants, et Graham en croisa un, chargé de sa meule en pierre et de sa trousse d'outils, qui passait lentement en criant : « J'aiguise ciseaux et couteauuuux ! » Pour un peu plus d'un dollar, les ménagères pouvaient descendre dans la rue faire émoudre l'essentiel de leur coutellerie.

C'était l'heure de la sortie des écoles et les étals de snacks étaient pris d'assaut par les lycéens et les collégiens. Œufs de poisson et abats de bœuf restaient appréciés, mais la faveur des enfants allait surtout aux produits sucrés comme les fameux *potchaiko*, ces petits puddings de haricots rouges que Graham n'avait jamais réussi à avaler, ou les gâteaux de cacahuètes et les barbes-de-dragon. Graham réussit à franchir ces meutes hurlantes et arriva à l'entrée de la piscine. Suivant une pancarte, il obliqua et suivit un couloir jusqu'à la « buvette ».

À cette heure-ci, l'endroit n'était pas aussi plein que le Snake Pit à Central et il y avait plusieurs tables libres. Graham vit du premier coup Kwan, assis seul dans un petit box. Il prit place dans le box adjacent, lui tournant le dos.

« *Heu... qu'est-ce que vous prenez ?* » demanda un serveur en cantonais.

Graham ne comprenait pas mais il était assez facile de deviner ce que l'autre voulait : ce n'était pas un envoyé des ravisseurs, ils auraient choisi quelqu'un qui parlait un minimum d'anglais. Il s'empara de la carte — une feuille plastifiée qui comportait la traduction approximative des choix proposés en caractères chinois — et pointa du doigt la ligne du café.

Il but son café en regardant autour de lui. Y

avait-il d'autres policiers en planque dans la buvette, en plus de Kwan ? Deux costauds à une table ronde devant lui pouvaient très bien être des flics... ou des membres d'une triade. Un jeune d'une vingtaine d'années, un peu plus loin, avait aussi un air un peu louche ; il buvait un thé au citron en fixant Graham du regard — crut d'abord ce dernier. Mais il comprit vite que l'individu était plus intéressé par les appas d'une jolie fille assise derrière Kwan, dévorant un sandwich.

Son serveur se plaça devant lui et fit un geste en direction du comptoir. Graham aperçut un téléphone au combiné décroché et comprit le message. Il s'était demandé si le choix du Snake Pit et de la buvette de la cantine impliquait une complicité entre les ravisseurs et les gérants ou les serveurs des deux établissements, mais avait repoussé l'idée ; le choix avait été fait parce que la clientèle, à ces endroits, était exclusivement chinoise et qu'il était très facile au bandit de dire, au téléphone : « Allez me chercher le Blanc qui boit un café », sans réel risque d'erreur.

Graham en avait quand même tiré une autre conclusion : au Snake Pit ou ici, il y avait presque forcément eu un complice des truands en planque, dont la tâche était de repérer son arrivée et de l'annoncer, d'une façon ou d'une autre, à celui qui parlait l'anglais et le manipulait depuis le début.

Graham se leva pour aller prendre le combiné et en profita pour balayer une nouvelle fois du regard tous les clients de la buvette. Il essayait de repérer un client qu'il aurait déjà vu au Snake Pit. Il pensait avoir une assez bonne mémoire des visages, en tant qu'enquêteur, certes pas absolue, mais il devrait être capable de reconnaître quelqu'un vu moins d'une demi-heure auparavant. Ses recherches furent infructueuses. Peut-être n'avait-il pas assez pratiqué ce talent depuis près de trois ans, ou bien lui était-il plus difficile de l'appliquer aux Asiatiques qu'aux Occidentaux.

Ou bien il y avait eu deux complices chargés d'annoncer son arrivée.

« Vous déjà acheter lingots ?

— Oui. Je vous donne les lingots et les bijoux, vous me rendez Alfred.

— Monsieur Hill, vous pas inquiéter. Quand j'ai rançon, je libérer enfant. Mais je pas idiot, pas vouloir vous rencontrer. Dehors buvette piscine, près bac à fleurs, il y a paquet carton. Dessus votre nom écrit. Vous aller ouvrir paquet. »

Le bandit raccrocha immédiatement. Graham ne retourna pas à sa place et paya sa consommation au comptoir. Il sortit, repéra le bac à fleurs devant lequel était posée une boîte en carton. Quatre grandes lettres mal tracées étaient clairement visibles : H. I. L. L. Il ouvrit la boîte et vit un maillot de bain rouge, une pièce de tissu de forme bizarre, couleur blanc crème, et une feuille de papier pliée en deux. Il la déplia et lut un texte tapé à la machine :

« Prière rentrer piscine, aller vestiaire, enlever habits et mettre maillot. Mettre lingots et bijoux dans sac en tissu, garder sur vous. Au milieu bassin principal, au fond, il y a pièce de monnaie spéciale. Vous repêcher pièce. Quand avoir pièce vous comprendre étape suivante. »

Graham ne comprenait strictement rien au but de ces instructions mais au moins étaient-elles faciles à suivre. Il était prêt à tout pour sauver son fils. Il relut une seconde fois le texte, vérifiant qu'il n'avait raté ni ordre ni indice quelconque, puis se rendit au guichet avec le maillot et le sac en tissu, qu'il plaça dans le sac en plastique au-dessus de la serviette pleine de lingots. Dans l'escalier qui descendait vers le guichet de la piscine, il sentit une présence derrière lui : c'était Kwan. Il lui glissa discrètement la feuille avec les instructions étranges dans la main.

Il entra dans le vestiaire masculin après avoir payé. Il n'y avait pas de casiers en self-service, mais un comptoir, comme à la banque ou à la poste, avec un employé derrière. Il fallait y récupérer un panier en grillage métallique auquel étaient accrochées deux petites plaques de métal portant le même numéro tracé au marqueur. Après s'être changés, les nageurs devaient placer leurs vêtements et leurs affaires dans le panier et remettre le tout à l'employé, qui leur rendait l'une des plaques numérotées. Les paniers pleins étaient alignés sur des étagères, dans une pièce derrière le comptoir, bien rangés dans l'ordre de leur numéro.

La procédure n'était pas familière à Graham mais il imita un client qui le précédait. Le vestiaire était presque vide, il n'y avait pas plus de sept ou huit personnes. Lesquelles étaient des policiers, lesquelles des complices des bandits ? Il se mit dans un coin avec son panier, se déshabilla et enfila le maillot de bain d'un rouge voyant. Il vérifia que personne ne le regardait, ouvrit sa serviette et transféra son contenu dans le sac en tissu.

Le sac se constituait d'une bande de tissu longue et étroite, et ressemblait plus à une ceinture de facture grossière qu'à un sac, avec une boucle à l'une des extrémités et sur l'autre des trous pour ajuster la longueur. Mais sur la partie centrale était cousue une longue fermeture éclair donnant accès à un compartiment intérieur s'allongeant sur la majeure partie de la bande de tissu. Le tout avait plus l'air d'être fait maison qu'acheté dans une quelconque boutique.

Un bruit de pas interrompit Graham. Kwan s'assit à quelques places de lui et se mit à ôter ses propres habits. Graham se demanda ce qui lui prenait : le policier n'avait pas de maillot et les employés de la piscine n'allaient pas le laisser entrer dans le bassin.

Kwan avait envoyé Ah Mak acheter ce qu'il fallait au marché d'en face mais était entré dans le vestiaire seul pour s'assurer que Graham se conformait aux instructions reçues des ravisseurs.

Ce dernier reprit le transfert de l'or et termina en glissant dans le compartiment intérieur de la ceinture le petit sachet d'étoffe avec les bijoux. Au moment où il allait refermer la fermeture éclair, il se souvint du petit boîtier noir que lui avait confié Kwan Chun-dok.

« Merde ! »

Graham ne put se retenir de jurer, ni Kwan de tourner la tête dans sa direction.

« Voilà pourquoi ils veulent que je rentre dans l'eau avec le sac », se dit Graham. L'or et les bijoux ne craignaient pas l'eau, mais il y avait neuf chances sur dix que l'émetteur en ressorte hors d'usage.

Fallait-il risquer quand même ? Ou pouvait-il tenter de planquer l'émetteur au bord du bassin et de le glisser dans le sac en sortant de l'eau ? Cela n'augmentait-il pas le risque que les bandits le découvrent ? Et si jamais ils avaient trouvé un moyen de s'emparer du sac quand il était dans l'eau ?

Il tira l'émetteur de la poche de son pantalon qu'il

avait déjà enlevé et tourna la paume de la main vers le haut, écartant légèrement les doigts. Kwan Chundok s'étira et bâilla en secouant la tête. Graham comprit que l'inspecteur lui disait de ne pas glisser l'émetteur dans le sac. Si le boîtier ne pouvait plus émettre, sa présence n'avait plus aucune utilité et le jeu n'en valait plus la chandelle. L'objet mettrait en danger la vie de l'otage.

Graham replaça le petit boîtier dans le panier métallique avec sa montre et son trousseau de clés et ferma le sac en tissu. Il se leva pour donner son panier à l'employé du vestiaire. Celui-ci lui tendit l'une des deux plaques numérotées, accrochée à un bracelet.

« *Vous ne pouvez pas rentrer avec ça* », dit l'employé.

Il avait employé le cantonais, mais pointait en même temps du doigt le sac-ceinture que Graham portait sur l'épaule et secouait le menton.

« Si, je dois le garder avec moi, répondit Graham en anglais.

— Si précieux, mettre là-dedans, nous bien garder », dit l'autre en secouant le panier de vêtements, l'air hostile.

Graham sentit la colère l'envahir mais se maîtrisa. Il arracha le sac de son épaule, tira la fermeture éclair et lui montra les lingots qui brillaient sous la lumière crue des néons.

« Si ça disparaît, c'est vous qui me rembourserez ? »

Le malheureux en perdit en même temps la mâchoire et le don de la parole. Les yeux exorbités, il bredouilla quelques mots indistincts en faisant signe à Graham d'avancer. Ce dernier se dit qu'une heure auparavant il aurait sans doute eu la même réaction en voyant soudain une telle quantité d'or, de si près.

En quittant le vestiaire, il jeta un coup d'œil en direction de Kwan, qui continuait son déshabillage fictif. En pantalon, le policier roulait soigneusement chacune de ses chaussettes. D'un mouvement bref de la main, il signifia à Graham d'y aller sans l'attendre. Graham comprit que Kwan refusait de perdre trop de temps ; plus les minutes passaient, plus la situation d'Alfred s'aggravait. Il fallait suivre les ordres des ravisseurs et trouver cette pièce au plus vite.

La piscine de Kennedy Town disposait d'un bain principal, plus profond, et d'un bassin d'exercice. Les instructions des ravisseurs indiquaient que la « pièce de monnaie spéciale » était au fond du bassin principal. Graham serra le sac autour de sa taille et sauta. Moins de vingt nageurs allaient et venaient. Il les contourna et se dirigea vers le centre du bassin. Puis il plongea et descendit pour examiner le fond.

Il ne trouva rien.

La panique le saisit d'un seul coup. Il descendit plus bas encore, manqua se cogner le visage sur le fond. Le souffle lui manquait, il ne voyait toujours rien.

Il remonta à la surface et prit une profonde inspiration, tentant de se calmer. Il replongea. Soit il n'était pas exactement au centre du bassin, soit la pièce s'était un peu déplacée. Il traçait des cercles de plus en plus larges au fond de l'eau. Pas trace de quoi que ce fût.

Il n'y avait rien ? Pourquoi n'y avait-il rien ? Graham tourna en rond jusqu'à ce que ses poumons manquent d'exploser. Il remonta, inspira. Il se foutait désormais de déranger les autres nageurs et d'être dans leur chemin. Il crachait quelques excuses essoufflées et replongeait. Il fallait trouver la pièce.

«Une pièce spéciale... est-ce qu'elle serait transparente?» se demanda-t-il. Il continua à nager en balayant le fond d'une main, mais il ne sentait rien d'autre sous ses doigts que la surface lisse du revêtement.

Peut-être les bandits avaient-ils confondu les deux bassins? Il se rua hors de l'eau et se précipita, haletant, vers le petit bain. Il aperçut Kwan, au bord du bassin, qui avait trouvé un maillot. Il ne s'arrêta pas pour lui parler. Il avait déjà perdu dix minutes, sans rien trouver.

Le bassin d'exercice était plus petit que le principal, et était plein d'élèves qui prenaient leurs cours de natation. Un essaim de gamines s'égaillèrent en piaillant quand il entra dans l'eau, mi-rieuses, mi-effrayées, le soupçonnant de noirs desseins.

Il explora tout le bassin de long en large, sans trouver de pièce.

«Mon Dieu... est-ce que la pièce a été embarquée par un nageur avant que j'arrive? Est-ce que j'ai perdu trop de temps?» Graham se dit que la boîte en carton sale où il avait trouvé le maillot et ses instructions n'avait attiré l'attention de personne, mais qu'une pièce de monnaie au fond d'une piscine pouvait parfaitement avoir été remarquée par un nageur curieux.

Il quitta le petit bain, retourna au bassin principal, interrogea quelques nageurs. Soit ils ne comprenaient pas l'anglais, soit ils secouaient négativement la tête, soit ils le prenaient visiblement pour un fou et s'éloignaient sans lui répondre. Il s'adressa au surveillant qui le regardait d'un air soupçonneux, sans résultat.

Un vertige le prit soudain. Il ne s'était pas attendu

à ce qu'il y ait un problème à ce stade-là. La lourde ceinture lui pendait toujours à la taille, personne n'était venu la lui arracher. Il regarda tout autour de lui — même Kwan avait disparu. Était-il parti à la poursuite d'un suspect ? Peut-être sa présence avait-elle d'ailleurs empêché le complice des ravisseurs de déposer la pièce au fond du bassin ? Graham cogita un moment puis se dit qu'il n'y pouvait rien de toute façon. Il n'y avait qu'une seule chose à faire : continuer à chercher la pièce.

Il regarda l'horloge de la piscine : cinq heures moins le quart. Il avait déjà passé une demi-heure sous l'eau en vain. Il y avait beaucoup de gens désormais dans le grand bassin, surtout des jeunes, collégiens et lycéens juste sortis de cours et venus s'amuser. L'heure des nageurs tranquilles était passée. Cette fois il n'eut l'impression de déranger personne en coupant à travers les lignes jusqu'au centre du bassin. Il plongea et la vit tout de suite : une pièce argentée brillante, posée comme en évidence.

Il ne comprenait pas comment il avait pu la rater auparavant. C'était le sort qui avait dû s'acharner sur lui, détournant son regard comme par sorcellerie. Il s'empara de la pièce, revint à la surface, l'examina. C'était une grosse pièce de vingt-cinq pence anglaise, l'une de celles émises spécialement en février de la même année à l'occasion du jubilé d'argent de la reine Elizabeth. On avait percé un trou au milieu de la pièce, par lequel passait une ficelle. Au bout de la ficelle pendait une plaque numérotée.

Une plaque du même modèle que celle qu'il portait au poignet, avec un bracelet. *Quand avoir pièce vous comprendre étape suivante.* Graham comprenait, en effet.

Il bondit hors de l'eau, retourna au vestiaire et se précipita au guichet. Il y avait une petite queue : l'employé avait quitté son poste quelques minutes pour aller aux toilettes et venait de revenir. Graham passa devant tout le monde et claqua la pièce et la plaque contre le comptoir, faisant sursauter l'employé. Plusieurs des autres clients lui jetèrent un regard courroucé, mais n'osèrent rien dire en voyant que le resquilleur était un Occidental imposant.

L'employé s'empressa, jeta un coup d'œil au numéro de la plaque et alla chercher sur l'une des étagères un panier qu'il lui rapporta. Il était visiblement intrigué par la pièce accrochée à la plaque, ainsi que par le contenu du panier, mais se tint coi.

Dans le panier, il n'y avait qu'une paire de pantoufles et une feuille de papier pliée en deux.

Graham déplia la feuille et lut :

« MAINTENANT, sortir dans rue devant piscine, tourner direction nord en levant haut sac avec rançon dans main gauche, bras gauche tendu. MAINTENANT. Vous sous surveillance. »

Graham parcourut du regard la queue de nageurs en maillot qui attendaient de pouvoir récupérer leurs vêtements. Tous le contemplaient avec des regards désapprobateurs. Lequel était le complice ? Ce n'était pas le moment de se poser la question. Il enfila en hâte les pantoufles et se précipita, en maillot et trempé, vers la sortie.

« Laissez-moi passer ! laissez-moi passer ! » criait-il en courant dans les escaliers et le couloir.

Après deux virages il atteignit la sortie. Il franchit un tourniquet et se retrouva sur le trottoir. Il fit face au nord — vers la droite — et détacha fébrilement sa ceinture. Il la tendit à bout de bras, toute dégouttante d'eau, comme il en avait reçu l'ordre. Il n'avait aucune idée de la raison de ce geste absurde.

Mais il comprit très vite.

Dans un rugissement de moteur, une moto jaillit dans son dos. Le conducteur, coiffé d'un casque noir, les habits recouverts d'une combinaison de la même couleur, tendit une main et s'empara d'une extrémité du sac-ceinture en tissu rempli d'or.

Débarrassé brutalement de son fardeau, Graham se mit à courir derrière la moto.

« Mon fils ! où est mon fils ? Rendez-moi... »

Les rares passants qui ne le contemplaient pas déjà, bouche bée, se retournèrent à ces cris. Un homme blanc en maillot de bain qui courait dans la rue en hurlant : le spectacle en valait la peine. La scène suivante fut encore plus inattendue — y compris pour les acteurs.

Trois secondes à peine après que le motard eut arraché le sac des mains de Graham, quelque chose de sombre en tomba jusqu'à terre.

Graham ne comprit pas ce dont il s'agissait. Mais il ne vit que trop bien ce qui suivit : quinze lingots d'or de cinq taëls chacun tombant un à un du sac sur la chaussée, comme si le motard en fuite les semaient le long de la rue.

Quinze lingots d'un jaune brillant, qui chatoyaient au soleil.

Ce qui était tombé en premier, c'était le sachet contenant les bijoux de Stella.

Les lingots atterrissaient sur le sol avec des bruits clairs qui sonnaient comme autant de coups de tonnerre aux oreilles de Graham.

Le motard freina, posa pied à terre et tourna sa tête casquée en arrière. Au même moment, une voiture dépassa Graham, en pleine accélération. Le motard ne perdit pas de temps et repartit en trombe, la voiture à sa poursuite. Il restait sur la rue une sorte de ligne miraculeuse, tracée en pointillés dorés.

Graham se dit qu'après avoir montré les lingots à l'employé du vestiaire, il n'avait pas dû refermer correctement la fermeture éclair. Et pendant la demi-heure passée à descendre et remonter sous l'eau, les lingots avaient pesé sur l'ouverture, l'élargissant peu à peu.

Ou bien le choc sur les coutures de mauvaise qualité, au moment de l'arrachage du sac par le motard, avait suffi à lui seul à provoquer ce résultat.

5

Dans la voiture lancée à la poursuite de la moto se trouvaient deux agents du département d'enquêtes criminelles du QG de secteur de l'île de Hong Kong. Ils savaient qu'ils travaillaient sur une affaire de rapt d'un enfant blanc et avaient été dépêchés sur place en attente d'instructions complémentaires. Quand Graham avait jailli hors de la piscine, dégoulinant d'eau et vêtu en tout et pour tout d'un maillot de bain de couleur criarde et d'une paire de pantoufles, les policiers avaient été brutalement tirés de l'ennui de leur attente. Ils ne disposaient pas de photo de Graham mais son comportement et le sac brandi les avaient rapidement convaincus qu'il s'agissait bien du père de l'otage, impression confirmée par l'apparition du motard au casque noir et la « remise » de la rançon. À l'instinct, ils s'étaient lancés à ses trousses. Se disant après coup que sa capture pourrait permettre d'obtenir de précieux renseignements. Manière de justifier le fait qu'ils avaient ainsi dévoilé la présence d'un dispositif de police.

Mais ils ne rattrapèrent pas le fuyard.

Le motard connaissait son affaire. Il prit une ruelle étroite, se faufila entre les trottoirs encombrés et les voitures, et en moins de trente secondes avait disparu. Le temps pour la police de se mettre en branle, il était trop tard. On retrouva quelques minutes plus tard la moto abandonnée, le casque noir, la combinaison et le sac en tissu. De motard, point. L'interrogatoire des passants donna les résultats habituels. Un peu plus loin, un policier de repos ce jour-là avait toutefois vu un homme entrer de façon précipitée dans une camionnette, mais les gens pressés sont légion à Hong Kong et il n'avait pas songé une seconde à relever le numéro de la plaque d'immatriculation. Quant à la moto, il s'agissait bien entendu d'un engin volé le matin même, comme le confirma l'enquête par la suite.

En voyant disparaître la moto et la voiture au coin de la rue, Graham sentit un grand vide se faire dans son esprit. Il ne pensa même pas à se précipiter pour ramasser sa fortune. Il restait là, sonné, comme si son enfant s'était évanoui avec la moto.

« Ramassez vite l'or et allez vous changer. Rentrez chez vous, il est possible que les bandits tentent de reprendre contact. »

Graham tourna la tête : Kwan était juste derrière lui et lui parlait doucement. Il était déjà rhabillé. Sans attendre de réponse, il se dirigea vers un véhicule garé de l'autre côté de la rue. Graham obéit mécaniquement, ramassa le sachet aux bijoux et les lingots. L'attention des spectateurs avait été détournée par la fuite du motard et le début de la poursuite, et ils ne réalisèrent qu'à ce moment que c'étaient des lingots d'or qui s'étaient éparpillés sur le macadam. Les cris d'exclamation changèrent vite de ton.

Les bras chargés de lingots, Graham n'eut pas grand mal à convaincre le caissier de le laisser retourner se changer. Il n'avait pas de monnaie pour payer une nouvelle fois, mais le caissier l'avait vu passer dans l'autre sens en courant et Graham avait toujours la plaque numérotée du vestiaire au poignet. Il récupéra ses affaires; le boîtier noir de l'émetteur était encore là, avec sa montre et ses clés. Il laissa tomber la rançon sur l'engin désormais inutile et frappa violemment le mur du poing. Il renfila ses vêtements sans même songer à se sécher, remit bijoux et lingots dans la serviette, la serviette dans le sac plastique, et quitta le vestiaire sous les regards intrigués des autres clients.

De retour à sa voiture, il tourna la clé dans le démarreur, toujours dans un état d'abattement profond. Alors qu'il roulait, cet état d'esprit se mua peu à peu en une impression d'irréalité. L'enlèvement de son fils — il n'y avait même jamais songé; les déplacements imposés par les instructions des ravisseurs, l'échec de la remise de la rançon, prenaient peu à peu la consistance d'un rêve. Des images d'Alfred défilaient — Alfred bébé, son sourire quand il avait pour la première fois prononcé «papa», les pleurs qu'il avait versés le premier jour d'école, sa main dans la sienne alors qu'ils marchaient tous les deux dans la rue. Alfred, le matin même, avec qui il avait échangé à peine plus qu'un «bonjour» en passant. Quand Graham avait reçu le coup de téléphone de Stella lui annonçant l'enlèvement, il n'avait pas réalisé que ce bref dialogue avait été le dernier qu'il aurait jamais avec son fils.

Tout va bien à l'école? Comment vont tes copains? Qu'est-ce que tu as appris avec ton prof de dessin? Que dirais-tu d'aller au parc d'attraction avec maman et papa ce week-end? Graham se sentit assailli de remords — pourquoi avait-il perdu l'habitude de poser ces questions simples ? Depuis leur arrivée à Hong Kong, Stella et lui s'étaient déchargés de leurs responsabilités parentales sur l'amah, s'étaient jetés corps et âme dans leur travail et le remboursement de leur dette. Ces questions, Liz les posait, désormais. Il se dit que leur fils aurait sans doute désiré les entendre de la bouche de ses parents, mais n'osait plus les solliciter de peur de se faire rabrouer. La dernière année passée en Angleterre avant leur départ n'avait été qu'une longue suite de réprimandes. À chaque demande d'Alfred, ils répondaient : « Papa et maman ont beaucoup, beaucoup de travail, on verra ça après ! » ou « Il n'y a plus d'argent à la maison, il faut d'abord rembourser notre dette. » Mais la dette n'était-elle pas remboursée depuis l'année dernière ? Pourquoi n'avaient-ils pas prêté plus d'attention à Alfred depuis lors ?

La voiture grimpa sur le trottoir et faillit emboutir un lampadaire. Graham jura et se reprit.

À 17 h 10, il arrivait à Nairn's House et pénétrait dans son appartement. Stella bondit hors du canapé. Son regard plein d'espoir se vida en le voyant seul.

« Alfred ?... »

Graham secoua la tête.

« L'échange a échoué, ils n'ont pas récupéré la rançon.

— Mas pourquoi ? pourquoi ? »

Elle lui agrippa les épaules en hurlant. Ngai Szebong apparut derrière elle, alarmé.

« Un type en moto a pris le sac avec la rançon, mais il n'a pas fait gaffe et il a tout répandu sur la chaussée…, dit Graham sans oser regarder sa femme dans les yeux.

— Alfred! Alfred... »

Les jambes de Stella se dérobèrent sous elle et elle se retrouva assise par terre. Graham et le policier la relevèrent en hâte et l'allongèrent sur le canapé.

L'attente reprit.

Ngai n'avait aucune sympathie pour l'ICAC mais éprouvait une certaine pitié pour les deux parents qu'il avait en face de lui. Stella s'était remise à pleurer. Le policier songeait que, d'après ce que venait de raconter Graham, les chances de retrouver l'enfant vivant étaient bien minces désormais. Les ravisseurs allaient maintenant parer au plus pressé : échapper à la police. Ils tueraient probablement l'otage et se débarrasseraient d'une manière ou d'une autre du cadavre.

Au bout d'un quart d'heure, la sonnette de l'entrée retentit. Kwan Chun-dok, Vieux Tsui et Ah Mak étaient de retour. L'air uniformément sombre.

« Nous n'avons pas capturé le motard, dit Kwan. Le CID de l'île a retrouvé la moto sur Sands Street... l'Identification est au boulot, peut-être qu'ils trouveront quelque chose... »

Les derniers espoirs de Graham et de Stella s'envolèrent.

« Les agents postés en dehors de la piscine ont fait une grosse erreur en se lançant sans réfléchir à la poursuite de la moto, poursuivit Kwan d'un ton toujours égal. Si ce n'était pas arrivé je serais un peu plus optimiste sur la suite. Mais il faut mettre de côté la recherche des responsabilités, pour le moment; les ravisseurs ne peuvent pas être absolument certains que vous ayez prévenu la police. J'ai alerté les médias, je leur ai parlé d'un "vol avec violence", avec l'intervention de policiers en civil qui passaient par là et ont assisté à l'attaque d'un Occidental par un motard. Les journaux radio et télé de six heures vont évoquer l'incident devant la piscine sous cet angle. Ils diront aussi que la police recherche l'Occidental qui avait lui-même témoigné d'un comportement très suspect. Nous espérons que de cette façon les ravisseurs croiront à un hasard... »

Graham hocha la tête. Il n'avait plus la force de penser.

« Avec un peu de chance, ils vont rappeler. Il ne nous reste plus qu'à attendre. »

Kwan se fit ensuite raconter par Graham tous les détails de l'échec de la phase de remise de la rançon. Celui-ci s'exécuta, mais à chaque phrase prononcée il se disait qu'il avait commis une erreur quelque part et que tout était sa faute.

« Peut-être que l'employé du vestiaire pourrait se souvenir de quelque chose ? intervint Ah Mak. Ça doit pas être fréquent, un gars qui laisse dans son panier une paire de pantoufles et une feuille de papier en tout et pour tout...

— Pas forcément, dit Tsui. Je connais cette piscine, ça arrive souvent d'utiliser deux paniers si tes affaires ne tiennent pas dans un seul. Suffit qu'il ait fait ça, il ne s'est pas fait remarquer. »

Le temps semblait avoir reculé de plusieurs heures. Ils étaient de nouveau six dans le salon à attendre un appel. Mais l'ambiance était beaucoup plus oppressante, plus lourde de frustration qu'auparavant.

La grande aiguille de l'horloge avançait paresseusement. Ils sentaient chaque minute, chaque seconde s'écouler. Le téléphone ne sonnait pas. Le silence se fit de plus en plus pesant. Un peu avant six heures, Graham alluma la télévision, Tsui et Ngai firent jouer la radio en sourdine. La serviette avec l'or et les bijoux était posée sur la table ; Graham brûlait de s'en débarrasser, de retrouver l'occasion de les échanger contre son fils.

Clic.

Une clé tournait dans la serrure de la porte d'entrée.

Les regards convergèrent vers la porte. Stella poussa un cri.

« Il y a des invités ce soir ? » demanda Liz en entrant.

À son côté, les cheveux roux en bataille, le cartable sur le dos, la chemise d'uniforme sortie du pantalon, se tenait Alfred Hill. Il regardait ses parents et les policiers assis dans le salon, l'air presque aussi ébahi qu'eux-mêmes.

« Alfred ! » hurla Stella en dégringolant du canapé.

Elle se précipita, moitié courant, moitié trébuchant, s'appuyant aux meubles, et le prit dans ses bras. Graham se jeta à genoux et les embrassa tous les deux férocement.

« Qu'est-ce qui se passe ? demanda Liz, ahurie.

— Je suis l'inspecteur Kwan, dit Chun-dok, son badge à bout de bras. Comment avez-vous retrouvé Alfred ?

— Comment ?

— Liz, les bandits vous ont-ils fait du mal ? demanda Graham.

— Les bandits ?

— Les bandits qui vous ont enlevés ! cria Graham en caressant la tête de son fils.

— Hein ? Je suis restée avec Alfred toute la journée, il ne nous est rien arrivé. »

Stella, Graham et les quatre policiers la regardaient, les yeux ronds.

« Vous n'avez pas été enlevés ? dit enfin Ah Mak.

— J'ai récupéré Alfred à la sortie des cours, je l'ai emmené déjeuner, et nous sommes allés avec le professeur de dessin à Sai Kung pour "peindre d'après nature".

— Peindre d'après nature ?

— Oui, je… je n'avais pas prévenu Madame, la semaine dernière ? Le cours de dessin a organisé une sortie spéciale tout l'après-midi, c'est pour ça que le cours de lundi a été annulé.

— Je ne comprends rien, gémit Stella.

— Je vous en ai parlé la semaine dernière, mais vous étiez très fatiguée, peut-être avez-vous oublié ? Vous aviez signé le cahier de liaison du cours de dessin, parce qu'il faut l'autorisation des parents pour une sortie pareille. »

Liz ouvrit le cartable d'Alfred et en sortit quelques cahiers, dont un qu'elle tendit à Stella, qui l'ouvrit et vit sa propre signature sur la dernière page rédigée.

« Quand est-ce que j'ai signé ça… je ne m'en souviens plus du tout.

— La semaine dernière je vous ai montré plusieurs documents de l'école à signer en même temps, celui-ci était avec les autres.

— Mais… mais vous auriez dû savoir que j'allais oublier ! Je vous ai dit que s'il y avait du changement dans le programme normal, il fallait absolument me laisser un message ! dit Stella en haussant la voix, trahissant sa tension nerveuse.

— C'est ce que j'ai fait, madame ! Je sais que vous êtes très occupée, je vous ai laissé un message ce matin pour vous dire que nous partions tout l'après-midi avec la classe de dessin et que nous ne reviendrions qu'à six heures... »

Liz se retourna et posa la main sur la petite étagère, à côté de la porte d'entrée, qui supportait la plaque commémorative des deux ans passés par Graham à l'ICAC. Elle poussa un petit cri, souleva la plaque, regarda derrière, la reposa et s'accroupit. Elle fouilla derrière le grand porte-parapluies en céramique et brandit une petite feuille de papier.

« Elle avait glissé par terre », dit-elle.

Elle tendit la feuille à Stella. Il était écrit en anglais : « Cet après-midi, la classe de dessin est en excursion, je ferai déjeuner Alfred dehors. Nous serons à la maison pour dîner. »

« Liz, vous êtes restée toute la journée avec Alfred ? demanda encore Graham.

— Oui, je l'ai récupéré à dix heures et demie, nous sommes allés manger des nouilles wonton, et puis nous avons retrouvé les autres. Tout le monde a pris le bus jusqu'à Sai Kung. Pendant que les enfants peignaient ou dessinaient, j'ai discuté avec les autres amahs ou les mamans qui étaient là...

— C'est vrai ? demanda Stella qui serrait encore Alfred dans ses bras.

— Bien sûr que c'est vrai ! s'indigna Liz. Vous pouvez demander à Alfred ou au professeur. Mais qu'est-ce qu'il se passe à la fin ?

— Quelqu'un a appelé ici en prétendant avoir enlevé Alfred et a réclamé une rançon de cent mille dollars, expliqua Kwan.

— Non ! s'écria Liz en se tournant vers Graham. Monsieur, vous avez payé la rançon ?... Non, je me souviens avoir entendu Madame dire que vous n'aviez pas autant d'argent à la banque... »

Ah Mak prit soudain l'air fébrile, se précipita au salon et ouvrit la serviette. Il était pris d'une peur irraisonnée que les bandits aient trouvé un moyen de s'emparer du trésor sans que personne ne s'en aperçoive. Mais non, c'étaient bien quinze lingots au complet, avec le sachet en étoffe, qui se renversèrent sur la table. Il souleva un lingot, le tapota pour s'assurer de son authenticité.

« Mon Dieu ! Tout cet or ! cria Liz. Alors c'est vrai ce que vous dites ?

— Est-ce qu'on vous raconterait ça pour rire ? se moqua Tsui.

— Alors les bandits n'étaient pas des kidnappeurs, mais des arnaqueurs ? dit Graham.

— Mais comment ils pouvaient deviner que Mme Hill allait oublier la sortie annoncée ? demanda Tsui.

— Madame Leung, dit Kwan, savez-vous s'il y a un autre enfant aux cheveux roux dans l'école d'Alfred ?

— Je crois qu'il y en a... trois ou quatre, répondit Liz.

— Vieux Tsui, ordonna Kwan, tu vas immédiatement à l'école et tu récupères les noms de ces enfants.

— Boss, vous pensez que...

— Je pense que les ravisseurs se sont peut-être trompés d'enfant. »

Graham le regarda, stupéfait. Il était encore sous le choc du bonheur d'avoir retrouvé son fils sain et sauf, mais Kwan avait raison, il fallait envisager l'hypothèse d'une erreur de plus de la part des bandits. Il recommença à s'inquiéter. Ce n'étaient peut-être pas de simples escrocs, finalement. Alfred n'aurait échappé au rapt qu'à la suite d'une série extraordinaire de coïncidences. En cet instant même, peut-être y avait-il un autre gamin qui souffrait à la place de son fils — qui, peut-être...

« D'après les échanges qui ont eu lieu entre M. Hill et le bandit, si les ravisseurs se sont trompés d'enfant, nous pouvons en déduire les points suivants... Un, cet autre enfant aurait aussi des cheveux roux; deux, son père travaillerait aussi à l'ICAC... quoique nous ne puissions pas exclure que l'enfant, sous le coup de la terreur, ait acquiescé à tout ce qu'on lui demandait, ou que les bandits aient mal interprété sa réponse; trois, il y a aussi une employée de maison surnommée Liz... ou quelque chose d'approchant... »

Son dialogue au téléphone avec le porte-parole des bandits revint à l'esprit de Graham. En entendant dans l'écouteur un petit garçon appeler «Liz», Graham n'avait pas douté un seul instant que ce fût Alfred. Maintenant, il se disait qu'il en avait entendu trop peu et qu'il était trop anxieux pour avoir pu reconnaître formellement la voix de son fils.

« Monsieur, continua Kwan, je suis désolé de vous l'imposer après l'épreuve que vous avez traversée, mais je dois vous demander à tous les quatre de nous accompagner pour nous aider dans la suite de l'enquête. Qu'il y ait eu un autre gamin enlevé, ou pas...

— Mais si les bandits ne savent pas qu'ils se sont trompés d'enfant, peut-être qu'ils vont continuer d'appeler ici? objecta Ah Mak.

— Je ne crois pas. Nous pensions qu'ils étaient mauvais, mais leur idée de changer le liquide en lingots et le coup de la piscine pour empêcher l'utilisation de l'émetteur nous prouvent au contraire qu'ils étaient très bien préparés. Ils ont donc très certainement des complices qui observent la résidence. Et ces complices ont vu Mme Leung et Alfred revenir ici au grand jour, comme si rien ne s'était passé. Ils savent maintenant qu'il y a eu une grosse bourde, ils ne vont sûrement pas rappeler. C'est au QG de secteur, et pas ici, que nous serons le mieux à même de recueillir les dépositions de tous et de diriger la suite des opérations. N'oubliez pas qu'il y a peut-être la vie d'un autre enfant dans la balance.

— Stella, il faut y aller, dit Graham. Si un autre môme a été enlevé à la place d'Alfred, nous devons faire tout notre possible pour aider à le retrouver. »

Stella approuva. Elle avait compris aujourd'hui que le problème de leur dette était finalement de peu d'importance. La dette, ils s'en seraient débarrassés un jour, mais une famille brisée ne se répare pas. Un enfant perdu ne se rachète pas.

« Je dois y aller aussi ? demanda Liz.

— Absolument. Si ça se trouve, certains des bandits ont tourné autour du cours de dessin ou de l'école, vous pouvez les avoir déjà vus sans vous en rendre compte. »

Kwan se tourna vers Graham après avoir répondu à Liz.

« Monsieur, vous feriez mieux de ranger les lingots et les bijoux avant de nous accompagner. Demain, c'est samedi, les banques ne travaillent que le matin, avec ce que vous venez de vivre je pense que vous pouvez attendre lundi pour changer de nouveau l'or en liquide et aller le déposer à la banque. »

Graham ramassa les lingots éparpillés sur la table et se dirigea vers son bureau. Kwan le suivit.

« Alfred est revenu sain et sauf… même si j'avais perdu la rançon, ce n'aurait pas été si grave, lui dit

Graham en composant de nouveau la combinaison du coffre.

— Il y a un proverbe à Hong Kong : "La fortune n'est que de peu d'importance." Les gens d'ici aiment l'argent, certes… mais en l'occurrence je crois qu'ils seraient tous d'accord avec vous.

— Mmmmm… »

Graham actionna la double serrure du coffre. Il déposa l'or et les bijoux à l'intérieur. Il se demanda un moment s'il devait remettre le collier, les bracelets et les boucles d'oreilles dans leur écrin rouge, mais finit par les laisser dans leur petit sachet d'étoffe. *La fortune n'est que de peu d'importance.*

Kwan retourna au salon, Stella passa dans la chambre pour s'y changer. En l'attendant, Kwan sortit sur le balcon. *C'est vrai qu'il n'est plus vraiment nécessaire de cacher notre présence*, se dit Ah Mak en le voyant faire. *Il veut voir comment c'est autour d'ici, peut-être repérer quelque chose de suspect…*

Enfin, toute la petite troupe quitta l'appartement. Kwan fit signe à un véhicule banalisé garé dans la rue et ordonna au conducteur d'accompagner les Hill et Liz au poste. Il se doutait que Graham et Stella ne voudraient plus lâcher la main d'Alfred, et qu'après cette journée, exiger de Graham qu'il conduise encore serait inhumain.

Les deux véhicules se dirigèrent vers le QG de police du secteur de Kowloon, situé à Mongkok. Kwan confia à ses subordonnés la tâche de recueillir les dépositions des Hill et de Liz, avec tous les détails sur ce qui s'était passé dans la journée, et de les cuisiner sur leurs relations privées ou professionnelles ainsi que sur tout ce qui avait pu se passer dans ou autour de Nairn's House ou de l'école ces derniers temps.

« Vous allez où, boss ? demanda Vieux Tsui en voyant quelques minutes plus tard Kwan renfiler sa veste et se diriger vers la sortie des bureaux du CID.

— J'ai des petits trucs à faire, je te laisse la boutique un moment.

— Vieux Tsui, tu trouves pas que le boss est un peu bizarre ? demanda Ah Mak après le départ de Kwan. Il avait pas l'air dans son assiette de toute la journée...

— Tu crois ? Il a dû passer une mauvaise nuit », dit Tsui en haussant les épaules.

Kwan se dirigea vers le parking. Il avait pris à Ah Mak les clés de la voiture — c'était de toute façon le véhicule du CID. Il quitta le QG de police sur les chapeaux de roue.

L'occasion ne se représentera pas de sitôt, il faut la saisir.

Il coupa la radio du véhicule, appuya encore sur l'accélérateur, refit en sens inverse le même trajet que quelques minutes auparavant. Il se gara le long du trottoir à quelque distance de l'entrée de Nairn's House.

« Ah, bonsoir monsieur, c'est encore vous, lui dit le gardien de la résidence.

— Le superintendant a vraiment beaucoup de travail pour moi aujourd'hui, je n'ai pas trop le choix », dit Kwan sur le ton de la conversation.

À chaque passage devant le gardien, il avait utilisé le même prétexte qu'en début d'après-midi : il allait voir le superintendant Campbell au huitième étage.

Kwan prit l'ascenseur jusqu'au huitième et

redescendit au sixième par l'escalier. Il s'arrêta sur le palier, ne franchit pas la porte qui donnait sur le couloir de l'étage. «Pas franchement envie de jouer les acrobates…», grommela-t-il en ouvrant la fenêtre de la cage d'escalier. Il passa la tête à l'extérieur, jeta un coup d'œil vers le bas, examina la façade. À deux ou trois mètres sur la droite, c'était le balcon de l'appartement des Hill.

Il vérifia qu'il n'y avait personne en bas qui pouvait le voir; la nuit était tombée, le risque était minime. Il grimpa sur l'embrasure de la fenêtre. Sa main gauche se lança et ses doigts crochèrent dans une rainure du mur. Son pied s'aventura sur une étroite corniche de pierre qui longeait l'immeuble, sous la fenêtre. Il sortit l'autre jambe et se retrouva entièrement à l'extérieur, plaqué contre la façade. Seule sa main droite se tenait encore fermement au cadre de la fenêtre. «J'aurais dû prendre une corde.» Mais il n'avait pas de temps à perdre. Sa main droite lâcha la fenêtre et rejoignit la gauche sur la rainure. Main sur main, pied sur pied, il franchit ainsi un bon mètre. Puis il tendit le bras gauche et s'agrippa à la balustrade du balcon. Il avait confiance dans la force de ses mains et de ses bras : l'expédition était moins dangereuse qu'elle n'en avait l'air.

Il se lança dans le vide. Son autre main agrippa la balustrade, et d'un effort sur les bras il opéra un rétablissement et se retrouva sur le balcon en moins de deux secondes.

Il vérifia — pour le principe — que le salon était vide, enfila des gants puis abaissa la poignée de la porte vitrée. Elle s'ouvrit sans difficulté. Il entra dans le salon. Tout à l'heure, quand il était allé sur le balcon, il avait pris soin de faire semblant de refermer le verrou en rentrant. Dans la pénombre, il se dirigea vers le bureau de Graham. Il ouvrit l'armoire de bois et contempla le coffre-fort en métal gris-bleu.

Il avait déjà vu ce type de coffre, qui venait avec l'appartement de fonction. C'était un modèle fabriqué au Royaume-Uni, approuvé et commandé en grandes quantités par les différentes agences gouvernementales. Il possédait deux serrures, dont l'une était ouverte par la roue à combinaison, l'autre par la clé. La combinaison pouvait être changée aisément par l'utilisateur; les gens sérieux le faisaient fréquemment.

À gauche, quatre-vingt-deux, à droite, trente-cinq, gauche, soixante et un... La première serrure s'ouvrit avec un petit claquement sec. Il avait retenu la combinaison sans difficulté : Graham avait ouvert deux fois le coffre sous ses yeux.

Pour l'autre serrure, il devait compter sur la chance.

Il tira de sa poche une plaquette de métal et une petite pince. La plaquette avait de minuscules dents de tailles et de formes inégales qui couraient le long des deux bords. C'était une copie de la clé de Graham. Encore restait-il à vérifier qu'elle était d'assez bonne qualité.

La demi-heure que Graham avait passée à rechercher en vain la pièce de monnaie sous l'eau à la piscine de Kennedy Town n'avait pas été perdue pour Kwan. Il avait profité du passage de l'employé du vestiaire aux toilettes pour entrer dans la salle où étaient conservés tous les paniers pleins de vêtements. Parce qu'il avait vu Graham se changer, il avait pu repérer rapidement le panier qui contenait les affaires de l'Anglais. Il en avait retiré le trousseau de clés. Il avait pris dans sa poche une petite boîte, grande comme une boîte d'allumettes, qui s'ouvrait comme un livre. À l'intérieur, deux blocs d'une sorte de pâte à modeler verdâtre. De sa poche encore avait surgi un petit flacon de talc dont il avait saupoudré la pâte. Il avait réparti uniformément le talc de l'index, posé la clé du coffre sur l'un des blocs de pâte, puis refermé la boîte et serré avec force. Il avait rouvert, retiré la clé : il lui restait un moulage des deux faces de la clé. Il avait essuyé la clé, l'avait remise au trousseau, avait reposé le tout dans le panier, était sorti de la pièce.

Dans son propre bureau, une fois les Hill et Liz entre les mains de ses adjoints, il avait ouvert un tiroir et en avait sorti un briquet, une cuillère, un petit bloc de métal en alliage à basse température de fusion. Le bloc, il l'avait acheté avec le kit de moulage, des années auparavant, chez un petit quincaillier, en même temps que d'autres ustensiles divers. L'attirail du petit serrurier amateur. Il avait allumé le briquet et amené le bloc en alliage au-dessus de la flamme. Le métal coulait peu à peu dans la cuillère. Puis il avait versé le métal fondu dans son moule.

Quelques minutes plus tard il disposait d'une copie de la clé du coffre-fort de Graham. Une copie grossière en alliage de plomb, peut-être ni assez précise ni assez solide. Il était tout à fait possible qu'elle ne permette pas d'ouvrir le coffre — c'était le premier risque ; et il était tout aussi possible qu'elle casse dans la serrure et ne puisse plus en être retirée — c'était le second risque. Comparé au premier, il était bien plus grave.

À genoux devant le coffre, Kwan se décida. Il saisit l'extrémité de la clé dupliquée avec sa petite pince, l'introduisit dans la seconde serrure, tâtonna un peu, tourna — *Clac!*

Succès.

Kwan tira à lui la porte du coffre et en éclaira l'intérieur avec sa lampe de poche. Les lingots brillaient sous le faisceau de lumière. Il n'en tint aucun compte : ce n'était pas cela qu'il cherchait.

Il cherchait les copies des documents remis par le chef des trafiquants de drogue de Yau Ma Tei, témoin principal dans l'affaire de corruption collective de la police, après son arrestation.

Ces quelques feuillets étaient aujourd'hui l'arme principale aux mains de l'ICAC dans sa lutte incessante contre la corruption. Du moins en ce qui concernait la police. Un bon nombre de flics, à tous les niveaux, craignaient de voir leurs méfaits exposés par leur contenu. Si ces documents tombaient entre les mains de la police, les efforts de la Commission seraient pour l'essentiel réduits à néant.

Et à la minute présente, c'était l'inspecteur Kwan Chun-dok du département des enquêtes criminelles du QG de police du secteur de Kowloon qui lisait un à un les feuillets. Ils étaient rédigés en code, mais il avait consacré de longues heures à l'étude de la cryptographie et de ce qu'on savait des langages secrets de la pègre. Avec un peu de réflexion il identifia les listes de noms, les bureaux et postes de polices concernés. Il consacra une attention particulière aux données sur le QG de secteur de Kowloon. Il reconnut même les noms de certains collègues.

Dis donc... avec tout ça j'aurais barre sur eux... ils m'en devraient des faveurs...

Il glissa quelques feuillets dans la poche intérieure de sa veste, referma le coffre. Retira la clé à l'aide de sa petite pince. Vérifia du mieux possible qu'aucun morceau de métal n'était resté coincé dans la serrure. Referma la porte de l'armoire.

Mission accomplie.

Il fallait maintenant battre en retraite. Il repassa par le balcon et répéta son petit numéro d'équilibriste. Il remonta au huitième, appela l'ascenseur, descendit et salua cordialement le gardien. Il remonta en voiture et retourna au QG sans se presser. Il était parti un peu plus d'une heure.

«Boss! cria Ah Mak à son entrée. On a pu vérifier tous les noms fournis par l'école à Vieux Tsui, il ne manque aucun enfant.

— Aucun? fit Kwan, les yeux ronds.

— Oui, il y avait cinq enfants roux en tout, nous avons appelé toutes les familles, il n'y a aucun problème.

— OK… bon, les bandits étaient donc des escrocs qui ont tenté leur chance, pas des kidnappeurs sans foi ni loi, dit Kwan d'un ton neutre.

— Mmmm… ça paraît extraordinaire quand même qu'ils aient presque pu s'emparer de toute la fortune de la famille Ha.

— Ils en sont où, les Ha?

— Ils ont terminé leurs dépositions et on les a envoyés dîner à la cantine. Je peux vous dire qu'ils ont été très soulagés d'apprendre qu'aucun élève ne manquait…

— Personne ne les accompagne?

— Euh… non, je ne crois pas…

— Ah! Tu as laissé l'investigateur en chef de l'ICAC aller bouffer avec sa famille à la cantine d'un QG de police! Tu n'as pas pensé qu'il risquait d'être reconnu et que certains collègues pourraient lui tomber dessus?

— Merde!»

Ah Mak démarra en quatrième vitesse vers la cantine. Kwan sourit. Il n'avait pas pensé un seul instant que les Hill risquaient quoi que ce soit à la cantine. Si Graham s'y était aventuré tout seul, cela aurait été une autre affaire... mais en famille il s'exposait au pire à quelques regards hostiles. «Ne blesse ni femme ni enfant» : dans la police — y compris parmi les corrompus —, on suivait aussi la vieille règle d'honneur des triades.

Kwan suivit Ah Mak sans se presser. Il échangea quelques paroles de politesse avec les Hill et les autorisa à rentrer chez eux, sous escorte. Il revint à son bureau, verrouilla sa porte, sortit les documents volés dans le coffre de Graham et étudia minutieusement chaque feuillet en détail.

Il pensait que, décidément, il pourrait tirer énormément d'avantages à exploiter ce document.

6

Le lundi à midi, Kwan Chun-dok quitta seul les bureaux du CID. Il prit le bus jusqu'à l'île de Hong Kong et descendit à l'arrêt de Repulse Bay, sur la côte sud.

La plage était presque déserte, les conditions idéales pour se baigner. Mais Kwan n'était pas venu prendre du bon temps. Il avait un rendez-vous qu'il voulait garder confidentiel. En ville il aurait pu être vu; il aurait pu trouver un prétexte quelconque pour justifier cette rencontre, mais c'était surtout son interlocuteur qui risquait d'être embêté.

Il marcha au bord de la route qui longeait la plage et aperçut bientôt la voiture. Il s'approcha, identifia le conducteur, ouvrit la portière côté passager et s'assit.

«Salut Kwan. Pourquoi m'as-tu appelé aujourd'hui pour me fixer rendez-vous dans ce coin perdu?»

Sans répondre, Kwan sortit des documents de la poche intérieure de sa veste et les tendit à son interlocuteur. L'autre, étonné, leur jeta un coup d'œil — et devint d'un seul coup tout pâle. Il tourna quelques pages, fébrilement — c'étaient bien les documents en code concernant le système de corruption collective de la police.

En voyant son air défait, Kwan sourit.

« Remercie-moi… je t'évite quelques graves ennuis…

— Tu… où as-tu trouvé ces papiers ?

— À ton avis ? répondit Kwan avec un regard en coin. Chez toi, pardi. »

Graham Hill le fixa d'un air encore plus abasourdi.

« Chez moi ! Mais quand…

— Vendredi soir, pendant que vous faisiez vos dépositions au quartier général de Kowloon. Je comprends que tu n'as pas ouvert ton coffre ce week-end ? »

Assommé, Graham ne répondit qu'au bout d'un moment.

« Oui… pendant deux jours Stella et moi sommes restés avec Alfred. Elle était de service samedi soir, moi j'avais prévu d'aller bosser aussi, mais elle s'est fait remplacer et à la place on est allés au ciné et au parc d'attractions. J'ai reçu ton coup de fil en arrivant à l'ICAC ce matin…

— Eh bien voilà, tu as récupéré tes documents, Alfred est sain et sauf, tout est bien qui finit bien.

— Mais bon Dieu, je ne comprends rien à ce qui se passe ! Kwan, comment as-tu pu voler ces documents chez moi ? Tu te rends compte que c'est extrêmement grave ? Si ça se sait, toi et moi on est bons pour dire adieu à nos badges de police…

— En effet, tu ne comprends rien, dit Kwan avec un sourire douloureux. Dis-moi, crois-tu encore que le faux enlèvement d'Alfred était une simple tentative d'arnaque ?

— Comment ? Oui, bien sûr…

— Bien sûr que non. Des escrocs aussi malins

que ceux-là auraient bien plus d'ambition, ils pourraient monter des coups à un ou deux millions de dollars. Ils ne s'attaqueraient pas à un pauvre hère comme toi.

— Et ?...

— Et donc, enlèvement ou arnaque, c'était du bidon. C'était destiné à t'aveugler, à te faire prendre des vessies pour des lanternes. Ça a d'ailleurs plutôt bien marché.

— M'aveugler ? Mais qu'est-ce que j'aurais dû voir à la place ?

— Tu aurais dû voir que l'objectif des truands n'était pas cette rançon minable, mais ce que tu tiens dans la main.

— Ça ? Ces documents ?

— Oui. Ce qui avait le plus de valeur chez toi... ce n'était ni le liquide ni les bijoux, mais ces listes de noms.

— Tu veux dire que... c'est un policier qui a monté l'arnaque ?

— Ouaip. Mais pas seulement un policier : tout un groupe de policiers. Qui risquent de se retrouver avec les fers aux pieds à cause du contenu de ces documents.

— Mais à quoi ça leur aurait servi de voler ça ? Ce ne sont que des copies, les originaux sont bien à l'abri à l'ICAC ! Les copies n'ont pas valeur de preuves, et leur vol n'empêcherait pas leur inculpation.

— Tu ne vois toujours pas ? Cette histoire avec Alfred t'a vraiment bousculé... Ce qu'ils voulaient, ce n'était pas faire disparaître des preuves, mais recueillir des informations.

— Des informations ?

— Tu bosses à l'ICAC depuis trois ans, tu sais

sûrement comment travaillent les dealers : par "arrosage". Ils accèdent à toutes les demandes de bakchich, car plus ils peuvent arroser de flics, plus ils sont tranquilles. La corruption dans la police a ainsi un caractère systématique, mais elle n'est pas "organisée", dans le sens où il n'y a pas de hiérarchie occulte qui planifie la récolte des dessous-de-table et répartit les gains. Non, ça se fait plutôt au niveau de chaque équipe, par le bouche-à-oreille en quelque sorte. Les flics savent qui sont les malfrats les plus généreux dans leur secteur et passent l'information à certains de leurs copains, et ils vont chacun de leur côté s'en mettre plein les poches. Les truands sont d'accord pour payer plusieurs flics, mais ils ne veulent pas payer les mêmes trop souvent, donc ils établissent des listes comme celles-ci. En revanche, les flics pourris eux-mêmes ne savent pas forcément quels autres flics reçoivent des bakchichs de quels truands.

— Et s'ils veulent obtenir les listes…

— C'est pour connaître tous ceux de leurs collègues qui sont mouillés aussi. Il y a un groupe de policiers corrompus qui a peur de ce que l'ICAC peut leur faire, ils ont donc décidé de faire dans le préemptif. La première étape est de récupérer cette liste, histoire de pouvoir persuader tout le monde de collaborer et de se serrer les coudes, soit par la persuasion, soit par la menace. S'il y a des flics du grade d'inspecteur ou même de superintendant sur la liste, tant mieux, ça permettra d'influencer plus efficacement la hiérarchie. L'objectif est probablement d'une part d'inciter les autorités de la police à mettre des bâtons dans les roues de l'ICAC, d'autre part d'influencer l'opinion publique. Une autre possibilité, c'est que sur ces listes il n'y ait pas que des flics corrompus, il y ait aussi des intermédiaires, des indics, les "maillons faibles" les plus susceptibles de devenir des témoins à charge pour l'ICAC. Les détenteurs de la liste seraient alors en mesure de les repérer et de les neutraliser.

— Tu veux dire qu'ils pourraient les assassiner pour nous couper l'herbe sous le pied ?

— Peut-être. Mais par des moyens indirects. Ces petites frappes pourraient être piégées, être incitées à "résister" à leur arrestation et abattus — n'oublions pas que l'ICAC est obligée de passer par la police pour mener ce genre d'interpellations. Ou bien il leur arriverait quelque chose pendant leur fuite, une chute malencontreuse par exemple. Personne ne pleurerait sur leur sort. J'ai d'ailleurs déjà quelques soupçons sur certaines morts dans la pègre ces derniers mois, mais je n'ai pas les moyens de me pencher là-dessus. Il est possible qu'un nettoyage préventif ait déjà commencé.

— Je vois... mais quel rapport entre ces documents et le faux enlèvement d'Alfred ?

— Quel rapport ? Ça saute aux yeux, pourtant, affirma Kwan. Mais pose-toi la question d'abord : comment ont-ils fait pour vous faire croire au rapt ?

— Mmmm... oui, j'ai encore du mal à comprendre comment il a pu y avoir autant de coïncidences qui ont crédibilisé les affirmations des ravisseurs... pour commencer, est-ce qu'ils ne se seraient en fait pas vraiment trompés d'enfant ?

— Tu es en train de penser à ma petite invention dont je suis assez fier, dit Kwan en souriant. Ils ne peuvent pas s'être trompés d'enfant puisqu'il n'y a eu aucun enfant enlevé. Tu parles de coïncidences; peux-tu les énumérer?

— Oh, il y en a eu tellement... pour commencer, comment ont-ils su qu'Alfred irait cet après-midi-là à la campagne avec Liz et le cours de dessin... Ils ne pouvaient pas deviner non plus que Stella l'aurait oublié. Si elle ne l'avait pas oublié, après leur premier coup de fil à Stella, elle aurait vite pu les démasquer. Idem si le message de Liz n'avait pas glissé derrière le porte-parapluies, Stella ou moi l'aurions vu et c'était plié. Et puis Alfred aurait pu en parler le matin même, à Stella ou moi, puisque nous l'avons croisé tous les deux. Tout ça c'étaient des coïncidences malheureuses...

— Des coïncidences *made in Hong Kong*, le coupa Kwan en riant. Tout ce que tu viens de dire, ça revient à incriminer une seule personne : votre amah, Liz. Ces trois "coïncidences", c'est elle qui les a fabriquées.

— Liz? elle aurait été achetée?

— Bien sûr.

— Mais je ne peux pas croire qu'elle aurait pu faire du mal à Alfred...

— Je suis d'accord. Elle ne lui a d'ailleurs fait aucun mal. Elle ne lui veut aucun mal, ce qui ne signifie pas qu'elle veut du bien à ses parents. »

Graham ne le quittait pas des yeux, les sourcils froncés. Kwan continua :

« Vous avez cru à un enlèvement, vous vous êtes mis en tête que la victime était Alfred. Liz ne pouvant pas lui faire de mal, vous l'avez éliminée comme suspecte. Mais vous vous trompiez dès le départ. Les vraies victimes, c'étaient vous. Non seulement vous vous êtes rongé les sangs pendant des heures, mais vous auriez pu perdre toutes vos économies. Je ne connais pas les raisons de Liz pour vous trahir — c'est peut-être la menace, c'est peut-être l'argent... tiens, si ça se trouve, elle s'est même persuadée que c'était bon pour Alfred : est-ce que ça n'a pas permis en fin de compte de le rapprocher de ses parents ?

— Mais comment aurait-elle "fabriqué" ces coïncidences ? L'oubli de Stella, Liz ne pouvait pas le prévoir...

— Ta femme n'a rien oublié, elle n'était pas au courant.

— Liz ne lui avait rien dit ? Il y a sa signature sur le cahier de liaison.

— Une signature, ça s'imite, dit Kwan en balayant l'argument de la main. Liz savait que vous étiez tout les deux surmenés et que Stella se sentait déjà coupable de ne pas s'occuper assez de son fils. Rien de plus simple que de vous faire gober la fable de l'oubli.

— Bon... et le message ?

— Il n'y a jamais eu de message posé sur la tablette près de la porte. Elle l'avait planqué sur elle — peut-être dans sa manche. Elle a fait semblant de le chercher, elle l'a sorti quand elle nous tournait le dos, accroupie, pour fouiller derrière le porte-parapluies. Quant au risque qu'Alfred vous parle de sa sortie... comme Liz ne l'avait pas quitté, elle l'aurait su. Il suffisait alors d'annuler le plan ou de le modifier. Mais en vérité, Liz savait très bien qu'Alfred ne vous parlait jamais de ses activités, parce que vous n'y prêtiez aucune attention. »

Graham se rappela que, le vendredi matin, Alfred était très excité et tout heureux, alors que d'habitude il faisait toujours la gueule à l'idée d'aller en cours.

C'était en raison de la perspective de la sortie de l'après-midi. Mais lui, Graham, n'avait posé aucune question...

« Attends, attends... si on part comme ça, la chemise d'uniforme ensanglantée, les mèches de cheveux roux, et le fait que j'aie entendu la voix d'Alfred au téléphone... ça aussi ça s'explique beaucoup plus facilement si Liz était dans le coup. Elle pouvait récupérer des mèches de cheveux d'Alfred, puisque c'était elle qui lui coupait les cheveux, elle s'occupait aussi des courses d'effets scolaires, elle pouvait acheter très simplement une chemise de rab. Pour la voix...

— Pour la voix, rien de plus simple que de faire un petit enregistrement en douce. Rappelle-toi, ce que tu as entendu au téléphone c'était *Liz? Tu es là? Liz!* Alfred doit le dire dix fois par jour à la maison... et d'autres paroles auraient convenu tout autant. »

Graham avait beau se creuser la cervelle pour trouver un argument qui permette de disculper l'amah, tout pointait effectivement vers elle. Sa complicité était même la pierre angulaire de l'arnaque, sans laquelle rien n'aurait pu fonctionner.

« Maintenant qu'on est d'accord là-dessus, reprit Kwan, je vais pouvoir t'expliquer le rapport entre le faux rapt et le vol des documents. »

Il sortit de sa poche une petite plaquette de métal et la tendit à Graham.

« L'un des objectifs du rapt, c'était de pouvoir se procurer l'un de ces petits trucs. »

Graham observa la plaquette : il reconnut une copie de clé. D'une clé qui ressemblait fort à celle de son coffre-fort.

« Comment t'es-tu procuré ça ?
— Oh, très simplement. Pendant que tu te baignais, j'en ai fait une empreinte avec un petit kit de moulage de rien du tout. Mais ce n'est pas de ma copie que tu devrais t'inquiéter, c'est de celle qui est entre les mains des organisateurs de toute l'arnaque. »

Le regard de Graham allait de la copie au visage de Kwan.

« En apparence, l'enlèvement — l'escroquerie, l'arnaque, appelle-ça comme tu veux — a échoué parce qu'ils n'ont pas eu la rançon, mais le véritable objectif a été atteint. Ils ont eu accès à ton coffre et aux documents qui s'y trouvaient. »

Graham se taisait toujours.

« Le Snake Pit, les lingots, les délais contraints, tout ça c'était pour crédibiliser la version de l'enlèvement à tes yeux, pour que tu ne voies pas le reste. Idem pour la piscine ; tu as cru que c'était pour éviter l'emploi d'un émetteur, mais en réalité c'était pour que tu te changes et que tu foutes au vestiaire toutes tes affaires, y compris ce dont tu ne te sépares jamais en temps normal.

— Mon trousseau de clés...

— Oui. Si le seul objectif avait été d'empêcher la pose d'un émetteur, ils ne t'auraient pas fait perdre une demi-heure. Tu vois, tout avait été préparé très minutieusement. Même les coups de fil arrivaient à la minute près. Et d'un seul coup, tout risquait de tomber à l'eau, si j'ose dire, parce que tu ne trouvais pas la pièce ? Tu parles. Si elle avait été là, tu n'aurais pas mis autant de temps à la trouver. Et ils ne pouvaient pas risquer qu'elle soit repérée et embarquée par un nageur curieux. Quand j'étais au bord de la piscine et que je t'ai vu chercher désespérément sans rien trouver, j'ai compris que ça faisait partie du plan. Ils te faisaient perdre du temps volontairement. En additionnant cette déduction à mes réflexions précédentes, j'ai compris que ce qu'ils visaient, c'étaient tes clés.

— Attends! le coupa Graham. "Mes réflexions précédentes"? Tu savais déjà que l'enlèvement était bidon?

— Je l'avais compris au moment où nous étions assis ensemble, l'un à côté de l'autre, au Snake Pit.

— Au Snake Pit? Qu'est-ce que tu y as vu...

— Tu te souviens de ce que t'a dit ce serveur qui ne parlait pas très bien anglais?

— Euh... il m'a juste dit qu'on voulait me parler au téléphone.

— Il t'a appelé par ton nom, mais pas par ton nom exact.»

Graham se souvint : le vieux serveur lui avait demandé s'il s'appelait bien «M. Ha».

«Et alors? La plupart de mes collègues chinois ou des gens que je fréquente m'appellent par mon nom chinois.

— Au téléphone, le porte-parole des "ravisseurs" t'appelait toujours "M. Hill". Rappelle-toi qu'ils prétendaient croire que tu étais un riche homme d'affaires. Si ç'avait été vrai, ça aurait prouvé qu'ils n'avaient pas fait énormément de recherches sur ta famille, au-delà du strict minimum. Or, pour les employés de Nairn's House comme pour ceux de l'école anglophone d'Alfred, tu es connu comme M. Hill, et sur les habits d'Alfred comme sur ses cahiers de classe, il est partout marqué "Hill". Dans ce scénario, les ravisseurs n'avaient aucune raison de savoir que ton nom chinois était "Ha". Alors comment auraient-ils pu dire au serveur qu'ils voulaient parler à "M. Ha"? À partir de ce moment, j'ai plus ou moins su que toute l'affaire n'était qu'un vaste rideau de fumée et que le type au téléphone nous menait par le bout du nez. Cela dit, dès le début je trouvais déjà que cette histoire d'enlèvement n'était pas très crédible. Le kidnapping à Hong Kong, c'est plutôt réservé à des truands aguerris, qui préparent très bien leur coup et choisissent bien leur cible. Je trouvais extrêmement louche qu'ils s'attaquent à un fonctionnaire pas fortuné. Mais après tout, tout est possible, on ne pouvait pas écarter cette hypothèse dès le départ, surtout si la vie d'un gamin était en jeu.

— Et il a suffi que tu entendes ce serveur m'appeler "Ha" pour que tes soupçons soient confirmés?

— Pas tout à fait. Ce qui m'a fait basculer, c'était cette espèce de sac en forme de ceinture dans laquelle ils exigeaient que tu mettes les lingots avant d'aller dans le bassin, et le fait qu'ils t'envoient chercher les instructions au fond de l'eau.

— Pourquoi?

— Tu te rappelles combien le type voulait, au départ? Cinq cent mille dollars. Si tu les avais eus, tu aurais dû les changer contre très exactement *cent treize* lingots de cinq taëls. Ça n'aurait jamais tenu dans la ceinture. Et ne parlons pas du poids que ça représente : à peu près vingt kilos. C'est complètement ridicule de croire que tu aurais pu chercher la pièce au fond de l'eau avec vingt kilos de métal autour de la taille. Ça prouve que les bandits savaient très bien que tu n'aurais pas une somme pareille et que tu n'arriverais à la piscine qu'avec quelques kilos d'or. Autrement dit, ils connaissaient très bien l'état de tes finances dès le départ, ta situation professionnelle et ton identité réelle. Cette histoire de t'avoir confondu avec un riche homme d'affaires expatrié, c'était du cinéma. »

Graham se frappa le front de la main. Il se disait que, s'il n'avait pas été aussi paniqué par la menace pesant sur son fils, il aurait pu — il aurait dû — se rendre compte de cette anomalie.

« La raison pour laquelle je ne t'ai rien dit, c'est que je pensais que, pour que les organisateurs de l'arnaque se démasquent, il fallait jouer leur jeu et aller jusqu'au bout. Si je t'avais prévenu à ce moment-là, tu aurais changé de comportement, ça les aurait forcément alertés. Je suis désolé de vous avoir laissés, Stella et toi, dans une telle incertitude atroce... mais il fallait que je prouve que je ne m'étais pas trompé. C'est pour ça qu'après t'avoir vu chercher la pièce pendant vingt minutes sans rien trouver, je suis retourné au vestiaire. J'étais sûr à 80, 90 % que toute l'opération avait été montée pour pouvoir faire une copie de ta clé de coffre. Je me suis rechangé en vitesse, je suis allé à la voiture et j'ai récupéré dans le coffre quelques affaires que j'y entrepose en permanence dans une petite valise, comme mon kit de moulage. Je suis retourné au vestiaire et j'ai attendu l'occasion. »

Kwan sourit en se souvenant de l'air ahuri de Ah Mak, au volant de la voiture garée, quand il avait vu son chef d'équipe sortir de la piscine en courant, farfouiller dans le coffre et repartir aussi sec sans prononcer un seul mot.

« Au bout d'un moment, l'employé du vestiaire est parti aux toilettes. C'était trop beau. J'en étais à me demander si j'allais devoir jouer de ma qualité de policier pour le forcer à me laisser accéder à tes fringues, mais ça aurait risqué de tout gâcher. Je me suis faufilé dans la pièce où sont rangés tous les paniers, j'ai trouvé tes clés, et hop! en une minute c'était fait. Mais auparavant j'avais vu qu'il y avait pas mal de petits résidus métalliques sur ta clé, ça confirmait mes soupçons.

— Des résidus métalliques?

— Des traces du processus de copie de la clé. Pendant que tu labourais le fond de la piscine, eux, ils ont pris ta clé et sont allés en faire faire une copie, de façon moins artisanale que la mienne.

— Hein?

— Je pense que dans le vestiaire il y avait au moins un client qui était complice. Il avait repéré les numéros des plaques des paniers vides sur le comptoir de vestiaire, il savait lequel tu avais pris. Il avait préparé à l'avance une plaque identique à celles des paniers, mais sans numéro dessus. Il lui a suffi de tracer le bon numéro sur la plaque, de sortir quelques minutes et de revenir au guichet en tendant sa plaque à l'employé. Du coup il se retrouvait avec ton panier et tes affaires. Il a repéré la bonne clé, l'a sortie du trousseau, l'a filée à un autre complice qui est sorti dans la rue. Il y a plusieurs petits étals de serruriers pas loin de la piscine. Une fois la copie faite, le complice est revenu à la piscine, a rendu ta clé à l'autre, qui l'a remise au trousseau et a rendu le panier à l'employé du vestiaire. Ils n'avaient pas beaucoup de temps, ils n'ont pas pensé à essuyer les tout petits résidus métalliques qui sont projetés un peu partout, y compris sur l'original, par la machine utilisée par le serrurier. Ces résidus sont d'ailleurs tellement minuscules qu'on ne peut pas les repérer si on n'y fait pas attention comme je l'ai fait. Toi tu ne risquais pas de les voir... tu avais autre chose en tête que d'examiner tes clés une à une.

— Si je comprends bien, ils n'ont placé la pièce de monnaie avec l'autre plaque numérotée au fond de l'eau que quand ils ont terminé l'opération de copie de la clé ? Il y aurait donc eu aussi un complice parmi les nageurs...

— Oui, c'est probablement comme ça que ça s'est passé.

— Et tu crois que la perte de la rançon était aussi voulue ?

— Non, je crois que c'était vraiment un accident, sourit Kwan. Vu la peine qu'ils s'étaient donnée pout tout monter, ça ne les aurait pas dérangés outre mesure de s'approprier les lingots et les bijoux... Je pense que c'est le dieu de la Fortune qui t'a souri, sinon la rançon serait bel et bien tombée entre leurs mains.

— Alors le motard n'a vraiment pas eu de veine, dit Graham en riant jaune. D'autant plus qu'il a failli se faire attraper.

— Pas vraiment. À moto, dans ce quartier, il était à peu près sûr de semer la voiture suiveuse. Et j'ai tendance à penser que le "policier de repos" qui se promenait par là et a vu un type qui pourrait être le motard grimper dans une camionnette, était en fait le motard lui-même.

— Comment !

— Je t'ai dit que les responsables de toute cette combine sont des flics. Songe un peu, qui passera le mieux comme "témoin" ? Un collègue, bien sûr. Le motard a abandonné son casque et sa combinaison, a attendu ses poursuivants et leur a sorti l'histoire de la camionnette. Les autres n'avaient aucune raison de douter de lui. D'où aussi l'idée du sac-ceinture, qu'il pouvait dissimuler très facilement sous sa chemise… »

Graham s'appuya au dossier de son siège, les mains crispées sur le volant. Il avait failli se faire escroquer de plus d'un semestre de salaire. Mais il avait tout récupéré. Après avoir perdu ses économies et avoir galéré pendant des années pour éponger ses dettes. Il ne pouvait s'empêcher de penser que Dieu devait aimer plaisanter.

« D'accord… supposons qu'ils aient monté tout ça pour dupliquer la clé : il restait la serrure à combinaison. La clé ne suffit pas à ouvrir le coffre.

— Et pourtant moi je l'ai ouvert, dit Kwan, pointant du doigt les papiers sur les genoux de Graham.

— Hmmm… Ah, saligaud ! tu as retenu la combinaison quand tu m'as vu l'ouvrir ! dit Graham en souriant.

— Oui, ça n'a pas été trop difficile, répondit Kwan sur un ton beaucoup plus sévère. Le problème, c'est que je n'ai pas été le seul à te voir l'ouvrir et à la retenir. »

Graham le regarda, fit défiler les images de vendredi dans sa mémoire, quand il était allé récupérer les bijoux dans son bureau. Kwan fronçait les sourcils d'un air douloureux.

« Il n'y a qu'une seule explication, c'est que mon adjoint Tsui est dans le coup lui aussi. Ce n'est pas très surprenant qu'il y ait quelques pourris parmi mes hommes, seulement je n'avais jamais réussi à en prendre en défaut. Mais sur ce coup-ci il s'est dévoilé.

— Heu... tu ne crois pas que tu sautes un peu vite aux conclusions en ce qui le concerne ?

— Rappelle-toi : quand j'ai proposé de te prêter moi-même l'argent pour compléter ce qui te manquait ? Il est intervenu immédiatement. Il se foutait royalement du règlement, mais il savait que si je complétais la rançon, tu n'aurais pas besoin d'aller ouvrir ton coffre pour y prendre les bijoux, et il n'aurait pas l'occasion de tenter de retenir le code. De plus... il a été le premier à soulever l'idée que Liz puisse être complice des ravisseurs. C'était habile, parce que quand nous aurions finalement découvert qu'il n'y avait pas eu d'enlèvement, l'idée même d'une complicité quelconque de Liz s'écroulerait logiquement d'elle-même, en dissimulant le fait qu'elle pouvait simplement être juste complice de l'escroquerie apparente. »

Graham ne trouvait rien à répondre. La confirmation d'une complicité d'un de ses adjoints devait être très douloureuse pour Kwan.

« Ne t'inquiète pas pour moi, je gère..., dit ce dernier comme s'il lisait dans ses pensées.

— Comment pouvaient-ils connaître l'existence de nos bijoux ? demanda Graham.

— C'est Liz qui le leur a dit, elle avait dû voir ta femme les porter. On sait maintenant qu'ils savaient à peu près tout de toi et de ta famille, bien entendu grâce à elle. Quand je lui ai dit qu'on vous avait demandé une rançon de cent mille dollars, elle s'est exclamée qu'il n'y avait pas autant d'argent sur ton compte en banque... à force de vivre à vos côtés, elle en savait forcément beaucoup. »

Graham se sentit soudain empli de dégoût à l'idée

qu'une espionne méprisable les ait côtoyés et trompés, sa famille et lui, pendant si longtemps.

«Je crois qu'elle ne se rendait pas vraiment compte qu'elle vous faisait du mal, dit Kwan. Pour elle, ce n'était pas tellement grave de refiler quelques informations que les autres auraient de toute façon pu dégoter autrement. C'était un moyen comme un autre d'arrondir ses fins de mois... rien que de très naturel. À partir du moment où il n'arrivait rien à Alfred. À Hong Kong c'est comme ça que la société fonctionne aujourd'hui : c'est bien pour ça que le gouvernement a éprouvé le besoin de créer l'ICAC...

— Et comment aurait-elle su que je rapportais à la maison les copies des documents portant sur l'affaire de corruption de la police?

— Ça, elle n'en savait rien, mais les ripoux pouvaient le déduire à partir de ce qu'elle leur a dit de toi et de ce qu'ils ont appris par ailleurs. Ce n'est pas un secret que tu bosses à l'ICAC, et ils doivent avoir une idée générale des dossiers que tu traites. Vu ton caractère il y a neuf chances sur dix que tu ramènes du boulot à la maison... Il a suffi que Liz leur dise que "le patron s'enferme tous les soirs dans son bureau pour travailler", pour qu'ils devinent que tu rapportais aussi des documents confidentiels.

— Il y a encore un truc que je ne comprends pas. Puisqu'ils avaient quelqu'un dans la place, pourquoi se sont-ils donné autant de peine? Pourquoi n'ont-ils pas simplement demandé à Liz de voler la clé?

— Elle a essayé, mais n'y est pas arrivée.

— Comment le sais-tu?

— C'est toi qui me l'as dit. Tu nous as raconté qu'il y a deux semaines elle était entrée dans ta chambre alors que tu étais sous la douche. Elle devait avoir pour instruction de subtiliser la clé, ou bien tout simplement d'en prendre une empreinte comme je l'ai fait moi-même. Mais, même si elle avait réussi, il restait la combinaison ; tu en changes souvent ?

— Toutes les deux semaines à peu près.

— Tu vois, c'est donc ça qui leur posait le plus de problèmes. Ils ont donc été obligés de monter tout ce numéro qui leur permettait de faire d'une pierre deux coups. Ou plutôt d'une pierre trois coups, s'ils avaient réussi à garder la rançon… »

Graham leva les papiers qu'il tenait en main.

« Kwan, tu me dis qu'il y a des policiers qui veulent voler ces documents. Maintenant que je suis prévenu, il suffit que je change la combinaison un peu plus tôt.

— Quand ai-je dit qu'ils voulaient voler ces documents ?

— Hein ? mais c'est ce que tu viens de m'expliquer !

— Ils ne veulent pas les "voler". Ils veulent juste accéder aux données qui s'y trouvent. Et ils ne veulent pas que tu saches qu'ils y ont accédé, ce qui serait le cas s'ils les embarquaient. »

Graham pencha la tête, perplexe.

« Si tu découvrais que les documents avaient disparu, l'ICAC serait prévenue, et l'enquête risquerait de mettre au jour toute la combine de l'arnaque bidon. Ils préfèrent rester dans l'ombre et se servir des informations récoltées pour reprendre l'initiative. Pour cela ils doivent vous dissimuler les atouts qu'ils ont en main.

« Quand vous êtes allés au cinéma et au parc d'attractions ce week-end, est-ce que Liz vous accompagnait ?

— Mmm… non, nous sommes restés en famille.

— Et bien elle en a sûrement profité, hier ou avant-hier, pour ouvrir ton coffre elle-même, avec la clé et le code qu'ils lui ont donnés au préalable, ou pour laisser quelqu'un y accéder.

— Ah!

— Il leur suffisait de photographier les documents. Ainsi tu ne savais pas qu'ils y avaient eu accès. Et eux avaient tout ce qu'il leur fallait, et tout le temps qu'il leur fallait, pour faire dérailler le travail de l'ICAC en ce qui les concernait.

— Mais quand ils ont vu que les documents n'y étaient plus…

— Regarde bien ce que tu as dans la main.»

Graham retira les documents de leur chemise et les consulta de nouveau.

«Il manque huit feuillets…

— Huit feuillets que j'ai laissés dans ton coffre, dit Kwan en souriant. Ce qu'ils voulaient, je le leur ai donné… en partie. Plutôt que de cacher entièrement mon jeu à mes adversaires, je préfère leur en laisser voir un peu, comme si de rien n'était. Mais s'ils croient que c'est tout ce que j'ai, et ne savent pas qu'il me reste plein d'atouts dans les manches et dans les poches, alors la partie devient beaucoup plus rigolote.

— Tu veux dire que tu les as volontairement envoyés sur des fausses pistes?

— Ils ont trouvé huit feuillets dans le coffre, ce qui n'est pas rien, mais il n'y a rien dedans qui puisse les inquiéter réellement: j'y ai veillé… Ils savent par-dessus le marché que votre enquête n'en est plus au stade des recherches, mais de l'analyse et de l'exploitation. Ils vont forcément en déduire que c'est tout ce que vous avez, mais que vous vous en contentez, et que ton témoin, le trafiquant de drogue, n'a pas craché tout le morceau mais s'est tout simplement acheté une réduction de peine avec quelques révélations choisies. De cette façon, ils n'ont plus aucune raison de risquer de se dévoiler plus avant en prenant l'initiative de vous mettre des bâtons dans les roues, ni d'essayer de nouveau de savoir ce que toi tu connais d'eux; après ce faux enlèvement, qui sait ce dont ils auraient été capables pour leur deuxième ou leur troisième tentative...»

Graham comprit enfin pourquoi Kwan avait, lui, bien volé les documents. Il avait décidé de battre la clique des policiers corrompus à son propre jeu. Pour faciliter le grand coup de balai que préparait l'ICAC.

«OK... Kwan, mais si tout simplement ils avaient choisi de vraiment enlever Alfred? Je veux dire, s'ils avaient voulu vraiment donner une bonne leçon à l'investigateur en chef de l'ICAC, pourquoi ne pas le capturer en plus de se donner les moyens de récupérer les données des documents? Après tout, tu n'avais pas moyen de savoir que le rapt était vrai ou pas...

— Non. J'ai été rassuré dès que j'ai compris que l'un de leurs objectifs était de dupliquer ta clé; si Alfred avait été réellement enlevé, même si vous l'aviez récupéré sain et sauf, il est plus que probable que vous auriez quand même congédié Liz. Et il leur aurait alors été beaucoup plus difficile d'accéder à ton coffre. Pourquoi se compliquer la vie? Sans compter les risques de l'opération elle-même. Un enlèvement, c'est très, très délicat à mener correctement...»

Une fois de plus, Graham ne put qu'admirer la

logique de ce raisonnement. Il savait depuis longtemps que Kwan était un enquêteur très doué, mais il ne se doutait pas qu'en quelques années il avait fait de tels progrès. Ses déductions étaient impeccables et Graham ne voyait pas de faille au piège qu'il avait retourné contre ses collègues corrompus. Il repensa à l'époque où il tenait lui-même le rôle de l'ancien et était encore en mesure d'apprendre son métier à son interlocuteur, de lui en faire découvrir peu à peu toutes les ficelles. Il ressentit une vague honte d'être si nettement dépassé. Sept ans auparavant, Kwan n'avait que vingt-trois ans et avait débarqué à Londres pour sa longue formation de deux ans. C'était dans l'unité dirigée par Graham Hill qu'il avait effectué son stage d'application pratique.

«Ça me fait penser que ça fait trois ans que je suis à Hong Kong et qu'on n'a toujours pas déjeuné ensemble, sourit Graham.

— Aya! tu es maintenant un ponte de l'ICAC et je suis inspecteur de police... si on nous voyait ensemble, je crains fort que les rumeurs se mettraient immédiatement à galoper... ça risquerait de nous apporter, à tous les deux, plus d'ennuis qu'autre chose. On ne peut pas dire que l'ambiance soit au beau fixe entre l'ICAC et la Police royale depuis quelque temps... alors je ne vois pas trop comment nous pourrions trouver l'occasion de nous faire une bouffe!»

Kwan ne comprenait que trop bien qu'il devait garder ses distances avec Graham — et il savait que celui-ci le comprenait aussi. Quand il avait reçu son coup de téléphone affolé, vendredi vers midi, il avait été un peu surpris; le problème devait être grave pour que Graham consente à rompre l'obligation de discrétion qu'ils s'étaient imposée. La mention du rapt d'Alfred lui avait immédiatement fait soupçonner qu'il y avait anguille sous roche, mais en l'absence d'autres indices il avait bien été obligé de réagir dans le cadre des procédures normales. En tout état de cause, les corrompus étaient nombreux au sein de la police, et Kwan se disait que s'il n'avait pas pris l'affaire en main, ou si Graham était passé par d'autres voies pour alerter la police, d'autres que lui en auraient été chargés, et il y aurait eu des complices supplémentaires pour prendre la place de Vieux Tsui et mener à bien sa mission.

Il savait maintenant que ce dernier faisait partie des ripoux, mais vu l'ampleur du réseau, pour tout nettoyer il n'y avait d'autre moyen que de compter sur l'action déterminée de Graham et de ses collègues de l'ICAC.

« Je sais bien que ce n'est pas très poli de ma part de te demander ça, disait ce dernier, mais pourquoi as-tu décidé de me venir en aide à cette occasion ? Est-ce que les policiers ne se serrent pas plutôt les coudes d'habitude ?

— Oui, je pense qu'ils devraient se serrer les coudes et affronter ensemble l'ennemi. Mais la condition indispensable c'est qu'on ait tous le même ennemi. Et qu'on soit tous du côté de la justice. Ce n'est pas parce qu'un type porte le même uniforme que moi dans les cérémonies que je vais le soutenir aveuglément, ce serait vraiment trop con. Le problème de corruption dans la police est devenu un cancer si grave qu'il ne relève plus de la médecine mais de la chirurgie... il faut tailler dans le vif. Tu connais l'expression "suivre le bus" pour les flics qui refusent de toucher... j'ai toujours trouvé que c'était un comportement de lâche. Mais c'est vrai que personne n'a envie de se retrouver devant le bus pour se faire laminer. Alors moi j'ai décidé de courir à côté du bus. Et maintenant que tu m'as fourni l'occasion de lui dévisser les roues, je compte bien le renverser…

— Tu crois que nous — que l'ICAC a une chance de réussir ?

— Je n'en sais rien. Si les flics mouillés sont vraiment trop nombreux — dans cette affaire et dans d'autres —, peut-être que le gouvernement sera obligé de faire la part des choses et de décréter une amnistie. Mais même si on en arrive là, j'espère malgré tout que les vrais moutons noirs, ceux qui sont plus nuisibles qu'autre chose, seront inculpés, envoyés au tribunal, condamnés et disgraciés. Avec un peu de chance ça fera réfléchir tous les autres, ceux qui seront passés au travers des mailles de vos filets, et ils comprendront qu'ils ne peuvent plus continuer comme avant. »

Au-delà des eaux bleues de l'océan qui s'étendaient devant eux, Kwan avait le regard fixé sur l'avenir de la police. Il était inquiet de la façon dont les choses pouvaient tourner mais à l'inquiétude se mêlait de l'optimisme. Il ne savait pas qu'à côté de lui Graham partageait le même sentiment. Avec des policiers de la trempe de Kwan, tous les espoirs étaient permis.

L'inspecteur reprit, en ouvrant la portière :

« À toi de décider si tu informes Stella et si tu vires Liz ou pas. Mais peut-être vaut-il mieux ne pas risquer d'alerter ses autres employeurs… Et n'oublie quand même pas de demander un nouveau coffre… tu trouveras bien un prétexte.

— Tu ne veux même pas que je te ramène en ville ?

— Non, je reprends le bus. Inutile de courir des risques.

— Kwan… tu m'as tiré une sacrée épine du pied, je ne sais comment te remercier. Je te dois de pouvoir garder mon métier et mon honneur. Si tu as besoin de quoi que ce soit, n'hésite pas à me le demander, je ferai tout ce qui est en mon pouvoir…

— Eh oui, je crois que tu me dois en effet au moins une bonne bouffe, mais dans les deux ans qui viennent ça va être un peu difficile. »

Kwan se pencha, passa la tête à la vitre.

« Mais tu pourras faire quelque chose pour moi quand ce sera fini : il faudra que tu passes à la maison te montrer à ma femme et lui confirmer ton existence. Il y a trois, quatre ans, quand tu m'as demandé de me renseigner sur les écoles et sur les procédures d'admission, j'ai dû courir dans tout Hong Kong pendant des jours pour y arriver. Elle était ma fiancée à l'époque, et elle est toujours persuadée que je devais inscrire à l'école primaire un fils illégitime planqué quelque part… »

VI

EN SURSIS

1

J'ignore pourquoi Hong Kong a autant changé.

Rien qu'il y a quatre mois, je ne pouvais imaginer un instant que notre ville se retrouverait là où elle en est aujourd'hui. Si proche de sombrer dans la folie.

Mais la frontière entre la folie et la raison est de plus en plus étroite, au point qu'il est parfois difficile de les distinguer. Aussi difficile que de distinguer le bien du mal, le vrai du faux.

Peut-être ne sommes-nous capables que de prier pour notre propre sécurité. La survie devient en même temps notre seul objectif et notre seule raison d'être. Ridicule.

Peut-être aussi que je réfléchis trop. Je ne suis qu'un pauvre ignorant d'à peine vingt ans, je ne comprends pas, je suis sans doute incapable de comprendre la logique derrière tout ça.

Chaque fois que j'essaye de parler des problèmes de notre société avec grand frère, il se moque de moi.

«T'as même pas encore trouvé de vrai boulot! Qu'est-ce que t'as à foutre de ces grandes questions?»

Il a raison.

Grand frère a trois ans de plus que moi, nous

n'avons pas de lien de sang mais nous nous connaissons depuis longtemps. Aujourd'hui nous occupons tous les deux une même chambre dans une coloc minable — et accessoirement nous sommes embarqués dans la même galère. Ouais, des «frères de galère», voilà ce que nous sommes, comme dans ce film d'il y a quelques années avec Patrick Tse et Bowie Wu, qui jouent deux personnages appelés Désiré et Fortuné — deux pauvres types qui tirent le diable par la queue et doivent monter chaque jour toutes sortes de combines foireuses rien que pour avoir à bouffer. D'accord, grand frère et moi ne sommes pas encore tombés aussi bas, mais une fois le loyer payé et nos deux bols de riz descendus avec un peu de thé trop clair, nous avons du mal à mettre un dollar de côté.

Mon père est mort quand j'étais encore gamin, du coup j'ai dû commencer à gagner ma vie à peine sorti du collège. Je me trimbale de petit boulot en poste d'intérim depuis quelques années, mais depuis que la «tempête» a éclaté en mai, c'est vraiment dur de trouver quoi que ce soit. Partout c'est les appels à la grève et à la lutte; même un simple poste de manœuvre en usine est hors de portée. J'en suis réduit à faire quelques heures de remplacement dans la boutique de notre proprio et à lui servir de coursier.

Il s'appelle Ho Hei, il est dans la cinquantaine et gère avec sa femme un petit magasin qui porte son nom, sur Spring Garden Lane à Wan Chai. Le prénom de la mère Ho je l'ai oublié, et à vrai dire j'aurais tout aussi bien oublié le prénom du patron si je ne voyais pas tous les jours les caractères de son nom sur son enseigne. De toute façon je les appelle

M. et Mme Ho, ou même, selon l'ancienne tradition cantonaise, « monsieur le logeur » et « madame la logeuse ». La boutique est au rez-de-chaussée d'un petit immeuble à trois niveaux, au premier c'est l'appart de M. et Mme Ho, et le second étage est loué à des jeunes célibataires comme grand frère et moi, vu que les enfants Ho ont déménagé depuis longtemps. Sous les toits, on étouffe en été, on se les gèle en hiver, c'est pourri de bestioles et on fait toilettes et cuisine communes, autant dire que le matin il faut jouer des coudes. Mais vu la modicité du loyer, je ne me plains pas, j'ai même tendance à trouver que je suis plus « fortuné » que bien des gens. Les proprios sont sympas et ne nous pressent pas trop quand nous avons un peu de retard pour payer, de temps en temps ils nous invitent même à dîner. On ne dirait pas à le voir, mais je soupçonne M. Ho d'avoir quelques économies planquées bien au chaud, il se fout pas mal de ce qu'il gagne à côté, ouvrir et fermer sa boutique matin et soir c'est pour lui une habitude plus qu'autre chose.

Il nous répète souvent que les jeunes devraient avoir de l'ambition et qu'on ne devrait pas se contenter de rester des prolos toute notre vie. Je suis bien d'accord avec lui, et grand frère aussi, qui m'incite à profiter de mes moments de libre pour étudier l'anglais, histoire de sortir un peu du lot. Quand les marins américains débarquent en ville, on en voit de temps en temps à la boutique, qui s'achètent un Coca ou une bière, j'en profite chaque fois pour leur faire un brin de causette. Je ne sais pas très bien s'ils comprennent ce que je leur raconte.

En tout cas, il y a un moyen d'arriver à quelque chose auquel je pense tous les jours en lisant les petites annonces du journal dans le vain espoir de trouver un boulot convenable. C'est de passer le concours pour entrer dans la police. C'est vrai qu'il y a un proverbe qui dit «Un fils respectueux ne se fait pas policier». Mais de pouvoir mettre un peu d'ordre dans le bordel, d'être un peu du côté du manche pour changer, et puis aussi d'avoir enfin un revenu fixe et droit à un logement une fois marié, ça serait quand même idéal. Y a des gens qui disent qu'entrer dans la police ça revient à être chaque jour à la botte des étrangers, mais après tout si j'étais un employé en cravate dans une de ces belles tours de bureaux à Central, mon patron serait sans doute aussi un Occidental. La prétendue «solidarité de race», dans notre société c'est un bobard. Mais grand frère n'est pas très chaud, pour d'autres raisons. Il dit que la vie d'un flic ne vaut pas cher ces temps-ci, que le salaire versé par le gouvernement à ses policiers ne vaut pas qu'on devienne un martyr, un bouclier humain. Il dit que les policiers locaux servent de gardes du corps aux officiers anglais, et que si la situation dégénère vraiment ils seront les premiers pions sacrifiés.

Et il faut reconnaître qu'il n'a pas tout à fait tort.

En y repensant aujourd'hui, je réalise que ce qui a mis le feu aux poudres, c'était en fait un tout petit incident. Dans une usine à San Po Kong à Kowloon, le patron a sorti un nouveau règlement qui interdisait aux employés de prendre des congés ou quelque chose comme ça. Les ouvriers ont protesté. Les discussions n'ont abouti à rien, et le patron a trouvé un prétexte quelconque pour virer les représentants des ouvriers, qui se sont foutus en grève en réaction. Ils ont dénoncé ce chef immoral et ont empêché le fonctionnement de l'usine. La police a été envoyée sur place pour nettoyer le terrain, et la grève a tourné à l'insurrection. Les ouvriers se sont mis à balancer des caillasses et des cocktails Molotov sur les flics, les unités antiémeutes ont répondu avec leurs « fusils à matraque » : des lance-grenades lacrymogènes modifiés pour envoyer des projectiles en bois de vingt-deux centimètres de long sur trois et demi de diamètre, de presque deux cents grammes. Le gouvernement a décrété le couvre-feu sur l'est de Kowloon, tandis qu'en face toutes les organisations syndicales décidaient de se joindre au combat. Elles se croyaient investies de la ferveur révolutionnaire qui venait de l'autre côté de la frontière et ont sauté sur l'occasion de défier les autorités britanniques. Ce qui n'était qu'un simple conflit du travail s'est transformé d'un seul coup en féroce lutte politique. D'un différend entre un patron et ses ouvriers on est passé à un affrontement international entre le Royaume-Uni et la République populaire de Chine.

La situation est vite devenue incontrôlable.

Les ouvriers gauchistes de Hong Kong, avec l'appui de Pékin, ont formé un « Comité pour la lutte contre les persécutions britanniques à Hong Kong et Kowloon » — heureusement abrégé en « Comité de lutte ». Ils ont incité les foules à encercler les immeubles gouvernementaux, ont traité le gouvernement de régime fasciste qui s'en prenait au peuple et réprimait les gauchistes avec des méthodes dictatoriales. De son côté le gouvernement a refusé de céder d'un pouce, il a envoyé la police disperser les manifestations à coups de grenades lacrymogènes et a fait arrêter par la force les « fauteurs de troubles ». Les syndicats ont lancé une opération « ville morte », beaucoup de citoyens les ont suivis et certaines écoles qui leur étaient favorables ont même fermé leurs portes. Les autorités ont étendu le couvre-feu à toute la ville, une mesure qui n'avait pas été prise depuis la fin de la Seconde Guerre mondiale il y a plus de vingt ans.

Début juillet, un groupe de citoyens chinois ont tenté de passer en force la zone frontière au niveau de Sha Tau Kok, pour venir « prêter main-forte » aux ouvriers de Hong Kong. Les policiers gardes-frontières ont fait usage de leurs armes pour les chasser, et les milices populaires d'en face ont répliqué, ça a dégénéré en bataille rangée. Les policiers se sont retrouvés encerclés, leurs munitions épuisées, et quand une unité de l'armée britannique est arrivée en renfort il y en avait déjà eu cinq de tués — trois chinois et deux pakistanais.

Je me rappelle qu'au moment où la nouvelle est tombée à la radio, je me trouvais à la boutique avec le patron. M. Ho s'est demandé si les Chinois avaient décidé de profiter de l'incident pour accélérer la récupération de Hong Kong. J'avais déjà entendu dire que le « bail » de Hong Kong se terminait trente ans plus tard, en 1997, mais seul le Ciel savait, à ce moment-là, si le Président Mao allait envoyer l'Armée populaire de libération pour virer les Anglais, ou pas. Entre 1997 et 1967 après tout il n'y a qu'un petit chiffre de différence.

Quelques jours après l'incident de frontière, la rumeur a commencé à se répandre que les Anglais se préparaient à quitter le territoire, à laisser tomber Hong Kong. Il y a beaucoup d'Anglais qui vivent là, si la guerre éclate vraiment entre la Chine et le Royaume-Uni, ils vont tous vouloir fuir et les policiers locaux seront chargés de les protéger — avant d'être abandonnés à leur propre sort. Je n'ai plus fait allusion à mon idée d'entrer dans la police, mais c'était comme si j'entendais grand frère se moquer : « Tu vois, je te l'avais bien dit. »

Il s'est écoulé deux mois depuis l'incident et pour l'instant le conflit n'a pas éclaté. Mais l'idée que le Parti communiste a décidé de « libérer » Hong Kong continue à circuler. Le 22 juillet, les autorités coloniales ont décrété la loi martiale ; non seulement il est illégal de détenir des armes et des explosifs — c'était déjà le cas —, mais tous les gens qui se trouvent au même endroit, ou accompagnent quelqu'un arrêté en possession d'armes ou d'explosifs sont automatiquement inculpés. Idem pour les porteurs de tracts ou les poseurs d'affiches incitant à la révolte ou à la violence envers les autorités. Il suffit que trois personnes se trouvent ensemble pour qu'elles soient suspectées de rassemblement illégal. En plus des grands journaux qui bénéficient officiellement du soutien de Pékin, les Anglais ont interdit tout un tas de petites publications gauchistes, sans aucun scrupule. L'« État de droit », la « liberté de la presse », tu parles ! tout ça c'est devenu d'un seul coup des mots creux.

Mais il n'y a pas de fumée sans feu, et dans l'autre camp les gauchistes ont eux aussi recours à des moyens extrêmes pour « résister à l'oppression anglaise ».

Ils ont commencé à attaquer les policiers avec du vitriol et des explosifs utilisés par les pêcheurs, et ils sont passés aux bombes artisanales après que la police a aidé à prendre d'assaut le refuge de plusieurs dirigeants des comités de lutte. Ça fait maintenant plus d'un mois que Hong Kong subit des centaines et des centaines d'alertes et d'attentats à la bombe, les gauchistes appellent ça «la vague des vraies-fausses grenades», dont l'objectif est de faire courir la police dans tous les sens et de l'épuiser. Les vraies et les fausses bombes ont exactement la même apparence extérieure, en général c'est une boîte en métal ou un simple carton, mais pour les fausses du ciment remplace l'explosif. Les cibles sont les immeubles occupés par les agences gouvernementales, les stations du tramway, les abribus, les écoles qui n'obéissent pas aux directives gauchistes.

De nos jours on risque d'être victime d'un attentat rien qu'en sortant dans la rue. Moi j'avoue que j'étais plutôt pour les ouvriers au début, mais maintenant je ne peux plus m'identifier à eux. Les gauchistes disent qu'il faut répondre à la violence par la violence, que c'est un «mal nécessaire», que pour s'attaquer aux Anglais, le sacrifice en vaut la peine. Mais je ne comprends pas en quoi le fait de s'en prendre aux gens dont vous prétendez défendre la cause en «vaut la peine», comme ils disent. On est des êtres humains, pas des fourmis.

Dans ce genre d'ambiance, ce n'est pas étonnant qu'on en soit tout juste réduit à prier pour sa propre sécurité.

Je m'inquiète surtout pour grand frère, à cause de son boulot. Il est quelque chose comme un agent, il met des entreprises en contact les unes avec les autres, il est payé à la commission. Il n'a jamais eu de revenu fixe non plus, quand il manque de chance on doit se contenter du maigre salaire que M. Ho me donne, mais de temps en temps il est en fonds et il m'invite au salon de thé, à l'étage supérieur, le plus cher. Mais pour trouver des clients il est par monts et par vaux toute la journée, et il a beaucoup plus de risques que moi de tomber sur une manif qui dégénère ou sur une bombe posée dans la rue. Je lui ai dit de faire gaffe, mais il répond chaque fois : « Si mon heure a sonné, le roi des Enfers ne m'attendra pas un jour de plus, quoi que je fasse... Ça ne sert à rien d'avoir peur de la mort. Si tu en es là tu ne peux plus rien faire, si tu ne fais rien tu ne gagnes pas un rond et tu finis par crever de faim de toute façon. Qui ne risque rien n'a rien, mon petit frérot ! Souviens-t'en si tu veux faire fortune un jour. »

Je n'ai pas besoin de parcourir Hong Kong de long en large comme lui, mais parfois je dois quand même quitter la boutique pour faire une course ou une livraison pour M. Ho. Je m'efforce de diminuer les risques en gardant les yeux bien ouverts, et j'ai pris l'habitude, en me baladant dans le quartier, de repérer les individus ou les objets suspects. Souvent, les gauchistes affichent des slogans antigouvernementaux près des endroits où ils ont posé des explosifs, un peu comme les sentences collées autour des portes des maisons au moment du festival du Printemps. Sauf que là, sur la bande horizontale il y a marqué : « Compatriotes, n'approchez pas ! », et sur les deux bandes verticales, à gauche : « Brûlez vifs les porcs blancs », et à droite : « Faites sauter les chiens jaunes. » Cela dit, comme c'est écrit sur du papier blanc, ça ressemble à vrai dire plus à des inscriptions funéraires qu'autre chose. Les « porcs blancs », ce sont les Anglais, les « chiens jaunes » sont bien sûr les policiers chinois qui leur servent de chiens de garde. Pour les gauchistes, les Chinois qui risquent leur vie pour les étrangers ne sont rien d'autre que des traîtres envers la patrie et la nation chinoises, exactement comme ceux qui collaboraient avec les Japonais pendant la guerre, ils sont perdus pour la grande cause.

En retour les policiers chinois semblent haïr les gauchistes encore plus que leurs chefs blancs. J'ai été témoin plus d'une fois de brutalités de leur part.

En ces temps troublés, les gens ordinaires ont compris qu'il leur fallait se tenir à carreau. Si la police vous pose des questions, il ne faut surtout pas rouspéter, parce que la fois d'après ça se passera directement en cellule. Avant les émeutes de mai, la police disposait déjà d'un certain pouvoir... comme de pouvoir récolter «l'argent pour le thé»; de temps en temps, quand M. Ho se fait livrer, il y a des piles de marchandises qui encombrent la chaussée et il risque chaque fois une amende. S'il a pris au préalable ses précautions envers l'agent de la patrouille, ce genre de petit problème se règle à l'amiable. Mais depuis que les émeutes ont éclaté, les flics ont le droit d'interpeller n'importe quel individu «suspect», ou bien «entravant l'accomplissement de la mission des forces de l'ordre» ou encore «participant à un rassemblement illégal». Et la parole des policiers suffit pour l'inculpation... Qui eût cru qu'un jour à Hong Kong on puisse être déclaré coupable à partir de charges fictives ou fabriquées?

Dans notre petite rue de Wan Chai, je tombe souvent sur les deux agents qui sont affectés à la patrouille dans le quartier. Ils portent des matricules marrants, 6663 pour celui qui a l'air le plus âgé, 4447 pour son cadet. Je les appelle (en secret) Ah Trois et Ah Sept. Le mois dernier j'ai assisté à l'arrestation d'un type qui distribuait des tracts, ils lui sont tombés dessus d'un seul coup. Ni une ni deux, Ah Trois l'a empoigné d'une main et lui a balancé deux ou trois coups de matraque de l'autre, sans lui laisser le temps de s'expliquer, le type avait le visage couvert de sang. J'ai bien vu que le « coupable » n'avait même pas tenté de résister, ce n'était pas la peine de lui en mettre plein la gueule. Personne n'a osé s'interposer, de peur d'être déclaré complice et embarqué aussi.

Ah Sept n'a pas retenu son aîné cette fois-ci, mais je sais qu'il est plus régulier. Quand ils sont de patrouille, ils passent régulièrement devant notre boutique et s'offrent un soda. Ça ne coûte pas très cher à Ah Trois parce qu'il ne paye jamais, mais Ah Sept allonge chaque fois le prix exact, il n'y manque pas un cent. Je lui ai sorti un jour que le patron avait dit que c'était OK s'il ne payait pas, et je suis resté sur le cul quand il a répondu : « Si je ne paye pas, ton patron gagnera moins, tu risques de perdre ton boulot et de sombrer dans la délinquance, et moi je risque de me retrouver avec encore plus de travail ».

Ça m'a un peu rappelé ce que me disait grand frère.

Les boutiquiers du quartier ont bien compris qu'Ah Sept n'était pas un flic ripoux, mais qu'en revanche il était un peu trop à cheval sur la discipline et qu'il n'osait jamais contredire son aîné. C'est en le voyant que je me dis de temps en temps qu'être flic ça pourrait être un bon boulot. Du moins je me le disais avant le début des émeutes. Maintenant, vu la situation, ça ne serait évidemment pas très raisonnable de choisir ce job ; dès que les Anglais auront mis les bouts, les « chiens jaunes » deviendront les cibles préférées des séances de critiques publiques comme ils les pratiquent de l'autre côté de la frontière, Ah Trois et Ah Sept se retrouveront paradés dans les rues avec un écriteau en bois autour du cou et les foules pourront se lâcher et leur «régler leurs comptes».

Pas étonnant que la police ait des problèmes de recrutement. Ce n'est pas son seul souci : il y a eu aussi des désertions d'agents qui ont répondu aux appels des gauchistes ou ne souhaitaient pas se faire traiter de «fascistes» ni être mis dans le même panier que les Anglais ; il y a ceux qui ont la trouille d'être blessés ou tués pendant les émeutes ou en raison des bombes, et qui se portent pâles ou démissionnent. M. Ho vit à Wan Chai depuis toujours et connaît pas mal de gradés ; ils lui ont dit que, ces derniers temps, toutes les vacances et périodes de repos ont été suspendues, les agents doivent se tenir en alerte vingt-quatre heures sur vingt-quatre, peuvent recevoir à toute heure du jour et de la nuit un coup de fil leur ordonnant de retourner au charbon. Et en plus de leurs missions normales, ils participent aux opérations de déminage et de neutralisation des bombes.

Pour compenser et tenter de relever le moral des troupes, le gouvernement a augmenté les salaires de trois pour cent, revalorisé les heures supplémentaires et décidé que les repas dans les cantines seraient servis gratuitement. M. Ho dit que les sergents qui sont chargés de payer les primes et les heures sup se retrouvent de temps en temps avec leurs serviettes pleines de beaux billets.

D'un côté le gouvernement tente de retenir les flics avec de l'argent, de l'autre les gauchistes font de même avec les ouvriers.

Les grévistes n'ont plus aucun revenu, ils n'ont plus d'argent pour s'acheter à manger et on voit mal comment ils pourraient «lutter» dans ces conditions. Alors les leaders des syndicats accordent à chaque ouvrier gréviste un subside mensuel de cent ou deux cents dollars pour qu'ils continuent la grève et les manifs — c'est presque l'équivalent de leur salaire. Moi je ne sais pas d'où vient cet argent : certains disent que ce sont des «fonds révolutionnaires» qui viennent discrètement des caisses du gouvernement chinois; tout ce que j'ai compris c'est que la lutte est loin d'être simplement idéologique, il y a pas mal d'intérêts financiers en jeu. C'est ça la réalité des choses.

Le fait que les grévistes reçoivent des subsides, c'est une info que j'ai eue de première main : nos voisins sont justement deux militants. M. Ho loue trois chambres en tout, dans l'une il y a grand frère et moi, le locataire de la piaule adjacente est un journaliste qui s'appelle To Tze-keung, et dans la dernière il y a un ouvrier qui travaillait dans le textile, So Chung. À la fin de mai il a été viré parce qu'il avait milité pour la grève dans son usine. Bien qu'il ait perdu son travail, il n'a jamais aucun problème pour payer son loyer au proprio. Il y a quelques jours, par simple curiosité, je lui ai demandé comment il faisait : il m'a avoué que le syndicat le payait tous les mois, et lui filait même des primes pour des «missions spéciales». Il a essayé de me convaincre de rejoindre son organisation pour renverser l'oppression britannique, c'était «maintenant ou jamais» : une fois que la révolution aurait vaincu, tous les camarades qui auraient fait preuve de «pureté de pensée» et qui auraient «fait à temps le tri entre les alliés et les ennemis» recevraient des postes à responsabilité. Je n'ai pas clairement refusé, mais je lui ai dit que je devais en parler à grand frère avant de me décider. Je ne préfère pas imaginer ce qui pourrait se passer plus tard s'il me classait comme «réactionnaire».

J'ai l'impression que To Tze-keung est un peu comme moi, il n'est pas vraiment volontaire mais a été forcé à la révolte. En tout cas il n'est pas du tout aussi décidé et fervent que So Chung. Il travaillait à la rubrique économique dans un journal qui a été fermé par les autorités. C'est pour pouvoir survivre qu'il a rejoint la lutte, et je crois qu'il se dit aussi que c'est le seul moyen de retrouver son boulot si le journal reparaît après la «victoire». Mais quand on en discute il fait une telle tête que j'ai le sentiment que cette victoire, il n'y croit pas trop lui-même.

C'est quand même assez paradoxal. Chaque jour qui passe, je me dis avec la trouille au ventre que grand frère ou moi, on va péter sur une bombe, que le gouvernement va s'écrouler, que la société va partir en couille et que la ville entière va se transformer en champ de bataille. Mais chaque jour, je fais comme si de rien n'était, je donne le bonjour tous les matins à mes voisins les révoltés, puis je descends à la boutique pour aider M. Ho à faire ses petites affaires et je sers des sodas aux policiers fascistes. D'un côté les stations de radio s'en prennent avec virulence aux gauchistes et les accusent de briser la paix publique, de l'autre les éditoriaux des derniers journaux proches de Pékin reprochent à l'armée et à la police de «réprimer férocement» les organisations patriotiques. Les deux côtés se réclament de la justice, et nous le populo on est pris entre deux feux, abusés et humiliés de tous les côtés.

Jusqu'au 17 août, j'ai cru que ça continuerait comme ça, que je pourrais me démerder tant bien que mal jusqu'à ce que les violences s'arrêtent ou que les Anglais se retirent définitivement.

Je ne savais pas que j'allais surprendre une conversation qui m'obligerait à me jeter moi-même dans la tourmente et à m'exposer au danger.

2

« Vous êtes sûr que l'ananas ne va pas nous sauter à la figure pendant le trajet ? »

J'étais encore à moitié endormi quand j'ai entendu ça. J'ai cru que je rêvais toujours, et j'ai mis un petit moment à réaliser que ce n'était pas le cas.

La voix venait de l'autre côté du mur.

Ce matin-là, le nouveau frigo que M. Ho avait commandé avait été livré à la boutique. On s'était tous marché sur les pieds, les Ho et moi, pour transférer bières et sodas de l'ancien au nouveau frigo, et puis j'avais dû charger l'ancien dans la brouette pour aller le fourguer au magasin d'articles d'occasion qui se trouve à cinq rues de là. J'avais donné l'argent de la vente à M. Ho, il m'a dit que j'avais l'air d'avoir attrapé un bon coup de chaud et que je pouvais aller me reposer, il s'occuperait tout seul de la boutique l'après-midi. Alors, après le déjeuner, j'étais rentré dans ma chambre pour un petit roupillon.

C'est la conversation dans la piaule d'à côté qui l'a interrompu.

J'ai regardé mon réveille-matin, il était deux heures dix, j'avais dormi une heure. J'ai reconnu tout de suite la voix un peu aiguë de So Chung, le type qui avait essayé de m'enrôler. Pourtant la chambre appartenait au journaliste sans emploi, To. Qu'est-ce que So y faisait ?

« Monsieur So, pas si fort, on pourrait vous entendre… »

Cette fois c'était bien To Tze-keung qui parlait.

« Qui pourrait m'entendre ? a répondu So. Les frangins d'à côté sont au boulot, le père Ho aussi, sa femme vient de sortir. »

C'est vrai que d'habitude, à cette heure, j'étais à la boutique ou bien à droite à gauche à faire les livraisons de M. Ho.

J'ai entendu une grosse voix qui disait :

« Et si on nous entendait ? Nous sommes fiers d'être des enfants de la Chine, d'accomplir notre grande tâche révolutionnaire ! Il n'y a pas de honte à risquer sa tête ou à verser son sang. Même si nous échouons, l'impérialisme anglais finira un jour par devoir se soumettre devant les avancées grandioses du socialisme dans notre mère patrie… »

Je ne pouvais pas voir l'orateur mais j'imaginais facilement la mine qu'il prenait en déclamant son discours. Si je ne me trompais pas, cette voix appartenait à l'un des « camarades » de So Chung, un jeune nommé Tseng Tin-sang. So nous l'avait présenté en disant qu'il faisait lui aussi partie des militants licenciés de l'usine textile.

« Ah Tseng, tu ne peux pas parler comme ça. Les impérialistes anglais sont perfides et dangereux… Nous ne devons rien faire qui puisse donner l'avantage à l'ennemi. »

Cette voix-ci, je ne l'avais jamais entendue. Mais vu le ton employé, ce n'était pas difficile de conclure que son propriétaire était le supérieur des trois autres.

« Maître Chow a raison, nous avons l'obligation de réussir cette mission », a dit So Chung.

Maître Chow ? C'était la première fois que j'entendais ce nom-là.

« Bon... Pour résumer, Ah To et Ah So partiront de North Point, je les attendrai ici, a continué le Chow en question. Une fois qu'on sera rassemblés... nous appliquerons ce qui a été convenu, et quand ce sera fait nous nous disperserons immédiatement, dans le terminal des ferrys de Jordan Road.

— Ouais, mais dans le détail ?... a demandé So Chung.

— Je vous l'ai dit, Ah To et toi ferez diversion pendant que j'agirai.

— Maître Chow, vous dites "faire diversion", c'est bien joli mais en quoi ça consiste exactement ?

— On verra quand on y sera, comment voulez-vous que je sache comment sera la situation exacte sur le terrain ? Il me faudra moins d'une demi-minute, ça ne devrait pas être trop dur d'attirer leur attention pour un si court moment.

— Mais vous croyez vraiment que ce sera si simple ? La cible numéro un n'est sûrement pas si facile à avoir...

— Ah To, rassure-toi. Je peux t'affirmer qu'elle est beaucoup plus vulnérable que tu ne le penses. C'est comme si on les attaquait dans leur angle mort. Les porcs blancs s'attendent à tout sauf à ça. Le souffle de cette bombe va leur faire écarquiller grand les yeux et fera trembler sur ses bases ce qui reste de l'empire anglais. »

C'est à cet instant seulement que j'ai réalisé que

ce que j'entendais était extrêmement sérieux. Ils étaient en train de préparer un attentat à la bombe. Malgré l'atmosphère étouffante qui régnait dans ma chambre en ce début d'après-midi, j'ai soudain été pris de sueurs froides. Je n'osais pas bouger d'un poil, de peur que mon vieux lit défoncé grince atrocement. Je m'efforçais de faire le moins de bruit possible en respirant. S'ils découvraient que je les avais entendus, est-ce qu'ils allaient aussi me tuer au nom de la grande cause patriotique ?

« Ah To, rappelle-toi que le plus dur c'est Ah Tseng qui s'en charge », a repris So Chung.

Sa voix me parvenait soudain beaucoup plus faiblement. Je me suis dit qu'avant, il était contre le mur, mais qu'il avait dû s'en éloigner. Tseng Tin-sang a répondu lui-même :

« Le Président Mao a dit : *S'armer de résolution, ne reculer devant aucun sacrifice et surmonter toutes les difficultés pour remporter la victoire.* J'accomplirai ma mission coûte que coûte ! Armé de la pensée Mao Tsé-toung, je vais infliger une sévère défaite à l'ennemi !

— Après cette opération, les grands chefs sauront te récompenser, lui a dit Chow.

— Les médailles je m'en fous ! Je suis là pour lutter jusqu'à la mort, qu'importe si les fascistes me tuent !

— Bien dit ! Ah Tseng, tu es un modèle pour la jeunesse patriotique.

— Mais…, a dit To d'une voix qu'il tentait d'affermir, je… je veux dire… est-ce que c'est nécessaire de poser cette bombe ? Vous êtes sûr qu'on ne risque pas de blesser des passants ?

— Ah To, tu prends les choses par le mauvais

bout, a répondu So Chung. Ce sont les impérialistes qui nous obligent à riposter de cette façon. Cette bombe, c'est le seul moyen d'agir qui nous reste alors que nous sommes à bout de ressources.

— Absolument! Qui sème le vent récolte la tempête! Les porcs blancs tuent nos compatriotes à coups de fusil, oppriment le peuple innocent et usent de la violence envers lui. Ils n'ont aucun scrupule quant au choix de *leurs* moyens! Les "ananas" que nous leur envoyons, c'est à peine un dixième de ce qu'ils nous infligent. Nous ne posons pas nos bombes pour blesser des gens, mais pour paralyser les forces de répression. C'est la base de la tactique de guérilla intelligente. Si nous voulions tuer le plus de gens possible, pourquoi est-ce que nous préviendrions tout le monde en collant des avertissements comme : "Compatriotes, ne vous approchez pas"?»

Maître Chow avait sorti cette longue tirade. La grosse voix de Tseng Tin-sang a enchaîné :

«Ah To, tu n'as pas oublié les directives des plus hauts dirigeants? Rappelle-toi : *La Révolution n'est pas un dîner de gala*, *La mort est chose fréquente*. Si les Anglais abandonnent la partie, le sacrifice de quelques citoyens n'aura pas été vain. Ils auront versé leur sang pour la victoire de la nation, pour tous leurs compatriotes et pour la patrie!

— Oui! Souviens-toi de Tsoi Nam, abattu par les porcs blancs! Souviens-toi de Tsui Tin-po, frappé à mort au poste de police! Si nous ne nous battons pas, qui sait si la prochaine victime ne sera pas toi ou moi?

— Mais, Ah So...

— Quoi, "mais"?!! Tu as toi-même subi l'arbitraire du gouvernement fasciste qui a fermé ton journal. Tu as vu de tes propres yeux ces chiens de flics détruire votre matos et vous casser la gueule ! Ah To ! Tu n'as même pas un peu de colère en toi ? Tu n'as pas envie de te venger ?

— Tu dis vrai... »

Les arguments de To Tze-keung n'avaient pas tenu longtemps devant l'enthousiasme des autres. Chow a clos la discussion.

« Quoi qu'il en soit... après-demain, ce n'est que la première vague... le premier coup de canon qui va faire chier les Anglais dans leur froc ! Les deuxième et troisième vagues, les jours d'après, renverseront définitivement les autorités coloniales ! Les Portugais à Macao ont déjà cédé devant la volonté des masses. Les derniers jours des porcs blancs à Hong Kong sont proches ! »

En décembre de l'année dernière il y a eu des affrontements entre la police et la population à Macao, les Portugais ont répliqué avec une violence extrême, abattant plus de deux cents personnes. Les autorités provinciales du Guangdong ont protesté et finalement le gouvernement portugais, sous la pression, a publié un communiqué pour « demander pardon » à la communauté chinoise et « reconnaître sa culpabilité ». Ces événements ont sans doute constitué un véritable aiguillon pour les gauchistes de Hong Kong, qui n'ont plus attendu que la première occasion pour agir.

« Ah So et Ah To, dès la fin de cette réunion, vous ne devrez plus me contacter avant l'opération. Mais en cas de besoin, nous nous réunirons ici, cette chambre nous servira de base. Mon appartement est déjà sous la surveillance des chiens jaunes.

— Bah, vous n'habitez pas très loin, a répondu So

en riant. Tout ira bien du moment que vous ne les amenez pas ici !

— Ne t'en fais pas, je ne suis pas assez imprudent pour ça ! N'empêche, tiens-toi à carreau, il ne s'agit pas d'attirer leur attention d'ici après-demain. »

Tseng a explosé :

« Hmmf ! Ça fait si longtemps que j'attends de les voir partir la queue entre les jambes ! On va en faire un bon ragoût de clébard, de tous ces salopards !

— Tu as le dernier mot, Ah Tseng. Et surtout, merci pour ce que tu vas faire... Allez, vous connaissez tous votre mission, terminé pour aujourd'hui. Voilà un peu d'argent pour les frais... et payez-vous un bon repas ce soir, avec un peu d'alcool pour vous détendre ! Pas d'excès surtout, je vous veux en forme après-demain.

— Maître Chow, vous ne voulez pas déjeuner avec nous ?

— Il faut qu'on nous voie ensemble le moins possible. Et c'est vous qui risquez d'être mouillés si on vous prend en ma compagnie... Je pars d'abord, attendez un petit moment avant de sortir l'un après l'autre. Vous ne m'avez jamais vu !

— Très bien, maître Chow, alors à après-demain. »

Après ces derniers mots prononcés par So Chung, j'ai entendu les quatre comploteurs se lever et le grincement d'une porte qui s'ouvrait. J'ai profité du bruit pour quitter enfin mon lit et me mettre à genoux contre la porte de ma chambre en y collant mon oreille. Je voulais surtout éviter qu'ils aperçoivent ma silhouette sur le plumard à travers le carreau de la porte en verre dépoli. Maître Chow parti, les trois autres sont restés une bonne demi-heure dans la pièce commune, à discuter du choix du restau. Je n'ai commencé à respirer librement qu'après leur départ. Je ne crois pas qu'ils se soient doutés de ma présence.

J'ai entrouvert doucement la porte et passé la tête pour m'assurer que j'étais bien seul dans l'appartement. Puis je me suis rué à la salle de bains pour pisser. Je m'étais retenu si longtemps que j'avais commencé à chercher du regard une bouteille dans la chambre.

De retour, j'ai réfléchi à ce que j'avais entendu. Si So Chung ou To Tze-keung revenaient à ce moment, je pouvais leur dire que je rentrais juste de la boutique, ils ne se méfieraient pas. Mais ça ne m'avançait pas beaucoup d'être rassuré sur ce point-là, je ne savais toujours pas quoi faire des « infos secrètes » que j'avais récoltées par hasard.

Ce dénommé Chow, il devait avoir quarante ou cinquante ans, d'après sa voix. C'était peut-être un cadre d'un syndicat. Les trois autres avaient la vingtaine, ils étaient jeunes et en colère, typiquement le genre de types que les gauchistes recherchaient. Peut-être bien qu'ils avaient raison, au fond, de vouloir lutter contre les injustices de la société, mais poser des bombes pour ça c'était la façon la plus stupide de le faire.

Le pouvoir ça consiste à convaincre certaines personnes de se faire crever la peau pour vous, que ce soit pour de l'argent, pour un idéal ou pour une idéologie. La plupart des gens pourraient se contenter de mener une petite vie tranquille. Mais agitez-leur un hochet suffisant sous le nez, donnez-leur un but grandiose dans la vie, et ils vous suivront comme des chiens fidèles. Les discours de maître Chow sonnaient haut et clair, mais de mon point de vue, pour des types comme lui, So Chung et ses copains étaient exactement la même chose que ceux qu'ils qualifiaient de «chiens jaunes» : de la chair à canon.

Si je disais ça à un type comme ce Chow, il me reprocherait sûrement d'être à la solde des fascistes, il affirmerait que le Parti et la Nation n'oublieraient jamais les patriotes, mais moi je suis absolument certain que tous ces petits rôles termineront dans les poubelles de l'Histoire. Ce n'est pas pour rien qu'il existe des proverbes qui se vérifient depuis des milliers d'années, comme «le lièvre tué, on cuit le limier» ou plus vulgairement, «quand on a pressé l'orange, on jette l'écorce». Et je ne parle même pas de ce qui se passerait si leur révolution échouait et si les Anglais ne décampaient pas, finalement : qu'est-ce qu'ils deviendraient, tous ceux qui se sont laissé embobiner par les gauchistes? Peut-être bien qu'ils auraient eu leur petite heure de gloire comme «guerriers indomptables du socialisme» ou comme modèles pour les jeunes recrues, mais est-ce que quelqu'un accepterait de les embaucher, ou de s'occuper d'eux pour qu'ils puissent vivre dignement? J'en doute fort. Et plus les petites mains sont nombreuses, moins elles sont importantes dans le grand ordre des choses. Tu crois que tu es un héros parce que tu as posé une bombe, mais en fait il y a des centaines, des milliers de pauvres types comme toi qui se sont sacrifiés au même moment.

Parce que dans la réalité le pouvoir c'est comme le pognon, il restera toujours concentré dans les mains de quelques-uns.

Le même soir, j'ai croisé So Chung et To Tzekeung. So était dans son état normal, dès qu'il m'a vu il a de nouveau essayé de me persuader de rejoindre son «organisation», mais To était encore plus réservé que d'habitude. M. Ho et sa femme ne semblaient s'être aperçus de rien, et de mon côté je n'avais pas évoqué la question avec grand frère. Un secret divulgué n'est plus un secret et, si je lui parlais de tout ça, il voudrait forcément partager mon fardeau.

Cette nuit-là je n'ai pas bien dormi, je n'ai pas arrêté de penser à leur «action», ça me travaillait. Le lendemain, j'ai fait comme si de rien n'était et je suis retourné à la boutique. On avait beau avoir changé le frigo et installé le nouveau meuble vitré sur le trottoir, notre rue ne s'en est pas trouvée beaucoup plus fréquentée, on n'a pas eu plus de clients d'un coup. Le patron était derrière son comptoir à lire le journal, j'étais sur un tabouret à la porte d'entrée, j'écoutais la radio en agitant mon éventail. Entre deux pubs et deux chansons mièvres, c'étaient les mêmes sempiternelles déblatérations sur la «racaille gauchiste» qui perturbait l'ordre public, ou sur les «méprisables vermines sans foi ni loi», sur le ton sarcastique habituel. Je trouvais ça lassant mais je m'en foutais un peu. J'imagine que pour les gens qui se sentent visés, c'est susceptible d'être assez énervant.

Un peu avant onze heures, un type est arrivé. Il me rappelait vaguement quelqu'un, ça m'est vite revenu : c'était le camarade de So Chung, le Tseng Tin-sang à la grosse voix. Il m'a tendu quarante cents en demandant un Coca.

Dix minutes plus tôt, le proprio s'était absenté sous un prétexte quelconque. J'ai pris un Coca dans le frigo, j'ai encaissé l'argent, puis je suis retourné à mon tabouret avec le journal de M. Ho. Du coin de l'œil je surveillais Tseng qui traînait dans le coin, je me disais qu'il voulait sans doute voir ses complices à l'étage. Il restait devant la boutique, l'épaule contre le nouveau frigo, une main dans la poche de son futal, le regard tourné vers le coin de la rue. Il se donnait beaucoup de mal pour avoir l'air d'un jean-foutre. Moi je pensais : « S'il te plaît, bois vite ton Coca et casse-toi. » Je savais que c'était à peu près l'heure où Ah Trois et Ah Sept allaient se pointer. D'après ce que j'avais entendu la veille, Tseng était bien du genre à leur chercher des crosses.

Quand on parle du loup... pile à ce moment, mes deux policiers ont fait leur apparition. Ils avançaient d'un pas lent dans la rue, épaule contre épaule. Ils sont passés devant le marchand de nouilles au bout de la rue, le drugstore, le tailleur, et ils sont arrivés à la boutique.

« Un Coca et un soda, s'il vous plaît. »

C'était Ah Sept, qui me payait juste sa propre boisson, comme à l'accoutumée : trente cents.

J'ai sorti les deux bouteilles du frigo et leur ai données. Ils se sont mis à boire en discutant entre eux, sans voir que j'avais les bonbons qui collaient au papier — derrière eux, le « poseur de bombes » buvait comme eux et les écoutait.

« Journal de onze heures », a fait la voix de la speakerine à la radio. « Nouvelle alerte à la bombe devant la cour de Causeway Bay, la rue bouclée par la police. Les véhicules et les piétons sont priés d'emprunter une autre voie. À dix heures quinze ce matin, un employé du tribunal a découvert un colis suspect devant le portail et a immédiatement prévenu la police. Une intervention est en cours. La police ne confirme pas encore s'il s'agit d'une vraie bombe ou d'une fausse alerte. »

De ma place, j'ai vu un sourire naître au coin des lèvres de Tseng. Ce ne pouvait pas être lui qui l'avait posée, celle-là ?

« Le général de corps d'armée aérienne Fletcher, chef d'état-major adjoint de la Royal Air Force, est arrivé ce matin à l'aube à Hong Kong pour une visite de cinq jours. Il rencontrera le gouverneur cet après-midi, puis présidera demain une cérémonie sur la base aérienne de Kai Tak. Il y assistera également à un dîner offert conjointement en son honneur par les unités des forces armées britanniques et de la Police de Hong Kong. Avant son arrivée sur le territoire, le général Fletcher a approuvé le lieutenant-général Carver, commandant en chef pour l'Extrême-Orient, qui a déclaré que les meilleurs défenseurs de l'ordre et de la stabilité de Hong Kong sont les citoyens eux-mêmes, en première ligne, puis la police en deuxième ligne. En troisième ligne, les forces armées britanniques seront toujours présentes en cas de nécessité pour prêter renfort aux autorités... »

« Ha ! Saloperies de porcs blancs ! »

En entendant ces mots j'ai soudain eu la chair de poule. J'ai relevé brusquement la tête, Tseng sirotait tranquillement son Coca, une expression de mépris peinte sur le visage. À moins de deux mètres, les deux policiers le dévisageaient, les yeux ronds.

« Qu'est-ce que vous avez dit ? a fini par cracher Ah Trois.

— J'ai dit quelque chose ? a dit Tseng en continuant à boire.

— Je viens d'entendre "saloperies de porcs blancs"...

— Oh, j'avais cru voir que vous aviez la peau un peu plus sombre... en fait vous êtes aussi des porcs blancs ? »

Houlà, ça va mal finir, j'ai pensé.

« Posez votre bouteille et mettez-vous le long du mur !

— Quelle loi j'ai enfreint ? De quel droit vous me donnez des ordres ?

— De mon droit de fouiller au corps un individu présent sans raison apparente sur la voie publique et suspect de porter une arme sur lui ou du matériel de propagande !

— C'est bien ce que je me disais ! Il faut vraiment être soi-même un chien jaune pour faire tout un fromage d'un petit juron de rien du tout !

— Petit trou du cul ! Répète si tu l'oses !

— Es – pèce – de – chien – jaune ! »

Ah Trois avait déjà empoigné son bâton et l'a abattu sur le crâne de Tseng. La bouteille de Coca est tombée par terre et s'est brisée en mille morceaux. Tseng a basculé sur la droite, ça n'a pas arrêté le policier qui lui a mis un second grand coup, cette fois du bout du bâton, dans la poitrine.

« Wouff !... »

Tseng a poussé comme un grand soupir et perdu l'équilibre. Il a sorti la main gauche de sa poche et s'est rattrapé à la cravate d'Ah Trois. Mais je n'ai pas vu ce qui s'est passé juste après — mon attention avait été attirée par une petite feuille de papier tombée de sa poche qui est venue se poser à mes pieds en flottant. Par réflexe, je me suis penché et je l'ai ramassée, j'ai jeté un coup d'œil à ce qui y était écrit. Et puis je me suis rendu compte que j'étais en train de me mêler de ce qui ne me regardait pas, et j'ai tout de suite tendu le papier à Ah Sept. Heureusement que c'était lui et qu'il avait tout vu, si je n'avais eu affaire qu'à Ah Trois, il aurait tout aussi bien pu me prendre pour un complice de Tseng.

Ah Sept a froncé les sourcils et est allé parler tout bas à Ah Trois qui était encore en train de taper sur Tseng. Il lui a mis le papier devant les yeux, et l'autre s'est immédiatement arrêté. Il s'est tourné vers moi et m'a demandé nerveusement :

« Où est le téléphone ? »

J'ai montré du doigt l'appareil qui pendait au mur. Ah Trois a passé les menottes à Tseng qui avait le visage couvert de sang, et l'a laissé à la garde de Ah Sept. Il a soulevé le combiné et composé un numéro. Il a raccroché après seulement quelques phrases. Plusieurs minutes plus tard, une voiture de police est arrivée, deux flics en sont descendus et ont embarqué Tseng. Ah Trois et Ah Sept sont montés avec eux.

L'incident n'avait pas échappé aux boutiquiers et aux clients de la rue, qui avaient assisté furtivement à la scène, de l'intérieur des boutiques. Je sentais que ce n'était pas tellement de la curiosité malsaine de leur part que la peur d'une bombe, ils vérifiaient s'ils pouvaient sortir sans danger. Après le départ du véhicule, tout est revenu à la normale. J'ai balayé les morceaux de verre sur le trottoir et je me suis rassis à ma place. Quand le patron est revenu, je lui ai raconté que la police avait arrêté un suspect et qu'on en serait un peu de notre poche : il y avait une bouteille de cassée alors que Tseng n'avait pas payé la consigne. M. Ho a soupiré.

« Ah, à notre époque il vaut mieux ne pas parler à tort et à travers... les râleurs et les forts en gueule ne s'attirent que des ennuis. Garde le silence et tu vivras longtemps. »

Ouais, je me demandais quand même si c'était si simple. Il suffit de s'écraser pour vivre longtemps ? Il y a pourtant plein de gens qui s'écrasent et en prennent quand même plein la tronche. En silence.

Et moi, en plus, j'avais l'impression que j'en savais trop pour me taire. Pourquoi est-ce que j'avais, pour mon malheur, une si bonne mémoire ? J'aurais préféré oublier tout de suite ce qu'il y avait écrit sur le papier tombé de la poche de Tseng :

« X. 10 h 00 : tribunal de Causeway Bay (Vraie)
19/8 :
1. 10 h 30 : casernement de la police à Tsim Sha Tsui (Fausse)
2. 13 h 40 : tribunal de Central (Fausse)
3. 16 h 00 : Murray House (Vraie)
4. 17 h 00 : gare routière de Shatin (Vraie) »

L'après-midi, les nouvelles à la radio ont encore parlé de l'alerte à la bombe au tribunal de Causeway Bay sur Electric Road. L'armée avait envoyé une équipe de démineurs qui ont fait exploser le colis suspect : ils ont confirmé que c'était une bombe avec un potentiel létal considérable. Une vraie.

Comme c'était marqué sur le papier de Tseng.

Pas besoin d'être grand clerc pour comprendre que ces quelques lignes étaient un « plan de mission » d'une équipe de terroristes gauchistes.

Le 19 août, le lendemain, il y aurait quatre bombes posées, dont deux réelles et deux factices. La découverte du papier par les deux policiers pendant leur patrouille était intervenue un peu tard pour empêcher la pose de la bombe à Causeway Bay, mais vu qu'ils avaient entendu comme moi la nouvelle à la radio, ils ont tout de suite compris le sens de ce qu'il y avait écrit sur cette feuille de papier. Malgré la présence de ce «X» qui n'était pas très clair.

Même si ce n'était pas Tseng lui-même qui avait posé la bombe, ce papier prouvait qu'il était au moins en relation avec les coupables. Si ça s'était passé il y a quelques mois, ça n'aurait pas été suffisant, vu qu'il n'y avait pas écrit «bombe» ou «attentat» dessus; Tseng aurait pu prétendre qu'il ne s'agissait que d'une coïncidence et s'en serait tiré les couilles nettes. Aujourd'hui, avec la loi martiale en vigueur, même sans indication de date, le simple fait qu'il ait eu en sa possession un papier marqué «10 h 00 : tribunal de Causeway Bay» allait au moins lui valoir un interrogatoire «musclé».

Mais bien sûr, c'étaient les lignes suivantes qui avaient rendu Ah Trois et Ah Sept si nerveux. La connaissance préalable des cibles des terroristes allait permettre à la police de tendre ses filets et d'attendre bien tranquillement en embuscade qu'ils viennent y tomber.

Enfin, en théorie, parce que moi je trouvais qu'il y avait quelque chose de pas très clair dans cette histoire.

Pourtant, les quatre cibles avaient toutes l'air de relever d'un choix assez logique. Le casernement était là où les «chiens jaunes» célibataires passaient la nuit, le tribunal de Central était la cour qui avait condamné sans preuves un grand nombre de militants, symbole de la justice partiale, Murray House était l'un des immeubles occupés par les «porcs blancs» du gouvernement colonial. La gare routière de Shatin n'avait pas grand-chose à voir avec le gouvernement, mais représentait une excellente cible pour les gauchistes s'ils voulaient semer le plus de bordel possible. Et une explosion dans ce genre d'endroit serait un grave coup porté à la crédibilité des autorités.

Ce n'était donc pas ça qui me gênait.

La veille, j'avais entendu maître Chow dire : *... quand ce sera fait nous nous disperserons immédiatement dans le terminal des ferrys de Jordan Road.*

Alors pourquoi, sur cette liste de Tseng, ne figuraient ni «terminal des ferrys» ni «Jordan Road»? Ni aucun autre endroit proche?

3

Le samedi 19 août, dès neuf heures du matin, j'étais à la boutique en train d'aider M. Ho à faire l'inventaire. Je bâillais et j'avais encore les yeux gonflés d'une nuit entière passée à cauchemarder et à me réveiller en sursaut. La vérité était que je me sentais coupable de ne rien faire malgré ce que je savais des plans de mes voisins.

La veille au soir, de retour à l'appart, j'avais observé So et To pour voir comment ils réagiraient à l'annonce de l'arrestation de leur complice. So se comportait exactement comme avant, et To avait l'air toujours aussi nerveux. Ce matin, ils sont sortis ensemble et So m'a salué de la main. J'ai vérifié d'un coup d'œil s'ils trimbalaient quelque chose de suspect, mais non ; ils avaient tous les deux les mains vides. Ce ne devait pas être eux qui étaient chargés d'apporter la bombe.

Je continuais mon inventaire sans trop y croire. Puis le patron m'a dit qu'il allait boire le thé avec l'un de ses vieux copains qu'il n'avait pas vu depuis très longtemps, il serait de retour vers midi. J'ai pris sa place derrière le comptoir.

Je regardais l'heure défiler sur l'horloge de la

boutique et je pensais à ces lignes écrites sur le morceau de papier.

Dix heures vingt. Est-ce qu'à ce moment les policiers étaient déjà en place autour de leur casernement de Tsim Sha Tsui, pour intercepter les poseurs de bombes? Je me demandais s'il était bien utile de déployer tout un dispositif pour choper des suspects — Chow, So et To, et qui d'autre? — qui avaient probablement annulé ou modifié leurs plans en apprenant que Tseng était tombé entre les mains des flics.

Grand frère m'a dit qu'il avait un rencart cet après-midi avec un client pour lui montrer un bout de terrain, quelque part dans les Nouveaux Territoires; si l'affaire se faisait il toucherait une commission énorme. Ce soir, il resterait coucher là-bas, chez un ami. Je repensais à la dernière ligne du papier de Tseng : la vraie bombe qu'ils voulaient mettre à la gare routière de Sha Tin. Je ne voulais pas l'alerter, mais j'ai quand même essayé de le convaincre de ne pas prendre le bus, en disant qu'il y avait de plus en plus d'«ananas» depuis quelque temps dans les transports en commun. Il m'a répondu que son client avait une voiture et que je n'avais pas besoin de m'inquiéter.

J'ai allumé la radio et écouté les nouvelles. Pas encore d'alerte à la bombe ce matin, apparemment. Ils ont parlé de la visite de ce général Fletcher, et puis aussi de l'affaire du journaliste anglais en résidence surveillée à Pékin. Anthony Grey, il s'appelait; ça faisait déjà trois semaines que les autorités chinoises l'empêchaient de sortir de sa cave.

À onze heures, l'agent Ah Sept est arrivé à la boutique, en uniforme, et m'a acheté un soda. Je lui ai tendu sa bouteille en réfléchissant, et j'ai pris ma décision. Je n'étais pas très sûr que parler à la police soit l'idée du siècle, mais au moins Ah Sept n'allait pas se mettre à me taper dessus sans raison.

« Monsieur l'agent, vous êtes seul aujourd'hui ?

— Eh oui, les effectifs sont un peu tendus, on m'a envoyé tout seul en patrouille.

— Hmmm... ils sont... ils sont tous partis surveiller vos casernements de Tsim Sha Tsui ? » j'ai dit prudemment.

C'était lancé.

Ah Sept a posé la bouteille sur le comptoir et m'a fixé du regard. J'étais un peu inquiet, mais il n'avait pas l'air hostile.

« Alors vous l'avez lu. »

Il a repris une gorgée de son soda. Je ne m'étais pas trompé sur sa réaction. Ah Trois serait déjà en train de me traiter de tous les noms.

« Euh... oui, j'ai vu ce qu'il y avait écrit sur le papier. Et puis je connais un peu ce type.

— Ah bon ?

— Il s'appelle Tseng Tin-sang. C'était un ouvrier du textile, mais il est entré dans leurs organisations au moment des grèves.

— Vous travaillez aussi dans le textile ? »

Le ton d'Ah Sept ne changeait pas, ça me surprenait un peu.

« Non, non ! Je n'ai rien à voir avec lui. C'est juste un ami d'un de mes colocataires, je ne l'ai vu que deux ou trois fois.

— D'accord. Alors, vous avez des choses à me dire sur lui ?

— Oui... je... » Je bégayais encore un peu, l'idée me semblait de moins en moins bonne. « Je les ai entendus par hasard avant-hier... Tseng et quelques autres... ils parlaient d'un attentat à la bombe.

— Avant-hier? Pourquoi ne pas avoir immédiatement prévenu la police?»

Et merde, j'aurais dû me douter que ça se passerait comme ça.

«Je... je sais pas trop bien... Ils étaient dans la pièce d'à côté, et je dormais encore à moitié. Si j'avais pas vu ce papier hier, et si j'avais pas su qu'il y avait eu cette bombe à Causeway Bay, j'aurais jamais été certain que ce que j'avais entendu était pour de vrai...

— Qu'est-ce que vous avez entendu?»

Je lui ai expliqué qui j'étais, où je vivais, je lui ai répété tout ce que j'avais surpris. J'ai juste enlevé les passages où il était question de «porcs blancs» et de «chiens jaunes».

«Répétez les noms des complices? "Maître Chow", To Tze-keung, So Chung... bon, je vais appeler les collègues, ils vont les retrouver.»

Ah Sept marquait les noms sur son petit carnet.

«Ce To, le journaliste, je crois que je l'ai déjà rencontré, mais So et Chow ne me disent rien.

— Monsieur l'agent, il y a un problème... je vous ai tout raconté, mais c'est pas juste pour les dénoncer. Vous trouvez pas qu'il y a un truc bizarre?

— Un truc bizarre?

— Ouais, ils parlaient du terminal de ferrys de Jordan Road, mais sur le papier d'hier y avait rien qui correspondait.

— Vous vous souvenez de ce qu'il y avait de marqué sur ce papier?

— C'était marqué "tribunal de Causeway Bay,

casernement de Tsim Sha Tsui, tribunal de Central, Murray House et gare routière de Shatin".

— Dites donc, bravo pour la mémoire ! Impressionnant ! »

Je me trompais ou il se moquait de moi ? Est-ce que par hasard il croyait que j'étais un complice de Tseng et que j'essayais de le baratiner ?

« Vous savez, je fais souvent les livraisons pour le patron, je dois retenir tout un tas de listes d'adresses. Hier j'ai vu le papier une fois, ça m'a suffi.

— Alors vous pensez que c'est "bizarre" juste parce qu'il n'y a pas d'adresse en rapport avec le terminal de ferry ?

— Oui.

— Si ce sont eux qui sont censés poser des bombes aux quatre endroits mentionnés sur cette liste, ils sont obligés de prendre le ferry à un moment ou à un autre, a dit Ah Sept, sur un ton décontracté. C'est donc normal qu'ils en aient parlé. So et To habitent ici, et Chow doit être dans le coin aussi, vu ce que lui a dit So. Pour aller poser la première fausse bombe à Tsim Sha Tsui, ils ont dû traverser le port. Et puis ils doivent revenir sur l'île à Central, pour le tribunal et Murray House, et ils doivent retraverser encore une fois pour aller jusqu'à Shatin.

— C'est pas possible.

— Pourquoi ?

— Vous vous rappelez qu'il y avait aussi les heures sur le papier ?

— Oui, et alors ?

— C'est indiqué seize heures pour Murray House, dix-sept heures pour la gare routière. C'est impossible de faire ce trajet en une heure seulement. Rien que pour aller jusqu'au ferry et traverser, ça leur prendrait une demi-heure.

— Ce ne sont peut-être pas les heures de pose des bombes, mais celles auxquelles elles doivent exploser, a contré Ah Sept. La bombe de seize heures à Murray House peut très bien avoir été posée à quatorze heures. L'adresse d'avant, c'est le tribunal de Central, à moins de dix minutes à pied...

— Non! les heures indiquées sont forcément les heures où ils doivent poser les bombes.

— Comment pouvez-vous en être sûr?

— Parce qu'hier la bombe de Causeway Bay n'a pas explosé à dix heures, l'heure marquée. »

Il s'est tu et il a baissé la tête, comme s'il réfléchissait à ce que je venais de dire. La veille, l'employé du tribunal de Causeway Bay n'avait découvert le colis suspect qu'à dix heures et quart, il n'avait pas encore pété, bien que la bombe soit une vraie. Et il a dû aussi comprendre que sur la liste il y avait deux « fausses bombes » de mentionnées, elles ne pouvaient pas avoir d'heure d'explosion programmée.

« Donc..., a-t-il dit en relevant la tête, vous pensez que ces individus — So, To, Tseng et Chow... vous pensez qu'ils avaient prévu d'aller poser leurs bombes séparément, pas en équipe? Une bombe par personne?

— Non plus, non... Ils sont quatre, il y a quatre bombes, ça a l'air logique, mais ça colle pas avec le reste de leur discussion, la "diversion", la "dispersion".

— Peut-être qu'ils ont encore d'autres complices.

— Possible... mais il y a autre chose que je pige pas.

— Quoi?

— Aujourd'hui c'est samedi : les fonctionnaires ne travaillent que le matin, j'ai dit en pointant du doigt un calendrier accroché au mur. Pourquoi est-ce que les terroristes choisiraient un samedi après-midi pour poser leurs bombes devant les immeubles du gouvernement ? Ils prennent le même risque, alors ils devraient viser l'effet maximum. C'est-à-dire qu'ils auraient dû choisir les heures ouvrables. »

Ah Sept laissa peu à peu la surprise envahir ses traits. Il faut dire que la police est vraiment mobilisée à fond ces temps-ci, pour eux, un jour de semaine et samedi ou même dimanche, ça ne fait plus tellement de différence. Quand il a repris la parole, c'était sur un ton bien différent, il commençait à me prendre au sérieux.

« Alors qu'est-ce que vous en pensez, en fin de compte ?
— J'en pense que cette liste est une fausse.
— Comment ?
— Tseng — le type que vous avez arrêté hier, c'est un appât, son papier et lui sont là pour emmener la police sur des mauvaises pistes. Il savait que vous passez tous les jours à peu près à la même heure par ici, alors il vous a attendus exprès pour vous provoquer. Si vous ne vous étiez pas arrêtés boire un soda il vous aurait interpellés... Son but c'était que vous découvriez ce papier, la liste avec les informations bidons.
— Je veux bien le croire... mais pourquoi aurait-il fait ça ?
— Certainement pour cacher leur vraie cible. Si la police et les démineurs se concentrent aujourd'hui sur les quatre fausses cibles indiquées sur la liste, ça leur laisse au moins en partie le champ plus libre

ailleurs. J'imagine qu'ils ne vont pas faire comme d'habitude, c'est-à-dire coller des posters près de la bombe pour avertir les passants, cette fois-ci leur but est de vraiment semer la terreur. Humm... Chow a dit que ça devrait *faire chier les Anglais dans leur froc*. Après, il a dit à Tseng, *surtout, merci pour ce que tu vas faire*. Pendant toute leur conversation, Tseng parlait comme un type qui va se sacrifier. Et puis à un moment So Chung a dit, *le plus dur c'est Ah Tseng qui s'en charge*. Ouais, je crois qu'ils appliquent deux des Trente-six Stratagèmes en même temps, "Faire du bruit à l'Est pour attaquer à l'Ouest" et "S'attaquer à sa propre chair". Le sacrifice d'un de leurs camarades doit leur apporter la victoire. »

Ah Sept s'est assombri encore plus et est resté silencieux un bon moment. Puis il est allé au téléphone mural et soulevé le combiné. J'ai crié :

« Attendez !

— Attendre quoi ?

— Vous voulez rendre compte à vos supérieurs ?

— Évidemment, qu'est-ce que vous voulez que je fasse ?

— Mais... tout ce que j'ai dit, c'est juste une hypothèse ! »

Il a posé le doigt sur le cadran rotatif du téléphone. J'ai continué :

« Si vous racontez ça à vos chefs, ils vont peut-être redéployer le dispositif, mais si je me suis trompé... s'il y a vraiment des bombes qui explosent à Murray House et à Sha Tin, c'est vous qui allez être emmerdé... J'avoue que moi-même je suis pas très sûr de mes déductions. »

Il a froncé les sourcils et a raccroché. Il se disait

probablement que j'avais raison, mais ça n'arrangeait pas son problème.

« Vous avez quelque chose à proposer ?

— Euh... il faudrait peut-être chercher des preuves, non ? ai-je dit en levant la main vers le plafond. Chow a dit que la chambre de To Tze-keung pourrait servir de base, ils y ont peut-être laissé des trucs intéressants. J'habite là-haut aussi, si on tombe sur quelqu'un vous pourrez toujours dire que je vous ai invité pour un moment.

— Mais je ne suis qu'un agent de patrouille ! Chercher des indices, ça n'entre pas dans le cadre de mes attributions...

— Mais merde, vous êtes au moins policier ! Vous voudriez que j'aille faire le détective tout seul ? »

Ce type était sympa mais il était vraiment bouché. Après encore un long moment de silence, il a fait :

« D'accord. C'est par là qu'on monte ?

— Vous pouvez pas monter comme ça ! En uniforme vous risquez de donner l'alerte et de tout faire foirer. Et moi je dois garder la boutique, je peux pas y aller non plus. M. Ho a dit qu'il reviendrait vers midi. »

Ah Sept a regardé l'horloge.

« Je quitte mon service à midi et demi. Le temps de me changer je serai de retour vers treize heures. On se retrouve au coin de la rue et vous m'emmenez là-haut ?

— OK. Le mieux ça serait que vous portiez un chapeau ou une casquette, pour que To ou So aient moins de chances de vous reconnaître si on leur tombe dessus...

— Je trouverai quelque chose, a-t-il dit en hochant la tête.

— Et n'oubliez pas de changer de chaussures.
— De chaussures?...
— Ouais, vos chaussures en cuir noir... même en civil, avec ces pompes, tout le monde saurait que vous êtes flic. »

C'était la mode chez les policiers en uniforme qui patrouillaient toute la journée de se faire faire des chaussures sur mesure. On les reconnaissait à cent mètres. Il a souri.

« Je vais y penser. »

Pas de doute, j'avais été promu : voilà que je me retrouvais à donner des ordres à un agent de police.

Peu de temps après le départ d'Ah Sept, M. Ho est revenu. Je lui ai dit que j'avais quelque chose d'important à faire, il m'a laissé prendre mon après-midi sans poser de questions. À treize heures pile, j'étais au coin de la rue, devant la pharmacie, mais pas l'ombre d'un Ah Sept, même en civil. Soudain un jeune homme habillé comme un employé de bureau est arrivé devant moi comme s'il voulait engager la conversation. Au bout de quelques secondes j'ai ouvert grand les yeux et laissé échapper un cri de surprise. C'était bien lui, avec une chemisette blanche décorée d'un stylo dans la poche de poitrine et une petite cravate ridicule. Dans la main droite il tenait une serviette à documents noire. Il avait exactement l'allure d'un gars qui bosse pour une entreprise étrangère, sorti de son bureau le samedi midi.

« Allons-y », a-t-il dit avec un grand sourire satisfait devant mon air ébahi.

En traversant la boutique, M. Ho a sorti un « C'est un de tes amis ? » et ça a encore amené un léger sourire au coin des lèvres d'Ah Sept.

J'ai ouvert discrètement la porte de notre colocation pour éviter de dévoiler notre présence à So Chung ou To Tze-keung, s'ils étaient revenus. Je les avais vus partir le matin et ils auraient dû passer par la boutique en revenant, mais on n'est jamais trop prudent. En tout cas la pièce commune était vide. Je suis allé écouter à la porte de leurs chambres, l'une après l'autre, puis je suis allé vérifier dans la cuisine et la salle de bains. Personne. J'ai fait signe à Ah Sept qu'il pouvait entrer.

Les chambres de l'appart n'avaient pas de serrure, ça nous a facilité les choses. Les occupants étaient censés ranger leurs affaires précieuses dans un tiroir fermé à clef, mais en vérité on était tous dans la dèche et on n'avait rien à planquer. Un cambrioleur qui prendrait le risque de se faire prendre pour nous voler serait le dernier des abrutis.

J'ai poussé doucement la porte de la piaule de To, je n'ai rien vu qui sorte de l'ordinaire. Après un coup d'œil dans tous les coins, j'ai dit à Ah Sept d'un air moqueur :

« Je pensais pas que vous seriez d'accord pour une fouille illégale…

— Sous le régime de la loi martiale, un policier est autorisé à fouiller sans mandat le domicile de n'importe quel individu suspect. Ce n'est pas ma mission habituelle, mais je suis autorisé par la loi à le faire. »

S'il avait compris que je le taquinais, il n'en laissait rien paraître.

La chambre de To contenait un lit, un bureau, deux chaises et une commode à tiroirs. Le lit était contre le mur de droite, derrière lequel se trouvait ma propre chambre. La commode était à la tête du lit, le bureau de l'autre côté de la pièce avec les chaises. Deux chemises sur des cintres pendaient à des crochets dans le mur. Ni To ni les autres occupants de cet appart n'avaient vraiment besoin d'une armoire à habits... Sur le bureau, il y avait une lampe, un pot à crayons, une bouilloire électrique avec une tasse et un plumier en métal servant de petit fourre-tout. Un tas de livres et de cahiers traînaient sur le dessus de la commode, avec une radio et un réveil. C'était cohérent avec la profession de journaliste. Le tiroir du haut possédait une serrure. J'ai tiré sur la poignée; le tiroir était fermé à clé.

« Laissez-moi voir si je peux l'ouvrir, a dit Ah Sept.

— Je pense qu'il n'y a rien d'important là-dedans...

— Pourquoi ? C'est fermé à clé...

— Peut-être que To met ses affaires importantes dans ce tiroir, mais ça m'étonnerait qu'un type comme Chow le fasse, même si cette chambre lui sert de base, ai-je dit en me mettant à genoux pour regarder sous le lit. C'est trop évident... un type capable de monter une combine pareille — si mes hypothèses sont correctes — ne serait pas aussi imprudent. Si To était repéré, ce tiroir serait le premier endroit à être fouillé. Il y a peut-être là-dedans d'autres documents destinés à vous mettre de la poudre aux yeux, mais sûrement rien qui concerne leurs vrais plans. Et comme la police se contente même de simples tracts pour faire inculper les suspects, y a aucune raison qu'elle cherche la petite bête après avoir trouvé ce qui lui convient... »

Ah Sept a hoché la tête.

« Vous avez raison. Je vais plutôt regarder ces cahiers et ces bouquins. »

J'ai regardé sous le lit, sous le matelas, je n'ai rien trouvé. Ah Sept feuilletait les cahiers, il n'avait pas l'air beaucoup plus avancé. Nous avons ouvert les tiroirs sans serrure, ils ne contenaient que des vieux sous-vêtements et quelques habits.

« Il n'y a rien qui pourrait nous aider dans ce que vous avez entendu ? » a demandé Ah Sept.

Je me suis assis sur le lit, me suis concentré un moment. Et puis ça m'est revenu.

Pour résumer, Ah To et Ah So partiront de North Point, je les attendrai ici.

« Ah ! Ils avaient une carte !

— Une carte ?

— Ouais, enfin, un plan de la ville. Le "maître Chow" a dit qu'il attendrait So et To "ici", je pensais qu'il parlait de cette chambre, mais en y repensant ce n'était sûrement pas ça... S'il leur avait ordonné, à eux, de l'attendre ici, ça collait, mais dans l'autre sens c'est absurde ! Ni les proprios ni moi, on ne connaît ce maître Chow, il ne pourrait pas passer par la boutique pour venir poireauter ici. En fait ils consultaient probablement un plan, quand Chow a dit *je les attendrai ici*, il était en train de désigner du doigt un endroit sur le plan.

— Autrement dit, il est possible qu'on puisse trouver des indices sur ce plan... a fait Ah Sept. Mais encore faudrait-il la trouver, cette carte... Je n'en ai pas vu, et je n'en ai pas trouvé dans les livres ou les cahiers.

— Vous n'avez pas vu de plan... Hmmm... Voyons... ils étaient quatre, il y a deux chaises ; il devait y en avoir deux assis sur ce lit, dont So Chung... À un moment, sa voix était plus faible, c'était juste après qu'il a posé ses questions sur la façon dont il était censé faire diversion. Supposons qu'il avait la carte en main, et qu'il ait voulu aller la ranger quelque part... Il a dû s'éloigner du mur, c'est-à-dire qu'il s'est levé du lit. »

En face du lit, c'était le petit bureau. Je me suis accroupi devant. Sur sa surface, rien de plus que la lampe, le pot à crayons et le plumier. Rien non plus dans l'interstice entre l'arrière du bureau et le mur. J'allais renoncer quand je me suis dit que le pied de la lampe était assez imposant. Un choix bizarre pour un si petit bureau. J'ai soulevé la lampe et j'ai fait levier avec l'ongle pour retirer le dessous du pied. *Clac!* le rond en plastique est tombé, suivi d'un plan replié qui se trouvait à l'intérieur du pied creux de la lampe.

« Bravo! » a dit Ah Sept, ouvrant de grands yeux.

Il a ramassé le plan, l'a déplié et étalé sur le bureau. C'était bien une carte de Hong Kong, avec des cercles et des signes tracés d'une main appliquée. À l'emplacement du tribunal de Causeway Bay, il y avait un « X » suivi de « 18/8, 10 h 00 ». Mais à l'emplacement des quatre autres adresses de la liste de Tseng, il n'y avait que les chiffres « 1 », « 2 », « 3 » et « 4 », sans date ni indication horaire. Par contre, à Central, au croisement de Jubilee Street et de Des Vœux Road, il y avait un cercle accompagné de l'inscription « Numéro un : 19/8, 11 h 00 », et un autre cercle sur le terminal de ferry de Jordan Road à Kowloon, qu'un trait au crayon avec un autre X reliait au terminal de Jordan Road. Aux alentours de North Point, qu'avait aussi évoqué Chow, pas de cercles ni de dates mais quelques endroits simplement marqués de la pointe du crayon.

« C'est largement suffisant comme preuve pour foutre ce To Tze-keung au trou, a marmonné Ah Sept. Et les autres avec.

— Ouais, mais c'est un peu tard... »

J'ai continué en désignant le cercle tracé sur Central :

« L'heure marquée c'était il y a plus de deux heures. Ça fait longtemps qu'ils ont commencé à agir. Quand To a dit "cible numéro un", c'était sûrement de cet endroit qu'il parlait... il y a marqué un "numéro un".

— Non, ça ne désigne pas une cible. À ce coin de rues, il y a une vieille maison de thé, le "Grand Salon de Thé Numéro Un". Il a ouvert il y a près d'un demi-siècle. Vous n'y êtes jamais allé ? »

J'ai secoué la tête. En effet, je n'y étais jamais allé. Avec grand frère, on ne pouvait pas se payer les salons de thé plus de quelques fois dans l'année, et en général on se contentait des petites maisons de Wan Chai, comme le Double Bonheur ou la Porte du Dragon. À Central je n'avais mis les pieds qu'une fois ou deux à l'Altitude ou à l'Arôme du Lotus...

« C'est probablement là qu'ils comptaient se réunir, a dit Ah Sept en étudiant le plan. Chow les attendait là-bas à onze heures... ensuite, d'après le plan, ils comptaient aller prendre le ferry, du terminal de Central à celui de Jordan Road. Mais leur véritable cible, c'est le terminal ou c'est le ferry lui-même ?

— Cette ligne de ferry entre Central et Yau Ma Tei est l'un des moyens de transport public les plus importants de Hong Kong. S'ils détruisent le terminal, ça va faire énormément de victimes et paralyser une partie des communications entre l'île et Kowloon. En tout cas ça n'aura pas un effet moindre qu'une bombe à la gare routière de Sha Tin.

— S'ils ont parlé d'une "cible numéro un", c'est qu'il y a au moins une cible "numéro deux". Si ça se trouve ils comptent faire péter les deux terminaux, celui de départ et celui d'arrivée. Après il y a les terminaux de Kwun Tong, Kowloon City, North Point… en les fermant tous ils interdiraient totalement le passage des véhicules à travers le port.

— C'est peut-être de ça que Chow parlait quand il évoquait les "deuxième et troisième vagues"?»

Mais une autre idée me venait à l'esprit. Peut-être que les attaques des terminaux n'étaient que la première vague… et qui savait ce que les terroristes comptaient faire une fois que l'île serait quasi coupée de la terre ferme? Est-ce que tout ça était une stratégie destinée à gêner la circulation de la police? Est-ce que les gauchistes comptaient en profiter pour s'attaquer encore plus violemment aux autorités et déclencher une véritable guerre civile?

Je préférais ne pas trop y penser. Après tout ce n'était plus mon problème.

«Maintenant que vous avez des preuves, vous n'avez plus besoin de mon aide. Quelle que soit leur cible, j'espère que vous arriverez à leur mettre la main dessus à temps…»

Ah Sept m'a jeté un regard indéchiffrable. Ça devait cogiter dur là-dedans. Et au bout d'un moment il a replié la carte, l'a remise dans le creux du pied de la lampe, et a remis la lampe bien droite sur le bureau.

«Hein? j'ai fait.

— Tout à l'heure vous aviez raison, c'est "un peu tard" pour lancer un ordre d'arrestation. Et non seulement nous ne sommes pas certains de leur cible, mais nous ne pouvons pas être sûrs qu'il n'y a pas de vraies bombes à Murray House et à Sha Tin. Si je rends compte à mes supérieurs et qu'ils redéploient le dispositif, ça créera peut-être plus de problèmes que ça n'en résoudra. Je remets la preuve à sa place, si So et To reviennent ici ce soir, il sera toujours possible de les prendre la main dans le sac. En attendant, il n'y a plus que vous et moi qui pouvons encore trouver à temps quelles sont leurs véritables cibles, et alerter les équipes de déminage. »

Je n'en croyais pas mes oreilles. Lui qui était si à cheval sur le règlement et la hiérarchie, le voilà qui se lâchait tout d'un coup. Certes, l'absence d'Ah Trois devait y être pour quelque chose, mais est-ce que par hasard c'était moi qui avais déteint sur lui ? Ouais, en attendant, comme il disait, il venait de sortir un truc qui ne me plaisait pas trop.

« Vous avez dit "vous et moi" ? Vous voulez qu'on aille mener l'enquête ensemble ? Mais je ne suis qu'un citoyen ordinaire...

— Peut-être, mais vous réfléchissez vite, a-t-il dit en me tapotant l'épaule, debout devant moi. C'est grâce à vous qu'on a trouvé cette carte ! S'il n'avait fallu compter que sur moi, on ne serait arrivés à rien. À part suivre les ordres de mes supérieurs et respecter les règles, je ne suis pas bon à grand-chose. Mais vous, ce n'est pas pareil, vous avez trouvé des indices là où moi je ne voyais rien du tout. Et puis vous êtes le seul à avoir la conversation des suspects bien en tête, je ne pourrai pas les trouver sans vous. »

J'ai voulu protester mais j'ai dû reconnaître en moi-même qu'au point où j'en étais, je ne pouvais plus vraiment reculer. J'ai poussé un soupir.

« OK... je vous accompagne. »

Ah Sept a eu un grand sourire. Mais au lieu de se diriger vers la sortie, il est retourné à la commode. Il a ramassé un livre, l'a ouvert, a pris une photo entre deux pages.

« Si je ne m'abuse, il s'agit bien de To Tze-keung ? »

J'ai hoché la tête. Il a glissé la photo dans sa poche.

« Avec cette photo, ce sera plus facile de le retrouver, en la montrant aux gens. »

J'ai failli lui demander si cela ne relevait pas du cambriolage pur et simple, mais il m'aurait sûrement encore sorti sa loi martiale. De nos jours les flics ne sont plus les égaux du reste de la population, ils peuvent faire à peu près tout ce que bon leur semble.

4

Nous avons ensuite fouillé rapidement la chambre de So Chung, sans rien trouver d'intéressant. À environ treize heures quarante, nous avons quitté l'appart. Ah Sept a pris Spring Garden Lane dans la direction de Gloucester Road. Je le suivais en silence, sans poser de questions.

En fait il m'emmenait jusqu'au poste de police de Wan Chai.

« Euh... pourquoi est-ce qu'on vient ici ? »

Je savais bien que le vieux proverbe « Moins tu auras affaire aux mandarins de ton vivant, moins tu auras de chances d'aller aux Enfers après ta mort » n'a plus vraiment cours aujourd'hui, mais je n'avais jamais mis les pieds chez les flics jusqu'ici et je n'avais pas l'intention de commencer.

« Je vais récupérer ma voiture pour aller jusqu'à Central, a répondu Ah Sept. Si vous ne voulez pas entrer, attendez-moi au coin de la rue d'en face. »

Au moins, il comprenait mon état d'esprit.

Autour de l'entrée du poste, des grilles délimitaient un périmètre de sécurité renforcé par des chevaux de frise en métal et des rouleaux de fil de fer barbelé. L'entrée elle-même était protégée par des sacs de sable empilés. Il fallait croire que les policiers eux-mêmes n'étaient pas très rassurés. Je me demandais ce que pensaient les habitants du quartier de ce dispositif de protection intimidant.

Deux minutes après, une Coccinelle blanche est arrivée à ma hauteur. Toujours attifé en employé de bureau modèle, Ah Sept m'a fait signe de monter.

« Vous avez vraiment une bagnole à vous ! »

Je savais que les policiers avaient un revenu fixe, mais de là à pouvoir s'acheter une voiture ! Bien entendu, ceux qui se faisaient un peu d'argent de poche en protégeant les maquereaux ou les tripots clandestins pouvaient même s'acheter des Jaguar, mais j'étais persuadé que Ah Sept était honnête. Il m'a répondu avec un sourire douloureux.

« Elle était de deuxième main... non, même de troisième main. J'ai économisé pendant deux ans pour pouvoir me la payer, mais j'ai encore un emprunt à rembourser tous les mois... Elle tombe en panne régulièrement et il faut lui donner des grands coups de pied pour qu'elle consente à redémarrer. »

Il pouvait dire ce qu'il voulait avec ses deuxième ou troisième mains, moi je trouvais qu'avoir sa propre bagnole c'était du luxe. À quoi ça servait alors qu'avec le tram, pour dix cents vous pouviez aller tranquillement de Wan Chai à Shau Kei Wan à l'autre bout de l'île ? J'étais certain que rien que l'essence devait coûter plus cher pour le même trajet en voiture privée.

Sans parler des embouteillages. Nous avons perdu pas mal de temps autour du terrain de cricket et de l'immeuble de la Banque de Chine, et nous ne sommes arrivés à Jubilee Street qu'à quatorze heures et trente environ. Je me suis dit que ça devait être à cause des déviations que la police avait dû mettre en place autour du tribunal et de Murray House. Ah Sept gardait un visage impassible, mais je me rendais bien compte qu'il était très nerveux — ses doigts n'arrêtaient pas de battre un petit rythme exaspérant sur le volant. À cette heure-ci les suspects devaient déjà avoir quitté le salon de thé depuis longtemps, et posé leur bombe le Ciel savait où.

Ah Sept a finalement réussi à garer la voiture et nous avons traversé la rue, vers le Grand Salon de Thé Numéro Un. Sur la façade, une immense enseigne verte de deux étages de haut représentait un poing géant avec le pouce dressé au-dessus des caractères du nom du salon. Au coin de deux rues, une telle enseigne était sûre d'attirer l'œil de tous les passants... sauf que, juste à côté, il y en avait une autre, encore plus imposante, celle du grand magasin Cheng Yuen Electrical.

Au rez-de-chaussée du salon de thé, il n'y avait que des comptoirs de vente de produits à emporter, gâteaux et biscuits. Nous sommes montés directement à l'étage.

« Combien de personnes ?... nous a demandé un type d'une cinquantaine d'années, debout à l'entrée de la salle, sur fond de boucan d'enfer.

— Nous cherchons quelqu'un », a répondu Ah Sept.

Le réceptionniste s'est désintéressé de nous et s'est tourné vers d'autres clients. L'heure du déjeuner avait beau être passée, il y avait encore beaucoup de monde et les tables étaient presque toutes occupées. La demoiselle aux dim-sum, avec son plateau métallique retenu par une courroie passée à l'épaule, chargé de petites montagnes de paniers vapeur fumants, circulait lentement entre les tables et faisait la réclame pour ses produits. De temps en temps sa voix était couverte par celle des amateurs qui la hélaient.

« To et les autres ne sont peut-être pas encore partis, m'a crié Ah Sept à l'oreille. Possible que Chow leur ait payé un dernier bon repas avant qu'ils ne se lancent tous dans leur grande opération. Regardez ici, moi je monte au second. Si vous les trouvez, venez me prévenir là-haut. S'ils vous voient, dites que vous avez rendez-vous avec un ami, et que vous allez le chercher au second puisqu'il n'est pas à cet étage. »

J'ai hoché la tête. J'ai marché entre les tables, je cherchais à reconnaître le visage de To Tze-keung ou celui de So Chung. Mais je prêtais également une oreille attentive. Peut-être n'étaient-ils pas encore arrivés et maître Chow les attendait-il, en compagnie d'autres complices.

J'ai fait le tour de la salle sans trouver To ni So, sans reconnaître la voix de Chow.

Il y avait encore une petite chance. Quatre tables n'étaient occupées que par un seul client masculin. Il me fallait trouver un prétexte pour les aborder et entendre leur voix. Pendant que je réfléchissais, l'un des quatre appela le serveur et demanda un thé. Il avait une voix épaisse avec l'accent de Teochew, rien à voir avec celle de Chow. Plus que trois.

Je me suis approché du premier et lui ai demandé s'il n'avait pas vu un sac que j'avais oublié à sa table. Idem pour le deuxième qui était assis à la table adjacente. Au dernier qui portait une montre clinquante au poignet j'ai demandé l'heure.

Aucun n'avait une voix qui ressemblait de près ou de loin à celle de maître Chow.

J'allais rendre compte de mon échec à Ah Sept quand je l'ai aperçu qui descendait du second étage. Il a secoué la tête en me voyant.

« Hé! vous n'avez pas encore trouvé vos amis? » a demandé le réceptionniste à l'entrée de la salle d'une voix peu aimable.

Il devait croire que nous étions des petits voleurs à la recherche d'une victime facile. Ah Sept a sorti sa plaque et la lui a montrée en douce.

« Police.

— Ah... ah! Vous êtes de la police... deux personnes? Désolé de vous avoir fait attendre. Vous ne voulez pas monter au second, il y a encore des salons privés... a dit le type dont la taille s'est légèrement courbée alors que sa voix se faisait tout miel.

— Pas la peine. Dites-nous si vous avez déjà vu cet individu.

— Ah... je ne crois pas. Désirez-vous que je me renseigne pour vous auprès des autres employés?...

— Non, nous allons le faire nous-mêmes. Ne nous dérangez pas, cela suffira amplement.

— Bien sûr! »

Et il s'est éloigné comme s'il quittait la salle du trône. Je découvrais un autre avantage pratique à la qualité de policier : même un petit flic de patrouille passait pour un VIP aux yeux d'un serveur d'un établissement de luxe. Est-ce que ce genre de traitement de faveur pour les « chiens jaunes » ne constituait pas du poil à gratter pour les révolutionnaires de tous bords, une raison de plus de s'opposer aux autorités? Je n'en savais rien, mais ce dont j'étais sûr c'était que si Ah Sept n'avait pas été flic le réceptionniste nous aurait virés comme des malpropres.

« Police, a dit Ah Sept en montrant sa plaque et la photo de To aux serveurs et à la demoiselle aux dim-sum. Avez-vous vu cet individu ici même ? Peut-être aux alentours de onze heures ? »

« Rien vu », « pas fait gaffe », « sais pas », « j'étais pas encore là ». Nous avons eu toute la gamme des réponses négatives. À l'étage du dessus, même résultat. Là, ce n'était plus une demoiselle, mais presque une grand-mère aux dim-sum.

« Monsieur l'agent, les clients vont et viennent sans arrêt, on n'a pas une minute à nous. Comment voulez-vous qu'on se souvienne de leur visage ? Si c'est des habitués nous pouvons bien sûr les reconnaître au premier coup d'œil, ça fait partie du boulot, mais pour les autres... je voudrais bien vous aider, mais y a pas moyen.

— Est-ce qu'on s'est pas gourés en lisant l'indication sur le plan ? » j'ai demandé à Ah Sept alors que nous redescendions l'escalier, déconfits.

Avant qu'il ait pu répondre, le réceptionniste lèche-bottes s'est précipité vers nous.

« Messieurs les policiers ? Vous avez trouvé votre individu ?

— Non..., a dit Ah Sept.

— Avez-vous déjà demandé à Mme Hou, au rez-de-chaussée ? Elle dirige le stand de gâteaux juste à la sortie, si quelqu'un a pu le voir passer, c'est bien elle. »

Ah Sep a réfléchi un moment et demandé :

« Pouvez-vous nous emmener la voir ?

— Mais bien entendu ! Par ici s'il vous plaît. »

Nous l'avons suivi dans l'escalier. Derrière un

comptoir se tenait une dame âgée et élégante qui plaisantait avec un client. En nous voyant arriver elle s'est tournée vers le réceptionniste.

« Ttt ttt! Ah Long, encore une petite pause? Le patron va finir par te mettre dehors...

— Sœur Hou, ces policiers souhaiteraient te demander quelque chose.

— Ah... ah bon? » a dit Mme Hou en prenant tout de suite l'air coupable.

Entre le réceptionniste qui arborait le sourire aimable d'un bouledogue et la vendeuse de gâteaux qui donnait l'impression d'avoir été prise les doigts dans le pot de confiture, je trouvais que la réputation du «Salon de Thé Numéro Un» était un peu surfaite. Ah Sept ne s'est pas démonté et a posé la photo sur la surface en bois du comptoir.

«Je voudrais savoir si vous avez vu passer cet homme. S'il est venu, c'est probablement aux environs de onze heures.»

Elle a poussé un soupir de soulagement et s'est concentrée quelques secondes sur la photo.

«Ce jeune homme... oui, oui je l'ai vu. Vers onze heures trente environ, il est arrivé avec un autre monsieur à peu près du même âge. Je les ai remarqués parce qu'ils sont restés debout à regarder tout autour d'eux pendant un bout de temps.

— À regarder quoi? j'ai demandé.

— Rien de spécial, mais c'était visiblement la première fois qu'ils venaient. Ils sont redescendus vers une heure moins vingt accompagnés d'un monsieur d'une cinquantaine d'années un peu grassouillet. Avant de sortir ce monsieur a acheté plusieurs galettes, je me suis dit qu'il n'avait pas dû assez manger là-haut.

— Est-ce que vous vous souvenez si les deux jeunes trimbalaient quelque chose?

— Hmmm... je crois, oui... il me semble que l'un des deux avait un sac noir à la main, mais je peux me tromper...

— Et l'avait-il toujours en sortant?» l'a coupée Ah Sept.

Il voulait s'assurer que la bombe n'avait pas été dissimulée quelque part dans la maison de thé. Ç'aurait été le premier attentat de ce genre. C'étaient des dizaines voire des centaines de morts et de blessés assurés.

«Probablement... hmm... oui, il l'avait toujours. Ça me revient, c'était l'autre jeune homme — pas celui-ci — qui portait le gros sac noir à l'arrivée comme au départ. Oui, quand j'ai encaissé, je me suis même demandé s'ils allaient mettre les galettes dans le sac, ça les aurait tout écrasées. Je ne sais pas ce qu'il y avait dedans, mais ça avait l'air très lourd.»

J'ai senti un frisson me passer dans le dos à ce moment-là, et je me suis dit que ça devait être pareil pour Ah Sept. Quand j'avais vu So et To partir, le matin même, ils n'avaient sur eux que leurs habits. Deux heures plus tard, en arrivant à leur rendez-vous ils portaient un gros sac. Où est-ce qu'ils l'avaient récupéré? Ce n'était pas difficile de deviner ce qu'il contenait.

«Les avez-vous entendus dire où ils allaient ensuite?

— Non... et puis en voiture ils pouvaient aller n'importe où.

— En... voiture?

— En sortant ils ont traversé la rue jusqu'à une voiture noire garée de l'autre côté. Tenez, exactement à l'endroit de la Coccinelle blanche, là-bas, on la voit d'ici.

— Avez-vous reconnu le modèle du véhicule…? Ou vu le numéro d'immatriculation, peut-être? a demandé Ah Sept sans conviction, mais nerveusement.

— Le numéro, de ce côté de la rue? Même le roi des Singes avec sa vision magique en serait incapable! Et puis vous savez, moi les marques de voiture… elle était noire, ni grosse ni petite, avec quatre roues, c'est tout ce que je peux vous dire. »

La description de Mme Hou n'allait pas beaucoup nous aider. Mais c'était assez logique que la bande se serve d'une voiture pour la suite des opérations. Le ferry jusqu'à Jordan Road était un transport de véhicules, les piétons pouvaient le prendre mais étaient assez rares. En général ils empruntaient le Star Ferry jusqu'à Kowloon City.

« Merci beaucoup, madame », a dit Ah Sept.

Il s'est tourné vers moi et a continué :

« On n'a aucune chance de les rattraper, mais on peut toujours aller voir au terminal… Vous n'avez pas encore déjeuné? »

J'avais la tête penchée et je contemplais les gâteaux exposés, je devais avoir une mine affamée. J'ai opiné, un peu gêné. Ah Sept a ordonné :

« Faites-nous préparer quelques dim-sum… les bouchées aux crevettes et les raviolis au porc, ça ira très bien… et puis des petits pains vapeur et du riz gluant au poulet en feuille de lotus.

— Tout de suite, monsieur l'officier! » a répondu Ah Long, et il est parti comme une flèche.

En moins d'une minute il était revenu avec cinq ou six boîtes en carton.

«Tout ça? j'ai dit. On arrivera pas à tout manger à deux!

— La police travaille si dur! il faut bien se nourrir», a dit l'autre avec son sourire de faux-cul.

Ah Sept a ouvert l'un des cartons, il y avait à l'intérieur une bonne douzaine de dim-sum fumants.

«Trois cartons suffiront. Combien je vous dois?»

Ah Long est parti d'un rire gêné.

«C'est offert par la maison... pas question de paiement.

— Combien? Ne m'obligez pas à demander une troisième fois.

— Ah... euh... quatre dollars et vingt cents.»

Ah Sept lui a donné l'argent, a pris les trois cartons et est sorti du salon de thé sans un mot. Je suis sorti sur ses talons.

«Je n'ai pas d'argent pour payer ma part..., lui ai-je dit, à peine installé dans la voiture.

— Je vous ai forcé à m'aider, si vous ne pouvez même pas déjeuner vous ne serez plus bon à rien!» a-t-il dit en riant.

Il a ôté ses lunettes, a desserré sa cravate.

«Nous autres policiers, on est habitués à planquer pendant des heures parfois sans avoir rien à boire ni à manger! Mais vous êtes un civil et vous ne méritez pas ça. Et puis je n'avais rien mangé non plus, si j'étais tout seul j'aurais sauté ce repas, c'est un peu grâce à vous finalement!»

Quand j'allais au restaurant je ne dépensais jamais plus d'un dollar. Alors là c'était le grand luxe! J'ai voulu le remercier de ses largesses, et puis j'ai songé qu'il avait raison et que j'étais là plus ou moins contre mon gré. Alors autant bouffer sans me faire de nœuds au cerveau. Si on attrapait Chow et sa bande, c'était lui qui en retirerait toute la gloire. Quatre dollars, finalement, ce n'était pas cher payé.

« Mangez d'abord, je vais conduire jusqu'au terminal des ferrys. »

Il a tourné la clé dans le démarreur — trois fois — avant que la voiture ne consente à s'ébranler.

De Des Vœux Road jusqu'au terminal de Central, il y a un bloc. Nous sommes arrivés alors que je n'avais englouti qu'à peine deux bouchées aux crevettes. Je devais reconnaître que les dim-sum étaient absolument délicieux. Voilà d'où venait le « Numéro Un ».

Il y avait déjà une longue queue de voitures sur la voie menant à la passerelle d'embarquement des véhicules. Probablement en raison des retours du samedi après-midi, quand les gens quittaient leurs bureaux avant la fin de la journée et repartaient chez eux en bagnole de l'autre côté du port. À la vitesse où la file avançait, il semblait bien que nous en aurions pour trente à quarante minutes avant de grimper sur le ferry. Mais Ah Sept ne s'est pas mis dans la queue. Il s'est garé sur le côté de la voie.

« Continuez à manger, je vais aller poser quelques questions aux lamaneurs et aux dockers, voir s'ils ont repéré quelque chose de suspect. Si vos amis ont décidé de poser la bombe sur ce terminal, c'est dangereux. Il vaut mieux m'attendre ici. »

Je continuais à manger mes dim-sum à l'aide d'un cure-dent et je me suis intéressé à la voiture d'Ah Sept. C'est vrai que ce n'était pas très brillant. L'intérieur était très dépouillé, il n'y avait aucun équipement superflu. Un morceau de papier avec le sceau de la police de Hong Kong était collé sur le pare-brise. Probablement le passe pour entrer et sortir du parking au poste de Wan Chai. Un peu plus bas, il y avait deux boutons pour la radio. Je l'ai allumée en tournant le bouton du volume et ai choisi une station qui passait une chanson en anglais.

Ah Sept a reparu quand je venais de terminer le premier carton.

« Rien d'anormal depuis ce matin... »

Je lui ai tendu un carton alors qu'il reprenait sa place derrière le volant et j'ai baissé le volume de la radio. Il était quinze heures trente, ça faisait déjà plus de deux heures et demie que nos trois suspects avaient quitté la maison de thé. Ils avaient peut-être déjà mené leur mission à bien, et dans ce cas il était probable qu'ils s'étaient dispersés depuis longtemps.

« Alors vous pensez qu'ils ont pris le ferry en voiture et qu'ils sont allés à Kowloon ? »

Ah Sept a pris un ravioli au bout d'un cure-dent et l'a enfourné en deux bouchées. Il a répondu, la bouche encore à moitié pleine :

« Ch'est très pochible... nous n'avons qu'une choge à faire, ch'est continuer à poger des quechtions. En tout cas ichi ils n'ont pas vu To Tje-keung.

— J'ai pensé à un truc, j'ai dit en ouvrant le dernier carton. Je crois que la cible, ce n'est pas l'un des terminaux de ferrys.

— Pourquoi cha ?

— Vous vous rappelez le X sur le plan ?

— Celui qui était sur le tribunal de Causeway Bay ?

— Non, l'autre. Sur la ligne tracée entre le terminal de Central et celui de Jordan Road, sur l'eau. Est-ce que ce X n'indique pas justement une vraie bombe ?

— Une vraie bombe ? Vous voulez dire comme à Murray House et à Sha Tin ?...

— Non, non, celles-là on en a déjà parlé, ce sont probablement des leurres. Le papier de Tseng est fait pour vous entraîner sur de fausses pistes, c'est sur le plan dans la chambre qu'il faut chercher les vrais indices. Il y avait un X sur l'emplacement du tribunal de Causeway Bay, et hier matin il y a eu une vraie bombe à cet endroit. L'autre X doit aussi correspondre à une vraie bombe.

— Donc vous pensez que leur vraie cible, c'est le ferry lui-même ?

— Ils vont pas la balancer à l'eau pour une partie de pêche à l'explosif.

— Mais quel intérêt pour eux de couler un ferry ? »

J'ai haussé les épaules. Qu'est-ce que j'en savais, moi ?

« Bon..., a repris Ah Sept en redémarrant. On va se mettre dans la queue pour monter sur ce bateau, ça nous laisse un peu de temps pour réfléchir. »

Nous avons passé une bonne demi-heure à discuter de la signification possible du moindre signe et du moindre mot tracés sur le plan. J'estimais que l'absence de date sur les quatre adresses correspondant à la liste de Tseng était la preuve que celle-ci était un piège pour la police, destiné à l'éloigner autant que possible des cibles véritables. Et donc...

« Donc ça confirme qu'on peut éliminer le terminal de Central de la liste des cibles. Parce que les policiers en embuscade à Murray House et au tribunal de Central sont tout proches du terminal de ferry de ce côté du port. »

Ah Sept m'a approuvé.

Impossible en revanche d'être certain de ce que Chow et ses complices comptaient faire après. Moi, je pensais que ça allait se passer sur le ferry. D'après ce que j'avais surpris de leur conversation, To et So étaient censés mener une diversion quelconque, sans doute destinée à l'équipage, pendant que Chow planquait la bombe. Mais pour l'instant on n'avait pas de preuve que mes déductions sur les X étaient correctes. Il ne nous restait qu'à monter à bord et poursuivre notre enquête.

À environ seize heures, nous avons enfin embarqué. Nous avions dû laisser passer deux rotations de ferrys. Celui sur lequel nous sommes montés s'appelait le *Manding,* il comportait deux ponts qui pouvaient accueillir chacun entre vingt et trente véhicules. J'avais déjà pris le ferry pour passer de l'autre côté, bien sûr, mais c'était la première fois que je le faisais en voiture. Une fois à bord, certains conducteurs et passagers restaient dans leur voiture pour se taper un petit roupillon ou lire leur journal, d'autres en profitaient pour humer un peu de la toute relative fraîcheur marine. Avec Ah Sept, nous avons immédiatement abordé les marins sur le pont.

« Police... pouvez-vous me dire si vous avez vu cet individu à bord aux alentours de treize heures ? »

Plusieurs marins se sont regroupés autour de nous pour regarder attentivement la photo de To Tzekeung. Ils ont tous secoué la tête.

« Alors, s'est-il passé quoi que ce soit de suspect ou simplement de bizarre à bord ?

— Non, m'sieur l'agent. Aujourd'hui c'est comme d'hab', le bateau est toujours plein à craquer, mais il ne s'est rien passé d'anormal, a répondu un marin doté d'une longue barbe.

— Pas sur ce bateau en tout cas, a dit un autre. Mais je viens de quitter le quart à la passerelle, et j'ai entendu un échange radio entre les officiers, apparemment il y a eu un petit incident sur l'autre ferry, le *Manbong*.

— Quel genre d'incident ?

— Il y a environ une heure et demie, sur le trajet de Central à Yau Ma Tei, y a deux jeunes types qui ont commencé à s'engueuler. Les collègues ont dû intervenir pour éviter qu'ils se tapent dessus, et ils se sont calmés au bout d'un moment.

— Il y a moyen que je puisse parler à quelqu'un sur le *Manbong* pour avoir un peu plus de détails ?

— Pas de problème... mais nous venons d'appareiller de Central, le *Manbong* fait le trajet en sens inverse. Quand vous descendrez, vous devrez attendre une demi-heure de plus avant qu'il revienne. Vous pourrez monter à bord. »

Ça nous amènerait à dix-sept heures. J'ai dit à Ah Sept, en retournant à la voiture :

« La cible serait le *Manbong* ?... Cette dispute, c'est la diversion de So et To... Soit ils veulent couler le ferry pour créer la terreur... soit ils visent un passager particulier. Ça éclaircirait leur conversation. To a dit : *La cible numéro un n'est sûrement pas si facile à avoir.* Ça peut signifier qu'il y a beaucoup de monde sur le ferry et que ce n'est pas facile de faire les choses discrètement, tandis que la réponse de Chow, *la cible est beaucoup plus vulnérable que vous ne le pensez*, voudrait dire que personne ne s'attend à un attentat sur un bateau. Assassiner un homme en pleine rue, non seulement il y a un risque d'échec, mais j'imagine que ce n'est pas forcément facile de s'échapper après. Tandis que pendant les trente minutes que dure la traversée, le ferry est isolé du reste du monde, les secours mettraient du temps à arriver. Et surtout, dans l'hypothèse d'une bombe à retardement, les terroristes auraient débarqué depuis longtemps...

— Putain... »

Ah Sept est redescendu à toute vitesse de la Coccinelle et s'est précipité vers le marin barbu qui était tout près.

« Je veux utiliser la radio pour parler au *Manbong*.

— M'sieur l'agent, faut voir directement avec le capitaine... mais pourquoi vous attendez pas d'être à quai, si c'est juste pour savoir si votre bonhomme était à bord ?

— Non, c'est autre chose. Il faut absolument communiquer avec le *Manbong*..., a dit Ah Sept en agrippant l'épaule du marin. Leur dire qu'ils doivent fouiller le bateau pour un colis suspect, il y a peut-être une bombe cachée à bord. »

Le barbu a pâli d'un seul coup, a bégayé :

« Vous... vous blaguez pas, m'sieur... m'sieur l'agent ?

— Je ne suis pas certain, mais c'est très probable. Faites dire à l'équipage du *Manbong* qu'il faut mener la fouille en tentant de ne pas semer la panique chez les passagers.

— Com... compris, attendez ici un moment. »

Il est parti en courant vers la passerelle qui se trouvait à l'avant du ferry. Il est revenu presque aussi vite accompagné du capitaine. Ah Sept lui a expliqué la situation, l'officier est reparti pour entrer en contact radio avec son homologue sur l'autre bateau. Il nous a dit d'attendre dans un petit local derrière la passerelle destiné au repos des marins. On a obéi, on avait pas le cœur à profiter du paysage et de la petite brise marine.

« Voilà le *Manbong*, on va le croiser », a dit un

marin en pointant du doigt par le hublot un autre ferry.

En le voyant arriver vers nous, j'ai frissonné à l'idée de voir ce bateau exploser soudain sous mes yeux, de le voir se fendre en deux et couler, en imaginant l'enfer pour ses passagers et son équipage se débattant dans l'eau ou dans les flammes.

Mais il n'a pas explosé, il a longé bord à bord, lentement, notre propre bateau.

Il s'est écoulé encore quinze minutes, le *Manding* était presque arrivé au terminal de Jordan Road. Le marin barbu est rentré dans notre local, en provenance de la passerelle.

« M'sieur l'agent, les gars du *Manbong* disent qu'y z'ont rien trouvé de suspect à bord.

— Rien?...

— Y disent qu'y z'ont fouillé deux fois tout le bateau, partout où y pouvaient. Le cap'taine d'en face, y d'mande si vos infos elles sont sûres, pasqu'y faudrait qu'il interrompe ses rotations pour mettre tout son équipage à fouiller mieux après la descente des passagers. Mais sinon, y peut pas s'permettre de l'faire, vu qu'y s'attirerait tout un tas d'ennuis avec la compagnie... »

Ah Sept ne savait pas quoi répondre, la décision était difficile à prendre, ça se lisait sur son visage. Il faisait une sale gueule.

« Pas la peine de stopper le bateau, j'ai dit alors. Dites au capitaine du *Manbong* qu'il peut continuer son service comme d'habitude.

— Bien, m'sieur l'agent », a dit le marin, et il est reparti.

J'ai dit aux autres qui se trouvaient dans le local avec nous que nous retournions à notre voiture. Une fois seuls, Ah Sept a posé la question qui lui brûlait les lèvres.

« Pourquoi les avez-vous laissés continuer ? Si jamais l'équipage n'a pas bien mené ses recherches et que la bombe pète pendant la rotation suivante...

— On n'a pas de preuve que la bombe est bien à bord ! Faire arrêter le bateau, ça peut aussi avoir des conséquences graves. Et vous risqueriez de perdre votre boulot. Mais c'est pas ça la vraie raison... j'ai réalisé qu'on s'était peut-être gourés du tout au tout. Il y a un autre élément bizarre. »

J'avais parlé pas trop poliment. Non seulement j'avais un peu l'impression de devoir tout faire moi-même, mais en plus je commençais à me considérer l'égal d'Ah Sept, après plusieurs heures passées avec lui.

« Quoi donc ?

— Ce que l'autre marin nous a dit sur le moment où a eu lieu la dispute entre les deux types sur le *Manbong*.

— Hmmm ?

— Dans le local où ils nous ont fait attendre, j'ai vu un tableau d'horaires détaillé. Il y a quatre ferrys qui assurent les rotations entre Central et Yau Ma Tei, avec un départ tous les quarts d'heure. Une traversée dure une demi-heure, montée des véhicules comprise, chaque aller-retour fait donc une heure. L'incident a eu lieu sur le *Manbong* une heure et demie avant que le marin nous en parle, sur le trajet de Central à Yau Ma Tei, c'est donc forcément sur la traversée qui a commencé à quatorze heures trente. Si la bande a quitté le Salon de Thé Numéro Un à environ midi quarante, comme nous l'a dit Mme Hou, et qu'il leur a fallu à peu près une demi-heure de queue comme nous avant d'embarquer, ils auraient dû être sur le ferry de treize heures quinze, au pire celui de treize heures trente. Alors pourquoi est-ce qu'ils auraient attendu plus d'une heure pour prendre celui de quatorze heures trente ? C'est pas bizarre, ça ?

— Ce n'est pas bizarre s'ils voulaient justement cibler le *Manbong*.

— Le ferry de treize heures trente, c'était aussi le *Manbong*.

— Ou alors... ils ont bien embarqué sur le ferry de treize heures quinze ou de treize heures trente, mais l'ont repris en sens inverse à Jordan Road et ont repris celui de quatorze heures trente à Central?...

— Impossible. Quand vous arrivez à quai, vous êtes obligé de descendre avec votre voiture, pour réembarquer il faut refaire tout le tour et refaire la queue, vous perdez une demi-heure chaque fois. C'est pas possible non plus de rester à bord, vous gênez la descente des autres ; et puis les membres d'équipage auraient remarqué une telle manœuvre. »

Ah Sept n'a pas répondu.

« En plus, en y pensant, il y avait un problème avec une partie de mon hypothèse de la bombe à bord. J'ai dit qu'il me semblait logique qu'ils veuillent tuer un passager précis en faisant couler le ferry... mais comment ils pourraient être sûrs à l'avance que c'est bien sur ce ferry-là que la cible embarquerait? Avec un départ tous les quarts d'heure, la circulation en ville, le temps d'attente à l'embarquement qui peut varier, ça peut aussi bien être le ferry d'avant ou celui d'après. Non... j'ai une nouvelle théorie : ils ont profité de la traversée pour poser la bombe *sur une voiture* en particulier. »

Il m'a regardé avec les yeux ronds.

« Ouais, j'ai continué, ça colle beaucoup mieux... »

J'ai montré du doigt les voitures qui nous entouraient.

« Supposons que leur cible soit un Anglais... une fois arrivés au terminal de Central, ils se sont mis sur le côté et ils ont attendu de repérer la voiture de leur cible. Ils se sont foutus juste derrière ou pas loin pour être certains d'embarquer sur le même ferry. Une fois à bord, To Tze-keung et So Chung ont fait leur petit numéro de fausse bagarre, pour détourner l'attention de tout le monde. Maître Chow en a profité pour placer une bombe sur la voiture de l'Anglais.

— Pourquoi un Anglais?

— Chow a dit : *Les porcs blancs s'attendent à tout sauf à ça...* La cible est donc probablement un Anglais. Il faudrait voir avec le capitaine du *Manbong* s'ils ont remarqué un Anglais à bord sur leur traversée de quatorze heures trente. »

On est retournés voir le marin barbu.

« M'sieurs les agents... le ferry va bientôt accoster, tout l'équipage est occupé!

— Ça ne va pas durer longtemps, a dit Ah Sept. S'il vous plaît... c'est très urgent. »

Le marin ne s'attendait visiblement pas à ce qu'un policier s'abaisse à le supplier. Ça l'a décidé. Il est parti vers la passerelle, en grognant quand même un peu. « Un long nez sur la traversée de 14 h 30, hein? Bon... » Une minute plus tard il était de retour. Il nous regardait, dubitatif.

« Nan, y en avait pas. Y z'ont dit, pas un seul Blanc à bord.

— Pas un seul?

— Que des Chinois. Siouplaît, a-t-il dit à son tour en soupirant, laissez-nous bosser, quand le *Manbong* reviendra à Yau Ma Tei à dix-sept heures, vous pourrez leur poser vous-mêmes toutes les questions que vous voudrez. »

Ah Sept et moi, on avait un peu l'air con. On a regardé les marins préparer la manœuvre d'accostage. À seize heures trente pile, on est remontés dans la voiture et on est descendus du *Manding,* à la suite des autres passagers. On s'est garés. Ah Sept est allé trouver les employés du terminal de Jordan Road et s'est présenté comme policier. Il a dit qu'il voulait attendre le retour du *Manbong* et monter à bord, et il en a profité pour poser quelques questions. Toujours sans résultat concret. Alors on a attendu en réfléchissant.

— Ce n'est pas anormal qu'ils n'aient vu aucun Anglais sur ce ferry, surtout à cette époque de l'année, a remarqué Ah Sept après un long silence.

— Pourquoi ? Les Anglais eux aussi doivent passer de temps en temps de l'île à Kowloon et inversement...

— Oui... mais s'il s'agit d'un haut fonctionnaire, il y a la navette gouvernementale. Pour les autres... en juillet la plupart des familles partent en Angleterre pour passer l'été, les autres sortent le moins possible parce qu'ils ne supportent pas le climat. Et puis en ce moment ils craignent encore plus que les Chinois de tomber sur des manifs violentes ou des personnes hostiles. »

Il avait sans doute raison. Les Anglais, je n'en avais pas beaucoup fréquenté, je ne les connaissais pas bien. N'empêche, j'estimais toujours que mes propres déductions étaient logiques. On est retombés dans le silence ; la tension était palpable dans la voiture. On remuait sur nos sièges, énervés par l'attente. Ah Sept a allumé la radio. Il voulait être sûr qu'il n'y avait pas eu d'explosion à Murray House à seize heures.

Parce que si ç'avait été le cas, tout mon raisonnement depuis deux jours tombait à l'eau, toutes nos belles déductions s'écroulaient l'une après l'autre comme des dominos.

À dix-sept heures, alors que le *Manbong* s'approchait du quai, les infos sont enfin arrivées.

« Le général Fletcher, chef d'état-major adjoint de la Royal Air Force, a présidé cet après-midi une cérémonie sur la base aérienne de Kai Tak. Il a félicité les troupes britanniques rassemblées sur la base pour l'aide efficace qu'elles apportent aux autorités civiles de Hong Kong dans la maîtrise des violences et pour la bravoure dont elles font preuve. Ce soir, le général Fletcher assistera, toujours sur la base aérienne, à un dîner offert en son honneur. Y participeront le commandant des forces armées britanniques sur la place de Hong Kong, le lieutenant-général Sir John Worsley, le commissionnaire Edward Eates, chef de la Police de Hong Kong, ainsi que le gouverneur par intérim, M. Michael Gass…

— Ouf, a soupiré Ah Sept. Il n'y a pas eu de bombe à Murray House, ils l'auraient signalée en ouverture du journal.

— J'ai compris ! ai-je hurlé.

— Compris ? Compris quoi ?

— Heu… non, j'ai dû me tromper…

— Qu'est-ce que vous racontez ?

— Peut-être qu'on a mal interprété un truc important… mais non, ça doit pas être ça…

— Quel truc? a insisté Ah Sept.

— J'ai pensé tout du long que "cible numéro un", c'était un numéro, que ça voulait dire qu'il pouvait y avoir une cible numéro deux, une numéro trois, etc. Mais si "numéro un" était pas le *numéro,* mais le *nom* de la cible? À Hong Kong, tout le monde sait que la plaque d'immatriculation de la voiture de fonction du commissionnaire de police porte le numéro un. Non? Et si c'était celle-là, la voiture cible? Mais c'est trop tiré par les cheveux... jamais le chef de la police ne prendrait lui-même le ferry pour passer de l'île à Kowloon. Et puis quand il se déplace, il doit avoir tout un tas de véhicules d'escorte. Surtout qu'en ce moment... »

Je n'avais même pas fini de parler que Ah Sept a encore une fois bondi hors de la voiture. Ce n'était pas un flic, c'était un kangourou, ce mec. Il s'est rué vers un des employés sur le quai et lui a agrippé le bras.

« Parle! La voiture Numéro Un — celle du chef de la police — elle est passée aujourd'hui? Elle a pris ce ferry? »

Le type l'a regardé comme s'il avait affaire à un maniaque mais a répondu sans barguigner.

« Oui, oui! La Numéro Un passe plusieurs fois par mois, ça n'a rien d'exceptionnel... »

Ah Sept l'a relâché, est revenu en hâte à la voiture.

« Alors? Ils peuvent quand même pas placer une bombe sur la caisse du chef de la police...

— Si! Sans problème! a dit Ah Sept, le visage pâle et tiré. Quand le chef se rend à une activité officielle il doit y aller avec la Numéro Un, c'est le protocole... Mais quand ça se passe à Kowloon, la voiture traverse d'abord par ce ferry, tandis que le chef descend avec une autre voiture jusqu'au quai de la Reine, sur l'île, et il prend une navette portuaire de la police maritime. La Numéro Un l'attend au bord du quai de Kowloon City avec les véhicules d'escorte. S'ils prenaient tous un ferry public ça serait trop le bordel! Mais le truc c'est que... les aides de camp et les gardes du corps accompagnent le chef, pas la voiture. La Numéro Un, elle prend le ferry avec son chauffeur, un point c'est tout! Elle n'est pas surveillée pendant la traversée.»

À mon tour de le regarder avec de grands yeux. Mais il ne me rendait pas mon regard, il était occupé à sa manœuvre.

«Chow a très bien pu avoir l'occasion de placer une bombe à retardement sous le siège du chef ou sous la voiture, a-t-il repris en écrasant l'accélérateur. Aucun doute : c'est le commissionnaire de police qu'ils veulent assassiner!»

5

« Le chauffeur du chef a les yeux aussi bridés que vous et moi, il vient du Shandong. C'est pour ça que l'équipage du *Manbong* a dit qu'ils n'ont pas vu d'étrangers à bord. »

La Coccinelle volait sur Jordan Road, je m'agrippais à la poignée au-dessus de la porte. Ah Sept parlait en conduisant.

« Chow a dû recevoir il y a quelques jours l'information que le chef allait assister à ce banquet sur la base de Kai Tak, et il a décidé ou reçu l'ordre de le tuer. Ils ont attendu tranquillement près du quai de Central de voir arriver la Numéro Un et ont embarqué avec elle... comme vous l'avez décrit tout à l'heure. Ils avaient acheté des galettes parce qu'ils ne savaient pas combien de temps ils allaient devoir attendre. Une fois à bord, So et To ont fait diversion pendant que Chow agissait. »

Je regardais devant moi, tétanisé, tandis que la voiture slalomait de gauche à droite comme sur un parcours d'obstacles.

« Il faut... il faut absolument prévenir les gardes du corps..., arrivai-je à prononcer entre deux hoquets de frayeur.

— On n'a plus le temps! Si j'appelle on va devoir s'expliquer et passer les échelons hiérarchiques, et après il faudra que l'information redescende. J'ai vu la feuille de service de ce matin, avant le dîner il y a un cocktail qui commence à dix-sept heures trente pétantes, le protocole exige que les officiels de grade moins élevé, comme le commissionnaire, soient là un peu avant pour accueillir le général Fletcher et le gouverneur par intérim. Alors, avec la marge qu'il se donne pour tenir compte de la circulation... la navette du chef va bientôt arriver à quai, si ce n'est pas déjà fait... Il faut que nous soyons à temps au quai de Kowloon City pour l'empêcher de monter dans sa voiture.

— Mais comment les terroristes peuvent-ils connaître les déplacements de votre chef?

— Les activités protocolaires de ce genre, c'est pas secret... et il peut y avoir des fuites!

— Vous... vous croyez qu'on va y arriver?

— On *doit* y arriver! Dans huit minutes on y est...»

Huit minutes? Du terminal de Jordan Road à Yau Ma Tei jusqu'au quai officiel de Kowloon City? Je n'ai pas osé le contredire, il devait se concentrer sur sa conduite. Je voyais les bagnoles arriver en face de nous et braquer au dernier moment quand Ah Sept passait de l'autre côté de la ligne blanche pour dépasser. À quoi bon sauver le commissionnaire de police si c'était pour y rester, nous?

Moins de cinq minutes après, je n'avais plus un poil de sec et la Cox avait déjà traversé Kowloon d'ouest en est, on était presque au niveau de Hung Hom. Tout le long du trajet j'avais adressé des prières ferventes au Bouddha, ça avait dû marcher puisqu'on était toujours intacts. Deux fois au moins on avait failli emplafonner des piétons.

C'est en arrivant à l'entrée de Dock Street que ça s'est un peu compliqué. On avait dû épuiser la patience du Bouddha.

Droit devant nous, une petite foule bloquait la rue. Vingt ou trente personnes, elles n'étaient pas si nombreuses, mais elles avaient apparemment décidé d'occuper toute la largeur de la chaussée. Certaines portaient des pancartes et gesticulaient, on se serait cru sur une scène de théâtre pour la foire de temple au festival de Printemps. Ah Sept n'a pas pu faire autrement que de ralentir et de se rapprocher, et on a pu lire les slogans sur les pancartes : «Résistons à l'oppression infâme!», «Jugez les bourreaux du peuple!», «Les patriotes sont innocents! La résistance est légitime!», «La victoire est à nous! Anglais, dehors!». Pas besoin d'un dessin...

«Bordel! Une manif illégale», a dit Ah Sept en s'arrêtant.

Un mois plus tôt, la police avait lancé un assaut contre le siège de l'association des ouvriers des chantiers navals de Dock Street et sur l'école des enfants des ouvriers, qui en dépendait. Ça avait été une véritable bataille de rue, et les journaux avaient rapporté que des «meneurs» de l'association avaient été tués. La manifestation était visiblement liée à ces événements. Ah Sept a tourné la tête en arrière pour reculer. Il a voulu entamer une manœuvre de demi-tour. Mais deux voitures s'étaient engagées dans la rue derrière nous, et la Coccinelle était bloquée.

«Pourquoi vous essayez pas de passer? j'ai dit en tendant le bras. Un coup de klaxon et...

— NON!»

Il n'a pas pu arrêter ma main à temps. Le klaxon a fait un «pouuuut!» plus puissant que je n'attendais.

En quelques secondes, j'ai compris pourquoi Ah Sept ne voulait pas tenter de franchir la foule. Les manifestants s'étaient retournés. Ils étaient à quelques mètres à peine de nous et ont commencé par nous fixer d'un regard méprisant. Et puis dans les yeux de plusieurs d'entre eux j'ai vu s'allumer une lueur hostile. Franchement hostile, même. Une lueur de meurtre. Ils se sont rapprochés pas à pas, comme des loups en meute.

«Ah oui, j'ai dit. Mince.»

Au centre du pare-brise, juste sous le rétroviseur, il y avait l'insigne de la police bien en évidence.

En moins de temps qu'il n'en faut pour le dire, nous étions cernés de types qui tapaient sur la caisse à coups de barre de fer. On sentait des gars décidés et méthodiques : les feux avant ont volé en éclats en premier. Et ils se sont mis à chanter en chœur.

«Brûlez vifs les chiens jaunes! Vengez nos compatriotes!

— Accrochez-vous», a dit Ah Sept.

Il a enclenché la marche arrière et appuyé brusquement sur les gaz. Il y avait une limousine rouge pas loin derrière, mais au point où on en était, Ah Sept n'y a plus fait gaffe : l'arrière de la Cox a heurté violemment son pare-chocs avant. J'ai eu l'impression que les bouchées aux crevettes allaient repasser dans l'autre sens. Mais je ne savais pas si c'était l'effet de la violence du choc ou de la trouille que je ressentais.

«Ne les laissez pas s'enfuir!» j'ai entendu dire.

Notre voiture était trop légère pour pouvoir pousser la bagnole derrière. Ah Sept a repassé la première et on est repartis en avant, moteur rugissant. Droit vers nos attaquants armés d'instruments contondants divers. Ça les a un peu surpris, ils se sont éparpillés dans tous les sens. Mais Ah Sept ne comptait que leur faire peur, se donner un peu d'espace. Dès qu'ils se sont éloignés, il a repassé la marche arrière.

Un des ouvriers, le plus proche de mon côté, s'est précipité vers moi et «BLAM!», il a fait exploser d'un coup de masse la vitre côté passager. Je me suis couvert le visage des deux mains pour ne pas être blessé par les éclats de verre et, entre mes doigts, je l'ai vu qui levait son arme pour un second coup. Ah Sept a tourné le volant à ce moment, la voiture a obliqué vers le type qui a dû reculer et a trébuché en arrière.

Les conducteurs derrière nous avaient dû comprendre que ça chauffait, et ils reculaient eux aussi, la Cox a pu prendre un peu de vitesse. J'ai commencé à respirer un peu... un peu trop tôt.

L'un des manifestants venait de lancer une bouteille vers nous. Une bouteille dont le goulot en feu semait des flammèches dans l'air déjà brûlant.

«Putain! Un Molotov!»

La bouteille a atterri sur le capot, instantanément transformé en petite mare de feu. De longues flammes ont jailli, dont l'une est passée sur le côté et est entrée dans l'habitacle par la vitre brisée. Je n'ai même pas eu chaud — la peur m'avait depuis longtemps fait perdre toute sensation. Heureusement, nous étions en marche arrière et les flammes se sont écartées du pare-brise.

«N'ayez pas peur!» a crié Ah Sept.

J'étais mort de trouille, oui. J'avais réalisé que, sur cette voiture, le réservoir était à l'avant...

On a fini par s'extraire de l'encerclement des types armés. À moins qu'ils n'aient renoncé à poursuivre une bagnole qui allait exploser d'un moment à l'autre, je me disais. Nous avons atteint une rue perpendiculaire. Les flammes s'allongeaient... est-ce qu'on allait crever cramés? Et si on tombait en panne, là? Ah Sept avait dit que sa bagnole était sujette à des crises d'humeur...

«Descendez!»

Il a écrasé le frein et, sans réfléchir, j'ai ouvert la portière et sauté hors de la caisse. Nous avons commencé à courir comme des dératés, abandonnant la Volkswagen en flammes.

«Ici! Ici!»

Ah Sept brandissait sa carte au visage d'un gars debout à côté d'une moto dont le moteur tournait, en train d'enfiler son casque.

«Police! je réquisitionne votre véhicule.»

Sans attendre la réponse du pauvre bougre, Ah Sept a enfourché la moto et m'a fait signe de monter. J'ai sauté à califourchon derrière lui et il a arraché la roue du sol en démarrant. Manquait plus qu'on se casse la gueule. J'ai jeté un coup d'œil en arrière, l'autre restait là, le casque à la main, passablement hébété. Au moins lui ne risquait pas de se faire tabasser par les manifestants — il n'était pas un chien jaune. Cela dit, moi non plus je n'étais pas un chien jaune, et pourtant je venais de manquer de me faire brûler vif et défoncer la gueule à coups de masse de chantier par des gauchistes en colère.

«On va chercher les renforts?» j'ai crié à l'oreille

d'Ah Sept, alors que le vent nous hurlait encore plus fort à la figure.

Et j'avais beau m'accrocher à sa taille de toutes mes forces, j'avais l'impression que j'allais me retrouver sur le macadam à chaque virage.

« Au quai ! on va au quai ! Faut arrêter le chef ! et puis les renforts sont là-bas ! »

Je n'avais jamais, de ma vie, pris le ferry pour les voitures, ni n'étais monté à l'arrière d'une moto, ni bien sûr reçu un cocktail Molotov ou fauché la moto d'un type sous ses yeux. J'avais peine à réaliser que tout ça m'était arrivé en une seule demi-journée. Et encore, elle était loin d'être terminée…

En un éclair, nous sommes arrivés à l'entrée du quai de Kowloon City. Il y avait un flic en uniforme qui traînait encore ses guêtres, mais pas une voiture de police en vue, pas une navette à quai. J'ai levé les yeux vers la grande horloge du bâtiment du ferry, elle indiquait dix-sept heures passées de seize minutes. Ah Sept a sauté de la moto et a interpellé le policier en montrant son badge.

« Le… le commissionnaire ! Il vient de partir en voiture ?

— Oui, ça fait cinq minutes.

— Merde ! » a hurlé Ah Sept.

Il a regardé autour de lui, puis s'est retourné vers l'autre.

« Il faut absolument communiquer à vos supérieurs que le Chef est en danger. Il y a une bombe sur sa voiture. Vite ! Je repars ! »

L'autre est resté comme deux ronds de flan, il n'avait pas l'air d'avoir bien compris. Ah Sept n'a pas perdu plus de temps avec lui, a bondi sur la moto, et c'était reparti pour un tour. Le temps que l'autre abruti se réveille et rende compte par téléphone, la bombe avait dix fois le temps de sauter. Ah Sept criait, penché sur le guidon.

« La base aérienne est sur Kwun Tong Road... Le convoi du chef ne peut pas être très rapide, on va le rattraper ! »

La moto filait en trombe, mais Ah Sept a dû ralentir pour se faufiler entre les voitures qui étaient de plus en plus nombreuses au fur et à mesure qu'on se rapprochait de la partie civile de l'aéroport de Kai Tak.

« On y arrivera pas comme ça ! j'ai crié.
— Alors on prend un raccourci. »

Il a braqué d'un seul coup et on est entrés dans un marché à ciel ouvert.

« Laissez passer ! Laissez passer ! Police ! »

En voyant débouler la moto à toute allure, vendeurs et clients se sont égaillés comme des moineaux, ébahis. Les passages entre les étals des poissonniers et des épiciers étaient étroits et parfois encombrés de paniers de bambou et de palanches en bois. Ah Sept fonçait à travers sans s'en préoccuper. Nos spectateurs obligés s'étaient vite repris, les cris et les insultes pleuvaient sur notre passage. « Mes légumes ! » « Enculé ! » Ça n'a pas incité Ah Sept à ralentir. Je me demandais, si on glissait et qu'on tombait entre les mains des commerçants, si notre sort serait beaucoup plus enviable que si on avait cramé dans la voiture.

« Devant ! Attention ! »

Je n'avais pas pu m'empêcher de hurler. Au beau milieu du chemin, le visage rougeaud et l'air passablement ahuri, un type avec une palanche à l'épaule, chargée d'une énorme corbeille de chaque côté nous regardait arriver. Il n'avait pas l'air de savoir s'il devait sauter à gauche ou bondir à droite. Il restait planté là comme un putain de poteau indicateur. Même si Ah Sept réussissait à éviter le paysan, il allait forcément se prendre un bras de la palanche et une corbeille dans la tronche. Et c'était un peu tard pour freiner.

Hiiiiiiiik — Ah Sept a quand même tenté de ralentir, je voyais le blanc des yeux écarquillés de notre future victime. Ah Sept a braqué sur la gauche et la roue avant a bondi sur une planche qui délimitait un stand. Elle s'est levée, levée — et la moto a suivi. On est passés au-dessus d'un vague assortiment de cochonneries étalées par terre. Quand les roues ont retouché terre, j'ai failli être éjecté. Comme par miracle, on s'est retrouvés dans la rue, mais j'avais l'impression que les odeurs de poisson du marché nous poursuivaient. J'ai baissé la tête : sur la cuisse j'avais une belle tache large comme deux mains, avec quelques écailles encore accrochées au tissu de mon futal.

« Je les vois ! »

Droit devant nous, le convoi du chef de la police. Une voiture de patrouille, gyrophare allumé, faisait le serre-file. Ah Sept n'a pas tenté de les rattraper, mais a obliqué à gauche dans une ruelle perpendiculaire, puis à droite à toute berzingue, et encore à droite — on s'est retrouvés sur Kwan Tung Road, juste devant quatre motards de la circulation de front qui ouvraient la marche.

Ah Sept a pilé au milieu de la rue. Il a levé haut son badge de police en agitant grand les bras. Je me suis écarté un peu, prêt à me jeter sur le côté si le convoi décidait de ne pas ralentir. Heureusement les motards ont freiné en faisant signe du bras aux autres conducteurs et se sont déployés en éventail.

« Qu'est-ce que… a crié l'un d'eux avant de voir le badge et de s'arrêter net au beau milieu de sa phrase.

— Arrêtez les voitures ! Il y a une bombe dans la Numéro Un ! Une bombe ! » a hurlé Ah Sept.

Les trois autres motards se rapprochaient, la main sur l'étui de leur pistolet. En entendant Ah Sept ils se sont figés, puis l'un d'eux est parti en courant vers la voiture du commissionnaire. J'ai vu le motard parler au garde du corps à la place du mort. Plusieurs autres policiers avaient déjà formé un cercle autour de la Numéro Un. D'un seul coup ils sont tous devenus fébriles et ils ont ouvert les portières de la grosse limousine noire, faisant un rempart de leur corps à un Blanc en uniforme de cérémonie qui en sortait. Le Blanc est rentré direct dans une autre voiture de police qui s'était rangée à côté de la Numéro Un et qui a redémarré immédiatement, précédée et suivie de deux motards toutes sirènes hurlantes. Même s'ils n'étaient pas certains que l'alerte à la bombe était vraie, ils ne pouvaient pas se permettre de prendre le risque de l'ignorer.

À ce moment, un autre officier anglais, très grand et costaud, les sourcils si fournis qu'ils se rejoignaient au-dessus de son nez, s'est approché d'Ah Sept et de moi. Il était accompagné d'un autre officier, chinois cette fois.

« Qui êtes-vous ? » a-t-il demandé à Ah Sept en anglais.

J'ai au moins à peu près compris ça.

« Matricule 4447, affecté au poste de police de Wan Chai ! Sir ! » a hurlé Ah Sept au garde-à-vous, d'abord en anglais, puis en cantonais. « J'ai reçu une information me faisant suspecter la présence d'une bombe à bord du véhicule de fonction du commissionnaire ! Il était trop tard pour rendre compte par la voie hiérarchique, j'ai dû employer ce moyen pour alerter le chef ! Sir ! »

Le policier chinois a traduit à l'Anglais, qui s'est retourné et a donné quelques ordres brefs. À peine trente secondes avaient passé qu'un agent est revenu en courant et a parlé à l'Anglais, qui s'est raidi.

« Ils ont découvert un paquet suspect placé à côté du réservoir sous la voiture, m'a murmuré Ah Sept.

— Vous comprenez l'anglais ?

— Plus ou moins. Mais je ne parle pas assez bien, je n'ose pas essayer devant un superintendant… »

Ce Blanc était un superintendant… Grand frère avait raison, c'était important d'apprendre l'anglais.

Le Blanc a adressé quelques mots à Ah Sept, son aide a traduit :

« Bien joué ! Les démineurs de l'armée vont arriver rapidement. Expliquez-nous ce qui s'est passé.

— Sir ! Ça peut péter d'un moment à l'autre ! Les terroristes ont tout organisé de façon très précise, j'estime que la bombe est censée exploser avant dix-sept heures vingt-cinq, au moment d'arriver sur la base aérienne. »

L'aide chinois a crié :

« Éloignez-vous tous de la voiture Numéro Un ! Je répète ! Tout le monde doit s'éloigner le plus possible de la voiture ! Éloignez les passants et formez un cordon de sécurité !

— Sir ! Quelle heure est-il, s'il vous plaît ? a demandé Ah Sept, toujours au garde-à-vous.

— Dix-sept heures vingt, a répondu l'autre en regardant sa montre.

— Je demande l'autorisation d'aller examiner la bombe sous la Numéro Un.

— Pourquoi ça?

— La Numéro Un est le symbole de la Police de Hong Kong, si elle est détruite par une explosion, le moral de la police va en souffrir énormément et les terroristes et leurs alliés vont se faire une publicité énorme sur notre dos, même si le Chef n'est pas tué. Les citoyens vont se demander si la police est vraiment capable de les protéger, puisqu'elle ne se protège pas elle-même. Le problème n'est pas la voiture, c'est le statut de la police aux yeux de la population. J'ai pas mal fréquenté les démineurs depuis six mois, j'ai appris quelques trucs. Peut-être que je peux m'occuper de cette bombe.»

Le flic chinois a traduit rapidement toutes ces conneries à l'Anglais qui regardait Ah Sept sous ses gros sourcils froncés. Je n'en croyais pas mes oreilles. Puis l'Anglais a hoché la tête et il a demandé directement:

«Vous avez des enfants, agent 4447?

— Non! Sir!

— D'accord... alors allez-y. Vous pensez y arriver seul?»

Ah Sept a regardé autour de lui, son regard s'est arrêté sur moi.

Il rigole ou quoi? j'ai pensé.

«Trop dangereux, a-t-il dit finalement. S'il y a des volontaires, OK, sinon je ne peux pas forcer quelqu'un à venir avec moi.»

C'est bien joli, tu veux que je me porte volontaire? Eh, je suis même pas flic, je vais quand même pas crever pour un carton de dim-sum.

«Je suis volontaire, Sir, a fait une voix un peu

tremblante. Moi aussi j'ai lu des bouquins sur la neutralisation d'explosifs. »

Dans un court instant d'affolement j'ai cru que c'était moi qui avais parlé, mais non, c'était le jeune policier qui avait rendu compte de la présence du colis sous la voiture. Encore heureux qu'il ait ouvert la bouche, je n'arrivais plus à soutenir le regard d'Ah Sept.

« D'accord, allez voir tous les deux ce que vous pouvez faire, mais pas de zèle imbécile, hein ? » a dit l'aide chinois.

Ah Sept est parti avec une boîte à outils dégotée dans le coffre d'une voiture de police, suivi de l'autre dingue. Tous les autres policiers se sont reculés, à une distance respectueuse de la Numéro Un. L'officier chinois m'a demandé qui j'étais, je me suis expliqué rapidement, il a dit deux mots à l'Anglais, qui n'a pas ouvert la bouche.

Ah Sept s'est allongé sur le dos, tout le haut du corps engagé sous la caisse de la Numéro Un. L'autre, à quatre pattes à côté de lui, l'éclairait avec une torche électrique. Je n'osais pas regarder ce spectacle en face. Je les voyais du coin de l'œil ; j'avais le regard rivé sur l'aiguille des minutes de la montre au poignet de l'officier chinois. Les images d'explosion que j'avais vues flotter devant mes yeux, alors que j'assistais au passage du *Manbong,* sont revenues. Le temps s'écoulait lentement, très lentement. D'une seconde à l'autre ça allait péter. Il y aurait un bruit énorme, qui signifierait la fin de ce flic avec lequel j'avais passé la journée.

L'aiguille est arrivée sur le 25.

BRRRROOOOOOOMMM —

Un avion est passé juste au-dessus de nous.

Nous avons tous levé la tête instinctivement vers l'énorme fuselage qui semblait frôler les sommets des immeubles, pour se poser quelques centaines de mètres plus loin sur la piste de Kai Tak. Quand j'ai rabaissé les yeux, c'était fini.

Ah Sept et le jeune flic étaient debout à côté de la grosse bagnole noire, avec un large sourire leur barrant le visage. Ah Sept a levé la main droite, le pouce dressé.

Je me suis demandé pendant une fraction de seconde pourquoi il avait décidé de faire de la réclame pour le Salon de Thé Numéro Un en un moment pareil.

6

À dix-huit heures vingt, les démineurs arrivèrent sur place. Il leur avait fallu près d'une heure pour rallier : ils avaient été envoyés dans l'après-midi à Murray House à Central puis à Sha Tin. Ils ont examiné la bombe et confirmé qu'Ah Sept l'avait bel et bien neutralisée et que la charge pouvait être évacuée sans encombre. Elle n'était pas particulièrement puissante, mais son emplacement, à proximité immédiate du réservoir d'essence, aurait très certainement signifié la mort des occupants des véhicules par incendie s'ils n'avaient pas été tués dans l'explosion.

À dix-huit heures quarante environ, Ah Sept et moi avons été embarqués dans un véhicule de police et escortés jusqu'au quai de Kowloon City pour prendre la navette de la police maritime et rentrer sur l'île. Entre-temps, nous avions été interrogés en long et en large par divers policiers de tous grades qui nous ont fait raconter en détail tout ce qui s'était passé, à partir du moment où j'avais surpris la conversation dans la chambre d'à côté deux jours auparavant, en passant par l'arrestation provoquée de Tseng Tin-sang, la fouille de la chambre de To

Tze-keung par Ah Sept et moi et la découverte du plan de la ville, et jusqu'à notre périple depuis Wan Chai jusqu'aux abords de la base aérienne.

Je ne comprenais pas pourquoi tous ces flics qui nous cuisinaient avaient l'air tellement en colère. Eux aussi donnaient l'impression de pouvoir exploser d'une seconde à l'autre. Mais Ah Sept, profitant d'un moment où nous étions seuls, m'a expliqué à voix basse que ce n'était pas après nous qu'ils en avaient. Nous nous en tirions à bon compte et, si tout s'était joué à un cheveu, au final il n'y avait pas de victimes. Il ne restait plus qu'à retrouver Chow, To et So, et l'affaire serait emballée.

« Il est clair que cette affaire a dévoilé une énorme lacune dans les dispositions de sécurité qui entourent les haut gradés de la police, et aussi qu'il y a probablement des taupes des gauchistes dans le personnel de l'état-major. Ils sont tous responsables de ces problèmes à un degré ou à un autre. Des têtes vont tomber à court ou moyen terme. C'est pour ça qu'ils sont en rogne. »

À dix-neuf heures trente nous sommes arrivés au poste de police de Wan Chai, et cette fois j'ai bien dû y rentrer. Le périmètre de sécurité à l'extérieur était toujours aussi imposant, et maintenant que la nuit était tombée, les hérissons métalliques et les sacs de sable empilés conféraient à ce petit poste de quartier l'allure d'un camp retranché en pleine guerre civile.

Nous avons dû répéter tout ce que nous avions dit auparavant, mais cette fois aux enquêteurs de la police judiciaire qui nous ont fait signer notre déposition. Derrière eux, il y avait plusieurs Blancs en costume civil, silencieux. Ah Sept m'a dit qu'ils faisaient partie de la police politique.

Un inspecteur a étalé trois photos sur la table devant moi.

« Reconnaissez-vous ces individus comme étant To Tze-keung, So Chung et Chow Chun-hing?

— Celui-ci est bien To Tze-keung, celui-là So Chung, mais je n'ai jamais vu le nommé Chow, je n'ai fait qu'entendre sa voix.

— Ce Chow-ci habite à Ship Street à Wan Chai, il possédait un petit garage dans le quartier qui a fait faillite au début de l'année. Nous avions reçu une information comme quoi il s'était rapproché des leaders de certains syndicats gauchistes, et nous l'avions sous surveillance intermittente... »

Ship Street n'est pas très éloignée de Spring Garden Lane, à deux ou trois minutes à pied. Pas étonnant que So aie remarqué que Chow habitait tout près. Et comme il était mécano, je comprenais mieux pourquoi c'était lui qui s'était chargé de placer la charge sur la Numéro Un.

Un peu après, Ah Sept est venu me voir.

« Il vaut mieux ne pas rentrer chez vous maintenant, les collègues vont procéder à l'arrestation de So et To dans votre appartement dans la nuit.

— Le proprio, M. Ho et sa femme sont des gens biens, ils sont innocents. Pas la peine de les traumatiser...

— Je sais, je vais en parler aux équipes d'intervention, ils vont faire gaffe. »

J'étais rassuré, d'autant plus que je savais que grand frère allait passer la nuit ailleurs, il ne serait pas inquiété.

« Est-ce que je peux appeler M. Ho pour lui dire que je dois passer la nuit chez un ami?

— Hé! a coupé un flic en civil d'un ton hostile.

Vous songez pas par hasard à alerter les terroristes pour qu'ils s'enfuient ?

— S'il était le complice de ces types il n'aurait pas fait tout ce qui était en son pouvoir pour déjouer le complot », a répliqué Ah Sept à ma place.

L'autre a fait une moue de mépris et s'est écrasé. J'ai eu M. Ho au bout du fil et je lui ai expliqué que ni grand frère ni moi ne serions là de la nuit. Il a juste fait « Hmm hmm ». Quelques heures plus tard sa femme et lui allaient choper la frayeur de leur vie en voyant débouler les troupes d'assaut dans leur immeuble, mais je n'y pouvais pas grand-chose. Ils survivraient.

Après ça on m'a foutu en cellule à attendre, c'était le seul endroit où il y avait de la place. Les enquêteurs voulaient que je puisse entendre la voix de Chow Chun-hing pour être bien certain qu'il était « mon » maître Chow. Le même flic qui m'avait agressé verbalement un peu plus tôt est allé m'acheter un bol de riz surmonté de travers de porc fumants. Bon, au moins j'aurais eu deux excellents repas dans la journée, ça compensait en partie la trouille que j'avais ressentie et le fait d'avoir failli mourir deux ou trois fois. Ça me faisait penser à la vieille légende du vieux qui est tout triste d'avoir perdu son cheval, mais se réjouit ensuite qu'en raison de cette perte son fils aîné ne soit pas mobilisé pour la guerre. À quelque chose malheur est bon. Je regrettais simplement de ne pas pouvoir partager ce repas avec grand frère, alors que lui m'invitait au restau chaque fois qu'il avait fait une bonne affaire. Cela dit, peut-être que ça lui aurait coupé l'appétit de devoir bouffer au fond d'une cellule crasseuse.

Vers vingt-deux heures, Ah Sept est passé me voir.

Il portait son unif, auquel il avait ajouté un casque et tout un tas d'ustensiles divers accrochés à sa ceinture. Il allait visiblement faire partie de l'équipe d'intervention, en soutien des enquêteurs en civil qui mèneraient l'arrestation. Ah Trois était avec lui, dans la même tenue et l'air mauvais. J'ai dû pâlir, parce que contre toute attente Ah Trois a éclaté de rire et m'a broyé l'épaule.

« Allez, mon p'tit gars ! Bien joué ! »

Ils sont partis, je me suis finalement endormi et j'ai été réveillé par un tumulte de voix. Il était plus de minuit.

« Alors, bande de saligauds ! On a eu les yeux plus gros que le ventre, hein ? On pensait pouvoir buter le grand chef ?

— Les patriotes sont innocents ! La résistance est légitime !

— Ta gueule ! »

J'ai reconnu la voix un peu aiguë de So Chung. De ma cellule plongée dans le noir, je voyais ce qui se passait, mais j'étais moi-même plus ou moins invisible. Je me suis blotti dans un coin. J'ai vu surgir So, qu'on a jeté dans la cellule voisine. J'ai dû retenir un cri. Il avait salement ramassé.

Il avait la figure cabossée et l'œil droit au beurre noir, au point que je ne l'aurais sans doute pas reconnu si je n'avais pas entendu sa voix. Je n'ai pas vu de sang sur son visage mais ses habits en étaient constellés, c'était presque plus effrayant. To Tze-keung a suivi, son visage était moins marqué mais il traînait sa jambe gauche derrière lui avec un angle bizarre — les flics avaient dû lui briser un os. Ensuite est arrivé un type entre deux âges et grassouillet, défiguré. Impossible de reconnaître le Chow qu'on m'avait montré sur la photo. Ils portaient tous des menottes et chacun était entouré de deux ou trois policiers. Ils ont été mis dans trois petites cellules séparées.

« Plus vite ! avance ! a crié l'un d'eux à l'oreille du dernier captif.

— Chien jaune ! »

Ça lui a valu deux coups de matraque en rab. Plus de doute, il avait ouvert la bouche, je ne pouvais pas me tromper. J'ai fait un signe à l'un des enquêteurs en civil et j'ai murmuré : « C'est bien le Chow que j'ai entendu avant-hier... »

Il a hoché la tête et est allé conférer à voix basse avec un type qui portait une chemise bleu ciel à manches longues, son supérieur apparemment.

Je me suis dit que l'interrogatoire allait commencer. Je préférais ne pas imaginer ce que les pauvres gars allaient subir.

Ah Sept est venu vers moi et m'a ramené dans les bureaux.

« M. et Mme Ho ont été un peu surpris, mais les collègues ont fait les choses en douceur. Et ils ont réussi à ne même pas abattre la cloison entre vos chambres, a-t-il ajouté en souriant. On a aussi retrouvé la carte, c'était la preuve essentielle. Je viens vous remercier et vous présenter nos excuses pour toute la peine que vous vous êtes donnée... »

J'ai voulu dire quelques phrases polies, dire que ce n'était pas la peine de s'excuser, mais je n'avais vraiment plus la force de faire semblant.

Un « Gaaaaaaardavous ! » a claqué à l'entrée.

L'officier anglais qu'on avait vu dans l'après-midi est entré dans la pièce, avec son aide traducteur qui lui collait aux talons. Le superintendant avait l'air beaucoup plus décontracté qu'avant. Je me suis dit que le succès de l'arrestation des trois terroristes devait en être la raison. Il allait pouvoir faire un compte rendu très positif de la journée au commissionnaire. En attendant il a prononcé quelques mots auxquels je n'ai rien compris.

« Vous avez fait un travail remarquable », a traduit son aide chinois en s'adressant à Ah Sept, et à moi il a dit : « Ça vous intéresse d'entrer dans la police ? Le superintendant Got ici présent a eu vent de vos exploits d'aujourd'hui. La police a un besoin urgent de gens comme vous qui réfléchissent vite et bien. Peut-être savez-vous que pour postuler à une entrée dans la police il faut avoir deux personnes qui se portent "garantes" de vous. En plus de votre patron, le superintendant est prêt à être votre garant. »

Alors cet officier blanc s'appelait Got. Non, c'était une traduction, il devait avoir un nom qui commençait par quelque chose d'approchant.

« Humm... merci beaucoup, il faut que j'y réfléchisse.

— Bien entendu ! Laissez vos coordonnées au chef de ce poste de police, a dit l'aide en montrant du pouce un policier d'une quarantaine d'années. Si vous vous décidez, revenez ici le prévenir, il s'occupera de tout. »

Ensuite le superintendant Got a félicité Ah Sept une nouvelle fois pour avoir déjoué un important complot. Ce dernier a joué les modestes et invoqué le hasard.

Un autre flic s'est approché à ce moment-là et a interrompu la conversation.

« Excusez-moi, monsieur le superintendant, on a besoin de l'agent 4447...

— De moi ? a fait Ah Sept.

— Le dénommé To Tze-keung a déclaré qu'il veut tout avouer, mais qu'il ne le fera qu'en présence de l'agent 4447.

— Hein ? »

Le policier en chemise bleu ciel est intervenu.

« Attention à ne pas tomber dans leur piège ! Ces ordures useront de toutes les ruses imaginables pour vous envoyer sur des fausses pistes. Si le suspect ne veut parler qu'à vous, c'est qu'il a une idée derrière la tête. Nous avons nos méthodes pour les faire avouer, ne rentrez pas dans leur jeu !

— Heu... compris, monsieur l'officier », a dit Ah Sept.

J'avais envie de prendre la parole mais y ai renoncé. Le policier qui avait demandé Ah Sept est reparti vers les cellules. J'entendais des plaintes et des gémissements qui venaient de cette direction, mais tous les policiers devant moi bavardaient gaiement et se félicitaient les uns les autres. Ils m'ont donné l'impression de n'être pas trop en phase avec la réalité.

On vit vraiment une drôle d'époque.

Je suis resté toute la nuit au poste. Les policiers m'avaient proposé de me ramener, mais j'estimais que M. et Mme Ho avaient eu assez d'émotions comme ça pour la nuit... Je ne suis parti qu'à sept heures du matin, et suis rentré à pied. Ah Sept m'avait trouvé un lit de camp et je n'avais pas trop mal dormi. Et pour être franc, il y avait beaucoup moins de moustiques et de vermine là que dans ma propre chambre.

À mon arrivée, j'ai fait semblant d'être tout

surpris de la nouvelle de l'arrestation de To et So. Le patron m'a décrit l'opération en détail, comme s'il l'avait lui-même menée. À l'en croire en tout cas, il avait risqué sa vie. Si jamais je lui racontais ce que *moi* j'avais vécu la veille, il allait complètement disjoncter. Après ça il aurait de quoi tenir le quartier en haleine avec son histoire ! Mieux qu'à la télé !

Grand frère est rentré un peu plus tard en coup de vent et est reparti aussi sec, il était excité comme un pou lui aussi mais c'était parce que son affaire allait se conclure. Il devait bosser même le dimanche, j'ai pensé, le business ça rigole pas.

Mais moi aussi j'étais au taf ce dimanche, pour ouvrir la boutique à la place de M. Ho, qui allait comme d'habitude boire le thé chez un copain. À la radio, rien sur les événements auxquels j'avais participé. La police faisait motus et bouche cousue. Pas très étonnant ! Même si ça s'était bien terminé, ce n'était pas glorieux d'avoir à avouer que le commissionnaire de police s'était retrouvé avec une bombe aux fesses…

Au moment du passage de la patrouille, c'étaient deux autres flics. Je me suis dit qu'Ah Sept devait avoir bénéficié d'un jour exceptionnel de repos. Un peu avant la fermeture, je rentrais une à une les caisses de fruits en conserve et de paquets de biscuits qu'on venait de nous livrer, quand M. Ho s'est installé derrière le comptoir et a commencé à s'éventer en sifflotant un air d'opéra cantonais. La radio jouait en sourdine.

« Bulletin de 18 heures Un nouvel attentat sur Ching Wah Street près de North Point… Deux enfants tués dans l'explosion d'une bombe artisanale. Les victimes sont deux frère et sœur de huit et quatre ans, nommés Wong, qui habitaient non loin du lieu de l'explosion, au-dessus de la quincaillerie de leurs parents. Le porte-parole de la police a commenté : "Les coupables de ce genre d'attentats ont abdiqué toute prétention à l'humanité", et confirme que tous les efforts seront faits pour retrouver et punir les terroristes aussi rapidement que possible. Un membre de l'Assemblée législative s'est étonné du fait qu'il n'y ait aucun bâtiment relevant du gouvernement sur Ching Wah Street, et qu'il était incompréhensible que les gauchistes posent ainsi des bombes dans un quartier purement résidentiel. Il a qualifié cet attentat du "plus atroce jamais commis par les sympathisants du Parti communiste"... »

Le patron avait depuis longtemps arrêté de siffler.

« C'est vraiment terrible... Ces gauchistes ont de moins en moins de scrupules. Aya ! Et ce sont ces types-là qui nous dirigeront si la Chine récupère Hong Kong ? Misère de misère... c'est encore le petit peuple qui va souffrir le plus. »

J'ai opiné sans répondre, avec un soupir. Il avait bien raison.

Le lendemain matin, j'ai revu Ah Sept. Comme à l'accoutumée, il est arrivé du coin de la rue, la mine sérieuse, et il a demandé un Coca... en posant ses quarante cents sur le comptoir. Je lui ai tendu sa bouteille et suis retourné à ma place. J'étais seul à la boutique, M. Ho était parti boire son thé.

« Alors ?... Vous vous êtes décidé ? a demandé Ah Sept. Vous comptez entrer dans la police ?

— Je réfléchis encore.

— Avec la bénédiction du superintendant Got, si vous vous engagez, votre carrière va démarrer en flèche...

— Si c'est pour avoir à obéir au doigt et à l'œil à tous mes supérieurs, comme un con, j'avoue que ça ne m'intéresse pas trop. »

Il m'a fixé avec un regard un peu surpris.

« La police est une force organisée avec une hiérarchie... la discipline est essentielle pour que ça marche et que les rôles soient bien répartis !

— Vous avez entendu les nouvelles hier soir ? Les deux gamins qui ont été tués dans une explosion ?

— Comment ? Oui, bien sûr... c'est horrible. On n'a pas encore trouvé les coupables.

— Moi, je le connais, le coupable.

— Hein ? Qui... qui est-ce ? »

Je lui ai rendu son regard.

« Celui qui a tué ces deux enfants... c'est vous.

— Moi ? a-t-il dit, les yeux ronds. Qu'est-ce que vous racontez ?

— Ce n'est pas vous qui avez placé la bombe, bien sûr. Mais ils sont morts parce que vous avez été lâche... lâche et négligent. Parce que vous avez préféré obéir à vos supérieurs plutôt que de faire ce qu'il fallait.

« Quand To Tze-keung a demandé à vous voir, il a suffi que l'autre type en chemise bleue vous sorte deux trois mots pour que vous n'osiez plus bouger d'une fesse. Mais To, ce qu'il voulait, c'était vous parler de cette bombe à North Point.

— Comment... comment pouvez-vous en être sûr ?

— Je vous avais dit que j'avais entendu Chow ordonner à So et To de *partir de North Point* pour se rendre à leur point de rendez-vous. Quand ils sont partis d'ici dans la matinée, ils avaient les mains vides, alors que quand ils sont arrivés au salon de thé Numéro Un, ils portaient le sac noir avec la bombe destinée au commissionnaire. Ça veut dire qu'ils étaient allés récupérer la bombe à North Point. Si je me souviens bien, sur le plan il y avait des traces de pointe de crayon autour de cet endroit, c'était probablement maître Chow qui avait pointé ces endroits pour les indiquer aux autres. La récupération de la bombe auprès du fabricant d'engins explosifs, c'est un moment très délicat, pas parce que ça risque de leur péter entre les doigts, mais parce que l'identité de l'artificier doit rester un secret bien gardé. Si jamais So et To étaient suivis ou surveillés par la police comme Chow savait qu'il l'était, il y avait un risque que cet artificier soit découvert et arrêté, et que les gauchistes perdent alors un de leurs techniciens les plus précieux. »

J'ai fait une pause et j'ai étudié le visage d'Ah Sept qui ne laissait voir pour l'instant qu'une intense stupéfaction.

« Je crois que la solution qu'ils avaient trouvée, c'était de ne pas rencontrer l'artificier en personne. Le plus simple c'était que celui-ci planque la bombe à un endroit décidé à l'avance, pour qu'elle soit récupérée plus tard par l'équipe agissante.

« To Tze-keung voulait vous dire que, comme ils avaient été arrêtés par surprise en pleine nuit, So et lui n'avaient pas pu prévenir l'artificier. Alors celui-ci, à l'heure et à l'endroit prévu, a dissimulé… la deuxième bombe. Mais personne n'est allé la récupérer dans la matinée, cette deuxième bombe, et pour cause. Et ceux qui l'ont trouvée, c'étaient deux gamins curieux qui ont ouvert le sac pour voir ce qu'il y avait à l'intérieur. Vous vous rappelez que Chow avait parlé d'une "deuxième vague", et même d'une "troisième vague"?

— To Tze-keung... voulait me dire tout ça ? Mais... pourquoi moi ? Pourquoi il n'a pas avoué aux autres policiers qui l'interrogeaient ? »

Je ne l'avais jamais encore vu dans cet état, il criait et tremblait, ça n'allait pas du tout avec son uniforme.

« À des types qui venaient de le passer à tabac et de le torturer ? Si ça se trouve ils ne l'auraient même pas cru. To savait que vous êtes un flic régulier et droit, tout le monde le sait dans le quartier, on ne dit que du bien de vous. Mais à cause d'une remarque d'un de vos supérieurs, vous l'avez laissé tomber. Vous avez quand même un peu hésité, pas vrai ? Avec ce que je vous avais raconté, vous saviez que To n'était pas de la même trempe que So, qu'il n'était pas un fanatique mais juste un pauvre gars qui n'avait pas eu de bol. Vous avez refusé de suivre votre instinct, vous avez obéi à un ordre avec lequel vous n'étiez pas d'accord, vous vous êtes plié à votre discipline de merde, juste pour être bien certain de pouvoir garder votre job et ne pas risquer les reproches de vos supérieurs.

— Je... je... »

Si c'était tout ce qu'il trouvait à me dire... Je continuai mon discours sur un ton dépourvu de colère comme de pitié.

« Pour l'image de la police, vous avez été prêt à risquer votre vie, vous êtes même allé sous la voiture Numéro Un pour neutraliser une putain de bombe. Mais ces deux mômes qui sont morts hier, ils ont perdu la vie à cause de vous. Qui est-ce que vous êtes censé protéger, quand vous vous engagez dans la police ? C'est la précieuse vie de vos supérieurs ou celle des citoyens ? Votre loyauté, vous la devez à qui ? Aux autorités coloniales ou aux habitants de Hong Kong ? Hein ? Et vous, pourquoi vous êtes entré dans la police ? »

Il s'était tu. Il a posé sa bouteille après avoir bu à peine deux gorgées, m'a tourné le dos et s'est cassé.

En le voyant aussi désemparé, j'ai eu le sentiment d'y être allé un peu fort. Et de quel droit j'avais pris ce ton-là pour lui parler ? Je me suis dit que le lendemain je lui offrirais moi-même un Coca pour me faire pardonner.

Le lendemain, il n'est pas revenu, et je ne l'ai pas revu pendant plusieurs jours. M. Ho avait des relations au poste de police, je lui ai demandé s'il savait ce qui était arrivé à Ah Sept.

« À qui ? L'agent 4447 ? Je me rappelle jamais leur matricule.

— Heu…, j'ai fait, avec un effort de mémoire pour me souvenir de son vrai nom que j'avais vu sur son badge. « Je crois qu'il s'appelle quelque chose comme Kwan Chun-jik ? Kwan Chun-dok ?

— Je vois, c'est le jeune Ah Dok dont tu parles. J'ai cru comprendre qu'il avait accompli un haut fait quelconque, il a quitté la police en uniforme et il a été transféré à Central ou à Tsim Sha Tsui, je sais plus. »

Il avait été promu. Eh bien, tant mieux pour lui, et moi j'allais économiser le prix d'un Coca.

Malgré mes grands airs quand je l'avais engueulé, j'avais bien conscience que lui et moi étions faits du même bois.

Ce n'était pas au nom d'une prétendue justice ou d'une cause supérieure que j'avais dénoncé mon voisin, To Tze-keung et les autres. C'était juste parce que je m'inquiétais pour grand frère et pour moi. En tant que colocataire de deux gauchistes comme To et de So Chung, j'étais déjà pas tranquille, j'avais peur qu'on puisse être tous les deux suspectés d'être sympathisants. Mais après avoir surpris leur conversation avec Chow et Tseng, j'avais franchement eu les boules. À notre époque, la justice est un peu expéditive... Qu'est-ce qui arriverait si on était ramassés avec eux dans une descente de police ? Si ces types n'avaient fait que participer à des manifs ou des réunions illégales, on s'en serait tirés en plaidant coupables devant le juge, on n'aurait pas ramassé grand-chose. Mais être suspecté de complicité d'attentat terroriste, c'est plus la même soupe.

Ouais, j'avais dû prendre l'initiative pour nous protéger, grand frère et moi, pour assurer notre sécurité personnelle. Je n'avais pas d'autre choix que de les balancer tous aux flics.

Au début, je voulais juste aider Ah Sept à trouver les indices suffisants, et me laver les mains de toute cette affaire. Après, ce dernier aurait pu témoigner que j'étais celui qui avait levé le lièvre, et ni grand frère ni moi n'aurions risqué d'être impliqués. Je n'avais pas besoin de m'inquiéter que les gauchistes apprennent que c'était moi la balance, je faisais confiance à la police pour garder le secret là-dessus. Les flics ont besoin de gens comme moi dans la société, prêts à coopérer.

Mais le problème c'est que je suis trop faible et qu'il a suffi à Ah Sept de me flatter un peu pour que je monte dans sa bagnole pourrie et que je me laisse entraîner aux quatre coins de Hong Kong et de Kowloon. Faut croire que je suis le genre de crétin facile à convaincre. Trop bon, trop con...

Deux jours plus tard, grand frère est rentré tout joyeux et excité comme une puce.

« Tu te rappelles l'affaire dont je t'avais parlé ? Ça a marché, j'ai touché ma commission de trois mille dollars.

— La vache ! Trois mille ?

— Et c'est pas fini ! La commission, c'est pas le plus important. Écoute, frérot : le type pour lequel j'ai bossé, il m'a beaucoup apprécié. Il compte s'agrandir, fonder une nouvelle boîte, et il cherche à embaucher. Et cette affaire réussie, elle vaut mille entretiens d'embauche ! Pour l'instant il ne me propose qu'un poste de simple employé, mais si je me démerde bien rien ne m'empêche d'avoir un jour des responsabilités !

— Félicitations, grand frère ! »

Je ne savais pas quoi dire d'autre. Moi aussi j'aurais bien voulu lui raconter que j'avais réussi un « entretien d'embauche », mais ce n'était pas pour le genre de boulot que grand frère appréciait vraiment.

« Pas la peine de me féliciter ! Tu en es aussi.

— Moi ?

— Je lui ai dit que j'avais un petit frère qui était aussi doué que moi, et que je me portais garant de son efficacité. Alors — si tu acceptes — on va pouvoir bosser tous les deux dans la même boîte.

— Quelle boîte ?

— Ça va s'appeler "Fung Hoi". Le patron s'appelle Yue Fung, et il compte se lancer sur le marché de l'immobilier. Crois-moi, y a de quoi aller loin, même si on commence comme scribouillards de base ! Ah Tong, mon p'tit frérot, tu as beau t'appeler Wong et moi Yuen, ces dernières années on a galéré ensemble comme deux vrais frères de sang.

Maintenant c'est le moment de saisir l'occasion de s'en tirer, d'en profiter ensemble! Si on s'accroche tous les deux, ce job ne sera que le début d'une longue et brillante carrière!»

POSTFACE

Je n'avais d'abord compté écrire ni introduction ni postface à ce livre. Je pensais qu'après l'accouchement d'une œuvre, celle-ci devait vivre sa vie propre, et que ce que le lecteur ressentait en la lisant, ce qu'il en retirait, ne relevait que de sa liberté et de son expérience personnelle. De voir ou d'entendre l'auteur expliciter ce qu'il avait voulu mettre dans son œuvre ou pas ne pouvait qu'interférer avec cette expérience, avec cette liberté. Pourtant, quand le moment vint de remettre le manuscrit complet à la maison d'édition, je ne pus m'empêcher de l'accompagner de quelques milliers de caractères verbeux destinés à présenter le roman et les raisons de sa conception. Mon éditeur lui-même me dit plus tard : « Transforme donc tout ça en une postface lisible ! Ça devrait intéresser les lecteurs. »

Alors, commençons par le commencement.

À l'automne 2011, j'eus la chance et l'honneur de recevoir le prix Soji Shimada du roman policier pour mon premier roman (*N.d.T. : The Man Who Sold The Word*, 2011, non traduit en français) et je commençai à me creuser la cervelle sans réel succès pour savoir ce que j'allais faire ensuite. Juste à ce moment-là, l'association des écrivains de romans policiers de Taïwan lançait un concours de nouvelles, avec pour thème «Détectives en fauteuil *(armchair detectives)*», c'est-à-dire les enquêteurs qui résolvent les mystères sur la seule base de ce qu'on leur en a rapporté, sans jamais se rendre en personne sur la scène du crime, et grâce à la seule puissance de leur intellect. Je trouvais intéressant de pousser cette logique à son extrême, et l'idée me vint d'un détective immobilisé qui ne pouvait s'exprimer que par «oui» ou «non». Je pondis donc le premier manuscrit de *La vérité est entre le noir et le blanc*. Le problème était que, ce faisant, j'en vins à dépasser largement les limites imposées du nombre de caractères, et plutôt que de soumettre un texte tronqué je décidai de le mettre de côté pour en faire autre chose plus tard, et je rédigeai pour le concours une nouvelle de science-fiction policière.

Ensuite, je tentai d'imaginer comment élargir l'histoire de Kwan Chun-dok et de Lok Siu-ming. Je me rabattis d'abord sur l'option de la facilité, qui consistait à écrire deux autres nouvelles longues — chaque nouvelle ferait alors près de trente mille caractères (*La vérité…* en faisait initialement 33 000) —, de rassembler le tout et de penser que ça suffirait pour soumettre à la publication.

Je décidai très tôt de l'ordre chronologique renversé, mais je voyais encore à l'époque l'ensemble sous la forme d'un simple roman policier, axé sur les faits.

Et puis, une fois que j'eus rédigé le concept général et construit les fondations de l'intrigue, je me retrouvai de plus en plus gêné aux entournures.

Je suis né dans la décennie soixante-dix, j'ai

grandi dans les années quatre-vingt, et aux yeux de la plupart des petits Hongkongais de ma génération les policiers étaient en quelque sorte des super-héros à l'américaine. Ils étaient résolus, justes, courageux et loyaux, entièrement dévoués au service des citoyens du territoire. Et même en grandissant, alors que nous commencions à comprendre un peu plus la complexité du monde, nous gardions de la police une image très largement positive. Mais à partir de 2012, nos convictions d'antan ont tremblé sur leurs bases alors que nous constations l'évolution de la société de Hong Kong et que nous étions confrontés à toutes sortes de nouvelles désastreuses dans lesquelles la police était impliquée. De mon côté, je commençais à me dire qu'écrire une histoire ayant pour héros un policier-détective risquait d'être assimilé à de la propagande gouvernementale plus qu'à de la fiction. Et si l'auteur lui-même doute de son histoire, comment peut-il en convaincre le lecteur ?

Alors je fis opérer à mon livre un virage à cent quatre-vingt degrés. Je ne voulais plus d'un roman qui tournait autour des « faits », des « cas », des « dossiers ». Je désirais désormais écrire une histoire qui décrirait un personnage, une ville, une époque.

Et du coup la longueur de l'histoire dépassa bientôt tout ce que j'avais envisagé.

Si vous êtes familiers des romans policiers japonais en particulier, vous connaissez probablement déjà la différence entre les romans dits « orthodoxes » et ceux qualifiés de « sociétaux ». Ceux-ci veulent décrire la société de façon réaliste et insistent sur le caractère des personnages ; ceux-là privilégient la complexité et l'ingéniosité de l'intrigue et mettent l'accent sur sa résolution logique. Je voulais d'abord écrire un roman policier orthodoxe, et en cours de route je me retrouvai donc à faire de la description sociétale. Les deux genres ne sont d'ailleurs pas fondamentalement opposés, mais il n'est pas évident de les entremêler avec succès : assez rapidement, l'équilibre peut se rompre en faveur de l'un ou de l'autre. Pour résoudre ce problème, ou plutôt pour l'éviter, je décidai d'user d'une autre technique pour compiler cet ouvrage. Il est ainsi composé de six longues nouvelles policières indépendantes, et au sein de chaque récit l'accent est mis sur l'intrigue et sa résolution logique ; mais les six nouvelles ensemble forment un tout, véritable tableau de la société de Hong Kong, sur près de cinq décennies. Mon idée était donc de faire en sorte qu'une lecture à l'échelle « micro » ferait de l'ouvrage un roman orthodoxe, tandis qu'à l'échelle « macro » il serait en revanche un roman policier sociétal en bonne et due forme.

Cinq des six nouvelles se déroulent sur fond d'événements cruciaux de l'histoire de Hong Kong ; mais les événements en eux-mêmes peuvent n'être justement que cela, une toile de fond destinée à faire contraste, ou bien constituer au contraire un élément essentiel de l'intrigue. Seule la première fait exception : elle se déroule à une date postérieure à sa rédaction (mais pas à sa publication), et n'étant assurément pas Nostradamus, je n'étais pas en mesure de prévoir l'avenir. Cependant, entre 2012 et 2013 Hong Kong a vécu des soubresauts tels que l'autorité et la légitimité de l'institution policière a pu être de plus en plus fortement remise en question. Fin 2013, au moment où je rédige ces lignes, on peut donc affirmer que ce que je prophétisais s'est malheureusement vérifié, du moins dans l'esprit.

Je n'ai pas l'intention de décrire ici le contexte ni les «concepts» spécifiques à chacune des six histoires, ni la symbolique derrière les personnages ou les dialogues; je laisse le soin au lecteur d'interpréter ces récits à sa guise. Je souhaite simplement évoquer deux points particuliers. Les lecteurs de Taïwan ou d'ailleurs qui ne connaissent pas bien Hong Kong peuvent ne pas s'en apercevoir s'ils ne sont pas attentifs, mais le fait est que les endroits où se passe l'action se font souvent écho d'une histoire à l'autre. Ainsi, par exemple, le stade où Kwan Chun-dok et Lok Siu-ming se rencontrent au début du deuxième récit est très proche de la résidence Nairn's House qui apparaît dans le cinquième; l'ensemble immobilier où les policiers de l'île s'épuisent en vaines recherches dans le troisième récit est tout proche de la piscine de Kennedy Town, dans le cinquième également. L'endroit où Tong Ying est attaquée dans le second récit est tout proche du terminal des ferrys de Jordan Road où le narrateur et Ah Sept débarquent du *Manding* dans le sixième et dernier. Le marché de Graham Street (récit n° 3), le restaurant où déjeunent Kwan et Lau (récit n° 4) et le Snake Pit (récit n° 5) sont tous à proximité immédiate de Wellington Street à Central (le restaurant que j'ai pris pour modèle existe toujours à la même adresse, aussi ai-je dû lui donner un nom inventé. En revanche le Snake Pit est fermé depuis longtemps et j'ai utilisé ses véritables nom et surnom... en cantonais comme en anglais). Je serais très heureux d'avoir pu modestement faire office de brochure touristique, si d'aventure il prenait à certains lecteurs l'envie d'aller visiter ces quartiers après avoir refermé le livre.

L'autre point dont je voudrais parler, c'est qu'en

fin de compte le Hong Kong d'aujourd'hui est très semblable au Hong Kong de 1967, l'année où commence — et s'achève à la fois ! — ce roman.

C'est comme si nous — nous, Hong Kong et ses habitants — avions effectué un tour complet et étions revenus au point de départ.

Nous ne savons pas ce que deviendra Hong Kong à l'avenir, après 2013 ; nous ne savons pas si cette ville pourra se relever, repartir pas à pas et retrouver le bon chemin, comme elle l'a fait après les terribles événements de 1967.

Je ne sais pas si la police pourra reconstruire son image d'une force résolue, juste, courageuse et loyale, entièrement dévouée au service des citoyens du territoire ; si les enfants de Hong Kong pourront un jour, de nouveau, être fiers de leur police — comme quand mes amis et moi étions petits.

I. La vérité entre le noir et le blanc	11
II. L'honneur du prisonnier	119
III. Le jour le plus long	251
IV. La balance de Thémis	385
V. Terre d'emprunt	515
VI. En sursis	637
Postface	745

DU MÊME AUTEUR

Aux Éditions Denoël

HONG KONG NOIR, 2016, Folio Policier n° 859.

COLLECTION FOLIO POLICIER

Dernières parutions

364. Joe R. Lansdale — *Bad Chili*
365. Christopher Moore — *Un blues de coyote*
366. Jo Nesbø — *L'homme chauve-souris*
367. Jean-Bernard Pouy — *H4Blues*
368. Arkadi & Gueorgui Vaïner — *L'Évangile du bourreau*
369. Staffan Westerlund — *Chant pour Jenny*
370. Chuck Palahniuk — *Choke*
371. Dan Simmons — *Revanche*
372. Charles Williams — *La mare aux diams*
373. Don Winslow — *Au plus bas des Hautes Solitudes*
374. Lalie Walker — *Pour toutes les fois*
375. Didier Daeninckx — *La route du Rom*
376. Yasmina Khadra — *La part du mort*
378. Giorgio Todde — *L'état des âmes*
379. Patrick Pécherot — *Tiuraï*
380. Henri Joseph — *Le paradis des dinosaures*
381. Jean-Bernard Pouy — *La chasse au tatou dans la pampa argentine*
382. Jean-Patrick Manchette — *La Princesse du sang*
384. Georges Simenon — *Touriste de bananes*
385. Georges Simenon — *Les noces de Poitiers*
386. Carlene Thompson — *Présumée coupable*
387. John Farris — *Terreur*
388. Manchette-Bastid — *Laissez bronzer les cadavres!*
389. Graham Hurley — *Coups sur coups*
390. Thierry Jonquet — *Comedia*
391. George P. Pelecanos — *Le chien qui vendait des chaussures*
392. Ian Rankin — *La mort dans l'âme*

393.	Ken Bruen	*R&B – Le gros coup*
394.	Philip McLaren	*Tueur d'aborigènes*
395.	Eddie Little	*Encore un jour au paradis*
396.	Jean Amila	*Jusqu'à plus soif*
397.	Georges Simenon	*L'évadé*
398.	Georges Simenon	*Les sept minutes*
399.	Leif Davidsen	*La femme de Bratislava*
400.	Batya Gour	*Meurtre sur la route de Bethléem*
401.	Lamaison-Sophocle	*Œdipe roi*
402.	Chantal Pelletier	*Éros et Thalasso*
403.	Didier Daeninckx	*Je tue il…*
404.	Thierry Jonquet	*Du passé faisons table rase*
405.	Patrick Pécherot	*Les brouillards de la Butte*
406.	Romain Slocombe	*Un été japonais*
407.	Joe R. Lansdale	*Les marécages*
408.	William Lashner	*Vice de forme*
409.	Gunnar Staalesen	*La femme dans le frigo*
410.	Franz-Olivier Giesbert	*L'abatteur*
411.	James Crumley	*Le dernier baiser*
412.	Chuck Palahniuk	*Berceuse*
413.	Christine Adamo	*Requiem pour un poisson*
414.	James Crumley	*Fausse piste*
415.	Cesare Battisti	*Les habits d'ombre*
416.	Cesare Battisti	*Buena onda*
417.	Ken Bruen	*Delirium tremens*
418.	Jo Nesbø	*Les cafards*
419.	Batya Gour	*Meurtre au Kibboutz*
420.	Jean-Claude Izzo	*La trilogie Fabio Montale*
422.	Franco Mimmi	*Notre agent en Judée*
423.	Caryl Férey	*Plutôt crever*
424.	Carlene Thompson	*Si elle devait mourir*
425.	Laurent Martin	*L'ivresse des dieux*
426.	Georges Simenon	*Quartier nègre*
427.	Jean Vautrin	*À bulletins rouges*
428.	René Fregni	*Lettre à mes tueurs*
429.	Lalie Walker	*Portées disparues*
430.	John Farris	*Pouvoir*

431.	Graham Hurley	*Les anges brisés de Somerstown*
432.	Christopher Moore	*Le lézard lubrique de Melancholy Cove*
433.	Dan Simmons	*Une balle dans la tête*
434.	Franz Bartelt	*Le jardin du Bossu*
435.	Reiner Sowa	*L'ombre de la Napola*
436.	Giorgio Todde	*La peur et la chair*
437.	Boston Teran	*Discovery Bay*
438.	Bernhard Schlink	*Le nœud gordien*
439.	Joseph Bialot	*Route story*
440.	Martina Cole	*Sans visage*
441.	Thomas Sanchez	*American Zazou*
442.	Georges Simenon	*Les clients d'Avrenos*
443.	Georges Simenon	*La maison des sept jeunes filles*
444.	J.-P. Manchette & B.-J. Sussman	*L'homme au boulet rouge*
445.	Gerald Petievich	*La sentinelle*
446.	Didier Daeninckx	*Nazis dans le métro*
447.	Batya Gour	*Le meurtre du samedi matin*
448.	Gunnar Staalesen	*La nuit, tous les loups sont gris*
449.	Matilde Asensi	*Le salon d'ambre*
450.	Jo Nesbø	*Rouge-gorge*
451.	Olen Steinhauer	*Cher camarade*
452.	Pete Dexter	*Deadwood*
454.	Keith Ablow	*Psychopathe*
455.	Batya Gour	*Meurtre à l'université*
456.	Adrian McKinty	*À l'automne, je serai peut-être mort*
457.	Chuck Palahniuk	*Monstres invisibles*
458.	Bernard Mathieu	*Otelo*
459.	James Crumley	*Folie douce*
460.	Henry Porter	*Empire State*
461.	James Hadley Chase	*Pas d'orchidées pour Miss Blandish*
462.	James Hadley Chase	*La chair de l'orchidée*
463.	James Hadley Chase	*Eva*
464.	Arkadi & Gueorgui Vaïner	*38, rue Petrovka*

465. Ken Bruen — *Toxic Blues*
466. Larry Beinhart — *Le bibliothécaire*
467. Caryl Férey — *La jambe gauche de Joe Strummer*
468. Jim Thompson — *Deuil dans le coton*
469. Jim Thompson — *Monsieur Zéro*
470. Jim Thompson — *Éliminatoires*
471. Jim Thompson — *Un chouette petit lot*
472. Lalie Walker — *N'oublie pas*
473. Joe R. Lansdale — *Juillet de sang*
474. Batya Gour — *Meurtre au Philharmonique*
475. Carlene Thompson — *Les secrets sont éternels*
476. Harry Crews — *Le Roi du K.O.*
477. Georges Simenon — *Malempin*
478. Georges Simenon — *Les rescapés du Télémaque*
479. Thomas Sanchez — *King Bongo*
480. Jo Nesbø — *Rue Sans-Souci*
481. Ken Bruen — *R&B – Le Mutant apprivoisé*
482. Christopher Moore — *L'agneau*
483. Carlene Thompson — *Papa est mort, Tourterelle*
484. Leif Davidsen — *Le Danois serbe*
485. Graham Hurley — *La nuit du naufrage*
486. John Burdett — *Typhon sur Hong Kong*
487. Mark Henshaw & John Clanchy — *Si Dieu dort*
488. William Lashner — *Dette de sang*
489. Patrick Pécherot — *Belleville-Barcelone*
490. James Hadley Chase — *Méfiez-vous, fillettes !*
491. James Hadley Chase — *Miss Shumway jette un sort*
492. Joachim Sebastiano Valdez — *Celui qui sait lire le sang*
493. Joe R. Lansdale — *Un froid d'enfer*
494. Carlene Thompson — *Tu es si jolie ce soir*
495. Alessandro Perissinotto — *Train 8017*
496. James Hadley Chase — *Il fait ce qu'il peut*
497. Thierry Bourcy — *La cote 512*
498. Boston Teran — *Trois femmes*

499.	Keith Ablow	*Suicidaire*
500.	Caryl Férey	*Utu*
501.	Thierry Maugenest	*La poudre des rois*
502.	Chuck Palahniuk	*À l'estomac*
503.	Olen Steinhauer	*Niet camarade*
504.	Christine Adamo	*Noir austral*
505.	Arkadi & Gueorgui Vaïner	*La corde et la pierre*
506.	Marcus Malte	*Carnage, constellation*
507.	Joe R. Lansdale	*Sur la ligne noire*
508.	Matilde Asensi	*Le dernier Caton*
509.	Gunnar Staalesen	*Anges déchus*
510.	Yasmina Khadra	*Le quatuor algérien*
511.	Hervé Claude	*Riches, cruels et fardés*
512.	Lalie Walker	*La stratégie du fou*
513.	Leif Davidsen	*L'ennemi dans le miroir*
514.	James Hadley Chase	*Pochette surprise*
515.	Ned Crabb	*La bouffe est chouette à Fatchakulla*
516.	Larry Brown	*L'usine à lapins*
517.	James Hadley Chase	*Une manche et la belle*
518.	Graham Hurley	*Les quais de la blanche*
519.	Marcus Malte	*La part des chiens*
520.	Abasse Ndione	*Ramata*
521.	Chantal Pelletier	*More is less*
522.	Carlene Thompson	*Le crime des roses*
523.	Ken Bruen	*Le martyre des Magdalènes*
525.	James Hadley Chase	*Vipère au sein*
526.	James Hadley Chase	*Alerte aux croque-morts*
527.	Jo Nesbø	*L'étoile du diable*
528.	Thierry Bourcy	*L'arme secrète de Louis Renault*
529.	Béatrice Joyaud	*Plaisir en bouche*
531.	Patrick Pécherot	*Boulevard des Branques*
532.	Larry Brown	*Fay*
533.	Thomas H. Cook	*Les rues de feu*
534.	Carlene Thompson	*Six de Cœur*
535.	Carlene Thompson	*Noir comme le souvenir*

536.	Olen Steinhauer	*36, boulevard Yalta*
537.	Raymond Chandler	*Un tueur sous la pluie*
538.	Charlie Williams	*Les allongés*
539.	DOA	*Citoyens clandestins*
540.	Thierry Bourcy	*Le château d'Amberville*
541.	Jonathan Trigell	*Jeux d'enfants*
542.	Bernhard Schlink	*La fin de Selb*
543.	Jean-Bernard Pouy	*La clef des mensonges*
544.	A. D. G.	*Kangouroad Movie*
545.	Chris Petit	*Le Tueur aux Psaumes*
546.	Keith Ablow	*L'Architecte*
547.	Antoine Chainas	*Versus*
548.	Joe R. Lansdale	*Le mambo des deux ours*
549.	Bernard Mathieu	*Carmelita*
550.	Joe Gores	*Hammett*
551.	Marcus Malte	*Le doigt d'Horace*
552.	Jo Nesbø	*Le sauveur*
553.	Patrick Pécherot	*Soleil noir*
554.	Carlene Thompson	*Perdues de vue*
555.	Harry Crews	*Le Chanteur de Gospel*
556.	Georges Simenon	*La maison du juge*
557.	Georges Simenon	*Cécile est morte*
558.	Georges Simenon	*Le clan des Ostendais*
559.	Georges Simenon	*Monsieur La Souris*
560.	Joe R. Lansdale	*Tape-cul*
561.	William Lashner	*L'homme marqué*
562.	Adrian McKinty	*Le Fils de la Mort*
563.	Ken Bruen	*Le Dramaturge*
564.	Marcus Malte	*Le lac des singes*
565.	Chuck Palahniuk	*Journal intime*
566.	Leif Davidsen	*La photo de Lime*
567.	James Sallis	*Bois mort*
568.	Thomas H. Cook	*Les ombres du passé*
569.	Mark Henshaw & John Clanchy	*L'ombre de la chute*
570.	Olen Steinhauer	*La variante Istanbul*
571.	Thierry Bourcy	*Les traîtres*

572.	Joe R. Lansdale	*Du sang dans la sciure*
573.	Joachim Sebastiano Valdez	*Puma qui sommeille*
574.	Joolz Denby	*Stone Baby*
575.	Jo Nesbø	*Le bonhomme de neige*
576.	René Reouven	*Histoires secrètes de Sherlock Holmes*
577.	Leif Davidsen	*Le dernier espion*
578.	Guy-Philippe Goldstein	*Babel Minute Zéro*
579.	Nick Stone	*Tonton Clarinette*
580.	Thierry Jonquet	*Romans noirs*
581.	Patrick Pécherot	*Tranchecaille*
582.	Antoine Chainas	*Aime-moi, Casanova*
583.	Gabriel Trujillo Muñoz	*Tijuana City Blues*
584.	Caryl Férey	*Zulu*
585.	James Sallis	*Cripple Creek*
586.	Didier Daeninckx	*Éthique en toc*
587.	John le Carré	*L'espion qui venait du froid*
588.	Jeffrey Ford	*La fille dans le verre*
589.	Marcus Malte	*Garden of love*
590.	Georges Simenon	*Les caves du Majestic*
591.	Georges Simenon	*Signé Picpus*
592.	Carlene Thompson	*Mortel secret*
593.	Thomas H. Cook	*Les feuilles mortes*
594.	Didier Daeninckx	*Mémoire noire*
595.	Graham Hurley	*Du sang et du miel*
596.	Marek Krajewski	*Les fantômes de Breslau*
597.	François Boulay	*Traces*
598.	Gunnar Staalesen	*Fleurs amères*
599.	James Sallis	*Le faucheux*
600.	Nicolas Jaillet	*Sansalina*
601.	Jean-Bernard Pouy	*Le rouge et le vert*
602.	William Lashner	*Le baiser du tueur*
603.	Joseph Bialot	*La nuit du souvenir*
604.	Georges Simenon	*L'outlaw*
605.	Kent Harrington	*Le serment*
606.	Thierry Bourcy	*Le gendarme scalpé*
607.	Gunnar Staalesen	*Les chiens enterrés ne mordent*

		pas
608.	Jo Nesbø	*Chasseurs de têtes*
609.	Dashiell Hammett	*Sang maudit*
610.	Joe R. Lansdale	*Vierge de cuir*
611.	Dominique Manotti	*Bien connu des services de police*
612.	Åsa Larsson	*Horreur boréale*
613.	Saskia Noort	*Petits meurtres entre voisins*
614.	Pavel Kohout	*L'heure étoilée du meurtrier*
615.	Boileau-Narcejac	*La vie en miettes*
616.	Boileau-Narcejac	*Les veufs*
617.	Gabriel Trujillo Muñoz	*Loverboy*
618.	Antoine Chainas	*Anaisthêsia*
619.	Thomas H. Cook	*Les liens du sang*
620.	Tom Piccirilli	*La rédemption du Marchand de sable*
621.	Francis Zamponi	*Le Boucher de Guelma*
622.	James Sallis	*Papillon de nuit*
623.	Kem Nunn	*Le Sabot du Diable*
624.	Graham Hurley	*Sur la mauvaise pente*
625.	Georges Simenon	*Bergelon*
626.	Georges Simenon	*Félicie est là*
627.	Ken Bruen	*La main droite du diable*
628.	William Muir	*Le Sixième Commandement*
629.	Kirk Mitchell	*Dans la vallée de l'ombre de la mort*
630.	Jean-François Vilar	*Djemila*
631.	Dashiell Hammett	*Moisson rouge*
632.	Will Christopher Baer	*Embrasse-moi, Judas*
633.	Gene Kerrigan	*À la petite semaine*
634.	Caryl Férey	*Saga maorie*
635.	James Sallis	*Le frelon noir*
636.	Gabriel Trujillo Muñoz	*Mexicali City Blues*
637.	Heinrich Steinfest	*Requins d'eau douce*
638.	Simon Lelic	*Rupture*
639.	Jenny Siler	*Flashback*
640.	Joachim Sebastiano Valdez	*Les larmes des innocentes*
641.	Kjell Ola Dahl	*L'homme dans la vitrine*

642.	Ingrid Astier	*Quai des enfers*
643.	Kent Harrington	*Jungle rouge*
644.	Dashiell Hammett	*Le faucon maltais*
645.	Dashiell Hammett	*L'introuvable*
646.	DOA	*Le serpent aux mille coupures*
647.	Larry Beinhart	*L'évangile du billet vert*
648.	William Gay	*La mort au crépuscule*
649.	Gabriel Trujillo Muñoz	*Mezquite Road*
650.	Boileau-Narcejac	*L'âge bête*
651.	Anthony Bourdain	*La surprise du chef*
652.	Stefán Máni	*Noir Océan*
653.	***	*Los Angeles Noir*
654.	***	*Londres Noir*
655.	***	*Paris Noir*
656.	Elsa Marpeau	*Les yeux des morts*
657.	François Boulay	*Suite rouge*
658.	James Sallis	*L'œil du criquet*
659.	Jo Nesbø	*Le léopard*
660.	Joe R. Lansdale	*Vanilla Ride*
661.	Georges Flipo	*La commissaire n'aime point les vers*
662.	Stephen Hunter	*Shooter*
663.	Pierre Magnan	*Élégie pour Laviolette*
664.	James Hadley Chase	*Tu me suivras dans la tombe et autres romans*
665.	Georges Simenon	*Long cours*
666.	Thomas H. Cook	*La preuve de sang*
667.	Gene Kerrigan	*Le chœur des paumés*
668.	Serge Quadruppani	*Saturne*
669.	Gunnar Staalesen	*L'écriture sur le mur*
670.	Georges Simenon	*Chez Krull*
671.	Georges Simenon	*L'inspecteur Cadavre*
672.	Kjetil Try	*Noël sanglant*
673.	Graham Hurley	*L'autre côté de l'ombre*
674.	John Maddox Roberts	*Les fantômes de Saigon*
675.	Marek Krajewski	*La peste à Breslau*
676.	James Sallis	*Bluebottle*

677.	Philipp Meyer	*Un arrière-goût de rouille*
678.	Marcus Malte	*Les harmoniques*
679.	Georges Simenon	*Les nouvelles enquêtes de Maigret*
680.	Dashiell Hammett	*La clé de verre*
681.	Caryl Férey & Sophie Couronne	*D'amour et dope fraîche*
682.	Marin Ledun	*La guerre des vanités*
683.	Nick Stone	*Voodoo Land*
684.	Frederick Busch	*Filles*
685.	Paul Colize	*Back up*
686.	Saskia Noort	*Retour vers la côte*
687.	Attica Locke	*Marée noire*
688.	Manotti – DOA	*L'honorable société*
689.	Carlene Thompson	*Les ombres qui attendent*
690.	Claude d'Abzac	*Opération Cyclope*
691.	Joe R. Lansdale	*Tsunami mexicain*
692.	F. G. Haghenbeck	*Martini Shoot*
693.	***	*Rome Noir*
694.	***	*Mexico Noir*
695	James Preston Girard	*Le Veilleur*
696.	James Sallis	*Bête à bon dieu*
697.	Georges Flipo	*La commissaire n'a point l'esprit club*
698.	Stephen Hunter	*Le 47ᵉ samouraï*
699.	Kent Anderson	*Sympathy for the Devil*
700.	Heinrich Steinfest	*Le grand nez de Lilli Steinbeck*
701.	Serge Quadruppani	*La disparition soudaine des ouvrières*
702.	Anthony Bourdain	*Pizza créole*
703.	Frederick Busch	*Nord*
704.	Gunnar Staalesen	*Comme dans un miroir*
705.	Jack Ketchum	*Une fille comme les autres*
706.	John le Carré	*Chandelles noires*
707.	Jérôme Leroy	*Le Bloc*
708.	Julius Horwitz	*Natural Enemies*
709.	Carlene Thompson	*Ceux qui se cachent*

710.	Fredrik Ekelund	*Le garçon dans le chêne*
711.	James Sallis	*Salt River*
712.	Georges Simenon	*Cour d'assises*
713.	Antoine Chainas	*Une histoire d'amour radioactive*
714.	Matthew Stokoe	*La belle vie*
715.	Frederick Forsyth	*Le dossier Odessa*
716.	Caryl Férey	*Mapuche*
717.	Frank Bill	*Chiennes de vies*
718.	Kjell Ola Dahl	*Faux-semblants*
719.	Thierry Bourcy	*Célestin Louise, flic et soldat dans la guerre de 14-18*
720.	Doug Allyn	*Cœur de glace*
721.	Kent Anderson	*Chiens de la nuit*
722.	Raphaël Confiant	*Citoyens au-dessus de tout soupçon...*
723.	Serge Quadruppani	*Madame Courage*
724.	Boileau-Narcejac	*Les magiciennes*
725.	Boileau-Narcejac	*L'ingénieur aimait trop les chiffres*
726.	Inger Wolf	*Nid de guêpes*
727.	Seishi Yokomizo	*Le village aux Huit Tombes*
728.	Paul Colize	*Un long moment de silence*
729.	F. G. Haghenbeck	*L'Affaire tequila*
730.	Pekka Hiltunen	*Sans visage*
731.	Graham Hurley	*Une si jolie mort*
732.	Georges Simenon	*Le bilan Malétras*
733.	Peter Duncan	*Je suis un sournois*
734.	Stephen Hunter	*Le sniper*
735.	James Sallis	*La mort aura tes yeux*
736.	Elsa Marpeau	*L'expatriée*
737.	Jô Soares	*Les yeux plus grand que le ventre*
738.	Thierry Bourcy	*Le crime de l'Albatros*
739.	Raymond Chandler	*The Long Goodbye*
740.	Matthew F. Jones	*Une semaine en enfer*
741.	Jo Nesbø	*Fantôme*
742.	Alix Deniger	*I cursini*

Composition : Utibi
Impression ❦ Grafica Veneta
à Trebaseleghe, le 20 septembre 2018
Dépôt légal : septembre 2018
1er dépôt légal dans la collection: juin 2018

ISBN : 978-2-07-270175-5./Imprimé en Italie

346085